文学论丛·北大欧美文学研究丛书·10·
北京市社会科学理论著作出版基金资助

灯下西窗

——美国文学和美国文化

陶 洁 著

北京大学出版社
北京

图书在版编目(CIP)数据

灯下西窗．美国文学与美国文化／陶洁著．—北京：北京大学出版社，2004.11

（文学论丛·北大欧美文学研究丛书·10·）

ISBN 7-301-06748-8

Ⅰ.灯… Ⅱ.陶… Ⅲ.①文学－概况－美国 ②文化－概况－美国 Ⅳ.①I712.06 ②G171.2

中国版本图书馆 CIP 数据核字(2004)第 093506 号

书　　　　名：	灯下西窗——美国文学和美国文化
著作责任者：	陶　洁 著
责 任 编 辑：	张　冰
标 准 书 号：	ISBN 7-301-06748-8/I·0659
出 版 发 行：	北京大学出版社
地　　　　址：	北京市海淀区成府路 205 号　100871
网　　　　址：	http://cbs.pku.edu.cn
电 子 信 箱：	zbing@pup.pku.edu.cn
电　　　　话：	邮购部 62752015　发行部 62750672　编辑部 62767347
排　　版　者：	北京华伦图文制作中心 82866441
印　　刷　者：	北京大学印刷厂
经　　销　者：	新华书店
	890 毫米×1240 毫米　A5　14 印张　400 千字
	2004 年 11 月第 1 版　2005 年 7 月第 2 次印刷
印　　　　数：	3001～6000 册
定　　　　价：	28.00 元

本著作的研究得到"北京大学创建世界一流大学计划"的经费资助,特此致谢!

总　序

　　北京大学的欧美文学研究经历了不同的历史发展时期,具有十分优秀的传统和鲜明的特色,尤其是经过1952年的全国院系调整,教学和科研力量得到了空前的充实与加强,汇集了冯至、朱光潜、曹靖华、杨业治、罗大冈、田德望、吴达元、杨周翰、李赋宁、赵萝蕤等一大批著名学者,素以基础深厚、学风严谨、敬业求实著称。改革开放以来,北大的欧美文学研究得到了长足的发展,各语种均有成绩卓著的学术带头人,并已形成梯队,具有可持续发展的基础。已陆续出版了一批水平高、影响广泛的专著,其中不少获得了省部级以上的科研奖或教材奖。目前北京大学的欧美文学研究人员承担着国际合作和国内省部级以上的多项科研课题,积极参与学术交流,经常与国际国内同行直接对话,是我国欧美文学研究的一支重要力量。2000年春,北京大学组建了欧美文学研究中心,欧美文学研究的实力得到进一步加强。

　　世纪之交,为了弘扬北大欧美文学研究的优秀传统,促进欧美文学研究的深入发展,我们组织撰写了这套"北大欧美文学研究丛书"。该丛书主要涉及三个领域:(1)欧美经典作家作品研究;(2)欧美文学与宗教;(3)欧美文论研究。这是一套开放性的丛书,重积累、求创新、促发展。我们希望通过这套丛书来系统展示在多元文化的背景下北京大学欧美文学研究的优秀成果和独特视角,加强与国际国内同行的交流,为拓展和深化当代欧美文学研究作出自己的贡献。通过这套丛书,我们希望广大文学研究者和爱好者对北大欧美文学研究的方向、方法和热点有所了解。同时,北大的学者们也能通过这项工作,对自己的研究进行总结、回顾、审视、反思,在历史和现实的坐标中研究自己的位置。此外,研究与教学是相互促进、互为补充的,我们也希望通过这套丛书来促进教学和人才的培养。

这套丛书的出版得到了北京大学外国语学院的鼎力相助和北京大学出版社的大力支持。若没有他们的支持和帮助,这套丛书是难以面世的。

北大欧美文学研究者的工作,只是国际国内欧美文学研究工作的一部分,相信它能激起感奋人心的浪花,在世界文学研究的大海中,促成一道亮丽的风景线。

北京大学欧美文学研究中心

目 录

美国文学

谈谈美国文学 …………………………………………… 3
20 世纪的美国文学 …………………………………… 34
 新旧交替时的美国文学 …………………………… 34
 第一次世界大战后的"反叛"与试验 …………… 40
 美国的"左翼"文学 ……………………………… 48
 从"平静"到动荡
  ——第二次世界大战后的美国文学 …………… 55
 20 世纪 70 年代以来的美国文学 ………………… 63
美国的通俗文学与严肃文学 ………………………… 71
创新与作家的使命
 ——80 年代美国小说创作中的新趋势 …………… 76
博采众家之长
 ——七八十年代的美国小说 ……………………… 85
汤姆·沃尔夫的《文学宣言》 ……………………… 94
小议 20 世纪晚期的美国诗歌 ……………………… 99
小议美国女性文学 …………………………………… 117
世纪末的反思
 ——再议西方的妇女文学 ………………………… 122
美国妇女运动先锋贝蒂·弗里丹 …………………… 127

美国作家

《黑奴吁天录》
　　——第一部译成中文的美国小说 …………… 137
海明威的追求与使命感 …………………………… 151
《老人与海》的几种读法 ………………………… 161
略论我国对海明威的研究 ………………………… 164
福克纳的神话王国 ………………………………… 170
《喧哗与骚动》新探 ……………………………… 176
《圣殿》究竟是本什么样的小说 ………………… 190
成长之艰难
　　——评福克纳的《坟墓的闯入者》 ………… 214
沉默的含义
　　——福克纳笔下三女性 ……………………… 229
福克纳在中国 ……………………………………… 241
从两个女性形象看奥尼尔的妇女观 ……………… 253
华伦的《国王的人马》 …………………………… 264
《紫颜色》 ………………………………………… 274
冯纳古特的黑色幽默 ……………………………… 285
斯托夫人与辛克莱在中国的命运
　　——两部美国小说在中国 …………………… 289
文学与政治：关于庞德和休斯 …………………… 301

美国社会与文化

《飘》：解不开的情结 …………………………… 311
米切尔并未"随风飘去"
　　——再谈解不开的《飘》情结 ……………… 315
围绕《风已飘去》的一场官司 …………………… 319
关于同一命案的两部书 …………………………… 325

雅俗共赏的福克纳年会……………………………………………… 329
《麦迪逊县的桥》：一部畅销书成功之秘…………………………… 338
三位作家百年诞辰的纪念活动……………………………………… 344
现代化与手稿………………………………………………………… 349
市场经济与文学魅力………………………………………………… 353
在美国"攒"书………………………………………………………… 357
开会在美国大学……………………………………………………… 362
文人"发财"以后……………………………………………………… 366
希腊神话和《圣经》
　　——西方文化的源泉…………………………………………… 369

加拿大文学

以振兴民族文学为己任
　　——杂记加拿大作家协会……………………………………… 391
贴近生活的普拉特…………………………………………………… 399
艾丽丝·蒙罗笔下的小镇妇女……………………………………… 411
讲故事的希尔兹……………………………………………………… 424
加拿大华人文学……………………………………………………… 432

后　记………………………………………………………………… 437

美国文学

美国文学

谈谈美国文学

一

美国文学的历史不长,但发展较快,20世纪以来,在世界上的影响越来越大。我国早在19世纪70年代就翻译了朗费罗的《人生颂》(*A Psalm of Life*)。1901年,林纾翻译出版了第一部美国小说——斯托夫人的《黑奴吁天录》(*Uncle Tom's Cabin*,今译《汤姆叔叔的小屋》),在读者中引起极大的震动,使他们从黑奴身上看到自己亡国灭种的危险。根据小说改编的话剧对我国话剧运动的发展起了很大的作用。五四运动前后,惠特曼对郭沫若等诗人,奥尼尔对曹禺、洪深等戏剧家都产生过影响。马克·吐温、辛克莱、德莱塞等人都曾受到鲁迅等左翼作家的好评。改革开放以来,美国文学对我国新时期的作家们有着巨大的吸引力。盛行一时的朦胧诗恐怕就是在美国及西方现代派诗歌的影响下产生的。海明威、福克纳及塞林格等人几乎成为我们年轻一代作家文学创作的楷模。至于在世界上,埃德加·爱伦·坡曾被法国象征派诗人称为他们的诗歌之父,福克纳对法国的萨特和加缪以及拉丁美洲的加西亚·马尔克斯的影响也是有目共睹的事实。美国作家喜爱的描写少年初涉人世、寻求生活道路和人生真谛的"成长小说"形式受到加拿大女作家的欣赏,也正在被我国的儿童文学作家所采用。美国作家的探索、试验、创新的精神也激励着世界各国的作家不断革新,超越前人。今天,在改革开放的时代,在我们加强与美国的交往的时候,我们有必要学一点美国文学,了解他们的文化以促进与美国人民的交流、沟通和理解,同时也借以丰富我们的知识,充实我们的文化修养,提高我们的精神素质。

二

严格地说,美国文学的形成应从美国立国开始。但实际上,在此以前一二百年的殖民时期的文学虽然并不发达,主要以模仿为主,没有自己鲜明的特色,但那时的政治、经济和社会的发展对美国文学的形成还是有很大的影响。例如,由于殖民者大量屠杀原来居住在北美大陆的印第安人,使他们的文化和民间口头文学的传统受到致命的摧残,因此美国文学没有英国《贝奥武甫》那样的口头文学遗产。另一方面,当年来美洲大陆移民的人基本上属于两种人,一类是为了逃避国内政治迫害、追求宗教自由的英国清教徒,他们来到新英格兰地区扎根发展,另一类是谋求发财致富的欧洲老百姓,包括野心勃勃的冒险家。不论哪一种人都相信在新大陆可以得到自由平等,有机会实现自己的理想。这种观点使"美国梦"成为日后美国文学的一个永恒的主题。清教主义有关人生来有罪及上帝主宰一切等思想也影响美国作家不断思考人性与原罪、人与上帝的关系。作为一个由移民组成的国家,美国受各种文化的影响。这又决定了美国文学要比其他西方文学更具有多样性。

美国文学跟其他西方文学一样,也经历过浪漫主义、现实主义等历史阶段。下面简单介绍各历史时期的大概情况。

(一) 殖民时期(约 1607 — 1765)

这一时期大约从 1607 年约翰·史密斯船长领导第一批移民在北美大陆建立第一个英国殖民地詹姆斯敦到 1765 年殖民地人民愤怒抗议英国政府颁布的印花税法。总的来说,殖民时期人们忙于生存,无暇吟诗作曲,清教主义反对虚构的小说戏剧,因此文学不很发达。当时的宗教领袖和殖民区领导人物如布雷德福(William Bradford, 1590—1657)、温思罗普(John Winthrop, 1588—1649)等人撰写的书籍多半是讲道布经等有关神学的材料或日记。此外还有一些为欧洲读者或亲人撰写的介绍新大陆的山水风貌和日常生活的小册子或游记书信,最著名的作者是为英国人在北美建立第一个永久性殖民地的工作起重要作用的约翰·史密斯船长(Captain John Smith,1580—1631)。即便是诗歌也摆脱不了宗教内容,比较出色的诗人有安妮·布雷特兹里特(Anne Bradstreet,约 1612—1672)和爱德华·泰勒(Edward Taylor,约 1642—1729)。前者是北美第一位女诗人,她的诗歌虽然宗教气息较浓,但她描写夫妻恩爱、家庭美满等日常生活题材的诗歌感情真挚,富有感染力。泰勒是位牧师,虔诚的清教徒,诗歌创作也是为上帝服务,有些跟他的讲道有密切关系。他的作品在生前并未发表,直到 20 世纪 30 年代才被发现并整理出版。两位诗人的一个共同特点是都受英国玄学派诗人的影响,诗歌有较大的模仿性。

(二) 启蒙时期与独立革命(1765 — 18 世纪末)

这是北美人民争取独立、建立美利坚合众国的时期。17 世纪末 18 世纪初,由于经济的发展,殖民者的注意力开始转向世俗生活,在欧洲启蒙主义和自然神论等哲学思潮的影响下,上帝的作用被大大削弱,清教主义的统治逐渐衰落。18 世纪 30 年代,清教徒们掀起一场"大觉醒"运动,企图恢复清教主义的统治。领导人爱德华兹(Jonathan Edwards,1703—1758)是个杰出的神学家,他吸收当时先进的心理学理论,从打动听众的感情入手,宣传上帝之万能和地狱之恐怖,人如想得到拯救必须皈依上帝。然而,"大觉醒"运动未能阻拦历史的潮流,未能使清教主义免于衰亡。

18 世纪美国启蒙运动的代表人物富兰克林(Benjamin Franklin,1706—1790)是爱德华兹的同时代人,但两人的生活道路截然不同。富兰克林是个人文主义者,相信人性善良,主张人权天赋、政治平等,认为行善是忠于上帝的最好表示。他出身贫苦,但意志坚定,顽强奋斗,从商、参政、写文章、研究科学,终于成为文学家、科学家和在美国立国过程中起重大作用的政治家。他的《格言历书》(Poor Richard's Almanac)通过大量的格言警句宣传创业持家、待人处世的道德原则和勤奋致富的生活道路。他在独立革命期间撰写的《自传》(Autobiography)以亲身经历再次说明,美国有的是机会,只要勤奋便能成功。富兰克林的成功经验对美国人的人生观、事业观和道德观产生过深远的影响。他的《自传》还开创了美国名人写传记的风气,建立了传记文学的传统。

从 1765 年英国殖民者第一次反对英国政府的印花税到 1789 年美国联邦政府成立的 20 多年里,北美大陆的政治形势发展很快,1775 年独立战争爆发,1776 年宣布独立,1783 年对英战争胜利,1789 年新宪法生效,华盛顿当选第一任总统。独立革命时期文学的主要形式跟殖民时期一样以理性的散文为主。主要是各派政治力量对于革命的必要性、革命的前途与方向、政府的形式与性质等重大问题展开激烈争论时所产生的大批论点鲜明、充满战斗力和说服力的杂文、政论文和演讲辞,如潘恩(Thomas Paine, 1737—1809)的《常识》(*Common Sense*)、杰弗生(Thomas Jefferson, 1743—1826)的《独立宣言》(*The Declaration of Independence*)和汉密尔顿(Alexander Hamilton, 1757—1804)、麦迪逊(James Madison, 1751—1836)及杰伊(Johnjay, 1745—1829)三人的《论联邦》(*The Federalist Papers*)等。即便诗歌也常常以政治为内容。

革命的成功为文学发展提供了机会。1783 年,词典学家韦伯斯特(Noah Webster, 1758—1843)强调"美国在政治上独立了,在文学方面也必须独立;美国以军事著称,也必须以艺术著称世界"。虽然小说还处于起步阶段,还深受英国和欧洲的影响,但从 1789 年威廉·希尔·布朗发表第一部美国小说《同情的力量》开始,美国文坛很快出现查尔斯·布罗克丹·布朗、休·亨利·布拉肯里奇等一批有上乘之作的小说家。尽管诗歌仍不景气,但弗瑞诺(Philip Freneau, 1752—1832)赞美北美花草、歌颂印第安人的诗歌已经具有浪漫主义的萌芽。

(三) 浪漫主义时期(1800—1865)

19 世纪初,美国完全摆脱了对英国的依赖,以独立国家的身份进入世界政治舞台。民族文学开始全面繁荣,逐渐打破英国文学在美国的垄断局面。这时期的作家跟英国浪漫主义作家一样,强调文学的想像力和感情色彩,反对古典主义的形式与观点,歌颂大自然,崇尚个人和普通人的思想感情,并且寻根问祖发幽古之思情。但他们虽然模仿英国作家,素材却完全取自美国现实,如西部开发与拓荒经历。他们赞美美国山水、讴歌美国生活、反映美国人民的乐观与热情。

早期浪漫主义的主要代表作家是欧文(Washington Irving, 1783—1859)、库柏(James Fenimore Cooper, 1789—1851)和布赖恩特(William Cullen Bryant, 1794—1878)。欧文以短篇小说见长,他的《见闻札记》(*The Sketch Book*)开创了美国短篇小说的传统,使他成为第一个享有国际声誉的美国作家。其中《睡谷的传说》(*The Legend of Sleepy Hollow*)和《瑞普·凡·温克尔》(*Rip Van Winkle*)虽取材于德国民间故事,却以纽约哈德逊河谷为背景,充满美国式的浪漫气息和传奇色彩,尤其那长不大的反英雄小人物凡·温克尔至今仍脍炙人口。库柏主要写长篇小说,而且有三种不同类型的小说:历史小说、细节准确详尽的冒险小说和对后来西部文学影响甚大的边疆小说——《皮袜子故事集》(*The Leather Stocking Tales*)五部曲。在这五本小说里,库柏开创了美国文学的一个重要主题——文明的发展对大自然和它所代表的崇高品德的摧残与破坏。他还塑造了美国文学的一个重要的原型人物——独立不羁、逃避社会、在大自然中寻求完美精神世界的班波。布赖恩特是美国第一个浪漫主义诗人,也是第一个受到英国诗坛赞赏的美国诗人。《致水鸟》(*To a Waterfowl*)、《黄色的堇香花》(*The yellow Violet*)等代表作描写美国的山水花鸟、讴歌大自然的精神启示、满腔热情地歌颂美国的生活现实、表现乐观向上的精神面貌,不仅在形式上开始摆脱英国新古典主义的影响,在内容上也强调现世生活,不再宣传清教主义的来世思想。

1829年,出身贫寒的杰克逊成为美国总统并推行民主路线,民主空气大大高涨。随着工业的发展和西部边疆的开拓,美国开始成为一个充满民族自信、繁荣兴旺的国家。但是,对印第安人的迫害,尤其是南方的蓄奴制日益成为尖锐的社会矛盾。从杰克逊上台到南北战争(1860—1865)是浪漫主义文学的全盛时期,常被称为美国文学史上的"第一次大繁荣"。此时,文学不再是为宗教和政治服务的工具,而是作家抒发个人胸怀,探讨人性、人与自然、科学与进步等哲理问题以及评论时政、批评不良现象的手段。在欧洲浪漫主义运动影响下,作家们试验各种创作形式与表现手法,开始重视对人物心理的分析,注意运用象征手段。无论散文、诗歌还是小说都有了较大的发展,涌现出了一大批风格迥异的作家和诗人。

19世纪的浪漫主义运动的中心在新英格兰地区,主要表现形式为超验主义(Transcendentalism)。超验主义理论崇尚直觉,反对理性和权威,强调人有能力凭直觉直接认识真理,人能超越感觉获得知识,因此,人的存在就是神的存在的一部分,人在一定范围内就是上帝,自然界是神对人的启示,人可以从自然界认识真理,了解物质发展规律,得到精神道德原则方面的启示。超验主义理论的奠基人是爱默生(Ralph Waldo Emerson, 1803—1882)。他和他的志同道合的朋友们组成一个非正式的"超验主义俱乐部",还创办过一个杂志《日晷》(*The Dial*)。爱默生的《论自然》(*Nature*)、《论自立》(*Self-Reliance*)等著作对打破神学统治、摒弃以神为中心的清教教义、强调人在宇宙万物中的地位、确立民主思想和发展民族文化起了极大的作用。《论自然》曾被称为超验主义理论的"圣经"。

梭罗(Henry David Thoreau, 1817—1862)是爱默生的朋友和门徒。他接受爱默生关于认识自我和研究自然的思想,并且身体力行,独自在家乡森林沃尔登湖畔生活了两年,把超验主义的原则和自己的哲理信念付诸实践。《沃尔登湖》(*Walden*)详细描写他在湖畔的生活,宣传自然的美好,批判资本主义文明的消极影响,呼吁人们返朴归真,到自然中去寻找生活的意义和丰富的精神世界。梭罗富有正义感,反对美国对墨西哥的战争,谴责蓄奴制。他的《论公民的不服从》(*Civil Disobedience*)主张用和平斗争的方式反对战争和奴隶制,对印度的甘地、60年代的美国黑人领袖马丁·路德·金等人起过积极的影响。

在诗歌方面,新英格兰地区比较出名的诗人有朗费罗(Henry Wadsworth Longfellow, 1807—1882)、霍姆斯(Oliver Wendell Holmes, 1809—1894)和洛威尔(James Russell Lowell, 1801—1891)等。他们大都出身世家、有地位有名望、文化修养比较高,但又都比较守旧、缺乏创新精神、对社会问题虽有批评却比较温和。因此他们常被称为波士顿的婆罗门(Brahmins)。朗费罗常以民间传说为题材,创作长篇叙事诗,较为著名的有《海华莎之歌》(*The Song of Hiawatha*)。霍姆斯写过不少适合社交界口味的轻松风趣的诗歌,运用古典主义的文体,在遣词造句上很下功夫。洛威尔不仅是诗人还是散文家,早年热心社会改革,晚年日趋保守。

在波士顿附近的另一位诗人惠蒂埃(John Greenleaf Whittier, 1807—1892)却以迥然不同的风格,不加雕琢的语言描写新英格兰农村的美丽景色、淳朴的劳动人民和他们的日常生活。长诗《大雪封门》(*Snow—Bound*)曾被誉为"一部优美的新英格兰田园诗"。惠蒂埃还是一位坚定的废奴运动诗人,写过大量的斗争性很强的诗歌和政论文,揭露奴隶主的暴行和黑奴的悲惨命运。

19世纪美国最伟大的浪漫主义诗人是惠特曼(Walt Whitman, 1819—1892),1855年出版的《草叶集》(*Leaves of Grass*)标志着美国文学进入了一个崭新的时代。他在前言里明确宣称他要建立美国式的独立自主的文学,用以反映美国的社会、历史和各个种族。《草叶集》第一版只有12首诗。但惠特曼不断增加新内容,到1892年他逝世时,已经收入近400首诗歌。惠特曼是一位伟大的民主诗人。他的诗篇涉及从死亡、爱情到民主、革命,从草叶、芦笛到宇宙、灵魂等众多的内容,歌颂普通的人与事及人与人之间同志般的友好关系,强调灵与肉的统一,精神与肉体同等重要。惠特曼的诗歌粗犷奔放、气魄雄壮,反映美国人民在民主革命时期乐观向上的精神,充满对生活、人类和大自然的热爱。《草叶集》中的《自己的歌》概括了惠特曼一生的主要思想,是他最重要的作品。为了更好地表现美国生活的多样化,他对诗歌形式进行大胆的改革,摒弃传统的诗歌技巧,采用自由体,诗行较长,比较接近散文诗。他采用日常口语,比喻、意象也取自生活,比较粗糙。但这种粗犷奔放的诗歌语言和形式十分恰当地表达了诗人的激情与胸怀。可以说,惠特曼是美国诗歌革命的先驱。

另一位革新诗歌的诗人是狄金森(Emily Dickinson, 1830—1886)。她一生几乎从未离开过她出生的小镇,晚年更是足不出户,不见生人,与外界完全隔绝。她的诗歌有很大的局限性,不像惠特曼那样包罗万象。但她在摆脱旧诗体的束缚、创造新诗形式方面却与惠特曼不谋而合。她的诗歌诗行不多,口语色彩浓厚,不强调韵律,常常押半韵或完全不押韵,没有标点符号,也不受语法限制,但意象鲜明活泼,来自生活却又富有新意。狄金森一生写过 1700 余首诗歌,生前仅发表过五首。虽然她的诗歌以描写日常生活的普通事物为主,但内容深邃,别具一格。由于她经常探讨的有关死亡、爱情、自然、永恒、人的自我本质和宗教信仰等主题是 20 世纪诗人关心的问题,因此,她对现代派诗歌影响较大,被誉为美国 20 世纪新诗的先驱。1955 年出版的《艾米莉·狄金森诗集》确立了狄金森在美国文学史上的重要地位。

浪漫主义时期两位重要的小说家是霍桑和梅尔维尔。霍桑(Nathaniel Hawthorne 1804—1864)不赞成超验主义,尤其是"人即是神"的说法。他对社会改革、生产发展和科学进步也表示疑虑与不安,霍桑反对清教主义对人的压抑,但常用清教主义关于人的罪恶天性、人生来有罪等观念去看待社会中的现实问题。在《福谷传奇》(*The Blithedale Romance*)中以自己在超验主义者举办的布鲁克农场的生活为基础,讽刺嘲笑超验主义的改革措施。他的作品大都取材于新英格兰地区的历史或现实生活,中心主题往往是人的内心深处隐蔽的罪恶和过于自信的个人主义的种种缺陷。《红字》(*The Scarlet Letter*)描写罪恶对人精神面貌的作用;《带有七个尖角阁的房子》(*The House of the Seven Gables*)表现祖上的罪孽对后代的报应。短篇小说《教长的黑纱》(*The Minister's Black Veil*)、《好小伙子布朗》(*Young Goodman Brown*)等力图证明邪恶是人的共性;《胎记》(*The Birthmark*)和《拉伯西尼医生的女儿》(*Rappaccini's Daughter*)等强调理性和科学技术的破坏作用。霍桑善于借用哥特式小说的手法塑造魔鬼似的恶人、把灵魂出卖给魔鬼的人等人物形象,并把这种手法和传统的寓言故事的特点相结合,使背景和人物内心冲突的剖析对后世作家影响颇大。

梅尔维尔(Herman Melville,1819—1891)深受霍桑的影响,关心人类命运,承认邪恶的普遍性,怀疑超验主义的乐观主义理论,对社会进步持悲观态度。他们两人给美国文学带来了戏剧色彩。但是梅尔维尔不像霍桑那样安于命运、接受现实。他进行更为深刻的钻研，探讨上帝的本质、人类的天性和邪恶战胜一切的原因。代表作《白鲸》(Moby Dick)对此作了深刻的反映。他通过埃哈伯船长一心捕杀曾咬断他一条腿的白鲸、最后与鲸鱼同归于尽的故事说明人的悲惨在于他不能了解自己，不能掌握自己的命运，他向宇宙和自然规律的挑战必然走向灭亡。梅尔维尔跟霍桑一样，认为小说中最重要的是主题，作家应充分利用意象、象征手段、人物和情节来表达中心思想。他与霍桑的不同之处在于他在作品中大量提供以事实和生活经历为基础的生动具体的细节，使故事带有极大的现实性和可靠性。不仅如此，他还巧妙地安排这些细节和故事结构，使之含有非同一般的象征意义。因此，他的作品往往比霍桑的作品更为深刻、更发人深思。《白鲸》既是一个捕鲸故事，又是一则寓意深刻的寓言，还是一首扣人心弦的史诗。

在浪漫派作家中，埃德加·爱伦·坡(Edgar Allan Poe, 1809—1849)比较独特。他在南方生长，深受南方贵族阶级思想的影响，反对民主，赞成蓄奴制。他一生清贫、颇多坎坷，因而思想悲观，作品色彩阴暗、情调低沉。坡是美国第一位主张为艺术而艺术的作家。他的作品脱离现实生活，从不涉及自由、民主、边疆、改革等国家大事。他强调诗歌应当通过音乐节奏给人以美感，最能打动人的主题是对死去恋人的哀悼。他的诗歌如《乌鸦》(The Raven)等充满古怪、奇特，甚至病态的形象，对法国波德莱尔等象征派诗人产生极大的影响。坡创作了一百多篇短篇小说，大致分恐怖小说和推理小说两种。恐怖小说深受英国哥特式小说的影响，以异国他乡为背景，以混乱、死亡、怪诞和变态心理为主要内容。比较著名的有《丽盖亚》(Ligeia)、《厄舍大厦的倒塌》(The Fall of the House of Usher)和《威廉·威尔逊》(William Wilson)等。坡还因写了大量推理小说而被推崇为西方侦探小说的鼻祖。《莫根街的凶杀案》(Murders in the Rue Morgue)、《失窃的信件》(The Purloined Letter)等小说所创造的模式至今仍为西方侦探小说家所沿袭。坡还是美国第一位文艺理论家，著有《创作哲学》(Philosophy of Composition)和《诗歌原理》(The Poetic Principle)等论著。坡并不受同时代作家的重视，但他反对文学以说教为目的,强调创造美感和激情的理论对后世作家产生了较大的影响。坡是当今世界上最受欢迎的作家之一。

浪漫主义时期还值得一提的现象是废奴文学的兴起。18 世纪 30 年代开始,蓄奴制成为南北作家共同关心的问题。新英格兰地区的学者、诗人和作家无不发表对蓄奴制的看法。爱默生和梭罗公开抨击南方蓄奴制,支持废奴运动领袖约翰·布朗(John Brown)。诗人惠蒂埃写过大量诗歌杂文抗议蓄奴制。但是,影响最大的是斯托夫人(Harriet Beecher Stowe, 1811—1896)的被林肯总统称之为"发动了一场大战"的小说——《汤姆叔叔的小屋》。

(四) 现实主义时期(1861—1918)

南北战争(1861—1865)以后到第一次世界大战爆发,美国完成了从农业社会到工业社会的转化,社会面貌和经济生活开始发生急剧的变化。铁路的建设、资源的开发、移民带来的廉价劳动力等都促进了工业的发展。大工厂、大城市拔地而起,新技术、新机械不断涌现,处处呈现一派蓬勃兴旺的发展景象。但是工业化带来劳资纠纷,造就了靠剥削致富的资本家,贫富悬殊现象日益严重,罢工斗争时有发生。工业化的另一个后果是政治日趋腐败,政界丑闻屡见不鲜。所有这些变化迫使人们要求发现和认识新的生活和新开发的土地。于是乡土文学的出现成为南北战争以后美国文学的一大发展。乡土文学在新英格兰地区的代表是女作家朱厄特(Sarah Ome Jewett, 1849—1909)。她的短篇小说集《迪普黑文》(*Deep Haven and Other Stories*)和长篇小说《尖枞树之乡》(*The Country of Pointed Fires*)描绘了新英格兰农村的宁静生活、勤奋的人民和战后的衰落。南方乡土文学作家有哈里斯(Joel Chandler Harris, 1848—1908)。他的《雷莫斯大叔:他的歌与话》(*Uncle Remus: His Songs and Savings*)通过黑奴雷默斯大叔介绍了大量起源于非洲的幽默诙谐的民间故事和神话,对马克·吐温产生了一定的影响。另一位南方乡土作家肖邦(Kate Chopin, 1851—1904)写过一百多篇反映南方城乡的法国和西班牙殖民者后裔同黑人与印第安人之间关系的作品。她描写一位女性自我意识觉醒过程的长篇小说《觉醒》(*The Awakening*)已成为女性文学的经典作品。西部的乡土文学作家是哈特(Bret Harte, 1836—1902)。他的作品主要反映西部的边疆生活,最著名的是《咆哮营的幸运儿》(The Luck of Roaring Camp)。19世纪70年代,随着梭罗、霍桑等人的去世,浪漫主义文学运动衰落。纽约取代了波士顿成为美国文学的中心。各地区风格独特的乡土文学促进了现实主义文学的发展。这时期的作家不再写生死之奥秘或歌颂英勇的个人,也不满足于充满幻想与激情的浪漫主义。他们着眼于现实生活,努力表现这个充满活力与矛盾、自由竞争和崇尚物质享受的新时代,同时也开始批判社会现实,揭露美国社会的阴暗面。

现实主义文学时期三位最重要的作家是豪威尔斯(William Dean Howells, 1837—1920)、马克·吐温(Mark Twain, 1835—1910)和詹姆斯(Henry James 1843—1916)。豪威尔斯在美国文学史上的作用在于他为现实主义文学提出了一系列的理论原则和指导方针;向美国人民介绍了国外名作家,尤其是屠格涅夫的现实主义理论和方法以及托尔斯泰关于作家要关心社会的主张;大力扶植有才能的青年作家。这些理论和观点集中在论文集《批评与小说》(Criticism and Fiction)。由于他强调作家应该表现"微笑的现实主义",他的理论有很大的局限性,豪威尔斯写过一百多部作品,笔调温和,解决办法往往是乌托邦式的改良主义,比较出色的是长篇小说《赛拉斯·拉帕姆的发迹》(The Rise of Silas Lapman)。马克·吐温是塞缪尔·朗荷恩·克莱门斯的笔名。他在1865年发表的第一篇幽默小说《卡拉维拉斯县驰名的跳蛙》(The Celebrated Jumping Frog of Calaveras Country)使他一举成名。幽默游记《傻子国外旅行记》(Innocents Abroad)等进一步奠定了他幽默作家的声誉。但是,马克·吐温实际上是一位严肃的作家,对政治、社会矛盾和道德风尚十分关心。他与人合作的《镀金时代》(The Gilded Age)尖锐地批评了南北战争后美国国内政治腐败、投机盛行的恶劣风尚。他写过两部关于儿童的小说《汤姆·索耶历险记》(The Adventures of Tom Sawyer)和《哈克贝里·费恩历险记》(The Adventures of Huckleberry Finn)。后者超出了儿童文学的范畴,是马克·吐温的代表作,也是美国文学的一部经典之作。马克·吐温通过野孩子哈克和逃亡黑奴吉姆在密西西比河上的流浪生活揭露了社会矛盾,批判美国这个所谓文明世界的残暴,寄托他对理想世界的向往。马克·吐温晚年对美国社会感到失望、他的作品越来越从幽默和宽容转向尖刻的讽刺和激烈的抨击。90年代以后,他写一系列谴责美帝国主义的作品,如《赤道旅行记》(*Following the Equator*)、《败坏了哈德莱堡的人》(*The Man That Corrupted Hadleyburg*)和《神秘的来客》(*The Mysterious Stranger*)等,反映他对贪婪自私,残暴虚伪的人类的失望情绪。马克·吐温吸取乡土文学和西部幽默的长处,并加以发展,形成自己别具一格的文体。他擅长人物刻画,精于表现富有戏剧性的情节,尤其善于运用生动的口语和地方方言。他对美国现实主义文学的贡献极大。海明威曾说过:"全部现代美国文学起源于马克·吐温写的一本叫《哈克贝里·费恩历险记》的书。"

19世纪后期,和马克·吐温并驾齐驱的另一位著名作家是詹姆斯。他的作品属于世态小说,主人公基本上都是上流社会人士和有产阶级,代表作有《一位女士的画像》(*The Portrait of a lady*)、《鸽翼》(*The Wings of the Dove*)、《专使》(*The Ambassadors*)、《金碗》(*The Golden Bowl*)等。基本主题是三方面:纯真而粗俗的美国人和虚伪但有教养的欧洲人之间的矛盾与对比,现实生活同艺术的矛盾以及艺术家的孤独,物质与精神的矛盾和人生的道德抉择。在小说技巧方面,詹姆斯一反通常以作者为中心的叙述角度,创造了"有限视角"的叙述方法,以某个人物为"意识中心",从他的"角度"叙述故事、铺展情节。他后期的小说大量采用内心独白。为了细腻地表现人物心理和潜意识活动,詹姆斯常用冗长的句子、堆砌的副词与形容词、隐晦的比喻和象征,因此常被称为心理分析小说家。他那晦涩的文体、开放性结局和内心独白等手法大大影响了后世的现代派,尤其是意识流文学。

19世纪末,美国垄断资本逐步形成,国内矛盾日益尖锐。作家们对美国的扩张政策和国内贫富不均等社会现象深感忧虑。一批青年作家受法国自然主义的影响,用悲观主义宿命论的观点看待事物,认为人受环境和遗传因素的支配,不能把握自己的命运。他们比现实主义作家更为激进,关心社会底层的人民,以他们的悲惨生活说明世界上没有道德原则、人没有自由意志、宗教是荒唐的。有代表性的作家是克莱恩(Stephen Crane,1871—1900)、诺里斯(Frank Norris,1870—1902)和伦敦(Jack London,1876—1916)。克莱恩反映大城市贫民窟生活的《街头女郎梅季》(*Maggie: a Girl of the Streets*)和描写战争中恐怖心理的《红色英勇勋章》(*The Red Badge of Courage*)都描写外界环境对人物心理的影响,对第一次世界大战后"迷惘的一代"的作家有一定的影响。克莱恩的诗歌短小精悍、意象鲜明,对20世纪的意象派诗人颇有影响。

在欧洲自然主义文学运动的影响下,还出现了一批黑幕揭发者(muckrakers),主要是新闻界人士。他们专门揭发大企业的贪婪和残暴以及政界触目惊心的腐败行径。最著名的作品是辛克莱(Upton Sinclair,1878—1968)反映芝加哥屠宰场残酷剥削工人的《屠场》(The Jungle)。

现实主义和自然主义文学运动中成就最大的是德莱塞(Theodore Dreiser,1871—1945)。他出身贫苦,自幼过着颠沛流离的艰难生活,饱尝失业和贫穷的痛苦,对下层人民有深刻的了解和深厚的同情。德莱塞早年受尼采和社会达尔文主义思想的影响,但自20世纪20年代以后转向社会现实主义,甚至自然主义,具有鲜明的进步倾向。《嘉莉妹妹》(*Sister Carrie*)由于描写乡村姑娘为生活所迫而沦落但最后成为名演员的故事被指责为伤风败俗,曾一度遭到禁止。然而,德莱塞并未退却,又以同样的主题写了《珍妮姑娘》(*Jennie Gerhardt*)。代表作《美国的悲剧》(*American Tragedy*)被评论界称颂为"美国最伟大的小说",以感人的故事深刻阐明主人公克莱德是美国社会制度的受害者,他的堕落应由社会负责。

(五)现代主义时期(1918—1945)

自20世纪开始,美国文学进入新的时代。第一次世界大战对美国人的思想和精神面貌产生极大的影响。人们对自由民主的信念开始动摇,普遍感到迷惘,甚至绝望。他们不再把希望寄托在未来,而是强调"只争朝夕"、"及时行乐"。战后虽然出现暂时的经济繁荣,但是1929年股票市场的暴跌引起了持续10年的经济萧条。美国经济刚刚开始回升,第二次世界大战的阴影又开始笼罩大地。精神方面的危机导致文学的繁荣,但这时期文学的基调是低沉悲观的。人们在悲观失望中开始反省自己,以批判的眼光看待美国和美国的社会制度。与此同时,欧洲文艺思潮和弗洛伊德的精神分析学说对美国文学产生积极的作用。作家们开始注意探索人物的内心世界,发扬惠特曼等人改革诗歌形式的革新精神。众多的历史事件,工业化和城市化带来的矛盾等等都要求作家以新的手法、形式和体裁加以表现。因此,这又是一个大胆创新、大胆试验的时代,各种技巧、流派、文艺理论相继出现。反映时代深刻变化的作品无论在数量上,还是在质量上都大大超过19世纪的浪漫主义或现实主义文学。因此,这个阶段是美国文学的第二次文艺复兴,第二次大繁荣时期。这时期作家们一心寻求能够反映社会分崩离析和道德沦丧的手法技巧,不完整的片断和不连贯性成为作品形式上的主要特点。故事往往在突厄中开始,发展进程没有一定的逻辑和说明,结尾也不提供解决问题的方式,叙述角度、声音、语气也不断变换。描述方面最大的变化是从外部世界转向内心,从客观转向主观。这类现代主义作品为阅读制造困难,对读者提出很高的要求。

现代主义文学是从诗歌开始的。20世纪初,芝加哥成为诗人们反对传统的诗歌技巧、创作目的和主题的革命中心。主要刊物是《诗刊》杂志。后来有成就的诗人如林赛、桑德堡、洛威尔,以至庞德、斯蒂文斯等人都曾在这个刊物上发表过作品。当时的诗人大致可分为三类:

(1)芝加哥诗人。他们无论在诗歌形式上还是题材上都坚持惠特曼的传统,反映劳动人民的思想感情。

林赛(Vachel Lindsay,1879—1931)有意识地吸收民歌和爵士音乐的成分,使诗歌更具有美国特色。马斯特斯(Edgar Lee Masters,1869—1950)采用短小精悍、自由韵体和日常口语的诗歌反映小城镇平庸保守的生活给人带来的磨难。桑德堡(Carl Sandburg,1878—1967)是最有成就的芝加哥派诗人。他继承惠特曼的传统,诗歌接近散文,没有格律韵脚和规则重音,也没有复杂的形象或比喻。桑德堡还吸收民间歌谣、民间谚语的优良传统,语言朴素而幽默。

《芝加哥诗集》(*Chicago Poems*)、《人民,是的》(*The People, Yes*)是他最有代表性的诗集。这些诗歌表现了他对土地、人民和社会的无限热爱。还有一位诗人克莱恩(Hart Crane,1899—1932),早年追随艾略特,后来接受惠特曼和桑德堡的影响。长诗《桥》(*The Bridge*)描写20世纪的机器文明和"美国神话",既模仿艾略特,又有惠特曼的影响。

(2) 以庞德(Ezra Pound,1885—1972)和当时在伦敦居住尚未加入英国籍的艾略特(T. S. Eliot,1888—1965)为首的身居海外的诗人。他们是诗歌革命的主要力量。1908年庞德初到伦敦便和英国诗人休姆创立意象派(Imagism)诗歌,强调诗要具体,避免抽象,意象比喻要十分明确,语言要精炼,删除一切与意象无关的词语,诗歌形式可以采用自由体,格律可以根据口语节奏等等。接受他思想的美国意象派诗人有洛威尔(Amy Lowell,1874—1925)、希尔达·杜利特尔(Hilda Doolittle,1886—1961)和威廉斯(William Carlos Williams,1883—1963)等。庞德虽然后来脱离意象派,但他的诗歌理论冲击了陈旧的诗歌传统,为美国诗歌的发展开辟了道路。庞德最著名的诗歌是讽刺英国文化和表明献身艺术的决心的《休·赛尔温·毛伯利》(*Hugh Selwyn Mauberley*)和长篇史诗《诗章》(*The Cantos*)。《诗章》的第一部分在1917年出版,以后陆续增加,到1959年时共有109篇。《诗章》的内容庞杂,从诗歌理论到道德哲学以至名人评价、经济政策,几乎无所不包。意象派诗歌在第一次世界大战以后开始衰落,但是这一流派对美国诗歌在采用自由体、口语和铸造意象方面影响颇大。艾略特是新诗运动的主要人物,他的《荒原》(*The Waste Land*)借用大量的欧洲文学典故、神话、历史、暗示和联想,运用多种语言,以不连贯的结构、多变的语言、有节奏的自由体,构成一部思想和情调和谐一致的诗篇,一时成为诗人们模仿的典范。主要的追随者有斯蒂文斯(Wallace Stevens,1879—1955)。他的诗歌热情活泼,却又深奥、富有哲理。代表作有《带蓝吉他的人》(*The Man With the Blue Guitar*)等。他诗歌的主题往往表现想像力如何使混乱的世界获得秩序以及艺术表面上歪曲现实、实际上更深刻地揭示现实等理论。但是扎根美国生活的诗人并不完全接受艾略特的诗歌理论。威廉斯就曾说过:"《荒原》的发表好像爆炸了一个原子弹,把我们的世界给毁灭了。"威廉斯既摒弃诗歌传统,又反对艾略特大量运用博学典故、过分强调修辞的主张。他的诗歌如《佩特森》(Paterson)等深受惠特曼的影响,朴素简洁、不拘形式,摆脱传统韵律的束缚。

(3) 新英格兰诗人弗洛斯特(Robert Frost,1874—1963)和罗宾逊(Edward Arlington Robinson,1869—1935)属于第三类诗人,介乎上述两派之间,受到新诗歌运动的感染,但并不全盘接受它的原则和主张。弗洛斯特基本上采用传统的诗歌形式,但排斥其中矫揉造作等消极因素。他的诗歌多半以新英格兰地区为背景,运用当地普通人民的语言,描写乡间普通人民和日常生活。他的诗歌简洁朴素、易于上口,然而朴素中寓有深意,往往从自然景色、凡人俗事开始,以深刻的哲理思想结束。代表诗集有《少年的意志》(A Boy's Will)、《西去的溪流》(West-Running Brook)和《又一片牧场》(A Further Range)等。《修墙》(Mending Wall)、《摘苹果之后》(After Apple-Picking)和《白杨树》(The Birches)等诗歌把细腻的观察、深刻的象征意义和优美的格律音韵十分恰当地综合在一起。已经成为20世纪脍炙人口的诗篇。另一位诗人罗宾逊也以新英格兰的小镇生活作为创作的主要内容。代表作《夜之子》(The Children of the Night),表现新英格兰人民勇敢勤劳的美德。他的诗歌语言朴素、立意新奇,富有含蓄的冷嘲和幽默。

由于清教主义反对戏剧,美国的戏剧起步较晚,发展也比较慢。但19世纪末,欧洲戏剧进入全盛时期。在欧洲戏剧改革运动的影响下,美国各地纷纷成立小剧院。最著名的是1915年在纽约成立的华盛顿广场剧院(1919年改名为剧院协会)、1915年成立的普罗文斯敦剧社和1931年由剧院协会成员组建的同仁剧社。新剧运动的作家们努力避免俗套,大胆试验,用不同的手法进行创作,甚至在一个剧本中使用两种不同的手法,最常见的是现实主义手法和浪漫主义或象征主义手法相结合。这种幻想与现实相交织的表现主义手法推动了第二次世界大战以后的荒诞派戏剧。

这个时期戏剧的另一个特点是以社会问题为题材,目的在于批评时政,揭露社会的阴暗面。如赖斯(Emer Rice,1892—1962)的《加算器》(The Adding Machine)反映资本主义社会把人变成机器的奴隶。30年代以后,左翼文学兴起,戏剧的批判作用更为明显。代表人物奥德兹(Clifford Odets,1906—1963)的《等待老左》(Waiting for Lefty)便以罢工斗争为题材,揭露和批判资本主义社会。

新剧运动中成就最大的剧作家是奥尼尔(Eugene O'Neill,1888—1953)。他综合各家之长,既采用传统的手法,又大胆革新,充分吸取自然主义、象征主义和表现主义的长处。第一部多幕剧《天边外》(Beyond the Horizon)采用传统的手法,是美国第一部严肃的反浪漫主义的戏剧。但是同年发表的《琼斯皇帝》(Emperor Jones)却采用表现主义手法,用非剧中人的对话、布景及其不停顿的击鼓声表现剧中人物由不安到恐惧最后发展到歇斯底里的心理状态。《毛猿》(The Hairy Ape)是一部兼有现实主义、表现主义和象征主义手法的戏剧。《伟大之神布朗》(The Great God Brown)则运用象征主义手法,用面具表现人物的双重性格,用独白表现人物的内心冲突。《奇妙的插曲》(Strange Intellude)采用弗洛伊德的心理分析方法,以独白和旁白来表现意识流手法。

奥尼尔十分关心美国的社会问题,作品大多有深刻的现实意义。《天边外》反映现实对人们理想生活的摧残。《毛猿》描写在冷酷无情的资本主义社会里,工人被当成动物来对待。《榆树下的欲望》(Desire Under the Elm)表现资产阶级家庭争夺财产和由此引起的后果。《卖冰的人来了》(The Iceman Cometh)揭示30年代经济危机时期人们的空虚和绝望。奥尼尔还不断探索个人理想与现实的矛盾冲突,但他认为在神秘而有敌意的宇宙里,个人寻求自我的努力总是不能实现,事物的发展总是与个人愿望相违背。奥尼尔勤于探索、勇于实践,创立了独特的风格,使美国戏剧在20和30年代达到前所未有的繁荣,真正成为美国文学的一个组成部分。他是美国戏剧史上一个十分重要的人物。

两次大战期间还是小说极其繁荣的时期。作家们试验创新,各种流派相继出现。当时在小说细节的处理上一般采用两种手法:文献记录式和启发式。辛克莱·刘易斯、多斯·帕索斯等作家采用文献记录式,利用大量的细节,力求情景、场面和对话富有科学的准确性和完美性,并且通过细节烘托气氛、表现作者意图。然而,采用启发式手法的作家在细节的选择上十分挑剔。细节虽然符合现实,却又富于象征意义,含蓄而耐人寻味。海明威是这类手法的大师,他要求作品像冰山一样,只有 1/8 露在水面之上,其他的 7/8 留待读者去想像和回味。菲茨杰拉德在第一部小说《人间天堂》(This Side of Paradise)里采用文献记录式手法,但《了不起的盖茨比》(The Great Gatsby)就不再堆砌细节,而是更富有抒情的诗意。由此可见,当时总的趋势是对细节精心选择,使小说具有诗意和象征性。在故事情节的处理上,刘易斯等人采用传统的手法,从时序出发,分开端、发展、高潮、结局四个步骤。但更多的作家对传统手法进行改革。有些作品没有贯穿全书的主人公,众多的人物之间也没有一定的联系;有的小说时序颠倒,正叙和倒叙穿插进行。有的小说情节错综复杂,但又彼此之间仿佛毫无联系;还有的小说采用多角度多人称叙述法,角度不断变化。总之,作家们力图通过叙述手法表现社会和人的精神世界的混乱场面。在人物的刻画方面,这时期的小说家几乎都摈弃作家出场发表评论的手法。他们强调通过对话和行动来表现人物的个性和内心世界。海明威总是以细致的动作描写和大量对话来提示人物的心理。安德森不注重人物形象的刻画,而着意于他们的内心活动和精神状态。弗洛伊德的心理学给作家开辟了探索人物心理的广阔大地。他们认识到表现人物复杂的心理活动和似乎毫无逻辑的潜意识状态的重要性,开始大量采用意识流等表现手法。

20 年代对美国作家影响最大的是身居海外的斯泰因(Gertrude Stein,1874—1946),代表作《三个女人的一生》对传统的小说技巧进行大胆的改革。她吸收电影以画面表现景象的手法,以重复基本相同而略有不同的句子和文字来表现中心思想。她主张遣词造句力求简单,以重复突出主题。她的创作思想和实践对安德森以及第一次世界大战后崛起的年轻作家产生了很大的影响。

第一次世界大战前后其他比较著名的女作家有华顿(Edith Wharton,1862—1937)、格拉斯哥(Ellen Glasgow, 1874—1945)和凯瑟(Willa Cather,1873—1947)。她们基本上都是坚持现实主义传统的乡土作家,都关心新富和物质主义对传统道德观念的影响。华顿的《快乐之家》(*The House of Mirth*)和《天真时代》(*The Age of Innocence*)既讽刺暴发户的庸俗和私利,又批判上流社会狭隘的文化和传统的道德观念。格拉斯哥反映南方贵族文化的没落和庄园主的败落。《荒芜的土地》(*The Barren Ground*)和《浪漫主义喜剧演员》都涉及在注重物质享受的世界里人们如何保持精神理想的问题。凯瑟早期的作品《哦,拓荒者》(*Oh Pioneers*)和《我的安东尼亚》(*My Antonia*)歌颂第一代移民在开发西部边疆过程中所表现英勇品质。《一个沉沦的妇女》(*A Lost Lady*)和《教授的住宅》(*The Professor's House*)揭露物质享受和拜金主义思想对优良传统和道德品质的腐蚀。她最优秀的作品《死神迎接大主教》(*Death comes to me Archbishop*)歌颂早年在新墨西哥州印第安人中传教的天主教神父的献身精神,企图以这种对精神世界的追求作为解决问题的方法。

随着大工业、大城市的兴起,一些美国作家开始揭露小镇平庸闭塞的生活和狭隘庸俗的传统观念对人们精神生活的扼杀。刘易斯(Sinclair Lewis 1885—1951)和安德森(Sherwood Anderson,1876—1941)是比较有代表性的两位作家。刘易斯采用传统的现实主义手法。《大街》(*Main Street*)描写小镇居民安于现状,固守旧俗,拒绝一切新的思想和变革。《巴比特》(*Babbitt*)塑造了一位无力摆脱工业社会拜金主义和思想束缚的小人物,为英语词汇增加了一个"庸俗的市侩"的同义词。1930年,刘易斯成为第一个接受诺贝尔文学奖的美国作家。

安德森和刘易斯在创作手法上大不相同。他深受斯泰因的影响,抛弃以情节为主的传统格局,强调刻画人物的内心世界,通过人物一瞬间爆发出来的感情来表现他们的个性和内心深处的隐秘。这使他成为美国现代派作家的先驱,对海明威、福克纳等青年作家有很大的影响。在题材方面,他也描写小市镇生活,但侧重表现普通人的彷徨和苦闷。代表作《俄亥俄州的温斯堡镇》(*Winesburg,Ohio*)就描写这样一群畸零人。他们追求理想、探索生活的真理、渴望爱与同情,可是狭隘的社会观念、枯燥乏味的平庸生活压抑了他们个性的发展,使他们成为心理变态的怪人。安德森擅长短篇小说,写了不少有关描写少年成长的故事。最为出色的有《鸡蛋》(*The Egg*)、《林中之死》(*Death in the Woods*)等。

很多在 20 年代发表作品的年轻作家往往被称为"迷惘的一代"(the lost generation)。他们曾怀着自由民主的幻想参加过第一次世界大战。然而，残酷的战争、无谓的牺牲使他们的理想幻灭了。他们不能接受战后美国自满自足、平庸乏味的生活，离开美国，到欧洲尤其是巴黎定居后并从事创作活动。主要的代表作家有多斯·帕索斯、菲茨杰拉德和海明威等。多斯·帕索斯(John Dos Passos, 1896—1970)是最早表现年轻人反抗社会的作家。《三个士兵》(*Three Soldiers*)描述第一次世界大战对艺术和艺术家的摧残。《曼哈顿中转站（*Manhattan Transfer*）没有贯串全书的主人公，而是以混乱的画面、互不相干的章节来表现世界的混乱。《美国》(*U.S.A.*)三部曲《北纬四十二度》(*The 42nd Parallel*)、《一九一九年》(*1919*)和《赚大钱》(*Big Money*)是他最主要的作品。多斯·帕索斯在现实主义手法的基础上采用"新闻短片"，曾被誉为"一部伟大的民族史诗"。

菲茨杰拉德(Scontt Fitzgerald, 1896—1940)虽然没有去过前线，却是典型的"迷惘的一代"的作家。第一部长篇小说《人间天堂》和一百多篇短篇小说真实地反映爵士时代人们醉生梦死的空虚的精神面貌，生动地再现了 20 年代美国青年认为"一切上帝都死亡了，一切战争都打完了和一切对人的信念都动摇了。"的绝望心理。《了不起的盖茨比》和《夜色温柔》(*Tender is the Night*)从内容到技巧都更为成熟，进一步揭露"美国梦"和"美国精神"的迷惑性和空虚。菲茨杰拉德是继德莱塞以后又一个抨击腐蚀人们灵魂的美国梦的作家。

海明威(Ernest Hemingway, 1899—1961)是"迷惘的一代"作家的主要人物。《太阳照样升起》(*The Sun Also Rises*)反映大战后在欧洲彷徨游荡的美国青年绝望和幻灭的情绪。《永别了，武器》(*A Farewell to Arms*)表现战争如何粉碎人们的理想和生活目的。《丧钟为谁而鸣》(*For Whom the Bell Tolls*)描写西班牙的内战。海明威小说的主人公常常是位心灵受过创伤、敏感而玩世不恭的年轻人，但他作品里往往又有一位勇敢正直的英雄。海明威笔下的英雄可能是不见经传的猎人、士兵、斗牛士、拳击家，但他们都具有"硬汉"性格，百折不挠、视死如归。他们给海明威的主人公以启示,以这样的处世原则教育他们,即在困难前面不低头、在压力下面不弯腰。《老人与海》(The Old Man and the Sea)中的老渔民集中体现了海明威大力推崇的在失败中保持尊严从而取得精神胜利的生活原则。海明威不仅为美国文学创造了"硬汉"形象,他那含蓄简练、清新有力的文体对美国文学也产生了极大的影响。

20世纪30年代,美国出现经济危机,各种矛盾日趋激化。同时,马克思主义的影响日益扩大,作家们关心政治,抨击资本主义制度,作品带有一定的政治倾向,左翼文学开始兴起。其中最著名的是斯坦贝克(John Steinbeck,1902—1968)反映30年代大萧条时期的小说《愤怒的葡萄》(The Grapes of Wrath)。小说通过俄克拉荷马州佃农乔德一家被迫背井离乡去西部另谋生路的故事,深刻揭露美国严重的社会问题。斯坦贝克还写过描写加利福尼亚摘水果的流动工人罢工斗争的《胜负未决的战斗》(In Dubious Battle)。

这时期美国南方作家开始联合起来,出版小型刊物,对文艺思想和评论各抒己见。1925年《弗吉尼亚评论》(The Virginia Review)杂志创刊,南方终于有了一个堪与北方优秀刊物相媲美的文学刊物。南方文艺中心的一支中坚力量是"逃亡者派"(the Fugitives)。这个松散的文化团体聚集了一批杰出的作家和诗人,如兰塞姆(John Crowe Ransom,1888—1974)、华伦(Robert Penn Warren,1905—1989)、泰特(Allen Tate,1899—1979)等,并出版颇有影响的文艺杂志《逃亡者》。他们思想比较保守,提倡维护南方传统的文学地方主义,反对工业化社会,鼓吹南方继续保持农业传统,因此又被称为"重农学派"。30年代美国经济萧条时期,重农思想在南方影响极大。他们的杂志《南方评论》(Southern Review)和《肯庸评论》(Kenyon Review)对"新批评派"文艺理论的形成起过很大的作用。

南方文艺复兴时期最主要的作家是福克纳(William Faulkner,1897—1962)。他一共写了19部长篇小说和70多个短篇故事,大部分故事发生在南方密西西比州一个虚构的、叫约克纳帕塔法的地方。福克纳以他神妙的想像力把这片土地、人民和历史构成一个神秘的王国。这些作品探索从南北战争到20世纪30年代的历史和庄园主贵族、新富、穷白人和黑人，甚至印第安人组成的阶级社会，表现南方大家族的兴衰、黑奴制的后果、种族矛盾、敏感而理想主义的年轻主人公与现代社会的冲突等等。他的主人公（如《喧哗与骚动》(*The Sound and the Fury*)中的昆丁）常常是悲剧性的，因为他们背负沉重的历史负担、社会传统习俗的枷锁，无法面对现实生活。与他们相反，福克纳还塑造了一群乐天知命、不受生活体系和习俗束缚的，因而有力量有勇气能处危不惊的"自然"人，如《喧哗与骚动》中的黑女佣迪尔西、《熊》中的山姆·法泽斯等。在他的笔下，那些适应现代社会的人，如《喧哗与骚动》中的杰生和《斯诺普斯》三部曲（由《村子》(*The Hamlet*)、《小镇》(*The Town*)、《大宅》(*The Mansion* 组成)中的弗莱姆·斯诺普斯，则丧失人性，变得冷酷无情。

在福克纳的世系小说中，最有代表性的是《喧哗与骚动》、《八月之光》(*Light In August*)、《押沙龙，押沙龙!》(*Absalom, Absalom!*) 与《去吧，摩西》(*Go Down, Mosos*)等。《喧哗与骚动》通过康普生贵族家庭的衰落反映传统价值体系的破产和道德法则的消亡。《八月之光》表现一个不知自己是白人还是黑人的年轻人跟社会观念与习俗的冲突以及人的异化和孤寂。《押沙龙，押沙龙!》讲述白手起家、一心创建自己家园的塞德潘及他的失败。福克纳采用侦探小说的形式，让几位不完全知道内情的人来分析塞德潘的命运并进一步企图解释历史。《去吧，摩西》是一部由一系列关于基本上是同一个主人公的故事组成的小说，主旨在于表现南方社会中黑人与白人的种族关系。

福克纳不仅以他丰富的想像力著称，而且还以他出色的技巧和试验手法获得世人的赞赏。他在众多的作品中几乎不用雷同的手法。他的作品语言艰涩、句子冗长，加上意识流、内心独白、多视角叙述、时序颠倒、象征隐喻等手法，给读者造成很大的困难。然而，他正是运用这种扑朔迷离、纷乱复杂的文体表明世间事物和人心的复杂性。福克纳认为作家的责任在于表现人的内心冲突，描写包括爱、荣誉感、自豪感、同情心和牺牲精神等古老的真理，以便提醒人们铭记曾经造就他们光荣历史的品质，帮助他们得以永存。评论家们一致认为，他不仅仅是一个南方作家，而且是在美国文学史，甚至世界文坛上举足轻重的一位大师。

两次大战期间,文艺批评开始在美国文学上起主导作用。影响最大的文艺理论流派是新批评派。新批评派接受艾略特的理论,反对介绍作品的背景知识、作者生平、创作过程和发挥个人印象的批评方式,认为文学作品是艺术并主张对作品本身进行精密的分析。新批评派虽然常常忽略作品的社会意义,割裂作品与历史的关系,但它提出的一系列理论原则,对推动美国文艺理论的发展起过极大的作用。它的主要代表人物有布莱克默(R. P. Blackmur,1904—1965)、兰塞姆(John Crowe Ransom,1888—1974)、伯克(Kenneth Burke,1897—1993)、布鲁克斯(Cleanth Brooks,1906—1994)等。另外一些批评家如考利(Malcolm Cowley,1898—1989)和威尔逊(Edmund Wilson,1895—1972)等则吸收各家之长。考利的著名作品《流放者归来》(*Exdes Return*)深入分析并评价20年代"迷惘的一代"的各位作家。威尔逊写过不少文章,研究文学的社会意义和政治意义。

第一次世界大战以后,随着白人知识分子对旧习惯、旧传统和旧的生活感到厌倦,对黑人文化和音乐日益产生浓厚的兴趣,黑人文化有了较大的发展。图默(Jean Toomer,1894—1967)的《甘蔗》(*Cane*)是第一本采用意识流手法的黑人作品。20年代后期到30年代初,居住在纽约哈莱姆贫民区的黑人作家以大量的作品表现黑人的悲惨生活,形成哈莱姆文艺复兴。麦克凯(Claude McKay,1890—1948)、卡伦(Countee Cullen,1903—1946)和图默等人都是在一时期崛起的黑人作家。但最著名最有成就的是休斯(Langston Hughes,1902—1967)。诗集《萎靡的布鲁斯》(*The Weary Blues*)中的诗歌采用爵士音乐的节奏和韵律,热情奔放。休斯的出色诗歌使他获得"哈莱姆桂冠诗人"的称号。休斯是位多才多艺的作家,除了诗歌以外,还在以黑人辛波儿为主人公的很多小说和戏剧中用幽默揶揄的手法描写黑人眼中的白人,对他们的虚伪行径进行讽刺和挖苦。休斯在文艺思想和各种文学体裁方面的成就不仅对黑人文学,也对白人文学产生过不小的影响。

30年代的经济危机妨碍了哈莱姆文艺复兴运动的发展。但以赖特(Richard Wright,1908—1960)为首的一群黑人作家仍然发表了很多战斗性很强的抗议文学。赖特的《土生子》(Native Son)常被与德莱塞的《美国的悲剧》相提并论,因为赖特也在小说中证明黑人别格并非天性凶暴,而是社会逼他走上杀人的绝路。赖特的故事生动紧凑,文笔精练而富有激情。比较重要的作品还有《汤姆大叔的孩子们》(Uncle Tom's Children)和自传《黑孩子》(Black Boy: A Record of Childhood)。

(六) 当代文学(1945—)

1945年第二次世界大战结束了。但是,纳粹分子对犹太人的大屠杀罪行,原子弹的使用等等,都使人们一时难以摆脱战争带来的恐惧和不安。50年代的冷战和迫害知识分子的麦卡锡主义进一步加剧了人们的紧张心理。由于原子弹的使用,人们对50年代氢弹试验成功、人造卫星上天等技术革命和科学成就感到不安,怀疑技术进步不能造福于人类。60年代以后,美国人民的反战运动、民权运动、女权运动等一系列政治事件,加上人口爆炸、环境污染等问题日益严重,使人们的思想更加活跃,也更为混乱。总的说来,第二次世界大战后,在美国作家的眼里,历来向往的"美国梦"变成了梦魇;民主的理想、个人的追求、宗教的信仰不复存在。传统的道德观念、价值体系失去了作用;现代人和历史失去联系,没有前途和未来,又无法与他人沟通思想感情,只能永远处在孤独异化的困境之中。这一切反映在文学上,产生了50年代排斥一切文化和价值观念的"垮掉一代"(The Beat Generation)作家。60代以后,无论小说还是诗歌都以人的异化为主题,用夸张的手法、荒唐可笑的情节表现人的困境。"黑色幽默"(Black Humor)、荒诞派戏剧(theatre of absurd)流派相继出现。

一般说来,第二次世界大战以后的美国小说有三个特点:第一个特点是新小说的主人公们不相信任何政治原则、社会理想、宗教教义或道德准则,但他们又为失去这一切而深深地感到惋惜和不安;他们竭力逃避现实却又永远漫无目的地四处追求寻找并不明确的东西。最典型的作品是50年代"垮掉一代"的代表作家凯鲁亚克(Jack Kerouac, 1922—1969)的《在路上》(On The Road, 1957)。其次,现代小说中,幽默有了新的意义。在作家眼里,世界和世间一切事物都是荒唐、怪诞、不合情理的,人生在世是极端荒谬可笑的。于是,他们用怪诞、幻想、夸张的手法力图再现混乱的、难以捉摸的现实。他们笔下的主人公是疯狂的,社会也是疯狂的。这种令人痛苦的现实通过极端的讽刺加以反映,幽默变成歇斯底里式的狂欢,含着眼泪的欢笑。"黑色幽默"的代表作是海勒(Joseph Heller,1923—)的《第22条军规》。其他著名的黑色幽默作家还有巴斯(John Barth,1930—)、品钦(Thomas Pyncheon,1937—)等。第三,寻找自我成为这一时期小说的最重要的主题。作家们纷纷提出"自我本质"(Identity)的问题,努力探索对"我是谁?""人的本质是什么?"等一类问题的答案,但往往没有结论。最为典型的作品是黑人作家埃利逊(Ralph Ellison,1942—1994)的《看不见的人》(Invisible Man)。

60年代出现一种新型的"非虚构小说",又称"新新闻体小说",这种小说把事实和猜测糅合在一起,以社会上轰动一时的事件为基础,掺杂作家自己的观察和想像。它们既不同于一般的报告文学,因为其中包含作者的观点,又不同于虚构小说,因为是以真实事件为依据的。卡波特(Truman Capote,1924—1984)在1966年发表的《凶杀》(*In Cold Blood*)是第一部非虚构小说。梅勒(Norman Mailer,1923—)、沃尔夫(Tom Wolf)等在这方面都有所建树。梅勒描写1967年为抗议对越战争而举行的向五角大楼进军的《黑夜的军队》(*The Armies of The Night*)还曾获1969年非虚构小说的普利策文学奖。

第二次世界大战以后的战争文学同第一次世界大战以后海明威等人的作品有相似之处,都描写军队生活的贫乏和战争的可憎,但不再充满自怨自艾的情绪,涉及的面比较广。如欧文·肖(Irwin Shaw,1913—1984)的《幼狮》用多角度的手法描写纳粹分子和美国士兵的心理活动;梅勒的《裸者与死者》(*The Naked and the Dead*)反映士兵和军官之间的矛盾;琼斯(James Jones,1921—1977)的《从这里到永恒》(*From Here to Eternity*)表现单调乏味的军营生活和军事机构对个人尊严的践踏。

这时期的南方文学在小说方面发展很快。除福克纳以外还有波特（Katherine Annc Porter,1890—1980）、麦卡勒斯（Carson McCullers,1917—1967）、奥康诺（Flannery O'Connor,1925—1964）、韦尔蒂（Eudora Welty,1909— ）和华伦（Robert Penn Warren,1905—1989）等。

　　波特是美国极有成就的短篇小说家之一。她的作品主要描写人的孤独失意的罪愆感，现代人空虚贫乏的精神世界，文笔细腻、用字严谨、风格优美。代表作有短篇小说集《斜塔》(*The Leaning Tower and Other Stories*)和长篇小说《愚人船》(*A Ship of Fools*)等。奥康诺的小说以怪诞阴暗著称。在她的笔下，世界总是充满暴力和邪恶，勤奋正直等传统美德无法得到继承和发扬，奥康诺的文体简略诙谐，善于运用日常口语。代表作有《好人难寻》(*A Good Man is Hard to Find*)等。韦尔蒂是又一位擅长短篇小说的南方女作家。她的作品和福克纳一样充满浓郁的乡土气息。但她不像福克纳那样对世风日下持忧虑态度，而是以冷静的眼光客观地表现人的愚蠢和生活中的可笑现象。《金苹果》(*The Golden Apples*)、《英尼斯佛伦的新娘》(*The Bride of Innisfallen*)等都是比较出色的短篇小说集。评论家们普遍认为华伦是南方继福克纳之后最重要的作家，他不仅在小说方面颇有建树，而且还是个杰出的诗人和文艺理论家。《国王的人马》(*All the King's Men*)集中表现华伦作品的中心主题：人只有通过认识自我才能实现自我和物质世界对人的腐蚀作用。

　　第二次世界大战以后涌现出一批黑人新作家。埃利逊（Ralph Ellison,1942—1994)以《看不见的人》一书一举成名。这部小说以少年成长寻求自我为中心，并不局限于对种族歧视和压迫的抗议。小说的主人公无论在南方还是在北方都发现人们用固定的眼光看待他，他在别人的眼里是个没有个性的人，因此是"看不见的人"。评论家们一致认为这本小说有深远的意义，主人公代表的是一切包括白人和黑人在内的寻求自我的现代人。埃利逊在小说中运用各种象征手段、历史典故和神话以及现实主义、表现主义、超现实主义等手法，甚至还吸收黑人爵士音乐和布鲁斯的一些手法，是一部从内容到技巧都极为出色的作品。

　　鲍德温（James Baldwin,1924—1987)积极参加争取黑人种族平等的民权运动,政治影响比埃利逊要大得多。他最优秀的作品是描写青少年生活的《向苍天呼吁》(Go Tell It on the Mountain)。鲍德温还是出色的散文家,文笔犀利,激昂有力。著名的散文集有《没有人知道我的名字》(Nobody Knows My Name)、《下一次将是烈火》(The Fire Next Time)等。

黑人作家中有些人不用小说的形式,而是用大量的事实和个人经历来反映他们所受的压迫与痛苦,如著名的和平主义者马丁·路德·金(Martin Luther King, Jr. 1929—1968)的《我有一个梦想》(I Have a Dream)、马尔科姆·爱克斯(Malcolm X, 1925—1965)的充满激情的《自传》(The Autobiography of Malcalm X)等。

在戏剧方面成就较大的黑人作家是女作家汉斯贝里(Lorraine Hansberry, 1930—1965),其《阳光下的葡萄干》(Raisin in the Sun)歌颂一个黑人家庭敢于反抗命运的勇气和力量,受到评论界的普遍赞赏。诗歌方面比较出色的有勒鲁伊·琼斯(Leroi Jones, 1934—)。他企图创作一种只有黑人能使用也只有黑人才理解的文体和语言,用以排斥传统的语言、意象和思想,也即他所谓的"白人"的诗歌特色。

80年代以来,两位黑人女作家艾丽斯·沃克(Alice Walker, 1944—)和托尼·莫里森(Tony Morrison, 1931—)在美国文坛上声望日高。沃克关心妇女运动,尤其是黑人妇女的问题和斗争。1982年出版的《紫颜色》(The Color Purple)突破了传统黑人文学的题材,正面描写黑人男女之间的矛盾和冲突以及黑人男人大男子主义对黑人女人的摧残,提出黑人女人如何互相关心,建立女性意识,成为具有独立个性的新人的办法。这本小说已经成为美国妇女文学的经典著作。莫里森的成就更大,她关心黑人女性的心灵世界,也表现黑人男人的新的问题,但她更注意的是黑人和白人两种文化的冲突对黑人的影响,更强调黑人忘却自己的祖先和自己本民族的传统文化的严重后果。她的技巧也比沃克更胜一筹,既吸收现代派的意识流、多视角等技巧,又充分运用黑人民间文学中诸如人会飞,树木、鱼鸟能思维有感情,死人能还魂的传说,使她的作品,如《所罗门之歌》(Song of Solomon)、《宝贝儿》(Beloved)等别具一格,回味无穷。

1993年,莫里森被授予诺贝尔文学奖,成为得此殊荣的第一个也是迄今为止惟一的黑人女作家。

美国作家中犹太裔比较多。第二次世界大战后,他们发表的作品日益增多,形成了影响很大的犹太人文学这个流派。最为著名的犹太人作家是贝娄、马拉默德和罗斯。

贝娄(Saul Bellow, 1915—)的处女作《晃来晃去的人》(*Dangling Man*)和《赛姆勒先生的行星》(*Mr. Sammler's Planet*)表现大屠杀给犹太人造成难以消除的恐惧和伤害,法西斯的迫害使他们失去信念。其他好几部小说,如《雨王汉德逊》(*Henderson the Rain King*)、《赫尔索格》(*Herzog*)、《洪堡的礼物》(*Humboldttr Gift*)等,都描写富裕社会中敏感的犹太知识分子的迷惘、空虚和绝望。这一主题其实已经并不局限于犹太人。贝娄探索的是西方世界的精神危机,关注的是人道主义的危机以及个人在社会中的地位。他的作品具有深刻的社会意义。

马拉默德(Bernard Malamud,1914—1986)专门描写大城市里的下层犹太裔居民,如小店主、杂役、鞋匠、裁缝等。他以现实主义手法、简洁隽永的文笔,刻画这些小人物的善良品质和所受的磨难,尤其是社会和排犹太主义者对犹太人的歧视与迫害。他的故事幽默诙谐,既富有戏剧性,又寓意深远,探索生活在孤独中的犹太人与犹太传统的关系。比较出色的有长篇小说《装配工》(*The Fixer*)、《店员》(*The Assistant*)、《房客》(*The Tenant*)和短篇小说集《魔桶》(*The Magic Barrel*)等。

罗斯(Philip Roth,1933—)是年轻一代犹太裔作家的代表人物,擅长描写已经彻底美国化了的犹太人中产阶级的生活、肤浅的拜金主义思想和年轻人的迷惘与反抗。《再见吧,哥伦布》(*Goodbye, Columbus*)和《波特诺伊的抱怨》(*Portnoy's Complaint*)描写年轻一代的犹太人对传统、家庭的反抗。《鬼作家》(*The Ghost Writer*)、《解放了的朱克曼》(*Zuckerman Unbound*)和《解剖学课》(*The Anatomy Lesson*)三部曲描写一个颇有事业心的年轻作家的成名与失落,有一定的自传成分。罗斯的小说以幽默见长,但性描写过多。

另一位著名的犹太裔作家是塞林格(J. D. Salinger,1919—)。

他并不一定写犹太人。但他的《麦田里的守望者》(Catcher in the Rye)反映富家子弟的空虚和苦闷，常常被和马克·吐温的《哈克贝里·费恩历险记》相提并论。不同之处在于主人公霍尔顿已经不像哈克那样可以离开虚伪的社会，到大自然中去寻求安慰。

当代小说家中厄普代克(John Updike, 1932—)是位多才多艺的作家，不仅写小说，而且作诗编剧本，散文和评论也很出色。他还是位多产作家，几乎年年都有作品问世。他的作品涉及的面很广，有关于少年如何努力摆脱小市镇生活的束缚企图走向更广阔天地的，有描写家庭生活、婚姻问题、人和人之间关系的。但最著名的是从1960年开始每隔10年出一本的《兔子》四部曲《兔子，跑吧》(Rabbit Run)、《兔子回来了》(Rabbit Return)和《兔子富了》(Rabbit Is Rich)及《兔子安息了》(Rabbit at Rest)。这四部曲通过主人公的变化，深刻反映从50年代到80年代末的时代特征和人的精神面貌的变化。不少评论家认为厄普代克是当代最有希望、成就最大的作家之一。

在诗歌方面，第一次世界大战以后成名的诗人，如斯蒂文斯、肯明斯、弗洛斯特等，在第二次世界大战以后仍然保持巨大的影响。他们是诗坛的权威，他们的创作理论和原则成为诗人奉行的信条。第二次世界大战以后，很多诗人进入大学任教。他们的生活优裕了，发表诗歌的机会也多了。可惜，大多数人的诗歌和早年新英格兰地区学院派诗人一样平淡无奇。直到50年代后期"垮掉一代"(The Beat Generation)诗人的创作才冲破了这种沉闷的空气。50年代后期，一些年轻的作家和诗人以颓唐放纵的生活、反传统的文学形式反对美国文化和价值体系，形成名噪一时的"垮掉一代"文学。他们在诗歌方面成就比较大，开始采用松散的结构和大量的俚语。这场运动的代表诗人是金斯堡(Allen Ginsberg, 1926—1997)。诗集《嚎叫》(Howl)反映美国青年对资本主义社会感到幻灭后追求刺激以麻醉自己的情绪和反对一切权威的无政府主义思想。金斯堡受英国诗人布莱克和美国诗人惠特曼与威廉姆斯的影响，采用自由诗体，诗行较长，充满激情和想像力。

"垮掉一代"的诗歌改变了战后诗歌的面貌，使诗歌开始带有较浓厚的个人自传性质。精神失常、性爱、离婚、酗酒等生活事件都成为诗歌的题材。洛威尔(Robert Lowell, 1917—1977)的《人生写照》(*Life Studies*)是一组自传性诗篇,介绍诗人的生活经历和心理变化,开创了"自白诗歌"的先例。其他自白派诗人还有写了大量关于人工流产、妇女的性生活和她在精神病院中的经历的塞克斯顿(Anne Sexton, 1928—1974),描写诗人酗酒和精神失常的事实的贝里曼(John Berryman, 1914—1972)和反映想自杀的女人心理的普拉斯(Sylvia Plath, 1932—1963)等。

这一时期的诗歌还带有强烈的政治色彩。洛威尔愤怒抗议对越战争;里奇(Adrienne Rich, 1929—)拥护女权运动;黑人女诗人布鲁克斯(Gwendolyn Brooks 1917—)支持黑人解放运动;黑人诗人勒鲁伊·琼斯(Leroi Jones, 1934—)则更进一步,提出"黑人权力"的口号,此外,以奥尔逊(Charles Olson, 1910—1970)为首的黑山派诗人坚持摈弃一切正规的诗行长度和规范的诗歌格律,甚至连诗行左端的页边行距都不需要整齐划一。阿什贝里(John Ash Berry, 1927—)和奥哈拉(Frank O'Hara, 1926—1966)等纽约派诗人认为诗歌不过是即兴之作,写完以后便失去了任何意义。第二次世界大战以后,美国诗歌派别众多、风格迥异,但却具有一个共同的特点:即它们摆脱了艾略特的"非个性化"诗歌的影响,摆脱了过去的超脱客观、含蓄诙谐的诗风,而是在内容上直抒个人胸怀,以个人的经历和感受表现机械化和现代物质文明对人的精神世界的摧残;在形式上公开反对以英国诗歌为中心,进一步强调诗歌的美国特色。

在戏剧方面,第二次世界大战以后,美国出现了四位优秀的剧作家:英奇(William Inge, 1913—1973)、威廉斯(Tennessee Williams, 1914—1983)、米勒(Arthur Miller, 1915—)和阿尔比(Edward Albee, 1928—)。英奇擅长描写小人物的失意,作品颇多象征手段,但深度不够。代表作有《回来吧,小希巴》和《野餐》等。威廉斯主要描写南方的没落、普通人的失意和痛苦、追求幸福之艰难。他一生创作很多,最著名的是《欲望号街车》(*A Street Car Named Desire*)、《玻璃动物园》(*The Glass Menagerie*)和《热铁皮屋顶上的猫》(*Cat on a Hot Tin Roof*)。米勒是战后最著名的美国戏剧家,成名作是一部社会道德剧《全是我的儿子》(*All My Sons*)。但《推销员之死》(*Death* of A Salesman)被一致公认为二次大战后最优秀的剧本之一。主人公洛曼一生追求成名成家,但始终未能如愿。米勒通过洛曼和他的美国梦的幻灭证明,普通人也可以成为悲剧式人物。此外,《炼狱》(The Crucible)无情地揭露与讽刺迫害左翼人士的麦卡锡主义。《堕落之后》和《代价》等剧本则表明米勒无论在主题还是技巧方面都是个多面手。另一个杰出的剧作家是阿尔比,他的著名作品有《动物园的故事》(The Zoo Story)、《美国梦》(The American Dream)、《谁怕维吉尼亚·吴尔夫?》(Who's Afraid of Virginia Woolf?)等。阿尔比运用象征、暗喻、夸张等近乎超现实主义的手法描写美国社会,主题往往是美国梦的破灭、人的孤独和追求自我本质的困难。

20 世纪的美国文学

新旧交替时的美国文学

19 世纪末 20 世纪初是美国社会飞速发展的时期。从 1865 年南北战争结束到 1914 年第一次世界大战开始,美国完成了从农业国到工业国,从农村社会到城市社会的过渡。到 1900 年,作为经济发展重要标志的铁路已近 20 万英里,超过全欧和俄罗斯铁路里数的总和。钢铁、煤炭、石油等基础工业以及交通运输、电讯电信等事业日新月异,规模之大达到前所未有的地步。新型机械、科学发明和政府保护工商业的政策不断刺激工业的增长。与此同时,农业也经历了一场革命。西部边疆的开发使耕地面积在 1860 到 1910 年之间扩大了一倍多,农场数目增加了两倍。农业机械和新的农业技术不仅提高了作物产量还解放了大批的劳动力。此外,激烈的竞争导致垄断,资本集中在少数财团和托拉斯的手中。1900 年,仅为人口 2% 的少数富豪占有全国财富的 60%。今天尽人皆知的摩根、卡内基、洛克菲勒等巨富都是在这段时间内形成的。他们控制了铁路、工业和商业,并进一步左右全国的经济革命。此时的美国已经有了扩张的野心和称霸世界的欲望,在 1898 年对西班牙的战争和 1900 年参加八国联军、镇压中国的义和团运动中充分暴露了它的帝国主义面目。

这还是一个充满希望的时代,人人都做着发家致富的美国梦,都相信美国是实现他们梦想的最美妙的国土。这种希望表现为人口的大迁移。一种是欧洲的大批移民涌向美国(自 1906 年到第一次世界大战爆发,每年来到美国的移民都在 100 万左右),不仅去西部边疆而且去城市。另一种是农村人口大量进入城市。这两种移民为工业提供了廉价的劳动力,又促使城市迅猛发展。许多村庄一夜之间变成城镇,用不了 10 年,又发展成为大城市。1860 年,美国城市人口占总人口的六分之一,但到了1900年,美国已有六个人口超过50万的大城市,其中三个超过了100万。

然而,这又是一个使人困惑绝望的时代。经济的繁荣、金元帝国的形成带来众多的社会问题。富起来的资本家大力宣扬国家应对工商业采取自由放任的政策,鼓吹财富是上帝的恩惠而贫困是罪孽的表现[①]。他们与政客互相利用、狼狈为奸,不断制造腐败与丑闻。资本的高度集中还进一步促使贫富差距日益扩大。农村里由于农业商业化,农民无法掌握自己的命运,破产事件时有发生;城市中贫穷与财富形成更为鲜明的对比。移民们来到美国、来到城市,发现梦想中的天堂实际上是人间地狱。1910年,美国有3000万男人和800万妇女从事工业劳动。他们中间将近一半的人生活在贫困之中,连他们的子女都不得不做童工来养家糊口。当成千上万的失业工人在街头流浪的时候,富翁们却一掷千金地歌舞升平。难怪豪威尔斯在一首题为《社会》("Society", 1895)的诗歌里把当时贫富悬殊的现象描绘为一群衣着入时的绅士美女在富丽堂皇的地板上跳舞嬉戏,而地板却铺在受压迫受剥削流血流汗的穷人身上。

这个时期还充满经济危机和劳资纠纷。从70年代开始,经济危机就不时困扰美国社会。资本家用削减工资、延长工时、辞退工人等手段来转嫁危机,激化了本来就很紧张的劳资关系,工人们开始组织起来进行反抗。从1894年铁路工人大罢工,1902年惊动了总统的宾夕法尼亚矿工大罢工到1904年实施了戒严令的科罗拉多煤矿工人大罢工和1912年动用了军队的麻省纺织工人大罢工,劳资矛盾可以说是此起彼伏、愈演愈烈。工人们开始组织起行业工会为自己争取权益,少数民族如犹太移民等也组织起自己的民族工会。1905年,以杜波依斯[②]为首的黑人知识分子创建了一个尼亚加拉运动组

---

① 例如当时著名的牧师亨利·沃德·比彻(Henry Ward Beecher, 1813—1887)就曾说过:"在这个国土上,没有人遭受贫困之苦,除非那多半是他自己的过错——除非那是他自己的罪孽。"(转引自詹姆斯·T. 帕特孙:《20世纪中的美国》,纽约:Harcourt Brace Jovanovich 出版社,1976年,第29页。

② 杜波依斯(W.E.B. Du Bois, 1868—1963),美国第一个黑人社会学家,20世纪上半叶最有影响的黑人领袖。

织,要求立即采取行动实现黑人在政治上和经济上的平等,并在1909年把这组织发展为全国有色人种协进会。在此期间,妇女的自我意识也有所增强,开始组织起来寻求在教育、婚姻、生育、就业等有切身利益关系领域的主动权,争取跟男人在政治、经济和社会地位等方面的平等。1900年在纽约成立的国际妇女服装工人工会在1909年组织了长时间的罢工并取得胜利。

　　世纪之交还往往被称为"斯文"年代。所谓斯文传统指的是欧洲,尤其是英国维多利亚时期的许多保守的道德观念和行为准则。在美国,这种传统主要是由新英格兰,尤其是波士顿的一些古老的世家贵族所倡导并加以维护的。这其实也是时代的需要。粗鲁的美国人发财了,要寻求文明来掩盖他们的粗俗。他们强调正派、体面而有分寸。有些东西,如性爱问题成了不可谈论的禁忌,男女之交必须遵循严格的规则。文学艺术应表现谨慎得体的乐观主义精神,不应涉及阴暗的无乐趣的题材。文学作品应起道德教育的作用。1884年,高雅杂志《世纪》刊登马克·吐温的《哈克贝利·费恩历险记》时,删除了不少例如哈克光着身子在木筏上的所谓"低级"描写和"粗话",但仍遭到读者的抗议。因为哈克决心保护黑奴吉姆,说了句"我就下地狱吧",新英格兰的康科德图书馆就不再收藏这本书。后来,连纽约的布鲁克林图书馆都把它从书架上撤了下来。另一方面,不少新学说、新思潮被介绍到美国。达尔文的进化论开始被接受,英国哲学家斯宾塞① 运用达尔文理论解释社会现象的理论大受美国知识分子和资本家的欢迎。他们用达尔文的"适者生存"和斯宾塞的"物竞天择"的理论为国家的放任政策和资本家的豪夺巧取作辩护。钢铁大王卡内基就曾说过:"有些法律对个人来说也许太严厉了。但对整个民族来说却是非常有益的,因为它保证了适者在各行各业中得以生

---

① 斯宾塞(Spencer, Herbert, 1820—1903),英国哲学家、社会学家。他把达尔文生物学里的论断,尤其是"适者生存"的观点引入社会学,用"物竞天择"的说法为经济领域里的自由放任作辩护,强调无限制的生存竞争才能促使人类进步,国家代表弱者的干预只能阻碍进步。

存。因此我们接受并且欢迎……环境的极大的不平等。"① 与此同时,法国作家左拉的自然主义思想也对美国文坛有一定的影响,这种理论认为个人无法控制自己的命运,社会体系和制度的发展盲目而残酷是不以人的意志为转移的,因而带有浓厚的悲观的决定论色彩。当然,威廉·詹姆斯等人的"有用即是真理"、"真理即是善"的实用主义理论也给急功近利的美国人带来一些希望。

社会的变革、各种各样的思潮和形形色色的社会问题都引起了学者文人的重视,并在他们的作品里得到反映。当斯宾塞的理论和社会达尔文主义风靡一时的时候,学者们如莱斯特·弗兰克·沃德②就公开进行反驳。他指出人的经济学应不同于动物的经济学,熊有爪子但人有思维头脑。人的头脑应该能够超越人的经济学的环境,用理性的选择来取代自然界适者生存不适者被淘汰的现象。各种改良的观点和思潮应运而生,社会主义思想有很大的市场。1912年总统竞选时,100万人投票选举社会主义党推出的候选人。改良派作家贝拉米(Edward Bellamy, 1850—1898)在1888年发表了他的乌托邦小说《回顾:2000—1887》,描写一个在1887年睡着的人在2000年醒过来发现美国社会和美国人的命运起了翻天覆地的变化,原来人们通过和平的方式和严格的社会主义纲领废除了私人资本家的集团企业,实行了工业国有化,满足了人的一切基本要求,从而使幸福有了保证而人性恶的一面消失得无影无踪。这部小说在群众中产生了巨大的影响,发行量高达百万余册,读者们自发组织了一百多个国家主义俱乐部来宣传贝拉米的主张。

在这时期里,作家们放弃浪漫主义,以现实生活中政治经济的变革对人的影响为题材,甚至涉及过去不能进入文学的贫民窟、战争和性爱,尝试用更加能够表现现实问题的手法,如采用美国独特的方言为叙事话语,用简练明快、不事夸张的文体进行创作。这时期文学的

---

① Lee Clark Mitchell, "Naturalism and the Languages of Determinism",见 *Columbia Literary History of the United States*,埃墨里·埃利奥特主编,哥伦比亚大学出版社,1988年,第525页。

② 莱斯特·弗兰克·沃德(Lester Frank Ward,1841—1913),美国社会学家。

主要形式还是小说。80年代,美国的高品位杂志如《世纪》、《大西洋月刊》和《哈珀氏》等都开始连载豪威尔斯、马克·吐温和詹姆斯的作品,说明现实主义小说终于在文学界站稳了脚跟,确立了地位。正如阿尔弗雷德·卡津在《在本乡本土》里所说:"美国的现实主义发轫于一代人突然面对工业资本主义无所不在的物质主义而出现的困惑并且借助纯粹由此产生的忧郁焦虑心情而发展繁荣。……美国现实主义的涌现是由于农民的怨恨、80年代和90年代的阶级仇恨、对暴发户的嘲弄以及大城市里新兴无产阶级的不满。"①

美国现实主义文学的发展经过两代人的努力:80年代中期,威廉·狄恩·豪威尔斯、马克·吐温和亨利·詹姆斯等老一代现实主义大师进入他们创作活动的鼎盛时期;90年代以后年轻一代如斯蒂芬·克莱恩、弗兰克·诺里斯、西奥多·德莱塞等自然主义作家开始崛起。老一代的现实主义作家是从反浪漫主义开始的。理论家豪威尔斯在《批评与小说》(1891)和《生活与文学》(1902)两本文论里阐述了关于现实主义的一系列原则和主张,要求作家"塑造符合实际情况、受我们大家都熟悉的动机与激情所支配的男男女女",让人物"在小说中说方言,说大多数美国人都知道的语言——全国各地不装腔作势的人说的语言"。② 他强调检验文艺作品的标准应取决于作品反映生活的真实性和准确性的程度。但是豪威尔斯的理论有很大的局限性。他认为美国生活的主流是"健康、快乐、成就、幸福",这些"生活中更为微笑的方面"才是作家关注的内容,因此"美国小说的力量正在于它的乐观主义精神"。他甚至把作品是否适合让年轻女孩来阅读③ 作为一个重要的衡量标准。豪威尔斯的局限其实是他那一代作家的共同问题,他们以中产阶级读者为对象,并不能跳出斯文传统的禁锢。他们在善恶美丑之间保持平衡,总希望能逃避生活中悲惨的一面。

---

① Alfred Kazin *On Native Grounds: an Interpretation of Modern American Prose Literature*, New York: Reynal & Hitchcock, 1942, pp. 15 – 16.
② 同上书,第 596—597 页。
③ 豪威尔斯:《文学与批评》(第二版),转引自 George McMichael 主编 *Anthology of American Literature*, New York: Macmillan Publishing Company, 1980.

即便如此,豪威尔斯对美国现实主义文学的发展还是起了功不可没的作用。由于豪威尔斯的鼓励,有些乡土作家,如萨拉·奥恩·朱厄特和汉姆林·加兰等,摆脱了早期乡土文学缺乏深度和广度、过多地缅怀往昔时光而不触及当前生活中的阴暗面和悲剧事件,过分囿于历史记载而缺少想像力与创造性等缺点,从而跳出地区主义文学公式化、概念化的俗套,在思想和艺术技巧方面都达到了新的高度。汉姆林·加兰(1860—1940)在接受豪威尔斯的现实主义理论以后,开始从社会、政治、经济的角度来反映中西部农民的痛苦。短篇小说集《大路》(1891)里的故事充分揭露大工业和铁路巨头对农业的控制和资本家对农民的剥削与欺凌,以真切的描写和真挚的感情表现普通农民终年辛劳却过着朝不保夕的悲惨生活。加兰还发挥豪威尔斯的观点,在《倒塌的偶像》(1894)里提出"写真主义"的主张,要求作家描写美国地理和环境中特有的事物以建设具有民族性的美国文学,并且强调小说的重要任务是在政治、社会和哲学等方面起到改善现状的作用。他并且身体力行积极参加社会改革,尤其是维护农民利益的平民党的竞选活动。加兰用小说表现激进的政治理论的做法有时影响作品的艺术性,但他对豪威尔斯现实主义理论的发展又在一定程度上为年轻一代更为激进的作家如斯蒂芬·克莱恩等开辟了道路。

美国的现实主义文学由于年轻一代作家,如斯蒂芬·克莱恩、弗兰克·诺里斯等人的出现有了进一步的发展。他们是以超越老一代作家、冲破斯文传统的束缚作为自己起点的。克莱恩曾严厉批评豪威尔斯根本没有实行他所倡导的现实主义原则。年轻一代作家以更大胆写实的手法揭露社会的不公正现象,探讨人的命运和人与社会、制度、体系的关系。诺里斯开创了美国的自然主义小说。克莱恩的《街头女郎梅季》被文学史家罗伯特·斯必勒誉为"现代美国文学的开始"。他们为比他们更加年轻也更有成就的自然主义作家德莱塞和杰克·伦敦铺平了道路。

在现实主义文学飞速发展的时期,描写农村与小镇生活的小说和以城市中下层人民生活为题材的城市文学各领风骚;一向处在边缘的黑人文学因杜波依斯等人崭露头角而显示力量;在通俗文学中已经拥有一席之地的女作家开始问津严肃文学,出现了如凯特·肖邦、夏洛特·珀金斯·吉尔曼等一批女性意识比较强烈的女作家。她们从女性视角出发表现世纪之交美国妇女独特的经历和感受,及其自我意识的觉醒和对男女平等的向往。

但是,在诗歌方面,这时期并没有声华卓著的诗人群体。遵循传统诗学、效仿英国浪漫派诗歌的风雅派诗人并不能独霸诗坛,而惠特曼和艾米莉·狄金森这两位对建立具有美国特色的诗歌有极大贡献的诗人也不引人注目。有才华的诗人都各自为政,如威廉·伏恩·穆迪(1869—1910)运用传统手法表现现代人对工业进步和对理想泯灭的忧虑、斯蒂芬·克莱恩(1871—1900)则喜爱短小简洁的自由诗,其意象和诗境怪诞独特,对上帝和宗教提出质疑,对人生进行揶揄嘲弄,被认为是现代派诗歌的一个先驱。成就最大的是以写人为主的埃德温·阿灵顿·罗宾逊(1869—1935)。他擅长用传统韵律表达具有现代意味的悲剧观。早期的人物肖像短诗,如《理查德·科里》、《米尼弗·奇维》等把现实主义和浪漫主义相结合,生动地勾画出失意者小人物的孤独的内心世界和复杂的思想感情,预示现代派诗歌的来临。进入20世纪以后,在英国诗人休姆的影响下,埃兹拉·庞德、艾米·洛厄尔等美国诗人发起一场革新传统诗歌创立意象新诗的运动。1912年是美国新诗运动的里程碑。这一年,庞德和英国诗人休姆、奥尔丁顿等人一起提出意象派诗歌的三条原则:用精确的语言直接描绘主观或客观的事物;使用简练的语言,取消一切无助于表达的词语;节奏依附于音乐性词语的顺序而不是按照节拍来安排。同年,在他们的影响下,女诗人哈利特·门罗在芝加哥创办小杂志《诗刊》,为有志于革新诗歌的年轻诗人提供了园地。1914年,庞德编辑出版意象派诗人的诗集,扩大了新诗运动的影响。这一切为第一次世界大战后的现代派诗歌打下了思想基础,开辟了道路。

总之,19世纪末20世纪初,美国文坛处于承前启后为20世纪20年代的繁荣做准备的酝酿时期。

第一次世界大战后的"反叛"与试验

美国文学在20世纪初,尤其是第一次世界大战以后到20年代进一步发展成熟,开始对欧洲文化产生影响。1914年,第一次世界大战爆发。1917年4月,美国向德国宣战。为了动员人民,威尔逊总统提出了十分动听的口号,强调美国是"为民主而战","为世界的最终和平和世界人民的解放"而战。年轻人,尤其是一些文学青年,为了保卫祖国的荣誉,也为了见识世面,纷纷报名参军,甚至未到服役年龄便自愿加入英国、法国等外国军队。如海明威主动去了意大利战场做救护车队司机;肯明斯与多斯·帕索斯加入了法国战地救护队;福克纳去加拿大的皇家空军接受训练。

美国参战一年半以后,战争就结束了。战后,美国进入经济繁荣时期。科技革新加速了钢铁、建筑工业、玻璃制造业的发展。尤其是汽车制造业,1900年的年产量仅为4000辆,1929年上升到480万辆。无线电、电话和电影的发明,家用电器的出现,迅速改变了人民的生活方式。1900年全国电话数量不到140万台,1930年超过2000万台。1920年美国人第一次听到无线电广播,到了1929年,收音机已成为人们生活中不可缺少的物品。电影的发展不仅吸引了大量观众,也创造了巨大的财富。1922年,4000万人买票看电影,1929年达一亿之多。广播、电影等大众媒介开始在人们生活中起着越来越重要的作用。1928年美国人达到世界上最高的生活水平,1929年美国的产品已经占世界总产量的三分之一以上。生产、消费、娱乐、享受成了20年代的一大特点。因此,这个时代有"喧嚣咆哮的时代"的雅名,也因为对黑人文化,尤其黑人音乐的兴趣而得了"爵士时代"的称号。然而,歌舞升平、繁荣昌盛的景象背后是重重矛盾。政治方面所谓的"红色恐怖"给政府趋向保守带来了借口,对罢工等进步活动采取高压政策。种族歧视重新抬头,黑社会的犯罪活动猖獗。1920年实行禁酒令,1927年无辜的意大利裔工人萨柯-樊则蒂被强行处死等事件,整个社会的右倾保守使人们,尤其是敏感的知识分子感到悲观失望。

第一次世界大战对美国年轻知识分子的影响十分巨大,他们怀着理想与梦想上前线寻求荣誉与冒险,却带着迷茫和绝望下战场。认识到战争是无意义的血腥屠杀,也看清政府宣传的虚伪与蒙蔽性,对政府和权威失去信心。他们经历了一场噩梦,回到美国,发现祖国依然保守落后，人们的思想依然狭隘自私，生活依然富裕而平庸。他们对国家、社会、个人前途悲观失望，对传统和价值观念，包括宗教失去信念。于是在20年代初，大批年轻人涌向欧洲，特别是巴黎，像无根之木到处漂泊，在寻欢作乐中消磨时光，有些人用文学形式来描写战争带来的痛苦与烦恼，表现他们的失落与绝望，形成斯泰因称之为的"迷惘的一代"。他们几乎都以自己的经历为素材，如海明威的《太阳照样升起》和以尼克·亚当斯为主人公的短篇小说，菲茨杰拉德的《人间天堂》和《夜色温柔》。这些自传性的作品悲天悯人，对当代世界悲观失望，甚至厌恶愤慨。但它们却成为20世纪20年代美国文学的"第二次文艺复兴"的中坚力量。许多优秀作品在国外写成，这也许是这个时期美国文学的一个奇怪的特点。

这时期美国文学的一大特点是反叛、试验。所谓"反叛"首先是对美国社会、道德以及文化传统的批判，这从上个世纪末就已经开始。哲学家乔治·桑塔亚那继承了19世纪的反叛传统，明确提出反"斯文传统"的口号，批评因循守旧、恪守传统、反对创新的保守势力；曾经大力维护德莱塞的评论家门肯大声疾呼，反对清教精神。在许多人看来，清教主义思想渗透了整个"斯文阶层"，是"美国生活中一切枯燥乏味的令人感到压抑扫兴和不痛快的东西的总称"，而"斯文阶层"就是门肯所抨击的对一切"真诚有趣、富有想像力和进取精神"的东西无动于衷的"有教养的、丧失了人的天性的高雅之士和上层人物"。[①] 年轻一代的作家中，多斯·帕索斯也挺身而出，在《反对美国文学》一文中严厉质问："难道我们还要永远死水一潭停滞不前……永远支持赞扬其他国家的文学，我们这个无数种族混杂在一起的国家难道除了钢铁、石油和粮食以外就不可能生产别的东西？"[②]

反叛的一大重点是拒绝把乡村小镇描绘成完美无缺的田园风光，而是努力表现乡村和小镇的平庸与乏味、传统观念和习惯势力对

---

① 丹尼尔·艾伦：《文坛状况与文学运动》，见埃默里·艾略特主编：《哥伦比亚美国文学史》，哥伦比亚大学出版社，1988年，第736页。
② 约翰·多斯·帕索斯：《反对美国文学》，见《新共和》第八期（1916年10月14日），第269页。

人性的压抑。辛克莱·刘易斯是这一主题最成功的小说家。他一生写过20多部长篇小说,但真正出色的还是20年代出版的《大街》(1920)、《巴比特》(1922)等。这些作品多半以中西部的小镇为背景,揭露市镇生活的闭塞和保守、居民的愚昧狭隘和对新鲜事物的偏见与抵制。《大街》抨击他称之为"乡村毒菌"的习惯势力,使这个小镇成了美国社会保守生活的代名词,《巴比特》对一个追求享受的房地产掮客刻画得入木三分,从而使主人公的名字"巴比特"进入美国英语的词汇,成为庸俗市侩的同义词。刘易斯的成功使他在1930年成为第一个获得诺贝尔文学奖的美国作家。今天看来,刘易斯其实很欣赏他讽刺挖苦的人物和他所抨击的生活,他作品的艺术性也并不很高,他的成功在于他诉说了当时人们反叛的心声。

这时期文学的另一个特点"试验性"其实跟反叛性不可分割。反叛并不只表现在思想意识方面,也还表现在努力摆脱文学艺术传统的束缚和限制。要做到这一点,就需要革新,需要试验新的手法、风格和技巧,甚至要寻找一种民族的语言来建设真正的美国文学。为此他们渴望了解外国,借鉴世界上,尤其是欧洲在文学艺术等文化领域和哲学思潮方面的成就与经验。于是,弗洛伊德在1909年被请到美国做演讲,他的关于梦和无意识的心理学和性理论在20年代被大量翻译介绍到美国,为作家们的试验创新提供理论依据。同样,尼采的超人哲学和悲剧理论、弗雷泽的神话、柏格森关于"持续时间"和直觉的观点以及马克思的阶级论等等都得到宣传和介绍,也都产生了影响。1913年,纽约举行了著名的阿默里国际艺术展,介绍了塞尚、马蒂斯和毕加索等先锋派艺术家以及达达主义、立体主义等多种多样的先锋派绘画和雕塑品。这个展览在美国文艺界引起了极大的轰动,预示现代主义运动即将开始。

在试验革新运动中,小杂志起了很大的作用。首先,一向受冷落的诗歌有了自己的刊物:1912年在从来不是文学中心的芝加哥出现的《诗刊》。主编门罗在创刊号中宣称,这本杂志"将是海洋中一个绿色的岛屿,在那里,'美'可以种植她的花园,而'真',那欢乐与悲哀、隐藏的喜悦与绝望的一丝不苟的揭示者可以无所畏惧地进行她勇敢的追求。"① 应门罗的邀请,已在英国参与领导意象派新诗歌运动的庞德成为这杂志的驻外编辑。庞德答应向读者时刻提供有关英国、法国和其他任何地方的信息,主张只进口"比国内生产的作品要好的作品,最好的外国作品"。② 他还呼吁美国出现新的"文艺复兴",认为美国文学的一场"大觉醒"可能使"意大利的文艺复兴看上去不过是茶壶里的风暴。"③ 正是《诗刊》发表了艾略特的《普罗弗洛克的情歌》以及日后成为大家的弗罗斯特、威廉斯、斯蒂文斯和芝加哥诗人林赛、埃德加·李·马斯特斯等人的早期作品。其他的小杂志应运而生,比较著名的还有试验性很强的《小评论》(1914)、《他者》(1915)、《七艺》(1916)等。在它们的影响下,即便一些老杂志也改变了编辑方针,如19世纪80年代创刊的《日晷》就在1922年刊登了艾略特的《荒原》。1922年在南方田纳西州纳希维尔创办的小杂志《逃亡者》成为南方作家如兰塞姆、泰特和华伦等人发表作品的重要阵地,跟1921年也在南方出现的《两面人》等其他小杂志一起为南方文学的兴起起了极大的作用。尽管许多小杂志维持的时间很短,但它们为作家的创新和试验提供发表园地,在介绍新的诗歌理论、发现和扶植新秀、培养与提高读者的审美情趣,尤其为造就美国最繁荣丰富的诗歌时代和发展现代主义诗歌起了不可磨灭的作用。可以说,没有当年的小杂志也就没有20年代繁荣的美国现代派文学,尤其是现代派诗歌。

反叛与试验的一个结果是培养了一大批理论家。美国在历史上并没有什么出色的文学理论家。现在情况不同了,小杂志要宣传办刊方针和宗旨,作家们要谈论自己的创作原则,都需要理论;对旧文学传统的批评,对国外新流派新理论的介绍,对新文学的评价也都需要理论。于是,理论家们便应运而生。从反清教传统的门肯和凡·维克·布鲁克斯到宣传马克思主义文学理论的卡尔维登,从做杂志编辑

---

① 哈丽特·门罗:"编后语",见《诗刊》第一期,1912年,第28页。
② 见 D. D. 佩奇编:《庞德书信选:1907—1941》中给门罗的信,纽约:Harcout Brace 出版社,1950年,第10—11页。
③ 庞德:《文艺复兴》,见 T. S. 艾略特编:《文学论文集》,伦敦:费伯出版社,1954年,第224页。

的埃德蒙·威尔逊到庞德、艾略特等诗人,他们的理论对美国文学理论的发展都起了很大的影响。《逃亡者》更是对创建30年代后期到50年代主宰美国文坛的新批评派起了不可磨灭的作用。

反叛与试验的最大的成就是导致20年代现代主义文学的大繁荣。当时现代主义在文化艺术领域里是一个世界性的潮流,例如未来主义是在意大利首先诞生而达达主义最早出现在苏黎世,至于法国,尤其是巴黎,更是一切先锋派艺术的发源地和文化中心。定居在巴黎的斯泰因的家就是欧洲艺术家和美国作家安德森、海明威、菲茨杰拉德讨论文学艺术的聚会场所。美国作家从朝气蓬勃的世界文艺浪潮中汲取大量的营养。他们认为自己是世界文化的继承人,可以自由地运用各国的文化。庞德吸收罗马帝国和中国的文化,艾略特在《荒原》里使用各国的语言和神话。文学家们接受了文学等同于艺术音乐的观点,开始高度重视形式和技巧问题,努力向艺术家学习,要在诗歌小说中创造绘画的效果。威廉斯的一些诗歌就像一幅幅绘画,海明威的小说看得出立体派绘画的痕迹。他们反对现实主义,但并不反对现实,只是在表现手法上突破传统的框框,从传统的时空顺序转到跳跃式的、不受空间限制的来回颠倒的时序,从反映外部现实转到关心人物的内心世界和意识、无意识对外界事物的流动式的反应,甚至同时表现几个人物的意识,不断转换视角来反映他们对世界的感受。总之,作家们个个标新立异,迫使社会注意他们的存在。

现代主义作家在手法上标新立异,在作品内容方面却有愤世嫉俗的共性,因为现代主义是对第一次世界大战后的社会现状的一种抗议。他们认为过去支撑人类生活的各种体系制度,无论是社会、政治,还是宗教、艺术方面的,都已经被摧毁或被证明是虚假的,因而需要革新,手法上的不连贯性等等都是为了表现这个支离破碎的社会。换言之,他们猛烈抨击社会正说明他们认为自己的责任重大,努力想用艺术来拯救社会,为世界创造新的秩序。海明威的"压力下的优雅"就是一种处世为人的方式。诗人斯蒂文斯说:"在一个没有信念的时代里……要由诗人用自己的方式自己的风格来提供信念的快乐。"①

美国的现代主义文学是从诗歌开始的,以庞德领导的意象派和旋涡派诗歌为开端。美国诗人不仅学习20世纪的流派还深受19世纪法国象征派诗人,17世纪英国玄学派诗人,以及19世纪本国诗人如惠特曼、狄金森等人的影响。这时期的诗歌可以说是百花齐放,诗人们有意识地对诗歌的传统风格、表现形式和技巧进行革新,纷纷寻找十分个性化的语言和手法来表现自己对社会、世界、人生的看法。例如,许多诗人用自由诗体而不大喜欢格律音步严谨的传统诗体。在语言方面,他们反对传统的高雅诗歌语言,采用日常生活的口语。当然,诗人们也各不相同,威廉斯的自由诗体跟艾略特和庞德的风格就大不一样。威廉斯更强调视觉效果,而艾略特则看重音步和节奏的音乐性。他们都主张用口语,但弗罗斯特采用新英格兰地区农民的语言,林赛和桑德堡使用中西部老百姓的语言,而艾略特的诗歌虽然有口语的味道,他却认为有些思想感情用其他风格也许能表现得更好。诗人们深切感到现代生活非常复杂,充满了矛盾和冲突,他们的诗歌就是要表现这种不协调。于是,他们大量采用幽默与反讽。桑德堡和林赛依靠西部幽默,在高度夸张中达到挖苦的目的,弗罗斯特则突出新英格兰地区不露感情的冷漠式的讽刺,而艾略特、威廉斯和斯蒂文斯等人的反讽就更为含蓄和深沉。艾略特运用"想像力的逻辑",在《荒原》中抛弃一般诗歌中的过渡、概括、论述等手法,把不同的意象并列在一起,用支离破碎的形象反映社会的问题。在这个鲜花盛开的时期,出现了大量现在被认为是经典的诗集,诗人们还常常提出自己的文学主张。他们的理论,如庞德的"要日新月异"的口号和对意象派诗歌的定义等理论、艾略特的"客观对应物"、"感受的分化"、"想像力的逻辑"、"作家不能脱离传统但要像催化剂那样使传统起变化",以及威廉斯的"不表现观念,只描写事物"和斯蒂文斯关于客观现实和想像力的关系等理论不仅在当时起作用,还对后来的诗歌有很大的影响。

---

① 斯蒂文斯:《诗歌素材》,见弗兰克·科墨德与琼·理查逊编:《斯蒂文斯诗歌与散文集》,"美国文库",1997年,第916页。

美国的戏剧由于清教主义的影响一向不很发达,但一次大战后情况却有了很大的变化。德国的表现主义戏剧、瑞典表现主义戏剧家斯特林堡、挪威的易卜生、意大利的皮兰德娄、英国的肖伯纳等开始影响美国戏剧界。另一方面,出现了由戏剧艺术爱好者组成的试验性的小剧院,对百老汇等商业剧院进行了有力的挑战。最为著名的是"华盛顿广场剧院"(战后改名为"剧院协会")、普罗文斯敦剧社和以哈佛大学的47号工作室为代表的学员剧团。这些小剧场或戏剧团体几乎都有自己的剧作家。他们一反陈腐的俗套,努力表现当前的美国生活,抨击各种社会问题。尤其是奥尼尔,他运用各种创作方法来揭露社会问题:表现残酷的现实如何粉碎普通家庭的生活理想等有现实意义的主题。剧作家们还大量试验各种手法与技巧。如赖斯用表现主义手法写了《加算器》,而在《街景》(1929)中则采用现实主义手法。奥尼尔不仅采用传统的手法还在作品里试验了表现主义、象征主义等手法,甚至在一部作品中兼有现实主义、表现主义和象征主义多种技巧。奥尼尔的天才与哲学思想使他成为20世纪美国戏剧的重要人物。

跟"新诗"运动和"新戏剧"运动相比,小说也在不断革新。从1914年开始到20年代末,斯泰因、凯瑟、安德森、德莱塞等老一代作家的许多优秀作品就是在这段时间里问世的。战后成长起来的年轻一代作家,如多斯·帕索斯、菲茨杰拉德、海明威、黑人作家基因·图默以及福克纳等人开始在文学舞台上各领风骚,都通过小说批评工业化和物质主义的恶果、战争对人的精神的伤害、贫富不均和种族歧视造成的悲剧。

小说在技巧方面的试验并不落后于诗歌和戏剧。作为"现代主义文学运动巨人之一"的斯泰因对语言和标点符号进行实验以捕捉流动不定的生活现实。安德森对小说形式进行试验,在《俄亥俄州的温斯堡镇》中用具有同一个背景、同一个主人公和同一种气氛的一系列短篇故事来加强这些故事作为整体的总主题。海明威在故事里穿插新闻报道,多斯·帕索斯在小说中插入电影、新闻片、报纸,甚至流行歌曲的片段,总之,作家们不断破坏故事的叙述线索以表现世界的混乱和社会的失控。当然,这时期传统的手法并没有消失。德莱塞、刘易斯采用文献式的描写和细节堆积等自然主义手法;凯瑟、菲茨杰拉德却十分注意对细节的取舍,更看重故事的氛围,因而使他们的作品富有诗意。海明威试验用小字、短句,多对话,少描述,他的"冰山理论"确实开创了新的文风。跟他相反,福克纳用繁复的长句和晦涩的语言来表现世界的复杂。可以说,跟戏剧、诗歌一样,小说文体风格的多样性也是这个时代文学的一个特点。

美国的"左翼"文学

美国在第一次世界大战后的繁荣在20世纪20年代末走到了尽头。1929年,纽约股票市场崩溃,引发了美国历史上前所未有的经济危机。一时间,银行倒闭,投资者破产,80%的钢铁工厂倒闭,无数工人失业。与此同时,1930年开始的持续干旱使大萧条雪上加霜,沙尘暴几乎横扫美国中部和东部地区,破坏了大量农田,迫使农民背井离乡,向西部迁移去寻找生路。这场危机波及面广,延续时间很长,几乎使整个国家都处于风雨飘摇之中。到1933年,美国的国民生产总值下降了29%,失业率却上升到24.9%。罗斯福在1933年就任总统时全国几乎所有的银行都已关闭,三千多万家庭没有正常收入,数以百万计的人生活在极度的贫困之中,更有成千上万的人失去家园,在铁路线上颠沛流离,妄图找到可以糊口的工作。经济危机加剧了劳资矛盾,罢工四起,1931年,煤矿工人在宾州等五六个州举行罢工。1932年亨利·福特命令警察向底特律他的汽车工厂的罢工工人开枪造成的死伤事件震惊全国。同年,两千多名参加过第一次世界大战的退伍军人聚集在华盛顿。他们因生计无着而要求政府提前支付原答应在1945年支付的补助。然而麦克阿瑟将军却用刺刀和催泪弹,甚至子弹驱散了这群老兵,制造了另一起骇人听闻的事件,也使政府的信誉一落千丈。

在这种形势下,"左翼"文学或"无产阶级文学"一度成为30年代颇有影响的主流文学,使30年代有"红色十年"之称。作家和艺术家们关注社会问题和经济形势,开始发表有明确阶级意识的作品,描写经济萧条对工人、农民,甚至中产阶级的影响。其实,社会主义思想一直在美国有一定的力量。1877年纽约的德裔移民成立社会主义劳工党,宣传马克思的思想,企图通过竞选取得政权以进行改革。1898年又出现社会主义民主党,1901年两党合并成为社会主义党。十月革命后,相当一部分成员认为他们应该放弃改良主义立场,立即行动起来,推翻资本主义在美国的统治。在《震撼世界的十日》的作者约翰·里德的帮助下,他们于1919年成立了美国共产党。左翼作家如迈克尔·高尔德、约瑟夫·弗里曼、麦克斯·伊斯特曼等人还创办了一些进步刊物,比较重要的有《群众》(1913—1926)、《解放者》(1918—1924),尤其是标志美国激进文学重要里程碑的、后来成为共产党喉舌的《新群众》(1926—1948)等杂志。它们介绍十月革命后的苏联,研究马克思主义理论、讨论作家的责任和文艺的方向。早在1921年,迈克尔·高尔德就在《走向无产阶级艺术》中强调艺术家应该来自工人,跟人民群众紧密团结,通过社会革命,创造"新的更真实的艺术"。① 1925年,著名作家厄普顿·辛克莱、评论家凡·维克·布鲁克斯等都是一个无产阶级作家联盟的执行委员会的委员。

30年代的经济危机使作家们更加政治化,出现了更多的左翼文化团体,如"约翰·里德俱乐部"、"工人戏剧联盟"等,也出现了一些新的如《铁砧》、《工人联盟》等左翼杂志。甚至一些有影响的自由派杂志如《新共和》、《民族》等也都向左转。作家们把社会主义的苏联看成是希望的曙光,从老一代的德莱塞、新闻记者麦克斯·伊斯特曼到年轻的黑人诗人兰斯顿·休斯和评论家埃德蒙·威尔逊等都前往苏联进行访问,公开提出社会主义才是美国的出路。1931年德莱塞访苏回国后说:"对于世界问题,尤其是美国的问题,我的解决办法是共产主义。"② 出于作家的责任感,无论中间派还是自由派都向共产党靠拢,参加或支持它的活动。1932年52位知名人士,包括老一代作家如舍伍德·安德森和年轻的"迷惘的一代"作家如约翰·多斯·帕索斯、麦尔科姆·考利以及休斯、威尔逊等联名签署公开信,支持共产党参加竞选总统的活动。作家们还到动乱或罢工地区进行调查,撰写文

---

① 丹尼尔·艾伦:《左翼作家》,牛津大学出版社,1961、1977年,第88页。
② 同上书,第178页。

章,揭露真相。德莱塞考察了宾州和肯塔基的煤矿罢工后在《悲剧的美国》(1932)里愤怒抨击美国资本主义。威尔逊也认为他对象征主义和现代主义的研究已经过时,当前国家的经济形势更值得探讨。于是,他前往底特律、芝加哥和南方肯塔基等一些动乱地区,为《新共和》写文章,报道这些地方的贫困和罢工情况以及公司领导和资本家对工人的残忍与仇恨,并在 1932 年以《美国恐慌》(1958 年修订版改名为《美国地震》)为题结集出版。评论家认为这些文章是"1932 年美国的最客观的画面","是一个走到'外面'的人在亲眼目睹取代了繁荣十年的经济萧条情景后所作的新观察和新评述。"① 威尔逊还大力研究马克思和列宁的著作,积极去苏联访问,并且陆续发表他的研究心得和访问观感,这些文章后来在 1940 年结集出版,以原彼得堡的一个地名为标题,叫《去芬兰车站》。直到晚年,威尔逊仍然认为这本书"基本上可靠地报道了革命家们认为他们为建立一个'更好的世界'所做的事情"②。威尔逊可以说是转向政治的自由派作家的典型代表。诗人威廉·卡洛斯·威廉斯并不认为文学要为政治服务,但仍然表示欢迎共产主义,说"伟大的诗歌无不出自共产主义思想"③。由此可见左翼文学在 30 年代美国的影响。1935 年在"约翰·里德俱乐部"的倡议下,作家们在纽约召开了第一次美国作家代表大会,成立了"美国作家同盟",接受国际革命作家联盟的领导,从此把"分散的、无党派的自由主义人士的力量全部吸收到一个统一的反法西斯主义的'联合阵线'中来"④。

同年,罗斯福为了对付经济衰退实行新政,设立公共事业振兴

---

① 这是马修·约瑟夫的话。引自里昂·伊德尔为埃德蒙·威尔逊的《30 年代》所作的"注释",见埃德蒙·威尔逊:《30 年代》,法拉·斯特劳斯·古罗可斯出版社,1980 年,第 51—52 页。

② 同上书,第 xxiv 页。

③ 威廉·卡洛斯·威廉斯:《评论》,《联系杂志》第一卷,第三期(1934 年 2 月),转引自《激进的陈述:美国无产阶级文学中的政治与形式,1929—1941》,芭芭拉·弗雷著,杜克大学出版社,1993 年,第 132—133 页。

④ 丹尼尔·艾伦:《文坛状况与文学运动》,见埃默里·埃利奥特主编:《哥伦比亚美国文学史》,哥伦比亚大学出版社,1988 年,朱通伯等翻译,四川辞书出版社,1994 年,第 615 页。

署,为失业者提供就业机会。该署也为困难的作家、艺术家们设立了联邦艺术、联邦作家、联邦戏剧等项目。其中,联邦作家项目资助了已经成名的作家,如诗人康拉德·艾肯、剧作家埃尔默·赖斯、黑人诗人克劳德·麦克凯等以及日后成为名家的如索尔·贝娄、剧作家阿瑟·米勒、女作家尤多拉·韦尔蒂、黑人作家理查德·赖特和拉尔夫·埃利逊、黑人女作家佐拉·尼尔·赫斯顿等。这些作家不少人比较激进,尽管也有中间派或保守思想的人士。因此,评论家认为 30 年代也许是"美国激进人士最后一次参加政府的项目,希望能够藉此让广大人民了解他们对国家的看法"[1]。对政府来说,这些项目是要保持与提高人民对国家的信心,树立美国是一个包容所有人的多元文化国家的形象。他们组织作家们编写各州旅游指南,同时也资助赖特、赫斯顿、埃利逊等黑人作家发掘黑人的文化,撰写黑人历史,反映他们的苦难生活。当然,由于是政府资助的项目,作家们不可避免地受到一定的限制,但他们还是发表了一些比较进步的作品,如在编写指南时把重点放在普通劳动人民而不是知名人士上。赖特在芝加哥、埃利逊在纽约收集的有关黑人的材料对他们后来写《土生子》和《看不见的人》都起了一定的作用。赫斯顿收集整理的民间故事集《骡与人》就是联邦作家项目的一个课题。当时联邦戏剧项目创造了一种特殊的戏剧形式——"活报剧",中心人物总是一个对当前某个问题不明白的普通老百姓,通过他对问题的探究把全剧串起来,把作家的意图向观众进行交代。根据辛克莱·刘易斯小说改编的反法西斯的剧作《这不可能在这里发生》(1936)同时在全国 22 个城市上演,造成很大的声势。但正是由于他们演出的思想内容都比较进步,国会怀疑他们是由共产党控制的,1939 年,国会停止资助该项目。

30 年代,在美国共产党和《新群众》的组织下,左翼作家对什么是无产阶级文学这一问题,从作家的出身、读者对象、作品的思想内容和形式、作家的观点立场、文学是艺术还是宣传等重要方面进行讨论。许多作家、评论家,如美国共产党在文学方面的主要发言人高尔德、约

---

[1] 劳拉·布劳德尔:《唤醒民族:萧条时期美国的激进文化》,麻省大学出版社,1998年,第 177 页。

瑟夫·弗里曼、格兰维尔·希克斯、范·弗·卡尔弗顿等都积极参加讨论,高尔德在《新群众》和《工人日报》上的评论、弗里曼为《美国无产阶级文学选集》写的序言、希克斯的《革命与小说》(1934)、《马克思主义批评的发展》(1935)、卡尔弗顿的《美国文学的解放》(1932)等都是这方面的重要文章。在讨论中,他们批评过艾略特的"神秘主义和经院哲学"、福克纳繁琐艰涩的语言;赖特还批评赫斯顿的《他们眼望上苍》只关注女主人公的个人发展,因而"没有主题、没有寓意、没有思想。"①

当然,左翼作家激情洋溢的话语并不是文坛上的惟一的声音。当时,尤其在30年代后期,也有一些保守的作家出来批评左翼文学。艾伦·泰特和罗伯特·佩恩·华伦本来想给他们在1930年发表的《我要表明我的立场》加一个"宣传反对共产主义的文章"的副标题。泰特在1933年批评左翼共产主义文学是"把人类困境过分简单化……是逃避现实"。华伦在1936年说无产阶级文学失败了,因为它"把文学政治化"②。30年代后期,由于经济情况的好转,右翼势力重新抬头,过去同情左翼文学的作家和知识分子开始跟美共分裂,对左翼文学的批评也越来越尖锐。政府对联邦艺术项目的限制也起了分化作用。当时,伊斯特曼的《穿制服的艺术家》(1934)批评前苏联的文艺政策;威尔逊发表《马克思主义与文学》等批评文章,强调文学不是武器,"文学中的党派路线无聊透顶"。影响最大的恐怕是《新群众》和《党派评论》的大论战。1937年,后者公开脱离党的领导,它周围的作家们纷纷撰文攻击美共及左翼文学。詹姆斯.T.法雷尔的《论文学批评》激烈抨击《新群众》和高尔德所代表的左翼文学。菲利普·拉夫在许多文章,尤其是《无产阶级文学:政治剖析》中攻击无产阶级文学是把"一个党派的文学伪装成一个阶级的文学"③。此后,1939年苏联与德国签订《德苏互不侵犯条约》,加剧了左翼作家的思想混乱,许多人退党。左翼力量从此大大削弱。但他们仍然在活动,1937年

---

① 芭芭拉·弗雷:《激进的陈述:美国无产阶级文学中的政治与形式,1929—1941》,杜克大学出版社,1993年,第115页。
② 同上书,第4—5页。
③ 同上书,第16—17页。

召开了第二次全国作家大会,海明威以记者身份访问西班牙,并在会上发言斥责法西斯主义。一些作家参加林肯支队支援反弗朗哥法西斯政府的斗争。海明威的剧本《第五纵队》(1938)和《丧钟为谁而鸣》(1940)、斯坦贝克的《月落》(1942)、麦克利什的诗剧《城市的陷落》(1937)、丽莲·海尔曼(1905—1984)的《守望莱茵河》(1941)等都是当年优秀的反法西斯文学作品。

多年来,美国文学界一直贬低左翼文学,认为左翼作家受命于前苏联,为共产党所控制,过于强调文学与政治的关系,因此创作水平低,没有文学价值。但近年来,随着政治批评在美国的兴起,评论家开始重新评价 30 年代的左翼文学,在指出他们问题的同时,也对他们进行了充分的肯定。例如,劳拉·布劳德尔指出,30 年代是美国历史上"激进作家最后一次感到他们受大家欢迎参与讨论什么是美国这个更重要的问题,也是激进作家最后一次努力探索如何创造一个从政治思想到手法技巧都比较老练高超而又能吸引广大群众的文学",而且这种对"美国本质特性的争论、对美国历史的再认识……是用歌曲、舞蹈、文学、戏剧和电影来表现的"[①]。她以约翰·多斯·帕索斯在 1930—1933 年发表的《北纬四十二度》(1930)、《一九一九年》(1932)、《赚大钱》(1933)为例说明左翼文学实际上既有传统的现实主义的文献式的写实手法又有现代主义的意识流、不连贯性等技巧。里塔·巴纳德等评论家们还注意到 30 年代为了争取读者,作家们往往主动采用通俗小说的手法。巴纳德认为,在 30 年代严肃艺术与大众文化的界限变得模糊了,因为当时人们可以随时通过无线电广播倾听高雅音乐,参观凡高或塞尚等名家的画展或购买他们的作品,高雅艺术本身已成为一种大众文化。当时无产阶级文学"努力要创立一种新的激进文化,既非高雅也不低俗、既不是由一群孤立的艺术家创造的也不是自上而下由媒体巨头产生的"。此外,有些作家努力把

[①] 劳拉·布劳德尔:《唤醒民族:萧条时期美国的激进文化》,麻省大学出版社,1998年,第 14、174 页。

大众文化的语言运用到他们的写作之中。① 兰斯顿·休斯、克利福德·奥德兹(1906—1963)都是马克思主义者,也都是严肃作家,但休斯写诗歌颂爵士音乐,他在剧本《难道你不想自由?》里采用了布鲁斯、爵士和其他通俗音乐的节奏来宣传他对美国黑人历史的进步观点。剧作家克利福德·奥德兹甚至想去好莱坞把电影"变成为人民大众的真正的艺术形式"②。他的表现纽约汽车工人罢工斗争的《等待老左》(1934)是在百老汇上演的最激进的无产阶级戏剧,其充满激情的语言和结尾处的"罢工!罢工!"口号非常有煽动性,但它那基本没有舞台布景和打破舞台与观众界限的做法又是一种创新,对后来的剧作家有很大的影响。20世纪90年代,奥德兹的《醒来歌唱》(1935)、《金孩子》(1937)和《发向月球的火箭》(1938)等又重新上演并受到好评,说明奥德兹的剧作并不仅仅是政治宣传,还是富有艺术魅力的。左翼文学也许有种种缺点,但它并没有从实用主义角度出发,牺牲文学为政治宣传服务。斯坦贝克表现流动农工悲惨生活的《愤怒的葡萄》(1939)、《人鼠之间》(1937),亨利·罗思(1907—1995)的《称它为睡觉》(1934),迈克尔·高尔德的《没有钱的犹太人》等都是30年代出色的文学作品。

即使并未积极参加左翼活动的作家也更有意识地关心社会现实,福克纳的《圣殿》(1931)、《八月之光》(1932)都直接地反映当时的社会问题。另一位南方作家凯瑟琳·安·波特虽然主要描写南方社会与家族,但也为《民族》、《新共和》等左翼杂志撰稿。尽管奥尼尔的《卖冰的人来了》(1934)要在1946年才上演,但这个剧本还是多少折射出他在30年代的心态。

30年代到第二次世界大战前。一些作家出版了他们极为优秀的作品,福克纳的约克那帕塔法系列小说的主要作品除了《喧哗与骚动》外,基本上都是在这阶段发表的。沃莱士·斯蒂文斯的《在基韦斯特形成的秩序观念》(1934)、《带蓝吉他的人》(1937)最终确定了他在

---

① 里塔·巴纳德:《大萧条与富裕文化:肯尼思·费尔林、纳撒尼尔·韦斯特与30年代的大众文化》,剑桥大学出版社,1995年,第6—7页。
② 劳拉·布劳德尔:《唤醒民族:萧条时期美国的激进文化》,第7页。

美国诗歌中的地位。虽然弗罗斯特与艾略特已是成名作家,但前者的《诗选》(1930)和《更广阔的领域》为他赢得了更大的声誉,而后者的《四个四重奏》则是他诗歌生涯中的又一部力作。至于南方诗人的兴起,不但发扬了艾略特的传统,还为美国文学带来了自己的批评理论。

从"平静"到动荡
——第二次世界大战后的美国文学

美国在日本广岛和长崎投下的原子弹结束了第二次世界大战也揭开了冷战的序幕。从此,美国以头号强国的面目出现于世界。作为在大战中获益最大而损失最小的国家,战后美国进入了空前的繁荣、发达和扩张的时期并充满信心地致力于发展社会、经济、科技和提高人民生活水平等问题。1950年末美国已经开始使用核反应堆发电,1951年电视信号能够横跨东西大陆,发射到全国各地,1952年底第一颗氢弹爆炸成功,1956年州际高速公路开始建造、跨越大西洋的电话线也已经铺设,1958年第一颗卫星发射成功,民航开始使用喷气式飞机,1959年它的疆土增加了阿拉斯加和夏威夷两个州。五六十年代还是美国人口爆炸的时期,从大战结束时大约一亿五千万人口,10年增加了18.5%。人民的生活水平大幅度提高,仅从1948到1958年的10年之间,美国建造了1300万家庭住宅,从此出现了住在郊区的中产阶级并促使超级市场、购物中心和汽车旅馆或汽车电影院等设施的发展。1954年底特律建成第一个现代化的大型购物中心。为了方便生活,家用电器日新月异,1948年洗衣机的销售量便超过400万台。1950年电视机的销售量高达700多万台,90%以上的家庭拥有电视机。汽车成为人们生活中不可缺少的必需品。1950年美国生产的汽车占全世界总产量的65%,到1955年,一年之内的销售量达到近800万辆。1960年全国60%的家庭拥有汽车。大战前不到2%的旅客乘飞机旅行,但在1956年,坐火车和乘飞机旅行的旅客人数已经相等。然而,这也是两极分化十分严重的时期,在中产阶级收入不断提高、人们乐观向上的同时,处于社会底层的20%的人民看不到希望。贫富之间、白人与少数族裔之间、郊区居民与城市贫民区居民之间的差距日益巨大,为60年代的社会动荡埋下了不安定因素。

这时期美国政治和社会趋向保守。表现之一是人们重新强调宗教的作用,性别角色也十分明确,在家庭中父亲永远是权威,母亲则应该呆在家中养儿育女、伺候丈夫,甚至女孩也只玩代表女性美的芭比娃娃①。当然,在政治上,这是个反共冷战的时期。前苏联、中国等社会主义国家与共产党都被认为是"红色恐怖",是美国的敌人。一时间,政府雇员要宣誓忠诚于政府,科学家奥本海默对过分发展热核武器提出质疑而受到怀疑,不少好莱坞的剧作家上了黑名单。1950年2月,参议员麦卡锡声称共产主义分子已经渗入美国国务院,后来又不断强调他们甚至打入了军队和政府的高层机构,从而开始了一场全国性的政治迫害运动。最典型的例子是1953年罗森堡夫妇被以间谍罪判处死刑。

美国乐观自信的时代精神在1963年11月22日随着肯尼迪总统的被刺而烟消云散。从此,美国进入了动荡不安的多事之秋。一方面在国际上冷战加剧,如1960年前苏联击落美国U2飞机的事件、1961年企图颠覆古巴卡斯特罗政府的猪湾事件、1962年由于前苏联企图运输导弹到古巴而引起的冲突,当然更重要的是1965—1973年的越南战争。但美国的冷战政策及扩张行动在国内受到人民的反对。60年代,争取自由平等的黑人民权运动,反对校园内政治压制、争取言论自由的学生运动以及反对越南战争的罢课示威,贫民区的骚动等事件此起彼伏,加上自50年代末期开始的嬉皮士反文化运动,对美国社会和政治产生了深刻的影响。黑人运动促使印第安人看到自己面临的困境,也开始了他们的抗议和示威。妇女领袖如贝蒂·弗里丹和格萝莉亚·斯坦汉姆开始质疑妇女的不平等的地位,发动了妇女解放运动。人们对政府普遍失望与不信任,抛弃旧的信念和追求,对一切权威体系和价值观念进行挑战,强调个人在追求

---

① 这是50年代在美国十分流行的一个洋娃娃,她身材的三围非常标准,模仿当时流行的时尚服饰。

幸福时有采取自己方式的自由,在性观念、性行为,甚至毒品观念等方面都产生激烈的变化。这一切有其积极的效果,如民权运动结束了种族隔离的制度,改变了美国的种族关系和南方的面貌。但反文化生活方式造成的性自由及吸毒等负面影响也为社会带来了很多后遗症。所有这一切政治和社会等领域中发生的问题都在这时期的美国文学中有比较真实的反映。不过,动荡不安的60年代文学跟平静保守的50年代文学还是有一定不同的。

二次大战后,在小说方面,老一代作家如福克纳、海明威和斯坦贝克等仍在继续写作。尽管他们都先后获得诺贝尔文学奖[①],但功力已经不如以前。海明威的《过河入林》(1950)刚出版就受到评论家的严厉批评。福克纳的情况好一些,但他本人常常怀疑自己是否已经耗尽才华。大战结束后,战争小说很自然地流行起来。年轻一代中参加过战争的作家开始在40年代末发表关于第二次世界大战的作品,如诺曼·梅勒的《裸者与死者》(1948)、欧文·肖的《幼狮》(1948)、詹姆斯·琼斯的《从这里到永恒》(1951)、威廉·斯泰隆的《漫长的行军》(1952)等。虽然当时的政治形势要求作家反映民主的胜利和法西斯的失败,但他们往往受30年代和第一次世界大战后战争文学的影响,更多的是质疑军事组织的权力和军官阶层的残酷与没有人性[②]。约瑟夫·海勒的《第22条军规》(1961)不仅跟其他战争小说一样,揭露战争的恐怖、军队的官僚主义以及军事与工业组织如何左右人们的生活、摧残人的精神,它还在技巧上有所发展,大量采用象征手段和超现实主义手法,使整个故事荒诞不经却又寓意深刻,开创了"黑色幽默"的先河。

随着冷战与麦卡锡主义的加剧,美国作家开始反思美国价值的真实内涵、考虑个人是否应该顺应时势和社会的规范。50年代作家普遍批评郊区中产阶级对物质生活的追求和企业、公司对人的个性

[①] 福克纳在1950年获得1949年的诺贝尔文学奖;海明威于1954年而斯坦贝克则在1962年得奖。

[②] 林达·瓦格纳-马丁:《世纪中期的美国小说:1935—1966》中的第二章"各种各样的战争",纽约:特维恩出版社,1997年,第53—72页。

的压抑。甚至连社会学家大卫·莱斯曼和经济学家约翰·肯尼思·盖尔布来思都撰写论著对社会过于强求一致而扼杀个性表示忧虑①。但影响最大的著作可能是塞林格的《麦田里的守望者》(1951)和金斯堡的长诗《嚎叫》(1956)。前者对读者起了振聋发聩的"神化"② 作用。小说刚一出版就成为畅销书,其魅力经久不衰,多年来一直是大中学生心爱的读物。小说通过中学生霍尔顿在纽约的几天经历,他的苦闷、寂寞和最终的精神崩溃反映了50年代青少年的心态与精神世界,"通过把天真理想和罪恶现实的冲突具体化和戏剧化,使人们重新评价美国梦"③。为此,塞林格被誉为"50年代青少年的目标与价值观念的代言人"。由于这本小说所抨击的种种丑恶现象至今仍然存在,由于它"很真实地表现了当今(20世纪末)青年的问题",因而仍是美国中学生的阅读书目之一。④

至于金斯堡,他和凯鲁亚克、巴勒斯、劳伦斯·佛林盖谁等人形成了声势浩大的反文化的"垮掉一代"⑤。他们抽大麻,过放荡不羁的生活,以持不同政见的文化战士自居,通过诗歌和小说来揭露中产阶级的美国和官方政治,冲击传统的观念、习俗,甚至生活方式。他们的出现受到欢迎也引起恐惧和攻击。经过几乎半个世纪的争论,现在的共识是,"垮掉一代"的诗人和作家在嬉笑怒骂的后面是严肃的对生存危机的关注,他们企图通过嘲弄调侃来颠覆已有的秩序,惊醒

---

① 莱斯曼写了《孤独的人群》;盖尔布莱思的著作为《富裕的社会》。
② 伊哈布·哈桑:《极端的天真》,普林斯顿大学出版社,1961年,第61页。
③ 同上书,第259页。
④ 见罗伯特·戴维斯编:《当代文学批评》第56卷,底特律:盖尔研究出版社,第317—318页。
⑤ "The Beat Generation"在中文里常常译为"垮掉的一代",但创造这名称的凯鲁亚克在1959年的《垮掉的一代的起源》中称:"'beat'一词原意为贫穷、穷愁潦倒、过流浪生活、悲哀的、在地铁睡觉的。由于此词正在成为一个正式的名词,它正在被扩展到包括那些不在地铁睡觉但有一种新的姿态、或新的态度(我只能描绘为)一种新的**道德态度**。'垮掉的一代'已经成为在美国在生活方式方面的一场革命的口号或标签。"见 A. 罗伯特·李编:《垮掉的一代作家》,伦敦:柏拉图出版社,1996年,第1页。但"beat"一词还相当于诗歌或音乐的"节奏",从社会学、心理学意义上说,它有"被打垮、被异化、被边缘化"的含义,代表从边缘看社会,拒绝社会,拒绝社会的规范与行为准则的一种态度;由于这些诗人或作家相信禅宗佛教,它又有"纯真、福祉"等意思。

读者,解放受各种压抑,包括性压抑的年轻人,使他们考虑建立新秩序和重建一个新的美国。

"垮掉一代"作家更大的贡献在于对文体的试验和改革。金斯堡直抒胸臆而又激情澎湃的长句一反艾略特的非个性诗歌理论,冲破新批评派为诗歌规定的种种束缚,掀起一场新诗歌革命。当时已经成名的老诗人威廉斯把金斯堡给他的信件收入长诗《佩特森》。金斯堡1955年在旧金山朗诵他的代表作《嚎叫》震撼了罗伯特·洛威尔——一位紧跟新批评规范的诗人,迫使他改变诗风,采用个人化的话语,反映个人的情感与心态,从而在年轻人中间造就了一批诸如西尔维亚·普拉斯(1932—1963)和安·塞克斯顿(1928—1974)等自白派诗人。凯鲁亚克一气呵成的小说《在路上》综合多种文学的类别和手法。它既是游记小说又是一个少年成长的故事,既刻画人物流动的心理意识又描述具体的游历过程。它通过主人公一路追寻而又始终未能实现梦想的经历嘲弄了美国梦和西部是理想天堂等美国神话。凯鲁亚克的"自发散文"把写作过程和游历过程高度统一,强使读者分享他的经验和感受。这种试验文体虽然模仿者不多,却启发作家在手法和技巧方面进行多种探索和实验。

50年代的作家不但重新审视美国社会,也不断反省自我,探讨人的本质、人与社会、人与人、人的内心矛盾和冲突。作家们各自以不同的方式进行探索和表现。贝娄的《奥吉·玛琪历险记》(1953)、《雨王汉德逊》(1959)、《只争朝夕》(1956)和马拉默德的《天生的全球运动员》(1952)、《店员》(1957)等以犹太人的心路历程为主题,也使犹太文学形成美国文学中比较独立的一支力量。南方作家奥康诺的《慧血》(1952)与短篇小说集《好人难寻》(1955),甚至海明威的《老人与海》(1952)关注的也都是人性这个大主题。但最出色的恐怕是黑人作家拉尔夫·埃利逊的《看不见的人》(1952),虽然作家在小说中描写了一个黑人少年的成长过程,反映了黑人与白人之间的种族矛盾,但他更关心的是西方现代人具有共性的命运问题。50年代并不重视黑人作家,但《看不见的人》使埃利逊成为第一个获得国家图书奖的黑人作家(1953)。1965年,200位作家、评论家和编辑一致推荐该书为"最近20年来出版的最为出色的一本书",主要原因不是因为小说把现实主义和超现实主义巧妙地结合起来,也不是因为作者充分运用黑人的语言、民间传说或音乐舞蹈和宗教仪式等手法,而是因为小说引起了读者的强烈共鸣。无论白人还是黑人,他们都从主人公只有转入地下才能保持他的思想和灵魂的经历中发现他们共同面临的社会压力和对生存意义的困惑。

在戏剧方面,第二次世界大战以后美国戏剧家跟小说家一样,也表现战争及其后果,如托马斯·赫根和乔西亚·洛根根据小说改编的喜剧《罗伯茨先生》讽刺一位狂热的暴君般的海军指挥官。但影响更大的恐怕是1956年开始上演的、反映法西斯对犹太人的迫害的、根据《安妮·弗兰克的日记》改编的戏剧。虽然当时社会日趋保守,但剧作家还是用戏剧表现政治权力的腐败作用,如1956年根据罗伯特·佩恩·华伦的《国王的人马》改编的戏剧和戈尔·维达尔的《最佳人选》(1960)等。

这时期奥尼尔虽已去世,但1956年上演的《漫长的一天到黑夜》使他重新获得人们的注意,证明他不愧为一位出色的有创新的戏剧家。阿瑟·米勒、田纳西·威廉斯和黑人女剧作家洛兰·汉斯贝里等都有新的建树。米勒的《推销员之死》(1949)再一次刻画了以金钱和成功为重要内容的美国梦的幻灭,以一首失败者的挽歌迫使千百万普通美国人从主人公的悲剧联想到自己的命运,产生了恐惧。这出戏是对美国文化的十分深刻的批评。

总之,50年代的美国社会虽然在很多方面强求一律,给人们没有多少自由的余地。但这却在文学方面造成一个相当繁荣的局面。随着动荡不安的60年代的到来,这种局面有了进一步的发展。作家们积极投身政治,参加反对越南战争、支持民权运动等政治活动并在文学作品中加以反映。例如,梅勒的《黑夜的军队》(1968)就是描写1967年向华盛顿的五角大楼进军的示威活动。哈伯·李(1926—)的《杀死一只模仿鸟》(1960)描写南方一个小镇中的种族矛盾。小说出版后引起空前的轰动,一年之内发行250万册,第二年获普利策奖并被改编成电影。这一事实说明不仅作家关心社会问题,读者的阅读兴趣也转向政治题材。同时,贝蒂·弗里丹的《女性的奥秘》(1963)、蒂莉·奥尔逊(1914—)探讨为什么文学中女作家为数极少的讲话和文集《沉默》①拉开了妇女解放运动的序幕。肯·凯西(1935—2001)不仅在小说《飞越疯人院》(1962)里揭露冷酷无情的社会对自由的束缚和对人的个性的压抑,而且身体力行地推动反对社会体制的反文化运动。1964年6月他和一群志同道合的朋友自称为"快乐的捣蛋鬼",驾驶一辆油漆得五颜六色的公共汽车,一边抽大麻、吸麻醉药品,一边发表演说、进行演唱,从西向东漫游全国,到纽约跟"垮掉一代"作家金斯堡与凯鲁亚克会晤,又继续东上去联系其他的嬉皮士,从而把一场反文化运动推向整个美国。

这时期文学的一个重要的特点是作家们在越来越关注社会政治问题的同时也不断在手法技巧方面加以创新。如特鲁门·卡波特(1924—1984)在1966年发表的《残杀》既报道了一场残酷的谋杀案又仿佛是一本侦探小说,把虚构成分和事实相结合。汤姆·沃尔夫在对肯·凯西反文化的全国漫游的报道《电动冷饮剂酸性试验》(1968)中把新闻报道的手法和小说技巧相结合,把事实重新安排并加上作者的主观想像使之更富有戏剧性,形成了所谓的"新新闻主义"。另一些作家用黑色幽默的手法表现荒诞的没有理性的世界,如约瑟夫·海勒、托马斯·品钦、唐纳德·巴塞尔姆等都在60年代开始发表小说②。

50年代后期,剧作家不满越来越商业化的百老汇剧院,认为那里上演的剧目并没有真正反映美国现实,因此外百老汇等小剧场开始兴起。在这里上演的剧目无论在主题内容还是手法技巧方面都可以说是百老汇的对立面。60年代影响最大的戏剧家爱德华·阿尔比认为大部分所谓"现实主义"的、在百老汇上演的戏剧"讨好公众,满足他们对自我庆幸和安心的需要,为我们自己提供了一张虚假的图画",而所谓的"荒诞派戏剧"才是真正的当代戏剧,迫使观众"面对真

---

① 此书是奥尔逊的一系列的讲话发言稿,在1978年正式出版,但早在1961年她就已经在拉德克利夫女子学院第一次发表关于女作家因社会、经济等原因而无法从事写作的讲话。第二年这篇讲话以"沉默"为题在《哈珀氏》杂志正式发表,引起轰动。

② 品钦在1963年发表《V》、1966年出版《第49号拍卖》;巴思在1966年发表《牧童贾尔斯》,巴塞尔姆的第一部短篇小说集《回来,加利盖里大夫》是在1964年出版的。

实的人类景况"。① 阿尔比身体力行,不断在作品中揭露人们采用的各种使他们可以忍受现实的幻想。为此,他大胆革新,采用不完整的阐述、模棱两可的结局和语言游戏等荒诞派手法。评论家们认为,阿尔比的《动物园的故事》和杰克·理查德逊(1935—)的《浪子》、杰克·盖尔博(1932—)的《关系》等三部戏在1959—1960年的演出给美国戏剧带来了清新的空气,宣告了美国战后年代的结束②。

50年代妇女和少数族裔作家,除个别人如埃利逊外,影响都不大。但在60年代,随着民权运动和女权运动的兴起,他们也开始有了自己的呼声。黑人作家詹姆斯·鲍德温(1924—1987)从多年居住的法国回到美国参加民权运动。并在60年代发表了批评美国种族歧视的散文集《没有人知道我的名字》(1961)和《下一次将是烈火》(1963)。他的小说《告诉我火车开走多久了》(1968)也是一本战斗性很强的作品,他甚至还撰写戏剧,但成就不如小说与散文。黑人诗人、剧作家勒鲁伊·琼斯(1934—)原来是"垮掉一代"作家,后来为了表示决心献身黑人解放事业,在1965年改信伊斯兰教,放弃原来的名字,改为伊玛穆·阿米利·巴拉卡,跟白人妻子离婚,并且搬到黑人贫民窟去居住。他的诗集如《黑人艺术》(1966)赞扬黑人艺术和文化,他反映种族冲突的剧本《荷兰人》(1964)在外百老汇小剧院演出时大受欢迎。他还在哈莱姆建立"黑人艺术宝库剧院",为发扬黑人文化而努力。

另一方面,女作家(无论白人还是黑人)也开始在文坛上占有一席之地。例如,普拉斯的小说《钟瓮》(1963)和诗歌《爹爹》(1962)、《拉扎罗斯夫人》(1962)等以及女诗人阿德里安·里奇(1929—)的诗集《一个儿媳妇的快照》(1963)都有明显的女性意识。黑人女作家玛格丽特·沃克·亚历山大(1915—1998)的小说《欢乐》(1966)和诗集《新日子的预言家》(1970)、诗人玛雅·安吉罗(1928—)的自传《我知

---

① 爱德华·阿尔比:《哪个戏剧才是荒诞的?》,见霍尔斯特·弗棱茨编:《美国戏剧家论戏剧》,纽约:希尔与王出版社,1965年,第169—170页。
② 托马斯·艾德勒:《美国戏剧批评史:1940—1960》,"特维恩美国戏剧批评史丛书",波士顿:特维恩出版社,1994年,第202页。

道笼中的鸟为什么会唱歌》(1968)、洛兰·汉斯贝里(1930—1965)的戏剧《阳光下的葡萄干》(1959)等把文学题材扩大到种族与性别,使黑人文学登上了美国文坛,成为美国文学的一个引人注目的分支。所有这一切预示着在70年代会出现一个新的文学繁荣的时期。

20世纪70年代以来的美国文学

20世纪从70年代开始,美国和世界的形势都有很大的变化。在世界方面,70年代的大事是尼克松访华,中美恢复邦交;80年代是东西德统一,柏林墙的被拆除;90年代则是前苏联的瓦解。世界不再是两个超级大国对峙的局面。冷战似乎结束了,但美国却越来越扮演世界警察的角色,不断干预第三世界的政治,甚至出动武力,尽管它总是争取联合国或欧洲国家的支持。

在美国方面,70年代延续了60年代的学生运动和民权运动,社会仍然动荡不安,游行示威成了家常便饭。人们上街可以是为了抗议越南战争或争取种族与男女平等,也可以是反对试验核武器;可以是批评政府腐败,也可以是抗议警察的暴虐。当时影响最大的是妇女解放运动。尽管争取宪法增加平等法案的努力始终没有成功,但妇女的地位确实有所提高。她们开始到过去只收男生的高等院校就读,在过去是男人的领域里工作,甚至进入高校和企事业单位的领导阶层。1975年全国有175个妇女研究中心,学校课程开始注意包括妇女问题。总的来说,美国社会的混乱局面一直到1975年美国从越南撤军以后才有所缓和。但是,1972年尼克松卷入水门事件、1973年副总统因受贿而被迫辞职、1974年尼克松辞职和福特上台后对他的无条件宽恕使得人们对政府和政治更加失望。1980年代表共和党极右势力的里根当选总统,整个美国社会再度趋向保守。80年代被称为"我,我,我"的时代,至今并未有太多变化。人们一心向往的是金钱和地位,对政治不再关心。1996年克林顿竞选连任时,只有不到一半的选民投票。虽然美国在海湾战争(1990—1991)、瓦解海地军事政变(1993年)和轰炸南斯拉夫(1999年)等国际事件中都扮演重要角色,但都没有引起美国人民的太多关注。

然而,所有这一切都在文学与文化中有所反映,甚至人们的语言也受到影响。历史学家罗斯说:"20世纪最后30年,哲学、美学和政治争论的中心常常是语言跟世界的关系。"① 过去美国被称为"大熔炉",因为移民都希望被同化,但在现在强调多元文化的时代里,人们更强调美国像"马赛克",更看重如何保持各自的民族文化及传统特色。为了尊重妇女地位的变化,人们注意用不突出性别的中性名词,所谓"政治准确"的语言,尽管这受到思想保守的人的反对。

70年代以来美国文学的一大特点是很多过去壁垒分明的界限变得模糊。比如60年代嬉皮士的服装与发式是为了表示他们对社会的不满而有意跟传统不一样。它们一直被视为"另类"的文化现象,但现在被社会所接受了。同样,在文学方面,主流文学与边缘文学的区别也渐渐地不太明显。一些过去处于边缘的少数族裔的文学,如黑人文学、亚裔文学、妇女文学开始进入文学主流。其中,黑人文学的成就最大。七八十年代,黑人文学作品,如阿历克斯·黑雷(1925—1992)的《根》(1976)、艾丽斯·沃克(1944—)的《紫颜色》(1982)、托尼·莫里森(1931—)的《宝贝儿》(1987)等不仅登上畅销书名单而且被改编成电影。1993年托尼·莫里森获得诺贝尔文学奖一事进一步提高了黑人文学在美国文坛的地位。更值得注意的是,现在的黑人文学不再以抗争为主要主题、以现实主义为主要手法,以白人读者为主要受众,而是在语言、技巧、主题方面都有了新的突破。例如莫里森对意识流、多视角、象征等手法的运用,她对黑人文化、民族神话和传说的借鉴使她继承并超越了黑人文学和白人文学的优秀传统。沃克的成就也许不如莫里森,但她的诗歌和小说打破黑人文学的禁区、面向黑人来探索黑人男女之间的关系、提倡妇女主义和肯定女人的才能和出路,为黑人文学和妇女解放运动及女性主义文学做出新的贡献。其他出色的黑人作家还有1993—1995年担任美国桂冠诗人的利塔·多佛(1952—)、曾在克林顿就职仪式上朗诵诗歌的玛雅·安吉罗、得过两次普利策奖的剧作家奥古斯特·威尔逊

---

① 唐纳德·罗斯:《美国历史与文化:从探险者到有线电视》,纽约:彼得·朗出版社,2000年,第544页。

(1945—)以及小说家伊什梅尔·里德(1938—)、约翰·埃德加·韦德曼(1941—)和格罗莉亚·内勒(1950—)等。有意思的是他们中间很多人是大学英语系的教授。这说明黑人文学在美国的影响,预示着黑人文学更加光明的未来。

在美国,亚裔人口占总人口的2.9%,其中绝大部分是华裔。但长期以来,他们没有形成自己的文学,即使有的话也并没有受到重视。这种情形一直到80年代后期才有所改变。1974年赵健秀(1940—)与人合作编撰的包括华裔、日裔和菲裔美国作家文选《哎——咿!》出版,被评论家称作"亚裔美国文艺复兴的宣言",是亚裔美国人"思想和语言的独立宣言"。1976年汤亭亭(1940—)发表《女勇士》,引起轰动。1982年金依兰出版第一本关于亚裔美国文学的专著:《亚裔美国文学:有关作品和社会背景的介绍》。从此,亚裔(主要是华裔)美国文学作品走进美国大学课堂,成为大学教材,例如强调多元文化的《希思美国文学选读》(初版1989年)就收有10位亚裔美国作家的作品。这些作家基本上是在美国出生的。他们的写作有明确的目的,要回忆过去,诉说长期受忽略的人民的历史和心声,更要纠正主流社会对他们的误解和陈腐的看法,肯定他们自己是合法的美国社会的一部分。他们表现自己族裔特殊的种族、文化、性别、阶级等问题,也反映如越南战争、民权运动和妇女解放运动以及环保等美国作家所共同关心的问题。现在美国文坛上比较著名的亚裔作家有华裔小说家汤亭亭、谭恩美(1952—)、任碧莲(1956—),诗人、剧作家、小说家赵健秀,剧作家黄哲伦(1957—)等,以及兼有韩裔和华裔血统的诗人宋凯蒂(1955—)和日裔女作家内山若子(1924—)等。他们采用的如超现实主义的时空换位、现代拼贴、多视角多叙述者以及模棱两可的开放性结局等手法也说明他们在艺术技巧方面已经相当成熟了。

早在美国立国以前,印第安人就是美洲大陆的土著居民。但他们的早期文学(主要是部落口头文学)长期以来一直被忽视。然而,1968年印第安诗人、小说家斯科特·莫马迪(1934—)的小说《黎明之屋》的出版及获奖改变了印第安文学默默无闻的状况,预示了印第安文学进入主流文坛的可能性。

即便是以白人作家为主的主流文学在这几十年内也产生了很大的变化。在小说方面,约翰·厄普代克(1932—)、乔伊斯·卡罗·欧茨(1938—)以及贝娄、马拉默德等老作家继续用现实主义手法探索美国社会和美国价值观念,表现那些失去精神支柱、对现代社会并不满足的人的痛苦与困惑。但也有相当一部分作家认为面对已经变得光怪陆离、充满暴力、犹如梦魇的现实生活,传统的手法已经不能发挥作用,文学也已经不可能起到教育的作用,作家不可能也没有责任为读者指出生活的道路或前进的方向。于是它们下工夫在语言文字和手法技巧等方面进行试验。库特·冯纳古特(1922—)延续并发展了60年代海勒式的黑色幽默。菲利普·罗思(1933—)、埃·劳·道克托罗(1931—)和罗伯特·库佛(1932—)等利用历史"事实"来创造新的小说形式,把历史上的真人真事和虚构的人物与匪夷所思的情节巧妙地糅合在一起,从而在嬉笑之余无情地揭露美国政治的虚伪性,迫使读者或者怀疑美国"光辉"历史的真实性,或者明白过去的不光彩的历史在今天也还是有可能重复的。在语言与形式的试验方面最为成功的作家是托马斯·品钦(1937—),他运用混乱而不相关的事物、不知所终的故事情节以及语言上的重复、不关联甚至浪费等手法说明科技进步造成的信息过剩正在形成对现代生活的威胁。

在品钦等作家倾心于构建寓言式的规模庞杂的元小说的时候,另外一些作家却试验完全不同的小说形式。80年代出现了"简约派"小说,代表作家为诗人、小说家雷蒙德·卡佛(1938—1988)。这类作家常常描写普通人日常生活中发生的小事情以及他们的失意与绝望。他们对文字很吝啬,绝对不使用多余的话或可能影响读者的文字。他们只是用最简单的语言把生活中一个个特定的时刻或事件告诉读者。作品中没有一个全能的、无所不知的、起主宰作用的叙述者,一切均由读者自己来做各种层次的分析。

由于试验小说的文体、结构比故事更重要,由于作家们力图扩大读者与情节或人物之间的距离,他们的作品常常给读者造成阅读上的困难,因此也就常常失去读者。80年代以后,随着整个社会渐趋保守,作家们也逐渐放弃试验,回归到现实主义手法。当然,这并非传统的现实主义,而是有所变革、有所不同。尽管冯纳古特在《囚鸟》

(1979)和《神枪手迪克》(1982)中并没有放弃黑色幽默,但他不再使用试验手法,也不如过去尖刻激烈。曾经极力主张革新的巴思在《信件》(1979)和《休假》中也采用比较传统的手法。

在戏剧方面,由于电视、电影和录像机的发展,也由于剧院票价的不断上涨,去剧院的人少了,戏剧越来越失去它的观众,但它作为叙述的一种方式,仍然被人们所阅读。另一方面,自60年代开始,演员扮演角色而观众被动地观看的传统戏剧方式受到质疑,一些打破生活与艺术、演员与剧作家、演员与观众界限的试验剧场,如外百老汇、外外百老汇剧场和一些地方小剧场迅速兴起并发展得很快。1998年戏剧发展基金和剧院与制作人联盟对纽约所有剧院观众的调查报告说明,去外百老汇或外外百老汇剧场看戏的观众是百老汇剧院观众人数的两倍,前者平均一年要看10次以上的演出,而后者只看五次。由此可以看出小剧场的旺盛的生命力。这些剧场往往上演电视电影为了票房价值所不愿意触及的颠覆性很强的试验题材,因此是表现美国社会现实问题的先锋和主力军。这时期戏剧的总的情况正如华裔戏剧家黄哲伦所说:"美国戏剧正在开始发现美国人。黑人戏剧、妇女戏剧、同性恋戏剧、亚裔美国人戏剧、西班牙裔美国人戏剧。"[①] 确实,妇女戏剧家的出现可能是个典型的例子。70年代,在所有美国上演的剧目里,只有7%是妇女写的,6%是妇女导演的。1978年,女导演朱莉亚·迈尔斯创办了妇女戏剧与演出工程来帮助女作家撰写剧本并协助她们找机会演出。1986年,这工程成为美国独立的、最大也是历史最悠久的、专门上演妇女写的剧本的妇女剧院和剧团。23年来,它已上演了110个剧本,举办了400多次剧本朗读。1992年,迈尔斯说:"现在有了一个强大的妇女戏剧作家的核心,她们既写关于妇女问题的戏剧也写关于公共问题的戏剧。她们写作的目的是为了探索人的价值以及超越自我的愿望……她们希望

---

① 鲁比·科恩:《20世纪戏剧:1945—目前》,见埃默里·艾里奥特主编:《哥伦比亚美国文学史》,哥伦比亚大学出版社,1988年,第1112页。

观众能分享她们写进剧本里的想法、感受及梦想……"[1] 这工程每年举行活动,奖励有卓越成就的妇女,从朗读活动、研究小组和群众寄来的 500 到 800 部稿子里选出三到四个剧本,请著名的演员、导演和舞台设计家组织演出,还把优秀剧作结集出版了七卷妇女戏剧选,为国内外演出提供方便。为了后继有人,她们甚至在全国两千多所学校进行妇女写作戏剧的教育项目。所有这一切大大促进了妇女戏剧的发展。

在美国历史上,由于清教主义的影响,戏剧一向不受重视,一直到奥尼尔的出现,这情况才有所改变。20 世纪的最后几十年内涌现出一大批出色的戏剧家,如引起人们注意的华裔作家赵健秀和黄哲伦,以《晚安,母亲》(1982)而一举成名并连连获奖的女作家玛莎·诺曼(1947—),连续获得两个普利策戏剧奖的黑人作家奥古斯特·威尔逊,以及既是戏剧家又是导演、既在舞台上又在银幕上获得成功,然而由于专写男人世界而不断引起争议的大卫·迈米特(1947—)等。更有意思的是,美国现代语言学会的会刊 *PMLA* 和颇具权威性的《美国文学》杂志开始刊登有关戏剧的文章,出版《美国文学》的杜克大学还决定出版一本新的杂志《戏剧》。也许临近世纪末年,人们开始怀旧,纽约剧院重新上演米勒的《推销员之死》、威廉斯的《并非关于夜莺》和奥尼尔的《卖冰的人来了》,并且大获成功。[2] 这一切都说明,戏剧已经是美国文学不可忽略的一部分。

在诗歌方面,跟戏剧、小说一样,70 年代一方面继续 60 年代的反叛及在诗行长短、节奏、用词和句法方面的试验与革新,另一方面由于大学的写作课程和各种诗歌朗诵活动的兴起而变得大众化。诗人们根据他们对诗歌的看法而分成了各种派别。金斯堡与里奇相信诗歌可以改变现实,约翰·阿什贝里(1927—)则认为人们生活在一个荒诞的世界里,他们的思想和感情跟外部现实只有一种任意的、非

---

[1] 朱莉亚·迈尔斯:"前言",见朱莉亚·迈尔斯编:《写戏剧的妇女:选自妇女戏剧工程的 7 个剧本》,海尼曼出版社,1993 年,第 9 页。

[2] 詹姆斯·J.马丁尼:《戏剧》,见大卫·J.诺德洛主编:《美国文学研究:1998》,达勒姆:杜克大学出版社,2000 年,第 391 页。

逻辑性的联系。奥尔森认为诗歌是认识和感觉的过程;勃莱却相信诗歌表现诗人刚开始想的,甚至还没有开始想的思想。但无论他们的见解如何不同,他们都企图寻找能够更直接表现个人经历的最佳方式。80年代,自白派诗歌和超现实主义的"深层意象"派诗歌开始受到读者和诗人的质疑,影响有所减弱。与此同时,新现实主义诗歌开始兴起,并渐渐成为主流。诗人们从自身经历出发既反映个人与社会问题也探讨历史、思想观念、个人与社会责任等哲理问题。另一方面,60年代一些激进的左派诗人,尤其是"深层意象"派诗人在突破诗歌传统中起了很大的作用。今天他们继续对诗歌形式进行各种试验,一心解构和颠覆"官方诗歌文化",可惜他们把试验、语言、理论看得比生活和诗歌本身更重要,结果他们的"语言诗歌"不免有些曲高和寡。在诗歌走向大众化时,还有些比较保守的诗人却努力想恢复它过去高雅的、为少数人所掌握或欣赏的文化。他们模仿四五十年代后期现代主义诗歌,强调严谨的格律和反讽象征等技巧,追求完美的形式,因而他们的作品被称为新形式主义诗歌。80年代语言诗派和新形式主义派曾互相攻击,前者说后者是"落伍的造句者",以"填满平庸杂志的空白和奖项"为目的,而后者说前者"不过是在填补学院论文之空白而已……"①进入90年代以后,诗歌发展仍然是多元化,或者按思想体系(如女性主义、同性恋、族裔),或者按地区(纽约派、爱荷华市超现实主义等)②分门别类。正是各种不同的流派和各种不同族裔的诗人使20世纪后期的诗歌变得十分丰富多彩。1985年美国国会通过一个法案,把过去的国会图书馆"诗歌顾问"正式改名为"桂冠诗人",充分说明从国家到社会对诗歌发展的重视。

  20世纪最后的几十年中还有一个值得注意的现象是文学批评理论的兴起。由于几乎主宰60年代整个社会的反传统反主流的思想行为,在文学批评方面曾经占主导地位的新批评开始衰落,70年代以后欧洲大陆,尤其是法国的各种新思潮新观念大量涌入美国,学

---

① 周伟驰:《美国当代诗坛》,见《世界文学》2001年第5期,第305页。
② 詹姆斯、E.B.布雷斯林:《20世纪诗歌:1945—目前》,见埃默里·艾里奥特主编:《哥伦比亚美国文学史》,哥伦比亚大学出版社,1988年,第1100页。

者们在接受这些理论之余还努力用它们来审视自己的文学,构建可以应用于美国文学的批评理论。跟其他文学现象一样,这时期的理论也是百花齐放,有多元化的特点。不仅如此,文学批评理论已经发展成为一个独立的学科,成为一种独立的专业。

20世纪后几十年还有一个变化是严肃文学和通俗文学的界限越来越模糊。严肃文学也可以上畅销书榜,也可以被拍成电影,成为大众文化的一部分①。严肃作家也喜欢采用通俗小说的格局,冯纳古特在很长的时间里一直被认为是科幻小说家,品钦的作品就像侦探小说,主人公千方百计要破奥秘,只是永远不得所求。另一方面,通俗文学并不是完全没有政治含义的。如汤姆·克兰瑟(1947—)的间谍小说就跟前苏联没有解体以前的冷战有关。迈克尔·克莱顿(1942—)的高科技惊险小说跟科技的突飞猛进有着密切的联系。当人们为高离婚率带来的后果所困扰,对爱情的追求产生疑惑时,他们希望从锡德尼·谢尔顿(1917—)或埃里克·西格尔(1937—)等人的爱情小说中得到安慰。暴露小说一直在美国有市场,20世纪初就有过"专门报道丑事"的作品。70年代以来,腐败事件层出不穷,这方面的作品就成为最受欢迎的通俗小说之一。最著名的作家是90年代崛起的、专写司法界腐败的约翰·格里森姆(1955—)。通俗小说家中间有些人的作品发行量常常在100万册以上。当前,美国学术界和思想界对通俗文学日益重视的现象应该引起我们的注意。

这30年还是电视、录像机、手机、个人电脑迅速发展的时代。90年代更是电子时代。1992年万维网的诞生改变了人们的生活方式,人们可以在网上进行通讯、购物、做生意、寻找信息,甚至阅读电子书籍。据统计,1998年美国有一亿以上的人使用互联网。这一切一定正在改变人们的生活和思维方式,也一定会在文学中有所表现,但恐怕要到21世纪才能看清眉目和结果。

---

① 例如,尤多拉·韦尔蒂、托尼·莫里森,甚至托马斯·品钦等严肃作家的小说都曾上过畅销书榜。肯·凯西的《飞越疯人院》、艾丽斯·沃克的《紫颜色》、道克托罗的《雷格泰姆音乐》等都曾被改编为电影。

美国的通俗文学与严肃文学

在美国,通俗文学与严肃文学、大众文化与纯文化之间似乎没有不可逾越的鸿沟或势不两立的矛盾。这大概跟美国建国的历史、社会背景等有关系。美国人民由各国移民组成,没有森严的等级制度,因此,平民性、通俗性历来就是美国文学的一大特点。被今人肯定为大师的一些美国作家往往是从创作通俗文学或编辑大众文化刊物开始他们的文学生涯。爱伦·坡就是因为擅长撰写报章杂志所需要的情节曲折的通俗小说而获得《南方通俗文学使者》杂志的编辑职务。著名黑色幽默作家冯纳古特在 50 年代一直被认为是位写科幻小说的通俗文学作家,直到 60 年代,尤其是《五号屠场》发表以后,才被评论界刮目相看,进入严肃文学的行列。19 世纪文学巨匠梅尔维尔最初的两部作品《泰比》和《奥穆》都描写海上奇遇和异国风土人情,出版后引起轰动。梅尔维尔自述"一觉醒来,从地下进入天堂,成了名人"。广大读者把他看成是擅长写航海探险小说的天才。后来,他企图摆脱通俗小说的格局和手法,在《玛地》中探索哲理、试验小说的技巧。结果舆论大哗,读者大为失望,书的销路也大受影响。

其实,美国的严肃文学作家和通俗文学作家常常互相学习,彼此借鉴。前者借用通俗文学的形式,但赋予其丰富的故事内涵和深刻的思想。后者模仿前者优秀作品的故事情节和主题思想,但使之程式化、通俗化。爱伦·坡就利用以凶宅、古堡、鬼怪为内容的恐怖小说描写没落贵族的变态心理,世人对死亡的畏惧以及爱情的奥秘。这类哥特式小说对霍桑和福克纳也有很大的影响。福克纳的名篇《纪念爱米丽的一朵玫瑰花》具有哥特式小说的一切要素:一座破败的大宅、一位怪僻的女人、一个莫测高深不苟言笑的佣人、一具死尸,以及笼罩一切的神秘气氛。然而,福克纳大大超越了通俗小说的局限,塑造了一个戴着大家族旧观念的枷锁度过痛苦一生的老处女。使这个故事成为反映旧秩序消亡、世家望族衰败的传世佳作。福克纳还十分喜爱美国民间流传的夸张故事的手法。这类故事起源于西部边疆开拓时期。它们以真实可信的细节、平铺直叙的方式、通俗的大众语言描写主人公超人的才能和简直不可能发生的事情,充满诙谐揶揄、幽默风趣。当年的垦荒者、淘金者辛劳一天之后,在篝火旁常以听这种故事来解除疲劳。福克纳借鉴这种故事形式写了一些寓意深刻的短篇小说,如反映村民贪小心理和无情无义的现代人的《花斑马》、骗子手搬起石头砸自己脚的《黄铜怪物》以及印第安人用机智战胜白人的《瞧!》等。福克纳可以说是位寓严肃主题于通俗形式的高手。

18世纪美国杰出的散文家、科学家和政治家富兰克林写过一本《自传》,总结自己个人奋斗的成功经验。这本书在美国人民中影响极大。人们把富兰克林看成是实现"美国梦"的楷模。19世纪后期的一位通俗小说家霍雷肖·阿尔杰采用了《自传》中的"勤俭致富"、"奋斗成功"的思想,写了近100部手法雷同,有关穷孩子发奋图强走上成功道路的青少年读物。"穿破衣服的迪克"一时跟富兰克林的自传一样家喻户晓,并且进入美国英语,成为"勤奋致富"的同义词。爱伦·坡对心理活动和神秘事件极感兴趣,写过一些以严密的逻辑推理分析人的心理活动和事件发生的各种可能性的作品,如《失窃的信件》、《莫根街的凶杀案》等。他可能从未想到他实际上发明了一种受人欢迎的侦探小说的模式。时至今日,侦探小说的基本俗套和公式尚未完全跳出这位鼻祖定下的框框。第一次世界大战以后,"迷惘的一代"的代表作家海明威在《太阳照样升起》等长短篇小说中塑造了一种典型人物。他们的心灵上有着不可医治的创伤,但在日常生活中他们沉着自若、冷静坚强,表现了压力面前不弯腰的勇士风度。海明威的人物形象对通俗小说家也产生了极大的影响。汉密特、钱德勒等武打侦探小说家群起模仿,创造了一个又一个具有海明威主人公式的"硬汉"性格的私人侦探。尽管这些人物不具备海明威笔下主人公的感情内涵和思想深度,但他们形成了30年代喧嚣一时的"硬汉"文学。19世纪的库柏写过五部边疆小说《皮袜子故事集》。主人公纳蒂·班波淳朴坚强、热爱大自然、向往自由生活、富有正义感及同情心,因而深受广大读者的喜爱。于是,模仿库柏的通俗作家纷至沓来。独来独往、赤手空拳打天下的班波式人物成为美国西部小说不可缺少的要素,库柏也就被尊为西部小说之父。更有意思的是,库柏当年对擅长历史小说的英国作家司各特在美国享有盛名很不服气,便以美国革命为题材写了《间谍》和《航手》等历史小说,没想到一举成功。于是,通俗小说家们又都争先恐后地进行仿效。从此,通俗文学中的历史传奇小说便在美国扎根,成为人们十分喜爱的一种形式。一百多年以后,女作家米切尔也以南北战争为背景写了一部畅销全国以至全世界的小说《飘》,再次掀起了历史传奇小说的热潮。

美国的严肃文学作家们并不把通俗文学视作洪水猛兽,但对此也不无微词。霍桑曾因《红字》不如一些女作家的历史小说和言情小说影响广大而愤愤不平地说:"美国现在完全拜倒在一群舞文弄墨的女混蛋的脚下。只要人们欣赏她们那种一文不值的破烂玩意儿,我就没有指望获得成功——如果我真的成功了,倒要羞惭得无地自容了。"梅尔维尔写巨著《白鲸》时预料到该书曲高和寡,知音不会很多,曾在给霍桑的信中悲哀地说:"钱这个东西真把我害苦了。这个可恶的魔鬼总是把门打开一条缝,冲着我笑……我真心想写的东西,不能写,写不了——而且也得不到钱。然而,让我用那种方式写作(指迎合读者口味的方式——译者),我也办不到。"当年梅尔维尔面临的是今天大多数靠写作为生没有其他收入的美国作家仍然必须面对的问题。为了维持生活、养家糊口,他们不得不争取读者,不得不对读者的口味及需要进行一定的考虑。当然,真正严肃的作家不会以赚钱为惟一目的从而放弃自己的创作原则与追求。但他们似乎也不认为偶一为之,以群众喜闻乐见的形式写些通俗的东西就是失节。菲茨杰拉德为了还债给能付高稿酬的通俗刊物写过一些迎合读者口味、水平不太高的故事。以用犀利笔锋评论和抨击美国社会、政治和文化等种种问题而著称的门肯,曾跟人合办三本杂志,专门刊登西部小说、武打侦探小说等通俗文学,目的在于用赚来的赢利去维持另一本对美国文学发展有极大影响的、比较高雅的杂志《时髦人物》。就连福克纳也曾为生活所迫,几度赴好莱坞,撰写电影脚本。尽管他在好莱坞度日如年,也得不到应有的尊敬,但为了高额薪金,他不得不忍气吞声按导演的意旨改写那些他看不上眼的故事。福克纳曾把他的长篇小说和在《星期六晚邮报》等大众刊物上发表的短篇小说所得到的稿费开列出一张详细的清单进行比较,结论不言而喻,后者的稿酬要高得多。福克纳的长篇小说情节扑朔迷离、语言艰涩、文句冗长、故事深奥难懂,但其短篇小说大多故事生动、主题鲜明、语言通俗。不知道这种差别是否与他写短篇小说是为了向通俗刊物投稿,因而考虑了读者水平有关。

在美国,销售量的大小和读者的多少,有时是衡量一部作品的一种标准。当年爱默生评论斯托夫人的《汤姆叔叔的小屋》时就高度赞扬她既能取得广大读者的喜欢,又能探讨人类普遍存在的重大问题,并且说她的作品好就好在"无论在客厅,还是在厨房,或者在幼儿室里都拥有同样感兴趣的听众"。后人都认为,对一部作品的最高评价莫过于这句名言了。确实,一部作品要收到雅俗共赏的效果很不容易,但在美国,这种现象越来越普遍。20多年前,贝娄发表《赫尔索格》时,大多数读者抱怨此书深奥难懂。只有知识界,尤其是大学教授们反应强烈,有些人甚至彻夜不眠,阅读评论这部深刻描写现代社会中知识分子的迷惘、彷徨和失望心理的作品。如今,贝娄的《院长的十二月》、《伤心而死者大有人在》等主题相似、哲理性较强的作品,以及其他名家如辛格、契弗、韦尔蒂、罗斯等人的长短篇小说都不时出现在最权威的《纽约时报书评》的畅销书单上。这种现象似乎从一个侧面说明在美国,大众文学与纯文学之间的界限不是不可逾越的。

当然,书籍的销售量、畅销书单并不能说明一切。福克纳的《押沙龙,押沙龙!》及米切尔的《飘》这两部书的题材相近,又都是1936年出版。但是,《飘》在发行之日就售出五万本,半年内销售量达到一百万册一年之内又翻了一番。到1949年一位喝醉的司机把米切尔不幸轧死时,《飘》不算盗印本在内已经发行六百万册。纳粹德国下令禁止此书出版,但电影拷贝在巴黎占领区被发现时,连希特勒都忍不住要调来看一下。为什么《飘》会引起这样大的轰动,连米切尔本人都莫名其妙。她一再强调这是一个"关于普通人的普通故事。文笔不出色,思想不高深,没有象征手段,也没有含而不露的更深一层的含义……"相比之下,福克纳的《押沙龙,押沙龙!》命运不济,出版那年总共印了不到一万册,1944年便绝版了。然而,1950年福克纳荣获诺贝尔文学奖,成为举世瞩目的大作家。米切尔的《飘》尽管畅销不衰,却一直进不了严肃文学的行列。近年来,由于女权运动的结果,文学史开始提到米切尔和她的《飘》。即便如此,多数批评家还是认为《押沙龙,押沙龙!》从艺术手法、故书结构、表现技巧、思想深度等多方面都要比《飘》略胜一筹。当然,《飘》也仍不失为一部优秀的通俗文学作品。

畅销小说中自然有不少是糟粕。严肃作家对一些通俗小说浅薄的情节、低劣的手法,尤其是它们制造假象蒙蔽读者的欺骗作用经常加以揭露。德莱塞的《嘉莉妹妹》、菲茨杰拉德的《了不起的盖茨比》都批评了阿尔杰作品中所宣扬的穷孩子靠勤奋致富等错误观点,指出"美国梦"的时代早已一去不复返。这些严肃作家还常常用通俗小说的形式揭露抨击它所宣扬的道德观念和价值标准。伯杰的《小大人》、道克托罗的《欢迎来到艰难时世镇》都采用西部小说的形式,但前者一反西部小说的传统,白人成了杀人魔王,印第安人成了真正的英雄;后一部小说充满了怪诞的妓女、无情的商人和暴虐的凶手,完全没有传统的西部小说所推崇的富有正义感、同情心和家庭社会责任感的勇士、侠客与美人。前些年,女作家欧茨连续写了四部采用通俗小说手法和形式的有关美国历史的长篇小说,目的也在于讽刺挖苦充斥市场的言情小说、历史传奇及哥特式恐怖小说等通俗文学,批评它们美化现实,给人以空虚的安慰,使人逃避现实。

话又得说回来,通俗文学良莠不齐,有糟粕,也有上乘佳作。有些作家受主流文学的影响,在保持曲折情节的同时,开始注意人物心理的描写。科幻作家弗里茨·莱伯的不少作品被称为"典型的意识流科幻小说"。擅长历史小说的沃克和米切纳以及专门描写工业大城市生活中公共设施部门运转情况的"信息"小说家黑利等人都在创作过程中进行了大量的调查研究工作,力求史实与细节的准确性。他们严肃的创作态度受到读者的好评,作品也开始受到评论界的重视。

在美国,通俗文学与严肃文学之间就是这样一种难解难分相辅相成的错综复杂的关系。对于我国学者来说,重要的是经过研究,根据我国情况有选择地将内容健康、能反映美国社会文化、有艺术特色的通俗文学介绍给读者。

创新与作家的使命
——80年代美国小说创作中的新趋势

一

文学是时代的产物,而时代又同历史无法割裂。一个时期的文学既反映这个历史时期又同已经消逝的时代有着千丝万缕的联系。自70年代后期到80年代,美国文坛涌现出一批使命感较强的作家,他们关心社会、关心政治,努力在作品中表现后工业社会的弊端和普通人的失望、困惑与痛苦;另一方面,他们又孜孜以求,博采众家之长,努力探索能为读者所接受的新的表现手法和技巧。这些作家正越来越受到读者的欢迎和评论界的重视。然而,回顾他们的成长过程,我们可以说,这些在70或80年代崛起的作家多多少少又都是60年代美国社会的产物。

60年代对美国人来说真是多事之秋:肯尼迪总统遇刺,黑人领袖马丁·路德·金被害;游行示威抗议活动此起彼伏,一浪高过一浪,黑人争取平等自由的民权运动在1963年向华盛顿的大进军中充分显示了威力;知识界学生界发起的反对越南战争的示威活动声势日益浩大;与此同时,受吸毒、摇滚乐、群居、性自由等反文化运动影响的人越来越多;这一切,再加上越南战争升级等等,使美国人失去了心理平衡,两百年来引以自豪的自信心和安全感被摧毁了。人们普遍惶惶不安,产生强烈的危机感。

在这种形势下,有些美国作家如品钦、库佛、冯纳古特等叫嚷:世界疯狂了,无法理喻了。作家已经不可能通过创作认识世界解释世界。复杂多变、动荡不安的时代要求作家寻找新的方式、创造新的艺术以适应时代的需要。他们强调现实主义已经过时,作家必须对一切创作规则、传统和观念重新进行审查,揭露其虚假性。约翰·巴思在《文学的枯竭》中宣称,传统小说的一切成分,诸如场景线索的发展、真实可信的对话、第三人称的叙述角度、富有象征意义的细节描写等等,都已失去作用。伦诺德·苏克尼克为自己的一个短篇小说集取名为《小说的死亡及其他》,并且说:"当代作家……不得不从头开始:现实并不存在。上帝曾经是无所不知的作者,但是他死了,现在没有人知道情节了。"

于是,试验小说应运而生。如品钦采取庞杂的四下放射的枝丫式立体结构,他的小说《V》(1963)里有几百个人物,数不清的情节,涉及各种历史事件,犹如百科全书,错综复杂令人难以捉摸。巴塞尔姆正好相反,他通过借用、模拟人们熟悉的神话题材或再现著名的人物如白雪公主、托尔斯泰、罗伯特·肯尼迪等,对他们及传统观念加以嘲弄。他以拼贴画式的手法,把毫不相干的东西拼凑在一起,既无情节又无故事,企图让读者从他提供的片断材料里去捉摸他对社会的批评。约翰·巴思则在故事里不断地打断叙述线索,喋喋不休地讨论小说的技巧、结构与功能,破坏了小说应有的逻辑性与可信性。

这种反对传统手法和题材的试验小说问世后,曾受到广泛重视。大学里纷纷开设有关试验小说的课程,批评家也争先恐后发表评论,为它们喝彩。1973年,品钦发表了第三部小说《万有引力之虹》。电视电台、报章杂志都作为重大事件报道,人们也争相购买,以阅读品钦的小说为时髦。虽然多数读者,包括一些评论家都承认小说艰涩难懂,但人们仍然把这部难以卒读的、玄奥的试验小说推上了畅销小说的行列。

试验小说的出现,在美国文坛引发了一场近20年之久的论战。试验小说家们声言,小说的首要任务在于表现我们自己,既然我们发生了变化,小说当然也可有变化。苏珊·桑塔格等批评家则竭力宣扬语言和艺术的独立性和自主权,为实验小说家远离现实生活的创作进行辩解。他们认为,对文学艺术来说,只有水平和质量的问题。文学艺术应该创造自己的现实,为自己服务。任何一部为一定目的而创作的作品不是真正的文学艺术,企图在文学艺术中寻找目的和意义是低级趣味的表现。他们告诫读者不要到小说中去寻找启迪生活的钥匙,因为他们阅读的东西纯属子虚乌有,不足为训。

论战中的另一部分人则坚持认为文学艺术应该基于生活,描写人们共有的经历和需求,探讨人们应该遵循的伦理道德价值准则,并且应该采用人们熟悉的语言和传统的手法技巧。1973年,内森·斯各特在《历史、希望和文学》一文中指出,试验小说家脱离现实世界,不去探讨历史和希望等难题,也不向渴望指点的广大群众提供寻找安慰的方法,一味地把文学事业当成"游戏",回避了作家对世界应尽的责任。同年,黑人女作家葆拉·马歇尔在《建立我的艺术世界》中,对试验小说家的观点委婉、含蓄地表示了不同意见。她说,"我知道当前流行的做法是贬低传统小说,说它不符合历史潮流。不过,对我来说,传统小说仍然是具有生命力的表现形式。它不仅使我能写我所喜爱的生动具体而又十分详细的细节描写……而且允许我的写作有多种层次,不仅深入人物的内心世界,还可以充分揭示内心世界以外的外部世界。"1978年,诗人、小说家、评论家约翰·加德纳发表《论道德小说》,批评试验小说家把小说只看成是语言的堆砌,回避了文学的力量与影响等问题。他坚持主张作家通过写作思考重大的问题。他说,小说不一定要起教育作用,但应该通过动人的方式把作家在创作过程中重新了解和把握的世界告诉读者,让读者仿佛进入了生动形象的梦幻,身临其境做出道德性判断。

平心而论,很多试验小说家最初的出发点是严肃的,他们忧国忧民,希望通过自己的作品唤醒美国人民,改造美国社会。他们反对小说美化现实,向读者提供虚假精神寄托的看法是有道理的。他们用支离破碎的情节、分散杂乱的时空、漫画式无个性的人物以及多层次立体开放式结构等手法也是为了表现社会的混乱与动荡,人被资本主义社会的物质生活扭曲、异化而无法驾驭世界、把握命运的危机感和幻灭感的需要;他们的一些作品也确曾震撼过一部分读者,迫使人们严肃地思考社会和人生。但是总的来看,他们忘却了作家了解社会反映生活的责任,愈来愈脱离现实生活,脱离社会,把手法技巧的创新推向极端,变成标新立异,以至于最终失去了绝大多数读者。到80年代末,由于试验小说的影响已日益削弱,这场现实主义同试验主义的大论战似乎已经结束,又一代作家出现于美国文坛。

有意思的是,在作家们发现他们走得太远,开始回过头来关心现实生活、改变表现手法的时候,新闻导向也开始发生变化。例如,黑人女作家艾丽斯·沃克的《紫颜色》并无标新立异的形式、结构,从故事情节到人物描写都比较接近传统小说,但是,它却获得了1983年的普利策奖、美国书奖和书评家协会奖。其中很重要的原因恐怕是因为这部小说描写一个备受后父及丈夫欺凌的黑人妇女如何摆脱大男子主义思想,走出家庭自食其力,成为有思想、有才能的新女性的成长过程,涉及了美国社会的黑人争取种族平等的民权运动和妇女解放等重大社会问题。另一位专门描写城市生活的美国作家威廉·肯尼迪写了三本以纽约州首府奥巴尼为背景的小说,头两部销路不佳,并不引人注目。第三部小说《斑鸠菊》先后遭到五家出版社拒绝,最后在名作家索尔·贝娄的干涉下才勉强为维京出版社接受。出乎作家本人和出版商的意料,1983年《斑鸠菊》出版后,竟上了畅销小说书单并获得1984年普利策小说奖。究其原因,恐怕主要是因为这部小说触及美国大城市中日趋严重而又不为人所重视的流浪汉现象,探讨他们无家可归或有家归不得的原因,描写了这类小人物受侮辱受欺凌难以把握命运的悲哀,以及他们为维护个人尊严保持心理平衡所作的种种努力。1983年,美国艺术文学学院为保证作家安心创作,不必为生活而奔波,设立了一个为期五年、每年35,000美元的免税文学奖。第一个获奖的作家是"新现实主义"作家、简约派的代表人物雷蒙德·卡佛。卡佛认为,小说应起交流思想的作用并坚决反对作家以玩弄技巧手法来引人注目。他坚持文学以现实生活为基础,主张作家深入生活,仔细观察生活。他总是用简洁隽永的、文字精确的描述,几近对话般的节奏音调、仿佛超脱的口气和平铺直叙的方式描写美国社会里最不起眼的小人物的孤独感和失落感,1976年卡佛发表了《请你轻一些,好吗》,立即引起读者和评论界的重视。青年作家托比阿斯·沃尔夫认为,在高雅的学院式的超小说统治一切的70年代后期,卡佛的出现犹如一股春风,"给现实主义和短篇小说重新带来了生命力"。

也许南方老作家彼得·泰勒在1986、1987两年内三度获奖(如果他不拒绝美国书奖的提名也许会四次获奖)一事最能说明美国文坛当前的变化。泰勒是大学教授兼作家,他在弗吉尼亚大学写作班讲课时一贯劝说学生不必醉心于文字和技巧的试验,主张与其标新立异不如认真学习契诃夫的表现手法。在他40多年的创作生涯里,他一直以美国南方大家族的败落为中心主题,在手法技巧上也遵循现实主义的传统原则,注意情节的发展和人物心理的描写。泰勒早已是美国艺术文学院的院士,但在六七十年代深受冷落,仿佛被人忘却了。1985年,他出版了一本短篇小说集《老树林及其他》,收入了以前发表过的14篇短篇小说,有的甚至是40年代写的故事。但就是这些用传统手法表现传统题材的旧故事使他忽然获得1986年的笔会福克纳奖。评论家、作家、报章杂志都仿佛发现新大陆似的赞美他,称他是"无可争辩的短篇小说大师"、"本世纪最优秀作家之一"等等。他在1986年发表的描写老年人生活的小说《孟菲斯的召唤》再次进入畅销小说的行列并在1987年获海明威—里兹奖和普利策小说奖。泰勒确实是位优秀的小说家,但并不是在80年代才成熟的后起之秀。近年来他连续不断地获奖,说明采用传统手法创作的现实主义小说在美国文学界确实又受到重视和欢迎。

二

什么因素促成了美国文学创作这种从题材到手法的变化呢?首先,六七十年代兴起的反文化运动的恶果在80年代日趋明显。美国人深受吸毒和艾滋病之害,他们痛感世风日下,社会问题的严重,开始怀念当初被抛弃的家庭、宗教、个人责任等道德观念和价值准则;对那些极端、标新立异的思想和行动则愈来愈反感。整个社会趋向保守,里根上台执政更加深了这种保守倾向。于是在文学艺术方面,试验小说开始遭到冷落。

其次,美国出版事业日益商业化,出版社不愿意印刷、发行销售量较低的不赚钱的试验小说。尽管已经成名的试验小说家如品钦、库佛等还在坚持试验手法,他们的试验小说也还能进入畅销书行列,然而,多数靠版税、稿费养家糊口的作家们不得不考虑采用可读性强的故事情节和为读者能够接受的手法进行创作。即使有些新作家还在试验手法与技巧,他们的小说也只能找一些规模很小的甚至是作家自己集资建立的出版社印刷发行,印数很低,影响自然也就不大。

当然,这也是文艺界、学术界对"文学是否可以没有思想性"、"艺术是否应该脱离现实"等重大问题深入思考的结果。1984年道克托罗在接受采访时说:"我有坚定的信念:思想和作品内容是不可割裂的。我一直认为我的小说继承了狄更斯、雨果、德莱塞、杰克·伦敦等大师的社会小说的传统。这个传统不是与世隔绝,而是深入外部世界,不是局限于反映个人生活,而是努力表现社会。"他的这番话很有代表性,反映了相当一批关心社会、关心政治的作家们共同的看法。他们多半经历过六七十年代的政治运动,主张以历史、文化、政治,甚至阶级、种族、性别为题材,强调作家的社会使命,反对把创作看成是寻找个人乐趣或自我欣赏、自我陶醉的手段工具。

新一代作家的出现同美国黑人争取平等自由的民权运动和妇女争取解放的女权运动也有很大关系。70年代以来,一大批女作家和非白人作家出现在美国文坛,影响越来越大。例如探讨家庭生活,表现夫妻冲突、父母子女关系的白人女作家安妮·泰勒、盖尔·高德温等,反映黑人男女之间的矛盾与冲突、黑人妇女解放斗争的黑人女作家艾丽斯·沃克、托尼·莫里森,表现黑人争取自由平等的斗争、描写种族歧视的厄内斯特·琼斯等,甚至以往不大受人关注的印第安人作家和华裔作家都越来越受到重视。华裔女作家金斯顿在1970年出版的《女战士》和谭恩美在1989年发表的《喜乐好运俱乐部》都是畅销读物,深受读者欢迎。民权运动和女权运动的蓬勃发展,也影响人们开始改变对已有定论的美国文学遗产和经典作家的看法。女权主义文艺理论家和作家们身体力行,著书立说、编纂文集,把一些过去因种族和性别歧视受冷落、被埋没的作家和作品发掘出来给予重新评价。比较重要的有凯特·肖邦的《觉醒》、夏洛蒂·珀金斯·吉尔曼的《黄色墙纸》、黑人女作家佐拉·尼尔·赫斯顿的《她们眼望上帝》、道格拉斯的《黑奴自述》和中国人民的好朋友艾格纳特·史沫特莱的《大地的女儿》等等。不言而喻,这些小说和传记回忆录都是用传统手法写成的。自80年代以来,这类作品已有不少作为教材,进入美国大学的课堂。学术界对它们的重视也势必在一定程度上对读者和作家们发生影响。

三

然而,新崛起的这批小说家虽然普遍强调以真实现实为基础,重新重视表现严肃的社会问题,但他们并不完全重复拘泥于现实主义固有的手法和格式,而是博采众长,努力形成自己独特的风格。前几年,评论家麦卡弗莱夫妇采访了自70年代末期以来在美国文学界崭露头角声望日高的13位作家,辑成题为《活着,还在写着》的集子。他们在前言中指出,这13位作家都一致认为试验小说丰富了小说的表现形式。试验小说家尚有生命力的一些表现手法——如把奇妙的幻想和平庸的事物随意结合、作家进入故事里评述小说、拼贴画手法、支离破碎不连贯的形式手段等——可以适当采用或进一步发展。那种把现实主义看成铁板一块大肆加以攻击的态度是根本错误的,现实主义可以有多种多样的风格和手法。

以卡佛、安妮·比蒂、博比·安·梅森等人为代表的简约派作家以最简洁的文字、最简单的情节描写日常生活中的凡人俗事,表现当前社会中的人物的喜怒哀乐与悲欢离合。卡佛的《保护》描写由于失业而一蹶不振的丈夫经受不了电冰箱也坏了的打击;梅森的《希洛》描写一位长年在外开卡车的司机因车祸回家养伤,想留在家里同妻子共享温馨的家庭生活,不料夫妻之间已经失去共同的语言,无法交流思想感情。这种不动声色的描写往往起到振聋发聩的效果,使读者仿佛身临其境,同那些不善言词的普通人一起感受生活中的威胁和危机。

在越南服过兵役的蒂姆·奥勃莱恩写了一部描写越南战争的小说《追逐卡契奥托》,一举成名。他在小说中把主人公保尔对绚丽多彩的巴黎之行的幻想同严酷的战争场面相结合,全书的叙述结构像钟摆似的不断在现实与幻想之间来回摆动。肯尼迪在《斑鸠菊》中设计了死人生活在活人世界里、死人同活人对话的场面。主人公弗朗西斯·费伦回到奥巴尼老家,在坟地里找到了工作。他干活的时候,他死去的父母在坟墓里观察他、议论他。费伦乘公共汽车的时候,忽然发现对面的乘客就是20年前在罢工运动中被他扔石头时失手打死的工贼。莫里森更进一步,她在1989年获普利策小说奖的《宝贝儿》中让女主人公赛斯死去多年的女儿作为活人闯入她的生活,跟她同吃同住同生活了一段时间以后又莫明其妙地消失了。这些作家认为,现实是有多种层次的,是因人而异的。奥勃莱恩的亲身经历使他看到幻想生活也是真实的。士兵们要逃避恐怖的战争,多半用幻想创造另一种现实,这种幻想也有其内在的现实性,也是士兵们看得见摸得着、能让人嬉笑哭泣的具有道德含义的现实。对于肯尼迪来说,人的思想行动中存在一种神秘的、不可言传的共鸣、交流、影响或感应。作家应面对这种神奇现实的客观存在,发掘探索人间事物的神秘所在。费伦失手打死的工贼一直生活在他的记忆里,20年来,他到处流浪正是为了逃避这个现实。同样,《宝贝儿》里的赛斯也无法忘记她为了不让孩子落入奴隶主之手像她那样过牛马不如的生活而忍心杀死的女儿,她一心渴望的就是有机会表达她对女儿的母爱。既然这一切是主人公生活中无法摆脱的事实,为什么不能让死人进入活人世界让他们同命运共呼吸一段时间呢?超现实主义的幻想、鬼魂的出现非但不会破坏小说的可信性,反而要比回忆、思考、意识流等手法更能生动形象地表现现实。

有些作家还认为,在当前的信息社会里,有些历史事件和历史人物经过新闻媒介的宣传加工已经成为现代神话,能在读者的头脑里唤起一定的图像、反应和联想。采用这类众所周知的、有特定内容和含义的事件或人物既可以节省笔墨,又可以剖析这些虚假的神话,达到批评社会、抨击弊端的作用。在麦克斯·艾普尔的小说里,迪斯尼乐园的创始人沃尔特·迪斯尼、美国到处可见的霍华德·约翰逊旅馆甚至作家诺曼·梅勒、政治家胡佛等知名人士都成为他虚构的主人公。肯尼迪和道克托罗都曾以30年代轰动纽约的歹徒德契·舒尔茨为题材进行创作,写成的小说深受读者欢迎。

有些作家还借鉴通俗文学的格局和手法。约翰·欧文在成名作《加普眼睛里的世界》一书中就有意识地采用通俗小说和电视肥皂剧常有的渲染夸张、强调轰动效应、突出性爱暴力等手法,把主人公的一生描写得犹如肥皂剧一样滑稽可笑,从而表现当代人命运之变幻莫测的严肃主题。女作家黛安娜·约翰逊发现侦探小说以扑朔迷离的情节线索为主的写法更能表现当代生活的复杂性和危险性。她的描写种族关系、人性险恶及人们普遍共有的恐惧感的《影子知道》就借用了侦探小说的手法。道克托罗还喜欢把电影手法应用到他的作品之中。

新崛起的作家中不少人都受到试验小说的影响,然而,他们又有自己的思考、发展与创造,他们纠正了一些作家脱离社会、脱离读者,一味玩弄形式和技巧的偏向,把创新和作家的使命较好地结合在一起。

博采众家之长
——七八十年代的美国小说

1975年,美国作家道克托罗发表了一部以虚构人物和虚构情节为主,以真实的历史人物为背景或陪衬的小说——《雷格泰姆音乐》,引起了美国文坛的一场大辩论。广大读者十分喜爱这部小说。在相当长的时间内,《纽约时报书评》等报章杂志一直把《雷格泰姆音乐》列为畅销小说,众多出版社竞相购买它的平装本版权,一年之内销售额在百万册以上。

然而,就在《雷格泰姆音乐》大受读者欢迎的时候,它遭到评论界一部分人的猛烈抨击。道克托罗成了1976年争议最多的作家。攻击者把小说贬得一无是处,认为主人公不符合传统小说的定义,故事情节违反时代特征,全书"作为闹剧则史实太多,作为历史则滑稽取笑的成分过浓,作为黑色幽默又过于轻松"。换句话说,批评家们感到恼火,因为他们不知道应该把《雷格泰姆音乐》归入70年代十分流行的试验小说,还是把它算作当时备受冷落的现实主义小说。

道克托罗丝毫不受评论界的影响,坚持自己的创作原则和手法。15年过去了,他又发表了四部小说:《罗恩湖》(1980)、《诗人的生活:六个短篇与一个中篇小说》(1984)、《世界博览会》(1986)、《比利·巴斯盖特》(1989);两度获得美国书评家协会奖(1976及1990);确立了他在美国文学界的地位,成为公认的大胆采用新颖手法表现严肃的、社会性很强的主题的优秀作家。道克托罗的作品大多通过描写历史来迫使读者对历史重新进行评价,从而认识美国神话的虚幻性。《雷格泰姆音乐》就是通过三个虚构家庭的悲欢离合来审视第一次世界大战前繁荣昌盛的美国社会,揭露其歌舞升平的表面现象下所埋伏的种种危机与不平等现象。新作《比利·巴斯盖特》从15岁的虚构人物比利的角度来审视确有其人的30年代轰动纽约的神话式歹徒德契·舒尔茨,通过描写暴力和犯罪活动再次剖析所谓"自由"、"平等"的美国神话和美国梦,从他已经发表的小说的内容和主题来看,他应该说是个关心社会问题的现实主义作家,道克托罗自己也承认他的小说"继承了狄更斯、雨果、德莱塞、杰克·伦敦等大师的社会小说的传统"。

然而,道克托罗所惯用的手法和技巧却与上面那些现实主义大师们极不相同。例如,《雷格泰姆音乐》把历史事实和虚构情节糅合在一起,描写了大量有据可查的历史事件,如皮尔里的北极探险、劳伦斯城纺织工人大罢工、弗洛伊德的美国之行等以及有名有姓的历史人物如大财阀摩根和福特、脱身魔术家哈利·胡迪尼、无政府主义政治家埃玛·戈德曼等等。但他又对历史进行加工和再创造,使历史服从于小说的结构情节的需要。他让虚构人物黑人柯尔豪斯强占摩根的图书馆,抗议白人的种族歧视,又让另一个虚构人物爱上确有其人的伊芙琳·纳斯比特并在确实发生过的墨西哥革命中丧命。同时,道克托罗又为有真名实姓的历史人物虚构各种动机、思想和行动,编造弗洛伊德漫游纽约柯尼岛上的爱情隧道、摩根在埃及金字塔内过夜企求圣灵托梦等虚构情节,他在其他几部小说中也常常真真假假、虚虚实实地把历史作为虚构小说的素材,又通过虚构情节再现历史,达到嘲讽抨击的目的。因此,从手法来看,道克托罗又是一个不折不扣的试验小说家。不过他的试验手法并不拒读者于千里之外,并不是为技巧而技巧、为试验而试验的自得其乐的自我表现。难怪有位研究他的评论家说:"当代美国小说的读者们常常把小说分成两大对立的阵营:以纳博科夫、品钦、巴塞尔姆、巴思、盖迪斯等难以预测的、仅次于上帝的众神们所率领的后现代主义阵营和运用现实主义手法创作的诸如贝娄、斯泰隆、马拉默德和罗斯等人组成的后传统主义大作家。埃·劳·道克托罗引起我们极大兴趣的一大原因是他居然能同这两大对立的阵营都发生关系,成为其中的一员。这是因为他的作品通过历史上有据可查的事实的最基本形式表现了真实世界,又通过破坏叙述线索,变更人物、事件甚至时空的个性或特性,使之发生错位混乱等主要手法达到'试验'效果。他的作品有一种模糊了现实主义和试验主义的对立冲突的不可归类的特点。"①

回顾 80 年代的美国小说，我们虽然不能断言道克托罗是开创一代新风的先驱，但我们确实可以发现越来越多的美国小说家像道克托罗一样，既能被归入现实主义作家的行列又是十分出色的创作技巧试验家。越来越多的作家采用了既非传统现实主义又非几近文字游戏的纯试验主义的却又博采两家之长的新创作手法。有些评论家如莱里·麦卡弗莱把这种手法称为"试验现实主义"，有的作家如麦克斯·艾普尔称之为"魔幻现实主义"，甚至"后现代主义"。不管怎么称呼，这种新现象、新手法正越来越引起评论界的注意和重视。

这类新手法很难用情节的开头、发展与结尾，人物塑造的单薄或丰满，时间的直线、循环或错乱以及叙事者、叙述角度等传统概念作明确的说明。但是，这些作家的共同特点是主题十分严肃而手法十分大胆。

这类作家的一个鲜明特点是他们关心政治，努力通过自己的作品针砭时政、抨击社会。例如，艾丽斯·沃克的《紫颜色》(1982)探索种族歧视和黑人男女之间的冲突与矛盾，以黑人妇女的解放为主题，描写一个备受后父和丈夫欺凌与折磨的年轻妇女在女友们的启发帮助下开始有所觉悟，同丈夫及自己头脑中的大男子主义思想做斗争，终于走出家庭，自食其力，成为有思想有才能的新女性。威廉·肯尼迪的《斑鸠菊》(1983)反映美国的城市生活，以大城市中到处可见而又不为人重视的无家可归或有家归不得的流浪汉为题材，探讨他们沉沦的原因，描写这些小人物难以把握命运的悲哀以及他们为维护个人尊严、求得心理平衡的种种努力。近年来声望日高的另一位黑人女作家托尼·莫里森强调她写的是"乡村"文学、"部落"文学，"用并不复杂的简单的故事描写复杂的人物"，反映黑人来到美国城市以后"古老的部落价值观念和新的城市价值观念之间的冲突"。她 1977 年发表的《所罗门之歌》就是刻画一个在城市里长大的黑人青年寻找民族传统的寻根过程。获普利策小说奖的《宝贝儿》(1988)虽然不描

---

① 乔·加·哈波汉姆：《埃·劳·道克托罗与叙述的技巧》，《现代语言学会学刊》，1985年1月号。

写城市生活,却再现黑奴争取自由的斗争对黑人心灵的影响。女主人公赛斯为了不让子女重新落入蓄奴主手中再度过上牛马不如的奴隶生活,忍心杀死了一个女儿。她的出自保护儿女的母爱行动遭到误解。她失去了天伦之乐,背着沉重的包袱痛苦地生活,终于正视历史、正视自己,找到自我,开始了新的生活。

所有这些作家都喜欢探索历史,不少人在小说里描写真实的历史事件和历史人物,目的在于揭穿美国神话的迷惑性和虚幻性,他们几乎都认为他们的小说深深扎根于现实,是对美国社会的一种政治性的表态。肯尼迪说,他同30年代的左翼作家有很大的不同,因为时代不同了。左翼作家的故事与手法不再能打动80年代的读者了。因此,他必须寻找新的方法表达他的政治思想。他的《斑鸠菊》等作品正是说明,即便是街上的流浪汉仍然必须通过斗争才能有所得,因为高高在上的有钱有势的人才不会送礼上门的。里根才不关心什么人的价值或种族的价值,他要的只是金钱与权力。作家在任何时代都必须同这样的制度与政府进行斗争。

然而,这些针砭时政、抨击社会弊端的美国作家几乎都不采用传统的现实主义创作方法。简约派代表作家卡佛说:"完全写实的手法叫人感到乏味。"道克托罗说:"我不再能够接受现实主义的传统手法。它们不能引起我的兴趣。"他们普遍主张以真实世界为基础,充分发挥作家的想像力,进行各种技巧手法上的试验来丰富现实主义的表现方式。他们博采诸家之长,大量吸收意识流、黑色幽默、象征主义、表现主义、超现实主义,甚至神话、幻想、鬼魂及电影电视和通俗小说的格式与技巧。道克托罗认为写作就是向读者的头脑里输送各种图画,有关人物道德状态的图画,因此,他大量采用电影手法。在他看来,电影电视极大地影响了人们的阅读习惯。不连贯性、场景转移、时空跳跃、叙述者及叙述口吻的变更等等都已经为人们所接受。把这类技巧恰当地用在小说里不会使读者迷惑不解产生反感。作家没有必要按传统小说的作法,采用单线编年结构,按故事情节的时间顺序和事件之间的因果逻辑关系作直向单线式叙述。

肯尼迪说,他从一开始创作就喜爱超现实主义,一心想要进一步扩大和延伸虚构小说中的"现实"。他并非神秘主义者,也不是虔诚的宗教信徒。但他认为人的思想和行动中确实存在一种神秘的无法理喻不可言传的共鸣、交流、影响或感应。作家应该面对现实,并深入现实发现事物、生活和人类活动中的神秘所在。这种神奇现实的客观存在是他创作的一个出发点。于是,他在《斑鸠菊》里设计了死人在活人的世界里,死人同活人对话的场面。主人公弗朗西斯·费伦回到家乡去坟地干活,他死去的父母在坟地里观察他、议论他,甚至互相对话。费伦坐在公共汽车里,忽然发现他对面的乘客就是20年前在罢工运动中被他扔石头无意中打死的工贼。托尼·莫里森更进一步,她在《宝贝儿》里让女主人公赛斯20年前出于母爱而杀死的女儿作为活人重新闯入她的生活,跟她同吃同住同生活了一段时间,然后又莫后其妙地消失了。

　　这些作家们认为,现实其实是五花八门因人而异的。对于弗朗西斯·费伦来说,他失手杀死的破坏罢工的工贼一直生活在他的记忆里,20年来,他竭力逃避的正是这样的现实。同样,《宝贝儿》里的赛斯也无法忘却亲手杀死的女儿,多年来使她时刻感到痛惜揪心的就是这个死去的女儿。她一心渴望的就是有机会或有办法表达她对这个女儿的爱。既然这一切是主人公生活中无法摆脱的现实,为什么不能让死人进入活人世界跟他们同命运共呼吸一段时间呢?鬼魂的出现非但不会削弱现实,反而要比回忆或意识流等手法能更生动更形象地表现现实。

　　在越南服过兵役并以《追逐卡契奥托》(1978)———一部描写越南战争的小说———一举成名的蒂姆·奥勃莱恩认为,幻想生活也是真实的。战争是恐怖的,人需要逃避它。战士们多半生活在幻想里,创造另一种新的现实。《追逐卡契奥托》便是由战争场面和主人公保尔幻想中的巴黎之行所构成的。奥勃莱恩认为这些幻想也有其内在的现实性,也是看得见摸得着的、能使人嬉笑哭泣的、具有道德含义的现实。

　　另一位70年代末期开始引人注目的美国作家约翰·欧文认为不应过于排斥通俗文学,过分纠缠通俗和严肃文学的界限。文学界认为浅薄无聊的电视"肥皂剧"中所表现的生与死、爱与恨其实是生活中最重要的内容,也是作家们应该关心的题材。他在成名作《加普眼睛里的世界》(1978)中就有意识地采用通俗文学常用的渲染夸张、强调轰动效应、突出性爱和暴力等手法。主人公加普的诞生就是一出十足的滑稽戏,因为他的母亲是一个不想结婚的女人却又想办法同一个在越南战争中受伤的、不省人事濒于死亡的伤兵性交,结果怀孕生下了加普。加普是位作家,但又不是文弱书生而是个摔跤运动员。他天生聪慧,19岁就一举成名,但这位一辈子用语言表达思想的作家却又才思枯竭,不仅写不出文章,而且找不到言词来表达自己的感情;他对儿女十分疼爱,一心保护他们,却又在把汽车倒出家门口的汽车道时无意之中轧死了女儿。总之,欧文把加普一生描写得犹如肥皂剧一样滑稽可笑。当然,欧文并不是为了讨好读者故意制造喜剧性场面,他探讨的是人生陷阱及命运之不可捉摸等十分严肃的主题。

女作家黛安娜·约翰逊虽然不完全赞成试验小说削弱人物的重要性、取消对人物个性或心理活动的描写、只塑造单薄的漫画式人物的做法,但她也不想遵循以人物塑造作为小说创作的出发点、由人物来决定情节的发展或故事结局的老传统。她对情节更感兴趣,认为命运的变迁、突如其来的大起大落更真实地代表现代生活。她发现侦探小说以情节为主,把问题的解决蕴含在事件的发展而不是人物的性格之中。于是,她在《影子知道》(1974)一书中试验侦探小说的格局和技巧,连小说的标题都是取自从前的一个广播节目的提问式的标题:《谁知道坏人心里藏着些什么?只有影子才知道。》但约翰逊又没有完全按照侦探小说的传统,通过扑朔迷离错综复杂的情节和事件给读者以明确的答案,她认为现代生活十发复杂,未必有解决问题的手法,她在《影子知道》里描写种族关系、人性之恶及社会上普遍存在的恐惧感,但她并未提供明确无误的解决办法。她提供了事件和情节却不满足读者解决问题的愿望。这种开放式结构的侦探小说可以说既是传统式的又是试验性的。

有些作家即使塑造了人物,也往往运用素描的手法,没有细腻的心理描写或复杂的个性刻画。《雷格泰姆音乐》中的人物都像侧面剪影一样,只有几个姿态和大概的轮廓。这些人物也不像狄更斯的《大卫·科波菲尔》或马克·吐温的《哈克贝里·费恩历险记》中的少年主人公。他们并不经历从幼稚纯真到和社会认同、接受社会的道德准则，或从天真烂漫到看穿世界的虚伪、抛弃幻想、同社会的道德观念决裂的成长过程。卡佛小说中的主人公在故事开始时就已经没有幻想也不对社会和生活抱任何希望。他可以说是从《哈克贝里·费恩历险记》的结局写起，探讨梅尔维尔、海明威、福克纳等先辈一再描写的传统的美国文学有关孤独和忍耐苦熬的主题。只是他笔下的人物更不善言词，更没有能力懂得为什么他们的生活和精神世界会如此空虚和贫乏。

所有采用这类新手法的作家都认为语言是小说的基础，语言试验是十分重要的。但他们虽然强调文字的功能却并不玩弄文字游戏，并不只在表达方式上下工夫，而是千方百计寻找能够表达小说中心内容的最佳语言和最佳方式。肯尼迪的《斑鸠菊》中的语言充满了惟有在街头巷尾才能听到的音调、节奏、语气、幽默等特性。艾普尔、莫里森、沃克等都很强调讲故事的传统，强调运用富有鲜明色彩和节奏感的语言，把故事说得娓娓动听，达到扣人心弦的目的。简约派作家卡佛在语言上下的工夫是去掉一切没有必要的形容词，用最精练的文字、最平淡的口吻描写躲在社会角落里的小人物的平淡无奇的生活中的平淡无奇的事件。然而，正是这种不动声色的描写达到振聋发聩的效果，使读者看到平淡生活中隐伏的威胁和危机。

这类既非现实主义又不是象征主义或试验主义的小说家们还认为，在信息社会的今天，他们没有必要对一切事件或人物作详细的交代或描述。相反，有些众所周知的事件有其特定的内容和特定的含义，在小说里采用这些材料可以节省笔墨，达到预期的效果，有些作家喜欢把有名有姓的历史人物写进他们的小说里。如麦克斯·艾普尔的小说中出现大旅馆主霍华德·约翰逊、政治家胡佛、迪斯尼乐园的创始人沃尔特·迪斯尼等等。肯尼迪和道克托罗都以30年代轰动纽约的歹徒德契·舒尔茨为题材进行创作。他们认为这些家喻户晓的人物已经成为美国文化、美国神话的一部分。作家完全可以利用这些神话人物，没有必要虚构像他们那样的人物。其实，他们对这些历史人物并不感兴趣，他们想探讨的是这些人物所代表的制度和体系，这些人与事怎么会引起人们注意，又被人们渲染加工，成为神话流传后世。他们利用这些历史人物作为虚构小说中的主人公,目的在于剖析神话,批评社会。

虽然评论界越来越重视这种既非纯试验的后现代主义又非传统现实主义的新型的小说,作家们本人却并不觉得他们的手法技巧有什么值得大惊小怪的地方。对于托尼·莫里森来说,她是个黑人作家,黑人民族的神话与传说当然是她创作的一大源泉。黑人的民间文学、圣歌和赞美诗里一向提到黑人会飞的本事,也许这表现黑人逃避生活、寻求解脱的希望。莫里森在《所罗门之歌》(1977)里试验这个传说的其他可能性,并且取得了成功。主人公米尔克曼找到民族之根,懂得了"如果你把自己完全交付给空气,你就能驾驭空气飞起来"的道理。他终于愿意为他人而冒险,飞起来了,成为完整的人。通过《所罗门之歌》,莫里森给"黑人会飞"的传说赋予了新的内容和新的可能性。

当然,不少作家都提到哥伦比亚作家加西亚·马尔克斯对他们的影响。艾普尔认为加西亚·马尔克斯的写法就是现实主义,有些夸张,但很接近他对世界的看法,加西亚·马尔克斯为作家们开辟了新的可能性,夸大其事把现实变成超现实,但他能吸引人们,使人相信他所创造的世界是真实的。

然而,这些作家也承认现实主义大师们对他们的影响。肯尼迪说他们作品中的鬼魂手法来自狄更斯和以《小镇》闻名的美国剧作家桑顿·怀尔德。他认为加西亚·马尔克斯是位伟大的作家,但他也受到海明威、福克纳和贝克特的影响。因此,没有一个作家能完全隔绝同传统的关系。约翰·欧文虽然认为传统的现实主义过时了,但他也承认自己深受狄更斯的影响。他佩服狄更斯能够创造性地大胆使用语言,能创作结构精致典雅的小说,并且对生活、对笔下的人物有深沉的爱。蒂姆·奥勃莱恩认为优秀的描写战争的小说都有超现实主义的一面。战争本身就是一种超现实的经历,作家用超现实主义手法表现战争是十分自然的。《追逐卡契奥托》中超现实主义的巴黎之行的幻想并非他的首创,从19世纪末美国作家斯蒂芬·克莱恩描写南北战争的《红色英勇勋章》到20世纪德国作家雷马克关于第一次世界大战的《西线无战事》以及后来反映第二次世界大战的美国小说

《第22条军规》、《裸者与死者》等作品都有超现实主义的部分。因此,作家们既无必要彻底排斥传统,也没必要按约定俗成的公式化的传统手法进行创作。

对于六七十年代风靡美国文坛的试验小说,有些作家如沃克、卡佛和莫里森不大以为然。加德纳还写过一本《论道德小说》批评试验小说家故弄玄虚、沉醉于文字游戏,忘却了作家审视现实、剖析人性、以动人的故事肯定某些美德和价值观念的责任。但是,大部分作家并不对试验小说家深恶痛绝。蒂姆·奥勃莱恩认为小说家历来都在手法技巧上进行试验。他本人就在人物、语言和叙述方法上进行试验。《追逐卡契奥托》的叙述结构有些像钟摆的活动,以描写现在时间的"观察所"章节为轴心,在有关战争经历的现实与巴黎之行的幻想中间来回摆动。但这样的结构是为主题服务的,并不是单纯寻找试验的乐趣。大部分作家同意奥勃莱恩的看法。他们认为计算机等科学技术给当代生活带来了极大的变化,电视、电影等大众传播媒介使我们的社会成为信息社会。人们不必再像19世纪那样到小说中去寻找信息,了解社会。因此,作家在表现社会、反映时代精神的时候也必须采用新的多姿多彩的手法和技巧。后现代主义作家的试验技巧,诸如抽象派的拼贴画手法、故事情节的不连贯或不和谐性,甚至作家进入小说并在小说中讨论小说等等,都可以借鉴或采用。关键在于要使作品有一定的可读性,能使读者领会作家的信息,在得到启示的同时也得到快感。当代作家要向试验小说家学习经验和教训。大胆创新是必要的,但做得过分,为试验而试验,脱离读者的需要和接受能力只能是作茧自缚,走进死胡同。

这些作家们普遍感到,进入80年代以后,他们终于看到现实主义虽有局限性却并非老朽过时得必须抛弃,试验主义虽有创新的优点也非十全十美,不是小说发展的必由之路。正确的做法只能是吸取两家之长,在试验手法时不忘却作家反映时代的责任,在表现严肃主题时注意到手法技巧要新颖多变。可以相信,这种既非现实主义又非后现代主义的独具一格的表现手法将给美国文学带来新的繁荣局面。

汤姆·沃尔夫的《文学宣言》

在80年代即将成为历史的时候,美国非虚构小说(又称新新闻主义)创始人之一汤姆·沃尔夫在1989年11月号的《哈珀氏》杂志上发表了一篇文章,题为《偷袭那硕大无朋的巨兽》。他并且加了一个发人深省的副标题:新社会小说的文学宣言。沃尔夫结合自己第一部虚构小说——1987年出版的《名利之火》的写作过程,回顾了个人的创作生涯和近20年来美国文学的发展情况,呼吁作家们深入生活,袭击巨兽,即反复琢磨生活中,尤其是大城市生活中的错综复杂的,甚至看起来荒诞不经的社会现象,并且用现实主义手法写成比萨克雷的《名利场》还要深刻全面的社会小说。

沃尔夫承认,早在1968年,他就有意像19世纪的巴尔扎克和左拉写巴黎、狄更斯和萨克雷写伦敦那样创作一部有关纽约的作品。当时,他为了反映嬉皮士运动,曾同以《飞越疯人院》作者凯·肯西为首的一群反文化的嬉皮士文人坐着大轿车到处旅行、唱歌、写作,用冷饮冲服麻醉药共同过了一段放荡不羁的生活,以亲身经历和所见所闻写了非虚构小说《电动冷饮剂酸性试验》,获得好评。于是,他决定采用同样的手法来创作一部关于大都会纽约的书。奇怪的是,十年以后,沃尔夫开始提笔动手时却一反十多年来惯用的手法,决定采用小说而不是新闻报道式的非虚构小说形式。沃尔夫自述,这是为了证明自己在1973年出版的《新新闻主义》一书前言中所提出的观点是正确的。当年他曾预言:"未来的虚构小说将采用以新闻报道为基础的、充满详尽细节的现实主义手法,这种现实主义要比当前的一切探索更为周密,这种现实主义刻画的是人同周围社会密切而复杂的关系。"

沃尔夫还坦白承认,在他从事非虚构小说创作的十多年内,他一直忐忑不安,惟恐有人用现实主义手法,把他关心的如嬉皮士、纽约市等题材写成小说,从而把他的作品比下去。然而,使他感到奇怪的是,尽管美国社会千变万化,发生了诸如种族冲突、嬉皮士运动、新左派、性解放乃至华尔街金融事业大发展、越南战争等可以大书特书的重大事件,却没有一个年轻作家肯把它们当作小说题材,用现实主义手法加以反映。相反,年轻作家们普遍相信现实主义小说已经死亡,对托尔斯泰等现实主义大师不再仰慕推崇,而是一心一意地试验革新,创造了形形色色的荒诞小说、魔幻现实主义小说、非连贯性小说、木偶戏式小说、新寓言小说等等。到了70年代,这些作家不仅否定现实主义,并且否定一切同现实主义有关的东西。当时的观点可以用约翰·霍克斯的名言加以概括:"我开始写作时认为小说的真正敌人是情节、人物、背景、主题。"沃尔夫对此深感惋惜,决心亲自出马,用现实主义手法写一本以纽约华尔街为背景的社会小说。

也许是为了证明用现实主义手法撰写的《名利之火》的优越性,沃尔夫用了相当的篇幅赞扬现实主义。他声称,现实主义在18世纪英国文学中出现,其重要性决不亚于电力的发明和应用。他断言惟有现实主义才有扣人心弦、感人肺腑的威力,甚至大胆论证,荷马史诗、希腊悲剧、斯宾塞诗歌一直到拉辛、莫里哀和莎士比亚戏剧中主人公的悲惨命运都不能使读者一掬同情之泪,但是,狄更斯《老古玩店》中小耐尔去世的那一节却曾千真万确地使以冷静著称的《爱丁堡评论》主编杰弗莱爵士"失声痛哭"。他还以美国文学为例证指出,是30年代的具有广阔社会内涵的现实主义小说使刘易斯获得诺贝尔文学奖,从而使美国文学走上世界舞台,并且占据了一席之地。在他看来,60年代以前获诺贝尔文学奖的其他四位作家——赛珍珠、福克纳、海明威、斯坦贝克,都是现实主义作家;第二次世界大战结束时声望很高的詹姆斯·琼斯、诺曼·梅勒、欧文·肖、威廉·斯泰隆等也都是现实主义作家。

沃尔夫还针对60年代以来比较流行的观点,即"美国社会太混乱,太缺乏内在联系,太荒诞,因而无法用现实主义手法加以表现"的观点,发表了自己的看法。他认为,今天的美国社会同100年前的俄国、英国或法国的社会没有什么根本不同,只是更加森罗万象,更加错综复杂,也更加难以描绘。现实主义最主要的特点在于表现社会对个人的影响。这种影响依然存在,尽管阶级界限未必像从前那样显著和明确,照样可以发现安娜·卡列尼娜式的痛苦,只是表现形式不同而已。对于作家来说,这是一种更为严峻的挑战。如果他想把握社会对人的影响,探讨大城市中人们心理压力的表现和起因,那他将遇到巨大的困难,而且得下更大的工夫。

对此,沃尔夫的解决办法是借鉴新闻记者的办法,并且用历史事实表明,从前的作家都是采用记者深入现场搜集资料的办法取得成功的。法国作家左拉如果没有深入矿区下到坑道进行采访,就不可能写出震撼人心的《萌芽》。美国作家刘易斯曾经走出家门,一方面为牧师组织《圣经》研读会,参加教会的各种会议,甚至亲自布道宣讲教义,另一方面,紧张地做笔记,终于从所收集的材料中发现不同类型人的心理活动和各种社会结构,并在《埃尔默·甘特利》里成功地塑造了一个灵魂丑恶、手段卑劣、以招摇撞骗为生的教士,揭露了美国宗教生活的虚伪性。《埃尔默·甘特利》至今还有现实意义,因为前几年在美国电视上布道的深受观众欢迎的一位牧师实际上是一个同甘特利几乎完全一样的宗教骗子。沃尔夫认为,今天的美国需要大批像左拉、刘易斯这样的作家"面对生活这个硕大无朋的巨兽",与之搏斗,并且征服它,像记者那样在小说创作中予以表现。

然而,沃尔夫发现新闻体手法有其局限性,再出色的非虚构小说也只能就事论事,描述个别的事件,表现个别的人物。只有现实主义的小说形式才能自由地深入社会的一切角落,并在简单的故事里高度概括地集中反映生活的各个方面、社会的各种潮流以及裹挟其中的形形色色的人与事。沃尔夫认为,过去几十年,美国社会发生了翻天覆地的变化,正等待着作家们用小说的形式加以表现。真正的作家应该义不容辞地深入社会,创作现实主义的新社会小说。沃尔夫身体力行,写了《名利之火》,果然一炮打响。小说在1987年年底发行,立即进入畅销小说的行列,受到评论界的普遍好评,而且很快成了美国大学文学系,甚至经济管理系的必读参考书。

汤姆·沃尔夫原来是位出色的记者。他同梅勒、卡波特等人所开创的非虚构小说实际上是以小说的叙述方式来报道社会动态和重大的政治事件,如堪萨斯城骇人听闻的凶杀案、1967年新左派向五角大楼的进军示威活动和阿波罗号火箭上天等等。现在,沃尔夫要求作家们关心社会,努力反映现实生活中的影响深远的变化。这完全符合他一贯的主张。不同之处在于,他呼吁作家们采用过去想取代的现实主义的小说形式,而且郑重其事地推荐左拉、狄更斯甚至多年来不大受人重视的刘易斯为学习的榜样。他还把宣传写有现实意义的社会小说的文章称为"宣言",说明这是他经过慎重考虑后提出的十分严肃的主张。他写完《名利之火》以后又在撰写另一部社会小说。看来,他确实是一心一意地要把自己的文学宣言中的主张付诸行动的。

其实,并不是只有沃尔夫一个人才强调作家要深入生活,关心现实,创作有社会意义的优秀作品。即使在热心于试验手法技巧的作家中,这样的人也不少。如道克托罗早在1984年就强调"思想和作品内容是不可分割的",并且宣布他的作品"继承了狄更斯、雨果、德莱塞、杰克·伦敦等大师的社会小说的传统"。80年代中期以来,不少美国作家在反思中认识到创新试验不能走得太远。刻意求新并非坏事,但如果发展到为技巧而技巧,把创作当成文字游戏或自我陶醉的手段就可能脱离群众,走进死胡同。于是,有一些作家又开始注意有现实意义的题材,并且采用能为读者接受的技巧和手法。

实际上,60年代以来的美国文坛并不是试验小说的一统天下。老一代作家如梅勒、贝娄、厄普代克、契弗等一直在写他们关心或熟悉的美国政治、知识分子、中产阶级等题材。即使是60年代以后走上文坛的年轻作家也并不都是一心一意写试验小说的。近年来声望日高的托尼·莫里森从《蔚蓝色的眼睛》(1970)开始,一直描写黑人的道德抉择、黑人妇女的痛苦、美国社会的价值观念对黑人的影响等具有现实意义的社会题材。另一位黑人女作家艾丽斯·沃克的诗歌、小说及论述文都与政治密切相关,有很强的思想性。白人作家中也有相当一部分人努力反映美国社会的各种问题,奥茨一直在描写美国大城市中的暴力、下层人民的生活,肯尼迪也一直以大城市中的无业游民为题材。他们的作品都具有现实主义色彩,从不同的侧面描绘了当代美国社会的真实面貌,只是由于大气候的关系,他们没有引起评论界的足够重视。

80年代以后,随着里根上台,美国社会趋向保守。美国人痛感60年代吸毒、性解放等反文化运动带来的恶果,开始怀念失去的传统观念如家庭、友谊、人情等,于是,这方面的小说开始大受欢迎。最有代表性的例子是女作家安妮·泰勒。她迄今已经发表的小说,基本上都是探讨家庭中的丈夫与妻子、父母与子女之间的关系。1980年以前,她并未受到太多的重视。然而,到了1982年,她的《思家饭店的晚餐》被《纽约时报书评》和《时代》杂志评为当年美国五部最佳小说之一。1984年的《过路之客》再次受到好评,成为畅销小说。1989年,她的《呼吸课》又进一步获得了普利策小说奖。泰勒并未改变其现实主义的手法或题材,倒是越来越多的读者从她那娓娓动听的故事里找到了自己的影子,看到了家庭关系不稳定的原因,上了一堂新课,得到一些安慰,也受到某种启发。

由此看来,安妮·泰勒的日益走红同汤姆·沃尔夫的"文学宣言"之间并不是完全没有关系的。它们都说明美国文坛的一种新动向。这种动向能否持久,能否变成主流,还有待时间的检验。作为非虚构小说的创始人,沃尔夫曾在60和70年代给美国文学带来一些变化。现在,他以名家和过来人的身分劝告作家们回到现实主义道路,撰写有现实意义的新社会小说,这肯定会对美国文坛产生影响。但是,历史未必能重复。即使作家们接受他的建议,他们的现实主义恐怕也未必会同萨克雷、左拉、狄更斯,甚至刘易斯时代的现实主义完全一样。这个问题恐怕要到21世纪来临时才能做出正确的结论。

小议 20 世纪晚期的美国诗歌

诗歌在美国似乎常常被认为是一种高雅的艺术,只是少数精英才能创作与欣赏的艺术形式。19 世纪的诗人如朗费罗、洛威尔、霍姆斯等被称为"婆罗门"。这是霍姆斯借用印度四大种姓中最高的一种所创造的名称,借以表明他们的与众不同。惠特曼的诗歌是对这些人的冲击,因而得不到他们的赞赏。虽然爱默生对之大为夸奖,但他并不满意惠特曼把他的信刊登出来,因为他顾忌他那高雅的同行们的看法。第一次世界大战后以 T.S.艾略特为代表的现代主义诗歌的兴起,用威廉·威廉斯(1883—1963)的话来说,《荒原》像原子弹一样使诗歌倒退了 100 年。艾略特推崇英国玄学派诗人及新批评理论对诗歌技巧的重视,都把诗歌束缚在小圈子里,越来越脱离读者大众。但第二次世界大战后,尤其是 1956 年"垮掉一代"诗人金斯堡的一声《嚎叫》,似乎开始了英国诗歌反传统的新潮流。60 年代的民权运动、反越南战争运动以及随之而来的女权运动,促使诗歌走进公共领域,跟政治、跟群众密切关联。最新的例子是 2003 年 3 月 5 日诗人们在白宫前举行的反对美国进攻伊拉克的朗诵会以及诗人与诗歌爱好者写给白宫的上万首反战诗歌。

60 年代以来在诗歌方面有几件大事:(1) 60 年代由艾奥瓦大学发起,美国大学纷纷开设创作课,其中诗歌写作是一个主要内容,这些创作班的结果是诗歌不再以纽约或波士顿或任何一个地方为中心;(2) 1967 年创作项目联合会成立,对院校的创作课进行指导,并从 1975 年起每年举行小说与诗歌奖。(3) 1976 年惠特曼诗歌奖成立,此后又出现各种诗歌奖,刺激人们对诗歌创作的兴趣;(4) 60 年代末国家设立"国家艺术基金",其中一个功能是资助院校设立"住校诗人"项目,使诗人不必为衣食发愁;(5) 1986 年,原来的"国会图书馆诗歌顾问"改名为"桂冠诗人顾问",简称为"桂冠诗人",全国 25 个州也纷纷设立"州桂冠诗人"制度,从而大大提高了诗歌的地位。另一方面,从联邦到地方还有各种各样的研究基金为诗人提供资助,保证他们能够安心写作。所有这一切,加上各种各样的诗集和诗歌杂志的出版与系列朗读活动,包括为期一个月的"诗歌月"等活动使诗歌创作变得大众化,不再是少数有才华的精英所垄断的高雅的文学[1]。据估计,美国目前有200多个研究生级别的写作班,本科生写作班有1000多个,可以培养无数诗人。另一方面,每年除了大大小小的杂志专刊发表的大量诗歌以外,还有大约1000部新诗集出版发行。诗歌研讨会、诗歌朗诵会的次数更是难以统计。当代诗歌评论也十分繁荣,是许多学术刊物和文学简报的主要内容。90年代互联网的诞生又给诗歌提供了新的天地。《现代美国诗歌选集》、"最喜爱的诗歌"项目等都有自己的网页[2],人们不仅可以从网上了解诗人的生平和作品以及对作品的分析,阅读诗人、评论家关于诗歌的论文,甚至可以听见诗歌朗诵或热爱诗歌的普通老百姓谈他为什么喜欢某首诗。当然,对诗歌大众化不是没有异议的。比如对创作课或创作班的争论就很激烈。新形式主义诗人R.S.格温(1948—)认为,今天在美国写诗的人差不多个个都跟某个大学的写作课程有关系,许多人有"艺术硕士"的学位,大部分诗集中的诗歌都有被诗歌讨论小组修改过的痕迹。这种做法势必抹去诗的棱角与活力,使之成为类似半成品的食物,以大众为对象却谁都满足不了[3]。但在大学教授写作课的罗伯特·平斯基(1940—)则认为,如果写作课程变成了行业,诗歌写作局限于拿证书的人的话,如果它变成学院式,只推广官方文体或它们认可的作者的话,那写作课确实是灾难。但实际上,"艺术硕士"课程、"暑期写作班"和大学写作班等项目,满足了人们对文化艺术的需求,使诗歌不再集中在少数如哈佛大学等地区和少数

---

[1] 约拿森·霍尔顿:《美国诗歌:1970—1990》,见杰克·迈亚斯与大卫·沃亚恩编:《20世纪美国诗歌概貌》,南伊利诺斯大学出版社,1991年,第254—274页。

[2] 前者的网址是 www.english.uiuc.edu/maps/htm,后者是 www.favoritepoem.org。此外还有如《扩张诗歌与音乐在线》(Expansive Poetry & Music Online)等网上杂志。

[3] R.S.格温:《90年代诗学的专业指导》,引自《扩张诗歌与音乐在线》(EP & M Online),1996年。

精英诗人手里。它们的好处在于它们不是"集中在某个都市而是到了广大城乡,口头的、实际的而不是学术的……美国的而不是欧洲的,中产阶级的而不是贵族的。"① 这场争论大概不会有结论,但大多数诗人与评论家都同意美国诗歌进入了"黄金时代"②,也进入了人们的日常生活。

70年代,庞德(1885—1972)、奥尔森(1910—1970)、塞克斯顿(1928—1974)、洛威尔(1917—1977)、毕晓普(1911—1979)、詹姆斯·赖特(1927—1980)等在诗坛很有影响的诗人纷纷去世,另外一些70岁左右的诗人如罗伯特·佩恩·华伦(1905—1989)以及比他们年轻的艾伦·金斯堡(1926—1997)、詹姆斯·梅里尔(1926—)和加里·斯奈德(1930—)等还在写作,有些诗人如华伦还不断有新作发表。但从总体来说,这时期为更为年轻的诗人提供了成功的机会。80年代以后,年轻人的天地更广阔了。他们在这20年内有意识地冲破老一代的框框,开始了自觉的反叛。这些年轻的诗人虽然继续老一代诗人对社会、对历史和对弱势群体的关注,也继续对自我本质的反思,但他们同前辈们还是有所不同的。他们不再急迫地对失去宗教信仰、科学技术及工业进步的消极影响感到忧虑,他们对诗人和诗歌的作用也有不同的看法。查尔斯·赖特(1935—)关于诗歌的一首诗——《新诗》也许很有典型意义:

    它将不像大海。
    它那粗糙的手掌上将没有泥土。
    它将不是天气的一部分。

    它不会说出它的名字。
    它不会有你可以依赖的梦想。
    它不会像照相一样。

---

① 罗伯特·平斯基:《美国诗歌在美国生活中的地位是什么?》,《美国诗歌评论》,1996年,第25卷,第2期,第23页。
② 达纳·乔伊埃:《诗歌重要吗?》,《大西洋月刊》,1986年5月号。但对诗歌是否进入"黄金时代",有不同的看法。

> 它不会关注我们的忧伤。
> 它不会安抚我们的子女。
> 它不可能帮助我们。

另一位诗人约翰·阿什贝里(1927—)在《什么是诗歌里》则是用一连串的问句来说明诗歌无需言志:

> 戴着来自名古屋的童子军
> 的饰带的中古时期的城镇? 我们
>
> 要它下雪时的雪?
> 美丽的形象? 努力避免
>
> 思想,就像在这首诗里一样? 但
> 我们像回到妻子身边那样回到它的身边,留下
>
> 我们欲望的情人? 现在他们
> 不得不相信它
>
> 就像我们曾经相信过它。在学校里
> 所有的思想都被清除了:
>
> 剩下的像是一片田野,
> 闭上眼睛,你可以在周围无数英里内感受它,
>
> 现在睁开眼睛,注视一条狭窄的垂直的小路,
> 它也许会很快给我们——什么? ——几朵鲜花?

70年代以后,美国诗歌没有出现像艾略特那样的权威,也没有像新批评那样起领导作用的理论或像黑山学院那样的中心。它只有分散的派别,或者是由于思想意识的一致,如女性主义、同性恋、少数族裔,或者是由于地理上的接近,如纽约派、艾奥瓦城超现实主义等。

众多而不是单一的诗歌团体是当代美国诗坛多元化的标志①。20世纪最后30年的一大特色是诗歌朗诵成风,无论是在校园还是在书店,甚至在酒吧间和咖啡馆,到处都有诗歌朗诵会。朗诵者甚至可以不是诗人,即便是家庭妇女都可以上去朗读自己的或自己喜爱的诗歌。尽管这种做法也许降低了诗歌的质量,但却促使诗歌回归现实主义。有的评论家认为新现实主义诗歌的特点是"平等的、以大学为基础、中产阶级的、主要使用自由体"②,往往带有自传性,语言通俗上口。有时候,它们的标题本身就说明了这个特点,如帕特里夏·哥峨迭克(1931—)的《客厅里的梅勒》、斯蒂芬·敦(1939—)的《家里家外的日常事情》等。C.K.威廉斯(1936—)的《脏话》(1999)开场白就是"我奶奶在用肥皂洗刷我的嘴……",用几乎是日常口语的语言,通过小时候他说了一个别人说过的脏话被奶奶惩罚的故事来探索奶奶的一生和他们之间的关系,从而在平淡中见深意。他在诗集《柏油》中还反复探索一些令人不安的社会和经济现象,质疑贫富差距的原因。这种现实主义诗歌发展到今天在一定意义上已经成为美国诗坛的主流。C.K.威廉斯和斯蒂芬·敦分别获得2000和2001年的普利策诗歌奖就很能说明问题。

在这方面,1997—2000年的"桂冠诗人"罗伯特·平斯基起了很大的作用。平斯基确实主张诗歌应该回归传统,回归普通人。他在《美国诗歌在美国生活中的地位是什么?》里认为艾略特的文章和为人说明他把诗歌看成是属于有闲阶级的。当前蔑视大学创作课和当代诗歌的人只是在摆一种傲慢而势利的姿态,对实际情况并不真正了解。在他看来,"诗歌跟所有的艺术一样有着复杂的社会环境。艺术会变化,它们的社会环境也起变化,在彼此相关的过程中影响任何新作品的文化含义和作品周围的世界,在作家的头脑里,也在读者的头脑里。"他认为艺术的形式取决于媒介,而诗歌的媒介"不是词,甚至不是行,甚至不是声音",而是来自"个人的身体","诗歌是为说和听而写的……它是比演戏更亲切的个人的形式……体现了一种特别

---

① 《哥伦比亚美国文学史》(英文版),第1100页。
② 约拿森·霍尔顿:《美国诗歌:1970—1990》,第273页。

的、对相当于个人演说的艺术的需求"。① 因此,在他当桂冠诗人期间,他大力提倡和推广一个"喜爱的诗歌项目",并为之建立专门的网页。他在《诗歌的处境:当代诗歌及其传统》(1976)中论证"当代诗歌,总的来说,是传统的"②。他不是在当代诗歌中寻找新的革命的东西,而是强调它们跟传统的连续性。他认为诗歌应该散漫一些,有"散文的美德",尽管这种"散漫性"正是当代诗人所反对的。他还认为诗歌应该有理性,在艺术的世界里表现客观世界。他不赞成内省反思式的诗歌,也不喜欢现代主义的不连贯性。他认为任何题材,大至美国小到网球,都值得思考,都可以进入诗歌。他写的诗语气平和,态度略带讽刺,目的在于教诲。例如,他的长诗《解释美国》,标题就让人知道诗的主题和通过理性分析进行解释的方式。副标题《给女儿的诗》说明这是封信,是他对女儿的独白。"我要告诉你一些关于我们国家的事情/或者我对它的看法:解释它/如果不是对你,那就是对我思想中的你……",好像他在谈话,在跟人分享信息或观点,在进行交流,用完全个人化的话语讨论重大的问题。正因为他的诗歌容易理解,因此他在诗人和读者中有一定的影响,并且是第一个任期三年的桂冠诗人。

  作为主流的现实主义诗歌走的是中间道路。根据评论家布雷斯林的看法,这类"自传性的、意象取自自然或家庭生活的抒情短诗……的左岸是持不同意见的'语言诗人';其右岸是新形式主义"③。后者看重诗歌形式,重新采用音步和押韵等传统手法和16世纪法国的19行的维拉内拉诗、六节诗、十四行诗以及由隔行同韵的四行诗节组成的传统甚至古老的诗歌形式。1989年,在《逆流》杂志一篇谈诗歌的论文中,作者把新形式主义及新叙事诗歌合在一起,

---

① 罗伯特·平斯基:《美国诗歌在美国生活中的地位是什么?》,《美国诗歌评论》,1996年,第25卷,第2期,第23—14页。

② 转引自詹姆斯、E.B.布雷斯林:《从现代到当代:美国诗歌 1945—1965》,第9章"我们的小镇:80年代初期的诗歌与批评",芝加哥:芝加哥大学出版社,1984年,第253页。

③ 《哥伦比亚美国文学史》(英文版),第1100页。

称之为"扩展诗歌"①。其创建人迪克·艾伦认为,"扩展诗歌"博采各家之长而不是排斥性的。它吸收"垮掉一代"诗歌对社会、文化、政治、宗教和听众的重视但抛弃其自恋成分,采用新超现实主义的一些手法但摈弃其达达主义的方面。"扩展诗歌是非自白或自传式的","它是一种叙述性的、戏剧性的、有时候是抒情的诗歌,表现对自我以外的外部世界以及自我跟这个外部世界的种种关系的、非自白性的观察、思索和感情……看重的是为广大非先锋派听众所接受的非自传性成分和更有普遍意义的主题与题材……采用的常常是传统的韵律和音步并糅入自然的讲话模式"②。另一位诗人 R.S.格温指出,新叙事诗歌和新形式主义诗歌的出现是年轻诗人对 60 年代"垮掉一代"、自白派、深层意象派等诗歌的反动。他们转向更老的如罗宾逊、弗洛斯特和哈代等诗人,以他们为样本,甚至"通过恢复更早期的形式和体裁来对抗现代主义"。他认为,当时年轻诗人只有两条出路,"语言诗人企图在混乱与主观方面走得更远,完全排斥听众;新叙事诗歌和新形式主义诗歌则回到一个更能让人接受的观点,主张听众是不可缺少的。……他们不过是响应听众关于诗歌的形式应该可以听得见、其叙述的方式内容应该可以听得懂的要求"。③ 他们的领袖人物是达纳·乔伊埃(1950—)。他在哈佛大学学比较文学,师从诗人罗伯特·菲茨杰拉德和伊丽莎白·毕晓普。但他后来从商,相当成功,一直到 1992 年才弃商从文。1986 年他发表了第一部用传统形式写的诗歌《每天的天宫图》,引发了一场大争论,既受到同辈和前辈诗人以及出版界的高度评价,也遭到不少攻击。赞扬者认为这本诗集给人以美感,使读者不仅在心理上得到安抚而且还获得哲学意义上的启示。反对者则攻击他采用旧形式,让诗歌倒退。1991 年他在 5 月号的《大西洋月刊》上发表文章《诗歌重要吗?》,再次在知识界引起关于诗歌作用的争论。争论文章不仅在诸如《泰晤士报文学增刊》

---

① 格温和艾伦等诗人、评论家都认为这个名称不好,但至今尚无其他把新形式主义及新叙事诗歌合在一起的新名称。

② 迪克·艾伦:《克服依赖技巧的习惯:新扩展诗歌的兴起》,《扩张诗歌与音乐在线》(EP&M Online)。

③ R.S.格温为:《新扩展诗歌》写的"序言",转引自《扩张诗歌与音乐在线》,1999 年。

等专业报刊杂志上发表,甚至成为英国广播公司和国家公共电台等媒体的专门节目的话题。但他坚持他的观点,继续发表这方面的文章,后来以《诗歌重要吗:关于美国文化与诗歌的论文集》为题在1992年出版,被《出版家周刊》评为1992年的最佳出版物之一。如今,他的诗歌、翻译及论文经常在《纽约人》、《大西洋月刊》、《纽约时报书评》等有影响的报刊上发表。在《诗歌重要吗?》一文中,他感叹,在美国社会大力支持诗歌的时候,诗歌却不再是艺术和思想生活的一个主流部分,反而变成一个很小的孤立群体的专业化的事业。他认为过去几十年对诗歌的资助造成了一个以大学为基地、以教员、学生、编辑、出版商为主的阶层,诗歌不再对外,而是越来越局限在自己的圈子里。诗人和评论家越来越多,而读者却越来越少。他呼吁诗人们注意诗歌形式,回到以歌及故事为主的传统形式。为此,乔伊埃在1995年参与举办全国惟一的以诗歌的传统技巧为主题的"诗歌形式与叙述研讨会",一心提高人们对传统诗歌形式的注意。他大力推荐新形式主义和新叙事诗人,如为罗伯特·麦克导伟尔(1953—)的长篇叙事诗《占卜者》写序言,赞赏这首时间跨度50年的描述中产阶级一家两代人沉浮起落的叙事诗可以跟海明威等人的小说相媲美,肯定作者继承并超越了弗洛斯特等人的传统。有意思的是,他在为R.S.格温(1948—)的《并非告别——1970—2000年诗选》写的"序言"里指出,格温在"把传统形式和后现代观察思考相结合方面"是"独一无二的"。① 这句话恐怕应该是新形式主义诗歌的真正内涵。有人说,新形式主义把美国诗歌从自由体的魔爪下解放了出来②。虽然这话有些夸大,但还是说明"扩展诗歌"的影响在逐渐扩大。另一方面,新形式主义或新叙事诗歌跟新现实主义并无根本性的冲突。1981年"扩展诗歌派"罗伯特·麦克导伟尔和马克·贾曼(1952—)创建小杂志《收获者》,明确表示反对诗歌语言的不精确,诗歌的多愁善

---

① 转引自戴维·奥立奋特:《得克萨斯的新形式主义》,《得克萨斯观察家》,2001年8月3日。

② 这是得克萨斯诗人和政治评论家迈克尔·林德说的话。见戴维·奥立奋特:《得克萨斯的新形式主义》。

感、装腔作势、含糊其辞、故弄玄虚等毛病,批评诗人为评论家而写作,更批评评论家对诗歌的控制,"制造只有他们自己和他们所推崇的诗人"所组成的读者群,只欣赏那些能给评论家提供机会进行抽象理论和制造并不存在的内容的诗歌。呼吁,"诗歌和批评是两个完全不一样的事情。现在该是牢记诗歌应该居首位的时候了"。①

诗歌跟小说一样,一直可以说有两大阵营——传统派与实验派。前者固守诗歌的传统形式,后者一意革新,力图颠覆这个传统。第一次世界大战后,庞德是实验派的先锋,在他的发动下,掀起了一场诗歌革命。但弗洛斯特和他的追随者坚持传统手法,尽管他们也有创新。50年代后期和60年代的实验派是"垮掉一代"诗人和比他们更激进的黑山派诗人。后来又出现了语言派诗人,以查尔斯·伯恩斯坦(1950—)为首。但那时候也还是有继续采用传统形式的自白派诗人。现在,试验派是语言诗歌,而新现实主义和新形式主义便是传统派。对语言派诗人来说,新现实主义和新形式主义都是保守落后的。他们认为越南战争后,社会向右转,反映在诗歌方面,出现了一种可以称之为"个人(但不是白白)或带地区色彩的诗歌。这类诗歌在风格上表面看来很文雅、很平和,但实质上努力把'社会'和'政治'局限在狭隘的,甚至是个人的天地。"② 他们认为罗伯特·平斯基是这种诗歌的实践者与宣传家,因此是"保守",甚至"反动"的。

从70年代以来,语言诗歌一直是美国诗歌界的一支重要力量。它最能吸引人的地方恐怕在于诗人们把"语言诗歌"这几个字的英语字母"language poetry"中间都加上等号,变成了"L＝A＝N＝G＝U＝A＝G＝E P＝O＝E＝T＝R＝Y。1971年出现的小杂志《这个》正式宣告语言诗歌的诞生。七年后又出现了以 L＝A＝N＝G＝U＝A＝G＝E《语言》为题的另一本杂志。尽管这本杂志只维持到1982年,但它的影响却很大。语言诗歌跟垮掉派和黑山派的区别在于金斯堡和奥尔森都强调以诗人的呼吸作为诗行长短的衡量标准,他们的注

---

① 约拿森·霍尔顿:《美国诗歌:1970—1990》,第268—269页。
② 杰罗姆·麦克盖恩:《当代诗歌:另外的道路》,见《社会价值与诗歌行动》,剑桥:哈佛大学出版社,1988年。

意力都放在诗歌本身,认为诗歌是在说话的诗人的产物。但语言诗人不同意这种看法,认为这是坚持陈旧的浪漫主义的做法。他们强调语言,认为语言是一种体制,在诗人之前就已经存在,而且对诗歌有一定的要求,诗人的作用就是要去左右这些要求,而不被它们所控制,诗人不再是说话的个体,而是话语的操纵者。因此,他们的诗歌不是像《嚎叫》那样的一气呵成的长句,而是没有关联的碎片。他们用随手拈来的语言写诗。语言诗歌并不仅仅是一个让人们重新对语言感兴趣的运动,而是要大家注意语言的结构和代码,"以质疑主流诗歌的许多为常人接受的假设来建构自己的理论框架。他们并不把诗歌视为创造和表现所谓真实的声音和人格的表演场所,而是认为诗歌的主要原料是语言,是语言产生经验……",他们"重视语言运作,轻视表现人生经验"。[①] 根据杰罗姆·麦克盖恩(1937—)的看法,语言诗歌的最大特点是它的反叛性。诗人们认为语言也是有政治性的,因此他们要破坏语言以发动他们对英语内在的社会与政治结构的反抗性的攻击。结果,读者的阅读过程也就跟着起了变化[②]。麦克盖恩列举了女诗人伯纳德特·梅耶尔(1945—)在《试验》一文中给想当语言诗人的初学者关于如何对诗歌的形式和语言进行实验的一些建议:

> 有系统地搞乱语言,例如,写一篇完全由介词短语组成的东西,或者对已有的诗歌或散文进行改造,给每一行加一个动名词;
>
> 随便找一些字;然后用这些字按其可能组成一篇东西,让它们提出它们自己的形式,或者:用某种固定的方式来使用某些字,例如每隔一行用同样的一个字,或者在每一段的某个地方用同一个字,等等。
>
> 写个可能写的东西,例如,做个索引。(把索引当诗歌来读)。……

这种一味追求碎片、无意义、胡说八道以及完全排除作为文学基

---

① 张子清:《20世纪美国诗歌史》,吉林教育出版社,1995年,第834—835页。
② 杰罗姆·麦克盖恩:《当代诗歌:另外的道路》。

础的叙述模式的做法其实跟试验小说的一些做法有相同之处。跟试验小说家一样,语言诗人认为是否拥有大量的读者并不是一个重要的问题。重要的是他们在英语语言的丛林乱草中为新一代读者开辟出一条前人没有走过的道路。语言诗人有自己的一个小圈子,互相影响、互相提高。有意思的是,有些并非真正意义上的语言诗人很想进入这个圈子,而具有其特色的人如约翰·阿什贝里却拒绝承认他是这个队伍中的一员。知名的语言诗人有克拉克·库利奇(1939—)、林·赫京尼恩(1941—)、查尔斯·伯恩斯坦(1950—)、伯纳德特·梅耶尔、布鲁斯·安德鲁斯(1948—)等。事实上,他们的诗歌很少出现在《纽约人》或《诗刊》等全国性大杂志上。但研究他们或对他们感兴趣的学者或读者仍然很多。教授兼评论家玛乔莉·波洛夫(1931—)就始终关注语言诗歌的发展,为他们写过如《就是这样的字:80年代的语言诗歌》等文章。他们自己也写文章、出诗集或诗歌选集,如查尔斯·伯恩斯坦解释语言诗歌美学原则和语言的重要性的《内容的梦想:论文 1975—1984》(1986)、罗恩·西利曼(1946—)编的选集《在美国这棵树上:语言、现实、诗歌》(1986)和他的被认为是语言诗歌宣言的《新的句子》(1987)、道格拉斯·梅塞里(1947—)编的《语言诗歌选》(1986)以及伯恩斯坦与布鲁斯·安德鲁斯合编的、不仅收有诗歌而且有诗人自己的论文的《L=A=N=G=U=A=G=E》(语言,1984)一书[①]。总之,语言诗歌也许还会继续给人以迷惑,但他们的影响仍不应忽视。

在讨论 70 年代以来的美国诗歌时,女性诗歌已经是一个不可回避的话题。早在 1976 年,评论家苏珊娜·尤哈兹(1942—)就指出美国诗歌正在出现一个妇女传统。1986 年,另一位评论家阿莉西亚·奥斯特里克(1937—)又指出:"我们有理由相信,最近 25 年来美国女诗人的作品构成了一场可以跟浪漫主义或现代主义相媲美的文学运动,她们的作品终将不仅必定进入主流,而且一定会改变那主流的

---

① 以上有的信息摘自网上的《诗歌预评》,1999 年。

未来方向。"① 她还说,"最优秀的妇女作家往往是亲密无间而不是孤高超然的,激情奔放而不是疏远冷漠的,往往蔑视情感与理智、私人与公共、生活与艺术、作家与读者之间的界限……"②

女性诗歌运动的领袖人物阿德里安·里奇(1929—)的创作生涯的变化很典型地反映了第二次世界大战以后美国诗歌摆脱主流社会的影响走向政治的公共领域的变迁。里奇在读大学时希望自己跟男人一样出色,追随男性诗歌传统,模仿奥登、洛威尔和弗洛斯特等男性诗人,使用传统的诗歌形式和音韵格律。1951年,她的诗集《一个世界的变化》受到奥登的注意,被收入"耶鲁年轻诗人丛书",但奥登的前言对她的评价并不很高,甚至说她的眼光和想像力还比较平凡。1953年里奇结婚以后很快有了三个孩子,终日为家务所困扰,无暇创作。她在努力做传统意义上的贤妻良母的同时也为没有时间思考与写作而痛苦。终于在50年代末期,她开始直接描写自己作为女人的经历,1963年出版的《一个儿媳妇的快照》是她创作生涯的转折点,她开始运用松散的个人化的语言和自由诗体描写关于束缚、反抗、逃避等情感问题。例如《一个儿媳妇的快照》的第二节描写"一个以为自己要发疯的女人;她成天听见叫她抗拒和反抗的声音,她可以听见这些声音却不能服从"③。

> 把咖啡壶摔进水池的时候
> 她听见天使们在责备,她向外望去
> 越过打扫过的花园,向着那湿漉漉的天空,
> 仅仅在一星期以前它们说**没有耐心**。
>
> 后来一次是:**要不知足**
> 接着是:**拯救你自己;别人你救不了。**
> 有时候她让水龙头里的水烫她的胳臂。

---

① ② 阿莉西亚·奥斯特里克:《美国诗歌,现在由妇女来塑造》,转引自约拿森·霍尔顿:《美国诗歌:1970—1990》,第260页。
③ 阿德里安,里奇:《当我们死者苏醒的时候:写作作为重新审视》,引自《论谎言、秘密与沉默:1966—1978散文选》,诺顿出版公司,1989年,第45页。

> 让火柴烧灼她的拇指甲,
>
> 或者把手放在水壶嘴上
> 直接放在卷毛似的蒸汽里。它们也许是天使,
> 因为没有东西可以再伤害她,除了吹进她眼睛里的每天早
> 晨的沙砾。

尽管她后来认为该诗集中的诗歌还太看重典故,文学味道还太重,甚至不敢采用第一人称,但它们还是真切地反映了被束缚在家庭圈子里的女人的痛苦和愤怒。60年代以后里奇积极投身席卷美国的民权、反战等政治运动,尤其是妇女运动,从而在更广阔的社会政治运动中抒发她对个人冲突、文化压抑和性别歧视等问题的看法。在《改变的意志:1968—1970的诗歌》(1971年)中,她公开表示她担心她所用的语言不是她自己的语言,而是父权社会的又一个产物。这种认识促使她抛弃传统的诗歌形式与叙述方式。她强调,"重新审视——这种回顾的行为,这种以新的眼光看待事物的行为,这种从一个新的批评角度进入一个旧文本的行为——对于妇女来说不仅是文化史上的一个章节:它是一种生存行为。"[①] 她反对诗歌应该与诗人生活保持距离的看法,决心从女人的身体和经历出发,公开直接地以女人的身份写作。她在手法上也开始采用当代的节奏和意象,甚至借鉴电影的拼贴和跳跃剪辑等技巧。她的《潜入残骸:1971—1972年的诗歌》被认为是妇女运动的诗歌宣言。那些充满激情和愤怒的诗歌如《在黑暗中醒来》、《努力跟一个男人说话》等可以说是在为整个一代女性诉说,使她们看到自己是有力量对付社会的压力的。里奇在一本又一本的诗集如《21首爱情诗》(1976)、《门框的事实》(1984)、《时间的力量》(1989)、《艰难世界的地图》(1991)里表明她的政治立场和诗歌想像力,探讨各种文化、历史和种族的妇女的经历,论述有关口头特权、男性暴力和同性恋等问题。她还关心如何建立多元化的、多族裔的女性主义理论和强调多样性与不同意见的诗歌。她说:"我希

[①] 阿德里安,里奇:《当我们死者苏醒的时候:写作作为重新审视》,引自《论谎言、秘密与沉默:1966—1978散文选》,诺顿出版公司,1979年,第35页。

望阅读和撰写处于意义边缘但又能对集体产生意义的诗歌。"[①] 由于里奇在妇女运动和女性诗歌中的作用,当今的女性主义作品选和当代诗集无不收入她的作品,介绍她的诗作和观点。

今天,无论在哪一派诗歌中,女诗人的影响都很大。"扩展诗歌"在初兴起时受到批评,因为它们似乎是以男诗人为主。但到了90年代,已经拥有相当数量的女诗人,其中甚至有国家级的桂冠诗人丽塔·多弗(1952—)和康涅狄克州桂冠诗人玛丽琳·纳尔逊(1946—)。评论家琳·凯勒在《扩展的形式:近来妇女创作的长诗》(1997年)中指出,越来越多的女诗人采用史诗、戏剧式叙述甚至不连贯叙述等过去男诗人常用的诗歌形式,因为它们可以利用不同的角度、感情和声音,采用歌曲、日记、信件、故事、回忆、传记、自传等不同的写法,是探讨妇女在历史和文化中地位的理想的形式。而且长诗的各种文体,无论自由诗体的史诗、连续的正规的十四行诗还是互不连贯的高度试验性的拼贴诗句都使它适合于反映各种各样的女性主义观点和当代政治。她论证这些诗歌是女权运动的产物但又反映并影响了女权运动。例如,莎珑·杜毕阿库(1946—)与70年代双性同体观念的关系、黑人女诗人多弗的《托马斯与珀拉》和布兰达·玛丽·奥斯贝(1957—)的《绝望的境地,危险的女人》反映80年代对性别与种族的关注。她强调这些作品还帮助诗歌走出文化边缘进入公共领域的争端。通过探讨共同的问题和确立集体身份,这些诗歌常常在建立对集体行动十分重要的团结方面起很大的作用[②]。女诗人在诗歌形式中的影响也越来越大,如玛丽·乔·萨尔特(1954—)被认为是新形式主义的典范。多弗曾高度评价她的《绝对的九月》,认为诗中采用的同韵三行节的形式是很难讨好的形式,很容易变得矫揉造作,但她面对挑战,写得非常成功。萨尔特的《欢迎来到广岛》也是公认的最富新形式主义诗歌特色的典型代表。诗人从走出火车站看

[①] 1997年4月阿德里安·里奇在若特格斯大学"诗歌与公共领域"会议上的讲话。引自凯思琳·布朗著《诗歌、女性主义与公共领域》,《当代文学》1998年第4期,第664页。
[②] 琳·凯勒:《扩展的形式:近来妇女创作的长诗》,转引自凯思琳·布朗:《诗歌、女性主义与公共领域》,《当代文学》1998年第4期,第644—668页。

到东治电器公司的广告牌"欢迎来到广岛"到进入博物馆看到一个小孩站在停止在原子弹爆炸时刻的手表前出发,既讽刺了旅游事业对历史悲剧发生地区的亵渎又反思历史及其在当前的作用,既描述了一个可怕的历史事件又探讨了这场轰炸对人们的心理和感情方面的影响以及它所提出的无法回答的种种问题。

女诗人们各自有自己的风格,属于不同的流派。如林·赫京尼恩(1941—)与苏珊·豪(1937—)都是重视试验创新的女诗人,但前者看重叙述,更强调"理解",注意使读者能够理解她的诗歌,曾把对前列宁格勒的访问写成一首长达3780行的叙事诗《奥克索塔:一本俄罗斯的短小说》(1991),而且是模仿普希金的《叶甫盖尼·奥涅金》的形式,14行为一诗节,全书分为八个部分。苏珊·豪则更注重以语言为基础的试验。她甚至对诗歌的排版印刷都进行试验,她的诗行可以倒着写或侧着写,要求读者把它们看成既是文本也是图画。她还故意混淆文体类别,如她的《我的艾米丽·狄更生》很难说是诗歌还是散文,是在评论还是在抒发个人感受。

跟女性诗歌一样,少数族裔诗歌也在70年代以后大大发展,其中黑人诗歌,尤其是黑人女诗人的兴起更为引人注目。70年代在黑人艺术运动高潮时出现了一批以诗歌为中心的黑人小出版社,许多诗人有了发表园地。另一方面,阿米里·巴拉卡(1934—)、温德林·布洛克斯(1917—2000)、尼基·乔凡尼(1943—)等诗人到一切有听众的地方朗诵诗歌,把诗歌送到群众中上。玛雅·安吉洛(1928—)曾受克林顿总统的邀请,在他的就职典礼上朗诵诗歌《地平线升起了》。但她的《我将仍然升起》带有鲜明的女性和黑人意识,深受几代年轻的黑人读者的喜爱,也开创了黑人女作家的写作新时代:

> 你可以在写历史时把我贬得低
> 用你那愤愤不平的、扭曲的谎言,
> 你可以把我踹到泥土里
> 然而,像那尘土一样,我将仍然升起
> ……
> 把恐怖与恐惧的黑夜留在后面
> 我升起

进入一个清澈美丽的破晓
我升起
带着祖先给的礼物
我是奴隶的梦想与希望
我升起
我升起
我升起。①

1994—1995年,丽塔·多弗成为美国第一个黑人女性也是最年轻的桂冠诗人。她的诗风比较含蓄严谨,注意诗的形式和比喻、意象等技巧手法。然而,她的《街角的黄房子》(1980)虽然没有大声疾呼,虽然主要描写一个黑人姑娘在成长过程中的欢乐与痛苦,但在批判蓄奴制方面仍然十分有力。但即便都是黑人诗人,他们在风格上跟大时代一样也是多元化的。例如老诗人奥德莱·洛德(1934—1992)就十分注意运用非洲的神话。此外,值得注意的是,黑人诗人不再局限于抗议种族歧视或感叹生活之艰难,他们还歌颂自己的文化,描述一种尽管有不公正但仍欢乐的生活。正如查尔斯·约翰逊所说,"随着黑人妇女的社会机会的增加,她们的虚构世界也将扩大,她们的(文学)题材、主题、形式和体裁也将随之发展,而且将跟她们的诗与歌的能力一样,无限宽广。"② 她们证明诗歌可以既有政治性、既起教诲作用,但又是艺术。例如乔伊纳·科德兹(1936—)以自由体诗来描述处在家庭、阶级、肉体、精神和道德自我中的黑人女性。索尼亚·桑契兹(1934—)以俳句式的诗行来探索个人与社会的冲突。她的《说得好,白色美国》像号角,但在形式上新颖别致,独树一帜:

这国家也许曾
经是个拓
　荒者的土地
一度。

---

① 玛雅·安吉洛:《我将仍然升起》,蓝登书屋,1978年。
② 查尔斯·约翰逊:《存在与种族:1970年以来的黑人写作》,布鲁明顿:印第安纳大学出版社,1988年,第118页。

> 但现在不
> 再有
> 　印第安人
> 以另一种
> 　美国的形象
> 来震撼
> 　卡斯特① 的心灵……

诗人把原本应该连在一起的词语如"曾经"、"不再"、"拓荒者"强行分开,使诗行的张力更加明显。另一位黑人女诗人尼基·乔凡尼的《尼基－罗莎》描绘白人所不能理解的黑人家庭中深厚的爱和亲人之间的感情:

> 童年的回忆总是一种累赘
> 如果你是黑人
> 你永远记得住在伍德廊
> 屋内没有厕所的家
> 如果你变得出名了
> 人们从来不谈你是多么地快乐,你母亲
> 为你一个人所有
> ……
> 我真希望没有一个白人有为我写传记的理由
> 因为他们从来不会懂得黑人的爱是黑人的财富,他们
> 也许会谈论我的童年多么艰难,永远不明白
> 那时候我一直很快乐

全诗没有标点符号,诗行长短不一,但充满感人的激情,尤其是结尾处的长句,诗行长,意义更为深长,是一首受读者喜爱,被收入各种选集的诗歌。

其他少数族裔诗人,如拉丁美洲裔、印第安裔和亚裔诗人也都在

---

① 乔治·阿姆斯特朗·卡斯特(1839—1876),美国骑兵军官,在19世纪60年代多次参加对印第安人的屠杀,1876年在一次对蒙大拿印第安人营地的袭击中丧生。

80年代有新的发展，他们的诗开始进入各种美国文学选集。这些诗歌还没有黑人诗歌那么成熟，探索得比较多的还是诗人的身份与文化归属的问题。如母亲是波多黎各人、父亲是犹太人而自己12岁才到美国的奥罗拉·莱文斯·莫拉尔斯（1954— ）的《美洲的孩子》（1986）就充分表现对身份归属的敏感：

> ……
> 我是一个美国波多黎各犹太人，
> 是我从来不知道的纽约少数民族聚居区的产物。
> ……
> 我是新的。历史产生了我。我的第一语言是西班牙英语。
> 我在十字路口出生。

另一方面，他们的双重身份带来的双重意识也使他们有更加丰富的生活素材，可以在诗歌中充分表现两种文化的冲突与互相作用。华裔诗人玛丽莲·金（1955— ）的诗歌常常谈到她的双重身份，她既渴望跟主流社会融合又害怕失去古老的中国文化。在《我怎么得到那个名字》中，她愤怒地描绘了他父亲来到美国，为美国文化与价值观念所引诱，把她的名字"梅琳"改成了大明星玛丽莲·梦露的"玛丽莲"，使她"成为一个不听话的粉红色娃娃/有了一个因白酒和药物而变得臃肿的/悲剧性的女人的名字"。日裔诗人加勒特·本乡（又译"洪果"，1932— ）说，他对种族、家庭的根基、文化归属等渊源的寻找给了他写诗的动力。他要在混乱的时代和环境里发掘与发扬文化的和道德的价值，在混乱的生活中产生一些能反映传统知识、精神价值和个人经历的诗歌。墨西哥裔诗人加里·索托（1952— ）也在诗歌里描写跟墨西哥的千丝万缕的联系。他在《历史》（1977）一诗中描写了祖母为生存而进行的挣扎，并说明祖母的历史就是墨西哥流动工人的历史，也就是他们的家庭包括诗人自己家庭的历史。但他还在《破晓》、《田野之诗》等诗歌中表现在单调的苦活中，在痛苦与恐惧中仍然有值得回忆的欢快时刻。

总之，今天的美国诗坛也许没有巨匠，但却充分体现了多元文化的特色。

小议美国女性文学

1965年,美国《哈珀氏》杂志以《文学中的沉寂》为题发表了美国女作家奥尔逊的一篇讲话。一石掀起千层浪,它在学术界和文艺界引起了极大的震动。学者、作家奔走相告热烈讨论。文章提出的问题从此成为女性主义文学批评的重要出发点。其实,这篇文章是1962年奥尔逊在哈佛女校拉德克利夫研究所所做的一个报告,论述文学界为什么没有多少女人的声音。奥尔逊谈到文学中有各种各样的沉寂:有些作家大器晚成在开始写作前沉默多年;有些作家在事业顶峰时由于遭到误解或反对而从此默默无声;也有人由于浪费才能、饮酒过度、追求舒适等原因而江郎才尽或虽然还继续写作实际等于销声匿迹。但她认为还有一种迄今尚未引起人们注意的沉默,也就是女人在文坛上的沉默。为什么会有这种沉寂?她引用卡夫卡、康拉德、巴尔扎克、里尔克、瓦莱里和詹姆斯等男作家的话来证明创作是一个需要献出全部时间、精力和生命的过程。男作家往往有妻子、母亲或姐妹照料他们的生活,使他们得以专心致志地从事创作。女人就没有这样的幸运。她举了一系列19世纪到20世纪60年代有一定成就的女作家的名字,她们或者不结婚、或者结婚很晚、或者没有孩子。而且,如果有孩子也往往有佣人或其他助手。她引用努力想当作家但又为人妻而还没有能力请佣人的曼斯菲尔德的日记来说明写作之艰难。家务劳动占去了她的时间,也是作家的丈夫非但不帮忙还常常不顾她正在写作而要求她提供茶点。美国女作家波特希望有两年的时间来写长篇小说《愚人船》,但她由于要从事教学要管家务等等,最后花了20年才写成功。有些女作家是在亲人去世后才有时间和精力从事写作。弗吉尼亚·吴尔夫在日记里庆幸她父亲没活到96岁,因为如果他还活着,"他的生命就会完全结束我的生命……我就不能写作,就不会出书"。奥尔逊用正反两方面的例子证明不是女人没有写作的才能或写作的需要,而是"因为女人历来被训练得把他人的需要看得高于一切,把他人的需要看成是自己的需要"。① 尤其是,女人要做母亲,而做母亲意味着"时时刻刻受干扰,时时刻刻得做出反应,时时刻刻要负起责任"。结果,"写作受到干扰、推迟、放弃,思路中断——最后的结果是成就少了一点,小了一点。"② 奥尔逊还现身说法,以自己为例子。她年轻时就喜欢文学也发表东西,但生儿育女,既要顾家又要上班,整整占去她20年的时间,使她一直到50岁才发表第一部作品。她经常感到创作冲动,但由于没有时间而使这种冲动冷却淡漠。因此,她认为创作才能要得到发挥必须有一定的先决条件,而女作家往往没有这种条件。奥尔逊的结论是:女性的沉寂是不自然的,是外界因素影响的结果。

当然,奥尔逊也是时代造就的女英雄。她早在50年代中期就有了这些想法。然而,只有在1963年美国女权运动领袖贝蒂·弗里丹出版《女性的奥秘》一书,吹响了女权运动的号角时,她才有可能大胆直抒胸臆,说出这番警世通言。用奥尔逊自己的话来说,60年代美国的妇女运动和争取自由的运动创造了一种气氛,使她有可能写出这些有关妇女在文坛沉默的文章。

1971年,奥尔逊又在美国现代语言学会的一个论坛上发表讲话《十二分之一:我们世纪的女作家》。这一次,她的女权主义的观点更加明确了。她指出,跟过去千百年女性处于沉寂的情况相比,20世纪的女作家已经很幸运了,因为她们可以享受高等教育,在生儿育女方面有了点自主权,家务劳动也由于家用电器的出现而有所减轻。但如果仔细检查一下,人们便不难发现,在学校的必读书单、文学名篇选编、文学教材、优秀读物名单等地方,女作家平均只占男作家的十二分之一。她再次强调,女人不是没有创作天才或创作欲望,但她们小时候就没有像男孩那样受到教育,树雄心立大志,磨炼意志、培养克服困难的勇气,树立不达目的誓不休的精神。即便有个别女孩想当作家,她们也往往自信心不足,因为根据传统观念,女孩要结婚,丈夫和家庭才是她的事业。正如女诗人普拉斯所说:"女人要当作家

---

① ② 蒂莉·奥尔逊:《沉默》,德尔出版社。

必须牺牲一切女人特有的气质和所有对家庭的要求。"社会的偏见——要当作家的女人并不是生来就有创作才能,而是因为她们有不正常的敌对心理,不是好妒忌爱出风头便是性欲方面有毛病——对她们也是沉重的压力。如果她们还继续坚持要当作家,那么,写作的需要跟为人女、为人妻、为人母的冲突也仍有可能使她们中途退出文坛,使她们以沉默告终。她愤怒地责问:"为什么有比男人多得多的女人被迫沉默?为什么女人的作品很少被人知道被人讲授或被人承认?"① 另一方面,奥尔逊认为,虽然女作家只是男作家的十二分之一,她们还是幸存者,她们不应该忘记其他所有被压抑被扼杀的被迫保持沉默的天才女性。奥尔逊大声疾呼,批评社会轻视女作家的作品,对女作家过分挑剔,不给女作家创造有利的创作环境,对女作家限制过多等等。她号召教员阅读女人写的书,重新发现和评价被埋没的、被遗忘的女作家的作品,关心活着的有名望的或默默无闻的女作家,通过她们的书,尤其是她们的传记、自传、书信、日记、回忆录来了解女人和女人的生活。她希望大家敢于给女作家提意见,尤其是帮助妇女进行创作成为作家,使她们至少在数量上可以跟男作家对等。

70年代初,奥尔逊不断作报告、写文章,阐述她的思想。她劝说女性主义出版社重新出版湮没已久的女作家丽贝卡·哈定·戴维斯在1861年写的小说《铁工厂的故事》并亲自写了很长的后记。她详细开列应该被重新发掘和重新评价的女作家名单(其中有我们很熟悉的史沫特莱的《大地的女儿》),并在她所在的学院里开课教授这些女作家。1978年,奥尔逊把上述两篇文章和跟它们内容有关的材料结集出版,以《沉默》为题献给"我们被迫沉默的人们"。这本书可以说影响了整整三代女性,到今天还有人称之为女性文学的《圣经》。它改变了出版社的出版计划、大学的教学内容和人们的阅读兴趣。大量被埋没被忘却的女作家被重新发掘出来,她们被引进课堂、收入课本、编撰成集。奥尔逊的观点对女权主义文艺理论和妇女研究这一学科的建立也起了不可磨灭的作用。然而,更重要的是奥尔逊的文

---

① 蒂莉·奥尔逊:《沉默》,德尔出版社。

章还影响了一大批女作家。美国女作家玛琪·皮尔希以《抛掉不说话的习惯》为题目发表诗歌。加拿大著名女作家玛格丽特·阿特沃德说:"对那些想了解艺术是如何产生的或如何被颠覆的人来说,对那些力图亲自创造艺术的人来说,蒂莉·奥尔逊所说的一切……具有重大意义。"① 美国黑人女作家艾丽斯·沃克说:"有一些作家能够通过她们的作品,通过跟读者分享她们的知识来真正帮助我们一天又一天的生活、工作、创造。对我来说,蒂莉·奥尔逊就是这样的一个作家。"② 中国读者熟悉的华裔女作家汤亭亭甚至说:"蒂莉·奥尔逊帮助我们这些被迫沉默的人——穷人、少数种族、女人——找到了我们的声音。"③

当然,并不是所有的女作家都同意奥尔逊的看法。著名女作家乔伊斯·卡洛尔·奥茨就反对别人叫她"女"作家,还批评奥尔逊的文章"油嘴滑舌,肤浅已极"。不过,赞成者还是居大多数。这些女作家不仅站在妇女的立场以女性为主体、以妇女生活为题材,用切身的体验真实描绘妇女的生活经历和感受,发表了一批有强烈性别意识的作品;她们还积极参与六七十年代的妇女解放运动,大力挖掘历史上被埋没的女作家和她们的作品,为这些作家和作品写评论、写传记,促使社会接受和承认她们。

由此可见,蓬勃兴旺的美国妇女文学(或女性文学、女权主义文学)并不是自然而然顺顺利利产生的。男女作家之间事实上的不平等自古皆然由来已久,对此人们历来熟视无睹,认为是天经地义合理合法的事情。假如没有奥尔逊等女作家以敏锐的女性眼光看穿"天经地义"的事实中的不合理不平等,假如没有她们深入细致地进行调查研究而后摆事实讲道理,登高一呼振聋发聩,惊醒了麻木不仁的人们,美国妇女文学是不会有今天的成就的。另一方面,妇女文学也不是单靠几个女作家的努力就能形成一股汹涌澎湃的潮流的,它需要整个妇女运动的支持,需要以妇女运动的大力发展为推动力。没有

---

① 玛格丽特·阿特沃德语,见《沉默》的封面。
② 艾丽斯·沃克语,同上书,见封底。
③ 汤亭亭语,同上书,见封底。

当时妇女运动的背景,单靠几个女作家孤军作战是不可能形成气候的。总之,从贝蒂·弗里丹发表《女性的奥秘》、奥尔逊发表《沉默》以来,美国文学界确实已经形成一支声势浩大的女作家、女评论家、女文艺理论家的队伍。1985年,专门出版大学教科书的诺顿公司出版了《妇女文学选读》,一向不见经传的女作家和她们的作品开始堂而皇之地进入大学课堂。1990年,耶鲁大学出版社出版了有史以来第一部《英语文学女性主义手册》,介绍了从中世纪到1985年已经发现的用英语写作的2700个女作家。至于女作家写女人的作品,对妇女文学的评论、介绍等方面的著作更是俯拾皆是举不胜举。今天,在美国,妇女文学已经不是一个可有可无的东西。如果一个女人没有看过一两本女性文学方面的书,那简直是不可思议的事情。

世纪末的反思
——再议西方的妇女文学

60年代,随着风起云涌的争取妇女平等与自由的女权运动,美国女作家和女学者们也不甘寂寞,她们不仅积极参与妇女运动,还大声疾呼抗议社会歧视压抑女作家和她们的作品,号召女作家站在女性的立场、以女性为主体、以妇女生活为题材,创作有强烈性别意识的作品,建立自己的女性文学。著名女作家蒂莉·奥尔逊用大量的事实,甚至自己的切身体会,分析文坛上女作家不多的原因,揭露从社会到家庭到学校对女作家的歧视。1978年,她结集出版的《沉默》足足影响了三代美国妇女学者,到今大还有人称之为女性文学的《圣经》。当然奥尔逊并非孤家寡人,她振臂一呼,发动了无数文坛与学术界的妇女群众。今天我们熟悉的"阁楼上的疯女人"、"厌女症"、"雌雄同体"等新名词、对英国女作家吴尔夫的《一间自己的房子》等有着强烈的女性意识的作品的高度评价,以及对《简·爱》等女作家写的经典名著的再认识等都是那个时代的产物。

这场文坛与学术界的妇女运动具有不可估量的影响。它不仅建立了美国的妇女文学,还改变了出版社的出版计划,学校的教学内容和人们的阅读习惯。1977年,《纽约时报》在"生活版"开辟每周一次的《她们的》专栏,请女作家、女编辑、女记者、女教授撰写有关女性和女性问题的文章,1986年还把其中的优秀文章结集出版,大受欢迎与好评。宋庆龄、谢冰心过去上过学的卫尔斯礼学院推出了《妇女书刊评论》,其用意当然是跟由男人控制的《纽约时报书评》分庭抗礼。纽约市立大学接纳了一家女性主义出版社,出版了许多过去被埋没的女作家的作品和评论。于是,一向不见经传的女作家及作品被挖掘出来,堂而皇之地被收入课本,进入课堂。1998年,不管是男性还是女性评论家,不管是学者还是书商,他们评出的本世纪100部最佳小说中无不包括《紫颜色》这部黑人女作家艾丽斯·沃克描写一个受欺凌的女人如何成长为独立的女性的小说。不仅严肃文学写女人，通俗文学也不甘落后。女作家们首先向最受欢迎的但基本是男性领地的侦探小说进军，塑造女性福尔摩斯，产生了大批别具一格而又有鲜明女性特点的惊险小说。就连男作家也不得不顺应时势。中国读者都很熟悉锡德尼·谢尔顿，他的《假如明天来临》里的主人公就是一位能力挽狂澜的女强人。

不过，近年来，我注意到形势似乎有些变化。首先，妇女领袖们开始转移自己的兴趣与视线。最早发表《女性的奥秘》、为女权运动推波助澜的贝蒂·弗里丹开始关心起老年问题，在1993年发表了《老年之泉》，批评社会对老年人的偏见和歧视。虽然还谈女人，但更强调的是人老了，不必互相竞争了，男人女人可以更好合作了，组成真正完善的社会和集体。她甚至说她老了以后，带着宽慰和激动的心情，认识到自己已从妇女运动的权力政治里解放出来了，认识到自己十分需要超越那场性别大战，那些把女性作为一个整体，作为受压迫者来反对以男性为整体和压迫者的打不赢的战斗。沃克尽管还在写女人，她的新作的影响却大不如当年那本《紫颜色》。另一位跟她齐名但是位白人女作家的玛丽琳·弗兰奇，当年也以女人的觉醒为主题写了小说《一间自己的房子》，同样名噪一时，现在却写起回忆录，描绘自己如何与癌症做斗争，虽然仍信心百倍，但似乎并不突出什么女性意识。

更值得注意的是有些女作家开始从男性的角度写小说。比较明显的例子是美国女作家简·斯迈利，她曾因小说《一千亩地》得过普利策小说奖。她虽然不是激进的女权主义者，但还是常常以女性生活为题材。前两年她写了一个中篇小说《悲伤的时代》，描绘一对夫妇婚姻中的不幸。男女双方都是很优秀的人才，女的在医学院读书时就比许多男同学还要出色，男的最后以自身的优势得到了这位女士的爱。他们结了婚，在同一家口腔医院工作，生了三个女儿。丈夫顾家，肯做家务，绝对没有大男子主义思想。女的有才华，很能干，处处掌握主动，从未受到什么性别歧视。可以说他们两人无论在金钱、地位和家庭生活等方面都很成功，也很幸福美满。然而，做妻子的忽然似乎有了外遇,经常不来上班,孩子病了也不放在心上。做丈夫的一方面在自己也得了流感的时候还不得不精心照料生病的女儿,另一方面尽管看到妻子的种种不忠诚的蛛丝马迹,仍然为了家庭忍气吞声,小心翼翼地不敢泄露心中的忧虑,甚至在妻子失踪三天又回家的时候也不敢把话挑明,只是问她是否不走了。虽然妻子表示决心留在家中共同过日子,丈夫在强颜欢笑之余,还是忧心忡忡,不知道明天是否会发生婚变。这篇小说,尤其是结尾部分写得回肠九转、悲怆哀怨,让人黯然神伤。很明显,作者对那位男主人公寄予莫大的同情。

另一个例子发生在英国,不知道能否说明这种现象的普遍性。英国女权主义作家费伊·韦尔登过去一直描写妇女在婚姻、爱情和事业中的种种矛盾,反映妇女运动所关注的问题。她那本描写女主人公如何从家庭玩偶成长为女权运动斗士的长篇《普拉西斯》还曾被提名候选布克奖[①]。就是这个韦尔登,在1998年出版了一本《大女孩不哭》的小说,以70年代妇女运动为背景,从一群妇女提高觉悟的聚会开始,描写这些女人在创办"专门出版有震撼世界的思想内容的妇女著作"的出版社过程中的种种表现,对她们冷嘲热讽,极尽挖苦之能事,用评论家的话来说,"小说虽然没有提出任何结论,但在结尾时人人都被揭露得体无完肤,个个都完蛋了"。

再举一个加拿大的例子,女作家卡洛·希尔兹写过好几本为女人请命的作品,1996年发表《石头日记》,因为塑造了一个一辈子都没能实现自我的女人而连连得奖,一时名声大振。但她在1998年却出了一本似乎是为男人说话的小说《莱里的宴会》。主人公莱里的第一个妻子不尊重他的爱好,用推土机破坏了他精心栽培的用树木种成的迷宫,两人离婚了。第二个妻子是个研究妇女学的大学教授,两人日子过得好好的,正想要生个孩子的时候,女方接受了英国一所大学的聘请,去那里当妇女研究中心的主任。最后不是因为感情破裂而是由于两地分居,麻烦太多而跟他分手了。小说结束时,第一个妻子认识了过去的错误,第二个妻子做了人工授精要为肚子里的孩子找

[①] 《自己的一间屋子》,黄梅选编,河北教育出版社,1995年,第402页。

个父亲。她们都有意复婚,而莱里这时另外还有个貌合神离的女朋友,一下子又从单身汉交上了桃花运。这真是一部描写男人在"婚姻、家庭和事业中的种种矛盾"的作品。

小说如此,评论似乎也不例外。有些女性主义评论家不再像从前那样咄咄逼人,声称男人写不了女人,男作家对笔下的女人总怀有偏见,就连莎士比亚也不例外。她们现在开始替男作家讲话了。最明显的例子是对海明威的态度。过去海明威一向被认为是得了"厌女症",甚至"恐女症"的大男子主义思想最严重的男作家。因此他的女主人公不是要毁灭男人的恶女人就是唯男人是从的温顺的小女子。但1997年,一位跟我做研究的访问学者告诉我,他收集了很多国外研究海明威的新材料,评论家已经发现他还是同情女人的,(另一个说法是,他不喜欢女人,但他超越了自身的偏见,塑造了一些真实的女性)。最大的变化恐怕是对《太阳照样升起》中女主人公阿什礼夫人的评价。过去强调她是红颜祸水,随便跟男人睡觉的荡妇,道德沦丧的典型。现在说海明威塑造的是一个新女性,她的不轨行为是内心痛苦的表现,她最后离开了那位斗牛士说明她并没有完全迷失生活的方向,等等。大名鼎鼎的美国戏剧家奥尼尔一直为小时候母亲吸毒不能照料他,使他没有幸福的童年而耿耿于怀。因此评论家,包括男评论家,运用弗洛伊德的理论认为他有厌女情结。但近几年,就在女评论家不断批评他的同时,也出现了另外一些为他辩护的女学者,她们认为奥尼尔非常同情女性,尤其在晚年塑造了一些深受男权社会压抑的富有光彩的女性形象。

不仅如此,1994年3月美国《混合语杂志》上的一篇文章报道说,在一向是文学理论的据点,尤其是解构主义理论的据点的杜克大学英语系里,好几位女教授,尤其是颇有声望的女性主义文学理论家,都放弃理论,写起自传和回忆录。而且这情形并不局限于杜克大学。(当然,也有男教授在写自传。)她们为什么要放弃搞了半辈子的事业?其中一位说,这是"中年危机",但这个解释实在不大能令人信服。

所有这些例子能说明什么?作为局外人,我们可以作种种猜测。正如费伊·韦尔登在《大女孩不哭》中指出的,社会、政治、经济等各方面的力量都对妇女有影响,因此,女人办的出版社不可避免地也有男人主宰的大公司的等级制度,女人也一样会犯错误,未必都能做到"政治正确"。80年代以后,美国社会开始趋向右倾保守,这势必对妇女运动产生压力。事实上,80年代,妇女运动出现了分裂,黑人和墨西哥裔美国人批评妇女运动以白人妇女为主,忽略了少数民族和有色人种的利益。马克思主义妇女问题理论家认为妇女运动关心的只是中产阶级妇女。连保守的妇女都出来抗议,认为妇女运动不该由女同性恋来主导。而年轻的女性在享受上一代艰苦奋斗而获得的一些改善与好处以后却认为男女已经平等,不必再大惊小怪地搞什么运动。恐怕现在很难说有什么统一的妇女运动了。形势是在不断地变化的,妇女运动一波三折,出现一些倒退也是可以理解的。当然,还不能排除有些60年代的妇女领袖步入老年,心态发生了变化;也不能排除女性主义的作家与学者经过多年的思考变得成熟了,看问题更全面了。最能说明这一点的是,过去她们只谈"妇女"研究,现在提倡"性别"研究,认为男人也是受害者。

不过,我认为现在还不是下结论的时候。这几个例子恐怕还只是沧海一粟,未必能说明事情真的在悄悄地起变化。

美国妇女运动先锋贝蒂·弗里丹

贝蒂·弗里丹本是个很普通的女人。如果一定要找出她与众不同的地方,那就是她在第二次世界大战期间上过大学,大学毕业后当过记者,而且在大战结束后大部分女人失去战时工作被复员归来的军人所取代的年月里,她仍然有一份工作。1947年,她结婚成家,1949年请到产假生了一个儿子,可是,五年后,她又请产假时被解雇了。当时,弗里丹在气愤之余还有一种轻松宽慰之感,因为在很长的时间里她一直为她因有工作不能好好照顾家庭而感到内疚。于是,她便安心回家,决定从此做一个称职的贤妻良母。

弗里丹对工作家庭不能两全的内疚心情可以说是社会影响的结果。第二次世界大战以后,美国社会掀起一股"女人回家去"的思潮。报章杂志、书刊广播都拼命鼓吹女人的职责是伺候丈夫、生儿育女、照顾家庭。衡量一个女人的成就取决于她丈夫事业的发达、她子女的教育和她家里的布置。专家们谆谆教导女人如何找丈夫、给孩子喂奶、买洗衣机、烤面包、做可口的饭菜,如何穿戴打扮,使自己的言谈举止更有女性的风采以便更讨男人的喜欢。他们极力让女人相信,只有神经质的、不快乐的、没有女人味的女人才想当什么诗人、科学家,真正有女性气质的女人是不要什么事业、高等教育或政治权利的。当时最流行的广告词是"为家人烹煮佳肴是人生极乐"。广告商宣传厨房应该是布置得最好的地方,因为女人大部分时间是在厨房度过的,甚至宣称女人在给厨房地板上蜡时会出现性高潮。在这种思潮的影响下,到50年代末,美国女人结婚的年龄下降到20岁以下。50年代中期,60%的女大学生退学不是为了结婚便是因为她们担心学历太高会找不到丈夫。当时女人中引以自豪的是她们的丈夫读博士而她们供丈夫读完博士。这个时期,美国的出生率大大提高,几乎赶上了印度,就连受过大学教育的女人也开始生四胎、五胎,甚至六胎。生孩子成了女人的事业。她们在人口普查时在职业一栏里骄傲地填上"家庭妇女"四个字。与此同时,出现了许多稀奇古怪的事情。有的女人因无法亲自哺乳而精神崩溃;有人把头发染成金黄色因为男人喜欢金发女郎;有人不吃不喝,一心减肥,以便像模特儿那样苗条动人更有女性的魅力;有人放弃大学奖学金,随便找点事做,等着有机会就结婚。女孩子们不要找工作更不想学数理化,她们只要嫁个好丈夫,生四五个孩子,在郊区有一栋房子。她们相信美国女人是最幸福的人,因为世界上其他地方的女人还在饿肚子,还没有婚姻自由,而她们不仅有选择丈夫的自由,还有她们母辈所没有的权利:她们跟丈夫平起平坐,丈夫们还肯跟她们讨论他的工作和事业,不仅如此,她们还有先进的科学技术免去生孩子的痛苦和危险,有各种各样的家用电器减轻家务劳动的强度,有选择衣服、汽车、电器、超级市场的自由。她们相聚在一起时谈论的只是她们的孩子和丈夫,还有怎么做饭烧菜布置房间。她们的生活里只有丈夫、孩子和家庭,她们压根儿不知道还应该有什么别的内容。

1957年,弗里丹已经当了三年的贤妻良母,有了三个孩子,而且已经搬到郊区,住在一栋有11个房间的大房子里,当上了一般女人梦寐以求的"市郊家庭妇女"。她还利用空闲时间给妇女杂志写一些关于幸福妇女家庭琐事的文章。但她发现在郊区的家庭生活并不像宣传的那么好,她不满足于成天忙忙碌碌地叠被铺床、收拾屋子、买菜做饭,开着汽车接送儿女上学或去同学家玩耍、学琴、打球。她觉得生活出了问题,但她不知道出了什么问题。她怀疑自己的神经是否有毛病,居然不肯安分守己,对做妻子做母亲还不满意。其实,不少女人都有这种不满足的感觉,但她们不敢承认,也不敢对熟人倾诉。当年,一个家庭里如果出了什么事,例如孩子病了、饭做晚了、厨房漏水了,甚至夫妻生活里没有性高潮,人们,包括家庭妇女本人总是认为毛病出在女人身上。这些女人找大夫、找心理医生,但得不到满意的解答。医生们把女人感到烦躁、疲惫、空虚的症状称之为"家庭妇女综合症",甚至是女人特有的毛病,是"美国妇女得到自由和权利以后带来的新问题"。有的教育家还认为这是女人受教育太多的结果。

渐渐地,弗里丹感到美国妇女的生活方式出了严重的问题。她是以一个女人的身份,从一个妻子和母亲的立场出发发现这个"还没有名称的问题"的。这种发现可以说是无意中得来的。弗里丹为了排遣烦闷,也为了了解教育对女人的影响,她编了一张调查表,寄给15年前一起毕业的史密斯女子大学的同学。收回来的200份调查表使她发现这些女人和她自己都对生活不满足,她们的问题跟妇女杂志所描写的女人形象,跟学校、医院所研究分析的妇女形象并不相符。用弗里丹的话来说:"在我们作为女人的生活现实和我们努力要成为的形象之间(我称之为女性奥秘的形象),存在着一种奇怪的差异。我很想知道其他女人是否也面临这种相互矛盾的分裂,是否明白这种分裂与不一致的含义。"于是,她开始作进一步的调查。她去医院诊所,查阅报章杂志,采访妇女杂志的编辑、妇女问题专家、教育家,尤其是跟80个处于人生关键时刻的中学生和大学生、年轻的家庭妇女和40岁以上的妇女促膝长谈。最后,她发现,社会通过妇女杂志、广告、电视、电影、小说、婚姻和家庭问题专家、性关系和儿童心理专家的专栏与书籍、社会学和心理学家的研究成果制造了一种妇女形象:只从女人跟男人的性关系去考虑女人的身份,只要她做妻子和母亲,为丈夫、孩子、家庭的需要服务。这种社会舆论制造的女性形象使得女人不再有力量为自己设计形象,使她们失去自我,使她们只能做某某人的妻子或某某人的母亲,再也无法决定自己到底是什么人,能做什么样的人或者想做什么样的人。这种社会制造的女性的奥秘使女人想不到她们其实具有被社会禁止和压抑的欲望和能力,使她们出现了认同危机。

如果不是因为一种偶然因素,弗里丹是不会成为"妇女运动之母"的。弗里丹一开始并没有想到要写书。她把200份调查表的反馈情况写成文章,送给过去经常发表她的介绍妇女生活文章的一家妇女杂志,没想到男主编拒绝采用,尽管他手下的女编辑都有不同的看法。另一家妇女杂志约她写一篇类似的文章,她又采访一些人并作了更多的调查研究,重新写了一篇,但送去以后又要了回来,因为编辑们擅自更改她的文章,把结论改得面目全非,跟她的看法完全不一样。于是,她又进一步补充内容,送到第三家杂志,得到的反应却是:"贝蒂一定昏了头。她以前给我们写的东西都很不错,这一次只有那些最最神经质的家庭妇女才会认同。"挫折并没有使弗里丹泄气,她凭着一股不服气的精神下定决心不写文章而是要写一本书,五年以后,她交出稿子。1963年,《女性的奥秘》出版了。它如燎原之火,很快引起了一场轰轰烈烈的运动。10年后,弗里丹说:"如果我当年认识到这本书会在那么短的时间里引起那么大的变革,我也许会非常害怕,也许就不会写这本书了。"20年后,她仍说:"我还是为我那本书所引燃的革命火花感到惊奇。我自己都觉得不可思议,我居然能在需要这本书的时候把它写了出来。"即使在今天,在《女性的奥秘》出版30多年后,不管弗里丹走到哪里,还总有人对她说:"我看过你的书,那书改变了我的一生。"当然,弗里丹写完书也明白,她开始了一个新的事业,她必须坚定不移地走下去。因此,她在第一个请她题词的人的书上写下了这样的话:"让我们大家有勇气在新的道路上勇往直前。"

弗里丹很快就发现一本书是解决不了问题的。你知道你的角色不仅仅是妻子或母亲,你知道你就是你自己。但是,社会如果不改变,社会如果不承认你,你个人是无能为力的。她的书确实引起了国家和社会对妇女的重视,但多半停留在纸上谈兵。另一方面,人常常有身不由己的时候,弗里丹就经常如此。由于她发表了《女性的奥秘》,人们便往往把她看做领袖。1964年她去华盛顿,因为政府通过了一项法令反对就业问题上的种族歧视和性别歧视。但在华盛顿政府、报界和工会工作的妇女告诉她,如果不像黑人那样组织起来,这项法令就永远不会实现。她并不想把妇女看成一个阶级或一个种族,她还抱有幻想,企图敦促当时正在召开的有关妇女地位的州行政官员会议采取措施贯彻法令。只是在她听说会议认为他们没有力量采取措施也没有权利提出解决办法时,她才找了一些人起草章程成立美国全国妇女组织,宣布其宗旨为:"采取行动使妇女在跟男人真正平等互助的基础上充分参与当前美国的主流社会,行使所有的权利和责任。"有了全国组织,各地当然也就纷纷成立分会,她自然就成了全美妇女的领导。1966年圣诞节,她被法院传讯.因为她反对航空公司解雇30岁以上或结了婚的空中小姐,还支持那里的女人跟这种性别歧视做斗争。1967年母亲节,她组织妇女在白宫前举行第一次示威活动,喊出"要权利,不要玫瑰"的口号。1970年8月26日是美国宪法增补条款允许妇女拥有选举权的50周年纪念日。为了让妇女知道她们还有许多未完成的事业,也为了显示妇女的力量,她建议全国妇女组织领导妇女举行大游行,各地纷纷响应,光是纽约起码就有50000妇女走上街头。当然,弗里丹还被邀请到处作报告,上电视,接受采访,跟妇女交流经验,为妇女运动出谋划策。她的书改变了别人的一生也改变了她自己。她走出家庭,成了政治活动家。

弗里丹是个有主见的人,从不轻易地被胜利冲昏头脑,她不喜欢人云亦云,也不怕提不同意见。她从一开始就强调要跟男人合作,反对以男人为敌。她还强调家庭的重要性,主张女人有权选择结婚成家、生儿育女。早在70年代初期妇女运动轰轰烈烈的时候,她就警告大家说:"性政治是十分危险的,会起分裂作用的……如果我们从反对爱情反对孩子的角度来解释我们的运动,那我们就会失去妇女的力量,也会失去越来越多的从妇女解放看到自身解放的男人的支持。"为此,她遭到年轻的更为激进的女权主义者的反对。但她坚持己见,甚至为此辞去全国妇女组织主席的职务。弗里丹还对妇女运动中的派系斗争和争权夺利的举动深恶痛绝。她一度十分失望,便退出政治,悉心研究心理学、社会学,并且一心一意写作、讲学。1981年,她出版了《第二阶段》。她注意到年轻的妇女有了新的困惑:她们既想事业有所成就,又希望能享受女人为人妻为人母的乐趣,但她们不知道能否两全其美。弗里丹指出,女人应该有选择的自由,家庭和事业不应该对立起来。因此,妇女运动在新阶段要着手解决灵活的工作制度、父母都可以请产假的问题,以及幼儿保育和新的家庭安排等问题。她认为,只有在男人相信女权主义的解决办法对男女都有好处时,工作和家庭才有可能得到重新构建。弗里丹的这些主张遭到激进的女权主义分子的抨击,也受到保守势力的欢迎,她访问意大利时甚至被介绍为"悔过自新的女权主义者"。但她坚持自己的观点,认为:"任何人读过我的《第二阶段》都可以看到我并不主张回到从前的已经消亡的家庭关系或要女人重新逆来顺受。我只是面对今天在发展的家庭的现实。"同时,她并不讳言,妇女领袖在战略策略方面有错误,她们过分以男人为敌、过分依赖上街游行示威等老办法,这些是使运动走向低谷,使保守势力卷土重来的主要原因。

弗里丹在美国妇女运动中的影响也许削弱了,但她在世界上的影响却越来越大。她到世界各地讲学作报告。她参加联合国的三次世界妇女大会。她看到第三世界的妇女也起来揭穿女性的奥秘,感到十分欣慰。她自己也从未停止对妇女问题的研究,也一直在思索新的解决办法。弗里丹在42岁时发表《女性的奥秘》,说出了女人们感觉到但不敢直说的心里话,掀起一场变革,彻底改变了人们对女人和女人的作用以及性别关系的看法。她似乎不甘如此,在72岁时又出版了一本新书《老年之泉》,大谈老年人问题,扬言要揭穿"老年的奥秘"。她在书里着力批判社会把老人看成是头脑糊涂、身体有病、孤独乖僻、完全失去生活能力的形象。她认为美国生活崇尚青春、拒绝接受老年,因此排斥老人,企图把他们像"看不见的人"那样排斥于生活之外。她认为问题在于没有榜样,也没有一本书肯定或指导大家认识到老年人身上涌现出来的新力量。她的书当然就要起这种作用。她大声疾呼:"我们应该面对老年,正面肯定老年的价值与力量,打破对老年的固定的看法和观念。"她用许多证据说明,从65岁开始,人进入老年,但老年也是人生的真正阶段。跟青年、中年一样可以充满活力,可以有所作为,关键在于对自己的身体、自己的生活、自己的日子要有独立意志,有控制能力。她认为独立和自制才是老年之泉。她以自身为例说明老年的好处:"人老了,可以轻松自在了,我不必参与竞争以证明自己的能力,而失败对我也不再重要了。"她的看法颇有些像我们孔夫子所称道的"五十知天命,六十而耳顺,七十则从心所欲不逾矩"。她反复强调,人如果破除老年即是衰退的迷信,反过来把它看成是生命的一个新的阶段,那情况就会出现新的变化。人应该学会对高龄说"不!"看来,《老年之泉》会像《女性的奥秘》一样引起的社会变革。至少,这本书已经成为畅销书。有人一口气买好几本,不仅送给家里的老人也为了给自己看。现在,弗里丹在讲学时又多了一个内容。

1995年6月,弗里丹访华期间来北京大学出席我主持的"第一届妇女与文学国际研讨会"的开幕式。我在这次会上跟她第一次见面。我发现老太太挺有个性,是个直筒子,女权意识确实鲜明强烈。开幕式上,我请了一些领导和有关人士说几句礼节性的话,正好他们都是男同胞。弗里丹马上对我说:"你开个妇女会,怎么请些男人来讲话?"欢迎辞、贺词讲完以后,我请她作大会主题发言。她毫不留情地用对我说的批评话作为开场白,赢得全场的赞同。她确实是个活动家,讲话很有煽动性,很能从听众的水平和需要出发,深入浅出,决不玩弄名词。她的学问非常渊博。她知道出席会议的都是研究文学的人,便讨论起作家和他们笔下的女性。她指出,从《傲慢与偏见》可以看出,在19世纪英国奥斯丁的时代里,女人的成就是通过男人来表现的。你找到一个好丈夫,你就成功了。英国男作家劳伦斯倒是看到女人的性欲,但在他笔下,女人只是性对象;法国福楼拜的《包法利夫人》写得很好,可惜她只能生活在想入非非的幻想之中。她还对女人为什么喜欢看言情小说作了精辟的解释:"因为只有在这种小说里女人才能当英雄唱主角。"她侃侃而谈,不时以一些独到的见解使我们大家吃惊。在这个以《女人的一生》为主题的报告里,她还大谈老年女人的作用,论证为什么美国的女人要比男人寿命长五岁。在她看来,女人的适应能力比男人强,而且比男人更经得起生活里的波折,因为她一生要经过来月经、生孩子、停经、孩子离开身边等等变迁。女人过了更年期精力更加充沛,她不必生儿育女,不必通过丈夫来证明自己的价值,她可以更有所作为。人老了,不必互相竞争了,男人、女人可以更好合作,组成真正完善的社团或集体,也许,那天在座的正好有不少人已经过了不惑甚至知天命的年纪,正担心自己人老珠黄不值钱,所以大家都对她的这番话特别感兴趣。

弗里丹本人似乎也努力想在老年做出新的成就。她在《老年之泉》里坦率承认,她开始写书是出于"自己对老年的害怕,出于不想接受老了的事实",但写着写着,她不仅能够面对现实,而且还能肯定,甚至赞美老年了。虽然她说她承认自己老了以后,"带着宽慰和激动的心情,认识到我已经从妇女运动的权力政治里解放出来了。我认识到自己十分需要超越那场性别大战,那些把女性作为一个整体、作为受压迫者来反对以男性作为整体和压迫者的打不赢的战斗。"但是,看样子,她是不会放弃她为之奋斗一生的妇女解放运动的,因为,她告诉我们,她会来中国参加第四次世界妇女大会。

美国作家

《黑奴吁天录》
——第一部译成中文的美国小说

1862年,美国总统林肯接见《汤姆叔叔的小屋》作者斯托夫人并称她为"发动一场大战争的小妇人"。但他一定不会想到,40年后,这部抨击黑奴制的小说会在大洋彼岸的中国引起广泛的影响,对唤起中国人民的民族觉醒产生巨大的作用。

从《汤姆叔叔的小屋》到《黑奴吁天录》

《汤姆叔叔的小屋》是在清光绪二十七年(1901年)由林纾同魏易合作翻译成文言文出版的。林纾嫌原书名不够典雅,易其名为《黑奴吁天录》。这是林纾翻译的第二部外国小说,也是第一部译成中文的美国小说,如果说林纾翻译《巴黎茶花女遗事》是事出偶然,或为解除丧妻的岑寂,或是在友人王寿昌和魏瀚的劝诱下进行的,[①] 那么,他翻译《黑奴吁天录》一书的目的性是很明确的。他在译序中说,"华盛顿以大公之心,官其国不为私产,而仍不能弛奴禁,必待林肯奴籍始幸脱,迩又寝迁其处黑奴者,以处黄人矣……黄人受虐,或加甚于黑人……方今嚚讼者,已胶固不可譬喻;而倾心彼疾者,又误信西人宽待其藩属,跃然欲趋而附之。则吾之书足以儆醒之者,宁可少哉!"[②] 在《例言》中,他又说:"是书系小说一派,然吾华丁此时会,正可引为殷鉴。且证诸秘鲁华人及近日华工之受虐,将来黄种苦况,正

[①] 东尔:《林纾和商务印书馆》,见《商务印书馆90年》,第531页。关于后一种说法,钱钟书的《林纾的翻译》中有关黄浚《花随人圣庵摭忆》的脚注中有更详细的说明。

[②] 林琴南:《黑奴吁天录·序》。

难逆料。冀观者勿以稗官荒视之,幸甚!"① 他似乎意犹未尽,在"跋"中再次强调:"余与魏君同译是书,非巧于叙悲以博阅者无端之眼泪,特为奴之势逼及吾种,不能不为大众一号……今当变政之始,而吾书适成。人人既蠲弃故纸,勤求新学,则吾书虽俚浅,亦足为振作志气,爱国保种之一助。"② 可见,林纾译斯托夫人小说的动机是出于爱国热忱,想通过译书给我国同胞敲起警钟,使他们认识到亡国灭种的危险,这也是林纾的合译者魏易的目的。魏易在他的译序里谈到美国驱逐华工的行为和中国人"为奴而不得"的耻辱。他并且说,"近得美儒斯土活氏所著《黑奴吁天录》,反复披玩,不啻暮鼓晨钟,以告闽县林先生琴南,先生博学能文,许同任翻译之事。……语云:前车之覆,后车之鉴,窃愿读是篇者,勿以小说而忽文,则庶乎其知所以自处已。"③

林纾魏易希望通过小说来唤醒民众的苦心收到了应有的效果。当时美国政府正在迫害我旅美华工。《黑奴吁天录》的出版,一石千浪,立即引起各界的注意,也更激起中国人民的反抗情绪。灵石著文介绍林、魏在译书时"且泣且译,且译且泣,盖非仅悲黑人之苦况,实悲我四百兆黄人将为黑人续耳"。④ 灵石还大声疾呼,希望家家户户都来读这部小说:"我读《吁天录》,以哭黑人之泪哭我黄人,以黑人已往之境哭我黄人之现在。我欲黄人家家置一《吁天录》,我愿读《吁天录》者,人人发儿女之悲啼,洒英雄之热泪。我愿书场、茶肆、演小说以谋生者,亦奉此《吁天录》,竭其平生之长,以摹绘其酸楚之情状,残酷之手段,以唤醒我国民。"⑤

其他读者也纷纷给报社写信,抒发读《黑奴吁天录》的感想,有位读者特地以"醒狮"为名在1903年给《新民丛报》寄一首《题〈黑奴吁天录〉后》:"专制心雄压万天,自由平等理全无。依微黄种前途事,岂独伤心在黑奴?"⑥《国民日报》刊登另一位读者慧云的读后题诗:

---

① 林琴南:《黑奴吁天录·例言》。
② 同上书,"跋"。
③ 田汉:《谈〈黑奴根〉》。
④⑤ 灵石:《读〈黑奴吁天录〉》,见阿英《晚清文学丛钞·小说戏曲研究卷》,第282页。
⑥ 阿英:《晚清文学丛钞·小说戏曲研究卷》,第591页。

"厉禁华工施木栅,国权削尽种堪哀。黑奴可作前车鉴,特为黄人一哭来。"① 鲁迅先生当时在日本求学,于 1904 年才看到《黑奴吁天录》。他在给朋友的信中叹息道:"漫思故国,来日方长,载悲黑奴前年如是,弥益感喟。"②

也许是由于译本的影响,1904 年金陵江楚编译官书总局出版的陈寿朋译、薛绍徽编《列女传》卷四《文苑列传》中就有斯托夫人(译名为"斯多")的词条,对她的生平,尤其是《黑奴吁天录》(译作《叔舱房》)的出版、发行和翻译的情况作了较为详细的介绍。③《黑奴吁天录》不仅受到读者欢迎,还受到当时的教育部门的重视。光绪三十二年(1906 年)。清政府负责教育调查、筹款兴华等事务的机构劝学所在各地开办宣讲所,并有行文规定供宣讲的 40 本书,其中之一居然便是《黑奴吁天录》。④

这部林译小说还曾被改编为剧本在国内外上演。1907 年,为了对受迫害的华工表示道义上的声援,我国在日本的留学生组织的春柳社在东京本乡座剧场上演由曾孝谷改编的五幕话剧。⑤几个月后,另一个剧社"春阳社"又在上海公演由许啸天改编的剧本。⑥

对于《黑奴吁天录》的影响,文学家们早有公论。郑振铎在林纾死后不久发表的纪念文章《林琴南先生》一文中把《黑奴吁天录》定为他所介绍的"许多重要的世界名著"之一。阿英在《晚清小说史》中也称之为除《巴黎茶花女遗事》外"最大影响的书"。他还在《晚清文学丛钞·域外文学译文卷》中评述:"美国的小说,当时在政治上对中国影响最大的应推林纾翻译的斯吐活的《黑奴吁天录》(1901)。这时美国政府正迫害我旅美华工,此书译本遂更激起中国人民的反抗情绪。"⑦ 由于译本流传很广影响极深,1932 年,李伯钊在瑞金为庆祝全苏第一届工农兵代表大会编写剧目时还借用《黑奴吁天录》来作为

---

① 阿英:《晚清文学丛钞·小说戏曲研究卷》,第 591 页。
② 鲁迅:《致蒋抑厄》。
③ 马祖毅:《中国翻译简史》,第 300 页。
④ 东尔:《林纾和商务印书馆》,见《商务印书馆 90 年》。
⑤⑥ 葛一虹:《中国话剧通史》。
⑦ 阿英:《晚清文学丛钞·域外文学译文卷》。

她剧本的标题。①

虽然林纾的译本流传很广,但《黑奴吁天录》的出版过程似乎并不清楚。郑振铎在 1924 年底纪念林纾的文章里列举了出版林译小说的商务印书馆、文明书局和中华书局,但又说"至于《黑奴吁天录》一书,则不知何处出版"②。阿英在 1955 年的《晚清小说史》中对这部小说的描述是"《黑奴吁天录》,史托活夫人原著,木刻初印本四册,年代不详。小万柳堂本:吴芝瑛圈点,廉泉(南湖)校阅,光绪三十一年(1905)版,魏易口译。"③ 但他在《域外文学译文卷》第一册(1961)的《叙例》中却说"……译本销行甚广,先后有两种木刻本,有大、小号铅字排印本,有吴芝瑛校点本",并且说明他所收的《黑奴吁天录》是"据 1905 年文明书局排印本,并用 1901 年魏氏木刻本参校"。④ 马泰来编订的并在 1981 年发表的《林纾翻译作品全目》指出,"《黑奴吁天录》,斯土活原著,魏易同译。武林魏氏刊本,光绪二十七年(1901)。"然而,1987 年出版的由北京图书馆编纂的《民国时期总书目:1911—1949·外国文学卷》却指出现存《黑奴吁天录》分上、下册,是"上海文明书局出版,1915 年 12 月 3 版,1920 年 12 月 4 版。卷首有林纾的"序"、"跋"及"例言"。封面题:上海进步书局印行,1901 年初版。"田汉在《谈〈黑奴恨〉》(1961)中还提到魏易写的"序",仿佛另外还有一个版本。看来,当年此书流传颇广,版本也许不止一个。根据《民国时期总书目》,从上海启明书局还在 1937 年出版过由赵苕狂用白话翻译的《汤姆叔叔的小屋》,书名为《黑奴魂》,仍是节本,销路似乎也很好,因为到 1941 年 7 月已经是第 3 版了。但由于资料欠缺,难以查证。

然而,《黑奴吁天录》是第一部译成中文的美国小说,这一点是肯定无疑的。五年以后,林纾才翻译了欧文的《拊掌录》,爱伦·坡的故事还要再过 17 年才为中国读者所了解,这本小说的影响其实并不仅

---

① 葛一虹:《中国话剧通史》,这剧本其实是依据她在苏联看到的一个话剧改编的。
② 郑振铎:《林琴南先生》,《中国文学论集》。
③ 阿英:《晚清小说史》。
④ 阿英:《晚清文学丛钞·域外文学译文卷》第一册。

限于政治方面。关于林译小说的影响,阿英作过十分中肯的评价:"他使中国知识阶级接近了外国文学,认识了不少第一流作家,使他们从外国文学里去学习,以促进本国文学发展。"① 郑振铎在《林琴南先生》一文中一再提到:"中国的'章回小说'的传统的体裁,实从他而始打破","其实不仅周先生以及其他翻译小说的人,即创作小说者也十分受林先生的影响的。小说的旧体裁,由林先生而打破……"② 这一切当然不能完全归之于《黑奴吁天录》。有意思的是,斯托夫人的原著最初是在杂志上发表的,为便于阅读,每章均有标题,有些章节还在标题下加有能点明主题的警句、引语或概括性词句,跟中国的章回小说颇为类似。但林纾却把这一切统统删却了。他还在《例言》中强调:"是书开场,伏脉,接笋,结穴,处处均得古文家义法,可知中西文法,有不同而同者。"并且希望读者"勿贬西书,谓其文境不如中国也"。钱钟书在《林纾的翻译》一文中从"叙述和描写的技巧"及"语言"两个方面作了详尽精辟的分析,指出《黑奴吁天录》的译笔"比较晓畅明白"。③ 由此看来,这部小说的功绩是不可低估的。林纾在译文中增加的注解,如指出"约旦河"在《圣经》里的含义,Mulatto 为"白人父而黑人母所生"等等都很恰当。他对 honey moon 的译法及注不仅传神,而且流传至今。关于《黑奴吁天录》的魅力,老作家冰心始终念念不忘,她在 90 高龄时写的《我和外国文学》一文中还提到:"以后我进了中学和大学,上了英文课,能够自己阅读小说原文了,我却觉得《汤姆叔叔的小屋》不如林译的《黑奴吁天录》……那么生动有趣。"④

《黑奴吁天录》对中国文学的影响很难估计或证明,但它与我国早期话剧运动的关系却是早有公论,任何一本研究话剧文学或话剧史的著作都要提到春柳社 1907 年在日本东京公演由曾孝谷改编的剧本的盛况。这是春柳社演出的第一个完整的五幕剧,而且先后在

---

① 阿英:《晚清小说史》,第 182 页。
② 郑振铎:《林琴南先生》,《中国文学论集》上册。
③ 钱钟书:《林纾的翻译》,商务印书馆,1981 年。
④ 冰心:《我和外国文学》,见《外国文学评论》1990 年第二期。

东京公演了三天,张庚说:"这次演出是中国话剧史上十分值得纪念的一次演出,这是春柳社第一次的正式演出。无论从内容,从形式,从技巧上来说,都有相当的成功,对当时的观众及后来剧运的影响是很大的。"① 欧阳予倩回忆说,"这个戏分五幕,每一幕之间没有幕外戏,整个戏全部采用的是口语对话,没有朗诵,没有加唱,还没有独白、旁白,当时采取的是纯粹的话剧形式。"② 他还说:"《黑奴吁天录》这个戏,虽然是根据小说改编,我认为可以看做中国话剧第一个创作的剧本。因为在这以前,我国还没有过自己写的这样整整齐齐几幕的话剧。"③ 曹晓乔在论证"中国话剧不是从自己土地上生长演变而成,却是从世界上广采了既成的优良成果远洋舶来"的文章《舶来品与遗留物》一文中特别以《黑奴吁天录》为例证明:"首先是思想内容上的舶来。第一是民族平等的思想……春柳社在改编时完全去掉了原作的宗教色彩;突出了民族和阶级的对立与斗争,歌颂了独立、自由、反抗的精神……所谓'舶来'也不是被动接受,而是吸收其中有益的健康的思想内容。"④ 可见,《黑奴吁天录》无论是在话剧的形式上还是在思想内容方面都起了革新作用,对我们话剧运动的发展作用很大。

从《黑奴吁天录》到《黑奴恨》

解放后,无论是出版界还是戏剧界都没有忘却斯托夫人的这部名著。1958 年,上海新文艺出版社曾请人重新翻译,但由于译者被错误地划成右派,这部译稿未能如期出版。1957 年纪念中国话剧运动 50 周年的时候,曾有人建议排演《黑奴吁天录》作为纪念性的演出,50 年前参加春柳社公演的欧阳予倩也已开始构思新的剧本。可能由于当时的政治气候,这事情就搁下了。⑤ 阿英编的收有《黑奴吁

---

① 张庚:《中国话剧运动史初稿》,《戏剧报》1954 年 1—5 期。
② ③ 欧阳予倩:《回忆春柳》,《欧阳予倩全集》第六卷,上海文艺出版社,1990 年。
④ 曹晓乔:《舶来品与遗留物》,见《话剧文学研究》第一辑。
⑤ 孙维世:《回忆欧阳予倩同志创作〈黑奴恨〉》,见欧阳予倩《黑奴恨》。

天录》的《晚清文学丛钞·域外文学译文卷》第一册倒是在 1961 年底由中华书局出版了。有意思的是北京图书馆在该书的目录卡片上除介绍选本都是"在当时有广大影响的名著、名译或早期译本"外,还特别强调,"由于作者的世界观以及写作历史时期的局限,其中不乏消极、错误思想的成分。必须特别审慎,破除迷信,分辨精华与糟粕,并根据原著和翻译时期的情况,进行分析研究,认清其历史和现实意义。"①

幸好,斯托夫人的小说以其进步的思想内容在中国著称。1959年,非洲民族解放运动高涨时期,欧阳予倩认为,"《黑奴吁天录》还有它的现实意义,应该好好搞它一下。"② 他花了 10 天的时间写成剧本,改名为《黑奴恨》,1960 年发表在《剧本》月刊,1962 年又出了单行本。欧阳予倩在《后记》里说,"我以对被压迫者深切的同情,对殖民主义者极端的愤慨写了这个戏。凡属美国绅士老板们虐待黑人的情形,都根据斯托夫人小说所描写,没有增加一丝一毫的夸大。至于书中认为善良的绅士如地主解而培、工厂主威尔逊等,我不能不撕碎他们的面纱,揭露出他们的本来面目。"③ 他还说:"观点不同,写作的目的不同,对人物的造型、情节的安排不可能和原小说一样,甚至也可能有相当大的出入……我这个剧本不能不根据今天的意图从新编写也是理所当然。"④

由此可见,欧阳予倩的《黑奴恨》和 50 多年前曾孝谷改编的剧本都同斯托夫人的原著有较大的出入。1907 年的《黑奴吁天录》"强调了民族自觉,戏的结尾是:哲而治同意里赛夫妻会合,杀死了追捕的人,逃出美国……以斗争胜利为结束的。"⑤《黑奴恨》的主人公不是哲而治而是汤姆。欧阳予倩并没有安排一个斗争胜利的结局。但是,他让汤姆在火刑前义正词严地发表了一篇痛斥奴隶主的演说,揭露"美国大老板们都是李格利——和李格利一样凶恶;也认识到血债

---

① 北京图书馆目录室有关阿英《晚清文学丛钞·域外文学译文卷》的卡片。
② 孙维世:《回忆欧阳予倩同志创作〈黑奴恨〉》。
③④⑤ 欧阳予倩:《黑奴恨·后记》。

必定要还,总会有一天要和压迫者算总账"①。在初稿里,他还在第九场安排凯雪逃走后又潜回汤姆受伤后所居住的牛栏并且杀死了奴隶主李格利。原剧还有第十场,由哲而治和战友们评价汤姆的死和他的精神,并展望黑人解放运动的前途。但在单行本和正式演出中,这些情节都被删除,全剧由十场改成九场,以汤姆壮烈的火刑场面作为结局。

现在看来,《黑奴恨》是当年"左"倾思想指导下的产物,受了片面强调戏剧从属于政治和思想内容第一的错误思潮的影响。但在当时,这出戏的上演还是起到一定的积极效果。1961年正是斯托夫人诞生150周年,是《汤姆叔叔的小屋》创作110周年,也是林纾译本出版60周年。《黑奴恨》剧本的发表和演出帮助了又一批中国读者认识并了解斯托夫人和她的名著。

《黑奴恨》不仅于1961年在北京公演,上海、贵州等地的剧团也先后排练上演。评论界对该剧的上演还是十分重视的。《人民日报》在一周之内发表了两篇评论,其中田汉的《谈〈黑奴恨〉》篇幅很长,从林纾的《黑奴吁天录》谈起,介绍了这部小说在中国的出版史、斯托夫人的生平、《黑奴恨》上演的意义("不只是对我国话剧运动启蒙时期有怀旧意义,对于支持今天美国和非洲黑人解放斗争也将起有力的鼓舞和启发作用"②),并且对剧中人物,尤其是汤姆和哲而治等形象进行了比较详细的分析。看来,演员们并不完全赞成欧阳予倩对汤姆这个人物形象的处理,对于汤姆是否能够具备剧本中所描写的高度的阶级觉悟也有不同的看法。田汉用了相当长的篇幅,引用黑人领袖杜波伊斯和美共主席福斯特的文章来证明汤姆是可能具备这种阶级觉悟的,火刑的场面是成功的。赞扬欧阳予倩"能够从社会主义思想高度来处理这一百多年前的历史故事……今天的《黑奴恨》比起半个世纪前的《黑奴吁天录》有了质的飞跃。"③

显然,田汉是从思想内容的角度来评价《黑奴恨》的,希望它能使"今天的观众从这些生动真实的历史形象得到教育",成为"对美帝国

---

① 见欧阳予倩:《黑奴恨》的《后记》。
②③ 所有田汉的评论均引自《谈〈黑奴恨〉》,见《人民日报》1961年7月12日。

主义百年如一日的反动面目的有力暴露"。① 其他评论文章的观点跟田汉大同小异,有的甚至更为激进。《人民日报》发表的另一篇评论说,《黑奴恨》"在主题上,反对种族歧视,反对阶级压迫,鼓舞被压迫民族斗争的意义更突出了。它成为一首颂扬黑奴争自由,争人权的斗争精神的热情赞歌。"②《贵州日报》更以《出路—斗争》为标题发表评论,肯定剧本"阐明了对帝国主义,殖民主义和种族歧视'必须斗争,不能幻想'的主题思想……是一首褒扬黑人解放斗争的颂歌",使我们"清楚地洞察了帝国主义、殖民主义的狰狞面目,越发同情和支持亚洲、非洲和拉丁美洲反对帝国主义、殖民主义和种族歧视的正义斗争"③。

如果说,20世纪初林纾译《黑奴吁天录》和曾孝谷改编为剧本供春柳社演出是出于爱国主义思想,为了唤醒民众,提高民族自觉,那么,欧阳予倩的《黑奴恨》是为当时的国际政治服务,为了声援亚、非、拉人民的民族解放运动,也为了教育人们认清当时的头号敌人美帝国主义的真面目。这一切当然是斯托夫人所始料不及的。但是,这种以文艺为政治服务的做法却又使斯托夫人的名著在中国具有了深远的影响。60年代前后,上海、北京、贵州等地的话剧团都上演过《黑奴恨》,报章杂志的评论文章再一次使这部小说在中国观众和读者中广为流传,引人注目。

文学名著《汤姆叔叔的小屋》

1976年,"四人帮"被粉碎,我国政府开始执行改革开放的政策。在沟通中外文化交流方面起重要作用的翻译出版事业出现了欣欣向荣的可喜局面。虽然80年代以来的外国文学翻译工作以现、当代文学为重点,但是,中国的翻译界和出版界并未忘却斯托夫人和她的不朽的名著《汤姆叔叔的小屋》。值得注意的是,80年代以来的译介工

---

① 所有田汉的评论均引自《谈〈黑奴恨〉》,见《人民日报》1961年7月12日。
② 水景宪:《斯托夫人和她的小说》,《人民日报》1961年7月16日。
③ 伯平、赖强《出路—斗争》,见《贵州日报》1961年12月31日。

作并不局限于小说的思想性,而是考虑到它的文学价值。

1981年,商务印书馆重新印刷出版10部林译小说,其中之一便是《黑奴吁天录》。虽然这是个文言文译本,但第一版印数便高达40500册,可见读者对该书的浓厚兴趣。译本的"出版说明"还特别提到"美国小说《黑奴吁天录》的出版,正值美国政府迫害我旅美华工,因此更激起中国人民的反抗情绪",用以突出重印的必要性。同年,湖南人民出版社出版"世界文学名著缩写本丛书",也收有《黑奴吁天录》。

1982年7月,专门翻译出版外国书籍的上海译文出版社推出了中国第一部用白话文翻译的全本《汤姆大伯的小屋》,第一次印数为59000册,很快又印刷了30000册。译者黄继忠不仅在"前言"里详细描述了斯托夫人的小说在中国翻译出版的历史、斯托夫人的生平、美国奴隶制的由来及废奴运动等情况,还特别论证了小说的文学价值。他肯定现代美国著名文学评论家爱德华·威尔逊的观点:"《汤姆大伯的小屋》尽管有其不足之处,但不失为一部具有巨大影响的文学作品"[①],并且从全书的布局和人物形象的塑造等方面来评述这部作品的优缺点。他认为斯托夫人"通过穿插论叙的方式,描述两个黑奴不同的遭遇、对奴役不同的态度和不同的结局"[②],这样的布局"颇具匠心"。在人物塑造方面,他认为最成功的人物形象是汤姆,"读来有血有肉,感人至深"。乔治·哈里斯也比较成功,但作者没有详细描述他的发展过程,使"这个人物给读者的印象不免失于浮光掠影,不够完整"。[③]黄继忠在充分肯定斯托夫人的成就以后还指出小说的两个缺点——宗教色彩"太浓,有损于小说的艺术性和真实性",以及两个故事不够平衡,"汤姆这条线索就写得比较充实、真切,而乔治、伊丽莎夫妇这条线索就写得比较简略,显得有些单薄。"[④]黄继忠的"前言"是我国第一篇从思想到手法技巧全面评价《汤姆叔叔的小屋》的评论文章,对这本书的译介和研究工作起一定的指导意义。值得一提的是,他还从汤姆跟他主人谢尔贝的年龄出发,认为"汤姆较谢尔贝大八岁,所以乔治应叫他'大伯'才对",主张把书名改为《汤姆大伯

[①②③④] 黄继忠:译本"序",见黄继忠译《汤姆大伯的小屋》。

的小屋》,从而在通用的、流传甚久的《黑奴吁天录》和《汤姆叔叔的小屋》以外又增加了一个译名:《汤姆大伯的小屋》。

同年,新成立的也以译介外国作品为主的漓江出版社也推出另一部用白话文翻译的全本《汤姆叔叔的小屋》,书名仍为《黑奴吁天录》。虽然译者张培钧在"前言"里仍重点赞扬该书"对于黑奴各方面所受的深重苦难,作了十分真实的描绘",① 但他还肯定作者"不用浓墨重彩就使人物跃然纸上,可见其笔力的深厚"。② 漓江出版社把这部书收入"外国文学名著丛书",并在"出版说明"中指出,"这套书主要选收外国古代和现代有代表性的优秀中长篇小说。所选书目注重文学价值和艺术水平,并反映不同的流派和风格。"③ 可见,编辑部是从文学价值的角度来看待《汤姆叔叔的小屋》的。另一方面,读者的需求似乎并未因商务印书馆和译文出版社已经印行出版两种译本而有所降低。漓江的译本初版印刷数仍高达 43500 册。

其他版本还纷纷问世。从 50 年代后期,《汤姆叔叔的小屋》的简写英文本一直是我国学习英语的人的一种辅导读物。1986 年,原来的注释本改成英汉对照本由商务印书馆出版,为这部小说又增添了一个缩写译本。1985 年,四川少儿出版社的"小图书馆丛书"又推出一本以少年儿童为读者对象的带插图的《汤姆大叔的小屋》,以帮助小朋友们"不仅可以知道在美国这个资本主义社会里,黑人受压迫和歧视的情况,同时还可以了解一点历史地理知识和美国的风土人情,开阔我们的眼界"④。

70 年代以来出版的《外国名作家传》(中国社会科学出版社,1979)、《中国大百科全书·外国文学卷》(中国大百科全书出版社,1982)、《外国妇女文学词典》(漓江出版社,1989)、《外国名作家大辞典》(漓江出版社,1989)等大型工具书都收有斯托夫人词条。我国学者编写的美国文学史——如《美国文学简史》(人民文学出版社,1978)、《美国小说史纲》(北京出版社,1988)也都有专门的章节介绍

---

① ② 张培钧:《一部影响巨大的世界名著》,见张培钧译《黑奴吁天录》。
③ 张培均:《黑奴吁天录》。
④ 黄新渠:"前言",见黄文军编译《汤姆大叔的小屋》。

斯托夫人和她的名著,有些美国文学选读还把《汤姆叔叔的小屋》的个别章节作为分析阅读的篇目。

80年代,我国学者对斯托夫人的介绍不再局限于《汤姆叔叔的小屋》,即使是对这部小说的评价也不再局限于它的思想内容。《美国文学简史》作了十分中肯的评论,指出"它的题材取自现实生活中的尖锐矛盾,所以在创作方法上也以现实主义为主导,突破了在小说方面长期占统治地位的浪漫主义传统……不失为美国文学史上一部重要的现实主义小说,也是内战后现实主义小说运动的前驱。"①

熊玉鹏在《美国现实主义文学的发轫之作》一文中更进一步从反面人物形象刻画的深度、典型人物的塑造、创作方法与世界观的矛盾以及艺术结构、表现方法和语言风格等多方面来论证《汤姆叔叔的小屋》"既是美国废奴文学中的丰碑式的作品,又是一部现实主义的著作。"②

熊玉鹏一反以往评论家对斯托夫人过于强调宗教作用的批评,列举事实证明《汤姆叔叔的小屋》不仅是"宣扬基督教精神的劝善惩恶之作……它同时又是一篇批判宗教的战斗檄文"。斯托夫人塑造了一个怀疑上帝的黑奴乔治·哈里斯和一个对宗教冷嘲热讽的白人圣·克莱等。她"一面肯定美化汤姆的不以暴力抗恶的精神;一面却又对乔治·哈里斯的离经叛道的行为击节赞赏"。熊文认为"这种创作方法与世界观上的矛盾,正是19世纪批判现实主义作家的通病"。③

熊文还举例说明《汤姆叔叔的小屋》采用多层次结构,让汤姆和乔治的"两个故事,一悲一喜,交错进行,掩映对照,疏密相间"。斯托夫人重视细节描写,并且"通过生动而具体的细节描写在人物之间进行多层次多侧面的对比"。她采用的是"冷峻而含蓄的讽刺语言"。而这一切正是19世纪现实主义文学所共有的特点。熊文批评了美国文学研究界对这部小说的冷落,强调它"作为美国现实主义文学的

---

① 董衡巽、朱虹、施咸荣、郑土生:《美国文学简史》上册。
②③ 熊玉鹏:《美国现实主义文学的发轫之作》,见《华东师范大学学报》(哲学社会科学版)1983年第4期。

发轫之作,它的地位理当得到确认;而斯托夫人作为美国现实主义文学的先驱作家,她在美国文学上的地位应该大书特书"。①

熊文的观点也许还有值得商榷的地方,但《美国现实主义文学的发轫之作》标志着我国对《汤姆叔叔的小屋》的研究工作进入了新的更深刻的阶段,说明它在我国流传了七、八十年以后终于确立了它的文学名著的地位。

世纪末的冷漠

然而,80年代《汤姆叔叔的小屋》在中国的重新出版主要是为了满足当时读者对外国文学的渴求,是出自文化的需要而不是真正为了了解斯托夫人或她的作品。与此同时,由于多元文化等政治理论的影响,美国对妇女作家和少数族裔作家越来越重视,对《汤姆叔叔的小屋》的研究有了新的兴趣。80年代中期,著名学者、《哥伦比亚美国文学史》的主编埃默里·埃利奥特为剑桥大学出版社主编一套"美国小说新论丛书",在1986年出版的那批书中就包括对《汤姆叔叔的小屋》的一本评论,而且还在1993年重印了一次。1994年,专门出版教科书的诺顿出版公司又出版了《汤姆叔叔的小屋》的评论版,说明此书已经进入美国的大学课堂,成为必读书目。尤其是1994年,琼·赫德里克教授发表专著——《哈·毕·斯托的一生》,这是1941年后半个世纪来第一部全面介绍斯托夫人的传记。作者以翔实的资料和女性主义理论把这位作家放在19世纪错综复杂的历史与社会背景下进行严密的分析,提出许多崭新的令人信服的观点。此书在1995年获得普利策文学评论奖,从而掀起了对斯托夫人研究的新高潮。2003年2月在辛辛那提斯托夫人家乡的一个图书馆甚至为了扩大她的影响还举行了斯托节来纪念《汤姆叔叔的小屋》发表150周年。可惜这一切并没有在中国引起多少注意。从80年代末,我国学者对这本小说的评论很少。只有在1995年有两篇短文介绍

---

① 熊玉鹏:《美国现实主义文学的发轫之作》,见《华东师范大学学报》(哲学社会科学版)1983年第4期。

了琼·赫德里克关于斯托夫人的新传记。1996年是斯托夫人逝世100周年,但跟1961年她诞辰150周年的情况完全相反,我国没有任何纪念活动,仅《青岛大学师范学院学报》发表了一篇纪念她的文章。尽管中国学者近年来对美国女性文学和少数族裔文学很感兴趣,但几乎没有文章论述在美国是斯托研究热点的有关她对"妇女角色、黑人在美国历史与社会中的地位以及基督教的力量"① 等方面的观点。

对于这种无意识的冷落,我们可以有种种解释。最主要的恐怕是中国读者已经对政治小说和现实主义文学有些厌倦,而对新的文学技巧和新的符合时代的主题和题材更感兴趣。这也是为什么乔伊斯的《尤利西斯》一度在我国成为畅销读物。另一方面,中国人民正忙于寻找西方的"新"东西,他们的新技术、新机器、新的更有效的管理方法,甚至他们的快餐和摇滚乐。他们没有时间或精力去重新评价过去的文学。《汤姆叔叔的小屋》曾经在中国人民的生活中起过作用,但现在可以束之高阁了。

所有这一切似乎可以证明赛义德的观点,一本外国小说跟思想和理论的传播一样,也会经历"接受……抵制……容忍"的过程,而它的"新用途、在新时代和新地方的地位"② 的转变往往取决于那地方的政治和文化的需要。

---

① 埃里克·申奎斯特:"前言",见《〈汤姆叔叔的小屋〉新论》,埃里克·申奎斯特编,剑桥大学出版社,1986年,第7页。
② 爱德华·赛义德:《世界、文本、批评》,哈佛大学出版社,1983年,第227页。

海明威的追求与使命感

提起海明威,人们想到的总是他所塑造的心灵受过创伤的年轻主人公和勇敢坚毅、永远不认输的斗牛士和渔夫,他倡导的"重压下的优雅风度"和"硬汉子"精神,还有他那简练的文字和含蓄的笔墨,尤其是他的"冰山"原则。但是,对于他如何出于执著的追求和强烈的使命感而取得这些成就却想得很少。

可以说,当作家是海明威一生的追求与事业。他晚年对《巴黎评论》的记者说,他想不起来他"决定作为作家的确切时刻",他"一直想当一个作家"。[1] 他还说过:"我必须写作。我要是不写点东西,我就不能享受生活的其他方面。"[2] 确实,他上中学时就特别喜欢语文课,三年级时还选了新闻学课和写作课并且很快表现出比其他同学出色的写作才能。他给校刊当记者,写报道,还在上面发表了他模仿当时很受欢迎的幽默作家林·拉德纳而写的五篇文章。他为写作课写的故事常常被老师作为范文在课堂上进行朗读和分析。中学还没毕业,他已经写了两个剧本,还在学校的文学杂志上发表了三篇故事。据他自己说,这些故事是以他听到的印第安人的聊天和酒吧间里水手的谈话为基础的。这些文章和故事当然很稚嫩,但它们足以说明他对写作的浓厚兴趣。中学时代,海明威看过一篇描写一个想当战地记者或小说家的年轻人的故事。于是,他要求叔叔利用影响在堪萨斯城一家报馆里为他找份工作。中学一毕业,他便前去堪萨斯城的《星报》。这时他才18岁。他当记者以后很自觉地去熟悉生活,主动接触各种各样的人,从实际出发收集材料写报道。不仅如

---

[1] 乔治·普林浦敦:《海明威访问记》,见董衡巽编选:《海明威研究》,中国社会科学出版社,1985年,第59页。

[2] 海明威:《谈创作》,同上书,第82页。

此，他还很注意遣词造句和文章的组织结构。有些关于医院的短篇素描开始显示他日后作品的文体风格。报馆领导很赏识他的热诚和勤奋精神，夸他"即便是写一篇只有一小段文章的新闻，他都很认真，肯下很大的功夫"。①因此，他只用了一个多月的时间便结束了实习期。六个月后，在他决定参军时，他觉得自己已经完全掌握了当记者的诀窍，任何时候都可以东山再起胜任报馆工作。为了实现当作家的梦想，海明威即使在上前线开救护车的时候，甚至在受伤期间，都没有放弃写作。他给战地小报写文章，用红十字会医院的信纸写小说，跟病友谈写作。他谈当记者的经验，认为这对写作是很好的锻炼，使他学会了很简练地从文章一开始就很快突出故事重点，培养了不管是否有灵感都可以写东西的本事。但新闻报道跟真正的文学作品相差十万八千里。他的目标是严肃文学。他只有在没办法时为了混饭吃，为了有钱写作才去当记者。他始终坚持这个看法。多年后，他告诉《巴黎评论》的记者，"新闻工作对于一位严肃的有创造力的作家会是一种日常的自我毁灭"②，可见，海明威虽然多次当记者，但他始终没有动摇过当作家的决心。

正是这种明确坚定当作家的目标使他退伍回国以后勤奋写作，到处投稿，甚至把去小县城做介绍战场生活的报告都跟写作生涯联系起来。他到芝加哥去，因为那里是文化中心，有德莱塞、桑德堡等作家和诗人。他搬进朋友的哥哥家，因为那人认识先锋派小杂志的主编而且有办法把当地有名的作家文人请到家里来。他果然见到桑德堡和舍伍德·安德森，有机会向他们请教了。他对文学的看法和他写的东西受到他们的夸奖。更为幸运的是，安德森建议他去巴黎并且介绍他去见文艺沙龙的领袖斯泰因。那时的巴黎是文学、艺术和音乐的乐土，更是美国文学界的中心。那里正开展着一场摧枯拉朽破旧立新的文艺运动，云集着形形色色立志创新的文人和艺术家。

---

① Peter Griffin, *Along With Youth*, New York: Oxford University Press, 1985, p.46.
② 乔治·普林浦敦：《海明威访问记》，见董衡巽编选《海明威研究》，中国社会科学出版社，1985年，第61页。

支持先锋派艺术运动、试验文体改革的斯泰因,在伦敦领导过新诗运动、高举"要创新,要日新月异"旗帜的庞德,刚刚以《尤利西斯》而震撼文坛的意识流大师乔伊斯,还有英国现代派先驱福德等名流都在巴黎各领风骚。年轻的美国作家蜂拥而去,把巴黎看成是他们探讨文艺、朝拜圣贤的福地,是他们可以有所作为的广阔天地。1921年,海明威来到巴黎。虽然在此以前,他一直在反复修改一些短篇小说并且已经着手撰写一部长篇,但他的写作生涯是在到了巴黎以后才真正开始的。海明威在巴黎的岁月是"他作为一个人与作为一个艺术家最为融合的年代"[①]。

在巴黎,海明威不放弃一切可以向前辈大师和同时代的作家朋友虚心求教的机会。一位朋友说他"一心想的只是如何学会当作家的本领"。另一个熟人认为他"急切地希望别人赏识他,给他提建设性的批评意见"。[②]海明威确实通过结交文人朋友获得了不少好处。他去后不久就写信告诉安德森,斯泰因和他已经"亲如兄弟,经常见面",庞德认为他"是个了不起的诗人",亲自写信把他的六首诗和一个短篇小说推荐给杂志主编。[③]他还主动出击,听说爱德蒙·威尔逊称赞他在《小评论》杂志上的作品便马上寄去刚发表的《三个故事与十首诗》,请威尔逊提供四五个人的名字以便他可以寄书让他们写评论。

当然,海明威得到的好处并不在于找到发表作品的门路,更重要的是他开阔了眼界,提高了写作技巧。他的学艺生涯可以在他死后出版的回忆录《流动的盛宴》里找到许多真实的写照。他没钱买柴火取暖,只好天天到小咖啡馆去写作;没钱买书,幸好书店老板西尔维亚·毕区借给他许多文学名著。他泡在斯泰因的沙龙里聆听她对文学艺术的看法;他每天下午去卢森堡博物馆欣赏观摩塞尚和其他印象派画家的作品。为了争取学习机会,他主动给斯泰因抄稿子,教庞

---

① 阿瑟·华尔多恩:《海明威的生平》,见《海明威研究》,第8页。
② Garlos Baker, *Hemingway: The Writer as Artist*, Princeton University Press, 1956, p.46.
③ 海明威给舍伍德·安德森的信,见 Carlos Baker 编 *Ernest Hemingmay: Selected Letters*, New York: Charles Scribner's Sons, 1981, p.62.

德拳击,还花两天的时间陪菲茨杰拉德去外地取汽车。他告诉《巴黎评论》的记者,在 20 年代的巴黎,他和别的作家及艺术家互相尊敬,"我尊敬许多画家……格里斯、毕加索、布拉克、蒙纳……还有几位作家——乔伊斯、庞德,还有斯泰因好的一面……"① 他举出 30 多个对他生平和写作有影响的文学先辈,包括世界各国的诗人、小说家和艺术家,还承认他向画家学习了不少东西,而且作曲家对他的影响也是很明显的。他在 20 年代给斯泰因的信里就谈到他写《大二心河》时试图用塞尚的手法描写乡村。他原以为,真实简单的句子是小说的第一要素,塞尚的画使他明白,要使故事有更多的层次,光写真实简单的句子是不够的。他发现写作是件极痛苦的事,他必须向塞尚学习很多东西。由于海明威丢失过整整一手提箱的稿子,庞德是否改过他的小说稿子的说法已经无从查考。② 但菲茨杰拉德帮助他为《太阳照样升起》找到出版社并且帮他修改稿子却是千真万确的事实。海明威是在把稿子寄给出版社以后才让菲茨杰拉德看复印件的。菲茨杰拉德给他写下长达十页的信,劝他删节小说的前三章。虽然海明威并没有完全听取菲茨杰拉德的意见,但他确实删掉了头两章,使小说开门见山,更为紧凑,戏剧性更强。③ 他们两人在写作方面的交流看来是很多的。1935 年底,海明威在给菲茨杰拉德的信里还提到他整理东西时发现后者写给他的关于修改《永别了,武器》意见的 15 页信纸。不必讳言,海明威在作家文人的圈子里,从跟他们的来往中肯定获益匪浅,这大大有助于他日后的成功。

海明威说过:"向每个人学习我能够学到的东西,无论向活人或死人,这对我不是新鲜事。"④ 然而,虚心学习不等于盲目模仿。1925

---

① 乔治·普林浦敦:《海明威访问记》,见董衡巽编选:《海明威研究》,中国社会科学出版社,1985 年,第 62 页。

② 美国作家约翰·比尔·毕晓普曾说过,"在巴黎,海明威把他许多初学写作时的小说稿子给庞德看。稿子退回来时划了很多蓝铅笔道道,大部分的形容词给划掉了。评语写得很不客气。"See John Peale Bishop, *Americans in Paris*, p. 162.

③ See Frederio Joseph Svoboda, *Hemingmay & The Sun Also Rises*: *The Crafting of Style*, University Press of Kansas, 1983, pp. 97-110.

④ 乔治·普林浦敦:《海明威访问记》,见董衡巽编选:《海明威研究》,第 63 页。

年在巴黎,海明威跟菲茨杰拉德和另外一个朋友谈起英国作家史蒂文森对年轻作家的建议——对老一辈作家,他们应该扮演孜孜不倦的模仿者的角色,直到他们发展了自己的题材和风格。海明威他们谈了各自的样板以后,都认为年轻作家是要为学艺时期的这种模仿付出代价的。"这跟看心理医生一样。如果你要独立发展,你就得摆脱这种外来的指示。"①由于海明威追求的是当一个一流作家,"写出前人没有写过的作品,或者超过死人写的东西"②,因此他不轻信别人的经验,而是用最高的艺术标准去衡量一切作家和作品。许多人认为海明威是个"忘恩负义"的人,他对几乎所有帮助过他的人都"恩将仇报",把他们贬得一钱不值。实际上,这是他宣告独立,"摆脱外来指示"的方式。他在《乞力马扎罗的雪》里对菲茨杰拉德的批评确实过于尖刻,甚至有些恶毒,但他对作家,包括菲茨杰拉德在内的作家被毁灭的原因与方式却揭露得一针见血。虽然他后来跟斯泰因不再来往,还写了挖苦她的文章,但他一再表示他喜欢斯泰因,承认"从她那里学到了散文的奇妙的节奏"③,他不满意的只是她"摆出一副预言家的架势"④。他发表了模仿嘲弄安德森文风的《春潮》以后写信给安德森解释道,"如果一个像你那样可以写了不起的东西的人写了一些在我(一个从来没有写过任何了不起的东西的人,但至少是你的同行手艺人)看来很糟糕的东西,我应该实话告诉你。因为如果我们不得不进行委婉的批评,如果有人开始松垮而且从此走下坡路而同时代的人只是一味鼓励的话,那我们就什么也生产不了了。"⑤ 尽管这种做法确实过分,但他从艺术出发看问题提意见,似乎也有他的合理之处。

有意思的是,海明威从来没有批评挖苦过庞德。他在《流动的盛

---

① Garlos Baker, *Hemingway: The Writer as Artist*, Princeton University Press, 1956, p.25.
② 海明威:《谈创作》,见《海明威研究》,第 91 页。
③ 海明威给 W. G. 罗吉士的信,见 Carlos Baker 编 *Ernest Hemingmay: Selected Letters*, New York: Charles Scribner's Sons, 1981, p.649.
④ 海明威给麦克斯威尔·白金斯的信,同上书,第 229 页。
⑤ 同上书,第 205—206 页。

宴》里称庞德为"伟大的诗人,一个温和大度的人",是他见过的"最慷慨大度、最公正无偏见的人",也是他"最喜欢,最信任的评论家……一个相信 mot juste——可用的只有一个单字,一个惟一正确的字眼——的人,一个教我不要相信形容词的人"。① 他甚至在获得诺贝尔文学奖以后考虑过是否要把奖章送给庞德。这完全是因为海明威和庞德有共同的事业追求和执著的使命感。庞德认为才气与技巧是成功作家不可缺少的两个不可分割的要素,"任何人要掌握一门艺术都要下一辈子的工夫"②。海明威也相信优秀的作家是自觉的手艺人。作家首先要有"才气,很大的才气",然后"还得有训练"。③ 海明威的"冰山"原理,他对细节的挑剔,对简约含蓄的要求也都跟庞德的"绝对不要用任何对表现不起作用的字"或用意象来表现"一瞬间理智和感情的综合反应"等理论有不谋而合之处。当然,任何作家都不愿意承认别人对他的帮助或影响,但海明威同庞德的关系多少说明他不完全是以个人恩怨或好恶,而是从艺术高度来评价其他作家的。

坚忍执著,知其不可为而为之,这就是海明威的事业精神。他所追求的不是当只写一两本好书的一般作家,而是要成为独树一帜、有所创新的一流作家。正是这种精益求精的使命感使他把《永别了,武器》的结尾修改了39遍,把可以写成一千多页的《老人与海》压缩到只有一百多页的中篇。为了准确表达战后年轻人并不总是迷茫失落而是在努力寻找新的价值观念和行为准则这个主题思想,也为了平衡斯泰因对年轻人的批评,他反复考虑了六七个标题才最后确定使用《太阳照样升起》。也正是由于他孜孜以求、勤奋探索、不断创新,他才成功地创造了自己的散文风格,引起了一场文学革命,并以"精通现代叙事艺术"而获得诺贝尔文学奖这一最高殊荣。

不少人认为海明威好出风头,爱表现自己,因而喜欢钓鱼打猎、拳击斗牛,甚至到战争中去冒险,其实这跟他的写作有很大的关系。

---

① Ernest Hemingway, *A Moveable Feast*, New York: Scribner's, 1964, pp. 10, 110, 134.

② 见庞德的 *Literary Essays of Ezra Pound*, New Directions, 1935, p. 10.

③ 海明威:《谈创作》,见《海明威研究》,第83页。

海明威说过,"作家的工作是告诉人们真理。他忠于真理的标准应当达到这样的高度:他根据自己经验创造出来的作品应当比任何实际事物更加真实。"谈到作家应当塑造活的人物时,海明威又说,"小说中的人物不是靠技巧编造出来的角色,他们必须出自作者自己已经消化了的经验……"① 他在这里反复强调的是作家的经验,而经验必须身临其境,从实际生活中才能取得。海明威还说过:"如果一个作家停止观察,那他就要完蛋了。"② 而要观察就得深入生活,亲临现场,掌握第一手资料。海明威看拳击斗牛、打猎上战场等,其中有个性爱好的成分,但更多的是出于作家的使命感。战争是他主要的创作题材,如果他不去战场了解真相,没有亲身的经历和体会,他怎么可能写出有独创性的、别具一格的战争文学?怎么可能用同一个题材写出好几部著作,表现战争的完全不同的侧面。如果他不是基于经验而又超越经验,《太阳照样升起》不可能如此深刻地表现战争使世界成为废墟,使人软弱无能失去精神支柱的主题。《永别了,武器》也不可能如此有说服力地把战争的毁灭作用跟人类的困境和社会的崩溃联系在一起。《丧钟为谁而鸣》更不可能令人信服地揭示政治、战争和人性的复杂性。另一方面,正是当作家的使命感使海明威在领悟了战争与人的命运相通之处后感到有必要为人们指点方向,"一旦被迫卷入战争,不论可能出于何种原因,你只能打赢"③。同样,人要生存,也必须不被打败。在这方面,恐怕只有猎人和渔夫、斗牛士和拳击家才是不认输的人,只有他们才有勇气和毅力,才具备压力下的优雅风度。如果海明威没有深厚的生活根底,他不可能如此细腻地刻画出没有阳刚之气的麦康伯在找到勇气和尊严时的狂喜,也不可能塑造出桑提亚哥这样高大的形象。

约翰·比尔·毕晓普说过,"一个真正小说家的标志是,他在探索自己并非有意追求的经历的意义时发现了他那个时代的道德历

---

① 海明威:《谈创作》,见董衡巽编选《海明威研究》,中国社会科学出版社,1985年,第86、84页。
② 乔治·普林浦敦:《海明威访问记》,见《海明威研究》,第72页。
③ 海明威:《谈创作》,见《海明威研究》,第87页。

史。"① 海明威创造的是一个充满凶险、暴力和死亡的世界,他发现的是一个令人失望的道德历史。他在第一次世界大战中受过伤的战争经验给他留下了深远的影响,他需要通过写小说的方式来宣泄自己的痛苦,② 而作家的使命感更驱使他拿起笔进行"告诉人们真理"的工作。他在《太阳照样升起》里揭露战争创伤造成的享乐主义和道德沦丧,在《永别了,武器》里表现战争的无意义和人生是一场打不赢的战斗。几乎所有以尼克·亚当斯为主人公的故事都描写了混乱、暴力,尤其是战争对人的心灵的摧残,真实反映了海明威对世界、社会,对人的命运、道德准则、精神价值的看法。

这是第一次世界大战以后年轻作家的共同发现。许多现代派作家在作品里批判社会、揭露社会,公开宣告跟社会、习俗和传统观念的决裂。他们采用的新手法新技巧其实也是跟社会决裂的一种表现,海明威当然也不例外,他跟大多数年轻作家一样,深切地感到作家的责任。"上帝死了",梦想破灭了,旧的价值观念不管用了。现在,作家要取代上帝,为大家提供新的价值观念和行为准则。

海明威的行为准则——压力下的优雅风度——早已为我国读者所熟悉,不需在此多用笔墨。海明威的基本观念是,生命是有价值的,因为它为我们提供快乐、尊严,甚至自由,但生命中也充满不可预测的危险、威胁,甚至死亡,主宰人的是他不能控制的力量。因此,人需要特别的行为准则来对付一切。他在《太阳照样升起》中描写了对这种准则的寻觅,在《永别了,武器》里把它概括为一句话:"世界摧毁每一个人,但事后,很多人在被摧毁的地方变得更加坚强。"而《老人与海》里的桑提亚哥,一位坚信"人不是生来就要被打败的","你尽可以毁灭他,但却打不败他"的老人则是这种行为准则和精神境界的化身。

海明威描绘了分崩离析的社会和人的不可捉摸的命运,但他并

---

① 转引自 Carlos Baker 的 *Ernest Hemingway: the Writer as Artist*,第 75 页。
② 美国评论家菲利普·扬在《厄内斯特·海明威:重新考虑》一书里用心理分析的观点证明海明威受伤引起的精神创伤非理性所能控制,他必须寻找类似经验或通过创作再现这个事件来控制自己。

不是一个彻头彻尾的虚无主义者和十十足足的悲观主义分子,他有他的信念和希望。他要把真理告诉读者,他也希望帮助人们树立新的信念,取得新的希望。因此,他才要求编辑在《太阳照样升起》的扉页上除了斯泰因的"你们那是迷惘的一代"以外还加上《圣经》里关于大地永远存在、河流永远奔腾、太阳总会升起的一段话,但要去掉这段话里一些悲观虚无的词句。因为只有这样才能使书的观点"明确得多"。他明白地告诉编辑,"这本书的重点是大地永远长存——我对大地十分热爱和崇拜……我并不要使这本书成为空洞或辛辣的讽刺,而是要写出一部以永恒的大地为主人公的该死的悲剧。"[①]他再三修改小说的结尾,也是为了更好地表现迷惘的主人公最后终于懂得了如何平和地接受现实面对人生。

20世纪20年代崛起的许多美国作家都是从自己的经验出发描绘一个自己熟悉的世界。菲茨杰拉德在谈到沃尔夫、海明威、福克纳等作家时曾说:"这些作家中的每一个人都创造了自己的世界并且令人信服地生活在那个世界里。"他还对他那一代人失去信念又寻找信念的现象做了一个极好的总结。他说:"如果我们这一代人曾经失落过,那我们肯定找到了自己。我们这代人天性顽强,通过事实证明是深奥老练的——而且还相当聪明。"[②]跟许多现代派作家一样,海明威写出了自己的经验但他又超越了这些经验。海明威说过,他常常根据自己和别人的经验进行发明创造。他认为:"根据曾经发生的事情,根据存在的事情,根据你知道和不可能知道的一切事情,你创造出来的东西就不是描写,而是比任何实际的、现存的东西要更真实,你把它写活了,如果写得好,你就会使它不朽。"[③] 我们可以做出这样的结论,海明威的许多故事都是他个人经验的超越。他用他的作

[①] 海明威给珀金斯的信。见 Carlos Baker 编 *Ernest Hemingmay: Selected Letters*. New York: Charles Scribner's Sons, 1981, p.229.

[②] 菲茨杰拉德:《我这一代人》,见 Matthew J. Bruccoli 编 *Profile of F. Scott Fittzgerald*, p.9, 后一句话并未发表,转引自 Andrew Turbull 的 *Scott Fitzgerald*, New York: Charles Scribner's Sons, 1962, p.319.

[③] 乔治·普林浦敦:《海明威访问记》,见董衡巽编选:《海明威研究》,中国社会科学出版社,1985年,第77页。

品表明,人是不会永远失落的。

　　菲茨杰拉德曾说,作家写作时应该想到"自己一代的年轻人,下一代的评论家和从此以后世世代代的学校教师"[1]。看来,海明威达到了这个高度。但是,如果他不是把写作视若生命,如果他没有强烈的事业精神和责任感,没有花"一辈子的功夫""弄清生活里最简单的东西",他是不可能写出"真实的小说","给后世留下遗产",为"知识总和的积累贡献出一份力量"的。[2] 因此,我们今天在研究海明威的时候似乎有必要也了解一点他的追求和使命感。

---

[1]　菲茨杰拉德:《作家的辩词》,转引自 Matthew J. Bruccoli 编 *New Essays on The Great Gatsby*, Cambridge University Press, 1985, p.14.
[2]　海明威:《谈创作》,见《海明威研究》,第 84—85 页。

《老人与海》的几种读法

海明威是一位在国际文坛上有一定地位的现代美国作家。《老人与海》是他晚年的一部杰作。海明威自称这是他"一辈子所能写的最好的一部作品"[①]。此书曾获 1953 年美国普利策奖并导致他于 1954 年获诺贝尔文学奖。

《老人与海》的故事相当简单。老渔民桑提亚哥出海捕鱼,84 天一无所获。然而他并不因此丧失信心,继续出海,经过两天两夜的苦战终于捕到一条罕见的大鱼。返航时他不幸遇上鲨鱼群,虽全力拼搏仍寡不敌众,等抵岸时大鱼只剩下了一副骨架。但这个并不复杂的故事却意义深邃,是海明威的人生哲学和创作技巧的集中表现,也是一部可以从不同侧面或层次去阅读的小说。

如果我们从学习英语出发,那么,《老人与海》便是一部十分出色的语言教材。海明威的英语十分浅显易懂、简洁明了,但又准确生动。他使用的是英语词汇中重复率最高的常用词;句子形式多半为简单陈述句或用 and 连接的并列句。尤其是,海明威的故事里有大量的对话,即便是表现内心活动的意识流也使用朴实贴切的日常口语。这一切是学习英语的绝好素材。

当然,我们不能只从语言学习的角度来看《老人与海》。海明威说过:"如果一位散文作家对于他想写的东西心里很有数,那么他可以省略他所知道的东西。读者呢,只要作者写得真实,会强烈地感觉到他所省略的部分,好像作者已经写出来似的。冰山在海里移动很是威严壮观,这是因为它只有八分之一露在水面。"[②] 这种以少胜多的省略原则或"冰山"理论使他成为开创一代文风的大师。这方面的

[①] 董衡巽编选:《海明威谈创作》,三联书店,1985 年,第 140 页。
[②] 同上书,第 3—4 页。

例子在《老人与海》中几乎俯拾皆是。为什么老人老惦记棒球？为什么他睡觉时老要梦见在海滩上嬉戏的狮子？为什么别人让钓绳随波漂移而老人却要让它们保持上下垂直？这些看似轻描淡写的笔墨实际是对老人性格的深入刻画。海明威正是用简洁的文字和鲜明的形象，通过物体、情景或事件把环境、气氛、人物、行动和情绪浓缩在一幅幅画面里，从而使读者身临其境，得出自己的结论，发现水面下八分之七的冰山里所蕴含的深刻思想。

《老人与海》的主题思想反映了海明威的人生哲学。第一次世界大战期间，海明威跟其他美国青年一样相信美国是为民主参战，渴望接受战争的洗礼。他志愿加入红十字会救护队去欧洲当车队司机。但他抵达前线仅仅一周就中弹受伤，此时他还不足19岁。战争的现实和受伤的经历在海明威的内心留下了难以愈合的创伤，对他的写作产生了十分重要的影响。他的许多作品如《太阳照样升起》、《永别了，武器》、《在我们的时代里》都描写战后归来心灵受过创伤的青年面对命运的迷惘和失落。作为"迷惘的一代"的代表，海明威的作品带有悲观色彩。他的主人公相信世事无常，人生充满暴力和死亡，他们的理想幻灭了，他们不再相信任何权威和传统的道德观念与价值准则。他们对生活常常抱虚无主义的态度。

这些观点可以说是20年代去过欧洲战场的美国青年的共同思想。海明威的过人之处在于他为这些悲观失望的青年提出了新的行为准则：即在命定的失败和死亡面前保持人的尊严，在厄运的重压下表现勇气和优雅的胜者风度。《老人与海》充分表现了这种"硬汉子"精神，概括成为主人公桑提亚哥的一句名言："一个人可以被毁灭，但就是打不垮。"

不过，晚年的海明威经过生活的磨炼似乎比早年成熟多了，《老人与海》中许多场景和事件，如老人永远年轻的心境，他对孩子曼诺林的喜爱和孩子对他的依恋与照料，都说明他对人生抱积极的态度。海明威自己也说："这本书描写一个人的能耐可以达到什么程度，描写人的灵魂的尊严。"[①] 我们不一定要接受海明威虚无主义的人生

---

① 《海明威谈创作》，第143页。

哲学，但他不甘于失败要做生活强者的人生态度对我们来说还是有可取之处的。

《老人与海》还具有美国文学的一些特点，如对老人和大自然的关系的描写就很典型，能使我们想到19世纪美国作家梅尔维尔的《白鲸》、马克·吐温的《哈克贝利·费恩历险记》和斯梯芬·克莱恩的《红色英勇勋章》。人在大自然中接受洗礼获得再生，人对大自然既热爱又力图征服最后往往受到惩罚等观念是美国文学的一大主题。这一主题在《老人与海》中，尤其在对老人与马林鱼的搏斗、他要征服大鱼但又称它为兄弟并对它被鲨鱼吞噬感到歉疚等描绘中得到十分出色的表现。尽管海明威坚决否认此书的象征意义，但小说结尾处对老人的描写确实与基督受难的情景颇为类似。而把小说的主人公与基督相联系来暗示人都要受苦受难也是许多美国作家常用的手法。

海明威说过："一切伟大的作品都有神秘之处，而这种神秘之处是分离不出来的。它继续存在着，永远有生命力，你每重读一遍就看得到或学得到新的东西。"① 《老人与海》便是这样一部神秘而有生命力、值得我们反复捧读不断回味的优秀作品。

1996年9月13日

（本文系世界图书出版公司《老人与海》英文版"序言"）

---

① 《海明威谈创作》，第152页。

略论我国对海明威的研究

　　1999是海明威诞辰100周年。在美国,尤其是在他的故乡,人们正在热热闹闹地组织许多庆祝活动。从IT网上可以看到,纪念活动从1月份就开始。海明威基金会在组织他的短篇小说系列讨论会、以他的名义举办写作班,在经常作为他小说背景的那家咖啡馆里举行话剧演出等等。高潮将在他生日前后那一周(7月14日到21日),内容有大名鼎鼎的Smithsonian博物馆展出《海明威:其人、作家与神话》的巡回展览;研讨海明威在世界文学中的作用的国际会议;包括公牛赛和西班牙式食品、酒水和文艺活动的海明威狂欢节;当地饭店甚至以他写巴黎的作品《流动的盛宴》命名组织各种吃食供人们品尝。此外,还有两项意义重大的活动:他小时候的故居被修缮一新,要在他生日那天(7月21日)举行揭幕典礼;同一天还要举行他生前未出版的最后一部小说《曙光示真》的首发式。

　　相比之下,中国的外国文学研究界不如十年前庆祝他90大寿时那么热闹,但上海译文出版社买下版权,要在今年出版他的十几卷文集,这应该说是纪念他百年寿辰的最为隆重的活动。确实,海明威是深受我国读者喜爱的美国作家。早在30年代初,他就被介绍到中国。文化大革命结束以后,尽管外国文学在中国的命运常常是一波三折,但对海明威的翻译和研究始终方兴未艾。他的几部主要作品如《太阳照样升起》、《永别了,武器》、《丧钟为谁而鸣》和《老人与海》都已经被翻译成中文,有的甚至不止一个译本。另外,他的《短篇小说全集》也由蔡慧、陈良廷等名家翻译出版了。在研究方面,光是文化大革命以后的20年,对他的评论和介绍的文章就有四五百篇。不仅如此,名家们还编辑出版了专门介绍他创作技巧和国外对他的评论的专著。甚至连他的传记,中国人都写了两本。

然而,仔细看一下这些评论文章①,我们就会发现我们的研究范围似乎比较狭窄。对作品的研究过于集中在《老人与海》和《永别了,武器》以及《大二心河》、《一个干净明亮的地方》和《士兵归家》等少数几个短篇小说。对主题与人物多半讨论他的"压力下保持风度"的行为准则、"可以被毁灭但不会被打败"的"硬汉"精神以及代表这些精神和"准则"的英雄人物。关于他的艺术风格和手法技巧也往往停留在评论他的"冰山原则"和以对话为主的简练的文体。也许我这个总结太简单,但我认为基本上符合实际情况。

其实,20年前,在美国也出现过这种研究范围过窄的现象。当时大家觉得,关于海明威该做的都已经做了,没有什么新的东西可说了。就在这个时候,收藏在波士顿肯尼迪中心的海明威的手稿对外开放了,他的书信出版了。学者们发现海明威的作品在修改和出版过程中有所损失,海明威的文化修养比他们原来想像的要高得多,作品的内涵也复杂得多,而且对他的作品,尤其是短篇小说发掘得还不够深刻②。另一方面,近年来随着新理论的出现,评论家们开始用新的眼光从新的角度去研读他作品,结果是许多有创见有新意的文章或专著纷纷问世。

譬如说,海明威很看重短篇小说《在密执安北部》。这个故事描述少女莉芝喜欢上了男青年吉姆。吉姆对她本来无所谓,但有一天因打猎收获颇丰而喝酒庆祝,在兴奋之余约莉芝散步,在码头上跟糊里糊涂的莉芝发生了性关系。事后,吉姆呼呼大睡,莉芝感到受了伤害,但她在离去以前还是把夹克衫脱了下来细心地盖在吉姆身上。海明威在1921年出版的只印了300册的《三个故事与十首诗》中就收了这篇小说。由于里佛赖特出版社拒绝把它收进1925年出版的《在我们的时代里》,海明威以后便换了出版社。1938年,斯克里布纳出版社出版他的《〈第五纵队〉与头49个短篇小说》时,出版社也以

---

① 根据中国社会科学院外文所:《外国文学评论》的"外国文学报刊外国文学研究文章目录索引"以及1990年厦门大学出版社出版的杨仁敬著《海明威在中国》的"附录"。

② See Paul Smith 的 "Introduction: Hemingway and the Practical Reader," *New Essays on Hemingway's Short Fiction*, edited by Paul Smith, (Cambridge: Cambridge University Press) 1998. pp. 1 – 18.

"性描写太明显"为理由想删除这个故事。但海明威据理力争,写信告诉他的编辑,"这是我作品中一个十分重要的故事……它并不肮脏,而是个很悲哀的故事……",他还说,"这个故事可以发表,也许还能使艾伦·泰特先生放心,知道我不是像他想的那样,由于害怕或不了解而总是避免直接描写男人和女人之间的关系。"过去的评论家对这篇小说谈的很少,把它看成一个情节简单的小故事,即使提到它也多半停留在交代一下情节或推测故事的由来,完全不理会海明威为什么把它说成是"非常好的小说"、"影响了许多人的小说",甚至认为不收这一篇《〈第五纵队〉与头49个短篇小说》就不够完整。但现在情况不一样了。有人从这篇小说的三个不同的手稿来研究海明威的写作过程,从它的出版历史来研究它的创作意图。海明威原来打算把《在密执安北部》放在《在我们的时代里》作为整个集子的开篇,后来在《〈第五纵队〉与头49个短篇小说》里仍然按原计划进行,把它放在《在我们的时代里》的故事的前面。因此,《在密执安北部》跟后面的《在士麦那码头上》和《印第安人营地》就在意象和主题上彼此关联、互为衬托。三个故事都发生在码头上或跟码头有关,它们又都表达性、生育、死亡和暴力的主题。把这三个故事联系在一起,它们的内涵就复杂、丰富、深刻得多,对于《在我们的时代里》这个集子讽刺社会的总主题也起了加强和深化的作用。这有力地说明,海明威在年轻的时候,他就已经是个思想深邃而技巧周密的严肃作家了。

有的评论家如苏珊·斯沃茨兰德根据这些背景资料从手法技巧出发,论证小说反映"迷惘的一代"作家的一个新变化,他们抛弃以情节为主的传统,转向对人物的心态、感情和态度的刻画。她认为在这方面海明威受了乔伊斯的影响,采用后者在《都柏林人》中的手法。她描述了乔伊斯跟海明威在巴黎的关系和乔伊斯的评价——"海明威的形式后面有比人们了解的多得多的东西",并且用大量例证说明海明威虽然用的是第三人称全能视角的叙述方式,但通过词汇、句法和说话的节奏和态度,使之接近故事中的人物的口气。因此,在这个故事里既有看上去很了解情况的当地人的介绍,也有明显的带有人物特点的叙述语气。这种把叙述声音中主观和客观成分交织在一起的做法使海明威既能保持读者与故事的距离又能使他有身临其境的感受评论。他这种把莉芝的天真、理想和容易受伤害与吉姆的冷漠、粗俗甚至残酷相对比的手法,使小说虽然没有多少情节却更为生动也更充满感情。

也有评论家从主题出发,研究《在密执安北部》跟其他的短篇小说,如《医生夫妇》、《了却一段情》、《三天大风》等故事在主题方面的关联,证明这是他又一篇探讨男女关系的故事。而且他很明显地同情女方,小说的最后一段描写莉芝在受到伤害后还替吉姆盖上她自己的外衣,更是生动有力地刻画了一个善良女子的天然母性。[①]

像对《在密执安北部》这样的新分析和新评论的例子很多,有我们不太熟悉的《禁捕季节》、《向瑞士致敬》,也有我们似乎很熟悉的《乞力马扎罗的雪》和《弗朗西斯·麦康伯短促的幸福生活》,甚至还有过去被认为仅仅是模仿安德森的《我的老头儿》和那篇著名的讽刺挖苦安德森的《春潮》。学者们从大量的材料里发现海明威深受乔伊斯、屠格涅夫和过去没有听说过的西班牙作家布拉斯可·易瓦涅兹的影响。有些多少年来似乎已经约定俗成的定论也受到质疑或者被推翻。例如,过去总用《太阳照样升起》中对罗伯特·科恩的描写说明海明威反犹太人,现在根据他的手稿得出的看法是,杰克讨厌科恩因为他是他们中间惟一没有受到战争创伤的人,他跟布兰特的私通深深地伤害了杰克,杰克讨厌科恩不按友谊道德原则办事,但他更憎恨自己破坏了应有的行为准则。这里面不存在反犹太主义的问题,因为这本书的重点是杰克的自我反省[②]。最明显的可能是海明威对女人的看法。过去总说他不喜欢女人,他笔下的女主人公不是像《弗朗西斯·麦康伯短促的幸福生活》中的麦康伯太太玛戈那样的恶毒妇人,就是《永别了,武器》中温柔得失去个性的凯萨琳。但现在女性主义

---

① 关于这个故事的各种分析,参见 Paul Smith 所编 *New Essays on Hemingway's Short Stories*,尤其是其中 Nancy R. Comley and Robert Scholes 合写的 "Reading 'Up in Michigan'" 以及 Susan F. Beegel 编 *Hemingway's Neglected Short Fiction: New Perspectives* (Ann Arbor: UMI Research Press, 1989) 中 Susan Swartzlander 的 "Uncle Charles in Michigan"。

② 详见上述两书及 Frederic J. Svoboda 与 Joseph J. Waldmeir 编 *Hemingway: Up in Michigan Perspectives* 中的有关文章。

批评理论家们却有了新的看法,《太阳照样升起》中的布兰特风流放纵实际上是出于负罪心理在自暴自弃、自我虐待。玛戈并不是有意要打死她丈夫,这个结论是讨厌女人的、陪他们打猎的威尔逊强加给她的。有人还考证出,海明威写《流动的盛宴》的主要目的是由于他晚年不能接受自己已经衰老、才华日渐消失的事实,企图通过回忆来证明自己从年轻时代起就是一个完美无缺的优秀作家,来为自己树立其实并没有人怀疑的高大形象[①]。

当然,这些新观点并非无懈可击。譬如说,尽管大家通过对《在密执安北部》、《雨中的猫》、《白象似的群山》等故事的分析,多半都接受海明威也同情妇女的观点。但并不都认为他在《弗朗西斯·麦康伯短促的幸福生活》中也同情麦康伯太太[②]。我唠叨半天也不是要让我们大家都接受这些观点。我只是想说明,海明威还有很多东西值得我们思考与研究。由于我们无法接触到美国学者很容易就可以利用的资料,我们的研究更为艰难,也不一定能立竿见影,马上就产生出色的成果。

不过,我们绝对不是什么事情都做不了的。首先,我们能否对过去研究较少的海明威作品下点工夫?譬如对《过河入林》、《有的和没有的》等长篇小说,甚至写斗牛的《午后之死》(现在美国的评论家认为这是他的试验作品)和写射猎的《非洲的青山》等。这可以使我国读者了解海明威的不同侧面。我们还可以参与国外对海明威的新评价,利用国外资料重新审视海明威那些有争议的作品和以前我们不太注意的小说。旁观者清,我们未必不能写出有新意有创见的好文章。其次,我们能否再出一本《海明威研究》,翻译介绍20世纪80年代以后的国外优秀的评论文章?当年《外国文学研究资料丛刊》中《海明威研究》曾经大受欢迎。可惜现在已经脱销,而且其中的资料都是20世纪80年代以前的,现在看来已经比较陈旧了。要是能同

[①] See Jacqueline Tavernier-Courbin 的 *Ernest Hemingway's A MOVEABLE FEAST: The Making of a Myth* (Boston: Northeastern University Press), 1991.

[②] 见 *Hemingway: Up in Michigan Perspectives* 及 Jackson Benson 编 *New Critical Approaches to Hemingway's Short Stories* (Durham: Duke University Press), 1990.

时翻译出版一些最新的关于海明威的传记,那就更能锦上添花了。第三,我们能否好好研究一下为什么海明威会在中国如此受欢迎,为什么当代中国作家如此佩服他,甚至在写作中模仿他的手法和主题?这个研究肯定会对我国文学的发展起积极作用。我想,加深对海明威的研究和介绍,那才是我们纪念他的最好方式。

福克纳的神话王国

威廉·福克纳是现代美国文学的一位极其重要的作家,也是蜚声世界文坛的一位大师。他在第一次世界大战以后开始创作,因而在创作思想和创作手法方面都深受当时以艾略特、乔伊斯等人为代表的现代派文艺思潮的影响。他跟 20 年代后崛起的美国优秀作家如海明威、多斯·帕索斯、菲茨杰拉德等人一样,审视美国社会现实,抨击社会弊端,感慨世界变成"荒原",寻找建立新秩序、新道德观念和价值准则的解救办法。他也跟这些年轻作家们一样,大胆试验创作手法、打破传统框框、力求发现适合反映新思想新观点的手法和技巧。然而,福克纳又是一位扎根美国大地、乡土气息浓厚、地区特色鲜明的南方作家。他在创作初期发表过一本诗集和两部小说,都是模仿他人之作,并不出色。从第三部作品《沙多里斯》开始,他以自己熟悉的家乡生活和人物作为素材,对南方的历史和社会进行深刻的反思,终于走上正确的创作道路,形成自己的风格,成为一代大师。福克纳自述,"从写《沙多里斯》开始,我发现家乡那块邮票般大小的土地值得好好写写,而且即使我写一辈子,也写不尽那里的人和事。"[①]

福克纳最大的成就是为了这些"写不尽的人和事"虚构了一个神话王国——位于密西西比州北部的约克纳帕塔法县。全县方圆 2400 英里,人口一万五千多,县中心是杰弗生镇。福克纳曾两次为这个虚构的县绘制地图,介绍这片神奇的土地,并骄傲地自称为它的"惟一的主人和所有者"。著名评论家马尔科姆·考利高度评价福克纳的精神劳动,认为它"第一,创造了密西西比州的一个县,它像神话

[①] 引自福克纳于 1956 年初接受吉恩·斯泰因访问时的谈话记录。译文见《福克纳中短篇小说选》的序言"威廉·福克纳与乡土人情",第 11 页,中国文联出版公司,1985 年。

中的王国,然而包括所有细节在内都是样样齐全的,栩栩如生的;第二,使他的约克纳帕塔法县的故事成为最边远的南方的寓言和传奇活在人们的心中。"①

福克纳一生创作了20部长篇小说和近百个短篇故事,其中16部长篇和大多数短篇故事构成了这套"约克纳帕塔法"世系。这些长、短篇小说既独立成篇又互相关联互为补充。同一人物,尤其是主要人物还常常反复出现于不同的故事之中。这套世系小说像巴尔扎克的《人间喜剧》一样,是美国南方社会的一部编年史,从早期殖民者来到密西西比用欺骗手段从印第安人手里"买"下土地建立种植园写起,对二百年来南方社会从盛世到衰亡的崩溃过程和现代社会的兴起及其种种痼疾做了真实、全面和深刻的写照。这套世系小说塑造了各种族、各阶层的男女老少,从白人、黑人到印第安人,从庄园主、牧师、律师到乡野村民、唯利是图的资本家,以至于流浪汉、歹徒等等,其中有名有姓的共六百多个,形象鲜明饱满的一百多个,福克纳就是围绕这些人物的沉浮起落,悲欢离合探讨了种族关系、工业文明与农业社会的矛盾、传统势力与新生资本主义势力的冲突,以及人与自然、人与历史、人与社会的各种关系,从不同的侧面展现南方社会的变迁。

这套"约克纳帕塔法"世系贯穿了一个中心思想,即在历史上,南方有过美好的传统和秩序,但是南方在压迫剥削印第安人尤其是黑人方面犯下了不可饶恕的罪行。蓄奴制导致南北战争,战争摧毁了应该诅咒的旧秩序旧制度,也破坏了传统的美德。战后,庄园主世家们从精神到物质上都彻底垮台了,金钱主宰一切,实利主义的新生资产阶级成了统治力量,只有远离工业文明金钱世界的穷苦乡野村民和黑人还保持纯洁的道德力量和永恒的精神力量。福克纳在接受诺贝尔文学奖时的演说中点明了"约克纳帕塔法"世系的主题。他强调他写的是"人类内心冲突的问题",目的在于"振奋人心,提醒人们记住勇气、荣誉、希望、自豪、同情、怜悯之心和牺牲精神,这些是人类昔

---

① 引自《福克纳·约克纳帕塔法的故事》,马尔科姆·考利作,李文俊译。译文见《福克纳评论集》,李文俊编选,中国社会科学出版社,1980年。

日的荣耀。为此,人类将永垂不朽。"①

从题材来说,这套规模宏大的"约克纳帕塔法"世系可以分为四大类。第一类故事可以概括为南方种植园制度的一曲"挽歌",主要作品有《喧哗与骚动》、《沙多里斯》、《押沙龙,押沙龙!》等。故事的主人公往往是庄园主和他们的后裔,如《喧哗与骚动》中的康普生世家,《沙多里斯》中的沙多里斯家族,《押沙龙,押沙龙!》中的塞德潘一家以及其他作品中出现的德·斯班世家、麦卡斯林世家等等。在这组故事中特别值得一提的是《押沙龙,押沙龙!》,因为这部小说高度集中地反映了福克纳对南方社会历史的看法。塞德潘本是穷家子弟,具有刚毅、勇气、自信等值得肯定的品质。他因受人歧视而立志发奋图强,决心创立一个超过他人的家业。不幸的是,他接受蓄奴制和种植园制度的一切错误观念,抛弃"同情、怜悯之心和牺牲精神"等道德原则,成了不择手段没有人性的野心家,最后断送了女儿的青春、儿子的生命,并亲手挖掘了自己的坟墓,毁灭了奋斗一辈子所创立的家业,福克纳通过塞德潘一家盛衰兴亡的过程令人信服地指出蓄奴制是万恶之源,种植园制度必然走向灭亡。

然而,在这组故事里,福克纳写得更多的是庄园主的后裔和他们的没落感。这些世家子弟留恋往昔的荣耀和地位,满脑子都是荣誉、尊严、门第等传统价值观念。但他们在南北战争后的社会里,在现实生活中却个个都是懦夫和弱者,面对金钱文明和实利主义的冲击,他们束手无策、一筹莫展,最终或是像康普生先生那样在酒杯里寻求安慰;或是像昆丁那样,以自杀为解脱,逃避充满混乱与纷争的丑恶世界;或者像贝耶德那样,为了证明自己无愧于沙多里斯家族的称号,故意冒险,寻找死神,以鲁莽无意义的行为结束自己的生命。当然,还有些人,如《喧哗与骚动》中的杰生能够顺应时势,与贪婪无道的新生资本主义势力同流合污,成为邪恶的化身。

跟这些反映南北战争前后南方社会阶级结构和各阶层人物精神面貌变化的故事紧密相关的是一组重点描写种族关系,尤其是黑人

---

① 福克纳:《在接受诺贝尔文学奖时的演说》,张子清译,见《福克纳评论集》,第254—255页。

和白人之间关系的作品。主要是《去吧,摩西》、《八月之光》、《坟墓的闯入者》等长篇小说和《夕阳》、《干旱的九月》等短篇故事。福克纳在故事中历数蓄奴制的罪恶,严厉谴责像卡洛瑟斯·麦卡斯林这样的白人庄园主对黑人尤其是黑人妇女的蹂躏和迫害。同时,他塑造了跟白人庄园主成强烈对比的黑人和印第安人的高大形象,如富有勇敢、谦虚、忍耐精神等优秀品质的山姆·法泽斯和敢于同白人抗衡、保持尊严和自豪的路喀斯·布钱普。不仅如此,福克纳还在《八月之光》中进一步指出,即使在20世纪,种族歧视并未消失,"白人高贵,黑人低劣"的世俗观念还在继续为黑人也为白人制造各种社会悲剧。

"约克纳帕塔法"世系中第三类故事可以说是警世通言,是福克纳为现代人、现代社会敲响的警钟。这方面的主要作品有《圣殿》和斯诺普斯三部曲《村子》、《小镇》和《大宅》。它们都刻意描写现代人的邪恶、金钱文明的腐蚀力量。《圣殿》里的金鱼眼杀人如麻,谭波儿不负责任地作伪证使清白无辜的人死于非命。最为典型的现代人是弗莱姆·斯诺普斯。他唯利是图,冷酷无情,没有价值观念和道德准则,像个冷血动物那样从霸占小业主财产、榨干穷乡亲的油水开始,最后登上历来为望族子弟所掌握的镇银行行长的职务。通过弗莱姆的发迹史,福克纳为我们展示了人性泯灭的可怖景象,告诫世人及早寻找失去的良知以拯救社会和人类。

然而,福克纳并不是一个悲观主义者。他相信"人是不朽的"[①]。因此,他在"约克纳帕塔法"世系中还创作了可以说是指引人类挽救文明走向新生的一组故事。这类故事多半以普通的乡村穷白人和黑人、印第安人为主人公,如《修女安魂曲》中的南希、《高大的人们》中的麦卡勒姆家族、《老人》中的囚犯以及《喧哗与骚动》中的迪尔西和《八月之光》中的莉娜·格鲁夫,还有福克纳十分喜爱的诙谐风趣、聪明善良,跟弗莱姆进行斗争的缝纫机推销员莱特里夫等。这些人乐天知命、与世无争,有着骄傲、谦虚、尊严和忍耐精神,既能抵制工业文明的腐蚀,又能把握自己的命运。福克纳认为,这些纯朴的普通人才具备真正的人性和纯洁的道德力量,他们才是人类的希望。

---

① 《在接受诺贝尔文学奖时的演说》。

在艺术手法上,福克纳也是一位大师,有着自己独特的风格。他跟许多在第一次世界大战后进入文坛的西方作家一样,喜欢对创作技巧进行大胆的试验。他采用意识流、内心独白、多视角叙述、象征隐喻、时序颠倒、对位式结构等现代派手法,但他又常常进一步加以发展和创新。例如,第一位使用意识流手法的乔伊斯十分强调人物的内心世界,把故事情节几乎完全淡化了。福克纳在《喧哗与骚动》中既采用意识流手法又提供了跨越几十年时空的实实在在的故事情节。这种意识流手法表现变幻无常的现实世界和人物内心纷繁的思绪和错综复杂的感情。而隐藏在扑朔迷离、千头万绪的线索中并要求读者自己去整理发掘的有头有尾的故事情节则深刻而明确地传达了故事的中心主题。

福克纳在大胆试验现代派手法的同时,并不轻易放弃传统的创作手法。他吸收现实主义手法的有益成分、美国民间流行的夸张故事的技巧,甚至通俗文学的格局和俗套,如侦探小说中的悬念与延宕、哥特式小说中的神秘气氛等等。可以说,他是博采众家之长形成自己独树一帜的艺术风格,根据不同的故事情节和思想内容的需要采用不同的手法和技巧。他的题材广阔、人物众多的世系小说在表现手法上因书而异,极少雷同。为了表现旧秩序的崩溃和大家庭的分崩离析对人精神面貌的影响,福克纳在《喧哗与骚动》中主要采用意识流手法。但是这种手法在描写班吉、昆丁和杰生三兄弟的内心世界方面却又各不相同。班吉的思绪自由流动,场景转移间没有必然的逻辑联系。班吉只叙述他看到听到的一切,对此不加任何评论,因为他是个白痴,并无思维能力。昆丁的内心独白大不一样,尽管他想到的是同样的事情。由于昆丁是个敏感的大学生,他努力要对混乱的世界和错综复杂的事实进行评论和分析,结果陷于纷乱的逻辑思维,理不出任何头绪,找不到任何安慰。昆丁的语言——冗长的文句、重叠的思想、跳跃式的场景转移——充分表现了他绝望痛苦的心情。至于杰生的自白,语言十分流畅,表面上逻辑性很强,言之成理。然而,读者正是通过杰生十分口语化的自我怜悯而絮絮叨叨的内心独白看到了他的邪恶本性。

在《喧哗与骚动》中,福克纳让三兄弟通过内心独白把故事交代三次,既增加故事的层次又加深真实感,他还在第四部分用传统的第三人称全能视角的手法把故事交代得更为清楚。然而,在《我弥留之际》中,福克纳虽然仍然采用多角度叙述和内心独白的方式,让15个人物进行近60次的独白,连死者艾迪都作了一次自白。但是,他们并不是把同一故事交代60遍,而是从各自的角度叙述故事的一个部分和一个方面。福克纳不作任何分析或补充,让读者从不同的人不同的内心独白中把故事串连起来,得出应有的结论。如果说,福克纳在上两部作品中把现代派手法使用得达到登峰造极的地步,那他在《八月之光》中又把现实主义手法运用自如,得心应手,人物心理刻画得深入细腻,细节交代得详尽周密。此外,《圣殿》具有通俗小说的特点,故事有头有尾、情节曲折离奇,完全符合凶杀、侦探等通俗小说的俗套,但又表现世风日下人心丑恶的严肃主题。《村子》也以现代人缺少道德观念价值准则为主题,可福克纳变换手法,采用民间夸张故事的技巧,用夸大其词、声东击西、嘲弄反话等手法使故事幽默风趣,富有浓厚的生活气息。

福克纳像一位多才多艺的音乐大师,既能构思气势磅礴雄浑激昂的交响乐章,又能创作明快上口的小曲小调。他可以用晦涩的词汇、复杂的句型写长达数十行或数页的冗长的句子来表达错综复杂的世界和人物纷乱无绪的思想感情,但他也能用通俗的口语,短小精悍简练有力的字句来表现戏剧性的场面。他能写深沉凝重冷峻严肃的悲剧,也能写诙谐风趣让人忍俊不禁的喜剧。他的作品既富有乡土气息,是实实在在的反映美国南方社会历史的南方文学,但又超越地区的限制,具有高度的普遍意义,反映人类共同的问题。我们可以从昆丁的失意与苦闷中看到第一次世界大战后西方知识分子共有的迷惘与痛苦,也可以从《八月之光》的克里斯默斯为了寻找自己的身份血统和在社会中地位的痛苦挣扎中感受到西方现代人寻求自我的苦恼。福克纳反复表现的各种主题,如历史的沉重包袱、旧秩序的消亡对人精神面貌的影响、金钱文明对道德观念的冲击、人性的扭曲与异化等等都是现代作家所十分关注的问题。由于"他对当代美国小说所作的强有力的和艺术上无与伦比的贡献",福克纳获得了1949年度的诺贝尔文学奖。他的题材广阔的作品和别具一格的艺术手法,对世界文学,包括我国当代文学,正在起着越来越巨大的影响。

《喧哗与骚动》新探

对于《喧哗与骚动》,福克纳有一种特别的偏爱,他在接受采访时一再强调这是他"最为心爱的"①,"最有感情的"② 一本书,也是他"最出色的失败"③。他对这本书,感情就像"做娘的固然疼爱当上牧师的儿子,可是她更心疼的,却是做了盗贼或成了杀人犯的儿子"。④福克纳把自己偏爱《喧哗与骚动》的原因归之于这本书最使他"心烦……苦恼",因为他"总是撇不开,忘不了,尽管用足了功夫写,总是写不好"。⑤

在很长的一段时间里,评论家一直认为《喧哗与骚动》是一本描写南方大家庭和南方社会旧秩序衰落的小说。这种从小说看社会看历史的分析方法是完全正确的。因为《喧哗与骚动》确实通过凯蒂从天真烂漫到放荡堕落的变化反映了以康普生家族为代表的南方大家族的没落,又从康家只要地位荣誉、家庭成员之间没有感情温暖、迫使子女畸形发展、心理失去平衡等等现象说明南方社会的习俗与观念既毁灭人也毁灭自己。这一切福克纳在第四节里表现得很清楚。他在1944年为《袖珍本福克纳文集》写的附录里则不但进一步点明大家庭败落的主题,并且引导读者认识以此为象征的南方旧秩序崩溃的主题。他从历史角度描写白人在南方的发迹史,指出南方旧社会在腐蚀印第安人奴役黑人方面是有罪的,因而必然分崩离析,他还

---

① 引自吉恩·斯泰因:《福克纳访问记》,见梅里韦瑟与米尔盖特合编的《园中之狮》,内布拉斯加大学出版社,1968年,第245页。
② 吉恩·斯泰因:《福克纳谈创作》,见李文俊编选《福克纳评论集》,中国社会科学出版社,1980年,第262页。
③ 引自《福克纳在日本的访问记》,第180页。
④ 同②,第261页。
⑤ 同上书,第262页。

从康家破落和南方社会衰亡的角度来说明康家每个人的性格特点,强调昆丁自杀是由于过分看重家庭的荣誉观念,过分看重妹妹的贞操。杰生虽然"是康普生家第一个心智健全的人",却"不仅与康普生家划清界限、独善其身",①而且顺应时势,与新兴资产阶级——无情无义的斯诺普斯家族同流合污。对于凯蒂,福克纳充满同情,肯定她对命运"既不主动迎接,也不主动回避"(359页)的态度,但又指出她一旦被社会排斥便只能走堕落的道路。至于凯蒂的女儿小昆丁,她也被迫离家出走,而且她的下场比她母亲还要不如。

然而,这种分析只说明《喧哗与骚动》的社会性和社会意义,并未揭示决定作品主题思想和艺术手法的创作动机。此外,它们似乎也不能反映福克纳自己常提到的有关这部小说的创作过程,他是从一个爬在树上、屁股上都是泥、从窗子里偷看她奶奶的丧礼的小姑娘的画面出发写这部书的。为了动人,他先从小姑娘的白痴弟弟的角度来写这个小姑娘,但不满意;又从另外一个兄弟的角度来写,还是不满意;又从第三个兄弟的角度来描写,可还是不理想,便用自己的口气写了第四部分。然而,一直到15年后他把故事再写了一遍才算了却了心事。②可见这个作为小说前三节中心的小姑娘是书中最重要的人物。所谓"最重要的人物",是指她是作家创作本书的出发点和归宿,不同于原先评论家常说的"中心人物"——叙述的中心,可见福克纳虽然一再强调"这是两个迷途彷徨的妇女——凯蒂母女俩的悲剧"③,实际上最重要的还是凯蒂的悲剧。

1970年,有人在福克纳家里发现了一大堆手稿,包括他在1933年为蓝登书屋出版《喧哗与骚动》的印数有限版写过的、后来又高价收回来不让发表的一篇序言。在这篇序言里,福克纳解释说,他写《喧哗与骚动》、尤其是其第一部分即班吉一节不是为了出版。在《喧

---

① 福克纳:《喧哗与骚动》,李文俊译,上海译文出版社,1984年,第366页。本文中括号里所注的页码均引自该译本。
② 吉恩·斯泰因:《福克纳谈创作》,见李文俊编选《福克纳评论集》,中国社会科学出版社,1980年,第262页。
③ 引自吉恩·斯泰因:《福克纳访问记》,见梅里韦瑟与米尔盖特合编的《园中之狮》,内布拉斯加大学出版社,1968年,第244页。

哗与骚动》之前,福克纳写过三本书,但都不理想,尤其第三本书《沙多里斯》,一直未能找到出版商。因此,"有一天,仿佛有一扇门轻轻地最后地关上了,隔断了我同出版商通讯录和售书单之间的联系,我似乎对自己说,现在我可以写了,我可以只管写了。"①

1972年及1973年,福学专家詹姆斯·梅里韦瑟把序言整理成长短两篇不同的文章分别发表在两本杂志上,引起人们重新评价《喧哗与骚动》的热潮。有人从序言的自传成分论证小说反映了福克纳对父亲的不满,康普生家其实是福家的缩影;有人从心理学的观点分析了小说隐含的乱伦意识乃至福克纳的恋母情结。对凯蒂的分析也多了起来,许多评论家认为凯蒂是个从感情到道德都为男性需要的母亲形象,当然也有人把她比做给男人带来不幸的夏娃。人们还纷纷讨论福克纳到底是仇视还是同情女人。这许多论点都有一定的道理。但是,在我看来,福克纳写这本小说主要有两个目的:他一方面通过凯蒂的悲剧批判南方社会及其摧残女人的错误的妇女观;另一方面则是通过三兄弟的回忆倾诉自己对女人既爱又恨的矛盾心理。

在美国南方,无论是在南北战争之前还是在福克纳的时代,女人都处在十分特殊的地位。南方社会强调种族、阶级和性别,信奉男尊女卑,白人优越论和有土地的贵族世家高人一等的思想。在白人社会里,妇女被看成是谦逊、贞节、虔诚、自我牺牲等一切美德的化身和家族荣誉及社会声望的代表;另一方面女人又是祸水,是一切罪恶的渊薮。在实际生活中,在这个以男人为中心的社会里,表面上男人对女人彬彬有礼,仿佛时时刻刻在保护女性。实际上妇女并不受人尊重,并没有自己的身份、权利和自我。社会要求她们对男人绝对服从,作男人的仆从、姐妹、朋友、妻子或情人,惟男人是听,作男人的驯服工具。② 康普生家的男人都是南方妇女观的忠实拥护者。

康普生先生表面上对妻子体贴关怀,说什么"我们康普生家的人

---

① 福克纳:《喧哗与骚动·序言》,见理查德·勃洛德赫德编《福克纳:新的见解》,普伦特斯-霍尔出版社,1983年,第25页。

② 查尔斯·威尔逊与威廉·弗里斯编:《南方文化百科全书》,北卡罗莱纳大学出版社,1990年,第1519—1589页"妇女生活"章,尤其是论述《南方贵妇人》(1521—1522)、《淑女与夫人》(1527—1530)等节。

是从来不让一位女士失望的"(201页),为了满足妻子的愿望,他宁肯卖地也要把昆丁送到哈佛去上学。实际上,康普生对妻子毫无感情,经常讽刺挖苦她,当着孩子的面嘲弄她及她的弟弟。他在同儿子关于女人的讨论中更表现出对女人的蔑视。他认为女人并不掌握男人"渴望熟谙的关于人的知识"(110页),"女人是互相之间都不尊重也是不尊重自己的"(109—110页)。他甚至把女人同罪恶联系在一起,认为"她们对罪恶有一种亲和力罪恶缺什么她们就提供什么她们本能地把罪恶往自己身上拉——她们给头脑施肥让头脑里犯罪的意识浓浓的一直到罪恶达到了目的不管罪恶本身到底是否存在还是不存在"(110页)。康家的大儿子昆丁则坚信女人的贞操是家族荣誉的标志,他作了不少努力企图保持妹妹的清白。他驱赶妹妹的情人,劝说妹妹不要嫁人,不仅打算要杀死她,甚至想用乱伦手段来把自己和妹妹打入地狱,"永远监护她,让她在永恒的烈火中保持白璧无瑕"(358页)。然而他的一切努力都无济于事。他一直想弄清楚凯蒂究竟是贞女还是祸水,周围的人,从父母到包括凯蒂所爱的达尔顿·艾密斯在内,都一口咬定"女人全一样都是骚货"(182页)。最后他只好接受这个观点,只能郁郁寡欢地寻找死亡。至于杰生,他开门见山的第一句话——"天生是贱坯就永远都是贱坯"(203页),就充分暴露出他对女人的厌恶与蔑视,即使是没有思维能力的班吉都本能地知道用哭闹声阻挠凯蒂的成长。这种无意识的本能正好符合南方社会要求女人为男人做出牺牲的习俗。

在这种社会习俗影响下,大多数妇女努力顺应时势,做一个不负众望的完美女性。为此,她必须扮演各种角色:会调情的少女、风度优雅的夫人、饱经风霜的老妇人等等。她时而柔弱可怜,寻求男人的保护;时而勇敢骄傲,为维护家族的荣誉毫无怨尤地牺牲自己。她需要在各种场合扮演各种角色,惟独不能表现自我,康普生太太便是南方社会对妇女的各种清规戒律的忠实执行者。她善于扮演角色,在未来的女婿面前调情撒娇,在丈夫面前哭哭啼啼用眼泪达到目的,在儿女面前时时称病用以博取同情,成为注意力的中心,她爱虚荣,好面子,十分注意地位和尊严,口口声声称自己是"大家闺秀"(328页),"出身高贵"(48页)。由于她一味在形式上下工夫,结果角色变成本性,失去了自我,失去女性应有的本色,成为无感情可言的冷血动物。她发现小儿子班吉生来痴呆,便坚决排斥他,拒绝让他继续使用她弟弟的名字,甚至连抱他一下都不乐意。她口口声声"女人没有什么中间道路要就是当个规规矩矩的女人要就不当"(117 页)。她从未对女儿进行正确的正面引导,只是一味责备凯蒂同男孩在外面游玩是"像个黑女人那样……犯贱",说什么"做梦也没有想到她会让自己贱到这样的地步"(118 页),甚至穿上黑衣服披上面纱,表示失去贞操的女儿跟死了一样。为了维护康普生家"高贵纯洁的血统"(118 页),她派杰生去监视凯蒂的行动,并且不顾女儿的感情,为她找个有钱但无品德的男人当丈夫,推出去了事。为了所谓的名声,她不准被丈夫遗弃的女儿回家,甚至不准在凯蒂女儿小昆丁面前提起凯蒂的名字。由于康普生太太一心扮演角色,不承担做母亲的义务与责任,她使儿女们除了杰生以外都未能享受母爱,迫使昆丁与班吉转向凯蒂寻求爱抚与温暖。由于她一心顺从南方社会的习俗,她剥夺了两代人的爱与生存权利,把凯蒂母女赶上绝路,推向深渊。

当然,康普生太太这样的女人毕竟是少数。由于角色表演是外界社会对女性的压力,并不是女人出自内心本性的需要,不少南方妇女在扮演角色时必须压制内心的欲望和真实思想。她们在公共场合的表演往往同内心的自我有很大的差异,因而对自己扮演角色的虚伪性感到羞耻,为自己有常人的欲望而承受沉重的负罪感。这种无地自容的羞耻心与负罪感往往引起人格的分裂并导致悲剧。[①]《喧哗与骚动》中的凯蒂正是这样的悲剧人物。

在康普生家里,只有童年时代的凯蒂是个自然之女,完全不理会社会和家庭对女人的看法和要求。凯蒂生性善良,富有同情心。她像母亲似的照顾白痴弟弟班吉,对母亲叫他"可怜的宝贝儿"不以为然,说:"你不是可怜的宝贝儿。是不是啊。你有你的凯蒂呢。你不是有你的凯蒂姐吗。"(8 页)为了弟弟,她放弃了香水,赶走男朋友。

[①] 查尔斯·威尔逊与威廉·弗里斯编:《南方文化百科全书》,北卡罗莱纳大学出版社,1990 年,第 1519—1589 页"妇女生活"一章,尤其是论述《南方贵妇人》(1521—1522)、《淑女与夫人》(1527—1530)等节。

她同情多愁善感的哥哥,想方设法帮助他安慰他,甚至表示可以让他杀死自己。当然,她还讨厌自私自利爱告状的杰生,这一切都是天性的自然流露,而不是扮演社会的角色。不幸的是,凯蒂还具备不能见容于南方男性社会的"缺点"。她追求知识,有强烈的参与意识和反抗精神。凯蒂从小争强好胜,做游戏时要当国王,做将军。祖母去世的那一天,惟有她勇敢地爬上大树,窥探奶奶屋里的秘密。她坚持"男孩子干什么,她也要干"(289页),不到入学年龄就闹着要跟哥哥上学。不仅如此,她对于康普生太太的告诫,诸如"只有下等人才用小名"(71页),不要抱班吉免得影响脊背,"让自己的模样变得跟洗衣婆子一样"(70页),等等,一概置若罔闻。凯蒂的这种顽强表现自己个性的精神,随着年龄的增长,必然同社会习俗发生冲突,也必然会在她的心中引起矛盾与斗争,带来无限的痛苦。14岁时,她开始注意打扮,杰生看不上眼,骂她臭美,她毫不在意,叫他住嘴。她答应班吉不用香水时也没感到痛苦。然而,随着她对爱情的渴望日益增长,凯蒂愈来愈对哥哥弟弟对她的不理解、不同情感到痛苦。她虽然推开查利跟班吉回家,但在答应"我不会了,我永远也不会再那样了"以后却哭了起来(53页)。这哭声充分反映了她内心的痛苦,哥哥弟弟的不理解、母亲的嫌恶以及父亲的伤感,使她产生沉重的罪孽感。在班吉的吼叫声中,"她蜷缩在墙跟前变得越来越小只见到一张发白的脸她的眼珠鼓了出来好像有人用大拇指抠似的"(142页)。她不想压抑内心的欲望,便只好接受南方社会中女人是罪恶的观点。她告诉昆丁"我反正是个坏姑娘你拦也拦不住我了"(179页),她把内心的欲望比做魔鬼,对昆丁说"我身子里有一样可怕的东西黑夜里有时我可以看到它露出牙齿对着我狞笑我可以看到它透过人们的脸对我狞笑"(128页)。可以说,凯蒂是在家人的逼迫下,尤其是在昆丁及班吉的压力下,走上堕落的道路。正如17年后她女儿一针见血地对杰生说,"如果我坏,这是因为我没法不坏。是你们逼出来的。我但愿自己死了愿意全家都死了"(287页)。由于昆丁的阻拦,凯蒂未能前去追赶达尔顿·艾密司并解释误会从而失去热恋中的情人。从此她心灰意冷"像死了一样"(141页)。她接受命运的安排,承认自己是邪恶的,开始自暴自弃,走上堕落的道路。她在家里得不到温暖，便到外边去寻找感情，结果怀上身孕。她不再抗争，不再为自己的幸福考虑，而是被动地听从母亲的安排，根据南方的习俗，嫁给一个她并不相爱的男人。婚前她一心只为自己伤害了父亲和哥哥、无法照顾弟弟而忧虑。婚后她遭到丈夫的遗弃，但为了家门的声誉，她断绝同家庭的来往，浪迹天涯，靠变卖色相为生，只希望女儿小昆丁能过上正常的幸福生活。不幸的是她连做母亲的权利都被剥夺了，她的女儿小昆丁像她一样在没有温暖没有正确引导的环境中长大，跟她一样离开家庭走上堕落的通路。小昆丁的失踪使凯蒂对人生、家庭和家乡失去了最后的依恋，变得"冷漠、镇静一副什么都无所谓的样子"(362页)。"她不需要别人的拯救她已经再也没有什么有价值的东西值得拯救的了"(366页)。就这样，一个有个性的女人被社会毁灭了。

综上所述，我们可以说，《喧哗与骚动》是一部描写女人争取个性解放的命运悲剧。作家以血和泪的控诉，倾吐了他对女人的爱。福克纳通过三兄弟的叙述，从侧面告诉我们，南方社会对女人的偏见和歧视以及康普生家庭的冷漠无情是造成凯蒂悲剧的根源。从这个主题去看这本小说，我们便会发现，福克纳使用C、A、B、D的时序颠倒的手法并不是为了故弄玄虚。实际上，在表面扑朔迷离的叙述里有着十分正常的时序。前三节描绘了凯蒂的童年、青少年和成年时期，展示了凯蒂的生活道路——从争强好胜、富有同情心的天真可爱的小女孩到渴求幸福与爱情的少女，从失去爱情自认有罪走堕落的道路到为顾全父母名声而无可奈何地嫁人，从为了女儿委曲求全到因女儿失踪而对人生彻底绝望，终于接受命运的摆布。可以说，福克纳给我们讲了一个有头有尾，有开端、发展、高潮和结尾的故事。

既然这是一本写女人这个传统题材的小说，福克纳为什么要采用极不传统的手法，为什么不让凯蒂有自己的一节、可以亲自出场叙述故事？对此，福克纳的解释是"她太美丽，太动人，不能降低她来亲自讲故事"。[①] 这个说法符合福克纳对于创造理想女性的一贯思想。

---

① 弗雷德里克·格温与约瑟夫·布洛特纳编：《福克纳在大学》，弗吉尼亚大学出版社，1959年，第1页。

他认为对于心目中的理想女人"不能通过对她的头发的颜色,眼睛的颜色来描写她,因为这样一来,她就会消失,每个男人心目中的女人只能通过一个字,一句话,或她的手,她的手腕的形状来唤起(对她的遐想)"。[①] 换句话说,女人不能正面描写。确实,雾里看花别有一番情趣与韵味,小说中三兄弟回忆有关凯蒂的一些场面,如她亲切地拥抱班吉,喂他吃饭,陪他睡觉,她勇敢大胆地爬上大树向祖母房间探看,她向昆丁表白对达尔顿的爱时的激动,她在昆丁阻拦下未能追上达尔顿解释误会时的绝望,以及结婚前夕同昆丁对话中流露的对父亲和弟弟难以割舍却又不得不嫁人的痛苦心情,她向杰生抱着小昆丁的马车扑过去拼命奔跑以便能多看一眼自己的女儿,以及在她意识到作为一个堕落女人不可能带走女儿给她以幸福时"像一只发条拧得太紧眼看就要迸裂成碎片的玩具"(234 页)那样苦苦哀求杰生善待小昆丁等场面,确实感人肺腑,甚至催人泪下,其艺术效果远远不是凯蒂的自述所能达到的。

即使如此,我们还是要问,福克纳为什么一定要通过三兄弟的意识流内心独白的方式来表现凯蒂?为什么他在第四节里完全不写凯蒂?为什么不能像托尔斯泰、福楼拜等其他男作家那样用第三人称的叙述法来塑造凯蒂,刻画她的内心世界?我认为,这跟福克纳的创作动机有关系,他要借三兄弟之口诉说自己对女人的看法。他一心刻画的是男人的内心世界。正因为他在小说的前三节里袒露了自己内心深处的真实思想,所以不肯发表 1933 年写的那篇序言。他在前三节、尤其是第一节里,基本上是为自己而不是为读者写作的,第四节才是为出版而写的。目的不同,内容也就不一样了。他在第四节主要表现大家庭的败落,不再是以女人为中心,因而并不需要凯蒂作为主要人物。

关于女人,福克纳在接受采访时总是恭维她们,说"描写她们要比写男人有意思得多,因为我认为女人很了不起,她们很神妙,我对

---

① 《福克纳在日本的访问记》,见梅里韦瑟与米尔盖特合编的《园中之狮》,内布拉斯加大学出版社,1968 年,第 127—128 页。

她们了解得很少"。① 他甚至说过,"我认为女人很了不起,她们比男人强"。② 然而,他在谈其它问题时涉及到的对女人的看法似乎更值得我们注意。1931 年,他谈起现代美国生活时说,"游手好闲的女人是美国社会的一大特色。美国生活方式供养了这些女人,通常情况下,女人做些洗洗涮涮的工作。然而,在美国这个机会之国,她们不必做这些事"。③ 1955 年福克纳劝告年轻的作家不要一味追求成功时说,"成功是阴性的,像个女人,你蔑视她,她会来追求你,奉承你,但你如果去追求她,她就看不起你"④。他在同一次采访中把这个观点先后说了两次。在接受吉恩·斯泰因的采访并亲自为她撰写的、被公认为最有权威的采访录里,福克纳再一次重复:"成功是阴性的,像个女人,你要是在她面前卑躬屈膝,她就会对你不理不睬,看不起你。因此,对待她的最好的办法是看不起她,叫她滚开。那样,她也许会匍匐前来巴结你。"⑤ 福克纳还说过:"女人只要知道三件事:讲老实话,骑马和开支票。"而开支票又是"你最不愿意教给她的事情"。⑥ 由此可见,福克纳对女人是既欣赏又蔑视,并没有摆脱南方社会认为女人既是圣洁又是罪恶的传统观点。

在日常生活中,福克纳对女人总是彬彬有礼,很有绅士气派。他似乎特别喜欢童年时期的小女孩,不希望她们长大。他的女儿吉尔 10 岁时把头发铰了。福克纳从好莱坞写信告诉她,他不反对她改变发型,但他将永远记得她"生下来以后一寸都没铰过的黄头发"。⑦ 福克纳有一次去看望一直照顾他的布洛特纳教授,在布家他遇到了后者的女儿,福克纳亲切地摸摸她的脑袋,不胜感慨地说,"我也有过

---

① 弗雷德里克·格温与约瑟夫·布洛特纳编:《福克纳在大学》,弗吉尼亚大学出版社,1959 年,第 45 页。
② 约瑟夫·布洛特纳:《威廉·福克纳:生活与艺术》,见多琳·福勒与安·艾勃第编《福克纳与女人》,密西西比大学出版社,1986 年,第 4 页。
③ 引自《福克纳访问记》,见梅里韦瑟与米尔盖特合编的《园中之狮》,内布拉斯加大学出版社,1968 年,第 18 页。
④ 同上书,第 219 页。
⑤ 同上书,第 240 页。
⑥ 同上书,第 45 页。
⑦ 约瑟夫·布洛特纳编:《福克纳书信选》,蓝登书屋,1977 年,第 173 页。

这样一个小姑娘,可惜她长大了"。① 福克纳对老年妇女很尊重,曾说:"我主张每个年轻男人应该认识一个老太太。她们讲的话更有道理,他们对任何年轻人都有好处,可以是个老姑妈,也可以是个老教员。"② 对于年轻女人,他在爱慕之余总有猜疑。这种心理从福克纳的生活里可以找到根据。他同少年时的恋人艾斯苔尔从小青梅竹马,一直以为长大后会结成夫妻,没想到艾斯苔尔嫁给了别人,这件事给了福克纳很大的打击。福克纳第一次离别家乡就是为了逃避艾斯苔尔跟别人的婚礼。他对这位从前的女朋友始终不能忘怀,同她一直保持联系,还给她的孩子写故事,陪他们一起玩耍。与此同时,他还追求过别的女性,但也都没有成功。就在他写《喧哗与骚动》的前夕,艾斯苔尔跟丈夫离婚了,正要同福克纳结婚。我们完全有理由猜测,他在这本小说里回顾了他跟女人的关系,抒发了他对女人的爱慕与猜疑,也表达了他对是否应该同艾斯苔尔结婚的矛盾心理。事实上,他在《喧哗与骚动》以前所写的《士兵的报酬》和《蚊群》中已经以拒绝他的女人(主要是艾斯苔尔)为原型,塑造了一些轻佻却有魅力的年轻女性。③ 只不过在《喧哗与骚动》中,他再次思索女人问题,在凯蒂身上塑造了一个更为成功的既是圣母又是淫妇、既叫人销魂荡魄又让人伤心绝望的女性形象。

  福克纳心目中的理想女性是充满母性的温柔可爱、勇敢而富有同情心、善良而肯于自我牺牲的女人,这就是童年时代的凯蒂。然而,他认为,即使是理想的女人也可能给男人带来伤害。以《喧哗与骚动》为例,他让三位男人谈凯蒂给他们带来的痛苦。班吉虽然是个白痴,无法思维,但他像动物一样有知觉,能感受温情和爱意。从他的回忆中可以看到,他生活中最大的温暖来自姐姐凯蒂。然而凯蒂的成长及离去使他觉得出了问题,只落得剩下一片空虚,使他感到伤

---

  ① 约瑟夫·布洛特纳:《福克纳传》(两卷本),蓝登书屋,1974年,第1825页。
  ② 引自《福克纳访问记》,见梅里韦瑟与米尔盖特合编的《园中之狮》,内布拉斯加大学出版社,1968年,第100页。
  ③ 弗雷德里克·卡尔:《威廉·福克纳:美国作家》,巴兰庭出版社,1989年,第210页。

心。① 在班吉一节里,班吉紧追高尔夫球场上的人听他们喊类似"凯蒂"的声音。尤其是结尾处班吉躲在墙旮旯里企图以凯蒂的拖鞋来填补他无法表达的心灵上的空虚的场面确实凄凉悲惨,使读者不得不同情这位可怜的失去女人温情的男人。在昆丁一节里,女人给男人的伤害就写得更明确了。福克纳在一开始就把死亡比做"小妹妹",点明凯蒂是昆丁自杀的原因。这种伤害主要表现在女孩子长大后会变心,会抛弃一向喜爱的男人。昆丁在生命最后一天的回忆里充满了对无法占据凯蒂为一人所有的遗憾。对不能阻拦她跟别的男人来往的痛苦以及自己摆脱不了对她的眷恋的绝望心情。为了加强昆丁(男人)对凯蒂(女人的)这种既爱又恨、既无比依恋又一心想摆脱的矛盾心理,为了突出女人对男人的伤害,福克纳还精心安排了昆丁路遇意大利小姑娘的情节,用以说明女人纠缠男人(昆丁几次离开小姑娘,甚至逃跑,但小姑娘总是跟在他身边),需要男人的帮助(小姑娘找不到家),但最后总给男人带来烦恼(昆丁遭到小姑娘哥哥的指控)。到了杰生一节,福克纳则是用明确的语言表现了一个对女人抱有成见的男子在同女人竞争失败时的愤怒与报复。这一节从头到尾都描绘了杰生对"贱坯"也即凯蒂和她女儿的报复,是一场男人同女人的较量。令杰生愤慨的是,在每次较量中,他作为男人总是失败者。福克纳给小说起名《喧哗与骚动》,英文原文含有"声音与愤怒"的意思。可以说,福克纳通过班吉的呼喊声、杰生的愤怒和昆丁的控诉表达了对女人的抗议与谴责。男人必受女人伤害的观点其实就是把女人看成仆从和工具的观点的另一种表现形式。然而这种落后的观点对于全书的气氛与情调关系重大,因为为了深刻地表现男人受伤害的心理,福克纳才采用意识流手法,充分反映了三兄弟的痛苦、迷惘、绝望与愤怒。

福克纳在1933年写的序言里坦率地承认他对女人的爱慕、怨尤和嫉恨:他写这本小说是为了给"我这个从来没有姐妹而且命中注定

---

① 吉恩·斯泰因:《福克纳谈创作》,见李文俊编选《福克纳评论集》,中国社会科学出版社,1980年,第263页。

要失去襁褓中的女儿的人创造一个美丽而不幸的小姑娘"。① 他还说,"这个美丽而不幸的小姑娘就是凯蒂。她得是命中注定要遭劫难的。作为背景,我给她一个由破败的房屋作象征的注定要败落的家庭。我也可能就在其中,既是兄弟又是父亲。不过,一个兄弟不能包含我对她的所有的感情。我给了她三个兄弟:像情人似的爱她的昆丁,怀着父亲一样的仇恨、妒忌和受伤害的骄傲爱着她的杰生和以儿童的纯粹的无知热爱她的班吉。"② 可见福克纳在小说里写进了自己作为男人对各种女人(母亲、情人、女儿)的看法。而且,他认为,无论是姐妹还是女儿,女人长大了都是不幸的。因为她们情窦一开便会走上堕落的道路。

福克纳还把自己和其他南方作家相提并论,他指出"南方人写的是自己,不是他的环境……我们似乎在一个人的简短而愤怒的呼吸(或写作)的短暂时刻里或者对当代生活进行激烈的抨击或是努力逃避,躲到一个也许不存在的虚假的有着刀剑、玉兰花和模仿鸟的地区里。他……不管选哪一条道路,都是一种强烈的参与。在参与过程中,他不自觉地在每一行、每一个短语里都写进了自己的强烈的绝望、强烈的愤懑和强烈的沮丧以及对更为强烈的希望的强烈的预言。"③ 换句话说,福克纳承认他写书是为了抒发感情表达自己跟女人的情结,既有美化女性的一面又有批判女性的另一面。同时,他还在小说里审视了南方社会,既通过一个女人的悲剧批判南方社会,预言它的衰亡,又为它寻找出路。福克纳把希望寄托在迪尔西身上,希望她既是女人的榜样又是南方的未来。因为迪尔西信仰并身体力行基督教所颂扬的博爱与同情精神,顽强地支撑着日益败落的康普生家庭,尽其所能给班吉与小昆丁以保护和温暖。实际上,迪尔西的

---

① 福克纳:《〈喧哗与骚动〉序言》,见理查德·勃洛德赫德编《福克纳:新的见解》,普伦特斯－霍尔出版社,1983年,第23页。
② 菲立普·科恩与多琳·福勒合:《关于福克纳给〈喧哗与骚动〉写的序言》,见《美国文学》1990年第2期,第277页。
③ 同①,第24—25页。

"勇敢、大胆、宽宏大量、温柔和诚实"① 等品德就是凯蒂所具备而为福克纳所赞赏的品德。迪尔西是个黑人妇女,所以有人认为福克纳把希望寄托在黑人身上具有进步意义,这种看法似乎以现象代替了本质。其实福克纳对黑人迪尔西的赞美就是对幼年小女孩的赞美,因为她们都没有独立人格,不会对男人带来伤害。迪尔西作为仆人对主人忠心耿耿,正符合福克纳对妇女的要求。可以说,福克纳妇女观的核心就在于女人要安分守己,为男人服务。

根据福克纳的自叙,他写完班吉一节以后发现这故事有可能发表。于是他又写了昆丁和杰生的那两节。但他发现,他还是过多沉湎在两兄弟的内心世界,而要把书写好,他"必须完全跳出来"②,也就是说,他不能再沉湎于跟女人的纠葛之中,必须跳出感情的旋涡。他足足考虑了一个多月才拿起笔来写第四节,即通常称作迪尔西的那一节。福克纳在这一节里采用了比较客观的态度,不再着力于倾诉自己内心深处对女人的思想感情,而是认真思索南方大家庭和南方社会衰落的原因,并企图为之寻找出路。由于他现在是在为出版、为读者写书了,他得用读者能够接受的技巧手法。当然,也可能因为他无法由里到外从内心世界来描写女性,于是,福克纳在这一节里采用了比较传统的叙述方法,而不用时序颠倒、意识流等现代派手法。他不再把凯蒂作为叙述的中心,甚至不让她出现,以便从反面说明她对家庭、对男人的重要性。另一方面他又用小昆丁的出走再一次突出女人悲剧的主题。

福克纳还自称,他在《喧哗与骚动》里写进了自己。他在写班吉一节时感到"一种明确实在而又难以描绘的激情——一种热切而欢乐的信念,一种对惊奇的期望"。他认为这种激情与冲动是不会再出

---

① 引自《福克纳访问记》,见梅里韦瑟与米尔盖特合编的《园中之狮》,内布拉斯加大学出版社,1968年,第224页。
② 福克纳:《喧哗与骚动·序言》,见理查德·勃洛德赫德编《福克纳:新的见解》,普伦特斯-霍尔出版社,1983年,第27页。

现的。① "我不可能再度捕捉到凯蒂,就像我无法找回死去的女儿。"② 这种难以描绘却又确实感受到的激情恐怕一方面是由于他大胆革新,采用了当时一般人还不大采用的现代派手法,使内容与形式达到了最完美的统一;另一方面,这种快感恐怕还因为他淋漓尽致地描绘了他对女人的爱和恨,塑造了他"心中的宝贝"③——凯蒂这个"美丽而不幸"的小姑娘。然而,福克纳没有把凯蒂塑造为完美的正面形象,反而让她放荡堕落,甚至在1944年的附录里把她变成了法西斯军官的情妇,使读者在同情之余对凯蒂究竟是否值得同情产生了怀疑。这种写法说明,福克纳虽然在手法技巧方面是无可非议的激进的革新家,但他的妇女观、他的女人情结却是保守落后的。有意思的是,他的妇女观和女人情结却又成了决定《喧哗与骚动》全书的结构、叙述方法、情调、气氛乃至动人效果的主要因素,使这部小说成为传世杰作。

---

① 福克纳:《喧哗与骚动·序言》,见理查德·勃洛德赫德编《福克纳:新的见解》,普伦特斯-霍尔出版社,1983年,第21页。
② 菲立普·科恩与多琳·福勒合:《关于福克纳给〈喧哗与骚动〉写的序言》,见《美国文学》,1990年第2期,第282页。
③ 弗雷德里克·格温与约瑟夫·布洛特纳编:《福克纳在大学》,弗吉尼亚大学出版社,1959年,第6页。

《圣殿》究竟是本什么样的小说

一

在福克纳的作品里，《圣殿》是惟一一部刚一面世就畅销的小说。它在1931年由凯普与史密斯出版社出版后，三周之内的发行量就相当于1929年出版的《喧哗与骚动》和1930年的《我弥留之际》的总和。不仅如此，好莱坞马上买下该小说的电影摄制权，很快就拍成了电影。1933年，《圣殿》被译成法文，著名作家马尔罗在前言里对之给予高度评价，说它是一部没有侦探但充满侦探故事气氛的小说。福克纳把希腊悲剧引进了侦探故事。① 奇怪的是，《圣殿》也是福克纳本人批评最多的一本书。1932年，他为小说的现代文库版写了篇序言，强调他写书出自"庸俗的想法"，创作动机纯粹是为了赚钱，手法是用骇人听闻的恐怖事件来制造轰动效应。他说："我拿出一点点时间，设想一个密西西比州的人会相信是当前潮流的东西，选择我认为是正确的答案，构建了我所能想像到的最为恐怖的故事，花了大约三星期的时间把它写了出来，寄给了史密斯……他立即回信说，'老天爷啊，我可不能出这本书。我们俩都会进监狱的。'……我把《圣殿》的稿子整个儿忘掉了，一直到史密斯把清样寄给我。我发现稿子写得实在太糟糕了，只有两个办法：撕掉它或者重写一遍。我又想，'它也许会卖钱的；也许有一万个人会买的。'于是我撕掉清样，重新写了这本书。小说已经排过版，所以我还得付钱，为了那重新写一遍的特权，努力使它不至于太丢《喧哗与骚动》和《我弥留之际》的丑。我改得还是不错的。我希望你们会买这本书并且告诉你们的朋友。我希

---

① 马尔罗：《圣殿·前言》，转引自 Eric J. Sundquist, *Faulkner: The House Divided*, (Baltimore, John Hopkins University), 1983, pp. 47, 59.

望他们也会买这本书。"①他在 1947 年跟密西西比大学英语系学生座谈、1955 年访问日本、甚至在 1957 年任弗吉尼亚大学住校作家时仍然重复这个观点,尽管日本学者和弗吉尼亚大学的学生都不相信这是本粗制滥造以赢利为目的的坏书。虽然福克纳在蓝登书屋出版《圣殿》时不让收进这个序言,但由于福克纳的自我贬抑,评论界在相当长的时间里一直对《圣殿》评价不高。1956 年有位学者发现了福克纳说已经撕掉或扔掉的原稿清样和打字稿并且跟公开发表的《圣殿》作了些比较,"证实"了福克纳的一贯说法。他认为原来的稿子确实写得不够精心,因为其中包含了两个故事:霍拉斯·班鲍的故事和弗洛伊德式的心理研究及谭波儿·德雷克的故事和对邪恶的探讨。福克纳似乎拿不定主意以哪一个为主,内容显得很凌乱。然而,这位学者也注意到福克纳在修改过程中"改变了小说的整个核心和含义;简化了过于复杂的结构;删除了无关紧要的东西;澄清了没有必要模棱两可、含糊其词的晦涩段落;充实了需要扩展的部分;给了小说一个高潮;并且使它摆脱了对在此以前福克纳所写小说的从属关系。"②1963 年,福学专家迈克尔·米尔盖特引了福克纳在日本的讲话——"请记住,你们读的是第二个版本……你们没看到的是那个卑劣的粗制滥造的东西……你们看到的是我竭尽全力使之尽可能地忠实、动人、富有深意的那本书"——来证明福克纳批评的是未经修改的那个版本。他还提请人们注意,福克纳在修改过程中所做的大量删节,完全不包括任何可以说明福克纳所谓"庸俗想法"的特别暴力或"最为恐怖"的东西。不过,他的结论还是,"《圣殿》并不属于福克纳的伟大小说之列。……福克纳不可能把《圣殿》写成一部可以跟《喧哗与骚动》和《我弥留之际》的成就相媲美的书,但他确实把它改

---

① Joseph Blotner & Noel Polk, "Notes", See *Faulkner: Novels 1930 – 1935*, (New York, Literary Classics of the United States, Inc. , 1985), p.1030.

② Linton Massey, "Notes on the Unrevised Galleys of Faulkner's *Sanctuary*", 转引自 Gerald Langford, "Introduction", See *Faulkner's Revision of Sanctuary*, (Austin, University of Texas Press, 1972), pp. 4 – 5.

写成一部能证明他自己所说的'改得还是不错'的看法……的作品。"①

这种情况到了1972年开始有所改变。这一年,得克萨斯大学出版社把《圣殿》原稿清样和修改本按左右对照的排版形式汇编出版。编者杰拉德·朗福德在前言中详细描述他对两个文本所作的比较,指出福克纳并不是如人们所想像的把一个恐怖的色情故事改写成一部更有意义的作品。他也不同意第一稿因目的不明确而混乱不清的说法。相反,他用大量事实论证初稿是以霍拉斯为主人公,描绘这个跟《喧哗与骚动》里的昆丁一样敏感多思的长不大的中年人在面对邪恶和理想幻灭时发现自己也充满邪恶。在朗福德看来,《圣殿》的初稿极其有意思,并不比修改稿更加"恐怖",只是在叙述方式上采用更多的试验手法,可以说是后来《押沙龙,押沙龙!》叙述手法的萌芽。福克纳在修改稿里把故事更多地集中到谭波儿和金鱼眼身上,似乎是想"把一个进展很慢的心理研究精简提炼成一个可以马上由好莱坞拍成电影的故事"。②

从朗福德开始,美国的福学界对《圣殿》的两个版本的研究便越来越深入。1981年,蓝登书屋正式出版了由诺尔·波尔克编辑的福克纳自称是出于"庸俗的想法"而创作的《圣殿:原始文本》,读者终于可以对照两个版本做出自己的判断。现在评论界比较一致的看法是福克纳贬低《圣殿》的言论其实是反话,是针对当年批评此书暴力色彩太浓的人的一种先发制人的做法。但这并不排除福克纳确实感到《圣殿》的艺术水准不够理想。福克纳一向偏爱《喧哗与骚动》,认为该书的创作"教会了我如何写作和如何阅读,尤其是教会我懂得已经读过的书",也很怀念创作《喧哗与骚动》时所感到的"明确实在而又难以描绘的激情","那种狂喜、那种对将会出现惊奇和意外的又急切

---

① Michael Millgate, *The Achievement of William Faulkner*, (Lincoln, University of Nebraska Press, 1978), pp. 113 – 123.

② Gerald Langford, *Faulkner's Revision of Sanctuary*, pp. 3 – 33.

又欢乐的信念与期望……"① 由于他写《圣殿》时没有这种可遇而不可求的感受,他便觉得《圣殿》没有达到他所追求的至善至美的美学高度。另一方面,说实在话,福克纳也不是完全不考虑市场因素的。他当时正要结婚,要买房子,要面对养家糊口的现实问题。为了销路好一点,可以多得一点钱,他不得不从广大读者的阅读水平出发,采用相对来说比较简洁明了的叙述方法和基本按时序发展的故事线索,删去意识流段落,也不搞试验手法。也许福克纳对此有负疚感,才时不时地自我贬低一番。

至于福克纳为什么删除他倾注大量思想和艺术心血的有关霍拉斯的描述,朗福德的解释是他在《圣殿》的两个稿子里都试图澄清他对已在《沙多里斯》里塑造过的霍拉斯这个人物的看法,但福克纳认为这两次又都失败了,于是他放弃了霍拉斯,重新塑造了一个律师加文·斯蒂文斯。② 波尔克在《圣殿:原始文本》的后记里指出,福克纳最初的动机可能是想利用被出版社删节的原《坟墓里的旗帜》里有关霍拉斯的材料。但在拿到《圣殿》清样时发现它跟他在同一时期写的《喧哗与骚动》和《我弥留之际》有太多雷同之处。福克纳历来对自己要求很高,不肯重复自己,因而作了修改。福克纳要让读者跳出霍拉斯内向的沉湎于自我的人物性格,对他作更为客观的描述,把原始文本的第二章变成修订本的第一章,使小说以霍拉斯和金鱼眼相对峙的场面作为开头。这就把他们两人放在同样重要的位置上,使金鱼眼成为霍拉斯的对应物,而这个改动又进一步拓宽了小说的主题。③波尔克在另一篇文章里把《圣殿》同《喧哗与骚动》和《我弥留之际》进行比较,认为霍拉斯跟昆丁和达尔一样,都是迷恋母亲的人,被删节的"原始文本"中关于霍拉斯梦见母亲的描写可以看成把她同昆丁的母亲相提并论。霍拉斯同昆丁及达尔一样,都为一个久卧病榻的母

---

① William Faulkner, "Introduction to *The Sound and the Fury*",见 James B. Meriwether ed., A *Faulkner Miscellany*, (Jackson, University Press of Mississippi, 1974), p.160。

② Gerald Langford, *Faulkner's Revision of Sanctuary*, pp.3 - 33。

③ Noel Polk, "Afterword". See *Sanctuary: the Original Text*, New York: Random House, 1981。

亲所困扰。如果我们考虑到福克纳在这时期的短篇小说里的母亲形象，考虑到福克纳一向尊重母亲而不大看得起父亲的事实，我们也许还可以做出结论：福克纳修改《圣殿》，因为他的兴趣有了变化，他不想探讨霍拉斯的童年、他同母亲的关系、性压抑和乱伦幻想。他还发现《圣殿》的原始文本跟自己关系太密切了。他要读者，也许也要自己跟霍拉斯保持更远的距离。①

如果说，波尔克在《〈圣殿〉之间的空间》一文里只暗示了福克纳修改原稿是因为他发现霍拉斯跟自己太接近了，他不想在读者面前暴露自己便自觉和不自觉地进行删改，那他在《"土牢就是母亲她自己"：威廉·福克纳：1927—1931》一文里明确指出，我们应该好好研究福克纳在创作《圣殿》这段时期里以母子/女关系为主题的作品，并且追溯其根源和它们在福克纳生活中的影响。他明确指出，《圣殿》里充满俄狄浦斯情结，《圣殿》的两个文本，它们和福克纳在该时期的其他作品之间的互文性应该是今后研究的重点。②

其他的评论家也都仁者见仁、智者见智地提出各自的看法。有的不仅论证福克纳为什么要修改原稿，还探讨他创作《圣殿》的真正动机。如弗雷德里克·卡尔同意大家的观点，福克纳写《圣殿》是为了抨击社会，但他又认为谭波儿身上有福克纳妻子艾斯苔尔的影子。艾斯苔尔身材跟谭波儿一样瘦削，也喜欢跳舞和社交。她和福克纳从小青梅竹马，他一心要娶她为妻。但她屈从父母的压力，跟另外一个男人结婚并生了两个孩子。福克纳写《圣殿》初稿时艾斯苔尔正办完离婚手续将要同他结婚。《原始文本》里有明确的乱伦思想。福克纳删除这些情节，说明"他没有勇气面对任何形式的男女关系"。③有人还证明，福克纳的家族和周围的朋友里有很多律师。在他年轻时，

---

① Noel Polk, "The Space Between *Sanctuary*", 见 Gresset & Polk ed., *Faulkner's Intertexuality*, (Jackson, University Press of Mississippi, 1985), pp. 16-35.

② Noel Polk, "'The Dungeon Was Mother Herself': William Faulkner: 1927-1931", 见 Fowler and Abadie ed., *New Directions in Faulkner Studies*, (Jackson, University Press of Mississippi, 1983).

③ Frederick R. Karl, "The Depths of Yoknapatawpha", 见 *William Faulkner: American Writer: A Biography*, (New York, Weidenfeld & Nicholson, 1989), p.359.

律师受人尊重,而福克纳由于立志写作,被镇上的人认为是没有出息的人。艾斯苔尔当律师的父亲就看不起他,不肯把女儿嫁给他。因此,福克纳故意在《圣殿》里塑造一个无能的律师霍拉斯借以讽刺挖苦人们的世俗观念。[1]

  这一切当然是后人的猜想。福克纳究竟为什么要写《圣殿》,我们可能永远无法得出结论。然而,评论家的兴趣、众说纷纭的观点,从一个侧面说明了《圣殿》的重要性。吵吵嚷嚷了几十年,美国的福学家们终于认识到,《圣殿》的两个版本各有千秋,但无论从主题还是从技巧来看,它们都是十分严肃的作品,都属于福克纳的创作主流,也都是研究福克纳的重要材料。根据考证,福克纳很可能在1925年就开始构思这部小说。当时,他在巴黎常去卢森堡公园。在一封家信里提到"刚写了一篇美丽极了的……关于卢森堡公园和死亡的两千字的东西。故事情节有了点小线索,描写一个年轻女人。"[2]这跟《圣殿》以谭波儿与父亲游玩卢森堡公园为结尾有点不谋而合。即使不考虑这一点,《圣殿》也还是福克纳创作生涯中的一部重要作品。福克纳在1927年创作了《坟墓里的旗帜》(被出版社删节后以《沙多里斯》为名于1929年1月出版)。1929年1月他开始撰写《圣殿》。这一点,他写在稿纸上的日期可以作证。他大约在5月里完稿寄给出版社。1930年11月中,他收到清样并进行修改,12月送交出版社,1931年2月小说正式出版。在1927到1931的四年里,福克纳除了上面提到的两部小说外还写了《喧哗与骚动》和《我弥留之际》,创作或修改了包括《纪念爱米丽的一朵玫瑰花》、《干旱的九月》、《殉葬》和《夕阳》在内的30多个短篇小说。[3] 我们大家都知道福克纳那句名言:"打从写《沙多里斯》开始,我发现我家乡那块邮票般大小的地方倒也值得一写,只怕我一辈子也写它不完。"看来,这正是他构思

---

  [1] Jay Watson,"The Failure of Forensic Story telling in *Sanctuary*", *The Faulkner Journal*, Vol.1, Fall, 1990, pp.49-66.

  [2] Joseph Blotner ed., *Selected Letters of William Faulkner*, (New York, Vintage Books, 1978), p.17.

  [3] 详见米歇尔·格里赛:"福克纳年表",陶洁译,载《我弥留之际·附录》,漓江出版社,1990年,第477—481页。

约克纳帕塔法世系创造"自己的天地"① 的关键时刻。

　　正因为如此,从《圣殿》里可以找到有关这虚构的约克纳帕塔法县的 16 部小说的种种特色。举一个小例子。福克纳在《喧哗与骚动》中把忍冬花的香味作为性欲的象征。昆丁对妹妹凯蒂一直有不太正常的感情。他为妹妹长大成人有了性意识,为他将失去自己希望永远占有的女性而感到悲哀绝望。因此昆丁讨厌忍冬香味,一闻到这种香味就感到窒息。他无法摆脱绝望的心情,因而走到哪里都闻到那"该死的忍冬香味。"《圣殿》运用了同样的象征手段。第 23 章末描写霍拉斯听了谭波儿回忆受强暴的情景后回到家里,开门时忽然闻到浓郁的忍冬香味。紧接着便是一大段关于霍拉斯看着养女照片产生淫念的描写。再举一个例子。福克纳笔下的人物常常在不同的长篇小说和短篇小说中重复出版,而这些故事又往往是互相关联的。《圣殿》正是这样一部承上启下的小说。霍拉斯、娜西莎、珍妮小姐原来都是《沙多里斯》中的人物;珍妮小姐在《没有被征服的》(1938)最后一篇小说《美人樱的香气》中是旧道德法规的化身。她和娜西莎的故事是在短篇小说《曾有过这样一位女王》中结束的。《圣殿》的主人公谭波儿和把她抛弃在法国人宅院使她遭到强奸的高温·史蒂文斯后来成了在 30 年代构思于 50 年代出版的《修女安魂曲》中的主人公,再一次反思过去犯下的错误。就连次要人物妓院老板莉芭小姐也又在《大宅》和《掠夺者》里出现,而且也一样充满喜剧色彩。福克纳写过一个三部曲,以一个姓斯诺普斯的家族为中心,表现新南方社会里新兴资产阶级的贪婪无道的本质。虽然第一部是在 1940 年出版的,二、三两部是在 50 年代发表的,但看来,他在创作《圣殿》时就对那三部曲有所考虑,因为小说里已经出现了一个克拉伦斯·斯诺普斯,在霍拉斯见到他的场面里也提到他那个家族。有些评论家还把昆丁和霍拉斯对妹妹的眷恋和依赖,霍拉斯和加文·斯蒂文斯都是律师,都爱引用雪莱的诗行"更不常见的是安宁",都娶了离过婚有了孩子的女人等事实来证明他们其实是同一典型人物的三个不同的

---

① 吉恩·斯泰因:"福克纳访问记",王义国、蔡慧译,见《我弥留之际·附录》,第 462 页。

人生阶段。福克纳想塑造的是一个受过教育的、南方贵族的、有自恋情结的男性后裔,他生活在 20 世纪,却背着沉重的历史包袱,他无法面对现代社会,只好把自己封闭起来与现实隔离。昆丁代表这个人物的青少年时期,霍拉斯是这个如果不自杀的人物的中年时期,而加文则表现这个人物如果既不自杀又发展为一事无成的中年人最终将会取得哪些成功。①总而言之,《圣殿》把福克纳在 20 年代开始的第一部约克纳帕塔法世系小说《沙多里斯》跟 50 年代的小说,甚至他 1962 年去世前发表的最后一部小说《掠夺者》都串联起来,可以说是部举足轻重、不可或缺的作品,充分证明福克纳确实做到"不仅每一部书有个构思布局",还对他的"全部作品……有个整体规划"。②

二

1945 年因编撰《福克纳袖珍本文集》而使福克纳名声大振的马尔科姆·考利在《福克纳:约克纳帕塔法的故事》一文里指出,福克纳的作品是一部关于南方的"神话或传奇"。这部传奇的大概轮廓是这样的:历史上,"边远的南方是种植园主统治的地方"。这些人无论望族还是新贵都有一个长处:"按一个固定的法规固执地生活",这法规便是道义上的"勇敢、荣誉、骄傲、怜悯、伶俐、爱正义、爱自由"。但"他们的生活方式里也存在着一种天生的罪恶;奴隶制度给他们的土地施加了诅咒,并且导致了内战的爆发"。内战后,旧秩序崩溃了。在现代南方社会里,"老的统治阶层的后代虽然有阻止新灾难发生的愿望,却缺乏勇气与力量……他们沉浸在历史里,简直无法面对现实",他们在与斯诺普斯之流的新生剥削阶级的斗争中是注定要失败的。但"斯诺普斯们也必须为胜利付出代价——他们得屈从于北方的机械文明,这种文明本身在道义上也是没有生命力的,可是在南方

---

① Noel Polk,"Afterword",见 Noel Polk ed., *Sancutary*: *The Original Text*. (New York, Random House, 1981)以及 John T. Irwin,"Horace Benbow and the Myth of Narcissa", *American Literature*, Vol.64,1992,pp.543 – 566.
② "福克纳访问记",第 462 页。

的追随者们的帮助下,它终于又败坏了南方"。①

如果我们把《圣殿》放在这幅南方社会的大画卷里,我们就会发现,它描绘的正是这样一幅被败坏了的现代南方社会的场景。谭波儿和她的法官父亲、高温、娜西莎和霍拉斯虽然不一定像《喧哗与骚动》里的康普生那样出身望门贵族,却代表着统治社会的上流阶层。但他们在现实面前都普遍缺乏勇气与力量,也不按旧南方的法规生活。在熟悉的环境里能驾驭男人的谭波儿到了私酒贩子藏身的法国人宅院却只能从反复念叨的"我父亲是法官"这样一句话里来汲取力量。一旦被金鱼眼劫持,她没有勇气反抗,而是随波逐流、自暴自弃,最后听凭他人摆布,作了伪证,把一个无辜的人置于死地。谭波儿的父亲身为法官却不维护法律的尊严。为了家庭的脸面,他非但不阻拦女儿作伪证,反而用长者、父亲、法官的身份和"庄严"来争取镇民的同情,来肯定女儿的做法。高温口口声声自己是弗吉尼亚大学培养的绅士,以能喝酒来显示力量和勇气。他在喝醉酒以后糊里糊涂地把谭波儿带进了法国人宅院,但在第二天早上清醒以后却不敢面对谭波儿和那些私酒贩子。他不仅抛下谭波儿逃之夭夭,还文过饰非地给娜西莎写了封冠冕堂皇的信,说什么"我经历了一场我无法面对的变故。我在黑暗中只有一线光亮,那就是我没有伤害过任何人,除了我自己。"② 娜西莎更是冷酷无情,她对是非曲直毫无兴趣,一心只考虑如何维护自己的体面与地位。她不许身无分文的鲁碧住到她的老房子里,还鼓动镇上"体面"人家的妇女把她赶出旅馆。她关心的是不让哥哥跟鲁碧和案件搅和在一起,而不在乎谁杀了汤米。为了早日结束这个案子,她置哥哥的胜败于不顾,主动向他的对手通风报信,终于助纣为虐,帮助那个为了进入议会而不惜误判案件的地方检察官把无辜的戈德温定为杀人凶手。福克纳对这个没有灵魂的女人深恶痛绝,在短篇小说《曾有过这样一位女王》里揭露她表面道貌岸然,其实内心男盗女娼。她先是不听珍妮小姐的话,不肯销毁一

---

① 马尔科姆·考利:《福克纳:约克纳帕塔法的故事》,李文俊译,见李文俊编选《福克纳评论集》,中国社会科学出版社,1980年。
② 福克纳:《圣殿》,第17章。

个陌生男人写给她的淫秽不堪的情书,后来情书落到另外一个男人手里,她又以肉体做交易换回那些不堪入目的下流信件,结果把珍妮小姐活活气死。

至于霍拉斯,他初遇鲁碧时便承认,"我没有勇气:我身体里没留下勇气。整台机器都在,可就是开动不起来。"[①] 事实证明他确实是个好心而有理想但面对邪恶又无能为力的知识分子,是没有勇气和力量的旧秩序后裔的代表。为了逃避没有爱情的婚姻生活,他从金斯敦回到杰弗生老家,半路上被金鱼眼带到私酒贩子的据点法国人宅院。在那里他遇到了跟私酒贩子戈德温同居的女人鲁碧并发现她具有他熟悉的上流社会女人所没有的忠诚、坚毅和吃苦耐劳精神。在汤米被金鱼眼杀害而戈德温被当成杀人犯被捕入狱时,霍拉斯为了主持公道,决定帮鲁碧和戈德温打官司。在相当长的时间内,他顶住社会的压力,甚至不顾心爱的妹妹的反对,决心坚持真理,使无辜的戈德温重获自由。不幸的是,他在办案过程中不断发现社会的邪恶、他作为偶像来崇拜的女人身上的邪恶、甚至自己身上的邪恶。他妹妹和镇上教会里的女人对鲁碧冷酷无情的态度使他深感失望。火车里那群以逃票为荣、在大庭广众侈谈性爱而不感到羞耻的大学生使他看到年轻人中间道德的沦丧。高温把谭波儿抛弃在法国人宅院的行为更是叫他深恶痛绝。在他看来,连受害者谭波儿都是自甘堕落。他在莉芭小姐的妓院里跟谭波儿谈话时觉得她"用的是女人发现自己成为注意力中心时常用的那种轻松愉快、唠唠叨叨的独白形式",甚至认为"她在复述这段经历时确实感到骄傲,带着一种天真而超然的虚荣心,仿佛正在编造一个故事"。他心目中贞洁纯真的南方淑女的神圣形象倒塌了。对他来说,惟有一种办法可以拯救谭波儿:那便是她最好死去,而且连他一起"从古老而悲惨的世界里消除掉、烧毁掉"。[②] 他从谭波儿想到自己的养女小蓓儿,担心她也跟谭波儿一样行为不端。霍拉斯本来就对小蓓儿有不太正常的感情。这一点,在他在法国人宅院对汤米等人谈自己同小蓓儿的争吵时,在他凝

---

① 《圣殿》,第 2 章。
② 同上书,第 23 章。

视小蓓儿的照片时已经有所流露,只是被他用父亲对女儿的道德责任所掩盖,强调自己只是担心小蓓儿在成长过程中可能误入歧途而自己有责任帮助她。但在他见到谭波儿以后,在他回到家里又端详小蓓儿的照片时,他终于明白自己对养女,甚至对谭波儿都有不正常的欲念。正是因为他看到自己的邪恶,认识到这世界无正义公道可言,他才面对谭波儿时显得手足无措、心不在焉,终于在谭波儿作伪证的关键时刻放弃斗争,听任地方检察官利用谭波儿和她的伪证争取到陪审团的同情,把戈德温定成杀人犯。最后,他万念俱灰,回到他好不容易逃脱的女人身边,继续为她每周五去火车站取虾,把自己的生命消耗并"埋葬在密西西比州一条人行道上一连串逐渐淡却的臭烘烘的小水滴里"①。

  应该说,霍拉斯是不可能打赢这场官司的,因为他的对立面是整个社会。这正是《圣殿》的主题:在物欲横流、是非颠倒的现代社会里,法律不再是主持正义的圣殿,暴力反而主宰了社会。谭波儿在法国人宅院里四处躲藏,在莉芭小姐的妓院里成天躲在房间里,甚至躲在床上,但哪里都没有可以保护她的避难所。小说里,金鱼眼是个人见人怕、杀人不眨眼的恶棍。他以暴力对付一切,不仅杀害了汤米,还打死了帮派分子——谭波儿的情人雷德。小说揭示的其他下层社会,无论是戈德温酿私酒的法国人宅院还是饮酒作乐的夜总会,都笼罩着恐怖的暴力气氛,连葬礼都以斗殴告终。然而,高雅的上流社会并不例外,只是暴力的形式有所不同而已。地方检察官为了在政治上向上爬,为了表现自己执法如山,可以不顾事实把无辜者定成杀人犯。谭波儿一家,甚至霍拉斯的妹妹,为了自己或家族的"名声"和"体面",可以把罪名安在戈德温身上。就连没有杀人的戈德温都对上流社会视为神圣的法律没有信心,不相信霍拉斯能帮助他重见天日,再获自由。小说结尾处的私刑场面更是暴露人们以暴力为乐的非理性行为。推销员的对话,"在我老家,大伙儿根本没那份耐心等他出庭受审","她真是个漂亮的小姐……我才不会用什么玉米棒子

---

 ① 《圣殿》,第 2 章。

芯呢",① 充分说明了人们对受害者汤米毫无兴趣,也不在乎谁是凶手,他们感兴趣的是那桩强奸案子;他们追求的是血淋淋的私刑场面。他们甚至并不真正同情谭波儿,而是站在强奸犯的立场把她当成性欲的对象,跟强奸犯一样对她怀有不可告人的欲念。福克纳正是通过这场官司来揭露社会的黑暗。霍拉斯在答应帮鲁碧和戈德温打官司时说,"我不能袖手旁观,听任不公正"横行霸道。② 但法律并没有主持正义。戈德温没有杀害汤米却惨遭私刑被人活活烧死,而真正的凶手金鱼眼反而逍遥法外,无人理会,甚至还可以派律师出庭听谭波儿如何作证。③ 具有讽刺意义的是,小说结尾处金鱼眼并没有杀害那个警察,却为了莫须有的罪名走上绞刑架。

三

考利认为,《圣殿》"充斥着性的梦魇,其实它们都是社会的象征……此书与他认为南方被强奸、被败坏的看法是有关联的。"④ 著名的福学专家布鲁克斯曾说过,《圣殿》"带有时代的烙印",其主题是对"现实本质的认识和随之而来的对邪恶的认识",表现了"邪恶的令人不寒而栗的强大力量"。⑤其他的评论家对于这些论断没有异议,但对谁是邪恶的代表或工具,尤其在对谭波儿的看法上,却并不完全一致。多年来,许多评论家认为谭波儿遭到强奸是咎由自取,她的本质是邪恶的。30 年代初就有人说,"谭波儿以她挑逗性的、即便是无

---

① 《圣殿》,第 29 章。
② 同上书,第 16 章。
③ 这一点是在 50 年代出版的《修女安魂曲》里作交代的。在州长跟谭波儿的对话里,州长说他当年在报纸上读到过她如何在失踪六周以后又在法庭上出现,她是"由后来才知道是绑架她监禁她的那个人的律师"把她交出来的。
④ 马尔科姆·考利:《福克纳:约克纳帕塔法的故事》,李文俊译,见《福克纳评论集》,第 39—40 页。
⑤ Cleanth Brooks, "Discovery of Evil", 见 *William Faulkner: The Yoknapatawpha Country*, (New Haven, Yale University Press, 1963), pp.118, 116.

意识的自我表现狂招来了袭击。这一点是无可怀疑的"①。对福克纳研究起开拓作用的奥唐奈在 1939 年发表的《福克纳的神话》里称谭波儿为"堕落而尚未被玷污的南方女性",缺乏道德标准,代表"现代精神"的金鱼眼"成功地诱使她彻底堕落",使她"终于成了'现代精神'心照不宣的同盟者"②。50 年代初,评论家欧文·豪认为,虽然谭波儿的名字有"庙宇"或"圣殿"的含义,但她"丝毫没有把自己或任何事情视为神圣的观念",在金鱼眼把她带到妓院以后,她"急切地接受堕落"。③50 年代末,评论家维克雷反复强调谭波儿"对自己被强奸的想法着了迷",她把"淫欲"引进了金鱼眼的世界里。④1964 年出版了两本"福克纳读者指南"。其中一本的作者多萝西·塔克认为谭波儿对神圣的事物受亵渎毫无所谓,"她的圣殿是孟菲斯的一家妓院,这说法也许挺合适"。⑤另一位作者声称,"赤裸裸的对性欲的追求、本性中作恶的倾向决定了谭波儿的行动和反应",金鱼眼的强奸"并不是她道德败坏的开端,它只是把她从社会强加给她的有束缚力的传统和习俗下解放出来"。⑥布鲁克斯则比较宽容,对谭波儿有一定的同情心。但他也认为"那致命的适应性……能适应环境(任何环境)的能力——这些东西使谭波儿丧失逃离现场或抵制邪恶的意志"。他在评论《修女安魂曲》时进一步用谭波儿自己的话("谭波儿·德雷克喜欢邪恶")来说明她雇佣那个当过妓女、吸过毒的黑女人南希是因为她跟南希有共同的语言,可以对她说知心话。⑦直到今天还有评

---

① Lawrence S. Kubie, "William Faulkner's *Sanctuary*", See Robert Penn Warren ed., *Faulkner: A Collection of Critical Essays*, (Englewood, Prentice Hall, 1955), p.141.
② 乔治·马里恩·奥唐奈:《福克纳的神话》,薛诗绮译,见《福克纳评论集》,第 13 页。
③ Irving Howe, *William Faulkner: A Critical Study*, (Chicago, the University of Chicago Press, 1951), p.60.
④ Olga Vickery, "Crime and Punishment: *Sanctuary*", See Robert Penn Warren ed., *Faulkner: A Collection of Critical Essays*, pp.130, 133.
⑤ Dorothy Tuck, *Crowell's Handbook of FAULKNER*, (New York, Thomas Y. Crowell Company, 1964), p.43.
⑥ Edmund L. Volpe, *A Reader's Guide to William Faulkner*, (New York, Farrar, Straus & Giroux, 1964), pp.145, 144.
⑦ Cleanth Brooks, *William Faulkner: The Yoknapatawpha Country*, pp.132, 138.

论家持这种观点。譬如,弗雷德里克·卡尔在1989年出版的福克纳传记里还是沿袭菲德勒在60年代的看法——谭波儿代表福克纳笔下"性欲方面永远无法满足的贵族家庭里的女儿们",她们的性压抑会引起一连串的风暴般的火灾,把跟她们打交道的愚蠢的男人烧得粉身碎骨的[①]——把谭波儿比做"死亡的代理人","没有圣坛的庙宇,没有灵魂的肉体",只有金鱼眼的手和雷德的肉体才能"填补她的空虚",而她的"邪恶"又对霍拉斯具有吸引力。[②]

不过,持这种对谭波儿比较苛求的观点的人并不都是男人。上面提到的维克雷和塔克都是女性。专门研究福克纳著作中的女性的莎莉·佩奇也认为,"围绕谭波儿的灾难是两种因素结合的结果:她残忍而自私的淫欲使她完全不考虑别的任何人的福利;她孩子般的幼稚使她无法预料她所卷入的邪恶会发展到什么地步"。[③]

近年来,由于女权运动和新理论的影响,从80年代起,评论界的男女学者开始提出不同的看法。有人指出,不是谭波儿不能分辨是非善恶,而是所谓的"好"男人在对待女人的问题上跟坏人一样,都把她仅仅看成是性工具;谭波儿不是存心作伪证的,在法国人宅院里,尤其是在第二天早上,她最害怕的人就是戈德温,因此她真心认定是戈德温杀死了汤米。这不是伪证而是她的真实思想。[④]也有人指出福克纳把谭波儿比做鹦鹉,无论在法庭面对检察官的盘问还是在跳舞厅对雷德说黑社会的行话,福克纳都用"像个鹦鹉似的"来描绘她。她在书里确实鹦鹉学舌似地喜欢反复说同样的诸如"我父亲是位法官"、"哦,上帝啊"等不需要多少思想的字句。这一点,加上她不是被拘禁在房间里便是坐在父亲身边,都表明"压抑人的社会所强加的种种限制从来没有允许谭波儿有完全绝对的可以随心所欲胡作非为"

---

① Leslie Fiedler, *Love and Death in the American Novel*, (New York, Criterion, 1960), p. 300.

② Frederic R. Karl, "The Depths of Yoknapatawpha", pp. 367, 368, 364.

③ Sally R. Page, *Faulkner's Women: Characterization and Meaning*, (Deland, Everett/Edwards, 1972), p. 81.

④ Joseph R. Urgo, "Temple Drake's Truthful Perjury: Rethinking Faulkner's *Sanctuary*", *American Literature*, Vol. 55, No. 3, 1983, pp. 435–444.

的自由①。她不过是笼中鸟,一个鹦鹉似的女人。

自从波尔克编辑出版了《圣殿:原始文本》,他一直对福克纳为什么要修改这部小说感兴趣。他从被删掉的关于霍拉斯梦见母亲的情节得出结论:霍拉斯有恋母情结,对女人有特殊的理想主义的感情。波尔克还从另一个被删节的场面——霍拉斯经过监狱听杀死妻子的黑人囚犯唱歌时的心理活动——来说明霍拉斯一方面羡慕黑人解决婚姻的办法,另一方面又对黑人的敢作敢为有些不安,因为黑人的魄力反衬了他自己的无能。此外,黑人的处境对霍拉斯颇有吸引力,因为他呆在从某种意义上说是挺安全的牢房里,不必为任何事情发愁,只要耐心地等待死亡。②

1984年,马修斯在波尔克研究的启发下,从德里达的后结构主义理论出发,强调应该认真研究福克纳在《圣殿》中的省略。他指出,《圣殿》的故事是围绕谭波儿被强暴一事展开的,然而小说从未明确地描写过这一事件。谭波儿本人在向瞎老头呼救时也只说,"我要出事了"。在有关此事的描写里,"含义模糊的字眼、句子结构中的空白、思想和言语的中断等联合起来把小说的关键事件表现得糊里糊涂"。马修斯认为,这种省略充斥于《圣殿》的修辞、心理、叙述和主题结构中,是小说双重结构(谭波儿的故事和霍拉斯的故事)的分界线。省略造成谭波儿故事的混乱,而混乱又被霍拉斯对邪恶的看法所制约。"谭波儿的故事是霍拉斯故事的精心设计的变形,小说中的两个故事跟小说的两个文本一样,它们之间的关系要比过去评论家所认为的密切得多。"他在讨论霍拉斯的乱伦情结时说,"有一种压力把谭波儿遭凌辱——她从贞洁到受强奸、从未受玷污到腐败堕落、从童年到成年、从圣殿到放逐的实际过程——的描写排斥到小说之外。这种压力也许可以追溯到霍拉斯身上,因为他机敏地逃避了自己和社会在谭波儿命运这个问题上的同谋关系。"他甚至认为霍拉斯跟金鱼

---

① Ulf Kirchdorfer, "*Sanctuary*: Temple as a Parrot", *The Faulkner Journal*, Vol. 2, Spring, 1991, pp. 51 – 53.

② 详见 Noel Polk, "Afterword", "The Space Between *Sanctuary*"以及"'The Dungeon Was Mother Herself': William Faulkner: 1927 – 1931."

眼有相通之处,都是失去性能力的窥淫癖者,只是霍拉斯懂得如何省略删节有关自己的故事。①

马修斯的文章可以说是起了开拓作用。评论界进一步研究文本结构中的空白。坦讷认为,"《圣殿》的叙述拒绝表现金鱼眼的罪行。这就把创造的负担从福克纳转移到读者身上",小说"迫使读者不仅从强奸犯的角度去看待这个强奸事件而且把自己摆在强奸犯的地位(在想像力的舞台上)去期待、计划和执行强奸的罪行"。②因此,读者的观念准则决定了他对谭波儿的看法。罗伯兹运用女性主义文艺理论,但看法则大同小异。她认为福克纳在《圣殿》里表现旧南方有关南方淑女的文化观念在资本主义的新南方社会中是如何瓦解崩溃的。福克纳剖析旧南方把女人的身体比做赋有象征和精神意义的容器的观念,"试图想像在一个对女人的保护和崇拜都受到冲击的世界里,那最为珍惜的南方身体会遭到什么样的后果","谭波儿·德雷克一而再再而三地遭到强奸……《圣殿》是一部表现女人身心受摧残、(男性社会)反对女性的愤怒如何变成实际行动以及最终重新收复和捕捉一个任性的女人身体的文本"。她得出结论,"《圣殿》这部小说产生于一个暴力控制的世界,在那个世界里,女人永远有成为受害者的危险。"③

此外,也有人认为把谭波儿看成是邪恶的化身是一种误读。其原因是由于我们把谭波儿当成年人看待而没想到她还是个才17岁的孩子;我们相信书中的人都关心她,因为她年轻貌美又是个女人,却没看到没有人真正关心她;我们主观地认定她在法庭上作伪证是经过精心策划的,而忽略了她可能思想上十分混乱,忽略了周围世界

---

① John T. Matthews, "The Elliptical Nature of *Sanctuary*", *Novel*, Vol. 17, 1984, pp. 246 – 265.

② Laura E. Tanner, "Reading Rape: *Sanctuary* and The *Women of Brewster Place*", *American Literature*, Vol. 62, No. 4, 1990, pp. 559 – 582.

③ Diane Roberts, "The New Belle",见其 *Faulkner and Southern Womanhood*, (Atlanta, University of Georgia Press, 1994), pp. 129, 130, 139.

对她的影响。① 有的学者还把1974年美国报业大王赫斯特的孙女帕蒂被激进恐怖组织共生解放军绑架以后跟他们一起进行恐怖活动，和另一位少女被歹徒绑架长达七年之久而不敢逃跑的事例来证明，谭波儿的所谓邪恶实际上是受金鱼眼和周围的其他人洗过脑筋的结果。"谭波儿是一个被剥夺了行动和意志的女人，一个受文化意识的束缚成为不说话的臣民的人物"，福克纳在《圣殿》里巧妙地描写了"一个等级森严的厌恶女人的体系制度"。②

这些新观点不无道理，确实是一种进步。把谭波儿跟邪恶等同的传统看法不仅把多层次的、意义深邃的《圣殿》简单化，而且还大大贬低了福克纳的艺术成就。其实，通过仔细阅读，我们可以发现福克纳在叙述谭波儿在法国人宅院的章节里反复强调她"只是个细胳膊瘦腿的大娃娃"，"像个八九岁的孩童"，一个"17岁的姑娘"，长着"一个已经不是孩子可还没有发育成女人的、娇小的、孩子般的身材。"③她在破房子里来回乱跑，并不像有些评论家认为的是在卖弄风骚，而是因为"男人太多了"，他们时时刻刻威胁着她。她曾企图获得宅院里另外一个女性鲁碧的同情，可惜遭到敌视。相反，鲁碧告诉她女人和男人之间最有价值的东西是性关系：嘲笑她并不懂得真正的男人。她在莉芭小姐的妓院里靠喝酒麻醉神经，接受的是"金鱼眼对你够好的，你能找到金鱼眼这样的男人应该感到满意"的教育。正如罗伯兹所说，谭波儿是福克纳小说中为数不多的公开说话的女性。她不像《喧哗与骚动》中的凯蒂没有出场的机会，要由她的兄弟来叙述她的故事。谭波儿对霍拉斯描述了她在法国人宅院里所感受的恐怖。她的话真可以说是字字血声声泪，充分表现了一个弱女子的无奈和悲怆，连久经世故的妓院老板莉芭小姐都希望霍拉斯把她带走，认为"不出一年，她不是死便是进疯人院"。④ 可惜无论是谭波儿还是莉

---

① Elisabeth Muhlenfeld, "Bewildered Witness: Temple Drake in *Sanctuary*", *The Faulkner Journal*, Vol. 1, No. 2, 1986, pp. 43 – 55.

② Kevin A. Boon, "Temple Defiled: The Brainwashing of Temple Drake in Faulkner's *Sanctuary*", *The Faulkner Journal*, Vol. 6. No. 2, 1991, pp. 33 – 50.

③ 《圣殿》，第7、8、11章。

④ 同上书，第28章。

芭小姐都引不起用抽象的贞洁观念来看待女人的霍拉斯的同情。谭波儿从进入法国人宅院起就不断地抗议呼吁。然而，在男性为主宰的世界里，没有人肯听她的故事。当时在现场的只有个瞎了眼的老头，谭波儿的呼救声微弱得跟寂静一样。这种描写意味深长，说明谭波儿"讲的故事对于声称把年轻的白人妇女的贞洁和纯真看得高于一切的南方文化是无法忍受的；对于要求控制女人身体的象征性的社会秩序是不能接受的"。①法庭那一章的描写尤其突出谭波儿的被动与无助，她像机械人似的听任那个工于心计的检察官的摆布，很难证明她是有计划有预谋地主动作伪证的。谭波儿的话语终于被男性话语所淹没，她的声音受到压制。她无法反抗。该章结尾处她父亲和她兄弟把她团团围住并带走的情景更进一步表明她没有个人意志，也没有自由可言。这一切充分说明福克纳并不想让谭波儿成为邪恶的化身来承担社会腐败堕落的责任。

即便对那杀人不眨眼的混世魔王金鱼眼，我们似乎也还可以作些新的阐释。很多人对福克纳在《圣殿》结尾处又回到对金鱼眼的描写不以为然，认为这是一种败笔。其实，这一章交代了金鱼眼的身世，使我们知道他不仅从小被父亲遗弃而且深受其性病之害，他的童年无幸福可言，照顾他的外祖母有精神病，一心纵火，几乎把他烧死；他母亲先被丈夫所遗弃，又为母亲和儿子担惊受怕，神经也变得不太正常。在这种畸形环境下，金鱼眼势必成为一个心理变态、性格扭曲的人。他一年一度看望母亲的做法仿佛说明他渴望家庭温暖，似乎天良并未完全泯灭，但他的所作所为又暴露了他的冷酷与残忍。福克纳的高明之处在于他引导读者去站在金鱼眼的立场设身处地地为他做些考虑，从而看到罪犯也可能是受害者，正如受害者谭波儿同时也伤害甚至杀害了别人。金鱼眼成为邪恶的化身，社会是要负责任的。其实，在福克纳之前已有作家持这种观点，并写进了小说。尽管现在评论界一致公认福克纳的成就高于德莱塞，但《圣殿》很可能受德莱塞在1925年出版的《美国悲剧》的影响，两部小说都是对美国社会制度的控诉，都描写在美国社会出生长大的土生子是如何走上犯

---

① Diane Roberts, *Faulkner and Southern Womanhood*, p. 125.

罪的道路,都揭露美国这个人吃人的社会是造成一切悲剧的真正根源。

话得说回来,既然金鱼眼和谭波儿都是美国社会制度的产物,从某种意义上说都是社会的受害者,那为什么他们不能引起读者的同情?福克纳的答案是,因为世风日下、物欲横流的社会使人失去灵魂,使他们不可能具备"勇气、荣誉、希望、自豪、同情、怜悯之心和牺牲精神"。① 福克纳不愧为一代大师。他没有长篇大论地教训读者,而是通过象征手段来表现,尤其是采用希腊神话中美少年那喀索斯看见水中自己的倒影、顾影自怜、相思而死的故事。众所周知,这故事后来演变转义指妄自尊大、自我陶醉的人。小说里,谭波儿只陶醉于自己的美貌,除此以外,她没有任何责任感或道德观念。金鱼眼更是目中无人,只考虑自己的需要。他觉得汤米碍事便把他杀了。他把雷德领进谭波儿的房间让他们做爱寻乐,但一旦雷德真有可能抢走谭波儿,他就毫不留情地下了毒手。

其实,这个象征含义不仅符合金鱼眼和谭波儿,还完全适用于书中其他人物。例如娜西莎的名字和神话中的美少年一模一样;霍拉斯和金鱼眼初次出场都是在泉水边,霍拉斯正是在掬水喝时看见水中自己和金鱼眼的倒影的。谭波儿虽然跟水关系不大,但她喜欢照镜子,也可以说是在时时处处寻找自己的影子。仔细分析一下,书里的人物几乎个个都以自我为中心。最为典型的例子是金鱼眼在临死前对生命毫无留恋,却十分在乎自己的头发是否整齐,还要叫治安官帮他捋好头发。而谭波儿经历了自身受摧残又使别人受伤害的重大变故后,仍然没有成熟,仍然只关心自己的容貌。

四

关于《圣殿》的创作手法,评论界都不认为这是福克纳在"一点点时间"里一蹴而就的作品。这一点可以从小说的开场和结尾这个小

---

① 福克纳:《在接受诺贝尔文学奖时的演说》,张子清译,见《福克纳评论集》,第254页。

例子里得到证明。故事是在春天开始并在夏天结束的。然而,万物复苏、生意盎然的春天带来的不是生之喜悦而是暴力和梦魇。同样,夏天也没有生气,成了"阴沉沉的""雨水和死亡的季节"。① 在法国人宅院,贞洁的代表谭波儿遭到凌辱,在巴黎,表面上代表女性权力顶峰实际上是作摆设的已故王后的塑像也一样污迹斑斑。不仅如此,故事是在泉水边开始又在喷泉边结束的。在大自然的泉水旁,金鱼眼的脸色跟"电灯光"连在一起,他的身材被比做"像是从铁板上冲压出来的"②,成为机械文明的象征。作为对称,谭波儿在人工建造的喷泉边机械地重复她照镜子的动作,坐在既无表情又无动静的父亲身边,暗示父权社会依然控制着一切,而谭波儿仍然接受男性社会的主宰,仍然以自我为中心。小说里,金鱼眼给读者的最后一瞥是在死亡面前担忧头发不够整齐。同样,读者最后看到谭波儿时,她还是在照镜子。这里,福克纳巧妙地把谭波儿跟金鱼眼合二为一,并且暗示她也走向后者所代表的死亡。如果我们再联想到第 23 章关于时光仿佛并未流逝的那段描述,我们可以看到福克纳力图表达如果社会腐败人就会失去灵魂走向死亡的苦心,也不得不赞叹他在精心构建这部小说时所下的功夫。

  福克纳的独具匠心还表现在他在小说中制造许多有关影子的意象。霍拉斯看水中的倒影,谭波儿看镜子里的影子,还有霍拉斯和小蓓儿看镜子里的影像等等,他由此设置了一对对互相映照的人或物。譬如,跟纯真贞洁的保护者霍拉斯相对照的是摧残纯真贞洁的金鱼眼;与所谓弗吉尼亚绅士高温对抗的是法国人宅院里的戈德温和汤米。还有体面的娜西莎和没有正式结婚便生孩子的鲁碧;甚至作为法官女儿的谭波儿和称金鱼眼为"爹爹"的谭波儿。这种写法不足为奇,是传统文学中常用的手笔。福克纳的不同凡响在于把本应是截然不同的两个东西变成的人或事可以分为体面的上流社会和下等阶层。然而,不管哪一方面都是另一方面的几乎一模一样的影子。下层,特别是罪犯社会本来就无法律、准则和道德可言,但上流社会虽

---

① 《圣殿》,第 31 章。
② 同上书,第 1 章。

然有法律、准则和道德却放弃了它所应该维护和保证的真理、正义和美德。自视清高的霍拉斯其实跟金鱼眼差别不大；他对养女小蓓儿和谭波儿也有非分的淫念。高温和法国人宅院里的男人在对待谭波儿的态度上并没有多少不同。谭波儿是法官的女儿，可她又叫金鱼眼"爹爹"。可见这两人都是男权社会的代表。即便她本人，在出事前后也并没有太多本质上的差异。可以说，罪犯社会是上流社会的延伸，它们互相依存，前者是为了满足后者的需要（无论是私酒还是精神上的自我陶醉）而存在的，它的存在却又揭露了体面社会的虚幻。在福克纳的笔下，罪犯社会还有意无意地"揭示了上流社会所掩饰、压抑但不能完全消除的无意识的东西"。[①] 人们烧死戈德温，因为他们认为他亵渎了"生活中最神圣的东西：女性"，但旅行推销员的"我才不会用什么玉米棒子芯"和出租汽车司机的"我们得保护我们的姑娘。我们自己也许用得上她们"的话说明他们内心深处也有类似戈德温之流对女人的叵测之心。

　　有人还用现象学的理论来分析《圣殿》的写作手法与主题思想的关系，指出小说中的意识所针对的"客体"往往不是图式化的而是声音，尤其是人的声音；读者所注意的意识即人物则常常以听众的身份出现，福克纳经常描写谭波儿躲在一个房间里倾听外部空间里人的声音和其他声响。由于声音能穿堂入室，外部世界就不断侵入谭波儿企图躲藏的地方。各种声响，包括人的嗓音构成了一个带有威胁性的力图侵入的世界。而在危险真正出现时，如金鱼眼逼近谭波儿时，门虽然来回碰撞，门框却没有一点声响，连她求援的尖叫都像"宁静的水泡落入它们周围的明亮的寂静之中"。[②] 谭波儿作为听者时时经受着表现为声音的世界的威胁，这种手法确定了她的受害者的身份。福克纳刻意描写书中人物的声音：金鱼眼的嗓音"柔和、冷酷"，鲁碧的"平静、不带感情"，霍拉斯的"干涩、轻微"，娜西莎的"冷漠、严厉"等等。这类形容词反复使用的结果又充分表现虚构的世界

---

　　① Terry Heller, "Mirrored Worlds and the Gothic in Faulkner's *Sanctuary*", *Mississippi Quarterly*, Vol. 42, no. 3, 1989, pp. 247–259.
　　② 《圣殿》，第 13 章。

带着威胁性的本质。与此相对应的表现自然和社会的声音总是跟死亡、犯罪、暴力、邪念、背叛联系在一起。如黑人凶手的歌声、霍拉斯听见的"夜晚的声音"、"野葡萄的喃喃声"、私刑时广场上的脚步声等。可见声音所代表的力量对人或社会都构成了强大的威胁。[①]

其实,有些根据新理论提出的观点,老一代评论家过去也谈到过,只是提法不同而已。譬如,米尔盖特就分析过《圣殿》里的对比和对照手法,指出小说在开宗明义的头两章中就确立了霍拉斯和鲁碧的对比关系,霍拉斯由于受到过度的照料和自我放纵所形成的无能和与此成对比的鲁碧对事物的接受和忍耐在全书起着十分重要的作用。他还谈到类似的妓院、监狱跟法庭的背景描写,有关罪责、不公正和腐败的主题,来说明小说中的"下等"社会既同"高等"社会并存相对应却又时时对其作道义上的谴责和重新评价。[②]即便是马修斯的"省略"观点,布鲁克斯在他评述《圣殿》的文章里也曾谈到过。他称之为"情节中的空白",并且认为由于福克纳"拒绝填补"这些空白,"读者往往不明白为什么有些事情会发生,甚至搞不清楚究竟发生了什么事情"。[③]布鲁克斯还注意到福克纳的另一种手法:他交代了大量的客观细节,却不介绍人物的内心思想。布鲁克斯把这一做法跟小说采取侦探小说的格局相联系。

这个发现很重要,可惜布鲁克斯没有作进一步的探讨。要是把《圣殿》同福克纳在此前后撰写的《喧哗与骚动》和《我弥留之际》作一番比较,我们就会发现,《圣殿》几乎完全没有那两本书所采用的意识流手法,也没有他惯用的晦涩的字眼和错综复杂的长句。如果说这是侦探小说的需要,为什么福克纳在也是侦探小说格局的《押沙龙,押沙龙!》里却运用了大量的意识流和为了表现心理活动所需要的繁复隐晦的长句?我认为这跟他所要表现的主题有很大的关系。福克纳在《圣殿》里要表现的是"社会腐败了,人性泯灭了,世界快要完蛋"

---

① 详见 Stephen M. Ross, *Fiction's Inexhaustible Voice*: *Speech and Writing in Faulkner* 中"Instrusive Voices in *Sanctuary*"一节,(Athens, University of Eorgia, 1989), pp.45–51.

② Michael Millgate, *The Achievement of William Faulkner*, pp.118,120.

③ Cleanth Brooks, *William Faulkner*: *The Yoknapatawpha Country*, p.119.

的事实。因此,他要交代的是例证和事实。《押沙龙,押沙龙!》是对上述事实的再探讨,要挖掘这种现象的根源,就需要反复思索来回琢磨。目的不同,表现方法也就不一样。尽管读者很想知道金鱼眼在强奸谭波儿、枪杀汤米和雷德,尤其是他自己临死前在牢房里那几天的心理活动。但福克纳没有提供这一切,正是因为他要把金鱼眼塑造成机械文明的产物,邪恶的化身,一个没有思想或者不会思想的动物。

另一个主要人物谭波儿的心理活动似乎也可以大加挖掘。但一来她还是个涉世不深又只知道及时行乐的孩子,没有多少的想法,二来她在法国人宅院里被太多的从未经历过的事件吓坏了,顾不得进行思考。她在莉芭小姐的妓院里靠喝烈性的杜松子酒麻痹神经来打发时光,思想可以说是麻木不仁。在法庭上,她是个受人摆布的木偶;在卢森堡公园里,她在父亲的监视下活动,都不需要有自己的思想或者说不可能进行独立的思考,因此也就没有什么心理活动可言。对谭波儿和金鱼眼的这种此时无声胜有声的手法既符合他们的性格,也要比长篇大论的分析更发人深省。

然而,福克纳不是绝对不进行心理分析的。谭波儿对霍拉斯说的那番话就是她在遭到强暴前一天晚上所思所想的心理活动的十分真切的描绘。对于那个敏感多思、好幻想的知识分子霍拉斯,福克纳并不吝惜任何心理描写。第29章关于霍拉斯冲进人们残害戈德温的场地,第19章表现他潜意识里乱伦欲念的有关他凝视小蓓儿照片的那一节,尤其是第23章他终于认识到自己意识深处不可告人的罪恶思想的那一段,都是用意识流手法表现的既生动又深刻的心理分析。福克纳也不是不用其它现代派手法,谭波儿被强暴的故事就运用了多视角多层次的叙述方法。前面用的是全能视角,由作者进行描述,第19章里,鲁碧从她的角度把这事件又介绍了一遍。到了第23章,谭波儿亲自出面把自己的经历告诉了霍拉斯。同一个故事反复讲述了三次,却都没有交代那关键部分,其目的很明显,就是要引起读者的注意,使他们不仅重视事件在小说里的作用,而且去挖掘文本以外的寓意。

出于同样的目的,福克纳在这部小说中使用的语言比较简练,文句也不复杂,跟《喧哗与骚动》大不一样。福克纳用快节奏的手法把大量经过高度提炼的细节直接推到读者的面前,而且故意有所省略,留出一些空白来迫使读者进入故事情节,参与创作和想像,从而在令人窒息的事实面前痛苦地做出他含而不露但迫使我们不得不承认的"社会腐败了,人性泯灭了,世界快要完蛋"的结论。

福克纳在谈到文体时曾反复强调"主题,故事,创造自己的文体",①"作家企图写的作品控制它的文体,强迫(作家使用某种)文体"。② 他还明确地表示过,"看比听强,无声胜于有声,用文字创造的形象就是无声的。文中惊雷、文中仙乐,都只能在无声中领会"。③ 可以说《圣殿》的手法充分表现了他的观点。福克纳在 1928 和 1929 两年里写了三本风格迥异的小说:用典型的意识流、多视角等现代派手法表现的《喧哗与骚动》、也用意识流和内心独白等手法但不是用多视角来把同一个故事重复讲述多遍而是各自介绍故事一个部分或方面的《我弥留之际》以及基本上不用这些手法而是以情节取胜的《圣殿》。仅此一点就足以说明福克纳具有何等高超的手法技巧。何况,三种不同的手法讲述了三个不同的故事,表现了社会的不同侧面。《喧哗与骚动》展现了上流社会贵族阶层的没落,《我弥留之际》刻画乡野村民的自私与自尊、顽强拼搏与苟且偷生兼而有之的两面性,而《圣殿》所揭示的画面既包括上流社会及其习俗和保护它们的法律体系,又涵盖了下层社会乃至底层犯罪分子的种种心态。应该说,虽然《圣殿》跟《喧哗与骚动》和《我弥留之际》在风格上大相径庭,但它同样展示了"人的内心冲突",也同样能证明福克纳无论在思想深度还是艺术造诣方面都无愧于大师的称号。

---

① Meriwether and Millgate ed., *Lion in the Garden: Interviews with William Faulkner*, p.106.
② 同上书,第 174 页。
③ 《福克纳访问记》,王义国、蔡慧译,见《我弥留之际》,第 454 页。

成长之艰难

——评福克纳的《坟墓的闯入者》

一

对福克纳来说,1948 年是一个重要的年头。他在 1942 年发表《去吧,摩西》以后沉寂了六年。他一心一意想要写的巨著《寓言》一直难产。另一方面,他经济拮据,不得不从 1942 年开始就到他并不喜欢的好莱坞去打工挣钱。他与华纳电影公司签订的合同条件很苛刻,对他很不利,因而心情很不舒畅。1946 年 1 月他给他的代理人奥伯写信说,"在法国,我是一场文学运动之父。在欧洲,我被认为是最优秀的美国作家,也是所有作家中最出色的一个。在美国,我靠在一次侦探小说比赛中获得了二等奖才勉强得到一个蹩脚文人写电影脚本的工资。"[①] 幸好,奥伯在 1946 年 3 月帮他争取到电影公司的批准,使他可以在家写小说。但他并没有马上写《坟墓的闯入者》,而是继续创作他的《寓言》,帮助马尔科姆·考利编他的《福克纳袖珍文集》,又写了一本关于赛马的书[②]。只是因为《寓言》写得很不顺利,而出版商对赛马的故事又不感兴趣,他才在 1948 年 1 月开始写《坟墓的闯入者》,连写带修改一共用了三个月的时间,9 月就由兰登书屋出版,销路比以往任何一本书都要好,评论家反映也不错。同时,由于《福克纳袖珍文集》的出版,读者与评论界又开始对他发生兴趣。

---

① 《哈罗德·奥伯—威廉·福克纳通信》转引自 Patrick Samway, *Faulkner's Intruder in the Dust: A Critical Study of the Typescripts*, (New York: The Whitston Publishing Company, 1980), 第 14 页。所谓得奖指的是他在《艾勒里·昆惊险小说季刊》举办的竞赛中得了二等奖的《化学中的一个错误》。

② 这故事后来成为福克纳的最后一本著作《掠夺者》。但实际上福克纳早在 1940 年就跟兰登书屋签过合同要写一本类似《坟墓的闯入者》的小说。

《生活》、《纽约客》等杂志纷纷要求为他写人物专访。于是,米高梅电影公司出高价买下《坟墓的闯入者》的拍摄权,并在他的家乡拍摄。这使得他不仅有了经济收益,还在一贯冷落他的家乡名声大振。用评论家米尔盖特的话来说,"《坟墓的闯入者》完成了《福克纳袖珍文集》所开始的重新确立福克纳作为文学名家的工作"①。同年,福克纳得到美国文学界的最高荣誉:他当选为美国文学艺术研究院的研究员。第二年他又获得了诺贝尔文学奖,从此时来运转。可以说,《坟墓的闯入者》是在他事业生涯的关键时刻使他交上好运的一部作品。

然而,这并不是福克纳心血来潮写的小说。早在1940年他就告诉他的代理人海亚斯,他想写"一本侦探小说,与众不同的地方在于解决疑案的人是个黑人,他本人为这谋杀案被关在监狱里,将要被处以私刑,为了自卫破了这个谋杀案。"②他本人一度还很看重《坟墓的闯入者》。1948年他在写书的过程中曾给奥伯写信描述了小说的主要内容:"一个黑人,他被指控为杀人犯,被关在监狱里等着白人把他拉出去,浇上汽油,放火纵烧,……他自己做侦探,解决了这个罪案。"他还说,小说写的"更多的是黑人与白人的关系,前提尤其是,或者更可以说是,南方的白人,比北方,比政府,比任何人都多欠黑人一份债,都必须对黑人承担一份责任。"③40年代末,他曾对一个朋友说,这是他写过的最好的一本书。1955年,他访问日本时,有位听众问他日本读者应该首先看他的哪一本小说,他回答说,"我建议——题目叫"坟墓的闯入者"。我建议这本书,因为它谈的问题很重要,不光在我们国家很重要,而且,我认为,对所有的人都很重要。"④

---

① Michael Millgate, *the Achievement of Williiam Faulkner*, (Lincoln: University of Nebrska Press, 1978), p. 47.

② Joseph Blotner, *Faulkner: a Biography*, (Charlottesville: University Press of Virginia, 1974), p. 1245.

③ 《哈罗德·奥伯—威廉·福克纳通信》,转引自 Patrick Samway, *Faulkner's Intruder in the Dust: A Critical Study of the Typescripts*, (New York: The Whitston Publishing Company, 1980), pp. 22-23.

④ "Meeting with Nagano Citizens," 见 James B. Meriwether & Michael Millgate 编 *Lion in the Garden*, (Lincoln: University of Nebraska Press, 1968), p. 165.

跟福克纳的其他作品相比,《坟墓的闯入者》有一个明显的不同:福克纳不再用暗示或隐喻的方式谈社会问题,而是很明确、很直截了当地揭露了当时美国社会的一大矛盾——种族关系问题。他的文体也一反以往隐晦曲折的做法,没有多层次多视角,一切事件都是通过少年契克的角度来表现的,尽管其中有回忆,但时序并不混乱得让人摸不着头脑。虽然他还保留他的复杂的长句,但整个故事头绪清楚、观点明确,比较明白易懂。他在上面那封给奥伯的信里强调:"这是一个故事,没有人在里面唠唠叨叨地讲道。"

这部小说风格的变化似乎是由于福克纳采用了老百姓喜欢的通俗文学中侦探小说的格局。他在好莱坞的时候,大导演霍克斯问他为什么不写本侦探小说,他回答说,他想写一个"关在牢房里努力想破自己的案子的黑人"[①]。他在前面提到的给奥伯的信里更明确地说,"这是一个关于谋杀的侦探疑案小说"。他后来跟弗吉尼亚大学的学生座谈时又说,这本书"开始时是一个念头——当时不断出现大量的侦探小说,我的孩子们老买,老拿回家来,到处都是,不管我走到哪里都会碰上。我有了个想法,关于一个被关在监狱里将要被绞死的人,他只能自己做自己的侦探,他找不到任何人来帮他的忙。后来我又想到那人是个黑人。于是……就想到了路喀斯·布香。那本书就这么写出来了。……但我一想到布香,他就左右了这个故事,这故事就跟我开始时的想法——跟我开始要写的侦探小说大不一样了。"[②]

然而,同样采用侦探小说格局的《押沙龙,押沙龙!》却错综复杂,头绪繁多,让人无所适从。从两本书的对比可以证明,福克纳在《坟墓的闯入者》里确实是有意要使叙述清楚,让故事线索明确易懂。两本书的不同风格反映了作者思想的变化。

首先,他是在《寓言》难产的情况下才写《坟墓的闯入者》的。那

---

① Joseph Blotner, *Faulkner: A Biograph*, New York: Random House, 1974, p.1246.

② Frederick L. Gwynn 与 Joseph L. Blotner 编 *Faulkner in the University*, (Charlottesville: University Press of Virginia, 1959), pp.141–142.

本他一心一意地要写成"可能是我们时代最伟大的小说",①是一本主题先行的作品,背景是他并不熟悉的欧洲和第一次世界大战。福克纳想用一个寓言故事来表现他对战争和西方文明的谴责,强调世界已经堕落到如果耶稣再次降临仍会被钉死在十字架上的地步。他违反了他一向习惯也主张的写自己熟悉的人与事的做法,给自己带来了不少困难。在写不下去的情况下他重新回到他的约克纳帕塔法世系,写起他一向想要写的黑人自己做侦探的故事。他写得很顺利。然而,《寓言》那种主题先行的做法肯定影响了《坟墓的闯入者》的构思和写作过程,使之成为一个思想性很强也很明确的故事。

其次,这本书是在马尔科姆·考利编辑的《福克纳袖珍文集》在1946年出版以后写的。考利在《文集》里的序言里总结归纳福克纳在此以前写的17本书,称之为约克纳帕塔法世系,高度评价福克纳为"一个用散文写史诗、写谣曲的作家,……是一整套神话的创造者,把这些神话编进了一部南方的传奇",赞扬他"完成了我们时代还没有别的先例的精神劳动。这是一个双重意义的劳动:第一,他创造了密西西比州的一个县,它像神话中的王国,然而包括所有细节在内都是样样齐全的、栩栩如生的;第二,使他的约克纳帕塔法县的故事成为最边远的南方的寓言和传奇,活在人们的心中。"② 福克纳对考利编的《文集》大为赞赏,他在给考利的信中说,"这工作做得真出色……老天爷,我自己都不知道我一直努力在做些什么,也不知道我取得了多么大的成功。"③《福克纳袖珍文集》使他终于得到了他盼望多年的名誉和声望。他真心希望《坟墓的闯入者》成为又一部约克纳帕塔法故事的传世之作,因而有可能加倍努力,使小说的思想内容符合考利的评价。事实上,有些评论家曾经批评过考利的评论束缚了福克纳的思想。

第三,《坟墓的闯入者》涉及的是福克纳一向关注的黑人与白人

---

① David Minter, *William Faulkner: His Life and work*, (the Johns Hopkins University Press, 1980), p.198.

② 马尔科姆·考利:《福克纳:约克纳帕塔法的故事》,李文俊译。见李文俊编选《福克纳评论集》,中国社会科学出版社,1980年,第22、47页。

③ Malcolm Cowley, *The Faulkner-Cowley File*, (Penguin Books, 1966), p.91.

关系的种族问题。作为一个有良心的人道主义作家,他在《八月之光》、《押沙龙,押沙龙!》和《干旱的九月》等小说和故事中一再谴责美国南方的奴隶制和对黑人的歧视与迫害。他在晚年非常关心社会问题,想在"国家的声音中表达一点自己的意见"[①],也确实对种族问题多次公开表态。《坟墓的闯入者》是40年代末黑人民权运动日趋激烈的时候写的,福克纳借题发挥,直言不讳地表明了自己对种族问题的态度。早在《去吧,摩西》里,他就从社会、历史、家族的兴衰等多方面探讨种族问题,而且除《熊》以外,大部分的故事采用的都是南方民间讲故事的叙述手法,以情节为中心,故事线索清楚,主题思想一目了然。从某种意义上说,《坟墓的闯入者》是《去吧,摩西》的续集,因为主要人物路喀斯·布香就是《去吧,摩西》中的一个主人公。另一个主要人物——加文·斯蒂文斯律师——也在《去吧,摩西》中出现。两部小说都涉及黑人与白人的关系。《坟墓的闯入者》沿袭的也是《去吧,摩西》的叙事风格,突出的是思想内容而不着眼于雾里看花的手法技巧。

  此外,我们还不能排除一个完全是经济方面的原因。福克纳靠写作维持生活,日子过得很拮据,40年代,他为应交的所得税困扰得狼狈不堪。他知道"血腥与雷电的惊险小说"可以赚钱。早在1940年他给他的代理人海亚斯写信时就说他想写个谋杀案,"与众不同之处在于解决这个案子的人是个黑人……"他把《坟墓的闯入者》的稿子交给出版社以后,一直希望这篇小说能被某家杂志选中予以连载,从而可以多拿一点稿费来弥补家用。为了迎合通俗杂志读者的需要,他甚至一反习惯的做法,主动表示他可以做些删节和修改。因此他很可能从一开始就注意避免比较隐晦艰涩的手法和曲里拐弯的故事情节。当然,还有人说,这是福克纳创作水平下降的表现。根据他弟弟的回忆,福克纳说过,一旦他江郎才尽,他就改写侦探小说,因为,只要发现一个可用的格局,作者就可以反复使用,只要改动一下人名和地名。这个弟弟认为,福克纳在《坟墓的闯入者》里面玩的就

---

  ① 见福克纳给养子马尔科姆的一封信。收在 *Selected Letters of William Faulkner*, edited by Joseph Blotner, (New York: Random House, 1977),第166页。

是这个花招。[①]

不管什么原因,《坟墓的闯入者》是福克纳创作生涯后期的一部作品。我们可以通过它看到他在约克纳帕塔法世系中所表现的一个重要思想和主题。近年来,出于政治批评在美国的影响越来越大,这本书又开始受到人们的注意。

二

虽然福克纳说,《坟墓的闯入者》里面没有唠唠叨叨的布道,但这却是这本小说受到的最严厉的批评。小说刚一发表,大批评家爱德蒙·威尔逊就强调《坟墓的闯入者》是一种"宣传品",叙述者契克的叔叔加文·斯蒂文斯律师其实就是作者本人,他的长篇议论实际上是代表福克纳对民主党当时提出的反私刑法和关于黑人的民权法案进行强烈的驳斥[②]。60年代,伏尔普指责福克纳"以南方代言人自居。他牺牲艺术去搞社会分析和讲道式的告诫。结果成了一本纯属宣传的小说"[③]。直到80年代,还有评论家认为福克纳把一本检验一个年轻的白人少年和一个老年黑人之间关系的扣人心弦的故事变成了一场道德闹剧[④]。还有人批评福克纳没有给路喀斯以足够的篇幅,使他在小说的后半部几乎无所表现。更为严重的是,福克纳塑造的路喀斯并不是典型的黑人形象,因为路喀斯的自信和自尊不是出于身为黑人的自豪而是出于他是白人奴隶主麦卡斯林和黑奴的后代,他

---

① John Faulkner, *My Brother Bill*, (New York: Trodent Press, 1963), p.240.
② Edmund Wilson, "Willian Faulkner's Reply to the Civil-Rights Program," in *Faulkner: A Collection of Critical Essays*, edited by Robert Penn Warren, (Prentice Hall, 1966), pp.219-225.
③ Edmund L. Volpc, *A Reader's Guide to William Fauulkner*, (Farrar, Straus and Giroux, 1964), p.253.
④ Eric J. Sundquist, *Faulkner: the House Divided*, (Johns Hopkins University Press, 1983), p.149.

的身体里有白人的血统①。

　　当然,也有评论家出面维护福克纳。60年代,福克纳的权威评论家布罗克斯就说过,"加文·斯蒂文斯在福克纳的小说里并不占有特殊的地位。他有时候说话很有道理,有时候完全是胡说八道……(福克纳)没有把他表现为社会的圣人或明智的顾问。"②著名黑人女作家玛格丽特·沃克在比较福克纳塑造的黑人形象时表示,一般黑人更喜欢路喀斯·布香,因为"(《喧哗与骚动》中的)迪尔西只是一种有代表性的典型,(《八月之光》中的)克里斯默斯是一种象征,但布香几乎就是一个人"。她认为福克纳不可能完全摆脱美国南方种族主义的影响,但她仍然肯定"路喀斯在福克纳的黑人人物中是惟一的接近或相当于一个男子汉的人物……路喀斯不断地坚持维护自己的男子气概。他不但坚持而且还维护它,并且在行动中表现他认为他那男子汉气概应有的尊严。"③白人评论家诺尔·波尔克则认为福克纳在塑造黑人时拒绝感情用事或简单化,使他们不像活生生的人④。至于加文·斯蒂文斯,福克纳在给考利的信中曾明确地说,他并不代表作者发言,而是代表开明的南方人士中最出色的那一类,他们就是那样看待黑人的⑤。他跟弗吉尼亚大学学生座谈时也说过,加文·斯蒂文斯"最了解的是法律,寻找证据的方式,和通过法律头脑从所见所闻中取得正确的结论。他对人的了解远远不如他对法律的了解。他

---

　　① 见 *College Language Association Jounal* 1984年6月号所载 Sandra D. Milloy 的 "Faulkner's Lukas: an 'Arrogant, Intactable and Insolent' Old Man"或 *The Faulkner Journal* 1990年第三期中 Keith Clark 的 "Man on the Margin: Lucas Beauchamp and the Limitation of the Space"。

　　② Cleanth Brooks, *William Faulkner*: *The Yoknapatawpha Country* (New Haven: Yale University Press, 1963), pp. 279 - 280.

　　③ Margaret Walker Alexander, "Faulkner and Race," in *The Maker and the Myth*: *Faulkner and Yoknapatawpha*, edited by Evans Harrington and Ann J. Abadie, (Jackson: UP of Mississippi, 1978), pp. 113, 115.

　　④ Noel Polk, "Faulkner and the southern white Moderate" in *Faulkner and Race*, edited by Doreen Fowler and Ann J. Abaie, (Jackson: UP of Mississippi, 1987), p. 142.

　　⑤ Malcolm Cowley, *The Faulkner-Cowley File* (Penguin Books, 1966), pp. 110 - 111.

跟人打交道的时候,就成了外行。他——有时候比起他的外甥差远了"①。

事实上,这里有一个如何看待这本小说的问题。福克纳确实是在谈种族关系和种族歧视,但他把这个问题跟一个少年的成长联系在一起,使之具有更广泛的意义。种族问题是美国南方的一个难题,也是每个白孩子在成长过程中必须面对和解决的问题。福克纳在《没有被征服》中描述过白孩子和黑孩子之间的友谊,但他在《灶火与炉床》中更深刻地剖析了白孩子的种族偏见和"白人高人一等"的种族优越意识的形成过程。白孩子洛斯跟路喀斯的儿子亨利从小一起吃路喀斯妻子莫莉的奶长大,两人情同手足,一起吃一起睡一起玩。洛斯甚至更喜欢呆在路喀斯夫妇的小屋里。但在洛斯7岁时,他忽然懂得了肤色的含义,拒绝跟亨利睡同一张床,当然他也受到了黑人家庭的排斥,从此失去了干哥哥亨利的友谊。福克纳把这种种族意识称为"他父辈古老的诅咒",并且说这种诅咒"是一个地理方面偶然事件的结果……得自谬误与耻辱"②。福克纳在《坟墓的闯入者》中进一步探讨了这个问题。他在给考利的信中还说,"如果种族问题让小孩们来解决,它们早就解决了。是成年人,尤其是女人使偏见歧视能继续存在。"他在小说中确实让契克,一个16岁的白孩子和他的也是16岁的黑朋友以及一个年迈的白人老小姐帮助路喀斯找到杀人犯,使他免于一死。所以,这本小说不仅描述南方黑人与白人的种族关系,还探索了白人孩子在成长过程中应该如何克服种族偏见,培养正确的种族意识。如果我们以契克为中心,从他在特殊环境中成长的角度去看待路喀斯和加文,那么路喀斯在小说后半部的消极被动以及加文的高谈阔论就不是小说的缺陷,他们就有新的含义,成为表达文本的媒介。

在南方出生的契克深受南方白人种族意识的影响。对他来说,黑人是一种抽象概念,正如北方是"一种有感情色彩的观念,一种状

---

① Frederick L. Gwynn & Joseph Blotner eds. *Faulkner in the University*, (Charlottesville: UP of Virginia, 1959), p.140.
② 福克纳:《去吧,摩西》,李文俊译,上海译文出版社,1996年,第102页。

态。他从吮吸母亲的乳汁起就懂得他必须永远时时刻刻提高警惕完全不是去害怕也并不是真正去仇恨而只是要去反抗——有时候有点疲惫有时候甚至并无诚意——的状态"①。然而,对黑人的传统观念往往跟现实生活发生冲突。在现实生活中,他的黑人小伙伴比他聪明也比他能干。老黑人艾富拉姆似乎也比他的父亲和舅舅更有头脑。他的话:"年轻孩子和女人,他们的脑袋不是装得满满的。他们听得进别人的话。可像你爸和你舅那样的中年男人,他们不会听的。他们没有时间。他们忙着找事实。"(第三章)艾富拉姆不仅帮助契克母亲找到了戒指而且在帮助路喀斯寻找杀人犯这件事上也证明是正确的。

　　这种观念跟现实不一致的现象使契克感到十分困惑,尤其是在他遇到不肯按照白人的社会规范行事的黑人路喀斯以后。他第一次见到路喀斯时才12岁,刚掉进河里。路喀斯把他带到家里,给他换下湿衣服烤干还把自己的午饭让给他吃。路喀斯的举动使契克不由自主地产生了敬意,觉得他很像自己的外祖父。但为了保持白人的优越地位,他给了路喀斯一点钱,不料竟遭到后者的坚决拒绝,因为友好的款待是不能用金钱来支付的。路喀斯的拒绝使契克大丢面子,他感到路喀斯"并不仅仅损害了自己的男子气而且伤害了他的整个种族",甚至天真地希望路喀斯"先就当个黑鬼,只当一秒钟,小小的微不足道的一秒钟,那该有多好啊"。(第二章)由于在白人社会约成俗定的行为准则里,白人是不能受惠于黑人的,契克想尽办法给路喀斯或莫莉送礼,希望还清那顿饭的人情,从而保持他作为白人的优越地位。在几年的斗智过程中,契克对路喀斯有了更深刻的了解,也陷入更深的矛盾心理。他一方面同意小镇老百姓的观点——"我们得首先让他像个黑鬼。他得承认他是个黑鬼。那时候我们也许会按看来他希望大家接受他的方式去接受他";另一方面还认识到"任何可以或可能解救他的办法不仅是他力所难及而且还超越了他的知识范围;他只能等待着如果解救那一天会来到的话,如果没有那一天的话他也只好在没有的情况下如此这般地过日子。"(第二章)终于,他

---

① 福克纳:《坟墓的闯入者》,第七章。

在路喀斯妻子去世以后发现路喀斯跟白人一样有感情,认识到"你并不一定非得不是黑鬼才会伤心悲哀。"(第二章)正是由于契克认识到路喀斯是一个有人性和人情味、跟白人并无二致的人,他才相信路喀斯不一定是杀人凶手。他为路喀斯的安全担心,害怕路喀斯"将被可耻的暴力所杀死……不是因为他是个杀人犯而是因为他的肤色是黑的"。(第三章)当然,他也有过犹豫和动摇,想逃离是非之地。最后,在黑人小伙伴艾勒克·山德和老小姐哈伯瑟姆的帮助,他们打开死者的坟墓,发现了另外一具尸体,从而证明路喀斯并非杀人犯。

契克的发现迫使他进一步思考问题。他关心的不再是路喀斯而是南方社会及白人对黑人的种族歧视。他觉得"是他把支撑这个县的全体白人的基础里的某样令人震惊的可耻的东西找了出来暴露在光天化日之下,由于他也是这个基础培养出来的因此他也得承受那羞耻与震惊"。(第六章)契克变得成熟了,他不仅认识到自己身上错误的种族观念,还发现了这一观念的社会根源。他为小镇老百姓不经调查就想用私刑处死路喀斯的行动感到羞耻,他更为镇上的人在了解事实真相以后仍然不肯承认错误的做法感到羞耻,他甚至想到要跟南方社会决裂。他的注意力从路喀斯个人转向南方社会。于是,路喀斯开始淡化,不再是小说后半部的中心。

其实,这种叙述者就是主人公的手法并不是福克纳的独创,而是美国作家爱用的技巧。19世纪的梅尔维尔在《白鲸》中就是让伊希梅尔在叙述埃哈伯为了复仇使船毁人亡的过程中表达对人生世事和宇宙、自然及命运的看法。马克·吐温的《哈克贝里·费恩历险记》写的就是叙述者哈克的成长过程。20世纪20年代的弗朗西斯·司各特·菲茨杰拉德的《了不起的盖茨比》的叙述者也是在描述盖茨比的悲剧过程中认识到"美国梦"的虚无缥缈,有钱人是"粗心大意的人——他们砸碎了东西,毁灭了人,然后就退缩到自己的金钱或者麻木不仁或者不管什么使他们留在一起的东西之中,让别人去收拾他们的烂摊子。"① 福克纳之后的南方人作家罗伯特·佩恩·华伦的名

---

① 弗朗西斯·司各特·菲茨杰拉德:《了不起的盖茨比》,巫宁坤译,译林出版社,1998年,第154页。

著《国王的人马》中叙述者杰克更是明确地说:"这是威利·斯塔克的故事,但这也是我的故事。"① 然而福克纳没有完全沿用习惯的格局,让叙述者在叙述过程中成熟起来,对人生的道路做出正确的抉择。他做了一个小小的变动,突出了人生抉择的艰难,从而加深了小说的深度和意义。

契克确实成熟了,也更有头脑了,但他毕竟是个中产阶级出身的南方白人世家的后裔。他缺乏马克·吐温笔下的穷孩子哈克贝里·费恩的独立生活的能力,也没有后者那种敢于独自面对现实解决问题的决心与魄力。就在他犹豫不决,对南方既恨又爱的时刻,他的舅舅"闯入"他的思维,以其一贯的能说会道影响了这个 17 岁的孩子。

加文·斯蒂文斯是契克生活中最重要的人物,甚至比他父亲还重要。契克对舅舅有一种"盲目而绝对的依恋"(第二章),因为是舅舅告诉他关于南方社会、历史和人民的一切知识,教给他人生应有的世界观、道德准则和行为方式。契克崇拜舅舅,把他当作楷模,对他言听计从,深信不疑。加文·斯蒂文斯对此也十分自豪,经常在教育孩子问题上给姐姐和姐夫提建议。

应该说,加文·斯蒂文斯是个比较开明的人,对黑人有一定的同情心②。但他同时又是一个矛盾的结合体。他的头脑里有根深蒂固的南方白人的种族观。这种他无法摆脱也并不努力摆脱的偏执观念使他在路喀斯的问题上犯了一个律师所不该犯的错误。他在没有进行调查研究的情况下就想当然地认为路喀斯一定是杀人犯。他应路喀斯之请去了监狱,却口口声声他不为"从背后开枪打死人的杀人犯辩护"并谴责路喀斯言行不像个"黑人",甚至说,"你有没有想过要是你对白人称呼先生而且说得好像是真心实意的话,你现在也许就不会坐在这里了?"(第三章)他不让路喀斯辩解,自以为是地命令路喀斯承认有罪,以便争取法官的宽恕,关到比较远的监狱里,在那里度

---

① 罗伯特·佩恩·华伦:《国王的人马》,陶洁译,湖南人民出版社,1986 年,第 675 页。
② 这一点在《去吧,摩西》中有所表现。尽管他知道莫莉的外孙是因为杀了人而被处死,但他还是为了照顾莫莉的情绪想办法让死者体面地回到家乡。详见福克纳:《去吧,摩西》,李文俊译,上海译文出版社,1996 年,第 351—365 页。

过余生。他坚信路喀斯杀死了高里,因而拒绝帮助契克,不肯查证高里是否是被路喀斯的手枪打死的,反而说"路喀斯在从白人背后开枪打死他以前就该想到这一点"(第四章)。

然而,事实证明他错了。而事实真相偏偏又是他侄子和他看不起的黑人孩子以及一个老朽的女人发现的,这使他大丢面子。侄子比舅舅聪明,这对他的自尊心是很大的打击。因此,他一再强调,契克在开始的时候也没有相信路喀斯的话,甚至有点歇斯底里地问,"你什么时候才真正开始相信他了?在你打开棺材的时候,对吗?我想知道,你明白吗。也许我还没有老得不会学习了。什么时候?"(第六章)

为了挽回声誉,为了重新获得契克的尊敬,加文·斯蒂文斯在契克思绪混乱时对他夸夸其谈,把有血有肉的路喀斯变成一个抽象概念——作为黑人统称的桑博,然后又把桑博这个抽象概念跟更为抽象的南方与北方等概念联系在一起。他不谈具体的实实在在的路喀斯,而是强词夺理地说南方的黑人与白人必须"联合"起来以便"战胜"北方。反复强调那抽象的桑博"有耐心,即使在没有希望的时候仍有耐心,他目光远大,即便在看不见前途时仍然有远大的目光,不仅仅有经受磨难的意志而且有吃苦耐劳的愿望"(第七章),声称虽然"桑博是个生活在自由的国度里的人因此必须是自由的",但只有南方有"给他以自由的特权"。因此最重要的事情似乎不再是如何改变杰弗生地区的白人,而是抵抗北方,保护南方的同一性。他安慰契克:"总有一天路喀斯·布香可以从背后开枪打死白人而且跟白人一样免受私刑的绞索或煤油之苦。"但他仍要求契克和黑人耐心等待,说什么像路喀斯被错误地当成杀人犯的事情还会发生,但白人会感到羞耻的,"然而人之不朽的全部历史正在于他所忍受的痛苦,他攀登星空的努力在于他一步一步的赎罪过程"。(第七章)

加文·斯蒂文斯以雄辩的口才转移了契克的视线,使契克从本能地感受人们由于种族歧视对路喀斯的不公正转向加文·斯蒂文斯滔滔不绝的关于罪孽、良心和联盟等抽象观念。尤其是,加文·斯蒂文斯在高谈阔论时仿佛忘记了自己作为律师所犯的不可饶恕的错误,一再劝告契克"不要停留下来"(第十章),仿佛在肯定契克的行动并且鼓励他继续关心黑人的命运。对于一个没有处世经验的17岁的孩子来说,这种偷换概念的高论很可能使他接受舅舅关于社会、黑人、种族关系、法律与正义等问题的看法。

问题就出在这里。如果契克接受了加文·斯蒂文斯的观点,他今后是否也会成为像舅舅那样的只会空谈不能行动的白人?他是否会在关键时刻像舅舅一样,相信黑人永远是错误的甚至是有罪的?福克纳深知人性之复杂,因而没有给读者任何明确的结论。他有时候让契克反驳加文·斯蒂文斯,说他"不过是个律师"(第九章),但又说明加文·斯蒂文斯"跟他想的完全一致"(第七章)。实际上,在第七章契克的意识流里,他已经采用舅舅的语言,沿着几乎跟舅舅一样的思路,考虑几乎完全一样的问题。当然,在第十章里,契克注意到哈伯瑟姆小姐对舅舅自以为是的长篇大论很不以为然的表情,说明他有一定的辨别能力。但也就是在这一章里,加文·斯蒂文斯似乎重新确定了他的权威,因为他有办法抓到真正的凶手。在小说的最后一章里,契克十分惊讶,人们怎么能这么快地忘掉自己的错误和差一点就会发生的悲剧。这时候,加文又一次花言巧语大谈汽车问题,用抽象概念转移契克对现实和对小镇老百姓的具体的看法。他们的谈话说明加文已经恢复了他在契克心目中的榜样和师长的地位。小说结尾时,一切都仿佛回到了原来的状态。路喀斯、契克和加文又重新扮演原来的角色:加文居高临下,夸夸其谈,无所不知,无所不能;契克以小辈的身份聆听着也观察着;路喀斯给了加文一些钱表示不欠他任何人情,依然保持他那孤傲、自负、不肯低头做人的姿态。

福克纳正是用这种虚虚实实的手法来说明一个白人孩子要在南方成长、要树立正确的人生观和种族观是多么的不容易。这一次契克成功地挽救了路喀斯,但他长大以后,再遇到这种情况,他还会正确处理吗?他会不会变得跟他舅舅一样,只会嘴上谈兵,不能付诸行动,虽然没有坏心却永远无法抛弃那根深蒂固的种族歧视?这才是小说的核心。其实,一个孩子的成长,他对成人世界道德规范和行为准则是接受还是排斥,也是福克纳在接受诺贝尔文学奖演说中提到的"人类的内心冲突"。因此契克才是《坟墓的闯入者》的真正的主人公,而加文·斯蒂文斯并不是福克纳的代言人。他的存在是为了给契克的成长树立对立面,为了说明契克前进的道路上存在着十分强大的障碍。

三

不过,大家对福克纳和《坟墓的闯入者》的批评也不是没有原因的,而且事情起因还是在福克纳本人。在实际生活中,福克纳对黑人的态度常常自相矛盾。他在50年代初种族主义横行时敢于挺身而出,公开谴责种族主义者的暴行,虽然他对黑人深表同情,在自己经济情况并不好的情况下仍然拿出一部分诺贝尔文学奖的钱来设立奖学金资助黑人受教育。为此,他受到家乡父老,甚至自己的叔叔和弟弟们的反对。但在1956年黑人民权运动兴起、种族矛盾尖锐的时候,福克纳又常常发表跟加文·斯蒂文斯相类似的言论。他主张种族问题由南方人自己来解决,反对北方的介入。公开要求黑人"慢慢来。现在暂时停一下,停一会儿"①。他还一再强调黑人必须首先提高自己的道德修养,证明他们有资格享受平等和自由。1957年他对弗吉尼亚大学的学生说,"也许黑人还没有具备做超过二等公民的能力……黑人不能享有平等,因为就算把平等强加给他,他也还是不能把握它,维护它。"②这些当然是种族主义的观点,因而引起评论家的误会,认为加文·斯蒂文斯就是福克纳。然而这个事实正好说明《坟墓的闯入者》的现实意义。福克纳虽然讽刺加文,无意把他当作自己的代言人,但他在潜意识里跟加文有相通之处,因为他身上也有南方开明知识分子的通病,他自己也不能摆脱社会、历史和家庭的影响,他仍然有他的局限性。对于这个问题,评论家诺尔·波尔克说得好,"我们不应该把70年代或者80年代的社会思想强加在已经过去时代的人的身上……我们花了太多的精力去寻找福克纳没有写或不

---

① William Faulkner, "Letter to a Northern Editor," in *William Faulkner: Essays, Speeches and Public Letters*, edited by James B. Merriwether, (New York: Random House, 1965), p.87.

② See *Faulkner in the University*, p.20.

可能写的东西,而没有下足够的工夫去发现他在他力所能及的范围内所刻画的令人信服的深刻而又复杂的人间戏剧"①。我们今天阅读《坟墓的闯入者》,就是要挖掘这本小说的深刻内涵,充分领会福克纳反映人们摆脱社会和环境的影响之艰难的良苦用心。

---

① Noel Polk, "Faulkner and the Southern White Moderate," in *Faulkner and Race*, edited by Doreen Fowler and Ann J. Abadie, (Jackson, UP of Mississippi, 1987), p.42.

沉默的含义
——福克纳笔下三女性

福克纳在谈到自己的写作生涯时说,"打从写《沙多里斯》开始,我发现我家乡的那块邮票般小小的地方倒也值得写一写,只怕我一辈子也写它不完。我只要化实为虚,就可以放手充分发挥我那点小小的才华。它开发了一个有着除我以外各种各样人的金矿,于是,我创造了一个自己的天地。"①《沙多里斯》是在1927年写成的。此后三年是福克纳创作最旺盛最高产的时期。他不仅试验各种现代派的手法和技巧,对美国南方的历史、社会及问题进行思索与探讨,而且还塑造了一系列的女性形象。文学史上男作家都喜欢写女人,他们流传后世的名著往往跟女人有关,诸如托尔斯泰的《安娜·卡列尼娜》、劳伦斯的《查特莱夫人的情人》、巴尔扎克的《欧也妮·葛朗台》、福楼拜的《包法利夫人》等等都探讨女人以及她们跟男人的纠葛。这也许是因为历来的社会都是由男人主宰的,而男人又离不开女人。处于主导地位的男作家在写男人的时候必定要关注妇女,必定企图解剖女性的奥秘,塑造心目中的理想女性,鞭挞他们反对的女性,有意无意之间给全社会的女人订下规范树立榜样。深受劳伦斯、福楼拜等人影响的福克纳当然不能例外。但是,福克纳跟他的前辈不完全相同。第一,女性在美国南方文化中有她独特的意义,是了解南方历史和社会的关键,作为南方作家,福克纳自然要对妇女问题进行探索,而且用南方特有的浓重色彩来描绘妇女。第二,当时他的生活进入了一个新的时期。女人问题对他具有特殊意义和切身关系,因为他就要跟他从小青梅竹马一起长大并且一直爱慕的女朋友艾斯苔尔

---

① 《福克纳访问记》,蔡慧译,《我弥留之际》,李文俊等译,漓江出版社,1990年,第462页。

结婚了。可是,艾斯苔尔曾经背叛他,跟另外一个男人结过婚,现在虽然离婚了,但已是两个孩子的母亲。在成家之际,在将要担负起养家糊口的责任的时候,福克纳不得不对女人、家庭、婚姻作一番考虑。如果说,他在《沙多里斯》中已经琢磨过南方男人的问题,那么他现在要着重探讨的便是女人和她们的问题。从1928年春天到1929年年底,福克纳在很短的时间里连续写了三部小说:《喧哗与骚动》、《圣殿》和《我弥留之际》,它们的主人公均为女性,主题都是关于南方父权社会中女人的命运。这一点,福克纳曾以各种方式给予暗示和强调,但常被评论家所忽视。其实,稍加分析我们就可以清楚地明白福克纳的主旨。他说过,《喧哗与骚动》"是以一个小姑娘的脏裤衩画面开始的。小姑娘爬上那棵大树向客厅窗户里张望,她那些没有勇气爬树的兄弟们呆在树下等着她说她看见的东西",凯蒂是"美丽的",是他"心爱的宝贝"。[①]这说明小说的主人公是小姑娘凯蒂,她的成长与命运是故事的中心内容。福克纳对《圣殿》进行过修改,把重点从男性人物霍拉斯转移到女大学生谭波儿,集中笔墨描述她被强奸一事和由此引起的种种风波。这个改动充分表明福克纳力图表现的是女人在南方社会中的形象和男人对作为性工具的女人的种种要求和规定。至于《我弥留之际》,书中只有农村妇女艾迪一人去世。标题本身就说明小说写的是女人。三本书描绘了三种不同类型的女性:《喧哗与骚动》中的凯蒂作为败落的贵胄后裔,代表南方社会很重要的贵妇人阶层,《圣殿》里的谭波儿是20年代新南方淑女的典型,艾迪则代表社会底层的乡下妇女。尽管她们的社会地位不同,她们的命运却完全一样,都是男性统治的南方社会中受压迫的可怜虫。

　　三部小说有两个共同的特点:第一,缺乏对母性的描述,基本上没有母亲的形象;其次,女主人公难得有自己的声音,多半处于若隐若现的沉默状态。一般来说,母亲在南方文化里是个十分重要的角色,她是家庭内部的中流砥柱,而教育子女是她承担的最基本的任务。然而,《圣殿》对谭波儿的母亲没有做过任何交代。谭波儿也从

[①] Frederick L. Gwynn and Joseph L. Blotner, des. *Faulkner in the University*, (University of Vitginia Press, 1959), p.1.

来不提她的母亲。她想到的只是家里的男人,她主动告诉鲁碧,她父亲是法官,她有4个兄弟。她害怕小哥哥看到她"跟个醉鬼混在一起,会把我揍个半死"[①]。她遇到危险时念叨的是"我的父亲是个法官"(44页)。她的周围似乎也是以男人为主。在她作伪证的那一场里,强奸她的金鱼眼派一位男性律师在场监视,盘问她的人是个冷酷无情的男人。把她带出法庭的是她父亲和四个兄弟。小说结尾处,谭波儿在巴黎的卢森堡公园,陪伴她的仍是她那毫无表情的法官父亲。她的亲人中似乎没有母亲或任何女性。同样,在《我弥留之际》里,女主人公艾迪也从未提起自己的母亲。她念念不忘的是父亲的人生哲学"活在世上的理由仅仅是为长久的安眠做准备"。[②]她反复思考的是她丈夫强调的"爱"和她情夫所谓的"罪恶"。尤其值得注意的是,艾迪本人就是个母亲,但她跟她的女儿似乎没有任何心灵的沟通。她对女儿不闻不问,女儿仿佛也没想到过要告诉她自己怀了孕想打胎的念头。《喧哗与骚动》里的凯蒂倒是有个母亲——康普生夫人。但后者深受南方传统思想的毒害,是男权观念的帮凶与卫士。她全盘接受传统观念,早已失去自我,在维护与推行男权统治方面往往走得比男人还远。当然,在男权社会里母亲也是受歧视受排斥的,但她对子女,尤其是女儿总应该有些影响。福克纳却在这三部小说里一反常情,淡化女人作为母亲的作用。尽管他不一定有意探索男性权力和男性统治对女人的束缚与压迫,但小说里没有母亲的存在或只有扭曲的母性,正好说明在一个以男人为中心的南方社会,男性的道德规范和价值准则主宰一切到了何等触目惊心的程度。

三部小说的另一个特色是女主人公的沉默。在《喧哗与骚动》中,凯蒂是个举足轻重的人物,她对她周围的男人起着极其重要的作用。她的三个兄弟把她的故事重复了三遍,她自己却没有机会吐露心声。《我弥留之际》的艾迪可以说是家庭的顶梁柱,是她迫使丈夫

[①] 福克纳:《圣殿》,陶洁译,上海译文出版社,1997年,第47页。(此后所引页码均出自此书。)

[②] 福克纳:《我弥留之际》,李文俊译,漓江出版社,1990年,第121页。(此后所引页码均出自此书。)

和子女历经大火与洪水的可怕考验,长途跋涉把她的尸体运到杰弗生镇去下葬。但在全书15个人的59段独白中,她只做了一次内心独白,而且还是在她死了以后。至于《圣殿》里的谭波儿,她倒是没少讲话,可是她的发言不是没有人理会便是鹦鹉学舌般重复男人的观点。

福克纳从未明确谈过他这样做的原因,只对他为什么没让凯蒂有自己的一章,没让她跟她兄弟一样做一番内心独白有过交代。他认为凯蒂"太美丽,太动人,不能降低她来亲自讲故事","通过别人的眼睛来看她可以(使故事)更充满激情。"①换言之,凯蒂的沉默实际上是她的故事的一种表现方式,反映她如何从一个活泼可爱的小女孩被南方社会的妇女观压抑成为扭曲了的边缘化的女人。福克纳正是通过凯蒂、艾迪及谭波儿被迫沉默的过程表现南方妇女的痛苦与磨难。她们的无声无息一方面说明她们在男人世界中地位低下,只是男人的使用对象,没有权利可言,当然谈不上有自己的事业和话语。因此,以沉默表现女性的境遇要比千言万语更深刻更有力。不过,福克纳并不局限于"此时无声胜有声"的手法。下面要谈到的艾迪的沉默就是一种反抗手段。他笔下女性的沉默具有多种意义,值得我们加以分析和研究。

美国南方社会由于长期的农业经济和种植园文化,也由于清教主义和欧洲文化的影响,对妇女历来有双重看法:既把她们理想化看成是贞洁神圣的代表却又蔑视她们,认为她们是"祸水"、是"万恶之源"。这种观点在福克纳的三部作品中都有生动的表述。《喧哗与骚动》中凯蒂的父亲康普生先生认为,女人"对罪恶自有一种亲和力⋯⋯她们本能地把罪恶往自己身上拉就像你睡熟时把被子往自己身上拉一样她们给头脑施肥让头脑里犯罪的意识浓浓的一直到罪恶达到目的"②。凯蒂的哥哥昆丁对妹妹的成长忧心忡忡,在他看来,

---

① Frederick L. Gwynn and Joseph L. Blotner, des. *Faulkner in the University*, (University of Vitginia Press, 1959), p.1.

② 福克纳:《喧哗与骚动》,李文俊译,上海译文出版社,1984年,第110页。(此后所引页码均出自此书。)

凯蒂情窦初开必定会失去贞操导致家庭的败落。她的弟弟杰生更是一言以蔽之,"天生是贱坯就永远都是贱坯"(203页)。就连凯蒂真心相爱而他似乎也很喜欢她的达尔顿·艾密司都一口咬定,"女人全一样,都是骚货"(180页)。《圣殿》里,谭波儿的作为性工具的价值是她对男人最大的吸引力,无论是上流社会道貌岸然的男人还是底层社会没有文化的私酒贩子以至乡野村民普通老百姓都只对她的性感兴趣。出租汽车司机认为应该保护年轻姑娘因为"我们也许会需要她们"(256页),推销商说,他们需要谭波儿时才不会像金鱼眼那样"用什么玉米棒子芯"(252页)。对《我弥留之际》里的穷苦农民来说,女人的责任就是生儿育女、照顾家庭,男人们并不了解女人,也不想了解她们。一位男性叙述者萨姆森说,"男子就是捉摸不透女人"。他承认自己跟妻子一起过日子有15年了,可还是没把她捉摸透,但他并不认为这是他的过错,而是因为"她们真能折磨自己"(82页)。对安斯来说,艾迪不过是他的性工具,是为他做苦工的牛马,他对艾迪的病痛毫不在乎,在皮保迪大夫批评他不该这么晚才请医生为艾迪看病时,安斯居然理直气壮地说:"倒不是因为舍不得钱,我只不过老在这么盘算……她反正是要去的,不是吗?"(33页)至于那个跟艾迪有过私情的牧师。他没有勇气承认错误,听任艾迪的灵魂独自"面临严峻的无法回避的审判",听到艾迪去世的消息后他喜出望外,感谢上帝"以他无边的智慧阻止她临终把事情说出来"(127页)。这些例子充分说明女人在南方社会里无足轻重任人宰割的低下地位。

然而,南方社会却又大力鼓吹所谓的"南方贵夫人"的神话。这些所谓的贵夫人要对男人"俯首帖耳,谦卑顺从,温柔细腻",在男人面前仿佛是个纯真无知的孩子,而在持家过日子时却要表现得"精明能干,积极主动,充满活力"。①根据这个神话,女人的职责是"满足她的丈夫,抚养他的子女,实现符合家庭社会地位的种种要求,身体力行地体现南方的各种理想观念"……与此同时她必须"服从为她的行为举止、道德准则作规定的上帝、教会和丈夫,并且不在社会生活中

---

① Richard H. King. *A Southern Renaissance*, (New York, Oxford University Press, 1980), p.35.

抛头露面,以免发生干扰"。①尤其糟糕的是,男权文化创造的这个"贵夫人"神话否定女人有性意识,否定她们跟男人一样有正常的感情和性爱方面的需求,只要求她们做出牺牲,保持沉默,像"影子似的永远存在,永远必要,但难得显示力量"②。《喧哗与骚动》里的康普生家庭就是要把凯蒂塑造成这样的一个贵妇人。凯蒂并不想做这样的女人,她做过反抗,希望有自己的个性,能自己把握自己的命运,但遭到全家男人的反对。她父亲摆出受害者的面目,到酒杯里寻找安慰。哥哥昆丁由于相信一家之中女儿的贞操是家庭门风的象征因而把她的贞操看得高于一切,对她的幸福却漠不关心。他明明知道凯蒂深深地爱上了艾密司,艾密司也喜欢她,却在凯蒂要去追赶艾密司时攥住她的手不放,从而彻底毁灭了凯蒂的幸福。凯蒂的弟弟杰生可以说是个厌女症患者,他变着法子欺凌姐姐和外甥女,蔑视她们,甚至以虐待她们为乐趣。即使那个白痴弟弟也是凯蒂贞操的守护神,每当凯蒂身上没有那股象征贞洁的"树的香味",他便会大吵大闹。凯蒂发展自我的企图和对美好生活的追求总是被小弟弟的哭喊声所粉碎,她对个人幸福的渴望、对自由和爱情的向往永远受到哥哥的阻挠。家人的反对、蔑视与失望最后使凯蒂感到内疚,充满自责,无地自容。在南方妇道观念的压抑下,凯蒂对自己不能扮演社会习俗要求的角色产生负罪感,为自己有七情六欲而感到羞耻。她不想压抑内心的欲望便只好接受女人是邪恶的观点。她告诉昆丁,"我反正是个坏姑娘你拦也拦不住我了"(179页)。她把内心的欲望比做魔鬼,认为"我身子里有一样可怕的东西黑夜里有时我可以看到它露出牙齿对着我狞笑我可以看到它透过人们的脸对我狞笑"(128页)。最后凯蒂被迫沉默停止抗争。她接受命运的安排,为了家庭的名声嫁给一个她并不爱的男人。还是为了家族的声誉,她在被丈夫抛弃以后断绝了与亲人的来往,浪迹天涯,靠变卖色相为生。她甚至压抑

---

① Anne Goodwyn Jones, "Belles and Ladies", 转引自 *Encyclopedia of Southern Culture*, edited by Charles Reagon Wilson and William Morris, (Chapel Hill: University of North Carolina Press, 1989), p.1528.

② Richard H. King. *A Southern Renaissance*, (New York, Oxford University Press, 1980), p.35.

自己强烈的母爱,认为自己不配做母亲,苦苦哀求杰生待她女儿好一点。小昆丁的失踪使她最后的一点希望都被毁灭了,"她不需要别人的拯救。她已经再也没有什么有价值的东西值得拯救的了"(336页)。福克纳在小说的"附录"里对凯蒂的评语——"她命中注定要做一个堕落的女人,她自己也知道,她接受这样的命运,既不主动迎接,也不回避"(359页)——点明了全书的主题:南方父权社会是摧残凯蒂这个活泼热情、敏锐颖悟、纯洁善良的年轻姑娘的刽子手。小说表面看来颠倒的时序实际上是凯蒂从好强争胜、积极参与到困惑迷茫、痛苦绝望,最终被迫沉默的全过程。在大男子主义思想统治下的南方社会里,一个弱女子的反抗是不会有出路的。这种社会不仅在肉体上而且在心灵上摧残不顺从的女人,使她们彻底丧失自我,性格发生畸变,成为行尸走肉,虽生犹死。所以,祸水论和贵夫人神话实质上是息息相通的一路货色。

关于南方妇女的另一个神话便是所谓的"淑女"形象。安妮·戈德温·琼斯给南方淑女下的定义是:"淑女是有特权的白人姑娘,正处于做女儿还没有为人妻那段光辉灿烂、激动人心的阶段。她是纤巧脆弱、天真无邪、情窦初开的南方女性:好卖弄风情却对性欲一无所知;聪明伶俐但缺乏深度,跟雕像、图画或瓷器一样美丽,但跟它们一样禁不起触摸。她是大众艺术的一种形式,她给观众以欢乐却从不向他们发起挑战。相反,她吸引他们——绅士来访者越多越好——最后她让自己被其中一位挑选成妻子。"[①]这可以说是对《圣殿》里谭波儿最确切的描绘。谭波儿顺应父权文化,接受男性社会关于大家淑女的一切观点。她懂得挑逗男人却不知道如何保护自己。一旦从上流社会落入妓女与私酒贩子的底层社会,她就变得手足无措。其实,老法国人宅院代表的下层社会跟杰弗生镇体面人家的上流社会并没有什么区别。两者对女人的看法可以说是完全一致的:她们是为男人的快活而存在的。在法国人宅院里,来自上流社会的高温

[①] Anne Goodwyn Jones, "Belles and Ladies", 转引自 *Encyclopedia of Southern Culture*, edited by Charles Reagon Wilson and William Morris, (Chapel Hill: University of North Carolina Press, 1989), p.1527.

跟私酒贩子们一样饮酒作乐,对谭波儿的恐惧置若罔闻。私酒贩子也不理会她的恐惧和忧虑,只对她作为女人的性别感兴趣。她甚至不能从另外一个女人鲁碧那里得到帮助,因为鲁碧也用男人的眼光看待她,惟恐她的美貌会抢走自己的情人。谭波儿被强奸的那个场面具有强烈的象征意义:当时在场可能帮助她的只有一个又聋又瞎的老年男子,她的呼救声实际上是没有声音的,像"灼热无声的气泡散落在周围明亮的寂静之中"(85页)。福克纳用一个静寂无声的场面暗示她求救无门的悲惨境地。不过,谭波儿不是个叛逆者,她是个顺应时势的人。因此,一旦她落入社会底层,她很快就接受了那里的行为准则和道德观念。在莉芭小姐的妓院里,她学会了酗酒,对性爱开始感兴趣;她接受了金鱼眼的控制,称他为"爹爹",从而把他和自己的法官父亲等同起来。大部分时间里,谭波儿只是鹦鹉学舌地重复别人的话。但有一次,在她答应见霍拉斯的时候,她暴露了自己的真实思想。她告诉霍拉斯她在法国人宅院里的恐惧、绝望与走投无路的心情。她描绘自己如何拼命想变成男孩、教师或成年男子。很显然,她不想当女人,而想成为一个有权威的人,因为做女人只能受人欺凌任人宰割。可惜的是,霍拉斯对谭波儿的血泪控诉无动于衷,没有任何同情,反而产生了性冲动。他还从对女人的偏见出发,认为谭波儿"确实是带着一种骄傲、一种幼稚的无所谓的虚荣心在复述那一段经历,好像她在编造故事似的"。(184页)许多评论家指责谭波儿,把她跟邪恶相联系,因为她在法庭上作伪证,认定无辜的戈德温是杀人凶手,使他最后受私刑失去了生命。其实,法庭这一节最充分证明了男人对女人的控制。为了揭示谭波儿在别人(当然主要是男人)的主宰下内心空虚甚至恐惧,行动机械,完全失去了意识和感情,福克纳用了相当多的笔墨对她进行精心的描写,说她的态度"既超脱又畏缩",她脸部表情"僵硬而空洞","她颧骨上的两块胭脂像贴上去的圆纸片,她的嘴唇涂成野蛮而完美的弓形,也像是从紫色纸片上小心翼翼地铰下来贴上去的某种既有象征意义又含义模糊的东西","她的眼睛,两团胭脂和她的嘴巴,像小小心型碟子里的五个毫无意义的物件"。(244、246页)法庭这一节把南方社会对女人礼仪周到推崇备至的虚假面具撕了下来。旁听席上的人对她被强奸的兴趣远远超过对她的同情。地方检察官向人们展示金鱼眼强奸她时所用的玉米棒子芯可以说是当众羞辱她,对她再次进行强暴。检察官一再捕捉谭波儿的眼光,迫使她回答问题的做法充分说明谭波儿受这位貌似公正的男人的左右,没有一点自由。她只能说检察官要她说的话,她几次想作点解释但都被检察官打断只能以沉默告终。福克纳把她被父亲和四个兄弟簇拥着离开法庭那一场写得更加触目惊心,把女人在男人控制下无能为力和孤立无援的绝望心情表现得淋漓尽致。她父亲拉着她的手引她走下证人席,同时把女性的象征——她的手提包一脚踢到放痰盂的墙角。她畏畏缩缩地在父亲的带领下朝门口走去。她的四个兄弟像士兵似地站着,等她过来便把她团团包围。也许由于她对做伪证有些后悔,也许是出于对家人的害怕,谭波儿忽然停下来把身体往后缩,"于是,那五个身体又一次把她遮挡起来,他们这伙人又一次紧紧地围成一团,走出门口。"(249页)这两句话看似平淡,却把一个弱女子的孤独无援描绘得淋漓尽致。在法庭的男人面前,在她家的男性成员面前,谭波儿像个笼子里的小鸟,无处可逃,只能俯首帖耳听任他们的摆布。评论家还批评谭波儿没有人性,因为事后在巴黎的卢森堡花园里,她还在对镜自览。然而,如果我们想到《喧哗与骚动》中的凯蒂怀孕后她母亲把她带到旅游胜地找个丈夫以掩盖家庭丑闻的做法,我们对这一节也许可以做新的解释。她闷闷不乐不完全是因为她没有人情味或还是只关心自己的容貌,而是因为她还在父权统治之下,还必须按男权社会的要求,以自己的容貌取悦男人。

如果说,凯蒂在对男性传统观念的反抗中是个失败者而谭波儿是南方父权社会培养出来的驯服工具,那么艾迪是个沉默的叛逆者,运用的是"此时无声胜有声"的策略。她跟凯蒂和谭波儿一样渴望爱情,渴望别人看到她是一个有着独立个性的女人。然而,跟她们一样,她的存在是以对男人承担法律和经济责任为前提的。她被局限在家庭之内,她的身份只是安斯的妻子和他孩子的母亲,她的生命被琐碎的家务所消耗。不过,在她跟安斯结婚后,尤其在跟能说会道的牧师惠特菲尔德有了私情以后,她很快就看透一切,明白男性社会如何用他们制造的话语来欺骗和控制女人。她从切身经验出发,"明白了言辞是最没有价值的;……母性这个词儿是需要有这么一个词儿的人发明出来的,因为生孩子的人并不在乎有没有这么一个词儿。"(124页)作为一个有思想的女人,她认识到女人受男性话语的欺骗与局限,语言对女人是无用的。于是,她用沉默进行反抗,以死亡作为报复。她把自己封闭起来,把安斯当成已经死去,并迫使他同意把她埋葬在杰弗生镇。不幸的是,她的反抗与报复并未成功。去杰弗生的旅行只不过是对她身体的又一次强暴,但却给安斯提供机会向世人炫耀他是如何忠实于对妻子的诺言,当然还给他以机会得到他梦寐以求的假牙和又一个能为他干活供他享受的妻子。然而,艾迪虽然失败,但她仍然是三个女性人物中惟一的一个懂得运用沉默作为反抗形式和颠覆手段的人。福克纳让她在全书中只有一次独白的做法可以说是用心良苦。这一方面说明她在生前只能保持沉默,她活着的时候是不会有人理会她的。另一方面,福克纳让她在死后说话的不合常情的手法加深读者希望了解她的好奇心,迫使读者跟她对话,体会她的痛苦和抑郁。

由此看来,福克纳对女人有一定的同情心。但这又引起另外一个问题。如果福克纳真的同情女性,他为什么要塑造这样不讨人喜欢的女性形象?谭波儿虽然不幸被人强暴,但她的言行实在很难让人产生好感。艾迪的怨恨确实有道理,但她的自我封闭对儿女产生的消极影响也不免引起读者的反感。尽管凯蒂值得同情也让人感到可怜,但她最后成了法西斯军官的情妇总叫人觉得不是滋味。这三位不幸女性不讨人喜欢的行为给人以十分深刻的印象。在福克纳1955年访问日本时便有人问他,他是否念念不忘"女人是一切邪恶与麻烦的根源"。福克纳当然不承认他对女人有偏见,回答说:"要是我的作品给任何人一种印象:我认为女人在道德上要比男人低一等,那我会感到非常遗憾,因为我并不是这么认为的。"[①]但在相当长的时间里,评论家一直把凯蒂和谭波儿看成是邪恶的化身。有人把凯

[①] James B. Meriwether and Michael Millgate, eds. *Lion in the Garden*, (Lincoln: University of Nebraska Press, 1968), pp. 126–127.

蒂说成是"用性欲谋求名利的女投机家","生性放荡",[1]认为她的"堕落"是南方社会败落的象征。也有人把谭波儿同邪恶相提并论,认为《圣殿》的主题是男人对以谭波儿为代表的邪恶的发现,而这些发现"是跟对女人的真实本质的发现联系在一起的。男人把女人理想化,浪漫化",却不明白"女人跟邪恶有着男人所没有的隐秘的亲和力,她们能够适应邪恶而不会被它摧垮,因为她们天性灵活,能屈能伸"。[2]评论家之所以得出这样的结论,显然是由于福克纳用消极手段对女性进行描写。

那么,福克纳为什么会在同情女人之余还要着力刻画她们的消极面?福克纳的生平传记给我们提供了很多例子,说明福克纳对女人怀有错综复杂的心理。由于篇幅有限,这里不一一列举。最主要的恐怕是因为福克纳是个南方人,他的意识深受南方男权主义社会的影响。他对女人既欣赏又蔑视,并没有摆脱南方社会认为女人既是圣洁又是邪恶的传统观念。然而。福克纳毕竟是一个伟大的作家。他对艺术的追求往往超越他个人的偏见。他在一次采访里说:"我书中那些不讨人喜欢的女人并不是我故意把她们写成让人不舒服的人物,更别说不讨人喜欢的女人。他们是被我用来当工具,做手段,目的是为了讲故事,讲一个我想讲的故事,我希望借此表现不公正确实存在,你不能光是接受这个不公正,你必须想点办法,采取一点措施。"[3]可见,福克纳塑造这些女性形象的目的在于讲故事。讲故事的目的则是反映生活的真实,表现历史的本来面目而不是他本人的主观意识,他对反映真实更感兴趣。他说过,他要力尽所能,叙说他所知道的真理。[4]因此,在学生问他是否应该让凯蒂获得新生时,他表示不赞成,认为这将是"对凯蒂的背叛……这有点儿不大得

---

[1] Cleanth Brooks, *William Faulkner*: *The Yoknapatawpha Country*, (New Haven: Yale University Press, 1963), p. 324.

[2] Ibid p. 334, 127 - 128.

[3] James B. Meriwether and Michael Millgate, eds. *Lion in the Garden* (Lincoln: University of Nebraska Press, 1968), p. 125.

[4] Ibid p. 113.

体",对她的"悲剧来说,有点儿虎头蛇尾,让人扫兴"。①可见,福克纳宁肯反映真实而不想用一个人团圆的俗套来讨读者的喜欢。在他看来,一旦凯蒂接受了自己是个邪恶的女人的看法,她只能在堕落的道路上越走越远。谭波儿生长在一个充满暴力没有亘古真情的世界里,她必定是那社会的产物,是一个以自我为中心的人。至于艾迪,既然她只能在死后寻求反抗,我们还能对她提什么更高的要求?

应该说,这三个女性形象是福克纳妇女观的产物。他没有也不可能有当代人的妇女意识。他的妇女观模糊而矛盾,既有南方人根深蒂固的道德观又有对女人的同情与爱怜。以这样的妇女观来观察描写生活,他塑造的女性形象必定具有多重性和模糊性。他那云谲波诡、有悖读者阅读习惯的艺术手法则使这些形象更加扑朔迷离,更加不可捉摸。因此,对于这三位被美国南方父权制度的历史、社会、文化、甚至心理环境所扭曲的女性——凯蒂、谭波儿和艾迪,我们不应该只看到她们的所谓"消极面"。我们还应该看到另外一种可能性:福克纳希望通过讲述她们"不公正"的故事,提醒读者"我们必须想点办法"。他不怕暴露她们讨人嫌的那一面,因为他知道,"艺术并不仅仅是人的最高表现形式,它还是人类的救星"。②他正是通过这三部写女人的小说,"站起来大声说,不公正不应该继续横行霸道"。他相信会有措施使"不公正再不会横行霸道"。③

---

① Frederick L. Gwynn and Joseph L. Blotner, eds. *Faulkner in the University* (University of Virginia Press, 1959),pp. 1-2.

② James B. Meriwether and Michael Millgate, eds. *Lion in the Garden*,(Lincoln: University of Nebraska Press, 1968), p.71.

③ Ibid p.221.

福克纳在中国[①]

美国作家威廉·福克纳的作品以艰深著称,因而在相当长的时间内得不到本国读者的欢迎,当然更难为文化背景和思维方式大相径庭的外国读者所接受。由于种种说得清和说不清楚的原因,中国的学者、译者和编者花了将近半个世纪的时间才使我国读者对这位文坛巨匠有所了解。

福克纳的名字第一次出现在中国的杂志上是在 1934 年。当时在上海有一批作家文人对日本和欧美的现代派小说很感兴趣,在创作中有意识地使用一些现代主义的手法和技巧。施蛰存主编的《现代》杂志便是这些作家发表作品和评论的主要园地。1934 年 5 月,《现代》杂志第五卷第一期刊登了赵家璧译英国评论家密尔顿·华尔德曼的论文《近代美国小说之趋势》。其中"福尔克奈[②] 的美国小说"一节便是在中国发表的第一篇介绍福克纳的评论。

几个月后,《现代》推出了《现代美国文学专号》。编者在《导言》里论证了他们以"文学历史最短的美国来作我们工作的开始",是因

[①] 福克纳是蜚声世界文坛的一位美国作家。从他获诺贝尔文学奖开始,他一直是各国学者研究的重点。他的作品被译成多种文字,包括阿拉伯语和非洲的斯瓦西里语。他对世界文学大师如萨特、加缪,包括近年来声望日高的加西亚·马尔克斯都很有影响。自 1974 年开始,他故乡的密西西比大学举办福克纳年会,供学者们交流研究心得和成果。西班牙、英、法、德、意、苏联、日本、印度等十多个国家的学者都曾在年会上发过言,阐述对福克纳的评价和看法。1990 年,我有幸受年会邀请,成为第一个在大会上介绍我国研究译介福克纳情况的中国学者。这篇文章就是专门为第 17 届福克纳年会撰写的。由于时间和精力有限,我侧重情况介绍,未能对一些更重要的课题(如:如何在翻译中保持福克纳的风格,福克纳对中国作家的影响,福克纳同中国作家在对待时间历史、人性、伦理道德等观念以至大家族败落等题材和艺术观的异同等方面)作深入的研究或比较。我希望这篇文章能起到抛砖引玉的作用。

[②] 在 30 年代,Faulkner 的中译名是"福尔克奈"或"福克奈"。1958 年,《译文》杂志定为"福克纳",沿用至今。

为"除了苏联之外,便只有美国是可以十足的被称为'现代'的","被英国的传统所纠缠住的美国是已经过去了;现在的美国,是在供给着到20世纪还可能发展出一个独立的民族文学来的例子了。这例子,对于我们的这个割断了一切过去的传统,而在独立创造中的新文学,应该是怎样有力的一个鼓励啊!"[①]

这期《美国文学专号》中福克纳相当受到重视。赵家璧的《美国小说之成长》中有专门一节讨论他和海明威,杂志封面内24张美国作家的照片中有他的一张,他的短篇小说《伊莱》被译成汉语。此外,他还有一篇专论——凌昌言写的《福尔克奈——一个新作风的尝试者》。

赵家璧在他的文章里把福克纳和海明威归结为"新进的悲观主义者"。他引用英美评论家孟森、希克和华尔特曼的观点,强调福克纳是个美国式的文体家:"他应用简单的字汇,写得独创而特殊,流畅而美丽。许多对话是黑人的,这些黑人对话是每部书中最美丽的一部分。"他"在叙述故事的时候,更把对话,心理描写拼合在一起,这一种形式上冲破英国束缚的勇气,比海敏威[②]和安特生[③]更值得纪念,而乔也斯[④]那种看不懂的缺点倒是没有的……福尔克奈的故事结构,在无计划中有一个计划。故事行进时,他分段的表现着,从一个目光转移到另一个目光,使读者不止在一个角度看到一件事物的一面,而在许多角度里得到了一件事物的多方面的真相。"[⑤]赵家璧还指出,"福尔克奈的小说不但在形式上是美国的产物,他的故事和思想,也是写实地美国的。在这不景气的年头,整个的美国社会,既趋向破灭、衰落、失败、混乱,福尔克奈的七部长篇小说中,便完全取用了近代社会中那些残暴和受苦的生活作为主要题材,而死更是一切故事的中心……福尔克奈那种痛恶愤嫉的人生观,悲剧继续着悲剧的连演,无法把这些凶汉恶徒谋一个总解决的苦闷,正代表了

---

① "现代美国文学专号导言",《现代》第五卷第六期,第835页。
② 即海明威(1899—1961),美国作家。
③ 现译名为安德森(1876—1914),美国作家。
④ 现译乔伊斯(1882—1941),爱尔兰小说家。
⑤ 赵家璧:《美国小说之成长》,《现代》第五卷第六期,第856页。

1930年代在这疯狂的世界中挣扎着的现代人的悲哀。"即使在过了半个世纪的今天,赵家璧对福克纳文体,尤其是多角度叙述手法的推崇和他作品社会背景的评论还是十分精辟、十分中肯的,尽管当代评论家不再认为福克纳是个悲观主义者。

《福尔克奈——一个新作风的尝试者》一文评述了福克纳在1934年以前发表的所有的小说。作者凌昌言多少重复了赵的观点。① 然而,凌文的基调十分激进,颇有批判谴责的味道。他进一步发挥赵家璧有关福克纳的作品反映"衰落、失败、混乱"的美国社会现实的观点,但他认为福克纳的动机不纯,出发点完全是为了迎合读者的爱好,提高自己的声誉。即使福克纳的新技巧——"观点的变换"和"布局的错杂"也不过是招徕读者的手段而已。

无论是褒还是贬,《现代》杂志《美国文学专号》刊登了福克纳的小说,发表了对他的评介。这说明早在1934年,他已经引起中国文坛,至少是上海文艺界的注意。两年后,赵家璧出版了一本论述现代美国文学的专著——《新传统》,再次以单独一章的篇幅来讨论福克纳。② 他详细分析了福克纳的六部小说——《士兵的报酬》、《沙多里斯》、《喧哗与骚动》、《我弥留之际》、《圣殿》和《八月之光》——并把福克纳到1936年的创作生涯分成三个时期。他认为《喧哗与骚动》和《我弥留之际》受弗洛伊德的影响,采用乔伊斯的手法,属于"用意识之流写的主观的心理小说",因而"并没有获得广大的读者群",而《圣殿》由于"抛弃了《声音与愤怒》(今译《喧哗与骚动》)里的那种极端的主观笔法而取用了写实的手段",又采用了"侦探小说里的几种基本要点",因而十分成功。赵家璧对福克纳小说的评价并不符合今天评论界的看法。但他对福克纳创作的时代背景、题材、手法和文体等方面的评论,尤其是他认为福克纳"确是一个比海敏威更有希望的人物"的观点却经受了半个世纪的考验,今天仍有参考价值。

奇怪的是,无论是《现代》杂志的介绍还是赵家璧的评论都似乎没有引起中国读者对福克纳的兴趣。从1936年到1958年之间,再

---

① 《现代》第五卷第六期,第1004页。
② 赵家璧:《新传统》,上海良友图书印刷公司,1936年,第248页。

没有出现过评论这位美国大师的研究文章,也没有人对他的作品进行翻译。为什么海明威自1929年被介绍到中国以后,中国的学者一直对他进行译介和研究?为什么福克纳会昙花一现,从此销声匿迹?1989年夏,我带着这些问题请教过施蛰存和赵家璧两位老先生。他们都对当年介绍这位美国大文豪的工作感到骄傲,但对我的问题却提不出有事实根据的圆满的答复。赵先生强调"福克纳不好懂"。施先生则说当时苏联作家和厄普顿·辛克莱这样的美国作家在中国影响比较大。这两种解释看来都不无道理。一方面,福克纳的作品艰涩难懂,不好翻译,没有中译本当然便引不起读者的注意,也不会有人去研究他。另一方面,1931年"九一八"事变以后,中国面临日本侵略,国家的存亡成了头等大事。在对待外国文学的态度上,人们自然更欢迎辛克莱这样的描写下层人民受压迫受侮辱的"暴露文学"家和高尔基等苏联作家的反对压迫、要求自由的革命文学。1937年上海沦陷,从此连年战乱,学者文人更无心研究和翻译福克纳。此外,30年代,福克纳在美国也备受冷落,要靠为好莱坞写电影脚本来维持全家人的生活。1945年,马尔科姆·考利为他编选《福克纳袖珍本文集》时发现他的作品除《圣殿》外都已绝版,无法在书店内买到。这种情况多少也影响中国学者对他的兴趣。

然而,这不等于说中国没有人在研究他。解放后我国专门介绍外国文学的《译文》的编辑李文俊就曾组织翻译家翻译了福克纳的《胜利》和《拖死狗》两篇小说,在1958年4月号的杂志上予以发表。他还以编者身份写了一段按语,指出:"福克纳的小说大多是描写南方没落的贵族,但同时也以同情的态度描写那些受到战争摧残的人们,我们从这一期所选载的两个短篇中可以看出福克纳对于战争的痛恨和对于受到战争摧残的人们的深刻同情。在他的近作《一个寓言》(1954)中,他痛恨残酷的帝国主义战争的那种愤慨情绪表达得更为明显。"[①] 这篇按语是解放后第一篇介绍福克纳的文章,其中的资料后来还被反复引用。60年代初,李文俊还组织人翻译了描写白人种族主义分子对黑人施以私刑的《干旱的九月》,但由于政治气候的

[①] 李文俊:《〈喧哗与骚动〉译余断想》,《读书》1985年第三期。

原因,这部译稿未能发表。

现在看来,李文俊选择这三篇小说主要是出自政治上的考虑,因为反战的主题和对种族主义的揭露要比对人性的探索保险得多。然而,考虑到解放后的形势(中美关系十分紧张,美国文学的译介工作,除了苏联文学界肯定的杰克·伦敦、马克·吐温和德莱塞外都基本中断),李文俊为了向中国读者介绍福克纳而作的努力还是应该充分肯定的。

事实上,即使在大谈阶级斗争的60年代初期,中国学者并未完全放弃对福克纳的研究,1962年,当时的中国科学院哲学社会科学部学术资料研究室出版了一本不公开发行的"内部参考资料"《美国文学近况》。这本小册子把福克纳同剧作家阿瑟·密勒、黑人诗人休斯和小说家考德威尔、斯坦贝克、海明威和萨洛扬放在一起,归入"资产阶级作家"。关于他的简介里重复了李文俊关于"福克纳的小说大多是描写南方没落的贵族,同时也以同情的态度描写那些受到战争摧残的人们"的论点,批评他"在言论和行动上有一些极右的表现,例如,1956年,他曾企图为艾森豪威尔组织作家委员会并提出一个纲领,在这以前,还曾为美国国务院去日本和其他国家进行访问,说过一些诬蔑共产党人的话……"然而,简介又肯定他"在创作活动上,最近又有某些进步表现……新发表的《斯诺普斯》小说三部曲的第二、三部:《城镇》和《大厦》① 已经比他过去的作品好懂得多,人物也比较真实。"尤其是,"在《大厦》这本书里,作者对共产党员的描绘虽然是肤浅的,但所采取的态度还是较好的,书中明显地流露了对美国联邦调查局迫害进步人士的反感。"

这种用我们的政治斗争和阶级分析的观点来划分外国作家,并且以传统的现实主义创作方法为最高标准来衡量一切艺术作品的做法是60年代的特点。袁可嘉的《美英"意识流"小说述评》(1964)也无法摆脱时代的烙印。② 不久,文化大革命开始了。中国的学者文

---

① 这两本书现在的译名分别为《小镇》和《大宅》。
② 袁可嘉:《美英"意识流"小说述评》,《文学研究集刊》第一册,人民文学出版社,1964年。

人自身难保,当然也就无心去研究福克纳了。

应该说,对福克纳的译介和研究工作是在十年浩劫结束以后才真正开始的,是我国对外开放政策的结果。1979年底,上海译文出版社新创办的《外国文艺》打响了第一炮,率先发表了福克纳的三个名篇——《纪念爱米丽的一朵玫瑰花》、《干旱的九月》和《烧马棚》——以及福克纳研究中一篇十分重要的论文——马尔科姆·考利的《福克纳:约克纳帕塔法的故事》。杨岂深在介绍中提出了不同以往的新观点:"福克纳写下了大量丑恶、犯罪的事情,但他不是悲观主义者,而对人类怀有坚强的信念,这是值得称许之处。"① 这篇简介、福克纳的三个故事和考利的论文标志着我国对福克纳的译介和研究工作开始走上正轨。

与此同时,北京的学者们也在积极开展介绍外国文学的工作。中国社会科学院外文所决定出版一套《外国文学研究资料丛刊》、一套《外国现代派作品选》和一本《美国文学简史》。1978年,国务院决定编纂《中国大百科全书》,其中一套是《外国文学》。这四大项目里都包括福克纳,而承担翻译、介绍、注释工作的人便是解放后第一个把福克纳介绍给中国读者的李文俊。他为《中国大百科全书》的《外国文学卷》和《美国文学简史》撰写有关福克纳的辞条和章节,为《外国现代派作品选》翻译了《喧哗与骚动》的第二章,又为《外国文学研究资料丛刊》编选了《福克纳评论集》。

《福克纳评论集》既收入对福克纳整个创作生涯进行全面评论和研究的有定论的重要论文,也包括对他一些重要作品的分析性文章。论文集在1980年出版,第一版就发行了27,000册,很快又加印了2,500册。在当时福克纳还鲜为人知、他的作品基本没有译介的情况下,这实在是个相当可观的数字。李文俊写的《前言》并不长,但却十分重要。他言简意赅地指出福克纳在美国文学中的地位(他"是美国现代最重要的小说家之一",是"南方文学流派的无可怀疑的主要的代表者")和在西方、日本、苏联、东欧的影响以及他的题材和艺术表现手法。他还特别强调了"福克纳反映了现代西方不少知识分子

---

① 《外国文艺》1979年第六期,第3—5页。

普遍感到苦闷的一些问题",因而是一个表现了"时代精神"① 的作家。

在《美国文学简史》中《福克纳与南方小说》这一节里,李文俊进一步阐述了他在其他几本书中的观点,对福克纳的作品作了更详细的描述。尤其值得注意的是他总结了福克纳在西方文学中的三大重要性:第一,"他描绘了一幅复杂的美国南方社会的图景,表现了二百年来美国南方社会的变迁"。第二,他站在"人道主义和民主主义的立场"表现了20世纪'现代人'(应该说是西方的中产阶级及其知识分子)所关切的重大问题,如个人与社会的关系、罪恶与赎罪问题、历史负担与如何对待这一负担的问题、金钱文明的污染与如何保持自身良心的纯洁、精神出路何在等问题"。第三,"福克纳在小说的写法上进行了大胆的试验,取得了某些成效……这种探索对于后人无疑是有参考价值的"。② 应该说李文俊的介绍正确地吸收了国外研究的成果,对帮助中国读者和学者了解福克纳、进行福克纳研究起了十分重要的作用。

1979年《外国文艺》率先发表福克纳的三个短篇小说以后,全国介绍和评论外国文学的杂志都纷纷刊登他的作品和研究他的文章。在翻译方面,《喧哗与骚动》和《福克纳中短篇小说》的出版是两件比较重要的大事。

《喧哗与骚动》的中译本是在1984年由上海译文出版社出版的,第一版印数高达87500册,并且马上销售一空。为了帮助读者看懂这部小说,译者李文俊不仅学习福克纳本人的做法,用两种不同的印刷字体来表明场景转移,并且提供421个注解来指点故事线索,解释各种典故、象征隐喻及其他不易为读者所理解的文化背景方面的知识。他还写下一篇长达13页的《前言》,详细介绍《喧哗与骚动》的主题和手法。也许是为了纠正60年代福克纳研究中的一些偏颇的看法,李文俊特别强调黑人女仆迪尔西"体现了福克纳的积极思想","她的忠心、忍耐、毅力与仁爱同前面三个叙述者的病态的性格形成

---

① 李文俊编选:《福克纳评论集》,中国社会科学出版社,1980年,第1—4页。
② 董衡巽等:《美国文学简史》下册,人民文学出版社,1986年,第263—289页。

了对照。通过她,作者讴歌了存在于纯朴的普通人身上的精神美。迪尔西这个形象体现了福克纳'人性的复活'的理想"。他还着重指出福克纳无论在《喧哗与骚动》或其他作品中使用意识流手法,"除了他认为这样直接向读者提供生活的片断能更加接近真实之外,还有一个更主要的原因,这就是:服从刻画特殊人物的需要"。① 《喧哗与骚动》的出版是中国译介福克纳工作的一个转折。从此以后,读者可以直接阅读福克纳的最重要的代表作并对这位蜚声世界文坛的大师做出自己的评价。

自1979年以来的十年间,中国翻译出版了福克纳的两部长篇小说,一部中篇小说,两部中短篇小说集和20多个短篇小说,② 有些作品还有多种译本。翻译福克纳是一件需要勇气和决心的工作,因为难度实在很大。世界各国的翻译家几乎都曾写过文章谈论翻译福克纳著作的苦与乐。我国的译者写这方面文章的人并不多,恐怕是因为大多数人只是偶一为之,并未把翻译同研究福克纳的工作很好结合起来。迄今为止,只有李文俊在《〈喧哗与骚动〉译余断想》一文中谈到福克纳的表现手法和语言风格所造成的困难和他解决问题的一些办法。为了翻译《喧哗与骚动》和编纂撰写有关福克纳的集子和文章,他研究了意识流小说的特点,"收集、阅读不少有关福学的专著与工具书……还读了福克纳亲友(包括两个与他关系不同寻常的女士)的回忆录。"根据他的经验,福克钠的南方土语和无标点的长句并非难题,因为一来有工具书,二来我国古文也无标点,译者多半在中学做过给古文添加标点的练习。难点在于"必须把散见各处,有的浮在表面上有的埋藏得很深的'脉络'、'微血管'以至各种大小不同的'神经'一一理清,掌握好它们的来龙去脉以及所以要以这种形式出现的艺术企图,然后照它们的原样放好,并以另一种文字加以复制,而且要做到足以乱真。"③ 如何翻译福克纳的作品是一个值得深入

---

① 《喧哗与骚动》,李文俊译,上海译文出版社,1984年,第1—13页。
② 即长篇小说《喧哗与骚动》和《我弥留之际》,中篇小说《熊》、《福克纳中短篇小说选》和《福克纳作品精粹》。
③ 李文俊:《〈喧哗与骚动〉译余断想》,见《读书》1985年第三期。

研究的课题。

　　过去十年内,我国学者发表了五十来篇研究福克纳的文章(还翻译了一些外国学者的评论文章)。大约三分之一的论文(15篇)集中在长篇小说《喧哗与骚动》,探讨其中的人物形象、象征手段、意识流和多角度叙述等艺术技巧、所表现的时间和历史,当然还有小说的主题思想。对福克纳的生平、创作和艺术成就作全面概括性介绍的文章大约有10篇,多半发表在1985年以前。从1985年开始,研究的深度和广度有了进一步的发展。此外,研究重点也扩展到中、短篇小说,甚至一些尚未译成中文的长篇小说,如《押沙龙,押沙龙!》、《圣殿》和《沙多里斯》。短篇小说中最受重视的是《纪念爱米丽的一朵玫瑰花》,有关它的五篇论文中有的从心理学角度研究主人公的恋父情绪,有研究其主题和艺术风格的,甚至有一篇讨论这篇小说的不同译文。难度极大的《熊》也颇受学者的重视,而且有关它的五篇论文中有两篇是从语言学的角度论述它的语言特色和文体风格。此外,还有五篇文章多少从比较文学的角度出发把福克纳同曹雪芹、吴尔夫和巴尔扎克在人物形象、主题思想、散文风格和艺术观方面进行比较。这一切说明,福克纳这位现代美国最重要的作家已经引起了我国学术界的兴趣和注意,对他的研究工作已经初具规模,有了一定的深度和广度。

　　为什么我国的读者、译者、编者和学者会对这位以艰深难懂著称的美国作家发生这么大的兴趣?对于这个问题有各种各样的解释。不可否认,十年浩劫以后国门打开了,人们对过去不了解的外国作家,尤其是用非现实主义传统手法创作的外国作家的好奇心是"福克纳热"得以兴起的一个原因。从已发表的研究论文来看,研究他的创作手法、文体风格甚至语言特点的文章近15篇,几乎占了全部论文的三分之一。半个多世纪以前妨碍中国学者了解和介绍福克纳的一些现代派手法,如意识流、多角度叙述等以及他冗长繁复的文句和艰涩的词藻现在成了注意力中心。这不能不说是一大变化。

　　其实,对中国读者来说,福克纳笔下的人事景物、社会生活和风土人情并不见得都是陌生得不可理解。作为一个乡土文学家,福克纳对美国南方小镇和劳动人民有深厚的感情。他发现乡村社会劳动人民纯朴善良、热情勇敢等精神道德,也看到他们愚昧落后贪小自私的另一精神世界,更着意描写他们无法适应现存社会和变化中的道德观念,往往成为失败者。我们可以在中国乡土作家的作品中找到类似福克纳所描写的小镇所特有的人情味和世俗观念。《我弥留之际》中卡什在母亲卧室的窗外精心为垂死的母亲制作棺材。这种风俗我们似曾相识,不难理解。沈从文先生关于创作生涯的回忆——"最亲切熟悉的,或许还是我的家乡和一条延长千里的沅水,及各个支流县份乡村人事。这地方人民爱恶哀乐、生活感情的式样,都各有鲜明特征。我的生命在这个环境中长成,因之和这一切分不开。"① ——同福克纳的名言("我的像邮票那样大小的故乡本土是值得好好描写的。而且,即使我写一辈子,也写不尽那里的人和事")② 讲的是一个道理。至于福克纳反复探索的南方庄园主家族的败落,以及家族的历史、祖先的罪孽给世家子弟们带来的没落感和苦闷心情也是中国文学的一个传统主题。曹雪芹的《红楼梦》在反映大家族的败落方面当然比《喧哗与骚动》深刻得多,但是,巴金《家》、《春》、《秋》里的觉新同福克纳的因家庭败落看不到前途而自杀的昆丁却有不少相似之处。福克纳未必了解孔子和儒家学说,但是他作品所反映的他看待伦理道德、纲纪法度的观念同我国的孔孟思想也有相通之处。福克纳反复描写的南方种植园世家飘零子弟的精神苦闷还容易引起经过十年浩劫的我国读者的共鸣。我们能够体会《喧哗与骚动》中昆丁的痛苦和绝望,因为我们在文化大革命漫长的恶梦中也有过困惑、苦闷以至绝望。

应该说,我国的文学创作界受"福克纳热"的冲击最大,也做出了巨大的反响。不少当代作家谈起近年来他们感兴趣的外国作家时总会提到福克纳。青年女作家赵玫说,"我把我拥有了李文俊先生翻译的那本《喧哗与骚动》当作我生命中的一件重要的事……我一度曾被遮盖在福克纳的影子下……这位美国南方的杰出的小说家,无疑给

---

① 《沈从文短篇小说选集·题记》,湖南人民出版社,1981年。
② 斯通贝克:《威廉·福克纳与乡土人情》,载《福克纳中短篇小说选》,中国文联出版公司,1985年。

了我很多技术上(意识的流动、字体的变换以及潜意识独白等)的启示,但他给予我更多的,则是他心灵的沥血以及他情感的透彻……由福克纳的小说我才懂了一部作品能否成为真正意义上的诗,有多么重要又是多么的不容易。"① 近年来颇负盛名的青年作家莫言也坦率承认,外国文学尤其是加西亚·马尔克斯的《百年孤独》和福克纳的《喧哗与骚动》对他有影响。他说:"《喧哗与骚动》最初让我注意的也是艺术上的特色。这些委实是雕虫小技。后来,我才醒悟,应该通过作品去理解福克纳这颗病态的心灵,在这颗落寞而又骚动的灵魂里,始终回响着一个忧愁的无可奈何而又充满希望的主调:过去的历史与现在的世界密切相连,历史的血在当代人的血脉中重复流淌,时间像汽车尾灯柔和的灯光,不断消失着又不断新生着。"②

赞赏福克纳的大多数是青年作家,然而,其中也有老一代的学者作家。周珏良先生认为《喧哗与骚动》"内容深邃,技巧高超,读此一书,可以大略体会为什么20世纪美国小说能居世界前列"。③ 老作家刘白羽详细分析了福克纳怎样在《喧哗与骚动》中"运用内心独白、潜意识、批判现实主义、现实主义各种手法……达到了艺术的高峰……表达了一个伟大而悲剧的主题"。他一反60年前凌昌言的论断,十分深刻地指出,福克纳"并不是为了技巧而技巧,比如倡导一种什么畸形手法以标新立异,自鸣得意……福克纳的技巧是为了达到崇高,如果我们把他的技巧拿来宣扬卑贱,这就不只是对福克纳的亵渎,简直就是对这个作家的全部存在(从思想、感情到艺术浸透每一个字)的血与泪的否定"。刘白羽在总结"福克纳驳斥了淡化现实、超逾现实……驳斥了不要典型……驳斥了写性——赤裸裸的性"以后还有针对性地语重心长地强调,"向福克纳学习艺术技巧,首先必须学习他的为人",并且呼吁人们"不要用阴云遮掩福克纳光亮的灵魂"。④

---

① 赵玫:《在他们中间穿行》,见《外国文学评论》1990年第四期。
② 莫言:《两座灼热的高炉——加西亚·马尔克斯和福克纳》,见《世界文学》1986年第三期。
③ 周珏良:《外国文学断想》,见《世界文学》1987年第四期。
④ 刘白羽:《谈艺日记三则》,见《文艺报》1988年5月14日。

很多青年作家对福克纳的兴趣确实集中在他的创作手法和技巧上。不少研究当代中国文学的著作也指出了福克纳时序的交错,复合的视角,借助感受、联想、印象、情绪或沉闷、冗长、拖沓的文句来表现内心世界的手法对中国作家的影响。① 张抗抗在《隐形伴侣》中借用《喧哗与骚动》的手法,用不同的字体表现时间场景的转换,黎珍宇的《女子公寓》在形式上的模仿更为明显,小说分四个部分,采用不正常的时序,并且提到女主人公帮助男朋友杰翻译《喧哗与骚动》,而后者"像昆丁一样,在文化大革命中结束了自己的生命"。②

当然,对于福克纳,中国作家并非单纯地进行模仿。莫言认识到,"真正的借鉴是不留痕迹的",他从福克纳"立足故乡,深入核心,然后获得通向世界的证件,获得聆听宇宙音乐的耳朵"中受到启发,决心"创造一个、开辟一个属于我自己的地区……具有自己的特色"。赵玫也谈到福克纳等外国作家的小说"使我获得了一种形式的自觉。我永不愿平铺直叙,而希望在我的每一篇新小说中都尝试到一种之于我来说是新鲜的、革命的、探索性的东西"。文学创作的生命在于通过对艺术手法和表现技巧的探索来树立艺术的个性。随着对福克纳作品译介研究工作的深入开展,有心的中国作家一定能认真思考福克纳作品中深刻的内容、巧妙的构思、丰富的想像和独特的风格,进一步开拓新的艺术空间,建立具有自己特色的艺术世界。

我国译介研究福克纳的工作已近60年了,但真正深入研究的历史只有10年。同国外相比(苏联已翻译出版《福克纳全集》,日本把他重要的作品已经全部译成日文,有些还有好几个译本。法国、挪威等国的学者都有研究福克纳的专著在美国出版),我们起步较晚,成就不算很大,但是,同30年代的情况相比,我们已经跨出了一大步。令人欣慰的是,1990年美国的福克纳年会终于有中国学者出席并发言介绍我国研究和翻译福克纳的情况,引起各国学者的注意。可以预料,中国的"福克纳热"还会持续下去,并将走向世界。

---

① 例如南帆的《小说艺术模式的革命》、陈晋的《当代中国的现代主义》等。
② 黎珍宇:《女子公寓》,见《花城》1988年第一期。

从两个女性形象看奥尼尔的妇女观

奥尼尔一生写过许多家庭剧,也塑造了许多令人难忘的女性形象。但不少评论家对奥尼尔的妇女观持否定态度。他的传记作者路易斯·希佛认为奥尼尔"塑造的多数女性不是淫荡凶悍的恶女人或给人带来灾难的坏女人便是心灵崇高得让人难以置信的好女人"。①女权主义者更是断言奥尼尔作为男人是不可能把真正的女性形诸笔墨的。纽金特说:"在奥尼尔的经典作品里,女人似乎只能具有两种姿态:不是幼稚单纯便是飞扬跋扈。无论哪种情况,她们总是遮遮掩掩讳莫如深,好操纵别人,充满危险而又让人无法理解。"②托莱相信奥尼尔的女主人公"对自己个人的成就毫不关心。对男人的忠诚和义务是左右她们行动的惟一动力。她们仿佛把剥削和压迫看成是她们这个性别理所当然应该有的命运"。③ 巴罗批评奥尼尔在刻画女性时几乎没有"摆脱西方文化和文学中流行的传统的男性观念的狭隘的局限,或者更确切地说,偏离他在成长过程中所接受的天主教的思想"。④

确实,奥尼尔在许多剧本里描写了男人对富有母亲气质的理想

---

① Louis Sheaffer, *O'Neill: Son and Arist*, (Boston: Little, Brown, 1973), p.500.
② S.Georgia Nugent, "Mourning Becomes Electra", 见 Richard F. Morton, Jr. 所编 *Eugene O'Neill's Century: Centential Views on America's Foremost Tragic Dramatist*, (NY: Greenwood Press, 1991), p.60.
③ Jane Torrey, "O'Neill's Psychology of Oppression in Men and Women", 同上书,第166页。
④ Judith Barlow, "O'Neill's Many Mothers: Mary Tyrone, Josie Hogan, and Their Antecedents", in *Perspectives on O'Neill: New Essays*, edited by Bagchee, (University of Victoria, 1988), p.7.

女性的追求。他还曾说过："女人应该发挥的作用便是为男人牺牲。"① 但这种传统的妇女观并不妨碍他理解女人的问题和苦痛，创造可歌可泣的值得读者同情的女性形象。本文试图从他后期的两部剧作——《进入黑夜的漫长旅程》② 和《月照不幸人》③ ——来探讨他的妇女观。

从表面上看，两部戏塑造了两个完全不同类型的女性。《进入黑夜的漫长旅程》中的玛丽·泰伦把全家带入不幸，使所有爱她的男人都陷入绝望的境地，而《月照不幸人》中的乔茜·霍根则是使陷于绝望，不能自拔的男人得到了梦寐以求的爱、宽恕和宁静。按照上面批评家的逻辑，奥尼尔要求我们谴责玛丽歌颂乔茜。玛丽的丈夫和儿子的确责怪她，但作为读者或观众，我们却不由自主地同情她可怜她。这说明奥尼尔并没有跟剧中人物一起谴责她没有克尽妇道担当起母亲和妻子的职责，而是努力唤起读者的同情心去注意她的不幸和痛苦。他所批判的其实正是剧中的三个男子汉，他们才是使家庭解体使母亲毁灭的罪魁祸首。另一方面，即使《月照不幸人》中的男主人公，乔茜所热爱的杰米，对她十分肯定和歌颂，即便奥尼尔把她塑造成男权社会所追求的具有母性的理想女性，我们还是忍不住为她感到悲哀，因为奥尼尔向我们演示了又一个无法实现自己愿望的女人的悲剧，并且指出正是她所喜爱的男人和她所接受的社会规范一手制造了她的悲剧。

在《进入黑夜的漫长旅程》中，玛丽原来是个充满幻想的纯真少女。她想作修女也想当钢琴家。但在她还分不清自己到底想走世俗的道路还是远离尘世追求灵魂的升华的时候，她爱上了比她大 11 岁的詹姆斯·蒂龙，并且跟他结了婚。对于玛丽那个时代的妇女，结婚意味着有一个温煦的家，意味着生儿育女做贤妻良母。这是男性社

---

① 转引自 Jane Torrey 的 "O'Neill's Psychology of Oppression in Men and Women"，第 168 页。

② 以下本文论及该剧本时所用引文，均参见尤金·奥尼尔：《进入黑夜的漫长旅程》，张廷琛译，见龙文佩选编《外国当代剧作选》第一卷，中国戏剧出版社，1988 年。

③ 以下本文论及该剧本时所用引文，均参见尤金·奥尼尔：《月照不幸人》，梅绍武、屠珍译，同上。

会为女人规定的角色。在今天女权主义者的眼里,家往往是禁锢女人的牢笼。但事物往往有其两面性,在除了结婚成家外别无选择的情况下,家也可能是女人施展才干的舞台,是女人可以行使一定的自主权、拥有自己一定的空间的宁静港湾。不幸的是,玛丽很快发现,等待她的生活是随着作为巡回演出的演员的丈夫"一晚要跑一个地方,住蹩脚旅馆,火车脏得要命,生孩子,连个家都没有……"她接受传统观念,相信"孩子只有生在家里才能长大成人,女人要想当好妈妈,得有个家才行"。然而詹姆斯总爱去俱乐部和酒吧间,总觉得把钱用来为家庭盖房屋是很大的浪费。可怜的玛丽连一个男权社会许诺给女人的最起码的要求都得不到满足。

不仅如此,玛丽还发现自己无法承担既要做贤妻又要当良母的双重责任,而是必须在儿子和丈夫之间做出选择,她为了使心爱的丈夫不感到孤独,抛下了正在出麻疹的杰米和还是婴儿的尤金,到她所不喜欢旅馆里去照料詹姆斯,结果造成了尤金的死亡,给自己带来永远无法摆脱的内疚和悔恨。她不想再生孩子,也认为自己"不配再生孩子",可她又顺从丈夫的劝告怀上了艾德蒙,导致新的更大的痛苦。吝啬的詹姆斯在她产后病重时请来庸医用吗啡为她止痛使她从此上瘾而无法自拔。如果我们从玛丽的角度来看问题,是否可以说,她的悲剧是从结婚开始的,她并没有背叛社会给她规定的角色,相反,她言听计从的男人才是她痛苦的根源。

蒂龙家的三个男人似乎都热爱玛丽,都渴望她的爱抚。她丈夫詹姆斯口口声声:"老天明证!我一直爱着你,永远爱你,玛丽!"大儿子杰米小时候为了争夺她的爱故意进入小弟弟尤金的房间把麻疹传染给他,并且在父亲责怪他不可怜母亲时声称:"我对她可怜得不能再可怜了。我懂得她的苦处。"小儿子艾德蒙本是玛丽最爱的孩子,他处处维护母亲的尊严,甚至因为杰米讽刺挖苦母亲而狠狠地揍他。他们都为玛丽的吸毒而痛苦不堪。詹姆斯求她,"为了我,为咱们的孩子,也为你自己"停止吸毒,艾德蒙也几次三番哀求她,杰米甚至为母亲吸毒而哭泣。然而,这些都只是表面现象。实际上,他们从不认真思索玛丽吸毒的真正原因,只是一味地责怪她。杰米把她同妓女相提并论,称她为"吸毒鬼",艾德蒙当她面说:"母亲是个吸毒的,这有时真够难受了。"艾德蒙跟父亲和哥哥都通过交流思想倾吐心声而彼此有了进一步的了解并达成新的谅解。一向不喜欢大儿子杰米的詹姆斯看到他为母亲吸毒而痛不欲生的情景也对他表示同情。然而他们除了关心玛丽是否又吸毒以外从来不跟她谈什么心里话,对她的痛苦不闻不问。玛丽不断地向他们呼救,述说自己的孤单和寂寞。她对艾德蒙说,"你爸爸出去了,他不是到酒吧间就是到俱乐部去会朋友。你和杰米都有自己认识的朋友。你们都出去,就我一个人孤零零的。我一直这么孤零零的。"她希望"有个什么女人好讲讲话——不是谈什么郑重其事的东西,就是笑笑,瞎扯扯⋯⋯"她两次拦住詹姆斯,请他别走,说她"不想一个人呆在这儿",她幽幽地说:"我连个去的地方都没有。我出去又去看谁?我又没个朋友。"她在詹姆斯让她出去坐汽车兜风时悲哀地说,"出去比在家还要孤单⋯⋯要是能有个朋友家去串串门,说说笑笑,那该有多好。"奥尼尔让玛丽反复强调孤独,渴望友谊,这反映他跟当代女权主义心理分析的观点不谋而合[①]。女权主义心理分析认为,希望有朋友,尤其是女朋友,这是女人很自然的愿望,被家庭禁锢的女性总是渴望友情,因为女人跟女人在一起的时候可以互相倾吐内心的苦闷,也可以互相帮助排忧解难。女人甚至可以通过跟其他女人的竞争来寻找自我实现自我。玛丽享受不到这样的友情正说明她深受男人的压迫,她无法摆脱男人的禁锢。这一点,奥尼尔通过三个男人不重视玛丽的渴望来予以证明。艾德蒙对母亲的抱怨很简单地回答"这不大符合事实",而蒂龙则干脆说,"这是你自己的过错"。她可以说是含着血泪告诉丈夫她要一个真正的家,那个夏天住的别墅"从来都没算个家。你总爱去俱乐部或者酒吧间。而我呢,一直就像在过一夜拔腿就走的那种倒霉客栈一样孤单得要命。"然而,蒂龙父子对她的哀求充耳不闻。艾德蒙几乎总是用

[①] 这方面的理论著作有 Luise Eichenbaum 及 Susie Orbach 的 *Between Women: Love, Envy, Competition in Women's Friendship*, (New York: Viking Press, 1988)。应用这种理论的文章有 Nancy Porter 的 "Women's Interracial Friendships and Visions of Community" 与 Elaine Hedges 的 "The Needle or the Pen: The Literary Rediscovery of Women's Textile Work",均见 Flowence Howe 主编的 *Tradition and the Talents of Women*, (Urbana: University of Illinois Press),1991。

"别说了"来打断她,迫使她陷于沉默;詹姆斯则急于溜走或想找个借口离开她。最后玛丽只好用酒贿赂佣人来陪着她,"好有个人说说话儿"。蒂龙父子不仅不体谅玛丽的痛苦反而把一切责任都推在她的身上。杰米把自己沦落、酗酒、嫖娼等不良行为变成是玛丽的过错,说什么"要是她能戒掉,那我也可能"。艾德蒙认为玛丽是存心吸毒,"让咱们没法接近她,甩开咱们,让她自己忘掉咱们还活在世上!……虽说她爱咱们,可这么看上去却像是恨我们恨得不得了!"詹姆斯干脆否定玛丽的一切,说她父亲不过是个酒鬼,她娘家没什么了不起,她喜欢的修女都不懂世故,她未必能靠弹钢琴成名成家等等。他不理会玛丽一再希望他陪陪她,不要让她一个人孤零零的,却强调玛丽"没什么必要那么孤单",戏班子里有的是人可以交朋友,是她自己不好、不肯跟人来往。他认为自己花了钱雇保姆陪她,盖别墅使她有个"家",买车让她有条件兜风,出钱给她戒毒已经做到仁至义尽了,反倒是玛丽染上毒瘾后疯子似地乱怪人,把家搞得不成为家。

玛丽希望有个家,但她永远享受不到家的温暖。她爱丈夫爱儿子却得不到他们的理解和帮助。她很明白,他们瞧不起她、讨厌她,陪着她也不会开心。孤单无援的玛丽只好到吗啡里寻求安慰,只好靠回忆来支撑自己。然而连回忆都只能使她感到绝望。她的手指已经变形不能弹钢琴了,她连自己都不相信,当然更无法从祷告中得到安宁。全剧的结尾具有高度的象征意义。玛丽拿着结婚礼服却让它拖在地上,她先对礼服感到迷惑,后来记起来是自己在阁楼箱子里找到的,却不知道"找出来是派什么用场的"。她觉得自己在找一样东西,但又不明白是什么东西。她说:"我急等着要这东西。我记得我有它的时候从来没感到孤单,什么都不怕。我可不能就这么永远丢掉吧,于是我觉得它再也不会回来了,那我可就要愁死了,因为那样一来就什么希望都没有了。"有评论家认为玛丽寻找的是她对宗教对圣母的信念。[①] 但如果联系结婚礼服一起来看,玛丽寻找的很可能

---

① 弗吉尼亚·弗洛伊德:《尤金·奥尼尔的剧本:一种新的评价》,陈良廷、鹿金译,上海译文出版社,1993年,第531页。弗洛伊德认为,玛丽寻找她"失去的一样东西"时"正是在伤心地哀叹失去了她的宗教信仰,她的生存的内核"。

是她在结婚前的理想和追求、她所希望实现的个人成就。她在全剧的最后一句话("我跟詹姆斯·蒂龙好上了,有一段时间过得很快活。")里一字不提他们的婚姻,正好说明玛丽在放弃自己的追求以后所得到的幸福只是短暂的。玛丽用吗啡来麻醉自己以便忘却的正是给她带来不幸和灾难的婚姻,是束缚她的才能和发展的家庭。另一方面,三位家人的袖手旁观,杰米所一再强调并被他父亲和弟弟所接受的"没有用了"的观点又进一步证明她不可能从他们那里得到任何帮助,婚姻与家庭不可能给她带来她所希望的幸福和成就感。一旦她做不了他们的家庭天使,无法克尽符合他们要求的贤妻良母的职责时,男人就会蔑视她、厌恶她、遗弃她。

奥尼尔在《进入黑夜的漫长旅程》里确实描写了男人的恋母情结以及他们在愿望得不到满足时的厌女情绪。他没有也不可能把玛丽塑造成敢于跟命运搏斗的新女性。但我们还应该看到他超越了传统的妇女观,深入细腻地展现了一位接受父权社会的传统观念、愿意为男人牺牲的女性在结婚后的失落与不幸。奥尼尔实际上跟另一位戏剧大师易卜生一样,对女人充满同情和关心。

奥尼尔在《月照不幸人》中又一次以渴望做贤妻良母的女性的悲剧为题材,再度表达他对女人的同情和爱怜。这个剧本其实是《进入黑夜的漫长旅程》的续篇,剧中的吉姆实际上就是玛丽的大儿子杰米。这是一个陷于恋母情结中永远长不大的男人。他在母亲病危时由于无法面对失去她的痛苦而恢复了过去答应她戒掉的酗酒习惯,并在护送灵柩返回家乡的火车上跟妓女鬼混。他感到亵渎了对母亲的感情,万分内疚悔恨不已并从此一天到晚借酒浇愁,过着虽生犹死的放荡生活。后来,他在佃户霍根的女儿乔茜身上发现了他所追求的理想女性的气质——"强大的毅力和崇高的自尊心,还有一颗了不起的善良的心",当然,更关键的是乔茜有体现母性的胸脯。他知道乔茜爱他,他也爱她,但他对乔茜只有一个要求,他只希望她能取代他母亲给他以理解和宽恕。其实,这是父权社会里极其典型的男性观念。男人在强大时把女人比做妖魔,而在虚弱时却又希望女人是能够拯救他们的圣母。吉姆对乔茜的赞美实际上是传统社会要求女性做"家庭天使"所具备的品德。在《进入黑夜的漫长旅程》里,杰米总是把母亲与妓女相提并论。在《月照不幸人》中,他仍然没有摆脱这个观点。在吉姆的眼里,乔茜还有代表肉欲的淫荡女子的特点——"大高个儿,壮实,感情丰富,乳房丰满",因此他常常把乔茜跟他在火车上遇到的胖妓女相混淆。只是由于他的"天使不能有性欲也不该被性欲所玷污"的传统观念,由于他渴望的是母亲的爱抚,他嫌恶自己的性冲动,也不许乔茜流露任何情欲。他那以"我自己的方式"表现的爱便成了"把我的脑袋枕在你的胸脯上躺着罢了"。吉姆爱的并不是乔茜本人,而是她体现母性的胸脯。在第一幕结尾的地方,吉姆就点明了他希望乔茜"像母亲那样关照"他。在第三幕里,当乔茜承认自己是处女,并且剖露心迹"不在乎什么后果",只要"今天这个夜晚和你的爱情",吉姆却把她当成妓女,用粗暴的态度对待她,甚至在遭到乔茜拒绝时"带着抱怨的口气说,'婊子,谁说你是婊子了?我不是警告过你吗。你要是一个劲儿——干吗非得装成那样一个女人,要我跟你上床呢?这不是我来这儿的目的。你也答应过今天晚上跟往常有所不同。如果你想的目的跟别人想要的完全一样,如果这就是你对爱情的全部理解,那你何必还那样答应我?'"这里,吉姆完全暴露了他的大男子主义思想,他对爱情的要求只是索取而没有给予。在他看来,女人如果不能当母亲就只能是妓女。

乔茜的悲剧在于她接受了吉姆的观点。乔茜是一个"块头大得出奇,近乎畸形……比一般男人都更强壮"的女人,但她"并没有男子气,纯粹是个女性"。她虽然外表像男人,内心却温柔热情,善良纯真。她爱弟弟,尤其是那个"在我眼里,你一直是我像母亲那样把你抚养大的小男孩"迈克,不愿意他们在家做父亲的奴隶,想方设法帮助他们逃往他乡寻找出路。她也爱父亲,明知父亲有过错却不许弟弟骂他。她富有爱尔兰人的幽默感,还有勇有谋善于随机应变,她和父亲联手玩弄美孚石油公司经理哈德那一场戏充分说明她的智慧与胆略。她还有自己的尊严,在家里她跟父亲平起平坐,因为她明白"我干我的活儿,自己挣饭吃,有权自由自在"。在外面她懂得如何保护自己不受男人的侵犯。作为女人,她有自己的梦想,她渴望真正的爱情,希望能找到称心如意的男人结婚成家,做个好妻子好母亲。然而生活中她遇到的男人"都是些没头脑的蠢货"。她只好伪装成放荡的女人,吹嘘自己富有魅力跟许多男人睡过觉,从而维护自己的尊严,在面具后面掩饰内心的痛苦。

男性社会的传统观念使乔茜错误地贬低自己,认为男人只喜欢身材苗条娇小玲珑的女人,而自己不过是个"块头大的丑八怪","难看的母牛似的大胖娘们儿"。她爱上了吉姆,因为她发现他是一个在智谋和思想深度等方面都能与她匹配的男人。但由于她自惭形秽,她无法像做其他事情那样大胆果断,无法勇往直前地追求爱情。相反,她每听到吉姆对她的夸奖都受宠若惊感激不尽。由于她把自己放在低于吉姆一等的地位,她看不清吉姆自私而又虚弱的本性,反而把他居高临下的大男子主义的态度和举动看成是他理所当然应有的气质。于是,乔茜接受吉姆的无理要求,请求他宽恕她"只为个人打算的自私",并且压抑自己内心的欲望,决定像他母亲那样给他以所需要的爱,甚至在吉姆告诉她自己在母亲去世时的荒唐行径后还是宣布她爱他,"爱得足以理解和宽恕"他。应该说,奥尼尔十分真切地反映了一个深受男权观念影响的女性的必然行动。作为一个淳朴的农村姑娘,乔茜只知道女人应该做妻子做母亲。一旦她认识到自己没有做妻子的可能便选择了母亲的形象。奥尼尔对乔茜的刻意描写其实完全符合女权主义的观点。弗吉尼亚·吴尔夫早就说过,"多少世纪以来,女人一直起着镜子的作用,具有把男人形象折射成比原来大两倍的神奇而美妙的力量……不管它们在文明社会里有什么用途,镜子对所有暴力和英雄行为都是必不可少的。正因为如此,拿破仑和墨索里尼两人都一再坚持女人不如男人,因为如果她们并不低人一等,他们就不会继续膨大……因为如果她开始说真话,镜子里的人影就会缩小……"①近年来女权主义者颇为赞赏的心理分析家拉康也曾在他的名著《女性的性欲》里谈到女人常常起镜子的作用反映男人的欲望,而且女人是在男人、语言和文化的影响下被迫扮演这一

---

① See Virginia Woolf 的 *A Room of One's Own*, (New York, Harcourt Brace Jovancovich, Inc., 1957), pp. 35 – 36.

角色,她们自身的欲望常常因此受到压抑。①奥尼尔未必看过拉康和吴尔夫的著作,但他对女性的理解与同情使他作出了真实而又令人信服的描绘。

当然,吉姆的虚弱与无助也确实唤起了乔茜潜意识里的母性,奥尼尔的舞台说明充分证明了这一点。从第三幕后半场乔茜理解了吉姆的需要以后,奥尼尔便在四个不同的地方突出乔茜的母性,形容她"怀着母性的温柔",并且一再描写她把吉姆当成孩子。这一点反映了奥尼尔对理想女性的要求。不少批评家认为乔茜的高尚行动反映奥尼尔的只有爱才能解决人间痛苦的主张。弗吉尼亚·弗洛伊德说:"乔茜的行为证明了在一个缺乏宗教信仰的世界上,人可以通过牺牲为另一个带来某种拯救。"② 女性主义批评家则以此来证明奥尼尔的女人没有自我,只会盲目地以男人为中心为他们牺牲自己。巴罗说:"跟玛丽不同,乔茜自愿沉默以便别人可以讲话……接受了听者的角色,倾听吉姆的悲哀的故事——这是一个双重角色,因为她不仅为自己还为他死去的母亲倾听。确实,她同他母亲两者之间的等同是乔茜摈弃自我的可怕的隐喻:这不仅象征她跟另一个女人合而为一,而且是跟一个死去的女人合而为一。"③这些观点有一定的道理。乔茜确实放弃了自我,决心为吉姆做出牺牲。奥尼尔确实可以说是用男性观点和话语,甚至用父权文化传统对女性规范的审美因素来塑造了一个美丽的女性,一个任劳任怨、用无尽的牺牲与付出来换取贤妻良母的称号,来建立一个庇护弱者心灵拯救罪恶灵魂的美好世界的母亲角色。然而奥尼尔在肯定乔茜的牺牲时也让我们看到,吉姆是个永远长不大的男人,虽然他感谢乔茜给了他一夜的安宁,但囿于大男子主义思想,他为此感到羞耻,即使在不得不表示感谢以后还是离开了她。相反,在吉姆坦白了他的肮脏心灵后,乔茜对吉姆不再

---

① See Lacan 的 *Feminine Sexuality*, edited by Juliet Mitchell & Jacqualine Rose, Translated by Jacqualine Rose, (New York: Norton, 1982), pp.138 – 148.
② 《尤金·奥尼尔的剧本:一种新的评价》,第 576 页。
③ Judith Barlow, "O'Neill's Many Mothers, Mary Tyrone, Josie Hogan, and Their Antecedents." in *Perspectives on O' Neill*: *New Essays*, edited by Bagchee, (University of Victoria, 1988), p.12.

抱希望,而是把他同死亡相联系,祝愿他"在睡梦中死去"。奥尼尔的舞台说明("乔茜脸上显出哀愁、温柔和怜悯的神情")似乎表明乔茜对吉姆最后的感情是怜悯同情多于爱情。不仅如此,奥尼尔还表现了乔茜的成熟与发展。如果说在故事开始时,乔茜采用的是屈膝仰视吉姆的姿态,在故事结束时乔茜已经跟吉姆换了位置,采用俯视的姿势。也许正是乔茜的强大使吉姆感到恐惧而永远离开了她,虽然乔茜自愿把吉姆"所需要的爱献给"他并且"为此而引以自豪和高兴的",但她也表示她付出的代价"非常之大"。她因而寻求承认,努力要让吉姆记得"我给你的爱使你心情平静了会儿"。虽然乔茜在很长的时间里确实扮演听者的角色,但她最后还是冲破了男尊女卑的传统观念,开始述说自己的不幸。尽管她的独白("这倒是我那套阴谋诡计的好结局,坐在这儿,紧紧搂着这个死人,月亮那傻脸在朝下咧嘴笑,欣赏这个玩笑!")以及她在第四幕开始时对父亲的话("一个处女在夜间生了一个死孩子,天亮时她还是处女。")不无自我嘲讽,但感人至深的却更是其中的失望、悲哀、困惑、迷茫、默然与辛酸。正如玛丽在《进入黑夜的漫长旅程》一样无视他人的压抑,坚决突破沉默,不管不顾地申诉自己的不幸,乔茜在第四幕中与父亲和吉姆的对话都说明她已经改变了听者的身份,变得十分主动,成了有自己话语的女性。她也许不得不回去过从前的生活,但她绝不是以前的乔茜了,她已经开始有她自己的生命价值和人格尊严了。总而言之,乔茜是生活的强者,她能冷静地面对现实,接受命运的安排,她的形象要比吉姆高大得多。

归结起来,奥尼尔确实没有先进的现代的妇女观,他也无意创造女权主义者的形象。他在谈到他的《与众不同》里的女主人公时说,"……爱玛就是爱玛……——当然不是女权主义者。爱玛和所有女人一样,用某种方式对某种受压抑的性冲动作出反应,只有在这个意义上,她和其他妇女有共性。但她的反应所表现的形式则完全是由她所处的环境和她的个性决定的。"[①] 他在《月照不幸人》和《进入黑夜的漫长旅程》两部戏剧里就是要用现实主义手法表现两个女性对

---

① 《奥尼尔戏剧理论选译》,见《外国当代剧作选》,第 745 页。

受压抑的性冲动所作的不同形式的反应。由于他对女性的关切、爱怜和同情,他不仅塑造了他心目中的理想女性,还写出了这类女性所背负的沉重的男权观念的枷锁和由此产生的痛苦与不幸。他对女性的苦难、她们无法把握自己命运的悲哀进行深刻的挖掘并使之升华,使她们的故事具有强烈的代表性和震撼人心的力量。因此,我们似乎不应该对奥尼尔过多地求全责备,而应看到他剧本中的积极意义。当然,奥尼尔的妇女观可以作多层次的探讨,本文只是抛砖引玉,做一些极初步的研究。

华伦的《国王的人马》

一

罗伯特·佩恩·华伦(1905—1989)是当代美国文学界的一大文豪。他不仅是蜚声文坛的诗人、小说家、剧作家、散文家和文艺理论家,而且还是颇有成就的编辑和大学教授。他自1929年发表传记《约翰·布朗:烈士的产生》一举成名以来,先后出版过13部诗集、10部小说和大量的散文与文学评论等著作,不仅在诗歌方面多次获奖,而且还是美国惟一的既获得普利策诗歌奖又获得普利策小说奖的作家。多年来,华伦曾数次被提名为诺贝尔文学奖的候选人。1985年,华伦被美国国会图书馆授予"桂冠诗人"的称号,成为历史上第一个享受美国最高文学荣誉的诗人。

华伦最初以诗歌成名。他坚持艾略特的诗歌理论和英国玄学派诗歌的传统,把典雅的修辞和通俗的口语、婉转柔和的音韵和尖厉不和谐的音律、富有诗意的意象和粗俗的形象对立统一地结合在一起,用以表现现代人的异化和两重性。比较著名的诗集有《龙的兄弟》、《允诺:1954至1956年的诗歌》、《现在与过去:1976至1978年的诗歌》等。

华伦是美国南方"重农学派"的成员,早在20年代他在大学求学期间就结识了重农学派的一些诗人、学者和评论家,并在该学派的文艺刊物《逃亡者》上发表诗歌。1930年他和其他11位学者联名发表以《我要表明我的态度》为题的专题论文集,反对北方的科学技术和工业文明对南方的侵蚀,留恋农业社会、往昔的田园生活、宗教思想和古老的传统美德。重农学派在思想上是保守甚至反动的,但他们关于实现"完整的人"的人道主义理想和强调家庭、社会和历史传统的重要性等主张,对美国的南方文学和文艺思潮的发展产生过很大的影响。

1935年,华伦和布鲁克斯等人创立《南方评论》杂志,扶植了一批才华出众的年轻作家,也吸引了一批富有远见卓识的文人志士,形成现代美国最重要的文艺批评流派——新批评派。他们认为文学作品是跟创作意图、创作过程和所反映的现实毫不相干的、独立的客观物体,文学有其特殊的语言,文艺批评的作用在于通过严密的文字分析发现作品的内在价值。新批评派的理论和活动为现代派诗歌开辟了道路,是20世纪20年代到五六十年代十分重要的、影响极大的流派。华伦和布鲁克斯等人运用新批评派的理论原则合作编写的《文学入门》、《理解诗歌》等介绍文学各种类型、流派和风格的著作,多年来一直是美国大学的经典教材,对文学课程的讲授起过极其深远的影响。

华伦曾说:"世界不断变迁,生活不断变化,我们则不断寻求足以表现新生活的语言。"半个多世纪以来,华伦不断探索、不断寻求,捕捉美国社会的千变万化,表现各个时代的特性与变迁。即使在80年代,他已进入耄耋之年,还在不断地发表新的诗作,编纂新的文学选集,给读者以新的启示,继续发挥他在文学界的影响和作用。

二

华伦的小说多半以美国南方为背景,以某个历史事件或社会动乱为基础,但他又总能超越地区和史实的限制,借古喻今,以情说理,使个别而具体的事件获得普遍意义,从而表现人类社会的共性问题。1946年发表的《国王的人马》是华伦最优秀的一部作品,曾经被改编拍摄成电影,已是公认的现代美国文学的经典著作。

《国王的人马》是以30年代美国路易斯安那州州长休伊·朗的生平为基础的。朗本是默默无闻的农家子弟,从未上过大学。但他通过刻苦自学,八个月修完大学法学院三年的课程,通过考试,21岁便当上了律师。三年后,朗进入政界,担任铁路专员。1924年他竞选州长,但因对三K党的态度不够明确而落选。四年以后,他重整旗鼓,因争取到农民的支持,终于以微弱的多数当选州长。朗执政后,一方面大兴土木,修公路、建医院、造学校,为乡村农民谋取一定的福利;另一方面,他又大搞独裁政治,拉帮结派、排斥异己、安插亲信,采取顺我者昌逆我者亡的高压手段,甚至还办了一份报纸,诋毁攻击反对派,大造舆论为自己歌功颂德。朗用强权政治巩固了在路易斯安那州的绝对统治以后,便向华盛顿进军,于1932年当上了美国国会参议员。然而,正当休伊·朗飞扬跋扈不可一世的时候,他在1935年年方42岁时,被一位医生莫明其妙地枪杀了。1937年,华伦去路易斯安那州立大学任教,听到了有关休伊·朗的传说,深为触动,便以此为素材于1939年写成诗剧《伤疤》。但他并不满意,从1943年开始,又不断修改这部诗剧,最后扩展成小说《国王的人马》。

《国王的人马》的主人公威利·斯塔克和休伊·朗有十分相似的地方。华伦承认,如果他从来没有搬到路易斯安那州去居住,如果没有休伊·朗这个人的话,《国王的人马》这部小说是写不出来的。但他又否认这是一部关于政治的小说,强调"政治不过提供了一个故事结构",以便表现"更为深刻的问题"。

华伦并不是简单地把威利勾画成唯利是图的独裁家,而是塑造成具有强烈感染力的悲剧式人物。他在1953年《国王的人马》的现代图书版前言中表示,用强力和欺诈手段取得权力的政客没有戏剧性,他着意创造的是一个致力于社会改革但为权力所腐蚀的人物,这个人有能力替周围的人实现各自内心深处的隐秘的愿望,但又时时感到自己是个局外人,感到空虚和孤独。华伦正是通过威利表现现代社会的复杂性、现代人分裂的人性以及理想和行动分裂所必然造成的悲剧。

威利一进入政界便接触到腐败现象。他担任县司库时发现领导们营私舞弊,把建造学校的工程承包给一心赚钱不顾质量的亲戚。当时,威利满脑子是山里人清正廉洁的伦理道德思想,是个正义感很强的年轻人。出于义愤,他挺身而出揭发了这个违法乱纪的事件。但是,小小的县司库斗不过有权有势的县官,威利失败了,丢掉了差使,回乡务农。两年以后,质量低劣的学校发生倒塌事件,证实威利的斗争是正确的。他开始在县里名声大振,同时他通过自学当上律师,为乡亲们解决了一些问题。

不久,威利怀着改革政治、为民谋福利的美好愿望,积极参加竞选州长的活动。但他很快发现选民们对他的改革措施毫无兴趣,而动员他出山的泰尼·达菲不过是利用他去争夺另一位受乡下人拥护的麦克墨菲的选票。威利终于大彻大悟,懂得了政治无诚实可言。他揭发了达菲的阴谋,决心报仇雪耻。

四年以后,威利果然当上州长,但他已经抛弃了廉洁奉公的传统美德,采取实用主义的政治原则。他口口声声说"人是罪恶的结晶,在血污中诞生。人的一生从臭尿布开始,以臭尸衣告终"。因此,人不可能是清白的。他反复强调世界是邪恶的,善并不存在,人们只能在邪恶中创造善。因此,只要动机是好的,目的是正确的,手段不当是可以接受的。为了改革政治,替老百姓办好事,他完全可以采用行贿收买、威胁讹诈等不法手段。于是,他一方面采取措施改善乡野村民的生活,另一方面又把老百姓看成是听他摆布由他指挥的愚民。他憎恨唯利是图的政客。但又招降纳叛,网罗一批像泰尼·达菲一类的小人作他的打手,从而建立了由他主宰一切的政权机构。

威利是一个充满活力的实干家,上台以后确实大刀阔斧进行了一番改革,也做出一番事业。可惜,他的成就往往是通过肮脏的政治交易获得的。

威利并不是纯粹的实利主义者。他不像泰尼·达菲等谋私利、饱私囊的政客,上台以前说尽好话,上台以后便把选民的利益抛到九霄云外,以贪赃枉法、营私舞弊为惟一目的。威利有责任感,心灵深处还是个理想主义者,一心改革世界,拯救人民免于苦难。因此,他能满足人们的各种要求。私人秘书杰克在他身上找到自己所欠缺的目标、方向、权威和意志力。医院院长亚当发现威利可以实现自己为之献身的理想主义的真善美。老百姓更认为威利是正义的化身、人民的救星。

威利的悲剧在于太自负,相信恶一定能创造善,结果干了很多坏事。他还有一个自私自利的动机:追求绝对权力,树立绝对权威,报复曾经愚弄过他的政界;威利是个悲剧人物,还因为他内心深处有一定的犯罪感。为了弥补罪孽,他决心修建一所能造福子孙后代、不为腐败政治所玷污的医院。但是,威利在政治泥淖里陷得太深,无法自拔。泰尼·达菲听说威利撕毁承包合同,眼看到手的肥肉就要失去,便借刀杀人,挑拨他和院长亚当的关系。结果亚当听信谗言,以为自己当上院长是由于妹妹安妮是威利的情妇的缘故。亚当一怒之下,开枪行刺,结果和威利同归于尽。

华伦通过威利·斯塔克的悲剧揭露现代资本主义社会中理智与情感、理想与行动的可怕分裂,指出在实利至上的时代里,无原则的行动,即使是充满理想主义的行动,也必然变成机会主义,导致暴力和灭亡。另一方面,威利的故事——一个正直的青年从勇于和贪官污吏进行斗争蜕化到成为腐化堕落的权欲观念极强的政客,最后成为政治斗争牺牲品的故事——还尖锐地揭露了美国社会的种种不公正现象,无情地抨击了美国的腐败政治。从这个意义出发,尽管华伦无意创作有关政治的小说,《国王的人马》仍然是一部寓意深远的政治小说和能够准确反映美国现实的社会小说。

三

《国王的人马》采用第一人称的叙述手法,叙述者杰克在全书结尾处说:"这是威利·斯塔克的故事,但这也是我的故事……它讲的是一个生活在世界上的人,在很长的时间内,世界在他看来是一种样子。但后来他对世界的看法改变了,变得很不一样。"华伦认为他正是通过杰克的故事探索"更为深刻的问题"。他说,人"需要发现自我,需要在生存这张巨大而不断变化的图表上找到自己"。杰克的故事就是寻求自我的故事。对于华伦来说,寻求自我是涉及具有道德高度的人的责任、人在社会中的地位与作用的问题。认识自我,实现"完整的人"的过程还是一个追求真理,发现真知的痛苦的过程。

杰克有过幸福的童年、快乐的家庭。但在他六岁的时候,父亲忽然离家出走,抛弃优裕的生活去沿街传道,母亲接二连三地嫁人,最后一个丈夫比杰克大不了几岁。生活的变迁大大影响了杰克对人生、家庭的看法。他怨恨父亲懦弱无能,厌恶母亲情不专一。杰克愤世嫉俗,用冷漠、怀疑的眼光看待一切,成长为一个没有意志、没有明确目标和生活方向的疏懒散漫的年轻人。他热恋童年的伴侣,前州长斯坦顿的女儿安妮,但是安妮看不惯他玩世不恭的人生哲学,两人分道扬镳,杰克最后当了一家报纸的记者,糊里糊涂地混日子。

然而,心灰意懒的杰克遇上了威利·斯塔克,并且马上为他坚定的信念和实现信念的干劲和意志力所吸引。他在威利身上发现自己所缺乏的意志、毅力和奋斗精神。于是也不顾上流社会的亲友们的反对,心甘情愿地充当威利的打手和狗腿子。他忠心耿耿地为威利奔波效劳,为他发现政界敌手的历史污点,帮他进行威胁和讹诈活动。杰克明白他干的是肮脏的见不得人的勾当,但他认为这是威利的事情,他本人拿工资干活,不负任何责任。他涉身丑恶腐败的政治,但他视而不见,不愿意正视现实。他不想了解世界是否有善恶,更不想知道人生在世应该担负什么责任。为了逃避现实,杰克常常采用自己发明的"大睡眠"方法。每到他必须做出抉择的关键时刻,他便躺在床上昏昏大睡,回到动物状态,糊里糊涂地应付日子。

但是,杰克对往昔的美好时光还是有所留恋。在他心目中,青梅竹马的女友安妮是纯洁的化身;爱护他、帮助过他的欧文法官和斯坦顿州长是正直和廉洁的榜样。杰克奉威利之命调查欧文法官的历史时,不是为了发现他的污点,而是为了证明他的清白。然而,调查的结果使他大为震惊,法官年轻时确实接受过贿赂,利用职权出卖州的利益。当时的州长斯坦顿了解内情,但为了袒护法官,拒不受理揭发人的控告,使该人走上绝路,跳楼身亡。这个发现摧垮了杰克心目中的偶像,他不得不接受威利关于"世人都是罪恶的结晶",都干过坏事的论点。

不久,杰克听说旧日的恋人安妮成了威利的情妇。这个打击对他实在太大了,他赖以生存的最美好的形象倒塌了。他意识到安妮委身于威利是为了替父亲赎罪,因为他曾把对欧文法官的调查结果告诉了安妮。在某种意义上说,是他迫使安妮做出错误的决定,投入威利的怀抱的。然而,杰克不愿意面对残酷的现实,也不能勇敢地承担责任。于是他开车躲到西部的一家旅馆昏睡了三天三夜,再次采取逃避主义的态度,用虚无主义的观点解释一切。他认为"生命不过是黑色血液的跳动和神经的抽搐而已"。在杰克看来,世上一切事物都是独立的、彼此毫不相干的自然现象,个人不必承担任何责任。

"一切都不是你的过错,也不是任何人的过错,因为事情本来就是如此这般"。安妮未必纯真,他更不必为安妮的失身感到内疚。

杰克以为他已经找到真理了,他的虚无主义的宿命论可以解释一切了。然而事态的发展迫使杰克正视现实,认真思索。他奉威利之命去找法官,企图用他的历史污点作要挟,逼他就范,听从威利的指挥。出乎杰克的意料,法官承认早年的罪行,但他既不屈服于威利的压力,又不乞求杰克的怜悯,而是开枪自杀,勇敢地承担早年失足应负的责任,接着,杰克又从母亲听到欧文死讯时撕心裂肺的哭喊中,了解到原来法官就是他的生身父亲。他不能回避自己在法官之死中应负的责任,从此拒绝为威利发掘别人的历史污点,也洗手不干任何讹诈活动。杰克终于迈出新的一步。

他的好朋友亚当和威利的死亡,再次强迫他正视现实,考虑自己应负的责任。他想到是他把威利和亚当拉在一起,因此对他们的死有着不可推诿的责任。于是,杰克的自然主义的宿命论思想彻底动摇了。不久他发现达菲是幕后操纵的真正的刽子手,决心揭发达菲,为亚当和威利报仇。正在他一心一意把自己看成是主持正义的英雄人物时,新任州长达菲出高薪聘请他当私人秘书,希望他能像从前替威利服务那样为自己服务。杰克大受震动,反省自己,认识到自己并不清白,其实他本人和达菲是一丘之貉,都干过很多坏事。他认识到自己的罪恶,也觉悟到自己应负的责任,他对世界的看法有了根本的改变。他从欧文法官自杀一事中看到,历史虽然是邪恶的,但仍然存在法官那样的荣誉感。他又从威利临终遗言中发现,威利虽有缺点和错误,仍不失为伟大的人物,因为他临死前有所觉醒,再次表现了信念和意志力。他还发现,他原以为是个冷漠无情的女人的母亲,心底里还是有持久的爱情的。杰克终于认识到世上有善也有恶,善恶是紧密相连的,人只有承认本性中恶的一面才能充分实现善的天性;人对世间的一切都有影响,都负有责任。一个人如果能承认自己是有罪的,并且勇敢地承担责任,他就能成为"完整的人"。于是,杰克摆脱了虚无主义的宿命论思想,回到老家,和安妮结婚。

杰克寻找自我的故事使《国王的人马》成为一部深刻的伦理小说和哲学小说。尤其值得一提的是,华伦创造了一个故事中的故事——凯斯·马斯敦的日记——用以点明杰克的故事的主题思想。凯斯原是一个山里人的孩子,后来由哥哥送到城里上大学。不久,他和好朋友邓肯的爱妻阿娜蓓尔发生私情。邓肯十分伤心,假造手枪走火的现场自杀了。黑奴菲比发现邓肯放在妻子枕头下的结婚戒指,洞悉了一切。阿娜蓓尔受不了菲比谴责的眼光,把她卖给了人贩子。凯斯认为,朋友之死、黑奴之被卖、情人的苦痛,都是由于他的罪孽引起的。他努力寻找菲比,但是没有成功。为了赎罪,他给家乡的黑奴以自由,他承担起南方人的责任,以士兵身份参加南北战争,在战争中寻求死亡,希望以死来弥补自己的罪孽。杰克把凯斯·马斯敦对于罪恶和责任的思想总结为"蜘蛛网"的理论:"世界是一个整体……就像一张巨大的蜘蛛网。不管你碰在哪里,不管你碰得多么轻,蜘蛛网的震动都会传播到最遥远的边沿,而昏昏欲睡的蜘蛛不再打瞌睡了,它会马上跳将起来,抛出游丝,纠缠碰过蜘蛛网的你,然后把黑色的、令人麻木的毒素注入你的皮下。无论你是有意还是无意碰了蜘蛛网,结果总是一样。"杰克在大学里研究这份日记写博士论文时,既不理解也不能接受凯斯的观点,最后扔下材料,昏睡数天,从此没有完成论文。但他始终把自己和凯斯相比较,时时思索他的论点,血的教训终于使他接受了凯斯关于罪孽与责任的看法,决心完成这篇拖了多年的论文。

凯斯·马斯敦宣扬的"人皆有罪,人必须赎罪"的思想,是和华伦的宗教思想分不开的,基督教认为,亚当和夏娃违背上帝的意志,偷食智慧之果,被赶出伊甸乐园,来到人间。因此,人生来就有罪,必须时刻牢记人的堕落,努力修身养性,赎取罪愆,才能得到上帝的拯救。华伦进一步发展这个"原罪"思想,认为世界虽然是堕落的,但人并不是简单的罪人。他既受束缚,又是自由的,既是自然的一部分又能在一定程度上超越自然。因此,人有无限的烦恼和忧虑。为了摆脱这种矛盾的局面,人往往强调自身特性的某一方面而排斥其他方面。有些人不能承担自由和责任的要求,便否认自由和责任的存在,像动物一样生存;还有些人则不能接受人的局限性,妄自尊大,一心主宰一切。他们都不是"完整的人",都要走向灭亡。

《国王的人马》的标题点明了这个主题思想。它引自在英美民间广泛流传的一首儿童歌谣《亨普蒂·邓普蒂》,一个拟人化的鸡蛋。原来的歌词是,"亨普蒂·邓普蒂坐在墙上头,亨普蒂·邓普蒂摔了个大跟斗。国王所有的马,国王所有的人,却不能把它重新来拼凑。"华伦借用童谣点明,世人都是上帝的臣仆,都应认识自己的罪孽。威利狂妄自大,否认人的局限性,自以为是人民的救世主,具有至高无上的权力,因而受到上帝的惩罚。他入政界掌大权时坐上了墙头,但他为权力腐蚀,走向反面,摔了大跟斗。

杰克几乎也要摔跟斗,自取灭亡。他的逃避现实的"大睡眠"的人生哲学导致了三个人的死亡。但他终于醒悟,既承认自身的局限和罪恶,又决心负起世人应承担的责任,因此他得救了。他有希望成为"完整的人"。

华伦认为,人生的目的就是为了寻求真知,真正的了解自我和世界,认识到自身和世界的局限性,从而努力完善自己和整个世界。这个求知过程是十分痛苦而又完全必须的,只有掌握了真理,人才有自由。他的名诗《龙的兄弟》中有这样几句话:

> 承认复杂是单纯的开始,
> 认识必须是自由的开端,
> 认识完善的方向便是自我的死亡;
> 而自我的死亡正是人格个性的开始。

华伦还认为作家的责任在于向读者揭示真理和寻求真理的过程。他在1947年发表的一篇评论海明威的文章中表示,"好的小说激励我们,向我们介绍强有力的、一心使人性更为完善的人物形象,而不是发表抽象的指示。人的经济属性和政治属性是人性的重要方面,完全可能构成小说的一部分材料。然而,无论是人的经济属性还是人的政治属性,都不能构成完整的人,还有其他重要的,值得作家考虑的问题——诸如爱情、死亡、勇气、荣誉和道德原则等。一个人不仅在经济和政治方面要和他人共同生活,他还要在道德原则方面与人相处;他还得跟自己生活,说明他自己是怎么样的人……"在华伦看来,作家描写寻求自我要比写政治更为重要,因为"每一个灵魂的故事都是它自我确定是善还是恶,受拯救还是下地狱的故事"。

像很多西方作家一样,华伦把资本主义制度下争权夺利、尔虞我诈、互相残杀的社会现象抽象化为普遍的、永恒的人性问题,用宗教思想来解释社会矛盾和社会悲剧,这是不足取的。但他探讨的人的道德选择和责任问题、人在社会中的作用和地位等严肃问题,还是对我国读者有一定的借鉴作用。

四

《国王的人马》是一部比较复杂的作品,在艺术技巧中也有很多成就。全书采用第一人称的叙述方式,但叙述者杰克不仅是客观报导威利的兴衰沉浮的次要人物,而且还是寻找自我的故事的主人公。威利和杰克的两个故事、两条线索交错进行,但又不按时序展开,而是正叙、倒叙穿插进行,以大量的回忆和内心独白使整个故事波澜起伏,扣人心弦。

华伦还善于使用不同的文体和语言表现不同的人物甚至同一人物在不同时期的特性。例如,早年的威利语言比较简单甚至枯燥。在他发现自己上当受骗时,他的演讲真挚感人。但在他掌权以后,他的演讲充满了美丽的词藻和响亮的口号,却缺乏实质性的内容。同样,杰克在愤世嫉俗时用词尖刻、词句简短,充满讽刺与挖苦的意味。在他苦苦思索人生真谛时,所用的语言像是纠缠不清的绳结,沉重而拖沓。但在他回忆和安妮的纯真爱情时,他的语言便充满诗意,富有浪漫色彩。为了突出凯斯故事的重要性,华伦采用和全书完全不同的风格,语气更为急促,文字更充满激情,整篇日记颇有排山倒海之势,裹挟着读者一起前进,迫使读者身临其境,接受他的结论。

《国王的人马》还涉及社会的各个方面,从足球赛到治疗精神病人的外科手术几乎无所不包。还有大量的隐喻、典故和象征手段,是一部可以进行多方面多层次探讨的优秀作品。

《紫颜色》

"亲爱的上帝,我 14 岁了。我向来是个好姑娘。也许你能显显灵,告诉我我究竟出了什么事……"艾丽斯·沃克以一封给上帝的信开始了她的第三部小说《紫颜色》。一个 14 岁的女孩惨遭后父糟蹋,又害怕又羞愧;她怀上身孕却又不明白这种生理变化,因而心事重重,惊惶失措。母亲重病在身,不可能安慰她;妹妹年幼无知,还需要她的帮助。她走投无路,只好给上帝写信,倾诉自己悲哀与困惑的心情。这封短信稚气十足、文字笨拙,但饱含着深沉的痛苦,揭示了一幅可怖的画面,扣人心弦、发人深思。艾丽斯·沃克的《紫颜色》就是以这种别具一格的手法和感人肺腑的故事紧紧地吸引读者,赢得了评论界的赞扬。小说在 1982 年刚一出版就立即成为畅销书,并在 1983 年夺得美国最主要的三种文学奖:普利策奖、全国图书奖和全国书评家协会奖。

但是,《紫颜色》的成功之处并不仅仅在于故事动人、手法新颖。更重要的是,这本小说探讨了当前美国社会的一些重大问题,是近年来美国黑人文学和妇女文学的一部代表作。

从 50 年代开始,美国黑人争取种族平等、反对种族歧视的斗争风起云涌,到 60 年代后期达到新的高潮。黑人举行了向华盛顿的自由大进军,喊出了"黑人民族主义"和"黑人权力"等口号,这标志着美国黑人在政治上的一次觉醒。接着出现一个黑人文学大活跃、大辩论和大繁荣的时代。黑人作家们积极投身民权运动,以诗歌、小说、杂文等各种形式揭露美国社会对黑人的歧视与迫害,反映黑人的苦难与斗争。埃利逊的小说《看不见的人》(1952)、汉斯贝里的剧本《阳光下的葡萄干》(1959)、鲍德温的散文集《下一次将是烈火》(1963)、琼斯的诗集《20 卷自杀笔记的序言》(1961)、马科姆·艾克斯的《自传》等等都是具有较深刻社会意义的作品。作家们还就黑人作家的任务与使命、黑人文学的作用与主题等问题展开了热烈的讨论。激进的作家提出"黑人美学"和"黑人艺术运动"等口号,主张黑人文学运用与白人文学截然不同的象征手段、神话寓言与批评标准。他们认为美国黑人作家的任务是通过如实反映社会现状和黑人生活来提高黑人的觉悟,震撼白人的灵魂,促进美国社会的灭亡。另外一些作家反对黑人民族文化主义,反对建立黑人美学,认为黑人作家并不一定要采用抗议文学的形式。他们强调黑人作家的作用在于研究黑人生活,发掘黑人的内心世界,创作具有黑人独特的声音、风格和节奏的作品,帮助黑人进一步认识自己、提高自己,这样的作品必然有益于美国社会,必然成为美国文化不可缺少的一部分。虽然在争论中众说纷纭,各执己见,但大多数黑人作家都认为美国黑人复杂的生活是创作的丰富源泉,黑人绚丽多彩的民间文化和传统是他们取之不尽的艺术宝库,对黑人生活的探索不仅能提高黑人的觉悟,还有助于美国人民正确认识和估价美国社会。大辩论促使黑人文学出现了生气勃勃的新局面,培育了一代新人。新崛起的黑人作家不仅以北方城市黑人生活为素材,而且还创作了大量以南方为背景、南方生活为题材、南方黑人为原型人物的作品。他们不再仅限于控诉美国社会对黑人的歧视与压迫,揭露种族歧视的严重后果,而是在反映黑人悲惨生活的同时讴歌他们的生活方式,赞美他们的高尚品德、优秀传统和美好的精神世界。他们探索黑人与白人的关系,也探索黑人与黑人之间的关系、黑人的内心世界与复杂的心理状态以及黑人男女之间的矛盾与冲突等。这些作家努力发掘黑人民间文化,捕捉黑人生动丰富的想像力,吸收并发扬黑人的民歌民谣、爵士音乐以及比喻、象征等民间文学的手法与形式,从而创作了一些十分优秀的作品。艾丽斯·沃克就是这样一位颇有才气的新一代的黑人女作家。

艾丽斯·沃克出生于美国南方佐治亚州的一个佃农家庭,父母靠种棉花为生,家境的贫寒,使她自幼便对南方黑人的穷困与苦难有着切身的体会。另一方面,黑人健康向上的品德、对生活的热爱和在艰难环境中追求美好的精神世界的顽强意志给她留下了深刻的印象。60年代初,艾丽斯·沃克上学时正赶上美国争取种族平等的民权运动高涨时期。她积极投身于这场轰轰烈烈的政治运动,并在1966年大学毕业后到当时民权运动的中心南方的密西西比州和当地黑人一起开展争取选举权的斗争。蓬勃的政治浪潮给了她极大的鼓舞,使她对美国黑人的历史与现状有了新的认识;对政治斗争的风险也有了切身的感受。诗集《革命的牵牛花》(1973)歌颂了"满怀恐惧而又决心改造世界"的青年一代,表现他们在"狂热歌唱的同时却又不自主地想到死亡"(《文学家辞典》第六卷)的心情,反映她自己在民权运动中既获得精神解放又感到孤立无援的矛盾心理。

艾丽斯·沃克不仅是新一代的黑人作家,她还是一位妇女文学作家。她在大学毕业前夕失身怀孕,在走投无路的时刻想到过自杀,也深切体会过做女人的无能与孤苦。她在极度苦闷中写下大量的诗歌,抒发做女人的悲哀、孤寂、恐惧与期待以及对死的向往和对生的眷恋。这些诗歌以《一度》为题,发表于1968年。亲身的经历促使她考虑妇女问题,参加女权运动。60年代,妇女争取自由平等的斗争是美国政治浪潮的一个重要组成部分。美国妇女会在1966年成立,呼吁美国妇女要树立新的形象,和男人建立自尊自重的积极的合作关系。它还致力于经济和社会问题,在迫使国会通过妇女平等权利修正案、争取同工同酬、教育与就业机会均等、人工流产合法化等方面取得巨大成就。到了60年代后期70年代初,女权运动开始分裂。一部分人变得格外激进,认为男人是妇女受压迫的主要原因,男人对女人的控制是阶级压迫的一种形式,种族主义和帝国主义都是大男子主义等等,因此,她们排斥男人,反对男女通婚,主张同性恋爱。另一些女权主义者强调妇女必须提高自身的修养,树立新的自我来改变她们的社会形象,实现男女平等。1972年创刊的《女士》杂志是她们的喉舌,在妇女中影响很大。70年代以来,美国黑人妇女开始建立自己的女权主义组织,但主要宗旨仍在于争取种族平等。

女权运动的发展在文学上必然有所反映,造就了一大批以抗议为基调描写妇女意识的女作家。普拉斯和萨克斯顿塑造因失意绝望而精神失常的女主人公;蒂莉·奥尔逊与格雷斯·佩丽描写饱经忧患的劳动妇女操劳一世却看不到生活的意义;狄迪恩则反映传统的贤妻良母的观念对妇女的压抑与摧残。托尼·莫里森、托尼·坎德·班巴拉和艾丽斯·沃克等黑人女作家也进一步扩大妇女文学的内容,对妇女文学做出新贡献。她们不仅表现处在种族歧视和偏见的社会最底层的黑人妇女的痛苦与艰难,而且大力歌颂她们顽强的生活能力与在逆境中奋斗的坚强意志。她们不仅塑造敢想敢干的富有冒险精神的黑人妇女的形象,而且以深刻的洞察力揭露白人社会的价值标准与理想目标对黑人男人的腐蚀作用,美国梦的幻灭折磨得黑人男人失去理性,他们的失望与愤怒往往转化为对妇女的残暴,由于这些黑人女作家深刻理解并同情黑人男人的企求与绝望,她们的作品往往兼有当前黑人文学和妇女文学的双重特色。

作为黑人文学家和女权主义者,艾丽斯·沃克关心当今美国的妇女问题和黑人斗争,把争取种族平等和妇女解放作为终身事业,把反映黑人,尤其是黑人妇女的爱与恨、欢乐与悲伤、幻想与失望、寻求自我个性与在逆境中保持人的尊严作为创作的主要内容。她认真探索,大胆试验,力求在作品中达到社会意义、道德教育和艺术手法三方面的高度统一。自1968年出版第一本诗集《一度》以来,沃克已经发表了六部长篇小说、三个短篇小说集、一部为儿童撰写的有关黑人作家休斯的传记和三卷诗集。她还是女权运动的重要刊物《女士》杂志的编辑,写过大量的评论和杂文。她的第二本诗集《革命的牵牛花》曾被提名列入美国图书奖的候选书单。短篇小说集《爱与烦恼》(1973)获1974年美国文学艺术学会的罗森塔尔奖,其中有两篇被分别收入1973和1974年的《最佳美国短篇小说集》。1982年发表的《紫颜色》更是受到文艺界一致好评。沃克曾于1983年随美国女作家代表团访问过我国。

艾丽斯·沃克的作品都是从亲身经历出发,以早年佐治亚乡间的生活,她作为黑人妇女的遭遇、感受和六七十年代的政治运动为基础。她熟悉的乡村生活、土地、人民和风俗习惯是她创作的丰富源泉。她的作品大多以佐治亚乡村为背景,以她的父母亲友、家乡邻里为原型,因而富有强烈的地方色彩和浓郁的生活气息,真实动人。她在谈《紫颜色》的写作过程时曾提到她在旧金山大城市里写作时,笔下的人物总是苍白无力,仿佛"它们拒绝活过来,不肯成为生龙活虎的、有血有肉的真人"。于是她搬到小镇去居住,呼吸乡村空气,接近乡野村民,终于找到书中人物的"正确的话语"(《纽约时报》,1983年

4月16日)。

但是,沃克扎根南方农村,努力保持与家乡人民的血肉关系并不完全是为了使作品具有地方色彩。她的主要目的在于发掘黑人丰富的文化遗产,研究他们的传统和心理,了解他们世世代代所受的苦难,从而深刻地反映他们的顽强的生活意志和为维护人的尊严和保护精神世界的自我完整性所作的努力。她说:"我搜集祖先生活过的历史与心理的线索……在写作过程中我感到欢乐、获得力量,觉得我的生命也在延续。"她描写黑人所受的压迫与痛苦,不仅为了进行社会批评或抗议,而且还是在"清楚地意识到自身所受的压迫"的时候"不断寻求解救的办法"(《文学家传记辞典》,第六卷)。

艾丽斯·沃克向托尔斯泰等经典作家学习,认识到"透过政治内容和对社会的预见而深入个人灵魂之重要性"[①]。她的小说并不简单地罗列现象,也不是对黑人生活的客观的再现,而是深入人物的内心世界,剖析他们的思想意识和复杂的心理状态,塑造既具有黑人普遍共性又富有独特的个性的人物形象。她尊重她的人民和他们的思想感情,但从来不把黑人理想化,从来不回避他们的弱点和毛病。她笔下的人物是非人的生活环境、种族压迫和两性关系的受害者。她描写他们的绝望、痛苦和扭曲的个性,但她更以敏锐的洞察力说明他们在没有找到真正的自我、没有认识自身的真正价值以前可能是残酷粗暴甚至失去理性的。她的第一部长篇小说《格兰奇·科普兰的第三次生命》(1970)描写的就是这样一个黑人家庭。在科普兰家里,生活的重担和社会的歧视使男人看不到前途,只能靠酗酒来求得一时的解脱。苦闷和失望扭曲了他们的人性,使他们痛恨自己也痛恨周围的一切人。他们变得跟残酷的社会一样残酷,粗暴地虐待妻子儿女,结果毁灭了自己也毁灭了家人。老科普兰在毁灭了两个妻子又把儿子送上同样的毁灭性道路以后才认识到,肉体的生存并不是一切,生活的最高目的应是通过自尊自重和待人以爱来保持精神境界的健康完美,保存白人所无法侵入的内心世界。他用这一信念教育培养孙女露丝,使她有能力面对生活保持纯洁的天性,享受女性应该

[①] 《艾丽斯·沃克谈文学》,黄源深译,《外国文学报道》1984年第三期。

享受的欢乐与满足。老科普兰也因此获得新的生命,既富有战斗精神又充满自信,实现了人的最高价值,获得最充分的人性。艾丽斯·沃克通过这个动人的故事指出受压迫的黑人想要摆脱悲惨的境地,首先要对自身发生的一切负起责任,要对自己和他人之间发生的一切负起责任。《格兰奇·科普兰的第三次生命》刚出版时并未引起很多注意。但是,由于它提出了颇有新意的解决办法,评论家们越来越重视这部小说,认为它是近年来比较重要的一部黑人文学作品。

在接受《图书季刊》的采访,介绍自己的创作意图与题材时,艾丽斯·沃克说:"我一直很想了解为什么家庭——尤其是黑人家庭——的成员彼此残酷相待,很想了解外界力量——例如各种社会不公正现象、种族隔离、失业等——对这种残酷行为起多少作用。"她还说:"家庭关系是极其神圣的……由于种族主义的社会时时刻刻在摧残黑人个性,破坏黑人的家庭组织,残害黑人儿童,因此在黑人家庭里,爱、和谐、支持与关心就格外重要。"她在短篇小说《死神,滚开!》里描写爱与关心如何几次三番地把一位老人从死亡的边缘抢救过来。在《爱与烦恼》和《你压服不了好女人》(1981)两个短篇小说集中,她塑造了一群她称之为"疯狂的、愤怒的、富有爱心的、怨气冲天的、可恨的、强壮的、丑恶的、软弱的、可怜而又了不起的"妇女形象,揭露种族主义破坏了黑人之间最基本的人与人的关系,摧残他们的个性和心灵以及由此引起的严重后果。沃克深入剖析这些妇女形象的扭曲的个性,指出物质的贫困确实会产生破坏作用,但感情的贫乏才是她们痛苦的主要根源。因此,她大力肯定和歌颂她们寻求自我个性和保护最充分人性的行动,认为这是妇女摆脱苦难的主要办法。

艾丽斯·沃克的第二部长篇小说《梅丽迪恩》(1976)以60年代的民权运动为背景,描述一位南方乡村的黑人妇女在政治运动中摆脱恐惧、悔恨与罪愆感,成为民权运动的战士。然而,男友的遗弃、战友的惨死和民权运动的分裂使梅丽迪恩伤心失意,几乎客死他乡。她开始反省自身的价值,思考黑人古老的传统,终于认识到发扬黑人的传统美德和道德观念远比政治斗争更为重要。于是,她回到南方家乡,一心为本民族人民服务,在发扬黑人的价值观念中找到了自己的新生活。沃克塑造了一个"软弱的、一文不名的、有点傻里傻气的、无权无势的"黑人妇女,但她具有一种"坚定无畏的"品质,"足以征服最强大的民族"。通过梅丽迪恩这个妇女形象,艾丽斯·沃克肯定了新生活和新希望的可能性,赞颂被社会抛弃的妇女超越个人痛苦,医治心灵创伤,重新站立起来建设新自我的英勇行动。《梅雨迪恩》的出版引起广泛的注意,评论家纷纷赞扬小说的强烈感染力、沃克讲故事的才能和塑造性格复杂真实动人的人物形象的本领以及对60年代政治运动的真实反映和深刻分析。女权主义评论家们则高度评价梅丽迪恩这个站立起来的新女性形象。无论从作品内容还是从创作技巧来看,《梅雨迪恩》都标志沃克创作道路上的新转折,表明她已是一位成熟的作家。

70年代中期以来,沃克越来越关心女权运动,在《女士》杂志上发表大量文章讨论妇女解放问题。1982年出版的《紫颜色》便以黑人男女之间的矛盾冲突为题材,探索妇女成长为具有独立个性的新人的过程。这部小说的情节并不复杂,故事的年代大约在20世纪初到第二次世界大战的前夕,背景仍是美国南方佐治亚乡村。14岁的黑女孩西丽亚被后父奸污,生下的两个孩子被后父抢走失踪,她本人又被迫嫁给已经有四个孩子的鳏夫。丈夫另有所爱,对她百般虐待,而她只是自叹命苦,从不反抗。后来在丈夫的情人的启发帮助下,她渐渐有所觉语,开始和丈夫的大男子主义思想进行斗争,终于走出家庭独立谋生,成为有思想有才能的新女性,也和远在非洲的妹妹及孩子重新团聚。

艾丽斯·沃克并未在《紫颜色》中正面描写种族压迫与种族歧视,只是通过两个次要的情节从侧面点明黑人与白人的矛盾。大儿媳索菲亚因为不肯到市长太太家去做佣人,不愿低声下气地忍受市长的欺凌,结果遭到毒打,被关进监狱,几乎死无葬身之地。这件事说明南北战争以后,甚至在重建南方时期以后,黑人的社会地位并未得到改善。另一个情节是西丽亚妹妹从非洲的来信叙述白人如何为了种植橡胶用暴力侵入奥林卡部落的村庄,强占土地,摧毁庄稼、房屋和奥林卡人奉为圣灵的屋顶叶子树。黑人传教士耐蒂与丈夫赶到英国向传教士协会等组织求援,结果没有获得同情与支持,反而受到冷遇和侮辱。沃克用非洲黑人的遭遇说明美国黑人所受的压迫是第三世界黑人民族所受的种族歧视和压迫的一个方面,美国的黑人问题是个世界性问题。然而,由于沃克的调和折中思想,她强调保持与发扬黑人的古老传统,以道德的力量和气概迫使白人认识他们对黑人的责任。西丽亚儿子的女朋友奥林卡少女塔希为了证明在白人统治下还是可以坚持自己的生活方式与道路,毅然决定沿袭部落世俗,接受纹脸仪式,还因为欧美人没有这种风俗而格外珍视它。索菲亚维护个人尊严的独立精神驱使市长的女儿去打听她的身世,尊重她的斗争意志,从此甘心情愿地为她服务。小说结尾处,沃克借索菲亚之口点明白人应该帮助黑人,不是向黑人施恩,而是为了拯救自身,因为他们迟早要在上帝面前接受审判的。

在黑人男女之间的矛盾冲突的问题上,艾丽斯·沃克再次把美国黑人妇女和非洲妇女相联系,再次表明妇女解放像黑人问题一样是个世界性问题。在非洲,奥林卡人,包括妇女在内,都认为女孩不必受教育,女孩自身毫无价值,只有对丈夫才有些用处。同样,西丽亚的丈夫认为她不过是他发泄性欲的工具,供使唤的牲口,可以随便打骂。当他儿子问他为什么要打西丽亚时,他说:"因为她是我的老婆。"西丽亚本人也深受这种"女人生来不值钱"的旧思想的毒害,认为自己确实低男人一等,只能嫁鸡随鸡,嫁狗随狗,忍受丈夫的欺凌与折磨。在不正常的两性关系的摧残下,西丽亚失去个性,变得麻木不仁,只能想像自己是块没有知觉的木头听任丈夫蹂躏,只能给上帝写信倾吐满腹的哀怨。

《紫颜色》的最大成就在于通过一位受旧思想旧习俗束缚的黑人妇女的转变和成长过程,指出黑人妇女要争取独立自主,要取得和男人的平等地位,必须首先寻找自我个性、认识自身价值、保持精神世界的完整性。这一思想和沃克对美国黑人争取种族平等的主张是完全一致的。西丽亚在大胆热情、敢说敢做的莎格的帮助下开始摆脱"女人命中注定受男人摆布"的旧思想。她发现自己并不像人们所说的又丑又笨,在爱她的人的眼里,她不仅美丽而且聪明能干。莎格教育她尊重自己,充分认识自身的才能,并且想方设法争取应有的权利,和大男子主义思想进行斗争。莎格还帮助西丽亚认识到基督教是白人创造的、用来控制黑人的,上帝也是反对女性的。她鼓励西丽亚不到教堂或《圣经》里寻找不解决问题的上帝,而是在生活的乐趣里、在和自然界的和谐关系中寻找自己的上帝。莎格认为上帝不是虚无之物,上帝存在于人的内心世界,热爱生活和大自然的人已经找到自己的上帝,而热爱生活、享受生活的乐趣,待人以爱并为人所爱是崇拜上帝的最好方式。莎格的思想大大开阔了西丽亚的眼界,她开始用新的眼光观察世界、思考问题,终于挺起胸膛与大男子主义思想十分严重的丈夫展开斗争,维护自己作为女人追求美好生活的权利。她离开家庭到孟菲斯开设裁缝铺,过起自食其力的生活,成为一个充满自信、有尊严有个性的女性。西丽亚的成长说明沃克的一贯主张:妇女只有通过寻找自我,摆脱精神枷锁,维护精神世界的完整性,并且依靠妇女之间的相互关心与支持才能获得真正的独立与自由。

艾丽斯·沃克在描写西丽亚与丈夫的冲突中显然受到美国女权运动的影响,认为男人的控制是妇女受压迫的主要原因,但是她并未人云亦云地照搬女权主义的全部理论,她笔下的西丽亚不像激进的女权主义者那样排斥一切男性,把同性恋爱看成是解决妇女问题的惟一办法。西丽亚爱莎格,在莎格爱上别的男人时悲痛万分,然而,她并没有进行干涉,她认为每个人都有选择自己生活道路的权利,她不应该阻拦莎格和心爱的男人结合,而且也不应该从此对莎格怀恨在心。尤其值得注意的是,小说结尾处西丽亚原谅了从前虐待她的丈夫,跟他成为知心朋友。不少评论家认为这是《紫颜色》的败笔,其实这恰恰说明了艾丽斯·沃克的政治主张。她认为女人维护自己的尊严和人性,保持最充分的自我个性可以引起男人思想的转变,促使他们认识自身的过错,学会尊重女性。通过西丽亚丈夫的转变,沃克企图说明,互相关心和谅解,彼此沟通思想也是解决男女之间矛盾的重要途径。

艾丽斯·沃克为《紫颜色》设计了一个皆大欢喜的结局。全书结尾处,迫害过索菲亚的市长太太的女儿看到白人在黑人痛苦中的责任,真心诚意地为索菲亚服务,她们的子女也友好相处;大男子主义的某先生真心忏悔虐待西丽亚的错误,主动向她道歉,得到原谅,两人言归于好;西丽亚始终如一地爱着喜欢男人的莎格,两人亲如姐妹；从非洲来的奥林卡土人塔希受到西丽亚等美国黑人的热情接待，成为他们家庭中受欢迎的一员。在危机四伏矛盾重重的美国，人们为各种社会问题所困扰，忧虑万端；又被各种对立的观点、针锋相对的理论搞得头昏眼花、无所适从。此时此刻，艾丽斯·沃克的调和折中的解决办法便格外引起人们的注意。这恐怕是《紫颜色》成为畅销小说的一个重要原因。

《紫颜色》别具匠心的写作技巧是它成功的另一个原因。小说采用的是书信形式，开始是西丽亚写给上帝的信，后来是她和妹妹耐蒂的来往信件。一个14岁的女孩只有在给自然界以外看不见摸不着的上帝写信时才能倾吐满腔的痛苦。这一事实本身就使西丽亚的悲哀变得格外深沉，因而更能感人肺腑。西丽亚和妹妹彼此给对方写信，但却从未收到这些信件。这个手法一方面有象征意义：沃克认为这说明"尽管我们没有收到彼此的信件，但我们还是心心相印，对彼此充满信心"(《纽约时报》，1983年4月16日)。另一方面，收不到的信件像给上帝的信一样，使小说蒙上一层神秘的色彩。沃克不是神秘主义者，但她自述在写作《紫颜色》的过程中，创作冲动非常强烈，书中人物时时浮现在她眼前，絮绕她脑际，语言及情感犹似清泉喷涌而出，仿佛有神灵左右着她，使她振笔疾书，一气呵成这部杰作。因此，她把小说献给"精神"，并且说没有精神的帮助，这本书是写不成的。她还在后记中称自己为"媒介"，感谢书中的人物在她的笔下出现。这些颇带神秘性的写法仿佛在说，聪明的读者是会受到书中人物的启示，从而去指导自己的行动的。

书信体的叙述手法不允许作者对人物事件加以评价，也限制主人公不能长篇大套地发表议论。但是沃克把书信体形式和黑人文学古老的抒发感情的自述传统巧妙地相结合，以充满强烈感情和浓厚生活气息的笔触，行云流水般地为读者展示了一幅幅感人的画面，在一件件生活小事中把贫穷、可怜、备受折磨、处在复杂艰难生活中的西丽亚的心理表现得十分细致入微，并且把这种十分深细的心理表达得自然、准确和有分寸。全书开始时，西丽亚还是一个不谙世事的小女孩。她的语言简单笨拙，以她的单纯和稚气感人肺腑，催人泪下。但随着西丽亚的成长，她对事物的观察越来越深刻，她的语言越来越成熟细腻,富有诗意,以非凡的谈吐和思想深度扣人心弦,博得读者的赞赏和钦佩。

《紫颜色》的书信体形式并没有把故事限于第一人称叙述者身上。通过西丽亚娓娓动听的叙述,一群性格鲜明、血肉丰满、真实感人的女性形象——敢说敢干富有冒险精神的莎格、顽强斗争的索菲亚、从懦弱温顺到独立自主的吱吱叫等——出现在读者的面前,以她们各自动人的经历指出妇女争取独立自主平等地位的各种途径。

由于小说包括西丽亚和妹妹耐蒂的来往信件,因此第一人称叙述者不断变更,叙述角度也不断变化。这种多层次多角度的叙述手法迫使读者进入故事情节,从叙述者的角度看事物想问题,然后作出判断。因此故事非但不枯燥乏味、反而生动紧凑,富有强烈的感染力。

美国评论家们还一致赞扬《紫颜色》的语言。艾丽斯·沃克十分恰当地使用了南方乡村黑人方言的语法词汇以至于声音节奏,熟练地捕捉住黑人大众丰富的想像力和生动形象的种种比喻。这种十分口语化的语言使小说格外生动活泼,抒情而富有诗意,完全摆脱了书信体的局限,给读者以新鲜感,仿佛置身于人物之中,如闻其声,如见其人,分享他们的喜怒哀乐。

冯纳古特的黑色幽默

《冠军早餐》和《囚鸟》的作者是库尔特·冯纳古特。英国大文豪格雷厄姆·格林说他是"活着的最重要的美国作家之一",因为他是"黑色幽默"这个流派中的一个重要的代表人物。他的全部作品,包括1952年的第一本小说《自动钢琴》,至今仍在出版,仍拥有众多读者。他笔耕不辍,1997年在75岁的高龄还发表了新作《时震》。

黑色幽默在60年代进入昌盛时期,但它其实是孕育于50年代。在美国,50年代是一个特别平静但又特别压抑的时代。一方面人们由于原子弹的使用对科技进步可以造福人类的观点产生了怀疑;另一方面,"红色恐怖"、麦卡锡主义等政治运动禁锢了人们的思想,使整个社会死气沉沉。虽然第二次世界大战以后美国的政治经济实力都大幅度增长,"美国方式"、"美国世纪"的口号到处宣扬,但实际上风暴正在酝酿。到了60年代,肯尼迪上台刚给人民带来一些希望就遇刺身亡,紧接着,他的兄弟遇害,主张非暴力的黑人牧师马丁·路德·金被暗杀,抗议越南战争的学生受到残酷镇压,种种事件使人民的不满像火山般爆发。民权运动、反战运动等抗议活动此起彼伏。社会的动乱引起精神危机,传统的道德标准与价值观念、传统的理想与信仰分崩离析,冯纳古特就是在这样的形势下从事写作的。

冯纳古特1922年出生于一个建筑师的家庭,上大学时攻读生物化学,1943年应征入伍,次年赴欧洲参战,被德军俘虏,在德累斯顿一个屠宰场的地下冰库服苦役,经历了1945年盟国对该城市的大轰炸,目睹了十多万人葬身火海的惨剧。战后,冯纳古特又上过大学,当过记者,也在通用电气公司工作过。1950年他开始当自由作家,现在是美国国家艺术学会会员,人文主义学会副主席。

冯纳古特早期的小说,如《自动钢琴》(1952)、《猫的摇篮》(1963)等都采用科幻小说的形式。因此常被人误解为科幻作家。其实他是利用科幻小说这种通俗文学的格局来表现严肃的主题,探索人与科技、科学与道德的关系问题。《猫的摇篮》实际上是部政治寓言小说,表现他反对战争、反对霸权主义和殖民主义的进步思想。小说发表后,他对社会、政治、宗教等问题无情的揭露和出色的嘲弄受到读者和评论家的好评,一时名声大振,成为受读者,尤其是大学生欢迎的畅销作家。

真正使冯纳古特确立他在美国文坛地位的作品是1969年发表的《五号屠场》。这是以他自己亲身经历过的德累斯顿大轰炸为背景的,他把真实世界和科幻世界、地球人和外星人两条线索互相交织,用过去、现在、未来混乱交织的时间与不断转移、任意变换的场景等手法给人以扑朔迷离荒诞无稽的感觉,通过主人公在战争中可笑而又悲惨的遭遇揭露战争的荒谬、残酷和不人道,以及当代人在现实生活中无能为力、悲观失望而又逆来顺受的境地。《五号屠场》以其奇异大胆的手法和多层次的思想内容受到读者的欢迎和评论家的高度赞扬,作为60年代黑色幽默的代表作,它甚至为冯纳古特赢得了国际声誉。现在,这本书和另一本揭示荒诞不经的现代生活的《上帝保佑你,罗斯瓦特先生》已经被翻译成中文,由译林出版社收入《世界文学名著·现当代系列》出版。

《冠军早餐》和《囚鸟》是冯纳古特在70年代发表的作品。这两本小说都是探索当代生活的社会小说,对社会的抨击更明确也更直率。《冠军早餐》一开始就说明故事发生在"一个很快就要死去的星球上",主人公是"两个孤苦伶仃、瘦骨嶙峋的年纪相当老的白人",他们"都是一个简称为美国的国家即美利坚合众国的公民",而这个国家的"国歌,像许多要他们认真对待的东西一样,全都是废话","许多公民受到……冷落、欺骗、侮辱,以致他们觉得自己投错了国家,或者甚至投错了星球"。

《囚鸟》通过主人公斯代布克的经历充分揭露美国虚假的民主与自由,从斯代布克出生以前1894年圣诞节俄亥俄州克利夫兰市对罢工工人的大屠杀一直讲到他为之身陷囹圄的水门事件丑闻,其中涉及20世纪20年代以莫须有的罪名强行处死萨柯和樊才蒂两名工人的事件、30年代的经济大萧条、50年代迫害进步人士的麦卡锡主义、

1970年打死反对越南战争的示威学生等等,从政治、经济到文化、司法等各个方面对美国这个所谓的"希望的国土"进行了全面的、鞭辟入里的抨击。

冯纳古特作品的一大特征是通过科学幻想来表达讽刺与幽默。《冠军早餐》中的主人公屈鲁特是个专写科幻小说的作家。冯内古特借用屈鲁特的小说在书中起加强主题的作用。例如,屈鲁特的《如今可以说了》实际上讽刺资本主义社会把人都变成机器。然而屈鲁特的作品经常被包装成淫秽读物,只能在色情书店里买到。这一事实本身就是对美国文化的尖锐批评。《囚鸟》中关于维库那星球的科学家"找到了从表土层、海洋、大气中提取时间的办法"而把时间用完了的悲剧其实是讽刺当代科学的毁灭性。另一个关于爱因斯坦的科幻小说,说爱因斯坦在天堂门口听审计师说,他没有发财是因为他不会抓紧机会。爱因斯坦很气愤,便写信给上帝揭露审计师的欺骗行为,结果他反而遭到上帝的报复。这个故事实际上是在抨击美国的统治阶层,他们企图推脱造成社会贫富不均的责任。至于富孀玛丽·凯瑟琳为了逃避人们对她钱财的觊觎,只好化装成提购物袋的叫花婆的情节,可以说是既匪夷所思又意味深长。

冯纳古特作品的另一个特征是他虽然涉及美国的社会制度、战争的疯狂、种族歧视、环境污染、物质主义对人的统治等等,但很少用正面批判的方式,而是采用冷眼旁观的幽默和嘲讽表现痛苦和不幸,用玩世不恭的态度有意混淆胜者与败者、善良与邪恶的界限,用滑稽的喜剧方式处理悲剧题材,从而给读者以震动,让读者看到世界的荒诞与丑恶,用无可奈何的笑声来自我解嘲,在含着眼泪的笑声中宣泄自己的绝望和痛苦。《冠军早餐》中有一个典型的例子,屈鲁特及百万富翁胡佛的妻子都去世了,而儿子都不愿意跟他们在一起。他们只能对自己豢养的马和狗说心里话。但冯内古特不去刻画他们内心因孤独而引起的痛苦,反而一再强调屈鲁特不希望别人来打搅他,而胡佛发疯完全是由于他身体内不良化学成分的缘故。《囚鸟》里的斯代布克也是一个可笑又可悲的小人物。他糊里糊涂地被卷入水门事件,被捕入狱,但他却一再强调"要心平气和",并以背诵一首"莎莉放屁"的荒唐歌曲,然后击掌三下来聊以自慰。在他继承玛丽·凯瑟琳的遗愿做了好事可又一次被捕入狱以前甚至设宴饯行,称自己为"惯犯"。这种描写真是让人欲哭无泪,欲笑不能。

冯纳古特的小说还有其他一些特色,如句子、段落、甚至章节都比较短,但情节变化迅速而插曲线索层出不穷。加上非常口语化的语言,使小说节奏明快生动,使读者有身临其境的亲切感受。《冠军早餐》还用各种图画来加强他的观点和意图。《囚鸟》用的则是警句式的语言,如"我们这里跟黑暗的非洲也差不多","在咱们这个地球上,金钱重于一切,哪怕最和善可亲的人也很可能突然中了邪,财迷心窍,要谋害她,好让自己的亲人过得优哉游哉",甚至如"要心平气和"、"世界真小"这样一类的短小精悍可又回味无穷的句子。

我们应该感谢著名的翻译家董乐山先生,他用出色的汉语文字准确地表达了《冠军早餐》和《囚鸟》原作的精神和风格,使我们能领略和欣赏冯纳古特别具一格的文体和精彩的语言,并对当代美国社会有进一步的了解。

斯托夫人与辛克莱在中国的命运
——两部美国小说在中国

中国学者文人大规模地介绍和翻译外国文学作品是在19世纪末甲午战争以后。当时满清王朝内政腐败、外患频仍,整个社会充满危机。有识之士为了救亡图存,开始转向西方和日本寻求改良之路。"维新变法"的积极鼓吹者梁启超是倡导翻译文学的先驱。他1896年在上海创办的《时务报》上,不仅刊登从国外报纸翻译过来的新闻和社论,还登载国外的侦探小说,甚至美国开国元首华盛顿的传记,希望借此鼓励国人树立冒险精神和培养自力更生的意志。他强调政治小说在国家变革中的作用,在《译印政治小说序》中指出:"在昔欧洲各国变革之始,其魁儒硕学,仁人志士,往往以某日之所经历及胸中所怀政治之议论,寄之于小说。"并且号召人们"采外国名儒所撰述而有关切于中国时局者,次第译之"[1],以供爱国之士阅读。由此可见,我国的翻译文学从一开始就是以政治为首要标准的[2]。在以后历次翻译高潮中,政治标准也起着十分重要的作用。例如,茅盾在五四运动以后20年代发表的《新文学研究者的责任与努力》一文中就指出,介绍或翻译西方文学,应该艺术与思想并重,而"后者是更注意些的目的"。

我国对外国文学的翻译过去并没把重点放在美国文学上。但晚清时期林纾翻译美国作家斯托夫人的《汤姆叔叔的小屋》和二三十年代左翼作家对美国作家厄普顿·辛克莱的翻译和介绍工作却是两个

---

[1] 《论中国近代翻译文学与鲁迅的关系》,见《鲁迅研究》编辑部编《鲁迅研究》第四卷,中国社会科学出版社,1981年,第178—179页。

[2] 这里指的是严肃的翻译文学。一般的翻译文学有很大的盲目性,特别是民国初年,在介绍名家的同时,一些"黑幕小说"、"色情小说"也在文坛上泛滥。鲁迅就曾利用在教育部任职的机会查禁过一些坏书,奖励过一批较好的译者。

以政治为标准进行文学翻译的鲜明例证。

一

《汤姆叔叔的小屋》是在清光绪二十七年(1901年)由林纾同魏易合作翻译成文言文出版的。林纾嫌原书名不雅,易其名为《黑奴吁天录》。这是林纾翻译的第二部外国小说,也是第一部译成中文的美国小说。关于林纾先前为什么要翻译《巴黎茶花女遗事》,人们说法不一,看来偶然性比较大。但他翻译《黑奴吁天录》的政治目的是很明确的。《汤姆叔叔的小屋》是一部揭露并抨击美国南方蓄奴制的政治小说,作者斯托夫人曾被誉为"写了一部小说引起一场大战"[①]的女作家。据灵石描述,林纾和魏易在译书时"且泣且译,且译且泣,盖非仅悲黑人之苦况,实悲我四百兆黄人将为黑人续耳"[②]。为了让读者从小说主人公的悲惨命运联想到自己民族受压迫的境遇,林纾在译序中说,美国"迩又浸迁其处黑奴者,以处黄人矣……黄人受虐,或加甚于黑人……访今嚣讼者,已胶固不可譬喻;而倾心彼疾者,又误信西人宽待其藩属,跃然欲趋而附之。则吾之书足以儆醒之者,宁可少哉!"[③] 在"例言"中,他又说:"是书系小说一派,然吾华丁此时会,正可引以为殷鉴。且证诸秘鲁华人及近日华工之受虐,将来黄种苦况,正难逆料。冀观者勿以稗官荒唐视之,幸甚!"他似乎意犹未尽,在"跋"中再次强调:"余与魏君同译是书,非巧于叙悲以博阅者无端之眼泪,特为奴之气势逼及吾种。不能不为大众一号……今当变政之始,而吾书适成。人人既蠲弃故纸,勤求新学,则吾书虽俚浅,亦足为振作志气,爱国保种之一助。"这也是林纾的合译者魏易的愿望。他们两人都是出于爱国热忱,想通过翻译给我国读者敲起警钟,使他们认识到亡国灭种的危险。小说出版后,他们唤醒民众的苦心收到了应有的效果。当时美国政府正在迫害我旅美华工,读者们很快就

---

① 此处"大战"即美国的南北战争。
② 灵石:《读〈黑奴吁天录〉》,见阿英《晚清文学丛钞·小说戏曲研究卷》,中华书局,1961年,第282页。
③ 林琴南:《黑奴吁天录·序》,商务印书馆,1981年。

从小说中黑奴的身上看到自己的缩影,纷纷给报纸写信,抒发感想。有位读者以"醒狮"为名写道:"侬微黄种前途事,岂独伤心在黑奴?"另一位读者慧云题诗曰:"厉禁华工施木栅。国权削尽种堪哀。黑奴可作前车鉴,特为黄人一哭来。"① 鲁迅先生当时在日本求学,于1904年才看到《黑奴吁天录》。他在给朋友蒋抑厄的信中叹息道:"漫思故国,来日方长,载悲黑奴前车如是,弥益感喟。"

  林纾的译本流传很广,影响也很大。由于一般读者不一定看得懂他使用的文言文,1903年,上海《启蒙画报》把林的文言译本用白话文改写,起名为《黑奴传》,进一步扩大了这本小说的读者群。《黑奴吁天录》甚至还受到当时教育部门的重视,成为1906年清政府负责教育调查、筹款兴学等事务的劝学所行文规定的供宣讲使用的40本书中的一本。1937年,上海启明书局还出版过用白话翻译的《汤姆叔叔的小屋》,书名为《黑奴魂》,仍是节本。很可能由于日本的入侵使中国人民又一次感受到亡国灭种的危险,又一次看到此书唤醒民众的政治作用,因此这本书销路一直很好,到1941年7月不仅出了第三版,而且还在儿童杂志《儿童世界》上连载。这部林译小说还跟我国早期的话剧运动有着密切的关系。1907年,出于声援受迫害华工的同样的政治原因,我国留日学生曾孝谷把《黑奴吁天录》改编成五幕话剧,并由留日学生组织春柳社在东京公演三天,从此开始了我国的新戏剧时代。直到80年代后期,我国评论家还从政治出发,充分肯定剧本"突出了民族和阶级的对立与斗争,歌颂了独立、自由与反抗的精神……"② 更有意思的是,1931年,革命根据地瑞金举行全国第一次工农兵代表大会,李伯钊改编了一个她在苏联看过的话剧供庆祝活动使用,这剧目跟斯托夫人的小说毫无关系,但她却借用《黑奴吁天录》来作为她剧本的标题。可见,林译小说之深入人心。

  当然,我们难以肯定《黑奴吁天录》跟清王朝灭亡的直接关系,但我们可以说,林纾翻译这本小说的动机和效果都适应中国的政治形

---

① 见阿英:《晚清文学丛钞·小说戏曲研究卷》,第591页。
② 曹晓乔:《舶来品与遗留物》,见《话剧文学研究》第一辑,中国戏剧出版社,1987年,第288页。

势,符合时代的需要,也是时代的必然。它在加深中国人民,主要是知识分子对满清政府的不满与失望,振奋他们的民族精神,激起他们反抗外国强权政治的情绪等方面是起了一定的作用的。正如著名评论家阿英在《晚清文学丛钞·域外文学译文卷》中所评述:"美国的小说,当时在政治上对中国影响最大的应推林纾翻译的……《黑奴吁天录》(1901)。"

二

另一个影响较大的美国作家厄普顿·辛克莱在中国的接受情况略有不同。虽然政治在翻译介绍他的过程中还是起了作用,但他的作品,尤其是《屠场》,并不像《汤姆叔叔的小屋》那样家喻户晓,也没有在广大读者中激起对封建制度或外国列强的反抗情绪。他的影响似乎集中在作家文人等知识分子之间,跟20年代末期一场涉及文学未来的大辩论有很大的关系。

第一次世界大战以后,由于十月革命的成功,世界上出现了第一个社会主义国家。中国和中国知识分子面临走什么道路的抉择:学习苏联走社会主义道路还是追随欧美走资本主义道路。1927年,蒋介石叛变革命,开始残酷迫害革命力量,进行了军事和文化两方面的大围剿。严峻的政治形势迫使作家文人进一步考虑文学的作用和未来。正如鲁迅在《上海文艺之一瞥》中所说:"政治环境突然改变,革命遭了挫折,阶级的分化非常明显,国民党以'清党'之名,大戮共产党和革命群众,而死剩的青年再入于被压迫的境遇,于是革命文学在上海这才有了强烈的活动。所以这革命文学的旺盛起来……并非由于革命的高扬,而是因为革命的挫折。"[①] 这场无产阶级革命文学运动是由参加过北伐战争的郭沫若和从日本回来的留学生冯乃超等人和他们组织的创造社首先倡导的,也得到了蒋光慈、钱杏邨等组织的太阳社的支持。他们受到苏联普罗文学和日本拉普文学[②] 运动的

---

① 鲁迅:《上海文艺之一瞥》,见《二心集》,1930年。
② 普罗文学和拉普文学均指无产阶级文学。

影响,强调文学应是阶级斗争的工具,应由马克思主义的文学理论做指导。他们提出了无产阶级革命文学的口号,积极宣传了马克思主义文艺思想。他们与鲁迅和茅盾的争论,由于发现了共同的敌人——新月派而终止,并且在1930年联合起来成立了中国左翼作家联盟。有意思的是,远在地球另一端的厄普顿·辛克莱被卷入这场论战,并被左翼作家树立为值得学习的好样板。

厄普顿·辛克莱出身于一个破落世家,贫困使他同情社会底层的穷苦大众。他自称深受基督教的救世主耶稣、莎士比亚笔下好思索的哈姆雷特和浪漫派诗人雪莱的影响,很想像他们那样在社会里起先知和预言家的作用,做个叛逆的诗人,为社会正义而奋斗。《屠场》(1906年)并不是辛克莱的第一本著作。但这部小说是在他接受社会主义思想的情况下写成的。当时,有个宣传社会主义的刊物《理性呼吁》请他考察芝加哥屠宰和装运牲畜的场所,并就所了解的情况写文章在该杂志上连载,《屠场》就是这个调查研究的结果。小说描写立陶宛移民约吉斯一家人来美后的遭遇。约吉斯在芝加哥一个肉类罐头加工厂找到工作,但工资低微,工作条件恶劣。他受工伤后失去工作。他妻子受工头欺凌,他因殴打工头被捕入狱。他出狱后妻子在生产时因缺医少药而死,另一个孩子又在大水中淹死。他走投无路,成了流浪汉,靠小偷小摸维持生活。有一天,他无意之中走进一个会场,听到关于社会主义的演讲,第一次感到有了摆脱痛苦的道路。《屠场》的发表在当时美国产生巨大的影响,评论家誉之为美国第一部无产阶级小说,认为它十分有力地说明约吉斯的堕落并非由于他自身品质有毛病,而是资本主义社会残酷无情的环境所造成的。直到1990年美国学者还认为,自斯托夫人的《汤姆叔叔的小屋》以来,"还没有一本小说像《屠场》那样影响如此广大的美国人民并促使他们采取行动"。[①]

辛克莱多才多艺,一生写了近90部小说、宣传手册、调查报告和

[①] 见埃墨里·埃利奥特为《屠场》写的"后记",企鹅出版社"signet 经典丛书",1990年,第344页。"行动"指《屠场》发表后,美国舆论哗然,迫使政府通过食品卫生法和肉类检疫法。但辛克莱本人对此并不满意,感慨地说,他写书的目的是"为了打动读者的心,没想到却打中了他们的胃"。

评论等等。比较出色的反映社会问题的小说还有以 1914 至 1915 年科罗拉多州煤矿工人大罢工为基础的《煤炭大王》(1917)、针对加州石油垄断集团不法行为的《石油!》(1927)、抗议麻省法院以莫须有的罪名处死两个无政府主义者的《波士顿》等。辛克莱在论文集《拜金主义》(1925)中强调文学艺术受经济的制约,提出"一切艺术都是宣传"。他创作的目的在于宣传他的思想,因此并不看重情节和人物性格的塑造,也不刻意追求手法和技巧。但他的小说明快简练,通俗易懂,思想性很明确,客观而真实地反映他所感兴趣的政治、经济和社会问题,因此很容易为读者所接受。《屠场》发表以后在相当长的时间里,辛克莱在世界上享有很高的声誉,列宁称他"很天真",是一个"有感情而没有理论的社会主义者"。[1] 1925 年,卢那察尔斯基把他跟托尔斯泰和普希金相提并论,称他为苏维埃的经典作家。辛克莱的作品被翻译成多种文字。据说,到 1938 年,他的各类作品被翻译成 47 种文字,译本高达 713 种。二三十年代,他在日本深受欢迎,学者们翻译了 24 部他的作品。1931 年有位记者告诉他,在日本"关心现代美国文学的人都说这是个'辛克莱时代'"[2],可见他影响之深远。我国的左翼作家多半受苏联及日本进步作家的影响,他们当然也会关注辛克莱的创作生涯。

我国学者是在 20 年代初开始介绍辛克莱的。郑振铎在《文学大纲》的"新世纪文学"一章中简单地把辛克莱描写为"急进党"、"社会主义者"[3]。茅盾在纪念第一次世界大战十周年的文章中批评德国拥护这次大战的文学家,但对辛克莱却很宽容,说美国有些主战的"社会主义文学家很可注意。辛克拉是他们中间杰出的代表。美国的社会主义者赞成此次大战是希望在这'Democracy[4] 的战争'之后社会主义运动可以有长足的进步,因为大战后,资本家是疲乏了,而劳动者却从大战中得了军事经验,无形中养成了自己的实力。社会

---

[1] 董衡巽:"前言",见萧乾等译《屠场》,人民文学出版社,1979 年,第 2 页。
[2] 详见 Robert Spiller 等著 Literary History of the United States,(New York: Macmillan Publishing Company),1973 年,第 1374—1391 页。
[3] 郑振铎:《文学大纲》,第 46 章,上海商务印书馆,1927 年。
[4] 即"民主"。

主义小说家辛克拉就是抱这种希望的"。①

然而,我国认真地翻译介绍辛克莱是在1928年跟创造社倡导无产阶级革命文学运动一起开始的。当年二月号的《文化批判》刊登了他的《拜金艺术(艺术是经济学的研究)》的一些章节。译者冯乃超在前言中宣称,辛克莱"和我们站在同一之立脚地来阐明艺术与社会阶级的关系……他不特揭破了艺术的阶级性,而且阐明了今后的方向。所以当此乌烟瘴气弥漫着的中国的现在,这篇译文如能给努力于文艺批评及建设革命艺术的各种文笔劳动者作参考,那么我的劳力就算十足收成了"。② 为了突出重点,他把辛克莱的"一切的艺术是宣传,普遍地,不可避免地是宣传,有时是无意识的,大底③ 是故意的宣传"等文字都用大一号的字体印刷出来。鲁迅在《文艺与革命》一文中对此做出反应,既同意又修正了辛克莱的观点。他说:

> 美国的辛克莱儿说:一切文艺是宣传。我们的革命文学者曾经当作宝贝,用大字印出过;而严肃的批评家又说他是"浅薄的社会主义者"。但我——也浅薄——相信辛克莱儿的话。一切文艺,是宣传,只要你一给人看,即使个人主义的作品,一写出,就有宣传的可能性……那么,用于革命,作为工具的一种,自然也可以的……但我以为,一切文艺固是宣传,而一切宣传却并非全是文艺。④

从1928年到1931年三年之间,11部辛克莱的小说被翻译成中文。当时在日本避难的郭沫若化名为坎人或易坎人,翻译了其中的三部——《屠场》(1929年)、《石炭王》(1928年)和《煤油》(1930年)。值得注意的是,无论是冯乃超、鲁迅,还是郭沫若或其他的译者都侧重介绍辛克莱作品的思想性,很少,甚至可以说,几乎从未讨论过他

---

① 沈雁冰:《文学家对于战争的赞助》,见《欧洲大战与文学》,上海开明书店,1928年,第12—13页,文中"辛克拉"即辛克莱。
② 此段引言及其后辛克莱的话均见《文化批判》1928年第二期。
③ 即大抵。
④ 鲁迅:《文艺与革命》,见《三闲集》,人民文学出版社,1980年,第74页,文中"辛克莱儿"即辛克莱。

作品的艺术性或文学成就。郭沫若的《写在〈煤油〉前面》很能说明问题。他声称苏联文学更值得介绍,只是因为自己不懂俄文而无法翻译,而他翻译辛克莱是因为这位美国作家"有充分的可以使我们学习的美点"①,尤其因为"目前世界资本主义中美国站在最尖端,特别是在我们中国受他的麻醉毒害最深刻"。他把从欧美回来的留学生,主要是新月派的代表人物称为"小狗",说他们鼓吹"英美式自由",他翻译辛克莱的"最重要的意义"是为了使大家"在他这个作品中领略所谓'欧美式的自由'"。

郭沫若还从政治思想的角度出发评价辛克莱的优缺点,认为他"最有光辉的一面"在于"他是坚决地站在反资本主义的立场,反帝国主义的立场的。他……从内部来暴露资本主义的丑恶,他勇敢地暴露了,强有力地暴露了"。但郭沫若从文章一开始就警告读者,辛克莱是有短处的;他的"立场并不是 Marxo-Leninism(马克思列宁主义)";他不过是个"革命的同伴者"。郭沫若声明,"所以我翻译他的作品,并不是对于他的全部追随"。②

郭沫若的译本销路极好,一两年间就印行三至五版。一时间,对辛克莱的态度仿佛成了检验人的政治立场的一个标准。

许多在今天有一定知名度的学者,如黄药眠、陶晶孙、林疑今(用笔名麦耶夫)、钱歌川等,都翻译过辛克莱的作品,钱歌川甚至跟他有书信往来。

有些杂志,如《现代小说》本来多半刊登小资产阶级情调的有关生活、爱情等方面的感伤故事③,从 1929 年 10 月开始,几乎每期都要登一篇辛克莱的文章的译文。鲁迅、茅盾等人创办的《译文》,1934年到 1937 年一共出版了 28 期,主要介绍俄、英、法、德和苏联的作家,对美国作家只介绍了七位,但辛克莱一个人的评论文章却登了三篇。在发表第一篇《无冕之王》的时候,编辑并没有按惯例附上有关他的生平和创作生涯的介绍。由此可见,辛克莱在当时确实有深远

---

① 原文如此,从上下文来看,"美点"即"优点"。
② 易坎人:《写在〈煤油〉前面》,见《煤油》,易坎人译,上海光华书局,1930 年,第 1—5 页。
③ 唐沅等编:《现代中国文学期刊总书目》,天津人民出版社,1981 年,第 877 页。

的影响。甚至连国民党都对他刮目相看,对他的译本进行查禁①。看来,无论是革命派还是反革命势力,都是用政治标准去衡量这位美国作家的。

然而,在这场翻译介绍辛克莱的运动中,似乎还是有不和谐的音调。这里指的不是右翼作家的反对声音,而是一些未必反对革命但政治态度不够积极的知识分子。最典型的例子是施蛰存和他主编的《现代》杂志。据施蛰存自述,1932年1月日本军队进攻上海以后,上海出版界比较沉闷,为了改变这种气氛,现代书店想找一个没有鲜明政治倾向的人来创办一份杂志,他们找了他,他承担了下来②并在1932年5月的创刊号里表明了他办杂志的方针和态度。"创刊宣言"声明他办的"不是同人杂志……不预备造成任何一种文学上的思潮、主义或党派",而杂志"所刊载的文章,只依照编者个人的主观为标准,至于这个标准,当然是属于文学作品本身价值方面的"。他在该期的"编后座谈"里又说,"这个月刊既然名为《现代》,则在外国文学之介绍这一方面,我也想努力使它名副其实。我希望每一期能给读者介绍一些外国现代作家的作品"。③ 施蛰存是上海震旦大学法文系的毕业生,对弗洛伊德的心理学很感兴趣,受奥地利心理分析小说家施尼茨勒的影响,还是一个试图用新颖手法写现代主义小说的新感觉派作家。因此,他很自然地强调文学的艺术性,注意国外现代派文学的发展。

也许因为杂志办得比较顺利,他在1934年10月推出了一个《现代美国文学专号》,并在"导言"里对当时的文坛作了进一步的批评:"20世纪已经过去了三分之一,而欧洲大战开始迄今,也有20年之久,我们的读书界对20世纪的文学,战后的文学,却似乎除了高尔基或辛克莱这些个听得烂熟了的名字之外,便不知道有其他名字的存

---

① 鲁迅:《中国文坛上的鬼魅》,载《且介亭杂文》。鲁迅说:"中央宣传委员会也查禁了一大批书,……而且又禁到译作。要举出几个作家来,那就是高尔基(Gorky)……辛克莱(Upton Sinclair)……"

② 上海师范学院鲁迅作品注释小组:《施蛰存谈〈现代〉杂志及其他》,载《鲁迅研究资料》第9卷,北京鲁迅博物馆鲁迅研究中心编,天津人民出版社,1982年。

③ 《现代》杂志,第一卷第一期,1932年。

在……这种对国外文学的认识的永久的停顿,实际上是每一个自信还能负起一点文化工作的使命的人,都应该觉得惭汗无地的。"①

虽然施蛰存含蓄地表示了对辛克莱的不以为然,他还是不得不顾忌左翼作家的观点,因此,他在介绍庞德、斯泰因、福克纳等现代派美国作家的同时,还是刊登了钱歌川撰写的介绍辛克莱的文章,并在编后记里为没有发表他的作品而表示道歉。看来,政治的影响还是十分巨大的。

三

翻译介绍外国文学作品为中国政治服务,用外国文学作品的政治态度或作者所表达的思想观点作为翻译介绍的选择标准,这种做法与我国传统的"文以载道"的观点不谋而合,因而历来在我国翻译文学中占主流地位。即使在解放后,政治在《汤姆叔叔的小屋》的翻译介绍中还是起了很大的作用。在50年代解放后第一次译介外国文学的高潮中,上海新文艺出版社曾邀请北京大学一位教员重新全文翻译这部名著,但由于这位译者在1957年被错误地打成右派,他的译文也就随之遭到被封杀的命运。1957年正是纪念中国话剧运动50周年的时候,有人建议排演《黑奴吁天录》作纪念性演出。当年参加春柳社公演的欧阳予倩兴致勃勃,甚至开始构思新的剧本,但由于当时的政治形势被迫放弃了。1959年《黑奴吁天录》东山再起,沾的是非洲民族运动高涨的光。但欧阳予倩为了突出思想性还是把他的剧本易名为《黑奴恨》,并在"后记"中强调"我以对被压迫者深切的同情,对殖民主义者极端的愤慨写了这个戏。凡属美国绅士老板们虐待黑人的情形都根据斯托夫人小说所描写,没有增加一丝一毫的夸大。至于书中认为善良的绅士如地主解而培、工厂主威尔逊等,我不能不撕碎他们的面纱,揭露他们的本来面目"。② 欧阳予倩的剧本跟斯托夫人的原著有很大的出入。对此,他辩解说,"观点不同,写作

---

① 《现代》杂志,第五卷第六期,1934年。
② 欧阳予倩:《黑奴恨·后记》,中国戏剧出版社,1962年,第93页。

的目的不同,对人物的造型、情节的安排不可能和原小说一样,甚至也可能有相当大的出入……我这个剧本不能不根据今天的意图重新编写也是理所当然"。① 至于辛克莱,解放后他似乎销声匿迹了,直至1947年还在出版的译本也都从图书市场上消失了。原来他在30年代政治态度有所改变,1934年竞选加利福尼亚州的州长职位,而且为了挣钱,在创作方面,放弃原来批判社会的现实主义手法,写起通俗小说。虽然他竞选州长是为了消灭贫困,苏联文艺界对他的这种做法仍然大为不满,不再把他奉若无产阶级文学家的代表。解放后,我国文艺界在向苏联一边倒的形势下,翻译外国文学要参考苏联学者的意见,当然不会再去译介苏联人不喜欢的辛克莱了。可以说,辛克莱在我国的沉浮起伏是政治干涉翻译的一个极好的例证。

政治作为翻译介绍外国文学的一个选择标准并没有不妥之处,但作为惟一的标准,就会带来一些遗憾。有些文学成就很高或用十分隐晦含蓄的方式进行批评的作家,如艾略特、乔伊斯、福克纳等,就在很长的时间里被我国翻译界所忽略。即使已被翻译的外国作品,也因过分强调政治而产生了误读。林纾删去《汤姆叔叔的小屋》中有关基督教的一切描述就是一大例证。斯托夫人把基督教作为解决蓄奴制的出路,而林纾的删节对不了解原著的读者起了误导的作用。

有意思的是,近年来由于西方马克思主义、新历史主义和女权主义等政治批评在美国走红,斯托夫人和辛克莱都重新受到重视。《汤姆叔叔的小屋》和《屠场》都涉及性别、种族、阶级和民族歧视等方面的问题,都反映了政治批评家们备感兴趣的压迫或对立的关系。于是,这两部小说再度走进大学的课堂,成为政治批评的专题。② 但在我国,也许由于学者们厌倦了使用多年的政治批评,只是在70年代末改革开放新时期的翻译高潮中,各出版社纷纷组织人马重新翻译出版了这两部小说,学者们也都撰写文章加以评论。由于过去的影

---

① 欧阳予倩:《黑奴恨·后记》,中国戏剧出版社,1962年,第93页。
② 80年代以来,对这两本书的评论多了起来。例如,从80年代中期开始,剑桥大学出版社出了一套供大学生使用的"美国小说丛书",主编为用新观点新方法主编《哥伦比亚美国文学史》的埃墨里·埃利奥特。其中就有评论《汤姆叔叔的小屋》的论文集。企鹅出版社出版的"Signet经典丛书"也在1990年把《屠场》作为丛书的一种,并请埃利奥特写了后记。

响,出版社对斯托夫人似乎比对辛克莱更感兴趣,只有人民文学出版社请名家萧乾等人重新翻译了辛克莱的《屠场》并请董衡巽写了《前言》。进入90年代以来,尽管美国出版了轰动一时的斯托夫人的新传记,对辛克莱又有了新的研究,我国学者却似乎把他们完全遗忘了,几乎没有人把他们作为研究的对象。各种翻译、介绍、评论外国文学的杂志也没有发表过关于他们的文章。

四

根据这两本美国小说在中国的经历,我们是否可以得出这样的结论:

首先,尽管我们仍然同意"一切文学是宣传"的观点,但时代不同了,今天的中国社会并不需要翻译外国小说来唤起民众的危机感。然而,这并不排斥外国文学的认识作用。当前翻译文学的一个很重要的作用是帮助我国读者了解外国社会、风土人情、思想习俗,了解外国作家是如何表现诸如生与死、爱与恨等永恒的主题,如何探讨人们关注的如和平自由,甚至环境生存等共同的问题。

其次,文学作品除了政治宣传作用外还有强大的愉悦读者的功能,即美学作用。今天我国读者青睐外国的流行通俗小说,我们外国文学学者和广大作家苦心钻研外国作品的叙事手法、话语方式、人物塑造等专题,说明翻译文学还可以起到美学享受和美学借鉴的作用。

因此,虽然《汤姆叔叔的小屋》和《屠场》在中国已是明日黄花,已成为美国文学在中国传播史上过去的一页,但翻译文学还将在中国继续发展下去,而且还很可能发展得更加兴旺。

文学与政治:关于庞德和休斯

兰斯顿·休斯(1902—1967)在美国文坛,尤其是黑人文学方面,是一个举足轻重的人物。他写过小说、戏剧、散文、历史、传记等各种文体的作品,还把西班牙文和法文的诗歌翻译成英文,甚至编辑过其他黑人作家的文选。但他主要以诗歌著称,被誉为"黑人桂冠诗人"。60年代黑人领袖马丁·路德·金的那篇流传至今、脍炙人口的《我有个梦想》跟休斯的关于"梦想"的诗歌有直接的联系。他在1926年发表在《民族》杂志上的《黑人艺术家与种族大山》中大无畏地宣称:"我们这些正在从事创作的年轻黑人文艺家抱定宗旨要既不畏惧也不羞愧地表现各自的黑皮肤的自我。如果白人喜欢,我们很高兴;如果他们不喜欢也没有关系。……如果黑人喜欢,我们很高兴;如果他们不喜欢,他们的不悦也没有任何关系……"这篇文学宣言激励了无数黑人文学家,也确立了他在哈莱姆文艺复兴运动的领袖地位。

2002年2月1日是美国黑人诗人兰斯顿·休斯诞辰100周年。这两年,美国文坛不断举行百周年纪念活动,先后纪念了福克纳、海明威和斯坦贝克等名家。也许因为休斯是第一个赶上这潮流的黑人作家,又赶上强调"多元化时代",对他的纪念活动格外隆重,专门成立了一个纪念委员会。从2月1日开始,一直持续到4月。大学理所当然地是最活跃的,不仅是耶鲁大学、纽约大学等名牌学校,连一些小地方的科技学院都举办研讨会或休斯诗歌朗诵会。甚至有些书店都参与组织纪念活动。美国邮政总局颁发了一枚休斯头像的纪念邮票并为此举行首发式等活动。作家、诗人、评论家,还有戏剧家都积极出面朗诵休斯的诗歌、谈论对他的看法、演出他写的剧本片断。美国诗人学会、兰斯顿·休斯全国诗歌工程和全国英语教师协会还把4月2日定名为兰斯顿·休斯诗歌日,号召全国和世界各地的男女老少在这一天在学校、图书馆、社区中心、教堂、医院、书店或其他任何地方三三两两地集合起来朗诵他的诗歌。在所有这些纪念活动中，由坐落在休斯童年家乡的堪萨斯大学举办的活动规模最大，有500多位国内外学者参加，内容有学术发言、电影、艺术展览和诗歌朗诵等。连《国际先驱论坛报》都发了专稿。

正是这篇报道引起了我的兴趣，因为其中提到了休斯在上世纪50年代跟对知识分子进行迫害的麦卡锡参议员有过合作，这似乎在我国有关休斯的评论中从来没有提到过。为了进一步了解情况，我找了两本他的传记。原来，早在40年代后期，由于美国的冷战政策，休斯一直承受着很大的政治压力。一些右翼组织和人士常常在他讲演时骚扰会场或在场外示威，给议员写信，要求禁止他演说，指控他为美国共产党的中央委员。一位参议员公开在参议院称他为共产党，并列举他的诗歌作为证据。这种压力迫使休斯早在1948年就曾经修改过他的《让美国重新成为美国》，减弱其中的战斗性成分。为此，他受到他的朋友也是出版商的马克西姆·莱伯的挖苦。到了1950年，由于麦卡锡主义的势力不断上升，形势变得更为严峻。1951年，马克西姆·莱伯被指认为共产党的地下党员，被迫逃往墨西哥，休斯的一个出版商不得不在出他书以前发表"他并非共产党"的声明。他本人也越来越小心谨慎，尽量远离左翼人士和他们的进步活动。当时，83岁的杜波依斯被攻击为苏联和国际共产主义的走狗，被捕入狱。休斯虽然拍电报声援，但尽管杜波依斯和他夫人亲自打电话，他仍拒绝出席反对这种做法的抗议大会。为了出书，为了不得罪保守派，他一再退缩，发表声明，说自己不是共产党员，不断修改自己的作品，甚至把前两年写的《我最崇拜的人》中的杜波依斯的名字改成一个不太重要的黑人教育家。

可惜的是，休斯越想躲避政治，政治越找上门来。1953年3月，麦卡锡的调查委员会还是传讯了他。经过跟律师的反复讨论，休斯决定采取合作的态度，因为麦卡锡主义的势力实在太强大了。他提交他不是共产党的声明，又提供长达16页的信件和新闻报道证明他并不相信共产主义。在受盘问的时候，他表示在四五年前自己的思想感情已经完全改变了，他以前写的一些作品不再代表他当前的思想，他以前的书不应该被放在书架上供大家阅读，等等。他还附和麦卡锡,说对他的审讯是在十分友好和礼貌周到的气氛中进行的。他跟麦卡锡达成协议,在公开的听证会上,他们不会追问他关于人们熟悉的共产党员的名字,也不朗读他的激进的诗歌作为指控,但他将作为合作者公开解释和批判他过去的激进行为、亲共产党的倾向和进步诗歌。

总之,休斯没有像黑人歌唱家保尔·罗伯逊或阿瑟·米勒等白人作家那样对麦卡锡主义进行公开的批判与反抗。尽管他没有"揭发"别人来保存自己,但他还是做了妥协。而且,从此以后,他非常小心地跟左翼活动保持距离。他在被传讯后不久就要求一个进步组织把他的名字从他们的信笺和会员名单上删除。他继续写作,成果还不少,但非常注意内容不出政治上的"偏差"。1956年出版的自传《我流浪,我彷徨》一字不提1937年在巴黎出席第三次国际作家大会时因美国国务院拒绝给他去西班牙的签证等问题所发表的言辞尖利的讲话。1959年的《诗选》是对他近40年诗歌创作生涯的总结,可是他没有收30年代以来的任何一首比较激进的诗歌,甚至没有他修改过的《让美国重新成为美国》,因此可以说他并没有收入他最出色的作品。1958年出版的包括小说、戏剧、歌词、演说、散文等内容的《兰斯顿·休斯读本》也是这种情况。他想的是既讨好读者又不得罪当局。

原来如此!也许是出于我们的"好人不该有错误"的观念,所以中国学者在介绍休斯时总回避这个问题。然而我了解情况后感慨的不是休斯在高压政治下多少可以说是"变节"的行为,而是美国人对他的态度。即便在当年,全国有色人种协进会的领导还是跟他站在一起,为他找律师,甚至支付他去华盛顿的来回费用。黑人报纸的态度也是友好的。事过50年,在这次百周年纪念大会上,他的传记作者直言不讳地讨论了休斯的表现,但又肯定了他后来对民权运动的支持,另一位黑人知名诗人阿米拉·巴拉卡也坦率地承认他年轻时曾因此跟休斯保持距离,不过,"他一时的逃避行为并不降低我对他的热爱"。他认为休斯起着为人家指引道路的作用,后人是站在他的肩膀上前进的。

这种把政治和文学相区别的做法是美国学术界的一个特点。我想起另外一件有关埃兹拉·庞德在1949年因《比萨诗章》获第一届伯林根诗歌奖的事情。庞德是美国诗人兼批评家,也是现代主义诗歌的先驱。他曾帮助过后来成为名家的T.S.艾略特、海明威、詹姆斯·乔伊斯、D.H.劳伦斯、罗伯特·弗洛斯特等人,对20世纪美国诗歌的发展起了非常重要的推动作用。庞德很有才华但也极端自负,甚至到了偏执的地步。他在1924年到意大利以后越来越对经济和政治感兴趣,认为在墨索里尼那样人的领导下世界才会有和平,才会变得更安全。他还认为犹太人是罪恶的经济制度的根源,必须反对。他从1936年开始在意大利电台上发表讲话,谈他对政治和经济的看法。到1941年,他不断攻击美国和英国,为意大利和德国辩解,甚至说应该绞死罗斯福和几百个犹太人。于是,1943年美国司法部宣布他犯了叛国罪,1945年美军抵达意大利以后把他抓起来关在比萨军营一个露天的笼子里听凭风吹雨打日晒,可他在牢笼里还坚持写作,写成《比萨诗章》并于1948年在美国出版。1945年11月,庞德被押送回美国。他被控告犯了16条叛国罪行,但由于陪审团认为他精神失常无法出庭,他并没有接受审判,而是被送进一家关押罪犯的精神病医院,一直到1958年由于弗洛斯特等名作家的呼吁而获得释放。随后,他回到意大利,在1972年去世。

1949年2月20日,《纽约时报》刊登消息说,庞德获得了第一届伯林根诗歌奖。其通栏标题——《庞德在精神病院;他因叛国罪被拘禁时在囚室里写的诗歌获奖》——表示了不以为然的态度。随后,各报发表社论进行评论。大部分表示愤慨,但也有报纸如《纽约先驱论坛报》认为,这做法强调了"对美与优秀的客观标准……这是自由和理性国家所不可缺少的"。一个诗歌奖为什么会引起争论?在此以前,1946年9月,《诗歌杂志》出了一期庞德专刊,并没有引起什么异议;1962年他获得《诗歌杂志》的奖励,1963年他又得到美国诗人学会的一个大奖,也都没有引起任何批评或反对。为什么伯林根诗歌奖会得到如此强烈的反应?这恐怕是因为这个奖项是由国会图书馆颁发的,是政府性的奖项。而且这又是第一届,更受到重视。把它奖给庞德有可能被认为是一种官方的观点和评价。这个奖是由南方诗人艾伦·塔特提议设立的。他在当国会图书馆顾问时还在馆内设立了一个美国文学委员会,成员除他之外都是名家,如刚得了诺贝尔文学奖的艾略特、大名鼎鼎的W.H.奥登、开拓了自白派诗歌的罗伯特·洛威尔、惟一获得普利策诗歌与小说两种奖的罗伯特·佩恩·华伦等等。就是这些人决定把奖发给庞德的。他们在1948年11月从当年出版的诗歌中以得票多少而评出了庞德的《比萨诗章》。但他们似乎明白庞德的叛国贼身份会引起疑义,所以就决定在1949年2月底以前用通讯投票的方式进行再一次评选。结果,14人中只有两人反对。一位是当时的司法部长的妻子,她认为把奖给庞德很是不妥,叛国贼与诗人不可分割,何况庞德的作品中贯穿了反民主反犹太人的思想。另一个是犹太诗人夏皮罗,他在第一次评审时投过赞成票,但很快后悔。他认为作为犹太人他不能投赞成票,而且庞德作品中的政治观点"败坏了《诗章》,降低了它的诗歌价值"。随后的争论证明他们的看法有群众基础。不过委员会仿佛也预计到会有不同观点。他们在宣布决定的公告中加了一句冠冕堂皇的话——"如果我们允许除了诗歌成就以外的因素来左右我们的决定的话,那就会破坏此奖项的意义,也就会从根本上否定我们文明社会赖以生存的、要客观看待价值问题的原则的正确性"。

其实,这件事并没有引起很多注意。《纽约时报》第一次报道庞德得奖的消息是在第一版,但后来就把争议文章放到了不重要的版面。在最初的抗议热潮过去后,这场争论似乎局限在诗人学者的圈子里。从30年代开始便有一定影响的左翼杂志《党派评论》连续几期讨论庞德是否应该获奖。写文章的人中间没有人质疑评审委员会的权威,只是不赞成把奖发给庞德。主编巴莱特认为虽然应该把作者与艺术区别对待,但不应过分强调形式与技巧问题而忽略内容。他不明白光凭技巧手段怎么能把恶毒和丑恶的事情变成美丽的诗歌。以政治小说《动物农场》和《1984年》著称的乔治·奥威尔认为既然评审委员会把奖给了庞德,他不想反对,但他希望他们能公开谴责他的政治观点……参与评审的人也发表看法,如奥登表示,如果《比萨诗章》在群众中影响不好,可以在授奖后禁止出版。塔特认为文人的特殊任务就是通过文学,即语言,保护社会的健康,而庞德对复兴英语的活力方面的贡献比任何人都要大。他还认为评审委员会的社会责任是提供健康而客观的文学评判标准,至于庞德的政治活动,那应该由大社会来评判和惩罚。

事情到了6月开始炽热化,因为有个叫罗伯特·赫利俄得过普利策诗歌奖的哈佛大学教授在《星期六文学评论》上连续发表两篇文章。第一篇抨击庞德得奖一事,第二篇却变成了批评艾略特、现代主义和新批评理论。他从伯林根是心理学家荣格居住过的地方的名字而荣格赞赏希特勒出发,指出荣格与庞德是一丘之貉,而艾略特是庞德的朋友,资助伯林根基金会颁发奖金的梅隆家族又曾经大力支持过荣格,言下之意他们都是法西斯分子。

然而,赫利俄这步棋走错了,他做的太过分了,因而得罪了所有的人。伯林根基金会发表严正声明,他们与法西斯分子没有关系,也没有对评审决定起过任何作用。当时的国会图书馆馆长艾文思否认国会图书馆或基金会有任何做的不对的地方。他认为他作为馆长并没有权利干涉评审委员会的决定。他甚至批评《星期六文学评论》和赫利俄要求用政治标准来考核诗歌质量的做法是十分"专制的、气量狭隘的、不民主的"。评审委员们当然也进行反驳。他们强调他们只是因为《比萨诗章》是当时评审材料中最好的一篇才决定给奖,这跟法西斯毫无关系。塔特甚至找了84位诗人、作家和学者,其中有的是犹太人(这些人未必喜欢庞德但都支持现代主义)一起签名发表声明,攻击赫利俄写这些文章是出于嫉妒和胡思乱想等等。这一切迫使《星期六文学评论》撤回说他们跟法西斯有关的指责,赫利俄也在一片抗议声中从此消声匿迹。

不过,《星期六文学评论》在发表赫利俄的文章以后也做了手脚。他们把文章送给了纽约的一位众议员。后者在7月底的众议院会议上要求对把奖给庞德这件事进行调查。他认为文学问题应该由文学界来处理,但国会有权了解评审委员会是否正确代表了美国人民的意志。于是,评审委员会发表了一个长达72页的声明,逐条反驳赫利俄的观点,同时声明无论用什么标准来衡量全体委员,他们都是一群发表过大量作品、获得过许多奖项的卓有成就的出色的人物,是可以用他们正直与健康的专业头脑做出正确的选择并以之为美国人民服务的。结果,国会既没有进行调查也没有取消给庞德的奖,只是认为由带有政府行为性质的国会图书馆来颁发文学艺术方面的奖励不太合适,把这个奖和其他关于音乐和出版的所有奖项全部取消。1950年起,伯林根诗歌奖就由耶鲁大学颁发,至今仍是代表最高层次的诗歌大奖,而当年的评审委员会中许多人后来都获得过这个奖。

半个世纪以后,美国学界还有人讨论庞德得奖的事件。有些人称之为"友情的阴谋",认为当时的评审委员会中很多人是庞德的好朋友或崇拜者。他们把奖给他是想引起人们的注意,让他早日从精神病院中被释放,结果却弄巧成拙,反而使庞德在精神病院多呆了10年。争议的好处是提高了庞德在美国的知名度,使他在年轻一代的诗人中产生了影响。不管真相如何,庞德的《比萨诗章》至今仍有销路,被人研读①,庞德对现代诗歌的贡献仍然得到充分的肯定。有关他的介绍文章、传记和论著也一定会提到他在二战期间的不光彩行为和这场因得奖而引起的争议。

当然,休斯跟庞德的错误性质完全不同。经过文化大革命的中国人恐怕很容易理解他的做法,也能够原谅他。但对庞德,我们可能就不会如此宽容了。值得注意的是,美国文学家和学术界对两人的态度却基本相同。他们把两人的文学成就和政治态度区分开来,在肯定文学成就时指出他们的政治错误;在谈到他们的错误时并不否认他们的成就。

这种做法似乎值得我们反思。我们常常在研究文学时不仅过分强调政治标准第一而且把它变成惟一的标准。为此,我们常常纠缠在某某人在文化大革命中或其他政治时期是否说过什么话,做过什么事。似乎如果他们说了、做了,他们的文学成就就不值得一提,根本不应予以肯定。其结果,对作品美学的探讨变成了政治鉴定。正如有位大作家所说:"我们的文学史不是文学史,是政治史,是文学运

---

① 当代著名的诗歌评论家大伟·伯金斯在1987年出版的《现代诗歌史》中谈到,1948年时,由于没有注释,人们不大能读懂《比萨诗章》,但它有一种"动人的人情味"。这首自由诗体的长诗中挽歌式的回忆和对当前痛苦的描绘使之带有鲜明的自传色彩,"其语调和情绪——哭泣、挑战、恐惧、蔑视、宗教般的虔诚、圣人般的平静、预言家般的智慧"远远超越了新批评派的奥登派脱离生活强调反讽等技巧的诗歌,使当时的年轻人看到了另一种写作的可能性。

动史,文学争论史,文学派别史。什么时候我们能够排除门户之见,直接从作家的作品去探讨它的社会意义和美学意义呢?"要想做到这一点,我们不妨借鉴一下美国人对休斯和庞德的态度。

参考书目:

1. 《国际先驱论坛报》2002年2月19日,第20版。
2. 费思·贝里:《兰斯顿·休斯:哈莱姆之前与之后》,西港:康涅狄格州,劳伦斯·希尔出版社,1983年。
3. 阿诺德·蓝伯萨德:《兰斯顿·休斯的一生:我梦见一个世界》第二卷,纽约:牛津大学出版社,1988年。
4. 汉佛莱·卡平特:《一个严肃的人物:埃兹拉·庞德的一生》,波士顿:休顿·米弗林出版公司,1988年。
5. 《党派评论》1949年第4、5期。
6. 莱姆·科莱:《"友情的阴谋":艾略特、庞德、塔特与伯林根奖的争议》,《南方评论》2002年秋季号,第809—826页。

美国社会与文化

《飘》:解不开的情结

有位评论家说过一句入木三分的话:"《飘》是一本除了读者没人要的书。"它是美国文学艺术界的一种难堪:一位名不见经传的年轻作家的处女作,一本从内容到技巧都缺乏创新的通俗小说,居然一经问世便畅销不衰,在美国创下了一天销售50000册的历史纪录,一年不到就印刷发行了将近150万册,另一位也是南方人的大作家福克纳也在1936年出版了一本也是关于南北战争的小说《押沙龙,押沙龙!》,但到他在1949年获诺贝尔文学奖以前的14年间,此书一共才销售了大约7000册。两相比较,实在让纯文学作家下不了台,即使在今天批评家纷纷挖掘或重新评价女作家的时候,它还是上不了女性文学的花名册,更算不上什么文学遗产或经典著作。然而读者跟评论界开了个大玩笑,对一向有权威的理论置之不理,反而执迷不悟地热爱这部小说。迷上《乱世佳人》的读者并不仅仅是美国人,今天,它至少已被译成27种文字,在全世界的销售量超过两亿八千万册,销售量之高仅次于《圣经》,虽然初版已经过了60年,但每年仍然销售25万册。我母亲一辈子看过不少古今中外的小说,但她认为写得好的外国小说只有三部,高居榜首的便是傅东华译的《飘》。老太太对文化大革命抄家的红卫兵最不满意的事情之一就是拿走了她的《飘》,她对此耿耿于怀十多年,一直到1980年我托人从香港重新买了一套送给她才算却了她的心事。

说句公道话,米切尔并不是一无创新。关于才子佳人的言情小说历来都以大团圆为结局。但米切尔反其道而行之,她是先想好结局才动手写书的。出版社在出书前希望她把结局作些修改,别把瑞特写得那么绝情。但她一口回绝,说什么"你要我怎么改都可以,就是不能让小说以大团圆收场",这正是米切尔过人之处。其实,近来风靡我国图书市场的《廊桥遗梦》玩的也是这个花招,要是那位家庭妇女在偷情之后跟着摄影师私奔,过起幸福生活,小说恐怕就会变味,魅力也就因此消失了。不过要是从情节的迂回曲折和人物婚恋的沉浮起落等方面来比较的话,《廊桥遗梦》恐怕就相形见绌,小巫见大巫了。

《飘》的男主人公瑞特是个很有阳刚之气的男子汉,但他玩世不恭,刚开始并不讨人喜欢。真正让人念念不忘的还是女主人公斯佳丽,她极其女性可又有不让须眉的气概和反抗心,她擅长使用令人嗤之以鼻的女人伎俩来达到自私的目的,可她的女性魅力却又让人难以抵御。男人倾心于她因为她有十足的女人味也因为她并不好征服。女人仰慕她多半是因为她说了一般女人想说而不敢说的话,做了她们想做而不敢做的事。当然,美国人喜欢她恐怕是因为她那自强不息的个人奋斗精神,她那勇敢顽强永远要做生活的强者的精神很符合他们的民族性。1957年,有人在美国一所中学的一个班级作了一次民意测验,只有一个女孩子表示愿意当斯佳丽,但在1970年的调查中,四分之三的女孩都想成为斯佳丽式的女人,这跟我们现在越来越多的女孩子看《红楼梦》喜欢薛宝钗一样,不知该让人高兴还是发愁。

《乱世佳人》很可能是好莱坞根据小说拍成的电影中最为成功的一部。当年英国演员费雯丽到美国来寻找机会,有一天来到拍摄现场,正为找不到合适人选而发愁的大导演索尔兹尼克无意中一回头看到了她的一对绿眼睛,当即拍板决定斯佳丽一角非她莫属。费雯丽不负重望,塑造了一个有血有肉光彩夺目的形象。这段佳话早就载入史册为人传诵。1939年,《乱世佳人》在美国首映,立即引起轰动。不知是否为了市场效应,反正在电影公开放映前曾举行过一次盖洛普民意测验,统计数字表明,大约有5650万人打算要看这部片子。《乱世佳人》的影响大得据说连希特勒都有兴趣要找来看一看。它在中国的上座率恐怕绝对不会低于今天引进的十大巨片。我在解放前基本上没看过美国电影,但知道费雯丽是个大明星,这完全是因为我母亲看了电影老在家念叨的缘故。我认为《飘》和《乱世佳人》两个译名都很贴切,小说的英文标题直译的话是《随风飘去》,当然是指富贵荣华爱恨怨仇都会像风一样在瞬间化为乌有。小说是通过阅读回味来加深理解的,一个《飘》字既简洁又颇有尽在不言之中的内涵;电影是直观的,是不容人当场反复思索的,"乱世"两字点出了电影里大量表现的南北战争的场面,还套用"乱世出英雄"的成语说明女主人公身手不凡。不过在英文里,小说和电影用的是同一个名字,照样倾倒了不知多少代观众,至今只要电影院放映,总有人去看,上座率依然不低。

  米切尔说斯佳丽是个无法分析的女人,并且在《飘》的结尾处给读者留下一个悬念:正当斯佳丽终于明白她爱的不是那个窝囊废阿希礼而是有情有义、有勇有谋的瑞特·巴特勒时,巴特勒却出人意料地宣布他不爱她了并且拂袖而去似乎永远不会回来了。米切尔要读者自己来决定故事应该怎么收场,可读者还是希望作者给他们一个明确的结论。半个多世纪以来,不知有多少读者要求出续集好让他们知道斯佳丽到底有没有想出办法来重新得到巴特勒,也不知道有多少人想为它写续集。米切尔早在1949年因车祸去世,她的家人一直按照她的遗嘱拒绝这个要求,但呼声之高之强烈使她家族的最后一个人,她的侄子,在1987年去世前为了避免出现粗制滥造的续集而动用法律程序,在几百个作家中选定了已在文坛上颇有名气的也是南方人的女作家里普利。对于里普利来说,这当然是无上的光荣可又是一个实实在在的大难题。她挖空心思写出来的《斯佳丽》并没有逃出所有续集狗尾续貂的命运。但尽管此书没有得到评论家的好评,《飘》已经确立的吸引力仍然使这本主要以爱尔兰为背景、跟原书人物关系不大的续貂之作又成了畅销书,半个月内就销售了几百万册,还雄踞畅销书名单达一年之久。美国出版商的促销手段很高明,他们一面出售外文版权,一面宣布要在1991年某月某日在全世界几十个国家以不同的文字同时出版这本续集。一时间引起一场抢版权的大战。我国的出版社也对这本续集关怀备至。我在1987年回国时就接到过编辑朋友的电话,问我有没有把书买回来,其实那时候里普利还没动笔呢。到了1990年又不断有认识或不认识的人来邀我找一批人抢时间分段翻译《斯佳丽》,并且许诺以很高的稿费。幸好我听说上海译文出版社已经买了版权,才劝阻了好几个人没有做劳而无功的傻事。不过,《斯佳丽》的出版可以说是开了我国出版社翻译出版名著续集的先河。从此以后,《傲慢与偏见》、《呼啸山庄》等经典著作的续集纷纷出笼,看来续貂之作还是可以赚钱的。

去年,《飘》的书迷们又有了一个好消息:美国人发现了米切尔在1916年16岁时写的另一本中篇小说《失去的劳森》的书稿。这部手稿的出现真用得上那句"踏破铁鞋无觅处,得来全不费功夫"的俗话。米切尔把这部手稿给了与自己青梅竹马名叫亨利·安吉尔的好朋友。安吉尔在1945年去世,到了50年代,为他收藏遗物的母亲也去世了,他父亲就把东西交给他的儿子。安吉尔的儿子虽然知道他们家跟米切尔有来往但并不很重视这包东西,只是随手把它放在抽屉里,一放就是40年。1994年小安吉尔去一家公共图书馆时看见人在看一本关于米切尔的书。出于好奇,他也去翻了一下,发现有好几个地方提到了他的父亲,于是,他把手稿连同一些照片送给了米切尔博物馆。这对米切尔迷来说是个爆炸性新闻,当然也弥补了他们历来为米切尔一辈子只写了一本书所感到的遗憾。有人泄露这是以南太平洋汤加岛屿为背景的爱情小说。还有人说,虽然小说出自只有豆蔻年华的米切尔的手笔,但实际上颇有成年人的气概。出版社也紧跟着旧戏重演,又决定在1996年5月在全世界以多种文字同时出版。据说,这本书已经上了美国畅销小说名单。据说中国青年出版社已经买了版权,请人译成了中文,但不知为什么还没有发行,因而也就无从考证这本少年之作是否像那本续集一样讨中国读者的喜欢了。

米切尔并未"随风飘去"
——再谈解不开的《飘》情结

美国人有时会做些不可思议的事情。1996年奥运会期间,亚特兰大的百年公园发生大爆炸。事后,大批美国游客蜂拥到那里拍照留念,加拿大一位记者对美国人这种心态感慨万端,写了个报道,居然被发行量极大的《环球邮报》所刊登,可见并不是只有他一个人觉得美国人难以理解。但美国人的执著又常常让人觉得可爱,甚至可笑。他们对《飘》及其在亚特兰大出生的作者玛格丽特·米切尔的迷恋便是一个极其生动的例证。

我在《〈飘〉解不开的情结》一文中说到,《飘》是美国文学界的一个难堪。其实,小说在一定程度上歪曲了南北战争和黑人形象,它曾遭到历史学界的指责。它甚至还是美国政治的一个难堪。奥运会期间,亚特兰大的电视台和广播电台纷纷宣传美国南方特有的文化,介绍了福克纳等许多南方作家,可就是一字未提米切尔。原因当然还是因为她写的小说里有种族歧视,奥运会的组织者不想在这个强调"政治正确性"的时代里给自己找麻烦。亚特兰大对是否保存米切尔写《飘》时居住的那座公寓的问题争议不休,一直吵到1989年才总算有了"还是应该保留"的结论。房子早已年久失修,保存意味着花钱修缮。亚特兰大有许多大公司,是可口可乐和三角洲航空公司等大企业的总部所在地。但它们中间居然没有一家肯出钱修复那座楼房。最后是外国人出来帮忙解决问题。在美国东南部雇工6000人的德国奔驰汽车公司赞助了500万美金。德国人肯出钱也是有一定的历史渊源的。从1936年到1941年,尽管当年德国人生活在法西斯统治和战争的阴影下,但他们对这部小说的兴趣并没有受影响,五年之内卖了50万本,一度创下《飘》的外文版的头五年世界发行量的最佳记录。当然,如今德国人出钱恐怕主要还是为了市场经济的需要,用奔驰公司公关部门负责人的话来说:"我们不想为了奥运会搞什么短期行为,我们是想表明我们打算长期呆在这个地区跟它同舟共济。"

有意思的是,虽然市政当局和奥运会组织者害怕有人因为米切尔和《飘》而把亚特兰大跟种族主义联系起来,修缮米切尔故居却得到黑人组织马丁·路德·金中心的支持。故居董事会里黑人和白人各占一半,有时候来参观的黑人比白人还要多。米切尔生前曾建立奖学金资助过 50 个黑人上大学学医,现任董事会的黑人副主席就是其中的一个,看来书迷们是不问政治的。这座楼房在修缮过程中曾两次被人纵火烧毁,一次在 1994 年,另一次就在 1996 年 5 月,而且是在举办开幕式和庆祝《飘》出版 60 周年的前夕。故居的一个研究人员认为,家丑总是会外扬的,亚特兰大历史上有过蓄奴制、有过种族隔离,这是我们应该面对的事实。放火烧房子的行为只能说明亚特兰大不懂得如何保存历史,也没有这方面的能力。烧归烧,修理工作继续进行,参观的人也照样受到接待,尤其在奥运会期间,来参观的游客还真是不少,善良的读者一旦喜欢上一本小说,总要把虚构的故事信以为真。《廊桥遗梦》的书迷就曾给《国家地理》杂志写信打听罗伯特这个子虚乌有的人物。《飘》的崇拜者也不例外,一到亚特兰大总要打听斯佳丽一遇困难就要回去的老家塔拉庄园在哪里。一旦知道塔拉不过是小说中虚拟的地方,他们便觉得看看故居也是一种精神上的满足。

其实,当年米切尔写《飘》时在这栋房子里住的是一套只有一间卧室的公寓。这么一点地方对旅游者吸引力肯定不大。于是,他们便组织各种跟米切尔和《飘》有关系的活动,其中之一是举行竞赛,选一位最像斯佳丽的小姐,实际上就是最像费雯丽在电影《乱世佳人》里塑造的形象。被选中的女士要穿斯佳丽的服装,表现她那桀骜不驯的行为,还得时不时地学着斯佳丽的口气说上两句"这事我明天再考虑,不管怎么说,明天又是另外一天",惟一的不同恐怕是现在女士的腰围很难像斯佳丽的那样只有 18 英寸。最近当选的最像斯佳丽的小姐曾被邀请到日本、法国、委内瑞拉、巴西和加拿大等国家一展斯佳丽的风貌。即使在奥运会期间,她也忙个不停。尽管她的出场费是每小时500美金,她的日程还是排得满满的。这种活动倒是并不仅仅限于斯佳丽,我还在马克·吐温研讨会上见过一位长相与他酷似的演员用他的口气给我们讲他的故事。不过,这些人并不是追求形似,他们都是下过大功夫研究他们所模仿的人的思想、气质和学问的。

美国人纪念名家的一种方式就是为他发行邮票。但大概只有米切尔一个人跟两套邮票有关系,一张是她本人的肖像,另一张是费雯丽扮演的斯佳丽的形象。米切尔的书迷对她情有独钟的另一个表现是在亚特兰大市里除了为她修缮故居外还为她设立博物馆。在同一个城市有两个纪念同一个小说家的场所,这种做法在美国可以说是绝无仅有,连大名鼎鼎的歌星猫王普莱斯利都没能享受这样的殊荣。为了迎合书迷想了解小说中斯佳丽为什么老要回塔拉老家的心理,这家博物馆干脆起名叫"通往塔拉之路"博物馆。它坐落在亚特兰大另一条街上另一栋跟米切尔和《飘》有关系的房子里。这房子原来是家饭店,1936年,米切尔就是在这个饭店大堂里把《飘》的手稿交给麦克米伦出版公司的编辑。1939年,电影《乱世佳人》来亚特兰大举行首映式,跟影片有关的大明星费雯丽和盖博等也在这里住宿。现在,饭店已经变成公寓大楼,博物馆设在大楼的底层,展品有米切尔亲笔题名的初版本,各种外文的《飘》译本,米切尔的一些书信和照片。不过,这方面的展品并不多。所以博物馆还搞了大量的电影里人物穿的服装的复制品、有关亚特兰大市历史的图片、南北战争时期的实物或手工艺品,甚至还有一个房间播放文献纪录片,当然还有那个美国任何博物馆都少不了的出售纪念品的小卖部。也许由于烧毁后的米切尔的旧居不能给人以满足和快感,"通往塔拉之路"博物馆便格外受人欢迎,自1993年开馆以来,每天开放8小时,连星期天也要接待参观者达5个小时。

1994年,博物馆发了一笔大财。小安吉尔(米切尔的好友亨利·安吉尔的儿子)给他们送来了放在家里快半个世纪的父亲的遗物。其中不仅有米切尔撰写的《失去的劳森》的遗稿,还有大量的信件和照片。这无疑是雪中送炭。米切尔淡泊名利,盛名时就很厌恶《飘》给她带来的骚扰和烦恼,去世前又嘱咐家人销毁她的私人书信和材料,因此,给她写传的人都苦于材料不足。关于她跟老安吉尔的关系,人们只知道他是她的五个追求者之一,现在发现的书信材料可以大大弥补这一空白。至于那部手稿,行家们说要比过去发现的几部成熟得多也有一定的深度。老安吉尔喜欢拍照,家里有暗室,他给米切尔拍的照片质量既高又是一个时代的明证,更何况已有的米切尔的照片早被印刷刊登了不知多少遍,早就没有新意了。从老安吉尔留下的照片里看,米切尔完全不是想像中坐不露足、笑不露齿、温柔娴静的南方淑女的形象。她一袭男装,游泳、爬山、射击,样样都干,而且幽默风趣,喜欢冒险,似乎跟今天受女权主义影响的新女性没有什么两样,评论家们认为这正说明她为什么会塑造斯佳丽这样的人物。她欣赏的正是斯佳丽所身体力行的勇敢坚毅、不畏艰难、敢于反潮流的精神。

为了让书迷们一饱眼福,博物馆决定把所有实物公开展览。他们还大力称赞安吉尔一家的美德。老安吉尔虽然在1945年去世,但他从未在米切尔盛极一时的时候公开这些材料把它们变成金钱。即使在今天,年过70的小安吉尔也没向博物馆索取报酬。在我看来,公开展览这种做法未必符合米切尔与老安吉尔的本意。老安吉尔当年不把材料公布于众就是尊重米切尔不喜欢张扬的愿望,就是为了替她保护隐私。不过,换个角度看,由老百姓集资办纪念米切尔的博物馆,这是读者对作者发自内心的热爱。这种做法总要比我们有些大明星自己迫不及待地写文章自我吹嘘要好得多。相形之下,那种宣传自己成为富婆的发财经验和描绘自己彻夜不眠数钱不已的所谓传记实在格调太低、情操太卑下了。一个人死后的衰荣才体现他的真正价值。死去的米切尔虽身不由己任人摆布,但她如果地下有知,还是可以以读者书迷们的真诚聊以自慰的。

围绕《风已飘去》的一场官司

2001年美国出版界的一件大事恐怕是围绕一本叫《风已飘去》(*The Wind Done Gone*)的小说的官司。此书的作者是黑人女作家艾丽斯·兰道尔。她1981年在哈佛大学毕业以后当过新闻记者,还是美国第一个写过获全国排名第一的乡村音乐歌曲的黑人歌曲作家。《风已飘去》是她的处女作。她卷入这场官司是因为该书的内容涉及已故女作家玛格丽特·米切尔的《飘》(*Gone With the Wind*)。这本书原定在6月初由霍登·米弗林出版社出版。但4月里,负责掌管米切尔及《飘》的财产事务的代管机构向亚特兰大的地区联邦法庭提出起诉,要求禁止该书的出版,理由是该书侵犯了《飘》的版权,而且会影响他们正在进行的关于撰写《飘》的续集应有许可的问题的工作。结果,法官认为兰道尔在书中借用了《飘》中的15个人物和一些著名的场景,已经构成了"盗版",侵犯了原著的版权,下禁令不准按时发行。

这个决定引起了轩然大波。有人马上质疑法官是在保护版权法还是在保护关于旧南方的神话。霍登·米弗林出版社发表声明,他们一贯保护版权所有者对作品、人物和续集的权利,但他们还坚决支持出版工作的另一个原则,即宪法第一修正案关于言论、出版和信仰的自由,还有民主制度下不可缺少的批评甚至嘲弄已成名作品的自由。兰道尔也发表声明并接受采访说,她的小说是戏仿而不是"盗版"。她12岁就看《飘》,而且非常喜爱那野心勃勃、充满活力、为了爱情不顾一切的斯佳丽,为此,她不得不忽视小说中的种族主义描写。长大以后,她重读《飘》时忽然想到,塔拉庄园里怎么没有奴隶制下种植园里总有的黑白混血儿童,斯佳丽怎么没有她父亲和黑奴生的黑姐妹。于是她想起父亲曾教导她要为那些不能为自己说话的人说话,决定写一本关于塔拉庄园里这类黑人的书。她认为《飘》和根据小说所拍的电影《乱世佳人》的影响太大,已经成为美国文化中的一个神话,甚至比历史的影响还要大。小说和电影都丑化了黑人,把他们描写得愚昧无知、智力底下,它们所创造的世界里没有对黑奴的鞭打或买卖,没有黑奴寻求自由解放的挣扎,是一个从来不存在的南方。为了打破这个神话,她必须采用戏仿的手法,从斯佳丽的黑姐妹的角度来描写塔拉庄园、蓄奴制和南北战争,嘲弄伤害了好几代黑人感情的《飘》,让读者对那个时代和那里的黑人有新的了解。

出版社和兰道尔的声明得到了书商、图书馆和文学界的支持。美国图书协会下面的自由阅读基金会、美国笔会中心等组织给法院提交了抗议书。20位著名的作家、评论家和艺术家联名写信,强调美国人民一直在讨论奴隶制留下的痛苦,但由于《飘》极其受欢迎,由于它的独一无二的神话地位,它一直是美国主流社会了解种植园生活的重要源泉。现在是让美国公众知道另一种观点的时候了。因此"禁止出版艾丽斯·兰道尔的小说是不符合公众利益的"。有些作家学者如1993年诺贝尔文学奖获得者、黑人女作家托尼·莫里森和当今最有权威的黑人文学评论家亨利·路易斯·盖茨还单独写信表示抗议。莫里森认为兰道尔的小说"想像并占据"了米切尔小说中从未触及或设想过的叙事空间和沉默。她所采用的日记形式要求第一人称的视角,这也跟《飘》的叙事角度与声音完全不一样,因此并未侵权。莫里森颇为激动地追问:"是谁有权决定历史应该怎样想像?是谁有权可以说明对奴隶来说奴隶制应该是什么样的?"盖茨则表示,戏仿历来就是非洲裔美国人表达思想的重要方式,他们的传统中充满各种各样的戏仿作品,《风已飘去》只不过是这个悠久的幽默传统中的最新的例证。

一个月后,事情起了戏剧性的变化。在兰道尔和霍登·米弗林出版社上诉以后,第11巡回上诉法庭在5月25日开庭一个小时后就取消了地区法庭不准出版的禁令并把案子发回地区联邦法庭由陪审团进一步审核,理由是该禁令违反了第一修正案。出版社马上开印,6月份,《风已飘去》进入市场,但书封面的右方中部增加了一个写有"非授权戏仿"的橘红色圆形标记,而上方则是像通栏标题似的一行黑字"一部挑衅性的文学戏仿作品,戳穿了一本南方经典著作所长期流传的神话"。此后,小说连续8周上了《纽约时报》的畅销榜,到2002年5月,一年内已经销售了15万册精装本和6万册平装本。

在美国,关于书的官司最后往往是在法庭外解决的。1998年,一家大出版社打算在秋季出版意大利女作家帕亚·佩拉以纳博科夫名著《洛丽塔》的女主人公的口吻写的《洛的日记》,但因纳博科夫的儿子以侵犯版权的名义告上法庭而未能成功。1999年此书在英美两国得以出版是因为双方在庭外达成协议:书里将增加纳博科夫的儿子的评语;此外他分享一部分的版税[①]。现在《风已飘去》也不例外。2002年5月,负责掌管米切尔及《飘》的财产事务的代管机构和霍登·米弗林出版社也在法庭外达成协议,条件是前者不再阻挠小说的发行,但书的封面必须继续保持"非授权戏仿"的标记,此外出版社还要向米切尔及其亲属从1940年以来一直资助和关心的黑人学校莫尔豪斯学院捐赠一笔钱。

事情到此尘埃落定。但事实上还是有可以反思的地方。首先是法律方面的问题。美国出版界关注这场官司,因为这涉及版权法和知识产权的保护问题,也就是说,作家借用他人作品中的人物、事件或背景进行戏谑嘲弄可以有多大的自由度,戏仿到什么地步才会被认为是侵犯了该书的版权。尽管许多人认为《风已飘去》是戏仿而不是"盗版",但即使在庭外解决的协议里,代表米切尔家族的那一方仍然认为当初采取的立场是正确的,而上诉法庭在取消禁令时只援引了第一修正案,并未说明它是否侵犯了版权法。许多研究知识产权的学者认为,这场官司充分说明保护言论自由的第一修正案与保护作家、歌曲家和艺术家的版权法之间的矛盾。以一个黑奴的角度来重述《飘》的一些情节无论从政治还是道义来看都是无可非议的,但它还是有可能侵犯了米切尔家族的利益,因为后者也可以申请许可,由他们自己来从黑奴的角度来重述这个故事。有人认为版权法其实就是一种审查,可以被用来限制真正有价值的言论,因此常常是不公正的。但也有人怀疑上诉法庭的判决是否开了先例,让人可以随便以戏仿的名义利用名著得到经济利益。这方面的争论似乎还在继

---

① 他宣布他将用此钱设立一个文学奖。

续。我不懂法律,不知道这对我们国家越来越多的关于侵犯版权的官司是否有借鉴作用。

我对《风已飘去》的兴趣是因为2001年4月有位编辑拿了一些网上下载的资料让我写一篇关于那官司的文章。这违反我一向没看书不写文章的原则,但情面难却,我勉为其难地凑成篇不像样的东西,甚至大胆预测官司如果打赢,书的销路一定会好,因为官司就成了广告。结果文章发表时这句话被报纸编辑改成了标题。我对此很感愧疚,总希望能有机会了解真相。另一方面,我一直对《飘》有兴趣,天下可能没有一个作家的处女作像《飘》那样引人注目。一本1936年出版的通俗小说居然创下一天销售50000册的历史记录,第二年还得到了普利策小说奖。过了60多年,它在全世界还每年还要出各种文字的版本5到25万册。根据小说改编的电影《乱世佳人》由于费雯丽和盖博的出色表演获得过奥斯卡十大金奖,至今还不时放映,仍有观众。这实在是一种很有意思的文化现象。世纪之交,有不少评选"最佳100部小说或电影"之类的活动。《飘》和《乱世佳人》似乎都很争气。1998年,1500名电影界人士评选上世纪最出色的100部电影,《乱世佳人》排名第四。在"十本最佳爱情小说"榜上,《飘》竟然高居榜首,排在《傲慢与偏见》、《呼啸山庄》和《简爱》之前。读者这种经久不衰的喜爱和他们希望知道斯佳丽和瑞特后来是否重归于好的热切,迫使米切尔家族违反她的遗嘱,委托南方作家里普利写了《斯佳丽》,让斯佳丽和瑞特在爱尔兰重叙旧情。可惜续貂之作总是不尽如人意,因此米切尔家族的代理人正在考虑请人再写一本续集。这也是他们反对《风已飘去》的一个原因。

2003年我终于有机会看了这部小说,发现它确实是戏仿而并非剽窃。兰道尔说,《飘》已经成为美国南方的一个神话,她作为黑人有责任还历史以真相,打破美化当年种族关系的文化神话。这个说法是很有道理的。由于《飘》的影响,连不少中国人恐怕都是通过这本小说错误地了解了美国的南北战争和蓄奴制。米切尔的《飘》跟斯托夫人的《汤姆叔叔的小屋》完全不一样。她沿袭的是南方种植园文学的传统,在小说里美化黑奴和主人的关系,不涉及他们的苦难反而把他们写得愚昧无知,幼稚到可笑的地步。被解放的黑人干活还不如监狱里的犯人勤快等等;另一方面,米切尔又为三K党辩护,把欺凌残杀黑人的三K党人写得很有英雄气概。尽管米切尔资助黑人上大学,但她的种族主义的立场观点在小说里是有充分的表现的。这早就受到过历史学家的批评。正因为如此,1996年奥运会在亚特兰大举行时,当地电视台和广播电台纷纷宣传南方文化,介绍福克纳等作家,却只字不提米切尔。所以,《风已飘去》戏仿《飘》,从一个奴隶的角度叙述历史,进行社会批评,可以说是顺理成章,是历史的必然。

我发现,兰道尔的戏仿是从改名字开始的。书名《风已飘去》既跟《飘》相似又暗含白人主宰一切的时代已经过去了。这是一本日记体裁的小说,主人公是一个《飘》中并不存在的人物——辛娜拉,她是《飘》中女主人公斯佳丽同父异母的姐妹,是斯佳丽的父亲杰拉尔德·奥哈拉跟从小照顾她的黑妈妈生的女儿。辛娜拉原来是瑞特·巴特勒的情人,而且是她安排斯佳丽和瑞特的最初的会面。作者还把《飘》里的人物都改了名字,如斯佳丽变成"另外那个人"、瑞特则用其英文的第一个字母"R"代替、玫兰妮是"兜圈子说话的人"并竟然是个杀人凶手、杰拉尔德·奥哈拉是"种植园主"、他的妻子埃伦小姐叫"夫人"、阿希礼是"爱做白日梦的绅士"。在黑人方面,黑妈妈还是"黑妈妈",波克现在叫"大蒜",那个傻气十足的普莉西现在是聪明能干的"普莉斯小姐",塔拉庄园现在是"塔塔庄园"。

当然,小说中还有很多其他内容,如母女关系:辛娜拉一直不能原谅母亲对斯佳丽比对她要好得多。但黑妈妈在去世前给R的信使她终于明白了一个黑人母亲的苦心。又如黑人与白人的关系:"种植园主"更爱黑妈妈(称她为不可缺少的"咖啡")和辛娜拉。"夫人"喜欢的不是亲生女儿而是辛娜拉,常常把她单独叫到她的房间,让她吮自己的奶头。但辛娜拉又是被亲生父亲买掉,后来在"美丽"(即《飘》中的贝尔·沃特林)的妓院里遇到瑞特。瑞特带她到巴黎,给她纸笔使她写下了这本日记。小说还描写了南北战争后的重建时期以及黑人在这时期起的作用。辛娜拉在华盛顿参与当时的政治圈子,跟黑人议员交往,并且同其中一位产生爱情等等。小说甚至还讨论了同性恋问题。"爱做白日梦的绅士"是个同性恋,他的一个情人是黑奴"普莉斯小姐"的兄弟,被"兜圈子说话的人"鞭打致死。总之,

《风已飘去》的内涵颇为复杂,不是一两句话能交代清楚的。

兰道尔在接受采访时说,戏仿是非洲裔美国人的一个十分重要的传统,有两个主要成分,一是荒诞,另一个是夸大。她正是使用这些东西来引起人们注意米切尔的《飘》给黑人所造成的痛苦,也希望能借此帮助治愈这个古老而深刻的伤口。但是,这里似乎也有一个分寸的问题。从感情方面来说,兰道尔的反其道而行之的做法是完全可以理解的。但从文学的角度来看,让"另外那个人"死于天花,完全破相,让白人都显得很无能,黑人都是足智多谋,勇敢顽强。"塔塔庄园"从一开始就是完全按照"大蒜"的意图建设的,一直在他的控制之下,最后成为黑人的财产等似乎有可以商榷的地方。如果说,米切尔对黑人的描述是错误的,兰道尔的写法是否也有过头的地方?兰道尔说,她的书针对的是一本书,即《飘》。她认为,有种族主义思想的书在当前有很大的危害性,因为书能通过虚构的世界影响读者对真实世界的理解和认识,《飘》就能使人们认为生活中确实有愚蠢但快活的黑奴。但这样做是否有局限性?在我看来,莫里森的《宝贝儿》和最近翻译出版的拉·塔拉米的《凯恩河》都是对蓄奴制的揭露,都颠覆了《飘》的神话。而《风已飘去》由于过于夸大和荒诞,有些地方的可信性和说服力反而有所削弱。

有位评论家认为,大家忙于讨论这本书是否应该被禁、《飘》能否被戏仿等政治问题,却忽略了它是否具有文学价值。对此,读者有不同的看法。有位显然是黑人的读者曾愤愤不平地抱怨,过去没有人质疑《飘》的种族主义思想,现在却总是纠缠《风已飘去》的文学性,不考虑黑人读者对这本书的喜爱。但这似乎让讨论政治化,仿佛批评《风已飘去》就是站到《飘》的立场。跟所有的问题一样,一旦牵扯到政治,事情就很难说了。因此,这本小说的是非功过恐怕还要让时间来考验。

关于同一命案的两部书

美国新闻界追求轰动效应,因此,杀人放火等凶杀案当然成了它们的热门话题。不过,凶杀案也可以成为严肃作家的创作素材。这种新记录式文学写得好的话确实能够真实地反映现实生活,揭露社会问题,起到振聋发聩促人深思的作用。

70年代末,美国联邦调查局曾公布过一个数字:美国五分之一谋杀案的凶手是死者的亲友。这种亲人之间由于"三角恋爱"、"在财产金钱问题上出现争执",甚至"原因不明"的谋杀案便成了"非虚构小说"的主要内容。大部分作品都渲染有余而深度不足,往往是昙花一现便销声匿迹。不过,1985年出版的两本书——乔纳森·科尔曼的《奉母之命》与香娜·亚历山大的《〈胡桃夹子〉:金钱、疯狂、谋杀:一个家庭相册》倒是其中的佼佼者。

两位作家和两本书描述的同一个内容,都是关于1978年美国犹他州的一桩谋杀案。被害者是该州75岁的百万富翁、汽车零件销售商富兰克林·布雷德肖,而杀人犯则是他只有17岁的亲外孙马克。尤其令人毛骨悚然的是,整个事件的策划者居然是马克的母亲,富兰克林的亲生女儿弗朗西丝。她唆使、诱逼亲生儿子杀死自己的亲生父亲,这样的事情如果不是空前绝后,恐怕也可以说是绝无仅有。

富兰克林的一生是追求并实现美国梦的一生。他早年贫困,当过矿工、流动季节农业工人等,做过各种各样的工作,吃尽苦头,终于白手起家成为犹他州首富。他克勤克俭,不讲究吃穿,不追求享受,除了工作没有任何嗜好。他的妻子很漂亮,俩人生了一个儿子,三个女儿,应该说是个很美满的家庭。可惜,正是他的钱财害了他。他的妻子不理解他,不明白为什么有了钱还不能享受人生。他的儿女觉得他不关心他们,觉得在家里感受不到天伦之乐。大儿子后来进了精神病院,女儿们也都离开家到外地另立门户。最后,靠他生活的小女儿听说他要修改遗嘱,担心自己得不到遗产,便逼迫小儿子杀死他。

这个小女儿弗朗西丝过的是不劳而获醉生梦死的生活。她一掷千金,不惜工本地资助纽约的市芭蕾舞团,是为了让小女儿能在每年圣诞节上演的《胡桃夹子》里担任角色,也为了成为该团董事会成员——纽约社会最高阶层身份的标志。她像吸血鬼一样没完没了地向父母要钱。1977年,她派两个儿子以暑假打工的名义到富兰克林的商店偷钱、偷股票、偷空白支票,偷一切可以变成钱财的东西,甚至让他们往外公的粥里放药物,企图使他慢性中毒而死,还要他们察看地形拍摄照片,了解外公的生活习惯,为谋杀他做准备。她向父母要钱时玩弄他们的感情,常常威胁他们不给钱就不能见他们的外孙。她对儿女采取的也是胡萝卜加大棒的做法。大儿子不肯往外公的饭碗里放药物,不想受她控制,她便把他赶出去,断绝来往。小儿子马克在谋杀外公的前一天晚上给她打了一个多小时的电话,哭泣着恳求她不要让他去杀外公,弗朗西丝始终只有一句话:"你不干的话就别回家。"为了不失去母爱,不像哥哥那样被逐出家门,17岁的马克按母亲的计划办事,第二天一早杀死了富兰克林。弗朗西丝的策划十分严密。四年以后警察才破案,抓到凶手马克,又过了一年,到1983年底法庭才根据马克的供词和大量的调查研究逮捕了弗朗西丝,并以杀人犯的罪名判她无期徒刑。

富兰克林死后留下几千万元的财产,可钱财并没给家人带来快乐。两个姐姐从案发之日起便怀疑弗朗西丝跟谋杀案有牵连并向警方提供各种线索。母亲护着小女儿,出百万元以上的高价为她请了30个律师。最后,姐妹阋于墙,母女断绝往来,整个家庭分崩离析。正如富兰克林的妻子给大女儿的信中所说,"我有了我所要的一切东西,可以去我一向感兴趣的地方,这是件很叫人高兴的事情。可是,我们失去了一样很根本的东西,一样十分重要的东西——一个团结的家庭,一个和睦的家庭。……这种怨气、暴力和仇恨已经存在了很长很长的时间了,任何人,不管说什么或做什么,都不能改变这个状况。……所有这一切突如其来的钱财都毫无意义,如果它使得我们母女不和的话。"

作家科尔曼开始不相信弗朗西丝会唆使儿子去杀死一直在抚养她和她孩子的生身父亲。他写《奉母之命》想回答三个问题：为什么一个17岁的孩子会谋杀自己的外祖父？他母亲怎么能有办法说服他干这种事的？这个表面拥有一切的美国家庭到底出了什么问题？科尔曼采访了250多人，做了无数的调查研究，不仅大量援引案件的档案和法庭证词，还引经据典运用弗洛伊德，甚至莎士比亚、王尔德等大作家来证明富兰克林一家除了金钱外一无所有，尤其缺少爱心。富兰克林并非吝啬鬼，但他不懂得如何表示爱。他害怕矛盾又好面子，在解决不了小女儿的问题又无法阻止妻子对弗朗西丝的溺爱时，只好以取消她的继承权为威胁。他跟妻子感情不和，只好沉湎在工作之中，把货栈当作避难所。富兰克林的妻子对小女儿一味溺爱。她感受不到丈夫的爱，便指望在最喜欢的小女儿和她的孩子那里得到感情上的温暖，于是，她千方百计满足弗朗西丝的要求，希望以金钱换取一点爱。弗朗西丝正是利用父母的弱点对他们进行控制。她能左右儿子也是利用他们渴望母爱的心理。科尔曼还用弗洛伊德、荣格等心理学家的理论分析母子关系。全书确实有一定的深度和广度，不仅很快就成了畅销书，而且被《纽约时报》评为1985年最佳非虚构小说。

另一位作家亚历山大是个50年代就为《生活周刊》和《新闻周刊》写文章的有经验的新闻记者，她擅长报道涉及女人的大案要案。这一次，她也不例外，还是把重点放在女犯弗朗西丝和她的母亲身上，以弗朗西丝为中心，以她跟纽约市芭蕾舞剧团的关系为出发点。亚历山大虽然没有像科尔曼那样引经据典做理论上的分析，但她也认为金钱是这场谋杀案的根本原因。她对富兰克林的妻子十分同情，认为她才是真正的受害者。她一辈子寻求爱，却始终没享受到爱，80多岁了，还在为弗朗西丝奔波，还在想方设法讨她喜欢，并为此得罪另外两个女儿。评论家认为她写出了一部"关于美国梦腐化变质的扣人心弦的社会历史"。

由于两本书对问题揭露得都很深刻，美国两大电视网络哥伦比亚广播公司和全国广播公司分别把书拍成了电视剧。两本书是在1985年出版的，两部电视剧在1986年播出。

应该说，这两本书和两部电视剧都十分成功，都深刻揭露了美国社会特有的美国梦的破产。美国梦——通过勤奋劳动来获得财富、事业的成功和美满的家庭——是美国立国以来，甚至立国以前就有的梦想，也是许多美国作家关心的主题。改革开放后，很受我国读者欢迎的通俗小说家如谢尔顿、黑利等则由于描写这个梦的实现而成为畅销作家。即使在美国政治、经济、社会等各方面都很不景气的今天，美国人仍然相信美国梦。《华尔街日报》曾对1654个美国人作过一次调查，结果是86%的人认为美国梦仍是美国生活中的重要因素。《华尔街日报》的调查报告还说，人们并不把金钱当作美国梦的第一要素。他们更看重当个好父母，有幸福的婚姻，有尊敬你的朋友，工作得十分出色，受过良好教育，忠于宗教信仰，做对社会有益的事等。《奉母之命》和《胡桃夹子》在90年代的美国还有一定的影响，正是因为这两本书震撼了沉湎于美国梦的读者的心灵。富兰克林被亲生女儿和外孙谋杀一事说明，钱财好像还容易获得，真正的美国梦却很难实现。

雅俗共赏的福克纳年会

美国大文豪福克纳一生的大部分时间是在密西西比州的奥克斯福德镇度过的。他生前同家乡父老的关系不算太融洽,乡亲们先是觉得他成天舞文弄墨,像个不务正业的人,对他不太看得起;后来又认为他在小说里把小县城和镇上的人写得太坏,对他不甚满意。福克纳则一心写作,懒于同人来往,如果赶上他构思创作的时候,他会在街头跟人迎面走过而不打招呼,这当然要得罪人的。不过,福克纳得了诺贝尔文学奖以后挺替小镇增添光彩,他死后更为家乡带来经济效益。他的故居、坟地、他举行婚礼的教堂等等都是当地旅游的重点内容。由镇上密西西比大学英语系和南方文化研究中心联合举办的"福克纳与约克纳帕塔法"年会更是全镇男女老少一年一度的大事。

年会的创办纯属偶然。1962年福克纳去世以后,仰慕他的人常常到奥克斯福德来寻找他的踪迹。他们有问题时便去找密西西比大学,因为福克纳曾在这里读过书,也因为人们总认为大学能够解答一切问题。为了不使人失望,校方总让英语系或南方文化研究中心派人接待。年复一年,两个单位的教授便有些不胜其烦,开始琢磨有什么办法可以一劳永逸,结果就想出开年会的办法。没想到1974年的第一次年会非常成功。从此,一年一度的"福克纳与约克纳帕塔法"年会便成为既有中心议题的学术会议又能满足人们好奇心的旅游活动。近30年来,年会探讨了诸如"福克纳与南方"、"福克纳与南方文艺复兴"、"福克纳与约克纳帕塔法神话",甚至还有"福克纳与电影"、"福克纳与心理学"等主题,举办者一方面广泛征稿,另一方面也主动邀请有造诣的学者做专题报告。这种针对各层次读者需要的雅俗共赏的活动办得一年比一年成功,从一个地区性集会变成国际性会议,出席的人也从百十来人发展到二、三百人,从附近各州扩大到全国各地,甚至世界各国。到今天它已经成为检验福克纳研究成果,指引今后研究方向的盛会了。

我因论文入选,有幸出席了1990及1991的第17和18届年会。我发现会议的主办人确实独具匠心,把学术和旅游巧妙地结合在一起,很好地满足了学者和普通读者的多方面的要求。年会一般是六天,虽然每年有一个中心议题,但一切活动都是以福克纳其人、其事及其作品为中心,连会议时间都不例外。福克纳的小说如《干旱的九月》、《圣殿》、《八月之光》、《小镇》等等都以炎夏为背景。因此,会议总在7月末8月初气温最高的那个星期举行,以便使与会者可以亲身体会南方的酷暑,想像炎热对福克纳笔下人物心理的影响。

六天的会议既紧张又生动活泼,除了开幕式和一天的参观以外,每天上下午,有时连晚上都安排一个比较重要的专题报告,上午还往往是两个报告。主讲人不是负有盛名的大学者便是在福克纳研究方面有所突破的新秀,外国学者也常被邀请出席讲话。1983年大会以"福克纳在国外"为主题,邀请了德、法、日、西班牙和前苏联等国家的福学专家和翻译家畅谈他们对福克纳的研究和翻译工作。可惜,当时我国福克纳研究刚刚兴起,未能派代表出席会议。一直到1990年才由我前去参加并介绍中国翻译、评论和教授福克纳的情况。当时在会上发言的非美国学者还有五位苏联学者和一位挪威专家。据说,那年参加会议的有200多人,来自美国39个州和全世界七八个国家。

这儿的会议跟其他国际会议有所不同。主讲人可以作长达一个小时的报告,然后用大约一刻钟时间来回答问题。大会发言可以是一个人也可以是一群人。由于出席的人并不都是学者,大会的发言必须首先针对一般听众的水平,而听众确实也要求很高。1990年,大会邀请50年代用心理分析方法对福克纳作品研究有所突破的约翰·欧温做重点发言,没想到理论性太强,听众反应冷淡。有位研究生甚至说,如果文学评论都是这种样子,他宁可不读研究院。听众的批评很让欧温丢面子,也叫他很不甘心。1991年,他主动要求再来发言。他吸取教训,做了一个深入浅出而又逻辑性很强的报告,阐述的还是头一年的理论。这一次,他大受欢迎,赢得听众长时间的热烈的掌声。1991年,组织者请了几个著名的女性主义评论家作福克纳与心理学方面的发言。她们大讲拉康的理论,重点不突出,时间拖得很长,引起与会者的不满。有几个人回家了,有些人不来听会了。还有些人给她们提出十分尖锐的问题,问她们为什么不引用女性心理学家的理论而一味大谈拉康,是不是为了赶时髦。主持人了解群众的意见以后立即要求发言人用理论名词时先做些解释和界定。我听说这些女权主义者对人们的批评愤愤不平,认为这是大男子主义思想在作怪。不过,我看听众还是很公正、很有水平的。他们对名家摆架子一点不卖账,但对一位年轻新秀出色的发言却表示极大的热情。可以说,大会发言是对学者的考验,而听众才是真正的考官。

有些报告并不一定是学术性的。也许是为了满足一般听众的需要,大会总安排福克纳的侄子边放幻灯边介绍他伯父生前的情况,颇有些现身说法的味道。女作家琼·威廉斯也常常登台讲述福克纳对她在创作上的帮助,不过台下听众窃窃私语,谈的都是她跟福克纳的恋情。这早已是公开的秘密,连福克纳的女儿都说,她父亲晚年能遇到琼,实在是他的福气。我还听过一群福克纳的同龄人大讲福克纳的轶事和小说。人人都以知情人自居,有时还彼此争吵不休,仿佛只有他才是绝对权威。1990年,我就遇上这样的一场争论。一位比福克纳小一岁,跟他一起上小学的老太太一口咬定,《纪念爱米莉的一朵玫瑰花》的原型人物并没有被遗弃,她跟她的北方佬丈夫相处很好。当别人用证据反驳她时,她仍然振振有辞,甚至让大家去看这对夫妇的坟墓。她说的有根有据,把一些初次出席会议的人搞得丈二和尚摸不着头脑,最后还是主持人给解释清楚。原来爱米莉的原型人物有两个,一个曾被男朋友抛弃;另一个先被是南方人的男朋友抛弃,后来嫁了个北方佬,俩人白头到老。这位老太太还谈到她同福克纳上小学三年级时的情况。一位老师在讲授南北战争时说:"使用奴隶是不对的,所以上帝不让我们打赢这场战争。不过,上帝确实最喜欢我们。"她还挺幽默地加了一句:"这是真的。上帝确实是爱我们的。"虽然听众都哈哈大笑,不过大家也由此看到影响福克纳观点的社会力量和态度。这类发言极受欢迎,大概是因为好奇之心人皆有之。可惜我第二年再去时,这个"奥克斯福德妇女谈福克纳"的项目被取消了,这位老太太已经去世,还有一个卧床不起。看来,与会者今后再也不可能听到这样一类的报告了。

专题报告以后往往是小组活动。有个项目是固定的,即如何教福克纳的作品。讨论分大学和中学两组进行,教师们各抒己见谈得很热烈。有些经验讲得很好,也有些在我看来颇为荒唐,例如,有人大讲如何用玩体育游戏的方式来教《喧哗与骚动》。不过,发言者都很真诚。看得出来,他们都是一心想帮助学生真正了解这位大作家的。还有一种小组活动很受欢迎,大会的主要发言人按不同题目分小组跟听众对话,大家自由参加。1990年年会上有"福克纳与奥克斯福德"、"福克纳在世界"和"福克纳经典著作与短篇小说"三个小组。由于我是第一个在会上发言的中国人,听众兴趣很大,纷纷来我这组进一步了解情况。这种对话比较轻松自然,主讲人不用理论名词,也不必讲究遣词造句,提问题的人也不怕问题太幼稚,其实倒是学习与交流的好机会。

一年一度的年会对密西西比大学和奥克斯福德镇都是十分重要的大事。200多人的吃住旅游是小镇的一笔大收入,因此,大会组织者一心从参加者的需要出发,除了探讨学术外还举办各种旅游活动,每天晚上在闭路电视里展播根据福克纳小说改编的电影。密西西比大学图书馆举办福克纳手稿和各种版本、各种文学译本的书展。各出版社也办福克纳作品或评论的书展,并给顾客一定的优惠。每年这里总有些好书。我曾买到全面介绍美国南方的《南方文化百科全书》。有一部根据福克纳短篇小说《花斑马》刻的石版画,每一张都是精美绝伦的艺术品,而且十分深刻地表现了小说的思想内容。可惜书价太高,超过我的购买能力,我拿到了一张只送给大会发言人的宣传品。中国的福学专家李文俊看了很喜欢,把其中几幅在《世界文学》上刊登出来,让中国读者欣赏。知情人还告诉我,在会议的最后一天,所有卖剩的书都对折处理。可惜我两次都晚到一步,没能享受到这种优待。

年会的第一项内容往往是一个跟福克纳或南方有关系的展览会。1990年有个摄影展,是摄影家阿拉德拍摄的当前奥克斯福德镇及周围地区的山水人物,1986年他向美国最有名的《国家地理》杂志社建议拍一组题为"福克纳的密西西比"的照片并配以文章。他花了两年的时间,拍了800多个胶卷,选了几张精彩的照片,又请一位南方作家配上文章,在1989年3月号的《国家地理》杂志上作为重头文章发表,引起不小的轰动。在1990年的年会上,他又展出了近50幅作品。可以看出来,摄影家虽然拍的是南方普通人的生活和自然风光,但他确实想到了福克纳的作品,努力从福克纳的眼光去捕捉他小说的背景和意象。尤其是一张一位少女拿着一朵玫瑰花的照片,叫人马上想到福克纳的名作《纪念爱米莉的一朵玫瑰花》。我还看过一位摄影家在60年代初采访福克纳和作为他小说背景的一些地区时所拍的照片,听他讲当年拍照时的情况。照片拍得真好,生活气息很强,人情味极浓,真正表现了福克纳的本色。有一张福克纳穿着破衣旧裤站在谷仓前的照片,我国作家莫言看了备感亲切,说"就跟我老家村里的老汉一模一样"。不过,摄影家一心想找机会重新出版他的影集,有点像推销员,对自己的照片大吹大擂,铜臭气很重,叫人听了不大舒服。

  每年的年会总有一场文艺演出,我看过密西西比大学英语系一位教授根据福克纳的短篇小说《我的祖母米拉德》编写的歌喜剧和音乐系的人根据《我弥留之际》改编的歌剧。前者有歌有词,热热闹闹,倒还看得懂,那歌剧便有些阳春白雪,能够欣赏的人似乎并不多,不少人对这部小说能否改编成歌剧颇有怀疑。据说,以前有个黑人修女歌唱家常来演唱南方歌曲,效果极好,可惜她患癌症去世了。

  当然,我们都有机会参观福克纳的故居,还在故居的草坪上野餐,一边听由当地人自发组织的乐队演唱南方歌曲,一边吃炸鸡、柠檬水一类的南方食品。福克纳的故居是座有150年历史的典型而古老的南方建筑,白色的外墙、黑色的百叶窗,坐落在32英亩的橡树和柏树林中。福克纳借用一个古老的传说,给楼房起名为"罗温橡树别业"。据说,苏格兰的农民用罗温橡树的木料做成十字架挂在门槛上方来避邪驱恶,给家庭带来安宁、和平与保护。不过,这所房子给福克纳带来不少烦恼。他先是不得不到好莱坞去卖文赚钱来维修房屋。后来,他得了诺贝尔奖金,有了名气,稿费多起来了,可以潜心写作而不必为生计奔波。可是,仰慕他的人不时来他宅院前后探头探脑,让他不得安宁。他曾把大路到楼前的汽车道故意搞得坑坑洼洼,让汽车没法开进院子,但还是挡不住好奇的人的骚扰。现在,这房子和周围的土地已经被密西西比大学买了下来,并对外开放,供人参观。其实,福克纳家里的摆设很简单。我们大家对他的书房最感兴趣,屋内的布置跟福克纳生前完全一样。窗前小桌上放着一台老式的打字机,靠墙摆着一张简陋的单人床。左手墙角是福克纳自己做的小书桌,放着一瓶墨水,一支木工用的铅笔和其他一些零碎东西,尤其引人注目的是他亲手写在墙上方的为名著《寓言》拟的提纲。望着一行行密密麻麻的小字,想像着他呕心沥血地写作的情景,肃穆之心,不禁油然而生。我们还到处去找楼梯角下的小暗室,因为在1970年,福克纳去世快10年的时候,有一次他家里的人在大扫除时无意中在这里发现一大堆他的手稿,有些资料对理解他的作品很有帮助。

参观福克纳的家乡,跟他家乡的人民谈话,这恐怕是大会安排的最重要的旅游活动。可参观的地方有六处,每处都要花一天的时间。我去过两个地方,深感对了解福克纳的为人与作品有很大的好处。第一次去的是密西西比三角洲,当然,福克纳的《熊》或《三角洲之秋》里的荒野和大森林已经不复存在,但那里还可以看到大片棉田。我们在去三角洲的途中先在一间又破又小的理发店里听一个黑人理发师用口琴和吉他演奏南方最流行的布鲁斯音乐,口琴吹得如泣如诉,吉他弹得凄凉哀伤,断肠之声仿佛提醒人们当年在烈日下棉花地里劳动的黑奴的悲痛。演出结束以后,这位黑人音乐家面对我们的提问侃侃而谈,时而幽默,时而深沉,最后还巧妙地让我们花钱买他的照片。这一切使人不由得想起福克纳笔下那些有心计的、能对付白人的黑人。接着,我们访问了一家专种棉花的农场主。他给我们讲解棉花生长的情况、棉农的艰难、农场的前景,甚至讲从前的棉花种植园和黑奴的历史,讲得真是深入浅出,娓娓动听。大概愿意接待我们的人往往也是福克纳爱好者。这位农场主跟我们谈福克纳,还讲了一个他亲身经历的趣事:1939年,他考上密西西比大学以后曾去图书馆借福克纳的书。图书馆员义正词严地对他说:"这个人的书,我们图书馆一本都没有,而且,以后也永远不会有。"在我们的一片笑声中,他意味深长而又风趣地让大家回去看看图书馆墙上刻的名人名言,原来那是福克纳在接受诺贝尔文学奖时的演说辞里的一句话:"我不想接受人类末日的说法……我相信人类不但会顽强地生存下去,他们还能蓬勃发展。"确实,大文豪生前未必能为人理解,但伟大的文学作品总是能经受时间的考验,永恒不朽的。

另一次令人难忘的参观是在奥克斯福德和小镇所在的县区里寻访福克纳的踪迹。大学英语系的一位荣誉退休教授,10多年来一直是年会主持人的哈林顿先生亲自领着我们一会儿坐车一会儿步行,指点我们看各种建筑、遗迹,跟我们讲解它们同福克纳本人、他的家庭和他的小说的关系。我们在小镇广场上看到了根据福克纳祖父的要求而雕塑的面向南方的南军士兵塑像和商店门口福克纳常常坐着听乡亲们聊天讲故事或观察周围的人和事的长凳。我们经过一栋类似《喧哗与骚动》里的大白房子,福克纳小时候,那里住着一个跟书中班吉一样的傻子,他曾推开栅栏门跑了出来,把福克纳的弟弟吓得够呛。我们的汽车驶向约孔那河并穿过河上的大桥。福克纳小说中的神话王国——约克纳帕塔法县的名字就来自这条河,桥对面的村子很像他笔下的法国人湾,那里甚至还有一个挂着"小约翰太太客栈"牌子的商店,让我们想起了《花斑马》里那个头脑清晰的客栈老板娘。我们还到了福克纳常步行去的一个小镇,以前那里有个小火车站,《圣殿》里谭波儿跟男朋友高温相会一节就是以这里为背景的。最后,汽车到达一个地势较高的地方,哈林顿教授叫我们向北眺望。指点我们福克纳为他的神话王国绘制的地图其实是按照这里的地形描绘的。看来,生活现实才是一切创作的真正来源。

不过,给我印象最深的是公墓里福克纳家的陵园。这里仿佛是福克纳的神话王国与真实世界相交汇的地方。他祖母的方尖塔形的墓碑和墓基圆形雕饰上的碑文"她的子女将站立起来"跟《斯诺普斯》三部曲里尤拉·凡纳的墓及碑文极为相似。他那因飞机失事而遇难的弟弟坟上的碑文跟他早在六年前撰写的《沙多里斯》一书里在一次大战中牺牲的飞行员约翰的碑文更是完全一样。就连公墓的地形都跟小说里的墓园差不多,周围是山,到处是高大的松柏。这墓园还体现了福克纳的为人,离他家陵园不远的地方是从小把福克纳兄弟一手带大并在他家终老的黑人女佣巴尔大妈的坟墓。墓碑不大却很醒目,除了姓氏和生卒年月外,还有两行大字:"大妈,她的白人孩子祝福她。"这是福克纳亲自为她拟写的碑文。这位黑人老太太对福克纳影响很大,福克纳作品中一些忠心耿耿、富有献身精神的黑女人几乎都是以她为原型的。福克纳亲自为她举行葬礼,发表悼词。为了纪念她,福克纳还把《去吧,摩西》献给她。这种感情实在难能可贵。陵园里最突出的恐怕是福克纳和他妻子的坟墓了。它在群山环绕的一座小山脚下,没有高耸的墓碑,只有一块平放在地面的刻着两人名字与生卒年月的青石板。我们去的前一天刚下过雨,山上冲下来的黄土正好盖住了福克纳那边的半边墓石。有位中国留学生为他抱屈,认为这是因为福克纳没有儿子,没人为他扫墓。我倒觉得这情景符合福克纳热爱大自然,愿同自然融为一体的想法,也体现他淡泊名利追求简朴的精神世界。何况,他并不是没有关心他的人,他坟上常有仰慕者安放的花束。据当地报纸报道,每年年会期间,总有些福克纳迷会在午夜时分到他坟上祭酒,而且倒的总是他生前最喜欢喝的那种酒。

密西西比大学英语系的一位教授告诉我,每年年会期间是小镇最热闹的时候,全系、全校,以至全镇的人几乎都动员起来为会议服务。负责电化教育的部门把大会发言的情况从头到尾进行录音和录像。大学的一些教授和镇上一些人家举行各种形式的活动招待会议代表,甚至闭幕式宴会的水果馅饼和果酒都是发动一些教会妇女帮忙做的。大会总负责人,南方文化研究中心的副主任还不时同学校对外联络部的人一起接待记者、发布新闻、安排采访。大学校刊、当地报纸、附近的电视台甚至美国各地的新闻界都派人前来采访。1990年,由于我是第一个来开会的中国人,会议组织者拿我大做文章,让我接受了十来家报纸、电台和电视台的采访。会议期间,报纸上每天都有关于大会的报道,还有些关于福克纳和福克纳迷的逸事的文章。我曾打算收集这种报纸,但很快发现这是没法搜集齐全的。不过,有些虔诚的福克纳信徒真是千方百计地收集一切跟福克纳和福克纳年会有关的东西,从招贴画、印有年会广告的圆领衫到报纸、书籍,甚至一切有关福克纳和他家族的逸事传闻。这些人还是年会的老主顾,据说,有个人从第一届年会开始,每会必到。我没见到这位福克纳信徒,但我确实在1990和1991年见到一位至少已经来了十次的老太太。她本是个护士,最初是陪她看护的老太太来这里开会散心,后来自己也迷上了。那个老人早已去世,她却一发不可收拾,年复一年地来参加会议。她的掌故也最多,什么福克纳的侄子不争气,在死去的叔叔身上做文章赚钱;什么福克纳最喜欢他女儿,可女儿一点都不孝,从来不肯到年会上来讲话等等。看样子,她是真心喜欢这个兼顾旅游与学术的会议。

从1989年开始,为了寻求资助,也许更是为了吸引人来参加会议,大会同一家航空公司联合举办了模仿福克纳文体的比赛。参赛者模仿福克纳的文体、主题或结构写250—500字的短文,获第一名的人可以免费来开六天的会,还可以得到去美国本土任何地方或夏威夷或旅游胜地巴哈马的两张免费来回机票。这活动大受欢迎,当年便有650人参赛。1990年年会上举行隆重的发奖仪式,同时宣布这些优秀的模仿之作还将跟大会发言一样,编成集子,出版发行。这一决定引起更多人的兴趣,第二年,参赛人数增加到750人。

看来,这个雅俗共赏、旅游与学术相结合的福克纳年会还会热热闹闹地办下去。然而,1991年,我坐在大厅里听专家学者大讲福克纳与心理学的关系,努力用当前最新的拉康的理论来分析他的作品,我忽发奇想,要是福克纳地下有知,他会对这一切作何感想。福克纳曾说过,"文学要比人们想的简单得多,因为可写的东西非常之少。所有感人的事物都是人类历史中永恒的东西,都已经有人写过。如果一个人写得很努力,很真诚,很谦恭,而且下定决心永远,永远,永远不感到满足,他会重复这些感人的东西,因为,文学艺术像贫困一样会自己照料自己,会跟人分享面包的。"恐怕,他是不会喜欢人们把他的作品想得太复杂了。

《麦迪逊县的桥》:一部畅销书成功之秘

在美国,一部小说要登上畅销书榜也难也不难。对作家,尤其是初涉文坛的人来说,这可能是奢望。没有出版社的支持,即使写出了符合读者口味的作品也不一定当得上畅销书作家。然而,对出版社来说,难度并不大。他们看好一位作家,当然最好是个名作家,为他做广告,请名家写评论,举办签名售书活动,甚至出钱让作家在电台的新书节目里宣传自己的作品;再加上动员连锁书店大量存书,送样书给评论家……总而言之,只要出版社肯下工夫,他们喜欢的书差不多总是可以登上畅销书单的。这几乎可以说是美国出版行业里的常规。

不过,偶尔也会有例外。1992年华纳图书公司出版的《麦迪逊县的桥》便是一个极好的例子。这本书的成功不符合任何常规,几乎纯属机遇和巧合。因为这是本处女作,作者罗伯特·华勒并非名家,他原来是衣阿华州一所大学教商业管理的教授。1991年秋休假期间,有一天,他和朋友开了辆小卡车沿密西西比河漫游,他忽然提议拐到麦迪逊县去拍一些带天棚的棚桥的照片。两周后,他写出一部小说。他把稿子复印了几份送给朋友们,正好有个朋友认识一位跟出版社有关系的代理人,便把稿子交给了他。代理人不是很有信心,但认为故事比较动人,能赚人眼泪,也许会有销路。他找了几家出版社都没成功。最后,华纳图书公司的一位编辑买下了这部稿子。但她并不是从畅销书的角度出发,而是因为小说以美国中西部为背景,反映了人们相信的所谓中西部的道德标准和价值观念,也许会有读者感兴趣。由于是本处女作,她没敢多印,只印了29000册;也没做什么促销工作,只是给全国各地的独立零售书店免费赠送了4000册,并且附信敦促他们读一下这本书。出乎她的意料,独立零售书商喜欢《麦迪逊县的桥》,订单源源不断。连锁书店一看此书销路颇佳也就紧跟着大量定货。小说的初版是在1992年4月,到1993年圣诞节,出版社已经印刷发行了400多万册精装本。它在7月里第一次登上畅销书名单,到8月便已经雄居榜首,而且势头不减。

《麦迪逊县的桥》情节相当简单。故事发生在1965年,自由撰稿人暨摄影师罗伯特·金塞德到麦迪逊县去为《国家地理》杂志拍摄有天棚的棚桥,在问路时邂逅弗兰西丝,一位农民的妻子。他们一见倾心,相见恨晚,便利用弗兰西丝家人外出的机会度过了双方都认为是一生中最快乐的也是他们终身难忘的四天销魂时光。最后,罗伯特要求弗兰西丝跟他私奔,但遭到拒绝。弗兰西丝虽然感到丈夫并不善解人意,婚姻生活并不幸福,然而她想到自己对丈夫对儿女的责任,还是决定放弃个人幸福,维持家庭完美。罗伯特尊重弗兰西丝的决定,独自离去了。事后,罗伯特寄来一张他在田野里为弗兰西丝拍的照片,并再次表示他爱她,认为他们的相遇是上苍的安排。他恳切要求弗兰西丝同他见面,许诺只要弗兰西丝愿意见他,不管在什么时候,什么地方,他都会立即前去相会。为了家庭,弗兰西丝没有回信,只是在1979年丈夫去世后试图通知罗伯特,但由于久无音讯,地址不详而失去联系。1982年,罗伯特又在去世时让律师把自己的照相器材寄给了弗兰西丝,另外还附了一封1978年写的但未发出去的信,再度表白自己忠贞不渝的爱情。弗兰西丝从来没有把这段恋情告诉任何人,只是在去世前给儿女写了封遗书,承认罗伯特使自己变成了真正的女人,并要求他们把遗体火化,把骨灰撒在棚桥下的小河里以纪念罗伯特。可以说,弗兰西丝从未停止对罗伯特的思念,却又不得不独自一人靠回忆和相思打发日子。

应该说,独立零售书商的促销手段多半是手工方式的口头推荐,跟大出版社的推销活动不可同日而语。他们大多数人只是把书放在显眼的位置,对顾客推荐这本书,说它值得一读。有位书店老板说他在顾客走以前一定要他们看一眼这本书。康州一家小书店在自行散发的书讯里做了点宣传,称之为"我们读过的最好的一部小说","人生必读的一本书"。老板最初只订了3本,但在不到三个月的时间里便卖了将近400本。佛罗里达州有家独立零售书店甚至宣布,顾客看了不喜欢可以退款。老板得意地说,他卖了1500本,只有一个人来退书。有位书商居然在美国书商协会的一次年会上专门组织专题讨论会交流推销此书的经验。他最大的骄傲是,他说服了一些顾客不买《乱世佳人》的续集而买《麦迪逊县的桥》。正是这种简单的口头相传的方式把小说推上了畅销书榜。书店向顾客推荐,顾客介绍给亲朋好友,买书的人像滚雪球似的越来越多。加州一家小书店创造该店有史以来的最高记录:卖了 3000 本,其中有位顾客一个人就买了 60 本。独立零售书商看中《麦迪逊县的桥》固然是从经济利益出发,认为此书可以赚钱:首先,这本小说不到 200 页,印刷字体比较大,适合工业社会的读者不想多花时间的口味。其次,该书虽然是精装本但书价不高,封面设计与插图都相当精美,符合读者的购买水平和消费心理。然而,不可否认的是这些独立零售商们确实看过这本书并且喜欢它,这种个人的爱好大大加强了他们推销书的积极性。

有意思的是,尽管《麦迪逊县的桥》销路极好,尽管华勒在 1993 年 1 月就接受全国公共电台的采访,新书介绍的节目主持人还专门到麦迪逊县去播音,赞扬小说为"送给全国的礼物",是她当年"最喜欢的一本书",但一些重要的报刊却反映比较冷淡,评论时颇有微词。有篇评论把小说比做"一罐打开了有一阵子的可乐,虽然还甜却有点走味"。还有些书评称之为"雅皮士妇女的黄色读物","伪文学"等等。《华盛顿邮报·书的世界》在小说刚一出版就发表评论,从标题《在爱情的玉米地里消遣》开始,通篇都是讽刺。作者表面上劝说读者相信罗伯特是"独一无二的",不要认为"他是个象征而不是真人",不要去注意"他言谈的平淡陈腐",更不要认为弗兰西丝"是个幼稚浅薄的女人",实际上批评得很尖锐。《纽约时报书评》在 1993 年 3 月,小说出版将近一年、登上畅销榜已过六个月的时候发表述评,挖苦作者把两人在厨房跳舞的情景描写得详细周全到了拖沓冗长的地步,却没把人物性格刻画得真实可信。"他们的爱情更属于幻想世界;他们分别数十年却能把短暂幽会的四天激情永远记得一清二楚,这种本事似乎不能引起人的钦佩,反而叫人觉得颇为反常。"《泰晤士报·文学增刊》承认小说"构思巧妙,有可读性",但又严厉批评"对话矫揉造作,极其虚假"。《纽约时报杂志》甚至说,《麦迪逊县的桥》成为畅销书"远远不是一件毫无害处的事情"。这位并非女性的评论家十分详细地分析了小说对男女读者的吸引力。他认为,对女人来说,小说的男主人公是个90年代的理想男性。他既有阳刚之气又感情细腻,既富有西部牛仔能喝酒能干活的特点却又关心环境问题,喜欢吃素,甚至还能吟诗拍照,真可以说是"综合了大学英语系教授、巡回游艺团不熟练工人、进步乡村音乐歌手和体育教练的一切优秀品德"。作者挖苦说,如果真有这样的人,共和党竞选总统时就不必发愁没有竞选人了。但在他看来,小说的女主人公对男性读者并无吸引力,作者把她刻画得很平淡,毫无诗意。男人喜欢《麦迪逊县的桥》完全是因为小说描写了男人的魅力,刺激了男人的自豪感。评论家尖锐地指出,华勒实际上主张,在风流韵事以后,有魅力的牛仔可以一走了事而女人必须回到家里做牛做马。他通过歌颂弗兰西丝的牺牲精神来告诫过着不幸婚姻生活的女人应该从一而终。因此,小说对妇女会产生恶劣的影响,会使"她们更屈从于男性"。

有些多事的记者还特意到麦迪逊县去采访那里的妇女,征求她们对小说的看法。尽管大家都认为小说的可读性很强,能引人入胜,但她们对女主人公的做法似乎都不大以为然。有的妇女说,比起1965年,女人的机会更多了,我们多少见过点世面,离婚不再是件见不得人的事了,大多数女人不会像弗兰西丝那样牺牲自己。也有人认为,小说肯定婚外恋,这种事情生活里常见但不应认同。有人甚至说,她决不会跟着个陌生的男人到处跑,还把他带到家里来。现在是90年代,有系列杀手,还可能传染上艾滋病,弗兰西丝的做法不宜提倡。

评论界的批评并未动摇《麦迪逊县的桥》的畅销书地位。到1994年11月中,它已断断续续占领《华盛顿邮报·书的世界》的精装本畅销书单达93周,在《纽约时报书评》的精装本畅销书单上的时间更长,有105周之多。不仅如此,好莱坞还以高价买下了小说的电影拍摄权。为了满足读者的需要,华勒亲自灌制唱片,演唱小说中的所有歌曲并介绍故事的主要情节。到1993年7月,《麦迪逊县的歌谣》专辑唱片便已经发行了25万张。在磁带书热风靡美国的情况下,《麦迪逊县的桥》的有声版权当然也很快被人抢购。仅在1993年,华勒亲自朗读的小说有声磁带已售出16万套。与此同时,小说还被译成各种文字。据说,日文版在日本也是数一数二的畅销书。就连我国的人民文学出版社也买了版权,出了中文版,改名为《廊桥遗梦》,不过在刚出版时并没有引起太大的轰动,也许是因为当时中国的中年人正忙于发财致富,处于生活的旋涡之中,还没有闲情逸致做黄昏恋的美梦。

《麦迪逊县的桥》如此畅销引起了美国出版界人士的好奇。市场研究专家认为,华勒无意之间做了件迎合一代人需要的事情。小说中,罗伯特52岁,弗兰西丝45岁,正是二次大战以后出生的人今天的年龄。"这些中年人正担心年华消逝,岁月不再。这本书让他们感到自己风华仍茂,还可以做点风流浪漫的美梦。"华纳图书公司总裁认为小说成功的秘诀在于它描写了人们所追求的梦想:即生活可以变得更美好、爱情和风流韵事可能更加强烈、四天的时间可以改变人的一切。《出版家周刊》认为,这部小说的魅力在于它生动地描绘了"一个既苦涩又甜蜜的描写绵绵情思和一旦放弃永不再来的机会的性爱故事"。

这一切当然不无道理。但小说的成功还有它内在的因素。首先,小说情节并不曲折离奇,故事却颇为缠绵悱恻,加上作者不玩弄玄虚的叙述手法,没有冗长的说教和心理分析或背景描写,而是以故事取胜,使小说适合大多数人的阅读水平,并且赢得他们的同情。其次,但也是最主要的,小说写出了人们的心态,反映了生活中的现实问题并且试图提出解决办法。一方面,人到中年,容易对家庭婚姻产生厌倦,而渴望幸福美满的爱情生活又是人之常情;另一方面,婚姻的破裂给家庭和子女造成的痛苦与不幸已经成为美国社会的一个严峻的问题。因此,如何对待这种婚外恋便成了男女老少普遍关心的主题。虽然作者更着力歌颂男主人公,但像罗伯特那样对爱情如此执著、为了忠于对弗兰西丝的爱情而愿意过一辈子独身生活的男人确实少见,他当然会受到男女读者的喜爱。至于女主人公,正如我国女作家陆星儿所说,女人"往往太把自己看成女人,不知不觉地便嵌入这个既定的角色之中。而关于一个女人的所作所为所想所求所幸所不幸的准则,早由社会、历史、文化规定规范好了"。弗兰西丝即在这样的规定规范中演完了人生这出戏,当然就得到全社会的认同和赞美。正因为如此,小说出版以后,作者华勒收到不少女读者的电话和来信,感谢他给了她们"希望","再次肯定了"她们的"选择",尽管这确实是一本试图给女人起规定规范作用的大男子思想比较严重的小说。

从某种意义上说,《麦迪逊县的桥》颇为类似曾在我国红极一时,后来又在越南引起轰动的《渴望》。它们的成功都在于作者用朴素的现实主义手法反映社会的现实问题,探讨贴近生活的题材,表现了呼唤人间真情的主题。这一点对于我国许多急于想写出一部能拍成电影的畅销小说的作家们不知是否能起一些启示作用。

三位作家百年诞辰的纪念活动

1997、1999 和 2002 年是福克纳(1897—1962)、海明威(1899—1961)和斯坦贝克(1902—2002)的诞辰 100 周年。这三位都是美国的大作家,也都是诺贝尔文学奖的获得者,因此在美国都受到重视,都举行或将要举行百年大庆。但仔细看一下已经举行或正在筹办的庆祝盛典的内容,人们便会发现,它们并不都是学术性的纪念活动,而是都多少带上一些商业气息。多半是以文化带动经济,而且这种借纪念名人来开发旅游事业、繁荣地方经济的做法似乎越来越热闹。

先说说福克纳。他 5 岁就随全家从诞生地——密西西比州的新奥巴尼搬迁到附近的奥克斯福德镇,以后一直在那里生活。奥克斯福德镇是密西西比大学的所在地。1962 年福克纳去世后,仰慕他的人常常写信或直接找学校了解情况。在不胜其烦的情况下,英语系的教员想出一个办法,从 1974 年起每年举办一次"福克纳与约克那帕塔法研讨会",请学者介绍他的作品,组织讨论会,包括讨论如何教他的作品,请他的家人和当地认识他的人谈谈对他的看法与印象(但他的惟一的女儿拒绝参加),展览他的作品和有关的图片、照片等资料,放映根据他作品拍成的电影,还组织旅游活动,实地参观作为他许多小说背景的"约克那帕塔法县"的原型、他的诞生地、故居、墓地、附近的农场等以加深对他作品的理解,甚至还有品尝地道南方食品的项目。连这个研讨会的日子都选在每年最热的时候——7 月底到 8 月初,因为他的作品中常提到南方的炎夏。近 30 年来,这个研讨会确实起到了宣传介绍福克纳的作用,但也给大学和小镇的饭店、旅馆、书店等多方面带来经济收益,成了一个既受学者们重视又受普通老百姓欢迎的旅游、学术两相宜的活动。由于组织者已经绞尽脑汁想了很多办法来吸引群众,他的百年大庆也就没有什么太多与已往不同的节目。当地大学的邮局倒是在他生日那天给寄信的人盖纪念邮戳,因为福克纳年轻时曾在该邮政局做过一阵不太负责任的局长。令人无奈的是他的纪念活动里还出现了争议。当地政府为他定了个塑像,要在他生日那天揭幕。他的亲人不同意,认为福克纳一向不喜欢张扬,树碑立传的做法不符合他的性格。争吵了一阵子,塑像还是树了起来,想来市政府是不会放弃多一个旅游景点多一份经济效益的做法的。更有意思的是蓝登书屋借机宣传自己,他们做了个网页,请人写了篇纪念短文,列出他们出版的所有福克纳的著作,声称他们为能给福克纳出书而感到骄傲,呼吁大家进一步了解他们出的其他大作家的好作品。蓝登书屋还搞了个知识竞赛,问一些简单的有关福克纳作品的问题,其目的恐怕还是为了吸引读者关注他们这个出版商。

跟福克纳相比,海明威的纪念活动真是热闹、隆重、声势浩大。海明威活着的时候就喜欢出头露面,关心名誉地位,为自己树立了所谓"爸爸"的形象。但在50年代,尽管他发表了《老人与海》并且得了诺贝尔文学奖,仍然有人说他已经江郎才尽,连他儿子都说《老人与海》是"垃圾"。他对自己的才能失去信心也是他自杀的一个原因。他死后的名声时高时低,尤其在女权运动高涨的时候,骂他的人更多一些。1975年,收藏他百分之九十以上手稿的肯尼迪图书馆终于公开了他的手稿,学者们开始利用新资料重新审视他的成就,研究他的作品,他的名气开始回升。1979年,他的第三任妻子玛丽为了"唤醒、促进和培养对海明威的兴趣",创办了海明威基金会,第二年,一群学者发起成立了海明威研究学会。1986年玛丽去世,学会就把基金会的工作也担负起来,如每年出两期《海明威评论》和两期《海明威简讯》,举办海明威—笔会奖等活动,从而把声势造了起来。

这次的百年纪念活动的一大特点是他的家人、学术界、媒体、出版社以及但凡跟他有点关系的地方和单位的总动员。首先,有影响的电视台(如有线电视)和重要的报纸(如《纽约时报》)等都发表长篇纪念文章。连最先进的网络都被利用了起来,宣传介绍他和百年大庆的网页不下四五十个,其声势之大叫人难以相信,其中一个叫《永恒的海明威》的网页确实很有内容。在学术活动方面大大小小的学校都有规模不等的研讨会。也许因为他经历过第一、第二次世界大战和西班牙内战,参加过战地活动、写过新闻报道和以这些战争为内容的小说,连一些空军基地也组织纪念活动。科罗拉多空军学院就举办了"海明威与战争百周年研讨会"。当然,最富权威的是肯尼迪图书馆举办的研讨会,虽然只有两天,却请来了索尔·贝娄等数位诺贝尔奖获得者和一大批著名的学者、作家和评论家。有意思的是,组织者还迢迢千里去南非、日本和特里尼达请诺贝尔文学奖获得者南丁·戈迪默、大江健三郎(并未出席)和德立克·沃尔斯各特,却不就近邀请就在美国的诺贝尔文学奖获得者、黑人女作家托尼·莫里森。这很可能是因为莫里森曾用海明威作例子说明美国文学中对黑人的歧视。可见,政治在任何活动中都是起作用的。至于出版界,首先应该提到的是那本海明威儿子根据他未发表的手稿整理出版的《曙光示真》。几乎所有的纪念活动都要提到这本书,他儿子也尽可能出席这些活动进行宣传促销工作。对于这本书,有些评论家颇有微词,认为海明威对自己的作品要求很严,他生前不出,说明他认为此书质量不高。但在利益驱动下,他的家人恐怕也就顾不上这么多了。然而,这并不是那年出的惟一的一本书。许多出版社充分利用这个机会,不仅重印海明威的如《海明威谈创作》等作品,还及时出版了一些与海明威有关的书,如《记述海明威》、《海明威:基本资料揽要》、《海明威研究指南》等等,甚至还有一本《海明威菜谱》,是作者根据海明威小说中提到的比如西班牙的某种食品,又到当地做了实际调查后写成的,恐怕是真正意义上的有关饮食文化的专著。不仅学者、评论家忙着出书,画家也为他的小说出版新的插图,电影艺术家把他的《老人与海》拍成新电影,他的儿媳根据他的几个短篇小说编了一个剧本在纪念活动中演出。有关他的图片更是在各地巡回展出。所有这一切对了解、研究海明威是很有好处的,但它们所换来的商业利益恐怕也是难以估计的。

另外一个引人注目的现象是任何与海明威有关系的地方都热火朝天地举办纪念活动。如他居住过的在佛罗里达的基伟斯特城,他小时候生活过、作品中也描写过的密执安市,他初出茅庐时工作过的《堪萨斯城市之星报》等等。有的地方借机成立海明威故居、博物馆等等。如阿肯色州立大学买下了他的第二任妻子的家族的农场,成立海明威与皮飞非尔斯博物馆与教育中心。尤其是他的家乡——伊利诺斯州的橡树公园，早在 1993 年那里的海明威基金会就买下了他出生的那所房子，然后四处募捐，进行修缮，建立博物馆。当地的议员都纷纷帮忙找钱，"因为这房子在本州的文化遗产旅游项目中有极其重大的意义"。终于，在 1997 年州政府给了一大笔钱，使这博物馆在他百年诞辰的那一天正式对外开放。橡树公园还举行了整整一周的大规模纪念活动，从学术讨论到模仿西班牙斗牛的娱乐活动，可以说是应有尽有。其中一项"流动的宴席"，虽取自海明威的作品，实际上却是到该镇的饭店进进出出品尝各种各样的食品。由此可见，名人是要纪念的，钱也是要赚的。

斯坦贝克的百年诞辰要在 2002 年，他的纪念活动能否超越海明威还很难说。但是有一点却是明确的，对他的纪念活动在今年就已经紧锣密鼓地操办起来了，而且也在利用网络和媒体做宣传。美国斯坦贝克研究中心已经联合了近 30 个图书馆、大学和出版社要从今年 9 月开始举办一系列以"人民的诗人：斯坦贝克的生活与时代"为总主题的纪念活动，如 9 月的重点是"充满爱心的劳动：斯坦贝克与 20 世纪 30 年代的社会行动主义"，10 月是"斯坦贝克万岁：墨西哥与墨西哥文化对斯坦贝克的影响"等等。作为纪念活动的一部分，中心还在今年 8 月 2—5 日在他的家乡萨利纳斯召开以"美国作家的诞生"为主题的第 21 届斯坦贝克联欢节。该活动的内容很丰富，有关于"妇女对斯坦贝克的影响"的专题报告、指导如何教中学生阅读斯坦贝克的研讨会，首次上演根据他的《托蒂亚平地》改编的戏剧、观看并讨论根据他的《天堂的牧场》改编的电视，参观他的故居和实地游览作为他作品如《小红马》等背景的场所，当然还有在故居和其他地方举办的午餐。有意思的是，斯坦贝克和福克纳一样，以前并不受家乡人民的喜欢。萨利纳斯是以生产生菜为主的农业地区。斯坦贝克在《愤怒的葡萄》和《胜负未决的战斗》等作品中曾严厉批评农场主对农工的剥削。福克纳的大部分作品是以家乡和那里的老百姓为基础的，因此他们一度都是家乡不受欢迎的人物，只是在他们获得诺贝尔文学奖以后，情况才有所改变。但 70 年代以后，他们的经济价值被发现了。于是他们的家乡就对他们不计前嫌，开始把他们引以为荣，而且不遗余力地拿他们做文章。就拿这个斯坦贝克联欢节来说吧,尽管几乎每项节目都有一些电视台或大公司或县教育机构的赞助,但仍然要收费,如果你对样样都感兴趣的话,那你恐怕得准备二三百美金。看来,文化事业没有金钱做后盾是行不通的。

　　不过,说句公道话,在美国商界和这三位大作家的后人中,还没有一个人要把他们的名字注册为商标。在这一点上,我们中国人倒是后来居上,走在他们的前头了。

现代化与手稿

前些年作家们纷纷用起电脑,流行的说法是:换笔。且不说计算机厂商大做广告宣传作家换笔的优越性,连《文艺报》、《作家月刊》这样的专业报刊都曾专门介绍作家用电脑写作的经验,晚报和文艺副刊更是请名作家现身说法津津乐道自己如何克服困难掌握先进技术,用了电脑如何提高效率等等。着了这些文章心中总涌起一种说不出的滋味:不是替古人担忧,而是为后世的人将看不到名家的手笔而感到遗憾,甚至悲哀。

我不知道我国研究文学的人怎样研究作家的手稿,但在国外这可是一门大学问。许多图书馆往往不惜高价购买名家的手稿,图书馆的档次常常跟它收藏的手稿有关。研究名家的学者写书时事先都得泡图书馆研究手稿,力图发现前人没有注意到的东西,书出版时还得在前言里大大感谢允许他阅读原稿的图书馆。

我第一次看到名家手稿是在纽约著名的市立图书馆。那是在我去赶火车的途中,地铁经过 42 街时,朋友忽然说时间比较充裕,不妨去纽约图书馆看看她老跟我讲的手稿。那真是走马观花,我们冲进图书馆的手稿陈列室,绕着玻璃柜转了一圈便又去赶地铁。但那不到十分钟的时间却给我留下深刻的印象。我记得那是傍晚时分,陈列室里没有人,只有图书馆所特有的安静。朋友轻车熟路领我到一个玻璃柜前,告诉我里面是英国著名女作家弗吉尼亚·吴尔夫的手稿。我眼睛不好又隔着玻璃,看得并不仔细,但肃穆敬畏之心却油然而生。那发黄的纸和密密麻麻的小字是无数读者捧读的巨著的雏形,是作家的心血和智慧!

后来,我在弗吉尼亚大学做研究时又看到美国大作家福克纳的手稿。一位讲版本目录学的教授把学生带进善本图书馆,我也跟了去长点见识,我当时正在旁听有关福克纳的课,便在自由借阅时要了福克纳的手稿。我们说，字如其人，福克纳的手稿给我的感觉是字如其文。我一看到普普通通的白纸上挤得叫人难以辨认的细小的英文字母，就体会到他那繁复晦涩的文体给人的那种剪不断理还乱的感觉，就想到他的一句名言：作家感到生命短促，惟恐来不及写出所有真理，因而急迫地要把所有的话在一句句子里写出来，要在针尖大的地方写出整个世界。我把自己的感受告诉那位讲福克纳的教授，他完全同意我的看法而且说他为让学生体会福克纳呕心沥血的紧迫感，要给他们一页福克纳手稿的复印件，要求他们细心琢磨然后用打字机打出清楚的文字。他本人就是通过研究手稿把福克纳一部被删节的作品恢复了原状。

我国外国文学界的一件大事是翻译出版了爱尔兰作家乔伊斯的名著《尤利西斯》。但在国外，《尤利西斯》的版本很多，哪一个是权威，是乔伊斯专家们长期以来争论不休的一个大问题。80年代，德国学者说他们根据手稿编辑出最完整最权威的版本，金隄先生多年前在《世界文学》发表的那一章好像就是根据德国学者审定的版本翻译的。但1986年我在美国弗吉尼亚大学做研究时，一位研究乔伊斯的博士告诉我德国人的版本并不可靠。由于经济原因，他们没有能够看到手稿原件，凭的是复印件，结果把复印得不清楚的地方或纸张上的黑点都看成是字母，胡乱猜测，增加了他们自己臆造的东西，实际上是破坏了乔氏的巨著。大约十年前，我在《参考消息》上看到报道，这位美国人通过近十年的对《尤利西斯》手稿的研究，最后推翻了德国学者的定论，成了乔学界新起的权威。由此可见，手稿在作家研究中非同一般的重要性。

关于手稿，我在美国有过一次令人难忘的经历。也是在1986年，我去加州访问伯克利大学，住在"文化大革命"后回去的一位美国老师家里。她告诉我伯克利大学有个图书馆，里面有马克·吐温的手稿，很多专家在那里编纂马克·吐温文库权威版，很值得一看。第二天我找到了这个图书馆，向一名工作人员说明我想看马克·吐温的手稿，她让我填一张表格。表格并不复杂，但给我出了一遭难题：我必须解释为什么要看手稿。我事先没有准备，便老老实实地说，我在中国教美国文学，马克·吐温是中国读者非常喜爱的一位美国作家，我如果回去告诉学生我看过他的手稿一定会引起他们更大的兴趣。那位工作人员看了我的表格用很奇怪的眼光打量我一番,拿起电话跟不知什么人说话,大约是请示能否让我观看,还复述了我写在表格上的话,接着她把电话递给我。电话里的人还是问我为什么要看手稿,我知道我的理由并不充分,但到了这地步,我也只好硬着头皮再说一遍。他沉吟了一会儿,叫我让那工作人员听电话。她满脸惊讶地听了一下便放下话筒告诉我里面同意了。(后来我才知道,那里不随便接待参观者。我国真正的马克·吐温专家应邀访美时曾事先提出要求想参观这个图书馆但没有得到他们的同意。这是那位工作人员对我可以入内表示惊讶的真正的原因。)这家图书馆真可以说是戒备森严。我进大门时不得带包,现在跟在那位女士后面上楼梯,一路上她用钥匙开了三道门,我们才终于进入放手稿的房间。《文库》副主编勃朗宁先生接待了我,介绍了他们的工作,还送了我两本新出版的马克·吐温的小说,告诉我这就是他们根据手稿和各种资料研究校订后的成果,并且附有马克·吐温当年托人画的一切插图。我说了客套话以后也真心感谢他送我书并为我不充分的理由道歉。他倒是很通情达理,说他们工作的宗旨是让更多人了解马克·吐温,所以他们出的都是平装书。我作为教员跟他干的是同样的工作,他应该感谢我把这位了不起的作家介绍给中国学生。他问我想看哪一部手稿,我因刚参加了一个《傻瓜威尔逊》的研讨会,便说想看这部手稿。他领我进入一间屋子,捧来一堆盒子,就把我一个人留在那里。翻阅那些手稿使我产生一种奇妙的感觉,不仅仅是敬畏,而且是一种享受,一种千载难逢的机遇。我一下子就对马克·吐温感到十分亲切。面对他的手稿,我仿佛在跟他进行面对面的交流。他的字迹非常清楚,书写流畅潇洒。如果不是亲眼见到,真不敢相信这是将近一个世纪以前的东西。尤其有意思的是马克·吐温在遣词造句等方面的改动,每一个小小的修改都表明作家用心良苦,都显示他创作态度的严肃与认真。《傻瓜威尔逊》每一章前面都有主人公对人生沉浮和世界事物的评论,这些意义深远回味无穷的文字,是小说中极为精彩的部分。看到马克·吐温用各种标记来回挪动这些格言式的评论,我心想,要是能够研究一下他为什么要改变它们的位置,那一定是很有意思的事。

我在手稿室里足足呆了两个多小时,那是我在美国最值得纪念、最为愉快的一段时间。

第二天,我兴冲冲地去了斯坦福大学,我知道那里有个图书馆藏着斯坦贝克的手稿。那里的规矩跟伯克利大学一样,不准带包入室,甚至不能带圆珠笔,由馆方提供铅笔,当然也得填表说明要看手稿的原因,有了头一天的经验,我便编造了一大堆理由,说是研究工作的需要等等。遗憾的是,工作人员捧来的都是打字稿,白纸黑字,没有一个修改过的地方。看着那机器打出来的东西,我感到索然无味,真是乘兴而去,败兴而归。当时我就想,现在美国作家都用电脑写作,那我以后看到的将是一些冷冰冰的不说明任何文学问题的软盘。后人将永远无法了解作家的创作过程或创作时的思想变化。我真心希望这在中国不会成为现实,但从今天作家们对电脑的兴趣来看,我的希望是注定要落空的。

市场经济与文学魅力

当前的中国,市场经济高于一切。在市场经济的冲击下,十亿人民九亿商,连一向自视清高的文人作家也不能免俗。有的亲自动手,下海做买卖;有的岸边观望,希望能找个有钱的靠山。其中,我认为最有本事的是那些并不放弃文学工作而又成为大款的人。他们自称文化个体户,把作品当商品,做得很红火,不仅成了大款,还成了鼎鼎有名的大腕。

文章成了商品,读者便成了顾客,当了上帝,就可以挑三拣四,有所爱也有所嫌弃。文章可以畅销也可能滞销,文化个体户可以发大财也可能赔大钱。不过,做买卖的都不喜欢赔钱,文化个体户也不例外。作品(商品)受到欢迎时兴高彩烈,挨了批评便悻悻然,不高兴起来。这种心态可以理解,也是生意场上屡见不鲜的寻常事。

从商业观点出发进行创作,把作品当商品来推销并不是今天我们的新发明。三四十年代,美国的大作家福克纳、菲茨杰拉德等许多人都到好莱坞去卖文赚钱。在那里,票房价值高于一切,制片商只要求能卖座的电影脚本。这些严肃作家不得不放下架子,努力撰写迎合市场趣味的东西。这种做法确实为他们带来了丰厚的收入,菲茨杰拉德不仅养活了自己,还能把妻子送进精神病疗养院,供女儿上名牌大学。福克纳则不仅有钱修缮深宅大院,还可以安心写自己喜欢的纯文学作品。七八十年代,美国声势浩大的妇女运动迫使社会各界起用妇女,注意对妇女的态度。于是,谢尔顿、黑利等通俗小说家纷纷创作以女人为主人公的小说。《假如明天到来》、《我要征服曼哈顿》等描写女强人的作品便应运而生,而且多半上了畅销小说名单。作家赚钱,读者满意,双方皆大欢喜。

然而,以赢利为目的的作品往往难以傲世常存。尽管文化个体户努力应时应景,迎合读者即顾客的需要,但时装的式样会过时,顾客的口味会发生变化。受欢迎的作品写多了,出多了,就跟不见翻新的时装一样,也会叫人腻味的。有些红极一时的文化个体户近来行情见跌,原因就在这里。看来,能够超越时空的文学作品必须具有永恒的魅力。而这种感人肺腑的文学魅力是不受市场经济所左右的。

美国作家福克纳的例子可以说明这个道理。福克纳年轻的时候非常想成名成家。他模仿大诗人写诗,没有成功,模仿同龄人迷惘的一代的作家写小说,也没有成功。他回到家乡写自己熟悉的事物,一时也不见成效。他对此愤愤不平,曾经模仿以赚钱为目的的商业化畅销小说写了一本《圣殿》,居然成功。然而,他的传世之作《喧哗与骚动》却是他在不为名不为利、不想讨读者或编辑喜欢的情况下写出来的。用福克纳的话说:"我开始写这本书(即《喧哗与骚动》)时,根本没有计划。我根本不是在写书。在此以前,我写过三部小说,越写越不顺手,越没意思,奖赏和酬金也越来越少……终于,有一天,仿佛有一扇门轻轻地最后关上了,割断了我同出版社通讯录和售书单之间的联系。我似乎对自己说,现在我可以写了,我可以只管写了。于是,我这个从来没有姐妹而且命中注定要失去襁褓中的女儿的人便着手为自己创造一个美丽而不幸的小姑娘。"

由于福克纳不再顾忌市场需要,他在小说的结构和叙述方法上进行了大胆的试验,采用意识流、多角度叙述等手法,终于使《喧哗与骚动》成为当今文学界公认的现代派经典著作。更有意思的是,由于故事感人,内涵深邃,这种手法并没有使小说曲高和寡,成了没有市场的阳春白雪。这一点,可以用另外一个故事来说明。

《喧哗与骚动》描写美国南方一个叫康普生的家族的灭亡。曾经显赫一时的大家族在南北战争后逐渐败落,在小说开始时,康普生家里,父亲酗酒、母亲装病、小儿子痴呆、女儿放荡,只有大儿子昆丁是振兴门第的惟一希望。为此,他母亲坚决要他到哈佛去上大学,他父亲变卖田产为他付学费。然而,昆丁在哈佛并不快乐。他远离家乡,过着孤独的局外人的生活。他苦涩难言,因为他留恋的往昔时光一去不复返。他伤心失意,因为他知道自己没有能力重振家园。他痛苦绝望,因为他无力挽救心爱的妹妹免于堕落,挽救家族免于耻辱。最后,他投河自尽,在死亡中寻求解脱。福克纳用整整一章的篇幅刻画昆丁忧伤和凄凉的心情,笔触细腻、描写深刻、富有强烈的感染力,叫人不得不为之动容,对昆丁产生强烈的同情。

正是这种动人心弦的感染力,这种耐人寻味的文学魅力深深地打动了也在异乡为异客的哈佛学生。据也是南方人的《华盛顿邮报》记者丹尔·鲁沙可夫回忆,他在70年代初到哈佛念书,由于走路不慌不忙,说话带南方口音而常常受到北方同学的嘲笑,也为同学们对南方的偏见和歧视而感到苦恼。这时候,他读《喧哗与骚动》,对昆丁的孤独悲哀的心情深有同感,对小说有了新的理解。他发现其他来自南方的同学跟他有共鸣,也在昆丁那里寻求同情。他们开始阅读福克纳的作品,崇拜他笔下的昆丁,一致认为昆丁代表所有被社会排斥的孤独的人,代表一切在不断变化的世界里无比留恋已经消失的理想的年轻人,还代表任何一个深感生活现实正在分崩离析的人,他们觉得昆丁就是他们中的一员。后来,有位教美国文学的老师告诉他们,在校园附近的查尔斯河的安德逊桥畔(福克纳迷们认为是昆丁在哈佛自杀的地方),有块小小的悼念昆丁的纪念牌。他们马上跑去寻找,果然发现一块像名片大小的铜牌,上面刻着:"昆丁·康普生三世,1910年6月2日,沉没于渐渐淡却的忍冬花香味之中。"这块小小的铜牌充分说明《喧哗与骚动》中的人物昆丁在哈佛学生心目中的地位。鲁沙可夫经常(尤其是在心情烦闷的时候)到牌下徘徊,寻求安慰。他还和好朋友们在昆丁的忌日到牌前聚会,缅怀同是天涯沦落人的昆丁,并朗读各自喜爱的福克纳作品来抒发感情。他做了很多调查,发现这块牌是由一个读物理的日本裔美国研究生和几个来自中西部的学生贴上去的。出于对昆丁的无限同情,他们在1965年昆丁自杀的55周年忌日举行了一个小小的仪式哀悼他,并为他树牌。他们并未到处声张,他们认为这是他们表达个人感情的私事。没想到,这牌被人发现,一届又一届的学生彼此相告,成了人们关心的地方。有位学生说,他看到牌时,觉得自己成了某种传统的一部分,这块牌把他跟其他在哈佛的异乡人连接在一起了。不仅如此,它还是引导人们了解福克纳和美国南方的重要因素。有位学生记得,有一年寒假,他提前回校写学年论文,冥思苦想,理不出头绪。他走出房间,在校园里游荡,不知不觉来到昆丁的牌前。他想起《押沙龙,押沙龙!》中昆丁和同学在冬天的哈佛冰冷的宿舍里探讨塞德潘家族崩溃的原因,想起了昆丁对南方又恨又爱的心情,不禁触景生情,文思泉涌,写出了一篇令人满意的关于《押沙龙,押沙龙!》的文章。

更有意思的是,1983年,市政府修缮安德逊桥时,工人们无意中把牌搞丢了。这事被一位在波士顿工作的、热爱福克纳并且天天经过牌前去上班的哈佛毕业生发现了。他马上给市政府和建筑公司写信,但他们找不到。于是,他动员在当地公共电视台工作的同事在6月2日昆丁自杀73周年忌日的晚间新闻节目里播报这件事。不到24小时就有人打电话给电视台说他对这块牌的历史知道得一清二楚,并且保证要"采取措施"。几个星期以后,在原来的地方出现了跟原来一样的一块新牌,而且,也像以前一样没有刻立牌人的姓名。

我一直没有机会去哈佛参观这块牌。我是读了鲁沙可夫发表在1985年7月21日的《华盛顿邮报》上的报道才知道这个故事的。鲁沙可夫在文章结尾处说,他重返哈佛瞻仰了昆丁的新牌以后,深感一切纯洁的东西是永远不会消逝的。他已经多年未读福克纳了,但他发现重读时的感受竟然跟从前完全一样。这不能不归功于文学的魅力。

我不了解哈佛学生是否还去牌前悼念昆丁,但我知道《喧哗与骚动》是美国许多大学生的一本必读课本。我不了解这本书的销售量,但我从1987年2月11日的《华盛顿邮报》上看到,那一年美国发行了5000万张有福克纳肖像的纪念邮票。我想,这一切可以说明,真正的文学是永恒的,描写人间真情的作家是永远受广大读者欢迎的。福克纳曾经说过,作家应该描写"心灵深处的亘古及今的真情实感,爱情、荣誉、同情、自豪、怜悯之心和牺牲精神"。他还指出,"诗人的声音不必仅仅是人的记录,它可以是一根支柱,一根栋梁,使人永垂不朽,流芳百世"。

其实,这些话全是老生常谈。我国文学史上这类故事比比皆是。从前有曹雪芹、吴敬梓,一生清贫,但写出了《红楼梦》、《儒林外史》这样的不朽巨作。当代文学界里也有不少作家淡泊名利,宁静致远,孜孜不倦地追求文学魅力。我想,人各有志,有人可以走他的阳关大道,把文学变成商品发财致富;有人可以继续走他的独木桥,为了流芳百世而过苦日子。我们这些作为上帝的读者,看来只好让作家们各奔前程去吧。

价钱确实比原价便宜,当然也就兴致勃勃地买了下来。没料想,第二天在隔壁的新书店里又看到同样的崭新的书,半价处理,比我买的旧书还要便宜,可惜我以为旧书不能退换,只好让李先生吃了点亏。旧书店还可以帮你找书。还是这位李先生托我帮他找菲茨杰拉德的传记,尤其是菲氏去世前在好莱坞结识的情人写的那几本。我在纽约最大的两家旧书店都没找到,新书店里也因出版年代太久远而没有存货。西弗吉尼亚大学所在地的摩根镇一家旧书店的店主倒是愿意替我寻找。但他说时间会很长,即使找到,书价也会很高,因为还得加上登广告等各种费用。我因逗留时间不长,更因囊中羞涩,不敢再麻烦他。对我来说,钱不多,是逛旧书店时的最大痛苦。满架的书都是引诱,需要你做出艰难的抉择。我曾在纽约旧书店看到过一本书,专门介绍没能被好莱坞拍成电影的小说,内容相当有意思。我拿在手里,翻了半天,最后还是因为跟教学没太多关系而放下了。回国后无意中告诉了一位编辑,他大喊可惜,说翻译出来一定会有销路的。

要买便宜书,除了旧书店便是各种书市。我最喜欢的是大学图书馆每年一次处理书库后举办的书市。书价便宜,书的品位还高。然而,你得消息灵通,越早去越好。因为跟你竞争的教授、学生大有人在。社区图书馆,甚至教会和各种群众团体也组织书市,质量便不一定很高。我去过几次,没有什么有价值的学术著作,多半是畅销书,尤其是家庭妇女爱看的言情小说。我还去过耶鲁大学附近的一个好像是存书仓库办的书市。说是附近,开车也得一个多小时。这书市似乎每逢星期天才有,熙熙攘攘的人群,一排排望不到头的长条桌上堆满了书,绝大多数是新书,不过排放得似乎没有次序。整个环境乱哄哄的,无法让人感受买书的情趣。大人小孩,一片喧闹,倒真有点赶集的味道。可惜我那天没想好要买什么书,只是去看了一番热闹,还在一个据说是汉堡包发源地的地方吃了一个从来不爱吃的汉堡包。不论哪种书市,去得晚也有好处,书市结束的那天下午,书简直跟不要钱似的。随便取一个平时超级市场装东西的大纸口袋,装得满满一口袋的书绝对不会超过一块钱。不过,这种便宜沾了没好处。这些书未必有用,邮寄费却是不得了。细算下来很可能还是花了买西瓜的钱却只购得一粒芝麻。

美国的小镇居民喜欢在夏末秋初的周末举办所谓"车库拍卖",卖的往往是家里用不了的东西,有的时候也卖书,多半不是什么好书。不过,我就是在这样的场合买到过一本好书:科·瑞安的关于第二次世界大战诺曼底登陆战役的《最长的一天》。我在文化大革命以前就听说过这本书。瑞安花了10年的时间,查阅了无数档案资料,跟3000名幸存者取得联系并亲自采访了其中的700人,这是一本有血有肉充满真情实感的长篇报告文学。赴美后我一直想买这本书,去过好多旧书店都失望而归。那天跟朋友闲逛时无意中发现,简直好像捡了个大宝贝。尤其令人高兴的是,1990年重庆出版社要出《反法西斯文学书系》,英美卷主编先生让我推荐书目,我马上献宝。正好赶上中央电视台播放根据此书拍摄的电影,这本原先在中国不起眼的书因而名声大振,主编和出版社皆大欢喜。我能让中国读者看到一本真正的优秀的纪实文学作品,当然更加高兴。

买不到旧书只好买新书。新书越来越贵,实在买不起的时候便只好去复印。我一般不喜欢复印,因为请人复印价钱太高,自己复印又太花时间。其实,复印并不一定便宜。我记得,南京有个年轻编辑不知为什么一再写信让我买一本关于美国一个监狱的书,我在大学附近的书店里找不到,只好给他复印。后来到了华盛顿,朋友带我去旧书店,发现了这本书,价钱比复印要便宜一半以上。奇怪的是,500多页的东西,我千里迢迢给他背回国,又上邮局给他挂号寄去,结果,却石沉大海,连个回音都没有。不过,《世界文学》多年前连载过后来又出了单行本的西·康诺利的《现代主义运动——1880至1950英、法、美现代主义代表作一百种》也是我复印带回国贡献给大家的。在《世界文学》的"我看《世界文学》"的栏目里还有人写文章夸奖这本书,我看了以后心里美滋滋的。

到旧书店买书,尤其是学术著作,对作者版本不能太挑剔,因为选择余地并不很大,常常要花很多时间才能有比较好的收获。不过,有时也会出现机遇。我一度收集作家传记,买了一本写女作家波特的书。朋友们都说不好,那是本大受批评的传记,我抱着聊胜于无的心情倒也无所谓。1992年春天,得克萨斯农机大学英语系一位教授来北大讲学,她是专门研究这位作家的学者,特意来给大家介绍近年来有关波特的研究和专著。没想到她提起了我买过的那本书,并且大加赞赏,说它是现在公认的一部好书,对波特研究起了开创性作用。只是由于作者真实反映情况,初出版时让爱好波特的人有些受不了。我算是歪打正着,竟然拣了一个宝中之宝。

当然,最高兴的是无意中得来的书。也是为了那套"反法西斯文学书系",主编先生让我借访美之际搞一本叫《巴黎是红的》或《红色的巴黎》的小说。书名都不确切,找书的难度就很大了,我去了好几个地方的好多家书店,但一无所获。快回国的时候,在朋友家谈起访美收获,我随口说了句没买到这本书是我惟一的遗憾。朋友的夫人听了以后起身进了书房,出来时手里拿的便是这本书,书名原来叫《巴黎在燃烧吗?》。我得到书时那种"踏破铁鞋无觅处,得来全不费功夫"的喜悦心情,是很难用笔墨形容的。这本书后来送给了董乐山先生,他把这部据说当年十分畅销的小说译成中文,在《世界文学》上连载以纪念反法西斯战争胜利50周年。

去了几次美国,攒了几书架的书。有人说,书籍是良师益友。我觉得觅书犹如人生,千辛万苦可又其乐无穷。良师益友总能觅得,希望就在前头,然而,为了抵达光明的彼岸还得上下求索,寻觅再寻觅。

开会在美国大学

我原以为美国人不大开会。到了美国,才发现美国人会开得次数并不少,而且花样繁多,和我们比有过之而无不及。

美国人开会名目虽多,却很少有全体人员大会。我在纽约州立大学一所分校里当了两年的访问学者,一次大会也没遇到。他们所谓的"会",原来多是各种各样委员会的会议。以这个学院的英语系为例,总共30多位教员,竟设立了11个委员会,如一年级英语教学委员会、研究生教学委员会、课程设置委员会等等。每个委员会由3到5人组成,最多不超过9人。各委员会都有自己的主席、副主席和明确的职权范围。最有趣的是,这11个委员会中有一个叫"委员会设置委员会",其职能在于考虑系里应该设哪些委员会,哪些教员的专长还没有充分发挥,还应增设什么委员会。委员会名目虽多,但能节省众人的时间。比如,英语系所有的教授和副教授都必须担任一门全校性的英语作文公共课。可是,有关这门课的一切问题,从课程目的、教学要求到考试形式和题目范围,都由"一年级英语教学委员会"决定,其他人照决议办事即可,省去了很多麻烦。

美国人也常常抱怨会开得太多,太占时间,效率太低。而在我看来,他们的会议开得实在不算长,一般不到一个小时,极少超过两小时,例外的是讨论学衔、职称的马拉松式会议。但是,仔细替他们算一下,他们花在会议上的时间也确实不少。通常,每个教员在系里至少参加一到两个委员会。有的人还要参加学校的各种委员会,并在校外的学术团体中担任职务。如果有人对居住地区的社会公益事业感兴趣,很可能还要参加一些地方组织的委员会。累计起来,要开的会的次数也就十分可观了。

美国教授们尽管抱怨会议太多,甚至有时牢骚满腹,怒气冲天,但他们依旧乐意当委员,出席各种会议。这也许是因为学院规定,在提职提薪时，除了权衡一个人的教学质量及学术成就外，还必须考虑他对校、系以至于社会的贡献，而这种贡献往往表现在他是否参加校内委员会和社会上的协会、学会，并在其中积极发挥作用。当然，最主要的原因还在于参加这些委员会是一个人的学术水平和社会地位的标志。

在美国，如果某人工作太忙，或对某个会议不感兴趣，大可不必出席，没有人会对他横加指责。不过，他绝对不能以此为借口，不执行或反对会议作出的决定。从某种意义上说，这里的会议决议具有约束力。重要的会议有会议纪要，有关人员必须按会议决定行事。

美国的行政会议也许枯燥无味，令人望而生畏，但知识性的报告会、学术讨论会的内容还是相当丰富多彩，受人欢迎的。美国人花在这种会议上的时间确实不少。我所在的学院每十天印发一次日程表，介绍各种会议的时间与地点。同一时间内往往有两三个报告会或讨论会，题目大至美国的种族歧视，小到寻找工作时怎样写简历。美国人还很会见缝插针，利用时间。我曾多次在中午拿着纸袋装的简单午餐，和美国人一起兴致勃勃地边吃边听各种生动活泼的小报告，从30年代的经济危机、地方政府最近改选的结果，当地居民反对环境污染的斗争，到民间艺术，新出的好书、好戏等，什么内容都有。这种不超过一小时的午餐报告，可算是美国人善于利用时间的极好例证。

大学生宿舍在组织报告、活跃学习空气方面也起很大作用。宿舍管理委员会多半由研究生或高年级学生组成。他们一边攻读学位，一边管理宿舍，挣钱补贴学费和生活费用。为丰富宿舍生活，他们在学校生活委员会领导下定期组织报告会、讨论会或聚餐会，通常每周一次，活动内容多半在开学后不久便张榜公布。主讲人大都是各系教授，题目由主讲人自定。既有琐碎具体的，如集体宿舍中友好交往的重要性；也有涉及社会政治的，如南斯拉夫的工人自治制度、美国与伊朗政府的关系问题；还有纯学术性的，如介绍某本专著或研究心得等等。这种会议和午餐报告会一样，内容深入浅出、通俗易懂，会议形式比较自由，没有专人主持，时间一到，主讲人就开始讲演。由于听众是根据爱好自愿前来的，人们不大可能在会场上看到坐立不安或百无聊赖的人。至于打瞌睡、聊大天的现象更是绝无仅有。但如果报告水平太差,不足以打动人,听众也可以立即退席,不必为捧场而奉陪一两个小时。

报告会、专题讨论会总是分成两部分:先由主讲人做报告,然后听众提问,同主讲人展开讨论。有时讨论部分所占时间比报告长,气氛更热烈。这种讨论会,主持人起很大的作用,他既要让听众畅所欲言,又要注意协调双方关系,正确引导听众勇于发表不同意见,敢于同权威一争高低,同时又避免出现不愉快的场面。因此,人们常把会议主持人称为 moderator(有"调解人"的意思)。

其实,这种报告会、讨论会并不局限于学术单位。社会上各种团体、协会、俱乐部也经常举行这类活动。我曾出席过英语协会的晚餐会,听《牛津词典》主编谈英文口语的发展趋势;参加过美国大学妇女协会关于妇女地位的讨论会;甚至旁听过纽约一条街上家庭妇女自发组织的读书会讨论,会上,妇女们讨论了南方作家福克纳的巨著《喧哗与骚动》。

此外,美国还有大量的、由各种学术团体组织的专业会议。有意思的是,人们必须自付报名费,才能参加这些会议,而且车旅食宿一概自理。美国交流总署曾邀请我出席国际英语教师年会,就英美籍教师在中国英语教学中的作用发表看法。然而,邀请信中特别注明由我本人自负一切费用。一位曾在天津、上海教过英语的美国教员也邀我参加他在年会上举办的两个关于中国英语教学的专题讨论会,但是参加每个会还得另付十美元。美国朋友告诉我,这不是罕见的现象。这种办法使举办单位一来可以通过收报名费解决一小部分经费问题;二来不负责招待吃住可以节省会议组织者的精力和时间,而可以在开好会议上多下工夫。实际上,参加会议的人在经济上花费并不大,他们可以"开会受教育"为名少付所得税,在大会上宣读论文的人往往还可以通过各种途径,向学术团体或组织申请一定的车旅费补助。

这种大型会议有的长达一周,也有的短至一天。我参加过一个以"中国近貌"为主题的讨论会。它是由纽约州的布法罗学院组织的,出席者多半是纽约北部一些学院内研究东亚问题的教员与学生,也有布法罗市附近对中国感兴趣的各界人士。会议在星期六举行，报名费八美元，学生半费。日程安排十分紧凑，上、下午各有一个重要报告，报告后几个分组同时举行座谈会和专题讨论会。报告与座谈中间有20分钟休息时间，可以参观有关中国的图片展览或去小卖部购买中国图书和工艺品，连午饭这段时间都被充分利用来介绍和欣赏我国不同地区的民歌。这次会议对我的启发是：一切费用自理的办法的确有利于保证会议质量。人们花钱来开会，当然要求有所收获，希望充分利用时间捕捉尽可能多的信息。举办单位收了钱，便不敢随便敷衍了事，总要力争提高会议质量，满足人们的求知欲。我出席的几次大型会议，如国际英语教师年会、纽约州亚洲研究年会等，都具有内容翔实、信息丰富、各派观点互相交流的特点。

美国会议的组织工作的详细过程我不了解，但其效率给我留下了深刻印象。赴会者在报到后便得到一张日程表，开列会议期间各种报告题目（有时甚至有简短的内容介绍）、主讲人姓名与身份、会议地点和时间，以及与会议主题有关的展览会或文娱活动。人们可以按各自的需要参加各种活动。报告人还会得到一张写有本人姓名的小纸片，用来别在衣襟上，以便人们辨识，使一些会上没有机会提问或希望深入了解其专题的人在会下个别讨教。由此可见，美国的会议对参加者的要求也颇高。

文人"发财"以后

这些年经常听说歌星发大财,高歌一曲便是成千上万的收入。有的人甚至不必引吭,放放录音机,财源便滚滚而来。不过没听说他们发财以后守着大笔大笔的钱干什么用,只知道还有人不肯交税。又看到报道,某省某市奖励某某电影明星一栋带花园的楼房。报道多了,便让人琢磨,一人得了好几栋楼,不知是如何处理的:自住?出卖?出租?转赠别人?近来又看到体坛名教练抱怨,巴塞罗那奥运会以后运动员拿的奖金太多,反而使有些运动员提前结束体育生涯。于是,我就常常想,文人发财后会怎么样?可惜没见到这方面的报道。

忽然在《文汇读书周报》上读到《曹聚仁的书癖》一文,不由得想起另外一个有着同样癖好的人:我的父亲。他一生似乎总是在买书或卖书。有钱他便买书,多半是旧书。古今中外,只要他喜欢都买回家。也许因为他对外语有兴趣,他还买了不少英、德、法、日、(解放后还加上)俄语的原版书籍。没有钱时他就卖书贴补家用。买书时是一本、两本地拿回家来。卖书时却是论斤卖用车拉。当时上海一些旧书商都认识他,也知道我们家有什么样的书。因此,父亲卖书时,他们便会点名要他的某些藏书。记得我离家上大学前,某个书商派来一辆小卡车,书装好了,他却坚持还要搭上一套《中国新文学大系》才肯买下其余的书。《大系》是我最喜欢的书,也是父亲答应送我的书。我拒绝拿出来,卡车就老停在楼下。当然,胳臂拧不过大腿,最终还是书商把他要的书拿走了。买书—卖书—卖书—买书,成了父亲的生活循环。但他还是乐此不疲,照买不误。为了买书与家用的矛盾,父亲和母亲不知争吵过多少回。但这买书的癖好跟他的烟瘾一样始终没能戒掉。他买了一辈子的书,以至于"文化大革命"中红卫兵抄家时他拿不出任何银行存折。据妹妹说,红卫兵起初认为父亲隐瞒财产。在他们的呵斥下,母亲指了指书架回答说:"我家没有存折,钱都买了书。书就是我们的存款。你们要的话就拿走吧。"他们看看我家的破家具和靠墙顶天立地的书架似乎也就相信了。带队的那一位翻了几本,也许没有看出名堂,便放下了。临走,有个红卫兵还带着蔑视的口吻说:"有钱买这种东西,真笨!"

我父亲或曹聚仁先生都不是发了财的文人。即使他们有点小钱,也只是独善其身,为自己增添精神财富,并没有什么代表性。然而,文人发财以后怎么办的问题似乎已经提到日程上来了。君不见,有些下海的文人好像已经捞到了一点儿钱,没下海的文人通过拍卖手稿或出版权也开始身价百倍,原本羞涩的腰包仿佛鼓了一些。有人已经在制造舆论,说什么"一个靠知识致富的阶层正在悄然崛起","中国知识分子将是下一个富起来的阶层",等等。文人发了财,是否会跟歌星、明星、体坛名将一个样,恐怕现在谁都说不好。文人发财以后应该怎么办,大概谁都没有什么好主意。不过,各行各业都在学习西方经验,我想凑个热闹,介绍两个外国样板,供大家参考。

第一个是改革开放以来在我国文坛颇受重视的美国作家福克纳。1950年,他获得诺贝尔文学奖,拿到30000美元的奖金,可以说是发了笔小财。由于家境并不宽裕,他妻子接受记者采访时曾直言不讳地表示:"奖金当然有用。你们都看得出来,我们家很需要这笔钱。"然而,福克纳在接受诺贝尔文学奖的演说里就暗示他会把奖金"贡献到与设置本奖的目的和意义相称的地方"。他从瑞典回国后就找当律师的叔叔,要他想点办法"处理这笔该死的钱",并且说:"这钱不是我挣来的。我不觉得这是我的钱。我要给我们郡的穷人一些钱。"商量的结果,他以为他出书的蓝登书屋一位编辑朋友的夫人的名义在密西西比大学音乐系设立了一个500美金的奖学金;又冒着得罪家乡白人的风险先后出资近3000元帮助一位有前途的黑人上大学。他还立下遗嘱用25000元设立一个"福克纳纪念基金"来帮助年轻作家。细算下来,他在自己身上花的钱还不到奖金的十分之一。

第二个样板是90年代才开始在美国大红大紫,不过在我国已颇有名气的美国作家约翰·格里什姆。他本是密西西比大学法学院1981年的毕业生。1990年他发表了一部以律师行业为主题的小说

《律师事务所》(《译林》杂志1993年一月号发表时改为《陷阱》),一炮打响,他成了畅销作家,名与利双丰收。格里什姆从此改行当专业作家,他接连又发表好几部小说,也都上了畅销小说名单。于是,稿费加版税使他大大地"发"了。

格里什姆发财以后都干些什么,我并不十分清楚,但我知道他出钱在母校密西西比大学资助了住校作家和访问作家两个项目。他希望通过住校作家项目邀请许多不同类型的作家到密西西比大学来加强那里的文学气氛,改善环境以使有可能产生更多作家。他对被邀请作家的惟一要求是,写好自己的书并且跟有才能的学生多交往。这个项目已在1993年实现。每年秋天,项目选拔委员会邀请一位有才能的作家来校教一门课,跟师生座谈并且进行自己的创作。其实,密西西比大学已有别的住校作家,但格里什姆认为密西西北大学应该有全美最富有实力的作家培训专业,因而决心出钱使大学可以多请一位作家。

格里什姆资助的第二个项目是恢复并扩大70年代他上学时就有的访问作家项目。他对当年做学生时听过的名作家的报告记忆犹新,深感讲座对他的写作生涯有过良好的影响。因此,他听说大学因资金匮乏而中断了这一邀请名家做报告的项目时便马上决定出钱赞助。近年来,美国经济衰退,学生为了谋生找出路,纷纷选读实用性强、毕业后可以赚大钱的专业,对文科,尤其写作,很不在乎。在这种形势下,格里什姆设立这样两个项目可以说是用心良苦的举措。

我国文人在跟国际接轨的大潮中走在最前列,甚至超过了西方先进国家。在西方只听说拍卖已故大作家的文稿,活着的文人只是与出版社侃价,而且还得通过中间人,没听说过有自行"竞拍"的活动。不过,这两位美国作家(一个发了大财,一个发点小财)的举动可能会给我们国内已经或将要发财的文人作家一点启发。

当然,我们的文人有钱后到底会有什么样的表现,这个问题还有待历史来做结论。让我们翘首以待,等着听有关他们善举的佳音吧。

希腊神话和《圣经》
——西方文化的源泉

希腊神话和《圣经》故事在西方流传很广,影响深远,渗透到社会生活的各个方面,甚至进入了日常用语。有些词汇,如 auroral(黎明的)是由罗马神话中曙光女神 Aurora 衍变而来的,tantalize(逗弄,使干着急)起源于希腊神话故事:坦塔罗斯(Tantalus)把亲生儿子剁成碎块给神吃。宙斯大怒,罚他永世站在水里,水深至下巴颏,但他低头喝水时,水却减退;他头上有果树,但他想吃果子时,树枝就会升高。像"特洛伊木马"(the Trojan Horse)、"潘多拉的盒子"(Pandor's Box)等出自希腊神话的典故,和"伊甸乐园"(the Garden of Eden)及"诺亚方舟"(Noah's Ark)一类出自《圣经》的典故,更是西方社会妇孺皆知的日常用语。我们经常说"以眼还眼,以牙还牙"(eye for eye, tooth for tooth),但并不一定知道它出自《圣经》的《旧约·出埃及记》,是上帝在西乃山顶向摩西发布的惩处暴力行动的一条法则。我们都知道橄榄枝(olive branch)象征和平,但不一定知道这个典故起源于希腊神话:女战神雅典娜(Athena)在为雅典城命名时赠送了一根橄榄枝,祝愿这座城市永远和平富饶。《圣经》中关于诺亚方舟的故事还描写诺亚被洪水围困,一天,有一只鸽子叼了一片橄榄枝叶飞回方舟,告诉他大水已退。如果我们读过这个故事就会更明白橄榄枝对西方人的重要意义,懂得为什么宣传和平的招贴画常常是一只口衔橄榄枝的鸽子了。神话中的人物名称还进入了科技领域,如土星用的是罗马神话中农神(Saturn)的名字、金星跟罗马神话中爱和美的女神一样,都叫 Venus。今天美国科学家还把探索太空的计划命名为阿波罗(Apollo,太阳神名)计划,用海神的象征 Trident 给飞机定名为三叉戟机(Trident aircraft)。至于"as patient as Job"(非常有耐心)、"He's a Judas"(他是个犹大)一类出自《圣经》的话语更是多得不胜枚举。可见,要提高对英语的理解能力,我们必须读一些希腊神话和圣经故事,而要想研究英美文学,甚至政治、经济,更必须具备这方面的知识。

一、希腊神话

神话是反映古代人们对宇宙起源、自然现象和社会生活的原始理解的故事和传说。原始人不能科学地解释天地万物和社会生活中的矛盾和变化,认为是神在主持日月星辰的运行、风雨雷电的出没、春夏秋冬的交替、生老病死等必然性现象。他们运用想像力把自然力加以形象化、人格化,做出种种解释,由此产生了神话。马克思指出:"任何神话都是用想像和借助想像以征服自然力、支配自然力,把自然力加以形象化。"神话还反映古代人民征服自然的愿望和对理想的追求,因此,神话还常常反映民族英雄的英勇业绩的传说,世界上一切民族都有自己的神话和传说。我国古代文学作品《山海经》、《海南子》等就记载了不少如"盘古开天地"、"女娲氏补天"的神话故事。神话通过口头相传的形式保留下来,具有深厚的艺术魅力,对民族文学艺术的发展起很大的作用。希腊神话曾对英美文学产生过很大的影响。

希腊神话是古代希腊人以想像中的希腊北部奥林匹斯山上的宙斯大神及其周围的男女诸神为主要系谱,结合古希腊社会的历史和传说创造出来的错综、虚幻、丰富而又多彩的神的故事和英雄传说。

根据古希腊诗人赫西奥德(Hesiod)的《神谱》(*Theogony*),宇宙最古老的神是卡俄斯(Chaos,混沌)。卡俄斯和夜女神尼克斯(Nyx)生了大地女神该亚(Gaea)。该亚又生了乌拉诺斯(Uranus,天空)、高山和海洋。乌拉诺斯成了世界的主宰。该亚和乌拉诺斯生了六男六女,即 12 提坦巨神(Titans)。一说乌拉诺斯厌恶子女,把他们藏在该亚体内,使之不得见天日。该亚鼓励子女造反。最后克洛诺斯(Cronos)用该亚造的镰刀阉割了乌拉诺斯并取而代之,成为世界之主。乌拉诺斯和克洛诺斯这两代统称老神。克洛诺斯和妹妹瑞亚(Rhea)也生了三男三女。他惧怕被子女推翻,因此在孩子刚一出生时就把他们吞下肚子。瑞亚在生最小的儿子宙斯(Zeus)时,把婴儿藏在洞穴,只给克洛诺斯吃了一块用尿布包的石头。宙斯长大后打败克洛诺斯,迫使他把吞下的子女又吐了出来。宙斯和哥哥们分割世界,他为众神之主,掌管天,波塞冬(Posidon)管辖海洋,哈得斯(Hades)主管阴间。宙斯和兄姐及子女构成新神,又称"奥林匹斯众神",一共12位,包括宙斯的姐姐和妻子赫拉(Hera),另一位姐姐——谷物女神得墨忒耳(Demeter)以及七个子女——火神赫菲斯托斯(Hephaestus)、战神阿瑞斯(Ares)、太阳神阿波罗(Apollo)、月神阿耳忒弥斯(Artemis)、爱和美的女神阿佛洛狄忒(Aphrodite)、智慧女神雅典娜(Athena)和众神使者赫耳墨斯(Hermes)。

除了12主神以外,希腊神话中还有不少有关次要的神(Lesser Deities)的故事。这些神中间包括群神(Group Deities)、美惠三女神(Charities)、命运三女神(Fates)、复仇三女神(Furies)、九位缪斯(Muses)等以及山神潘(Pan)、爱神厄洛斯(Eros)、农牧之神法翁(Faun)、彩虹女神(Iris)等单个的神灵。

希腊神话还包括丰富多彩的英雄传说。英雄多半是神与人生的后代,体魄健美、力大无穷、英勇绝伦而又品德高尚。他们几乎都是智勇双全的冒险家、斩妖除怪的奇侠,为创造和发展人类文明作出不朽的贡献,还创立了一些威震四海的大家族。古希腊英雄常常分为两类。早期的英雄(the early heroes)中有力斩女妖墨杜萨(Medusa)的珀耳修斯(Persus)、单枪匹马完成12项英雄业绩的赫拉克勒斯(Heracles)、雅典国家的奠基人忒修斯(Thesus)、寻取金羊毛的伊阿宋(Aeson)等。后期英雄们(the later heroes)多半生活在特洛伊战争时期,如特洛伊战争中的英雄人物阿伽门农(Agamemnon)、阿喀琉斯(Achilles)、奥德修斯(Odysseus)等;还有些后期英雄虽和特洛伊战争无直接关系,但生活的年代比较接近,如解出狮身女怪斯芬克司(Sphinx)的隐谜、杀父娶母的俄狄浦斯(Oedipus)、借助琴声打动冥后,把死去的妻子带回人间的俄耳甫斯(Orpheus)等。有的英雄传说是神话化了的历史事件,荷马史诗《伊利昂纪》描述公元前13世纪到公元前12世纪小亚细亚的特洛伊人和阿凯亚人(即希腊人)之间的战争。有些英雄传说反映远古时代的社会生活,如有关阿特柔斯

(Atreus)家族骨肉残杀,冤冤相报的故事。有些传说表现人和自然的斗争,如忒修斯杀死吃雅典童男童女的半人半牛怪物弥诺陶洛斯(Minotaurus)。还有些传说与远古社会的宗教有关,如阿伽门农为了平息风浪使船只能继续航行便把女儿伊菲革涅亚(Iphigenia)献祭女神阿耳忒弥斯(Artemis)。总之,希腊神话与传说反映处于氏族社会和奴隶社会的古代希腊人对宇宙、自然界和人类社会的朦胧认识和美好愿望。

古罗马人也有自己的神话,但和希腊神话相比,内容简单而贫乏。希腊人赋予神各自真实可信的性格,罗马神则比较抽象,然而罗马人由于考虑的是神的力量,常用物来代表神,如火石是主神朱庇特(Jupiter)的标志,火是灶神维斯塔(Vesta)的标志,战神马尔斯(Mars)则是长矛。早期传统的罗马神大多与农牧和家庭生活有密切联系。主宰田地山林和家庭宅屋的次神在人民生活中起着比主宰天地万物的主神更为重要的作用。但正如古罗马诗人贺拉斯所说,罗马征服了希腊,而希腊又用发达的文化征服了罗马。在希腊文化和宗教的影响下,罗马人开始为神建造庙宇,赋以人形,接受主要的希腊神,并使之与罗马原有的神相混同,只是把神的名字改成拉丁文,罗马神话的内容从此和希腊神话大同小异。下表介绍一些常见的重要的希腊神的拉丁名称。

	希腊	罗马
主神	Zeus(宙斯)	Jupiter(朱庇特)
神后	Hera(赫拉)	Juno(朱诺)
海神	Poseidon(波塞冬)	Neptune(尼普顿)
冥王	Hades(哈得斯)	Pluto(普路托)
智慧女神	Athena(雅典娜)	Minerva(密涅瓦)
战神	Ares(阿瑞斯)	Mars(玛斯)
爱与美的女神	Aphrodite(阿佛洛狄忒)	Venus(维纳斯)
灶神	Hestia(赫斯提亚)	Vesta(维斯塔)
爱神	Eros(厄洛斯)	Cupid(丘比特)
月亮和狩猎女神	Artemis(阿耳忒弥斯)	Diana(狄安娜)
谷物女神	Demeter(得墨忒耳)	Ceres(刻瑞斯)
众神使者	Hermes(赫耳墨斯)	Mercury(墨丘利)
酒神	Dionysus(狄俄尼索斯)	Bacchus(巴克科斯)
火神	Hephaestus(赫淮斯托斯)	Vulcan(伏尔甘)

希腊神话是古希腊罗马文学艺术的宝库和土壤,而古希腊罗马文学又是今人了解希腊神话的丰富源泉。荷马根据特洛伊战争创作的两部史诗《伊利昂纪》(*Iliad*)和《奥德修纪》(*Odyssey*)以及赫西奥德的叙事诗《神谱》是现存有关希腊神话的最早资料。萨福(Sappho,约公元前612年诞生)歌颂阿佛洛狄忒的长诗,品达罗斯(Pindaros,约公元前518—前442或438)的《竞技胜利者颂》(*Victory Odes*),埃斯库罗斯(Aeschylus,约公元前525—前456)、索福克勒斯(Sophocles,约公元前496—前406)和欧里庇得斯(Euripides,约公元前485—前406)的悲剧——现存三大悲剧诗人的33部作品中有32部取材于希腊神话故事——希罗多德(Herodotos,约公元前484—约公元前428)的《历史》(*History*)和阿里斯托芬(Aristophanes,约公元前446—前385)的喜剧都介绍了丰富的神话故事和英雄传说。罗马诗人贺拉斯(Horace,公元前65—前8)的《歌集》(*The Odes*)、奥维德(Ovid,公元前43—公元18)的《变形记》(*Metamorphoses*)和维吉尔(Virgil,公元前70—前19)的《埃涅阿斯纪》(*Aeneid*)都深受希腊神话的影响,是希腊神话宝藏的重要组成部分。希腊神话通过罗马文学输入欧洲,经过文艺复兴时期,对欧洲文艺的发展有过难以估量的影响。

二、希腊神话与英美文学

希腊神话美丽动人、寓意深远,深为后世的诗人和作家所喜爱。美国诗人惠特曼曾说过,"Great are the myths"(神话真是伟大)。英国浪漫主义诗人济慈曾专门写过一首十四行诗表达他阅读贾浦曼(G. Chapman, 1559—1634?)英译的荷马史诗时所感到的喜悦。这首《初读贾浦曼英译荷马有感》("On First Looking into Champan's Homer"),把阅读荷马史诗比做"游历了很多金色的国度,/看过不少友好的城邦和王国"(Much have l travelled in the realms, of gold, / And many goodly states and kingdoms seen),他把神话故事对他心灵的震撼描写为"有如观察家发现了新的星座"①(Then felt I like some watcher of the skies /When a new planet swims into his ken)和探险家初次发现太平洋。济慈还以神话为题材写了不少传世之作,如描写凡人恩底弥翁和月亮女神恋爱故事的《恩底弥翁》("Endymion")、叙述希腊神话中新神和旧神争夺的史诗《许佩里翁》("Hyperion")。赞美爱神厄洛斯的恋人的抒情诗《致普绪喀》("Ode to Psyche")是济慈五首脍炙人口的颂歌(Odes)的第一首,也是他自己心爱的一首诗歌。

希腊神话讴歌爱情,称颂善与恶的斗争,赞美大自然,颂扬英雄品质,刻画个人的痛苦和斗争。后世的诗人和作家常常以神话故事为题材,也常常沿用神话的主题。莎士比亚曾根据神话故事写了剧本《特洛伊罗斯与克瑞西达》(*Troilus and Cressida*)和长诗《维纳斯与阿多尼斯》(*Venus and Adonis*)。为人类偷取火种的普罗米修斯更是诗人歌颂的对象。雪莱的诗剧《解放了的普罗米修斯》(*Prometheus Unbound*)把普罗米修斯写成未来被解放了的人类的象征,是一部融合了希腊形式的现代革命思潮的杰作。但在拜伦的笔下,普罗米修斯代表反抗专制与压迫的意志和力量,体现一人承当全世界的苦难的英雄气概。拜伦在《普罗米修斯》("Prometheus")的第一节里描写了这个正直而又富于反抗精神的殉难者,在第三节里大力赞颂普罗米修斯的英勇事迹对后人的启示。这首气势磅礴的诗歌值得一读,现摘录其中片段,译文引自查良铮的《拜伦抒情诗选》。

> Titan! to whose immortal eyes
> The sufferings of mortality,
> Seen in their sad reality,
> Were not as things that gods despise;
> What was thy pity's recompense?
> A silent suffering, and intense;
> The rock, the vulture, and the chain,
> All that the proud can feel of pain

---

① 译文引自查良铮译:《济慈诗选》,人民文学出版社,1958年,第13页。

The agony they do not show,
The suffocating sense of woe
    Which speaks but in its loneliness...
...
Thy Godlike crime was to be kind,
    To render with thy precepts less
    The sum of human wretchedness,
And strengthen Man with his own mind;
But baffled as thou wert from high,
Still in thy patient energy,
In the endurance, and repulse
    Of thine impenetrable Spirit,
Which Earth and Heaven could not convulse,
    A mighty lesson we inherit...

巨人！在你不朽的眼睛看来
    人寰所受的苦痛
    是种种可悲的实情，
并不该为诸神蔑视、不睬；
但你的悲悯得到什么报酬？
是默默的痛楚，凝聚心头；
是面对岩石、饿鹰和枷锁，
是骄傲的人才感到的绞割，
还有他不愿透露的心酸，
那郁积胸中的苦情一段，
    它只能在孤寂时吐露……
……
你神圣的罪恶是怀有仁心，
    你要以你的教训
    减轻人间的不幸，
并且振奋起人独立的精神；

> 尽管上天和你蓄意为敌,
> 但你那抗拒强暴的毅力,
> 你那百折不挠的灵魂——
> 天上和人间的暴风雨
> 怎能摧毁你的果敢和坚忍!
> 你给了我们有力的教训……

很多作家常常利用希腊神话抒发个人的感情,借古讽今,评论时政,表达对人生和社会的见解。雪莱曾借用阿多尼斯的故事哀悼济慈的早亡。阿多尼斯是爱与美的女神阿佛洛狄忒所爱慕的美貌青年,不幸被野猪咬死,死后成为天上的长庚星。雪莱把济慈比做阿多尼斯,把攻击济慈的《恩底弥翁》的评论家比做杀死阿多尼斯的野猪。但济慈和阿多尼斯一样,他的成就超越了死亡,他的诗魂像长庚星一样登上飞翔的宝座(Assume thy winged throne, thou Vesper of our throng)。

美国剧作家奥尼尔曾根据埃斯库罗斯的三部曲《奥瑞斯忒亚》(*Oresteia*)的故事内容和格式写了一个现代悲剧《哀悼》(*Mourning Becomes Electra*)。《奥瑞斯忒亚》描写受诅咒的阿特柔斯(Atreus)家族。迈锡尼王阿特柔斯的兄弟堤厄斯忒斯(Thyestes)勾引阿特柔斯的妻子,并阴谋篡夺王位,事情败露后两人逃离迈锡尼。阿特柔斯杀了堤厄斯忒斯的两个儿子,把他们的肉做成肴馔宴请他。堤厄斯忒斯发现以后便诅咒阿特柔斯的子孙。阿特柔斯的儿子阿伽门农(Agamemnon)在出征特洛伊时曾把女儿献祭女神阿耳忒弥斯。这事触怒了妻子克吕泰涅斯特拉(Clytemnestra)。她为了报复便在阿伽门农出征时和堤厄斯忒斯的儿子埃癸斯托斯(Aegisthus)私通,并在阿伽门农回来时将他杀害,篡夺了王位。阿伽门农的儿子俄瑞斯忒斯长大后和姐姐共谋杀死母亲及其奸夫为父亲报仇。但复仇女神四处追逐俄瑞斯忒斯,要惩罚他杀母之罪。后来女神雅典娜解救了他,宣告他无罪,让他归国继承王位。奥尼尔的《哀悼》把特洛伊战争改为美国的南北战争,以新英格兰地区为背景。美国将军曼农一家也和阿伽门农一家有类似的命运。曼农参战以后,从前被赶出家门的曼农的叔叔与家庭女教师所生的儿子回来为母亲报仇,勾引了曼农的妻子。曼农回家后,其妻用毒药杀死了他。但深爱父亲、嫉妒母亲的拉维尼亚唆使兄弟奥林谋杀母亲的情人,迫使母亲自杀。奥林因此受到良心的责备,终于开枪自杀。造成全家毁灭的拉维尼亚赶走情人,走进空无一人的大宅,在亡者幽灵的纠缠下,在良心的谴责下孤独地打发自己的一生。奥尼尔用个人情欲和弗洛伊德心理学理论探索人类苦难的根源,取得了跟《奥瑞斯忒亚》一样的悲剧效果。这部富有强烈感染力的《哀悼》三部曲已被公认为现代悲剧中的一部经典著作。

此外,荷马史诗《奥德修纪》也是很多作家选材的楷模。他们往往把《奥德修纪》的主人公奥德修斯历尽艰险,漂泊10年才得以返回家乡的故事和人生历程相提并论。但是,现代作品中奥德修斯式的主人公已经失去了这位古代英雄的高大形象和崇高品质。爱尔兰作家乔伊斯(James Joyce)的代表作《尤利西斯》(*Ulysses*)就是一部借用《奥德修纪》的故事和格式表现现代人生活的杰作。乔伊斯把主人公布卢姆和荷马史诗中的英雄人物奥德修斯(即尤利西斯)相比拟,把他在都柏林一天的游荡和奥德修斯在海上的10年漂泊相比拟,通过对应的故事情节深刻表现了现代西方社会的腐朽和堕落以及人的孤独与无能。

三、《圣经》

《圣经》(The Bible)可以说是西方社会中流传最广、影响最深、发行量最大、读者最多的一本书籍。《圣经》作为基督教的经典,历来是统治阶级麻痹人民思想的工具。然而,《圣经》又是西方文化的一个重要源泉,在世界文学史上占有重要地位。两千多年来,《圣经》被译成各种文字,在历史上对欧洲各民族文字的形成与统一起过一定的作用,对西方文学艺术的发展至今还有一定的影响。我们提倡学习英语的人读一点《圣经》,当然不是把它当作宣传宗教的经文,而是着眼于它的文学价值和它在西方文化中的影响。

《圣经》作为古代希伯来人犹太教和基督教的宗教经典包括三大部分:《旧约》(Old Testament)、《新约》(New Testament)和《次经》

(Apocrypha,又译"逸经"或"外典")。《旧约》原是犹太教的经典,后为基督教所承袭,但全书的卷数和次序,基督教各派略有不同。一般说来,《旧约》在犹太教中称《圣经》(the Holy Scripture),包括《律法书》(the Law)、《先知书》(the Prophets)和《圣录》(the Writings)三部分,共24卷。基督教旧教(即天主教)的《旧约》包括"摩西五经"(the Pentateuch)、"历史书"(the historical books)、"教义书"(the doctrinal books)和"先知书"(the prophetical books)等45卷。基督教新教的《旧约》包括"摩西五经"(the Pentateuch)、"历史书"(the historical books)、"先知书"(the prophetical books)和"诗篇"(the poetical books)等39卷。

《旧约》原文是希伯来文(Hebrew)。历史上人们相信《旧约》的作者是犹太人的领袖,如摩西(Moses)、撒母耳(Samuel)、大卫(David)等人,但近代学者认为其中很多卷是后人整理前世历史和记载的成果。《旧约》的一些卷书在公元前10世纪就已出现,但最后成书大约在公元前5世纪。公元前3世纪,由于希腊文化在小亚细亚和北非的影响,犹太人对希伯来文不再谙熟,于是《旧约》被译成希腊文。据传,最早的希腊文本是由72位犹太学者应埃及法老之请在亚历山大城翻译的,因而称为《七十人译本圣经》(The Septuagint)。公元2世纪时,《旧约》又被译成拉丁文。大约在公元404年,学者哲罗姆(St. Jerome)参照希伯来文和希腊文圣经,校订了拉丁文本,出版了《通俗拉丁文本圣经》(the Vulgate)。这本圣经逐渐为教会所接受,取代了古拉丁文本,成为后世天主教英译圣经的母本之一。

基督教接受犹太教圣经中关于上帝与犹太民族在西乃山订下盟约的说法,但认为耶稣(Jesus Christ)以他的流血受难在上帝和人之间建立了新的盟约;因此把有关耶稣的部分称为《新约》,把它当作基督教的经典。天主教和新教的《新约》都是27卷,内容一样,只是篇名不尽相同,主要包括"福音书"(Gospels)、《使徒行传》(Acts)、"使徒书信"(Epistles)和《启示录》(Revelation 或 Apocalypse)等四部分。《新约》各卷陆续成书于耶稣去世以后,约在公元64—105年之间,原文是希腊文,作者多半为耶稣的门徒,早在公元2世纪就有了拉丁文译本。《新约》全书约在367年出现,405年正式公布。

《次经》指的是收入《七十人译本圣经》和《通俗拉丁文本圣经》而不为原犹太教圣经所接受的14卷书。它们的原文多半为希伯来文、希腊文或亚兰文,内容有传说、圣诗、福音、历史、哲理等。天主教接受《七十人译本圣经》和《通俗拉丁文本圣经》的大部分内容,把《次经》中的一部分收入《旧约》。新教只接受希伯来文圣经,因此,把这14卷次经放在《旧约》和《新约》之间。但现代《圣经》往往删除这一部分。

大约在6世纪末,《圣经》的拉丁文本开始传入英国,自7世纪起就有人用古英语或中古英语翻译或注释《圣经》的各种章节供教会使用。16世纪30—40年代,廷得尔(William Tyndale,约1492—1536)利用残存的希伯来文、希腊文和拉丁文《圣经》,翻译了《新约》全书、大部分的《旧约》和一部分《次经》。廷得尔译本(the Tyndale's Bible)文字精确,译文水平很高,历来被认为是英国散文发展史上的一大里程碑,对后世圣经译本的语言和文体产生很大的影响。

自16世纪开始,各种英译《圣经》陆续问世。其中最重要的是《詹姆斯王钦定本》(The King James Bible,1611)。它是由大约50位著名的《圣经》学者根据希伯来文和希腊文翻译编纂的。全书用词严谨、语言隽永、文体优美,对奠定英语基础、使英语规范化方面起了良好的作用。这部英文圣经在英美等国广为流传,并在17到19世纪期间对英美文学产生过极其深远的影响。

20世纪以来,出现了更多的圣经英译本,比较重要的有以《美国标准版圣经》为基础的《修订标准版圣经》(The Revised Standard Edition,1946—1957)、《新版英语圣经》(The New English Bible,1961—1970)、天主教和新教都接受的《修订标准版通俗圣经》(The Revised Standard Version Common Bible,1973)和文字浅显易懂,面向非英语国家读者的《佳音圣经》(Good News Bible,1976)等。

《圣经》中《旧约》的主要内容包括有关世界和人类起源的神话与传说、古代犹太民族的历史和他们的宗教、法典、诗歌、格言等方面。《旧约》的前五卷——摩西五经——由《创世纪》(Genesis)、《出埃及记》(Exodus)、《利未记》(Leviticus)、《民数记》(Numbers)和《申命记》(Deuteronomy)组成,记述犹太人关于世界和人类的由来和犹太民族早期历史的传说以及各项律法条文。这五卷书既有神话,又有历史和传记,中心主题在于探索所谓上帝创造世界和人类与以色列人的命运之间的关系。世人熟知的关于上帝在七天内创造世界及人类的故事,亚当(Adam)和夏娃(Eve)的故事,该隐(Cain)杀弟、诺亚方舟(Noah's Ark)、摩西十诫(Ten Commandments)等故事都出现在这五卷书内。一般来说,《创世纪》描写世界和人类的起源、人的堕落、上帝的惩罚以及上帝通过和亚伯拉罕的盟约给人以赎罪自新的机会;《出埃及记》叙述摩西带领犹太人逃出埃及、在西乃山和上帝订立盟约,制定十诫;《利未记》介绍各种礼拜仪式;《民数记》描述犹太民族的漂泊生活和各部族的法律;《申命记》则是摩西在去世前回顾历史,重申各项法律的记录。

基督教新教《旧约》中的"历史书"基本上就是犹太教圣经中的"前先知书"(the Former Prophets),记述摩西去世以后到公元前6世纪犹太王国(Kingdom of Judah)没落的700—800年中间的历史事件,如约书亚征服迦南(Canaan)、士师们(即战争领袖)的功勋、希伯来王国的创立和统一、定都耶路撒冷、大卫(David)和所罗门(Solomon)等国王的光辉业绩,以及希伯来王国分裂和以色列人被掳往巴比伦的情形。各卷都从宗教观点介绍历史情况,强调世人违背上帝旨意即受惩罚。《旧约》"历史书"中还包括犹太教《圣录》中关于历史的几卷书,即《历代志》(Chronicles)、《以斯拉书》(Ezra)和《尼希米记》(Nehemiah)。考证家们认为这几卷书出自同一人的手笔,追溯从远古到公元前3世纪中叶的历史,歌颂大卫王的英明及各犹太国王,并描述巴比伦国王释放犹太国王后犹太人重建耶路撒冷(公元前538—500)和犹太法律学家以斯拉改革法律的情景。

犹太教圣经中的"三大先知书"(the major prophets)和"十二小先知书"(the minor prophets)构成基督教《旧约》中的"先知书"。大约在公元前10世纪到公元前5世纪,犹太人中出现一批自称受上帝启示,能传达上帝旨意和预言将来的"先知"。他们或引用过去的历史,或预言未来的事实,借以劝说世人遵守同上帝的盟约及各项法律。他们记述的还是从希伯来王国分裂到犹太国没落的这段历史时期,主要内容为抨击国王的恶政,预言以色列王国的灭亡,鼓舞沦落巴比伦的犹太人重返家园重建耶路撒冷等。这些诗文和讲道被后人收集而成为"先知书"。

新教《旧约》中的"诗文篇"原是犹太教圣经中《圣录》的一部分，包括《诗篇》(Psalms)、《箴言》(Proverbs)、《传道书》(Ecclesiastes)、《约伯记》(Job)和《雅歌》(Song of Songs)。《诗篇》收有各种宗教赞美诗和祷文，大约于公元前3世纪最后成书。《箴言》收有以诗句和散文形式的各种有关修身治家、处世之道、社会法则和道德标准等哲理性的警句和格言，传说是所罗门王所著，实际上收集了公元前10世纪到公元前4世纪的各种材料。《雅歌》是大约公元前3世纪收集的关于爱情的抒情赞歌。《传道书》虽和《箴言》的文体相近，但内容却颇不一致，宣扬人生短促，万事皆为虚空，敦促世人及时行乐，勿蹉跎岁月。《约伯记》可以说是部长篇诗剧，讨论善人在世受苦的根源。约伯是位虔诚的好人，但上帝不断降灾于他，考验他的诚心。最后约伯接受上帝的思想，相信祸福皆由上帝安排，世人不应以礼拜上帝来换取幸福。

《新约》是基督教的经典。它与《旧约》的不同之处在于《旧约》是在一千年左右的历史时期内根据口头流传和书面材料由多人编纂而成的，内容颇多重复；《新约》成书的时间却不超过一百年。《新约》完全是耶稣门徒的著作汇编，而《旧约》却是犹太民族文学的总汇编，包括各种文学体裁，反映犹太民族的文学发展过程。因此，《新约》的篇幅没有《旧约》长，内容不如《旧约》广，文体比较单一，基本上是散文。《新约》最主要的是"福音书"，包括《马太福音》(Matthew)、《马可福音》(Mark)、《路迦福音》(Luke)和《约翰福音》(John)。前三部福音记述耶稣的诞生、传教活动、受难钉死和复活升天等内容。《约翰福音》比前三部福音更富有哲学意义和神学性，重点在于通过耶稣的事迹和言谈突出他是上帝之子，可以使信奉他的人得救而获永生。《使徒行传》记述初期教会的情况，使徒们主要是彼得(Peter)和保罗(Paul)所行的"奇迹"和所讲的教理。

《新约》的第三部分是21本"使徒书信"，其中14本是保罗在公元51年或52年撰写的，主要讨论早期教会对于教会分裂、道德败坏、诉讼、婚姻等问题的看法，以及如何把非犹太人吸收进教会的问题。其他各本有的讨论教义和为人之道,并预言末世景象;有的重申《约翰福音》中的各项教义;还有些劝告信徒坚持正统教义,远避邪说。

《新约》的最后一卷书是《启示录》,主要描述世界末日上帝进行最后审判(Final Judgment)的景象。

总的说来,《新约》与《旧约》关系密切,《新约》在语言、题材甚至内容方面都深受《旧约》的影响。但是,由于早期的基督徒认为耶稣就是盼望已久的救世主,耶稣的降生将使世人得以拯救,因此,《新约》比《旧约》更为乐观、自信,热情奔放。

四、《圣经》对英美文化的深远影响

《圣经》在西方社会影响深远,渗透到社会生活的各个方面。早在 16 世纪,莎士比亚的哈姆莱特就借用《旧约·士师记》中得到上帝帮助击败敌人并以女献祭的耶弗他的故事挖苦国王的大臣波洛涅斯,称他为"Jephthah, judge of Israel"(以色列的士师耶弗他)。哈姆莱特还把演员过火的表演和《圣经·新约》中为消灭耶稣而杀死伯利恒城两岁以内全部男孩的希律王(Herod)相比,说"... it out—herods Herod"(希律王的凶暴也要对他[表演过火的演员]甘拜下风)。1983 年美国新闻杂志《时代》周刊讨论是否应该对西班牙裔公民进行双语教育时引用一位众议员的讲话,"From the Days of the Tower of Babel, confusion of tongues has ever been one of the most active causes of political misunderstanding"(从巴别塔时代开始,语言混乱一直是造成政见不一的最重要的原因之一)。这位议员借用了《旧约·创世纪》中上帝弄乱天下人的语言,阻止他们建造通向天国的巴别塔的故事来反对双语教育。可见,我们如果缺乏《圣经》知识,不但不能很好地欣赏英美文学作品,而且还会给正确理解当代政论文带来一定的困难。

《圣经》记述人间的是非曲直、过失罪愆,反映古人的喜怒哀乐、企求与理想,探索神、人、宇宙的奥秘和相互间的关系,研讨人与人之间的关系、人类命运、人生之道等哲理。《圣经》的语言简朴明快,富有感染力；体裁众多，既有神话、传说、寓言，又有诗歌、杂文、短篇小说，还有书信、演讲和布道；表现手法更是丰富多彩，从隐喻、象征、夸张到讽刺和似非而是的论点（paradox）等等，难以一一列举。文学家们历来公认，《圣经》本身就是一部优秀的文学作品。英国作家弥尔顿、华兹华斯、司各特、卡莱尔等都曾高度评价《圣经》的文学价值。柯尔律治甚至认为，《旧约·以赛亚书》在文体风格上比荷马和维吉尔的史诗还要略胜一筹。美国两大小说家海明威和福克纳都曾一再强调《圣经》对他们的影响，海明威曾说过："我是靠阅读《圣经》学习写作的。主要是《旧约》。"福克纳说：他从小背《圣经》经文，长大后经常看《旧约》，因此对《圣经》十分熟悉，引用时得心应手。

17世纪以来的英美作家写了大量取材于《圣经》的优秀作品，他们作品中的圣经人物和典故往往被赋予新的含义，成为重要的象征手段。英国诗人弥尔顿的三大巨著《失乐园》(*Paradise Lost*)、《复乐园》(*Paradise Regained*)和《力士参孙》(*Samson Agonistes*)都取材于《圣经》故事。《失乐园》以《旧约》为基础，塑造了一个具有权威、勇气、领导才能和政治家风度的骄矜而又野心勃勃的撒旦形象。《复乐园》以《新约》为基础，塑造了具备完整的人格，顺从神意因而能抵制各种诱惑的耶稣形象。《力士参孙》取材于《旧约·士师记》，塑造了双目失明、备受凌辱但又从磨难中获得信心成为自我牺牲的英勇战士的形象。浪漫主义诗人拜伦根据《圣经》中该隐杀弟的故事写了诗剧《该隐》(*Cain*)，但重点在于指摘和嘲笑上帝。美国作家梅尔维尔的名著《白鲸》(*Moby Dick*)探索人与宇宙的关系，人能否把握自己命运的问题。小说主人公埃哈伯(Ahab)的原型是《旧约·列王记》中的以色列国王亚哈(Ahab)。亚哈娶异教徒为妻，并一意孤行，因而为国民带来灾难。但亚哈在战场上却是勇敢的大将，曾三次挫败亚兰王的进攻。在最后一场战役中，他化装成士兵，奋勇杀敌，受伤以后还站在战车上抵挡敌人，直至身亡。《白鲸》中的埃哈伯也是这样的人物，他一意捕杀曾咬掉他一条腿的白鲸，从复仇心理发展成偏执狂，最后走向对宇宙和自然规律的挑战，造成自己与全船人员的死亡。但他勇敢顽强的战斗精神、坚定不移的必胜信念和视死如归的气概仍然令人肃然起敬。有意思的是这部小说的叙述者，惟一生还的水手的名字和《圣经》人物伊希梅尔(Ishmael)完全一样。后者是《旧约·创世纪》中亚伯拉罕和妻子使女夏甲所生的儿子,但遭父遗弃,被逐出家门。因此,伊希梅尔便含有"被遗弃的人"和"漂泊者"的意思。

现代作家很多作品的标题出自《圣经》,如美国戏剧家米勒表现现代人的社会生存问题的《堕落之后》(After the Fall)、斯坦贝克的《伊甸园之东》(East of Eden)都寓意于人间并无乐园之说。海明威的《太阳照样升起》(The Sun Also Rises)的标题取自《旧约·传道书》第一章。海明威引用其中一段作为小说的题辞:"One generation passeth away, and another generation cometh; but the earth abideth forever... The sun also ariseth, and the sun goeth down, and hasteth to the place where he arose... The wind goeth toward the south, and turneth about unto the north; it whirleth about continually, and the wind returneth again according to his circuits... All the rivers run into the sea; yet the sea is not full; unto the place from whence the rivers come, thither they return again."原文这段话前面还有一句:"虚空的虚空,虚空的虚空,凡事都是虚空。"海明威有意略去这一句话,正好点明小说的主题,一方面大战以后美国的青年们充满幻灭感,看不到希望与前途,另一方面,正如太阳照样升起,世界还将继续,一代青年必将找到正确的人生道路。福克纳的名著《押沙龙,押沙龙!》(Absalom, Absalom!)从书名到故事情节都借用《圣经》中大卫王与逆子押沙龙的故事。根据《旧约·撒母耳记》,大卫王的儿子押沙龙杀死同父异母的哥哥暗嫩,因为暗嫩强奸了他的同胞妹妹他玛。后来押沙龙起来叛变,一天经过树林,树枝挂住了头发,被敌人杀死。大卫王闻讯,痛苦万分。福克纳的小说通过庄园主塞德潘和他的子女描写庄园制的罪恶及灭亡的必然性。塞德潘一心创立强大的庄园家族。他发现妻子有黑人血统便遗弃她和她的儿子,另建家庭。20年后,前妻的儿子查理·邦爱上他后妻的女儿裘迪。在两人结婚的前夕,塞德潘告诉小儿子,查理·邦有黑人血统,唆使他枪杀同父异母的哥哥。福克纳正是借用《圣经》中有关押沙龙的故事说明美国南部的庄园制及蓄奴制是罪恶的根源,白人与黑人都是上帝的子女,白人对黑人的迫害是兄弟残杀,必定导致自己的灭亡。

20世纪美国文学还常常借用基督受难的形象作为无辜的人为众人受苦的象征手段。海明威的《老人与海》结尾处老人肩背桅杆跟跟跄跄走回茅棚,他睡觉时脸朝下,手心朝上,两只胳臂伸得笔直。显然,海明威借用了耶稣背十字架,耶稣受难被钉死的形象表明老人像耶稣一样受苦受难,但有超人的毅力,将不惜千辛万苦实现所追求的目标。福克纳把《八月之光》(*Light in August*)的主人公取名裘·克里斯默斯(Joe Christmas),使他名字的首字母与耶稣(Jesus Christ)的相同,并使他在耶稣受难日星期五被人杀害,借以说明,即使耶稣生在现世,他仍然不能见容于世人,仍将遭到世人的杀害。

最后,为了再次说明《圣经》知识的必要,这里引用英国诗人霍思曼的一首诗《某木匠子》("The Carpenter's Son")。如果你对《新约》一无所知,不知道耶稣原是木匠之子,受难时被钉死在十字架上,左右是两个小偷,你不会明白霍思曼在这里巧妙地运用了双关语来表现基督受难情景和伟人总要被世俗误解的思想。要是你以为这是个不学手艺的木匠干了坏事罪有应得,岂不大大歪曲了作者的原意!

The Carpenter's Son

Here the hangman stops his cart:
Now the best of friends must part.
Fare you well, for ill fare I:
Live, lads, and I will die.

Oh, at home had I but stayed
prenticed to my father's trade,
Had I stuck to plane and adaze,
I had not been lost, my lads.

Then I might have built perhaps
Gallows—trees for other chaps,
Never dangled on my own,
Had I but left ill alone.

Now, you see, they hang me high,
And the people passing by
Stop to shake their fists and curse;
So tis come from ill to worse.

Here hang I, and right and left
Two poor fellows hang for theft:
All the same's luck we prove,
Though the midmost hangs for love.

Comrades all, that stand and gaze,
Walk henceforth in other ways;
See my neck and save your own:
Comrades all, leave ill alone.

Make some day a decent end,
Shrewder fellows than your friend.
Fare you well, for ill fare I:
Live, lads, and I will die.

某木匠子

绞手在这里停住他的车子:
现在是好朋友也得要分离。
愿你们都好,不好的是我:
你们活去,孩子,我死就是了。

唉,我要是安心在家里
做学徒,学会我父亲的手艺,
我要是死抱着木刨和小斧,

孩子们，我不会走到这一步。①

那样子我也许替别人家
竖起木架子来，看他们朝上挂，
决计不至于把自己断送，
如果我放着坏事不去碰。

现在你们看我吊得高高，
路人看见我都停步说笑，
朝我挥拳头，朝我咒骂；
不想我愈弄愈弄得不像话。

我吊死在这里，在左侧右侧
吊两个穷汉子，为了做贼：
我们的运气可算一样坏，
当中间这个虽说是为了爱。②

瞠目而立的同志们大家，
从今天以后换条路去走吧；
看看我脖子，保全你头颅：
大家同志们，坏事由它去。

哪一天乖乖地赚个好收场，
不要学你朋友糊涂到这样。
愿你们都好，不好的是我：
你们活去，孩子，我死就是了。

（译文引自周煦良译《西罗普郡少年》）

---

① 耶稣本是木匠。
② 这一节点明死者是耶稣。耶稣受难时，被钉死在十字架上，左右是两个也遭极刑的小偷。此节最后一行明确表示耶稣是为了爱世人而受难。

加拿大文学

崇文大叢刊

以振兴民族文学为己任
——杂记加拿大作家协会

出版社的传统

1992年圣诞节前我忽然收到一包从加拿大寄来的礼物,打开一看是几本装订并不很精致的诗集。翻阅这些小册子使我想起前一年在加拿大的一场巧遇。

我是作为加拿大研究学者去了解加拿大文学并对女作家艾丽丝·蒙罗做些研究的。我很想采访几个作家,可惜在头两个城市运气不好,不是作家没有空便是我没有空,惟一的一次采访是在电话上跟以试验手法著称的黛芙妮·茅莱特谈了一个小时。怏怏然,我来到了渥太华,住进一家大学招待所。安顿下来以后,我下楼去散步,忽然发现大堂里贴着一张大布告,通知有关加拿大作家协会开会的时间和地点。我喜出望外,觉得这是个了解情况的好机会,便找到报名处做了番自我介绍。大会的工作人员十分热情,免费给我办理了一切手续,并告诉我在某个地方正在举行招待会,让我马上去参加。

我找到会议主席弗雷德·柯纳先生,他又给我介绍了一位据说是这个协会负责人之一的培蒂·米尔伟女士。他们殷勤地给我端茶倒水,说是想不到居然有中国人对他们的会议感兴趣。不过,他们也坦率地告诉我,加拿大另外还有个作家联合会,是在1973年年底成立的。最初的目的是为了保护作家的权益,参加者必须至少已经出版过一本书。联合会向作家提供有关版权合同的建议、组织巡回朗读活动、评估稿件、介绍出版代理人、集体保险。此外,作家如果跟出版社或代理人发生纠纷,作家联合会也接受申述帮助解决问题。这个联合会的会员都是名作家。他们的作家协会跟联合会不大一样。他们是在1921年由我国读者很熟悉的加拿大幽默大师里柯克和其他一些作家为了反对歧视加拿大作家的版权法和加强作家的团结而建立的。为了使人民了解自己国家的作家和作品,作家协会在1921年11月举办了第一届加拿大书籍周,以后每年一次,一直坚持到1957年,对振兴加拿大文学起过很好的作用。他们还在1937年建立了总督文学奖,在相当长的时期内曾负责每年一度的评选优秀作品的活动,现在虽已把总督奖的评奖工作交给加拿大文化协会,但还负责评选颁发其他的小说、诗歌、散文、戏剧、儿童文学等方面的各种大奖。也许是由于有了作家联合会,作家协会近年来不太景气,会员多半是业余作家或希望成为作家的人。米尔伟女士开玩笑地对我说:如果我想找名家,我就得去找另外那个联合会,他们之间联系不多,她帮不了忙。她还告诉我,作家协会在全国各地都有分会,一般情况每年开一次年会。一切经费都自己筹措,来开会的人也都自己负担费用。我说上百人来开会,看来作家协会还是很有群众基础的。她很高兴我注意到出席人数,表示协会现在的主要工作是帮助那些想当作家的人,她相信这些来开会的人中间会出现大作家的。她还以柯纳先生为例谈到人们对作家协会的支持。原来柯纳先生是个书商,专门出版通俗小说,尤其是出版了一套"丑角"丛书。我听了大吃一惊,"丑角"丛书在美国是数一数二的畅销书,几乎每个超级市场都设有这套丛书的专柜,真可以说是家喻户晓,那些描写男女爱情的言情故事尤其受家庭妇女的欢迎。我一直以为这是套美国书,没想到发源地在加拿大。柯纳先生大概看出我的惊讶,主动解释说,他原来在美国创业,后来夫妻两个怀念祖国便回到加拿大。他承认,"丑角"丛书不是第一流的文学作品,但他又强调,这书经济效益很好,他用赚来的钱资助作家协会可以说是将功补过。米尔伟女士在边上插话说,他们这次会议就全靠柯纳先生帮忙。我听了以后不禁油然而生敬佩之心。既为柯纳先生有自知之明而感动,又钦佩他高人一等的见识。赚了钱不是大吃大喝花天酒地而是用来赞助文化事业,这样的书商当然越多越好,更何况"丑角"丛书并不是诲淫诲盗的黄色书籍。这种受普通老百姓欢迎的书有一点也无伤大雅。

当天夜里,招待会结束以后,柯纳先生和米尔伟女士还跟我谈了很多有关加拿大文学的事情。给我印象最深的是大学设置加拿大文学课和出版加拿大文学教材一事。他们告诉我,加拿大大学过去没有关于加拿大文学的课程,只教英国文学,连文学课的教材都是英国出版的,40年代以后则用的是美国出版的教材。这时候大学文学课程除了英国文学外又加了美国文学,可还是没有加拿大文学。到了60年代,随着民族意识的增强,加拿大人才发现加拿大人不学自己文学的荒唐事实,下决心纠正这种不正常的现象。要开设课程就要有教材,而要让学生选课,教材的价格又起一定的作用。这时候,一直致力于开发加拿大文学的麦克科莱仁与斯图沃特出版社挺身而出,发行一套价格低廉的平装本加拿大文学丛书,解决了教材问题。我赞叹出版社的这种利国利民的壮举。他们两人很自豪地告诉我,这种做法已成传统。即便在今天,加拿大的大出版社也还是肯赔钱出版采用试验手法的新小说,不像在美国,只有小出版社才出试验小说,大一点的出版社都以赢利为目的,都只出赚钱的作品。他们的一席话使我感慨不已。看来,加拿大出版商的敬业精神,他们振兴民族文学的苦心很值得我们搞出版工作的人学习。

作家协会的活动

第二天,我一大早便赶到会场,但听了几个发言后有点失望,因为发言者不是谈如何签订合同,怎样找出版商,便是介绍什么样的题材会受到读者的欢迎,如何组织内容与结构,应该采用什么样的手法等等,跟我想了解的加拿大情况相去甚远。他们请的作家似乎也不是我在寻找的一流名家。也许我的失望流露得太明显了,引起了别人的注意。休息时,有位先生主动跟我打招呼,问我开会的感想。我老实不客气地谈了我的看法,他表示理解,但又说是我期望太高的结果,这个大会的目的就是为了帮助尚未出道而想当作家的人。他建议我不要听会而是直接找一些人谈谈,并且给我介绍了后来寄书给我的罗吉·塔尔克先生。

我邀请塔尔克先生和我一起吃午饭,他欣然接受,我们便在餐厅里边吃边聊。原来,塔尔克先生是加拿大与美国交界处著名的尼亚加拉大瀑布附近的作协分会的主席。他告诉我,他喜爱诗歌,也常常写点小诗,不过,靠写诗是没法填饱肚子的。为了养家糊口,他得有正式工作,有固定收入。所以,写诗、当作协分会主席是他的业余活动,他的职业是地方救火会的救火员。他来开会不仅要自己负担旅费等费用还要请假并因此被扣掉工资。我告诉他,在中国,一般来说,外出开会并提交论文,单位会给报销费用,要不然是没有人会自己掏腰包参加会议的。他哈哈大笑,说这才是社会主义的优越性,在西方,只有政府官员、公司的高级职员和大学教授才有可能享受这种好处,普通老百姓是没有份的。

我对他领导的分会所进行的活动很感兴趣。他说,分会绝大多数的会员都是业余文学爱好者,即便有几个专业作家也都名气不大。不过,这些人都很执著,对待写作都极为认真。他们分会常常开会,大约每月一次,大家把自己写的稿子带了来,互相批评,彼此帮助。他这次来渥太华实际上是代表大家来开会的,因为不是人人都负担得起这笔费用。他回去后要马上召开分会会议,传达大会精神,想出新办法帮助当地的会员多出成果。我问他成果是什么形式的,他有什么办法帮助大家出版著作。他苦笑着说,没有太多办法,还不是老着脸皮找企业要赞助。不过,他说,作家协会有个传统:每年举行一次诗歌比赛,赛后往往出本诗集。他的分会坚持这一传统。他们还算幸运,基本上能找到钱每年出一本诗集。我们分手的时候互相交换了地址,他答应给我寄几本他那分会的诗集。回到北京,我因为教学工作太忙便把这件事忘了。没想到过了快两年的时间,塔尔克先生还记得我,还真的给我寄书来了。

塔尔克先生寄来了四本诗集。它们统称《尼亚加拉诗歌选》,但每本又有自己的小标题。1987年和1988年都是《这里有……》,1991年的是《共有的声音》,1992年的叫《共同的梦想》,四本集子分别为第五到第八卷,其中没有1990和1991年的集子。想来也许是没募集到款项没法举行比赛也就没法出书的缘故。这些集子都是大32开的本子,篇幅不大。连一、二、三等奖的作品在一起也就是五六十首诗,最厚的一本连封面封底目录等等加在一起只有80页。这些集子封面装帧朴素大方,文本的排版不算太好,但封里却跟正规图书一样,虽无出版社名称但却赫然注有"加拿大作家协会尼亚加拉分会"的名字,而且还有标准书号、所属分类以及参与编辑的工作人员名单,甚至还有"未经诗人同意,不得擅自翻印"的字样。诗集里并无标价,但1987年那本的封里页上有用铅笔写的"2"字,想来这就是售价了。

小册子的外表并不起眼,但内容却很精彩,看来确实是经过精心筛选的上乘之作。这些诗歌有抒情的也有哲理的,有赏花吟月凭吊山水河川,也有回忆人生咀嚼生老病死感叹时光的流逝;有赞美人间亲情歌唱父母儿女亲朋好友,也有对宗教的怀疑或对时代的抨击。从形式上看,多半是自由体但也不乏韵体诗、十四行的桑籁体,甚至各种试验诗体,如模仿日本的俳句、当前在北美很流行的视觉诗和语言诗,真可以说是百花齐放各有特色。有些诗歌的形式我不大习惯,但我常常被诗中的真情实意所感动。例如,1987年的一等奖《致艾米莉亚》就是谈如何对待悲伤:

> 谁会知道你的悲伤?
> 因为,虽然我们说话,
> 但词语很难穿透那蓄水层,
> 水底深处
> 埋葬着记忆的尸骨,
> 你独自挖掘,期盼找到
> 前一天的时光
> 并紧紧地拥抱它,护着它躲避时光的利剑。
>
> 灵魂是用悲伤砌起来的;
> 你为它铺下一块又一块的石头
> 直到有一天,穿过无言的洞穴,灵魂升起来了,
> 犹如骨头架起的桥梁,
> 横跨在痛苦之上,
> 那时候,灵魂将强大得足以
> 承受生活的重负。

1992年获一等奖的《朱莉娅的日记》只有短短的八行,却分成四

节,把年轻母亲的烦恼描绘得真切感人:

> 第四年,我们的纪念日
> 你因公出差
>
> 斯蒂夫嗓子的毛病更严重了
>
> 你送我的玫瑰花
> 刺多于花
>
> 只是现在
> 我才明白
> 你那爱情的嘲弄

我还很喜欢一首描绘梦想的《真理的时刻》:

> 也许这就是那个
> 时刻来承认
> 这梦想不过是幻想
> 只有你一个人能看见的
> 海市蜃楼……
>
> 也许你曾经
> 希望过一次……甚至两次
> 不要被你的梦想……
> 搞得眼花缭乱
> 不要那么轻易地为幻想所欺骗……
>
> 然而也许你害怕
> 在某一个冰冷的日子里你会醒过来
> 面对未来
> 而没有梦想

写诗的人总要琢磨诗歌是怎么回事,语言又是怎么回事。有一首叫《诗歌》的小诗用了两个双关字("bending"既有"使之弯曲"又有"使之就范"的意思;"pen"既是"用笔写"又是"囚禁"的意思)而显得构思精致:

> 诗歌是词语
> 弯曲后俯就一个思想
> 诗歌是一种感觉
> 费尽心机捕捉到
> 并且用笔囚禁在纸页上

另一首《词语》则更为奇巧也更有深意,诗人用了很多比喻,强调词语的力量,说"词语可以流荡,像顺河而下的江水/词语能砍剁,像风掀起的波浪/词语能扎刺,像磨快的利刃/……"但在结尾处忽然笔锋一转,指出"词语能爆发,就像火山一样/但也能渐渐消失,犹如喃喃细语……"由此可见。诗人深感作家责任之重大,强调应对写作持严肃态度,因为文学可以兴邦也可以亡国。

这些诗歌都是有感而发来自生活,因而亲切感人。但我觉得评奖人的评语更值得一读。每个集子前面都有对评奖人的介绍,他们大都是大学老师、出版社编辑,而且往往也还是诗人。他们都在前言里介绍了自己的评选标准,也谈了对诗歌的看法,文章有长有短,文字有简有繁,但都语重心长,可以说是对写作者的金玉良言。1987年的评奖人言简意赅地称赞集子中的25位作者的50首诗都接近英国著名诗人狄伦·托马斯对自己诗歌的定义:诗歌"记载个人如何从黑暗努力挣扎到达某种程度的光亮"。他很坦率地承认评奖的主观性,因为他是根据"诗歌在语言、理性和道德方面是否能引起我的共鸣和这种共鸣的程度"来进行评选的。

1988年的裁判为了让读者对获奖人的水平有更深的了解而改变了过去的做法,不是选诗而是选三位诗人,并要求刊登他们每人至少三首诗。他不仅说明他的评选标准:"能否运用语言表现已知世界的新情况或能否运用想像力表现一个不熟悉的世界并使人信服这一世界确实存在";而且还公开表示有两类诗歌他不予考虑,即便写得感情真挚,手法也很巧妙。一类是语言有问题,语法、拼法、用词、韵脚等方面有毛病；另一类是描写诸如爱情、生死、孤独、痛苦等传统主题但毫无新意的。

1991年的评奖人更是具体。他干脆给学习写诗的人提出十点建议。有些还是很有道理的，如运用意识流手法时要十分小心；用空洞抽象的大道理来谈人生可能会使读者感到乏味；只有感情是不够的，诗歌是用语言写出来的，要学会运用语言就应该阅读20世纪大诗人的作品，不是去模仿他们而是为了了解现代诗歌是怎么一回事，等等。还有一位评选人则要求诗歌"对我歌唱，让我为它的音乐、抑扬顿挫的音调而倾倒；对我述说，以它新颖的洞察力和敏锐的悟性使我震惊；用它细致入微和多层次的含义逗引我反复咀嚼不断琢磨；为我绘画，无论是简洁的素描、柔和的水彩还是大胆的油画，还有那无穷无尽的色彩和神韵方面的变化。我要诗歌为我表现系列的思想和感情，人们普遍感受到也理解到但却无法用普通的字眼来表达的思想和感情。"

我如此大段大段地引用诗集里的前言，因为我觉得这些建议说得十分中肯，说明作者不是在故弄玄虚，炫耀自己，而是真心诚意地出主意想办法帮助初学者提高写作能力。这些评奖人的前言跟这几本集子一样，叫人感动、让人钦佩，因为它们说明学习者的追求与执著，也表现小有成就的老师的真诚与爱心。联系到近来有关我国鲁迅文学院函授写作班生源不足难以维持的报道，我认为我们的作家协会不妨学习加拿大作协的办法，发动群众自力更生，自己解放自己。

加拿大作协是一个真正的民间组织。它的活动完全建立在会员自发积极性的基础之上，而且确实有效地帮助了会员；它以微不足道的财力开展意义重大的工作。所有这一切使我钦佩，也使我情不自禁地要写一篇文章来介绍它。

贴近生活的普拉特

加拿大诗人埃德温·约翰·普拉特在世界文坛上并不引人注目。早在1945年他的《诗选》出版时,一位美国评论家曾用嘲讽的口吻说:"按照我们的标准,他的诗歌落后了100年。"在我国,普拉特的名字也鲜为人知,他的诗歌迄今未被译成中文。然而,在加拿大,普拉特却是公认的最有影响的诗人。对于那本《诗选》,加拿大评论家佩西的评价是:"普拉特的《诗选》如果不是20世纪上半叶内最重要的集子,也是40年代惟一的最为重要的诗集。无论在题材范围、诗歌力量和多样化等方面,他都是首屈一指,无与伦比的。"两种截然不同的意见引起了我对这位诗人的兴趣。1991年7月,我有幸赴加拿大访问,便到多伦多的维多利亚学院寻访普拉特的踪迹。

维多利亚学院是多伦多大学的一个分校,坐落在多伦多大学校园的东北角,楼房不多却自成一体。教学楼和图书馆都是现代化建筑,只有主楼是传统英国式的古典建筑,柱式尖顶、灰褐色砖墙,虽无常青藤攀援盘绕却显得肃穆凝重,别有气派。这是一所教会学院,以文科见长,曾培育出不少现当代著名的加拿大文人和学者,如结构主义文艺批评大师诺思罗普·弗莱,蜚声当今世界文坛的女作家、诗人、批评家玛格丽特·阿特伍德等。维多利亚学院是普拉特的母校,也是他任教、退休、终老的地方。虽然他在1953年便退休,1964年去世到现在也快30年了,但在校园里,处处仍可以看到他的存在,感受到人们对他的尊敬。学院图书馆现在以他的名字命名,收有他的全部手稿、书信和诗集。一帧巨大的普拉特肖像高高地悬挂在阅览室,俯视着所有在那里攻读的教师和学生。一位教授带我去主楼里的教师餐厅用餐并告诉我,从普拉特退休到去世的十多年里,虽然他不常来餐厅吃饭,但他的座位总是虚席以待,没有人占用。我望着长桌一端的首席,仿佛看到他笑容可掬的脸庞,听见他朗朗的笑声和妙语连珠的笑话。

我在维多利亚学院的校园里听人们讲述有关普拉特的趣事轶闻,在图书馆里阅读他的诗歌、传略和评论文章。我的一个感觉是,普拉特很平凡、很普通,跟我们大家差不多。诗人、教授多半心不在焉,忘性很大,普拉特也不例外。他曾惊动大家满校园为他寻找一个"放有重要材料"的小黑包,几天以后却发现书包原来就在家里的壁橱里。他曾在傍晚时分走过灯火辉煌的礼堂便进去兴致勃勃地听了个报告,等他走上前去向报告人表示赞美时却发现他自己才应该是那晚的主讲人,这位做报告的教授是因为他迟迟不露面被主办单位临时找来救场的。教授诗人都是清贫的,普拉特也经常为钱财发愁,早年发财心切,想搞投资结果被人骗走了仅有的积蓄,后来为了得小儿麻痹症的女儿和年迈的母亲,他连续25年在暑假不休息到各地暑期学校任教,甚至替教育部批改中学考卷以便挣外快贴补家用。普拉特有平常人的虚荣心,得意时免不了要说几句大话,甚至吹点小牛。长诗《敦刻尔克》出版后销路很好,他使情不自禁地写信告诉朋友,说什么"在一小时之内为1100名买书的读者签名留念"等等。普拉特的平凡还表现在他为人随和,不摆架子。学院里上上下下都对他以名相呼,足见他平易近人。他虚心求教,一首诗常常是几易其稿才送交杂志编辑,即使是已发表的诗歌,如果有人提出批评,只要他认为有道理,他一定修改。普拉特好客,家里经常高朋满座,宾客们从他的幽默诙谐的笑话里得到启迪,获取乐趣。另一方面,他从不矫情矜持,喜欢你时会主动上门作客。一位朋友回忆,她同普拉特初次见面,诗人便爱上她的湖畔小屋和她的朋友们,没过几天就带了食品饮料登门拜访。大家在湖畔野餐时,普拉特一手拿鸡腿,一手拿酒杯,裤腿卷得高高地坐在一块晃晃悠悠的木板上,两脚泡在湖水里,一副自得其乐的样子。忽然,他朗诵起新写成的诗章《他们归来了》。说笑的人群怔住了,也为诗歌所描写的打仗归来的艺术家深深地打动了。他们没想到他会在这种场合朗诵诗歌,而普拉特却认为这是同朋友们分享诗歌乐趣的好时机。

普拉特的诗歌同他的为人一样朴实无华。他写景写物,也写人和事。普拉特是海的儿子,虽然他出身教士家庭,却是在纽芬兰海边渔村长大的,并在那里受教育、当老师、做牧师,25岁才离开家乡进入大城市。他对大海有深刻的了解,在他的笔下,大海并没有浪漫色彩,而是既养育人又给人们带来灾难的大自然。他小时候曾陪父亲上渔民家报告海难的消息,后来自己也担当过不幸消息的传递人。他根据亲身经验写成了短诗《腐蚀》:

> 大海用一千年的时间,
> 一千年的时间描绘了,
> 这座花岗岩悬崖的形状,
> 陡坡、峭壁和崖基。
> 大海花了晚上一个小时的时间,
> 一个小时的暴风雨,
> 在一位妇女的脸庞上留下了
> 犹如花岗岩上刻出的皱纹。

只有八行诗,却深刻描绘了失去亲人的渔民妇女的苦痛。

普拉特还喜欢通过诗歌来表达他对日常生活的感受。报纸上关于一条小狗救了数十位落水者的消息、女儿经过耐心照料赢得在孵小鸟的鹩鹩的信任、他学生和足球运动员的猝死等等,都是他诗歌的题材和内容。因此,他的诗具有浓厚的生活气息,读来亲切感人。

我这样写也许会使普拉特显得太平凡太普通。其实,他并非凡夫俗子,也绝不是无所创新的平庸之辈。一个很小的例子就能说明问题。普拉特并非专业作家,他首先是位大学教师,必须完成一定的教学任务才能保住饭碗。其次,他为贴补家用还四处兼课,业余时间并不多。这些有限的时间又常常为一些社会活动和社会工作所侵占。他从《加拿大诗歌》杂志创刊以来就担任主编,虽说每年只出四期,但看稿子、选材料,尤其是四处争取资助以维持出版,总是要耗费一定的精力和时间。但他在30年的教学生涯中发表了18本诗集,其中三本还得了加拿大的最高文学奖——总督奖。对于一个用业余时间从事创作的人来说,没有过人的精力、顽强的意志和对文学事业执著的追求,恐怕是不可能取得这样辉煌的成就的。

普拉特与众不同之处还表现在他不趋崇风尚,而是脚踏实地地坚持自己的文学观点和创作道路。第一次世界大战以后,尤其是1922年艾略特发表《荒原》以后,现代主义诗歌称霸西方诗坛。诗人们纷纷描写揭露人性堕落、世界腐败的诗歌,借以表现愤世嫉俗甚至悲观绝望的情绪。他们大胆创新,不要韵律,不讲究诗行音节。这并非坏事,可惜的是有些人过于追求艰涩难解的文体和普通人不熟悉的典故、隐喻及象征手段。由于现代派诗歌的影响,在加拿大也有人主张,为了加速加拿大诗歌的发展和成长,诗人们应该引进外国诗歌,尤其是《荒原》的手法和技巧。普拉特对席卷英美的新诗运动极感兴趣,用他自己的话来说,他从1916年起便是美国先锋派《诗歌》杂志的"忠实订户"和该杂志"在加拿大的未经正式任命的宣传员"。他并且也在写作中试验、探索和创新。他抛弃陈旧的诗歌语言,采用清新简明的词汇以表现鲜明具体的意象。他试着写一般人不大用的十音节双行体诗歌,更喜欢用20世纪很少有人采用的史诗般的叙事诗。但他反对描写十分抽象的哲理性题材,更不赞成过分强调渺小的人性和荒诞不经的世界。作为大学教授,他难免在诗歌里引经据典,但他不赞成用艰涩深奥的词句,他的诗歌内容决不隐晦曲折,让读者摸不着头脑。也许正是由于这些内容,二三十年代他多次向《诗歌》杂志投稿,但一直未被采用。

普拉特的创作思想跟第一次世界大战以后加拿大的历史环境有关系。当时,加拿大正以崭新的姿态走上世界舞台,开始跻身于大国的行列,一派欣欣向荣的繁荣景象很难使人悲观失望。但是,更重要的是普拉特有自己的信念。他早年当过牧师,来多伦多上大学时读的是神学,还领过圣职。但他对宗教和上帝颇有保留。相反,他倒是很欣赏进化论。他认为人是血肉之躯,有兽性的一面,但人比动物高级,因为他会思想、有理想,因此,他对人类抱乐观态度。在《从石头到钢铁》中,他写道:"圣庙与洞穴/界限薄如纸;/幼兽依然企求圣坛,用以补过赎罪。"

出于这种信念,普拉特对世界充满希望,相信通过不断斗争,世界可以日趋完美。他对人类充满信心,坚信人,尤其是集体的人是可以具备献身精神的,是能够战胜艰难险阻而取得成功的。对于科技进步、工业文明这个困扰20世纪作家的老问题,他的看法是:"任何公式——人头脑的产物——和任何工具——人手的产品——都可以救人也都可以杀人……然而,我不知道除此之外还有什么其他的素材对诗歌和戏剧提出更严峻的挑战。"他认为"科学同善良的意愿相结合,机器由勇敢的个人和人类来创造。只有这一切才是这个世界的希望",而诗人的责任就是通过诗歌"表达民主的理想",创造"民族的神话",用"友好的诗歌语言来诱导读者,争取听众"。

普拉特是这样想的,也是这样做的。他在《逃学者》一诗里描写人镇静自若地面对他称之为"架子十足的大老爷"的代表暴政的神,大胆声称神是人创造的:"在我们到来以前/你并没有名字。/你不辨方向。不懂步伐;/你知道的运动、时间和空间/是我们教给你的。"普拉特借诗中宫廷飨宴官之口点出人"是烈火烧不化的材料",他知道"自己死期将临/却对宫廷十分蔑视/以无所畏惧的目光/回答高踞上席的可怖的权势力量",在结尾处,人顽强宣布,"不,我敢发誓,我们是不会加入你的芭蕾舞行列的!"这首诗是在 1942 年年底发表的。当时正是第二次世界大战的严重关头。诗中的暴政或神当然也指德国法西斯。大批评家弗莱回忆当年他从广播里听到普拉特朗诵《逃学者》时的心情说:"我不但觉得我听到的是加拿大最伟大的诗歌。而且感到人类的声音又一次响了起来。这声音具有强大的威力,是一种专门在伦敦受轰炸的时刻使用的口气,是在黑暗势力考验良知并发现它'是烈火烧不化的材料'的时刻才使用的口气。"

普拉特为了"诱导读者,争取听众",常以现实世界的重大事件作为诗歌的题材。1926 年初,他从报上了解到一桩海上奇闻。英国货轮安提诺号在纽芬兰以南的大海上失事遇难,美国轮船罗斯福号听到呼救信号赶去抢救。海员们冒着严寒和暴风雪在茫茫大海上四下搜寻出事的货轮。八个海员不顾生命危险驾着救生船下海去救援,两名海员被狂风刮入大海牺牲了。然而,罗斯福号并未退却,而是坚持战斗,连船上的乘客都加入抢救的行列,经过三天三夜的搏斗,终于把安提诺号的全体船员抢救了出来。普拉特认为这是"人类勇气和自我牺牲精神的集中表现",经过几年的酝酿终于以此为题材写了长诗《罗斯福号和安提诺号》(1930)。他还利用英国豪华客轮泰坦号在纽芬兰海面与冰山相撞而沉没的海难事件写了长诗《泰坦号》

(1935)。他在诗中批评人的狂妄和对机器的过分迷信结果导致自身的灭亡,但他更精心刻画的却是人们在生死关头所表现的沉着、勇气和自我牺牲精神。在危急时刻,船员们坚守岗位,决心与轮船共存亡。男人们主动把救生船让给妇女,"不需要/指挥官大声呵责着下命令;/表情上口气里也没有一丝抗议",他们从容不迫地把生的希望让给他人。一个10岁的男孩自动加入"男子汉的行列",把他的位子让给一个带孩子的母亲。一位妇女离开救生船,回到丈夫身边决心同他生死与共。由于恐惧,有些人动摇了,但马上镇定下来,"仿佛有一阵战鼓声/来自隐隐约约而又确实无误的地方",使他们"收住了脚步"留在甲板上。大海、冰山凶猛无情,但人以他们的道德气概取得了最后的胜利,他们不是通过个人的行动而是作为集体达到了英雄主义的高度。正如评论家戴维所说:"《泰坦号》描写的是社会责任、集体行动和集体英雄主义的重要性,是人们因共同的事业而团结一致并从自己的社会集体汲取力量与鼓舞的故事。"30年代正是世界经济大萧条的时期,也是作家们消沉失望的时期,像普拉特这样乐观向上地描写生活积极面的诗人是十分难能可贵的。普拉特不写反英雄式的小人物,也不采用现代派技巧,而是坚持现实主义的客观叙事手法,把古代叙述英雄传说的史诗作为主要体裁来描写现代社会,表现自己的民主理想和对人的信念。

在第二次世界大战期间,他更是口诛笔伐,用诗歌来抨击法西斯,歌颂为正义而战斗的英雄和英勇事迹。他写了《逃学者》、《来吧,死亡》等短诗。表现人在死亡和希特勒之流的权势面前的大无畏精神,更为著名的是两首叙事长诗《敦刻尔克》和《在航海日志的后面》。

1940年,法国投降,使同法军并肩作战的英国远征军的处境十分危险,他们三面受包围,向敦刻尔克撤退的道路又被法国难民所堵塞,德军随时可能置他们于死地。在危急关头,英国老百姓驾驶各种船只,甚至根本不适宜长途航行的小船赶往敦刻尔克,用了不到10天的时间赶在德国人的前面把33万英国士兵撤回英国。邱吉尔称赞这一战争史上空前的壮举是"通过勇气、坚毅、纪律、无畏的服务精神、机智、技能和耿耿忠心争取得来的"。敦刻尔克撤退事件震撼了普拉特的心灵,激起他的创作热情。他读报纸、听广播、看文献电影、四处收集资料,花了一年多的时间终于写成《敦刻尔克》。

由于他着眼于表现上下一致、齐心协力的集体英雄主义精神及其历史根源,普拉特并未就事论事地描写撤退的情景,而是把它同英国人民追求自由的历史传统相联系。为了刻意表现这不是某个个人的壮烈行动而是一个集体、一个民族在国家危急时刻所必然采取的集体行动,他在《英吉利海峡的竞赛》一节中不仅描写前来救援的各种船只(从皇家游艇到充满海腥气的渔船,从月下泛舟和节假日出游用的明轮游船到救火队的救火船),而且还介绍了各种各样的参加救援的人员:售货员、屠夫、旅店服务员、砖瓦匠、花匠、布商、牧师等等,几乎包括了各行各业和各种阶层等级。普拉特不仅给他们以姓名,使他们的对话带上各地的方言口音,甚至饶有风趣地描写其中一些人物:一位曾经到过好望角而如今失意的船长,"今夜他作最美好的航行/当上了诺福克造的舢板的船长"。一位男仆同他主人的对话给诗歌增添了戏剧性和人情味:

> 男仆梅德士敲了几下
> 刚从拉合尔归来的拉姆斯布顿上校的房门:
> 天方破晓,上校闹头疼,很不舒服;
> "教长和主教大人都已来到,
> 您的帆船,先生,已在码头准备出发,
> 我可以跟您去吗,先生?"梅德士说——
> "不可以,"上校大喝一声。他勉强撑起身子下床,
> 嘴里骂骂咧咧,口水四溅。
> 然而,他们四人一起登上了戈蒂娃夫人号。

就连大自然都站到了为正义而战的人民一边。在"敌人的快艇/向运输船和运煤船发射水雷","翼下带着扭曲的黑色十字的大鸟/向下俯冲"的时候,海上升起了以往是海员敌人的大雾。它"挡住了潜水艇潜望镜的镜头/模糊了轰炸瞄准器的十字线"。正义的事业、英勇的人们在大自然的保护下终于完成使命,安全返回祖国。

《敦刻尔克》一诗十分成功,但普拉特并不感到满足,因为诗中描写的并不是加拿大人民的功绩。1945 年,机会来了。一位当过海军

的朋友建议他去参观几艘曾为运送美国武器和粮食去英国的船队护航的加拿大战舰,并且写些反映加拿大皇家海军事迹的诗歌。普拉特欣然同意,立即参观舰船、采访海军将领和水兵、收集护航途中的惊险故事、学习航海方面的词汇,经过两年多的努力,八易其稿,终于写成又一部叙事长诗《在航海日志后面》。这个标题并不起眼,甚至有些拗口,然而却含有不一般的深意。长诗开宗明义地指出,在海军的航海日志里,"字可以发展为段落,行/可以成为章节……"图表和密码可以是"胜利、失败或侥幸生存"的记号。普拉特还在前言里做了进一步的解释:"航海日志是份报告,为了保密和安全起见常用密码或符号。有些段落读起来就像简短的讣告……作家的任务就是要表现其中的含意,证明在这些晦涩的词句和毫无感情色彩的叙述后面有血有肉,有神经也有脉搏。在航海日志后面有的总是人。"他确实在 1200 行诗里成功地描绘了航海日志所无法表达的英雄壮举。加拿大皇家海军护卫着 79 艘货船在茫茫大海里航行了将近十天十夜。德军的潜艇借着黑夜的掩护像"狼群一般"向船队扑来,鱼雷击中了一艘又一艘的货船。在黑暗中,在无法防备的敌军袭击面前,人显得渺小无能,仿佛只能听任宰割。海员们甚至必须自我禁闭,把自己关闭在舱房里工作:

> 甲板下,成千上万的海员仿佛被封闭在巨大的
> 信封里。他们吃喝、工作、睡眠于一个自我隔离的世
> 界里;
> 一个用插销、舱板和钉上木板的舷窗
> 以阻挡讨厌的光亮的世界里。

然而,船队一经出海便无返回的余地。船员和海军官兵们只能靠顽强的意志、坚毅的忍耐力和牺牲精神来争取最后的胜利。战争不仅是武器弹药的交锋也是敌我双方意志力的搏斗:

> 海面上的水手,海底下的水手。
> 都一样要从勇敢中汲取力量。
> 哪一方都不能把宝押在对方的恐惧
> 或意志力的消沉上。

战争是集体行动,个人必须加入集体,个人的意志和思想必须让位于集体需要,而集体英雄主义又是通过每个人的勇敢和坚定来体现的。为此,普拉特在描写船队及军舰迎着危险坚定不移地前进时,也着力刻画了一些有代表性的个人:操纵潜艇搜索声纳的机务员,"他的听觉对船队来说至关重要/就像瞭望台不能缺少旋转的望远瞄准器",是他终于在各种声响之中发现了敌军的潜水艇。还有偷着抽烟的水手及训斥他的水手长、在午夜值了四小时班而精疲力竭的领航员,甚至还有一个"六个月前还在学拉丁文"、把"海洋当成旅游场所"的书生气十足的年轻人。然而,虽然诗人描绘他们各自的个性却并不表现他们的内心世界,因为他们正在面对生死存亡的搏斗,无暇内省或他顾。在战斗中"……钟声报告的是季节而不是时刻/时间不过是个走调的提琴师/践踏着青春越过中年走向死亡"。

普拉特称《在航海日志后面》是"最难写的一首诗"。他倾注了大量心血,反复修改,还采取广播、出版其中某些诗节的方式征求同行和读者的意见。为了加强戏剧性,突出人的因素,他在基本完稿以后又多次采访原护航舰队的船长和海员们,决定增加一节,即描写船队出发前舰队司令召开船长会议那生动风趣而又感人至深的40行诗。会上,说着各种口音英语的各国货船船长个个牢骚满腹、怨声不绝,人人抱怨自己的船只毛病太多。然而,航行途中,生死关头,他们个个服从命令听指挥,没有埋怨也没有怨尤,前后对照把船长海员们的献身精神刻画得更为鲜明动人。

由于普拉特一心在诗歌里表现人为集体为事业的自我牺牲精神和英勇行动,他常常被称为"公众的代言人"。弗莱的评语是:"普拉特把自己置身于伟大神话正在形成的社会的中心。这些新神话的主人公是人,劳动的人……而诗人则创造着比全部客观世界更为完美的人类现实。因为它包含无穷尽的人的渴望与企求。"普拉特不仅注重现实世界的重大事件,他还在诗歌里再现加拿大的历史,创造加拿大的民族神话。他的《勃拉布福和他的兄弟们》便是叙述17世纪耶稣会教士勃拉布福在魁北克一带传教,建立教会,感化印第安人使他们皈依耶稣,最后在部落冲突中被杀的历史。这是一首有12个诗章的史诗。普拉特吸收了现实主义小说的技巧,详细描写了勃拉布福和他的教友们如何不辞辛劳以坚强意志和自我牺牲的精神跋山涉水,在魁北克的边疆地区建立一个又一个教会,使一批又一批的休伦族印第安人改变信仰皈依基督教。他着意刻画的不是宗教也不是勃拉布福个人的勇敢和坚毅,而是强调个人如果具备集体的信念便会产生无穷的力量。勃拉布福的力量来自他的信仰而不是出于个人目的的反抗。因为他代表一个事业,一个集体,他才能在土人的折磨下不求饶,不投降。"……如果他开口了/那是为了振作朋友的精神……/当疼痛难以忍受时,意志便被动员起来/去经受火的考验"。连伊洛库瓦族印第安人都感到奇怪:"……什么是他力量的源泉/勇气的家乡?"答案很明确:"他的信仰。勃拉布福殉道身死,他的教友们也倒了下去,教堂被烧毁了。"但是,即使在这里"那古老的故事仍然被反复传诵/关于饥饿和寻找树根坚果的故事;关于寒冷和被伊洛库瓦人折磨致死的故事;关于耶稣会教士的意志和勇敢/当那位牧羊人——教士和肖莫诺一起/把残余的民族带回魁北克"。在普拉特的笔下,勃拉布福虽死犹荣,他要比折磨他致死的伊洛库瓦人高大得多也强大得多。由于《勃拉布福和他的兄弟们》出色地再现了加拿大的历史和民族神话,普拉特被授予总督文学奖。1953年,他的另一首长诗《向着最后一颗道钉》再次获奖。这首诗反映的是加拿大建造横贯东西的太平洋铁路的历史。他讴歌当时的总理麦克唐纳在规划营造铁路的过程中所表现的勇气、才智与决心,也赞美人与大自然斗争的英雄气概和人定胜天的信心。普拉特仍然采用无体的史诗形式,因为这种叙述方式最适合他要表达的思想内容。

用今天的眼光来看,普拉特肯定是个保守的资产阶级诗人。他歌颂耶稣会传教士的献身精神,却从未指出这实际上是殖民主义的行为,他大写印第安人伊洛库瓦族的残酷却一字不提在加拿大殖民过程中白人对土著印第安人的迫害和屠杀。同样,他在《向着最后一颗道钉》的长诗中也不描写为修筑铁路而流血流汗的中国华工。然而,作家都是时代和社会的产物。普拉特的时代是加拿大的资本主义社会上升时期,是加拿大作为一个新兴国家日趋繁荣的时期。时代需要代言人,而普拉特出于朴素的诗人应该歌颂祖国和人民的信念,便成为第一个用诗歌来描写加拿大的历史、地理和文化传统的民族诗人。

其实,由于普拉特的题材和技巧不合潮流,他虽然受到读者的欢迎却并不总是得到评论界的正视。年轻的一代,甚至跟他同时代的诗人常常写诗作文来讽刺挖苦他,反对他的理想主义和基督精神,攻击其诗歌能改造世界的主张,批评他的"陈旧"的诗歌技巧。有些评论家还指责他的《敦刻尔克》及《在航海日志后面》质量不高,是"诗歌形式的新闻报导",甚至说它们是"宣传"文章。

我看到这类批评,颇替诗人感到委屈。但我很快发现历史已经做出正确的结论。那位说他的诗歌落后100年的美国评论家是否改变了看法,我不得而知。但在加拿大,尤其是80年代以来,由于加拿大作家们开始强调民族文化和民族特色,他们越来越发现普拉特的重要性。即便是批评他的《敦刻尔克》是"新闻报导"的克莱佛也肯定他是"加拿大第一个也是惟一的真实地表现了我们民族精神的作家"。针对他的战争诗歌是"宣传"的说法,为他写传略的科林斯把他的《敦刻尔克》和美国诗人庞德大战期间在意大利法西斯分子的电台上所作的广播演说相比较。指出普拉特诗歌的价值在于"代表处在生死关头的人来正面肯定无私的牺牲精神",他的诗歌跟一般的反战诗歌最大的不同在于他强调的是"人的行动和事迹"。曾经激烈反对过他的当代著名女诗人阿特伍德在1982年为牛津出版社编选的《加拿大诗歌》中也收入了普拉特的诗歌,称他为"加拿大的重要诗人",肯定他敢于"在现代诗歌向着片断性不连贯性方向发展的时期,继续创作有连贯性的叙事诗……在自由诗体形成风尚时坚持写韵体诗"。著名学者德瓦教授更是认为"现代加拿大诗歌是从普拉特开始的"。

然而,我认为最了解普拉特的人是他的学生和挚友诺思罗普·弗莱。弗莱在1958年为《普拉特诗选》撰写的序言中有一段话最能概括这位民族诗人的功绩:"由于他的想像力十分具体实在,他又一心一意地致力于表现他眼前身边的加拿大社会,因而使他的创作生涯变得很古怪,既受人欢迎却又不合时尚。当人人都写精致而繁复的抒情诗歌时,普拉特发展了一种平铺直述的叙事技巧;在人人都尝试着写自由诗的时候,普拉特却发现十音节双行体的诗里颇有新的天地。他在独树一帜的创新过程中最重要的表现是他有本事使人人都坚信不可能当诗歌材料的东西变得富有诗意。他坚持自己的风格，完全不去理会20年代有天才的年轻人、30年代批评挑剔的年轻人、40年代怯懦的年轻人和50年代愤怒的年轻人。当他们像里柯克笔下的主人公那样向着四面八方飞速乱跑时，他已经在加拿大赢得一支日益壮大的读者队伍。到1940年《勃拉布福》出版时，他在加拿大的地位已经确立，成为20世纪为数不多的优秀的大众诗人之一。"

艾丽丝·蒙罗笔下的小镇妇女

艾丽丝·蒙罗是加拿大著名的女作家,以短篇小说见长。她从50年代开始写作,1968年发表了第一部短篇小说集《快乐荫影之舞》,立即受到好评,并获得当年的总督文学奖。迄今为止,蒙罗已经出了十来部小说集,大多上了畅销小说的名单,其中三部获总督奖。加拿大广播公司还把她的一些短篇小说改编成电视或电影。她的作品已经走出国界,经常出现在美国《纽约人》等重要杂志上,不少故事还在美国被评为优秀小说,收入各年度的各种最佳小说集。蒙罗可以说是一个蜚声世界的优秀女作家。

蒙罗出生于加拿大安大略省西部的一个乡村小镇。虽然她上大学和结婚成家以后曾离开家乡到西部的大城市温哥华和维多利亚住过多年,但她最终还是在1972年回到安大略省的一个小镇定居至今。蒙罗认为,童年的乡镇生活对她的写作有很大的好处。作为作家,她有很好的条件,她父母"不属于中产阶级,也不住在大家情况多少都差不多的居民区"[①],因而她接触了各种各样家庭的孩子。不仅如此,"我们住在整个社会结构之外,因为我们既不住在镇里也不住在乡下。我们住在某种小小的贫民区里,那里还住着贩私酒的人、妓女和酒鬼懒汉们。他们就是我熟悉的人"。[②] 她周围的生活里充满了争斗,使她永远感到新鲜。另一方面,她不到12岁时母亲就得了帕金森氏病,病情日益恶化,使蒙罗从小就有强烈的宿命论和危机感。[③]蒙罗从小就想当作家,她说她有"成包的记忆",她永远不必为

---

① 乔治·汉考克:《艾丽丝·蒙罗访问记》,见《加拿大小说》杂志,第43期,第94页。
②③ 艾伦·特维格:《艾丽丝·蒙罗访问记》,见《强大的声音》,港口出版社,1988年,第218页。

"素材枯竭"而发愁。①

确实,蒙罗的作品都深深地植根于现实生活,有浓厚的生活气息。她的许多小说都是以小镇为背景,反映小镇的乡土人情和小镇居民的喜怒哀乐。她描写凡人常事,表现普通人的悲欢离合和沉浮起落。她的主人公往往是乡村里普通的小学教师、家庭妇女、小店老板、农场主、推销员等等。许多故事取材于她的亲身经历,带有一定的自传性,有些人物甚至是"我自己的各个方面"。② 在叙述手法方面,蒙罗喜欢采用第一人称的叙述法以缩短人物与读者的距离。她还喜欢使用口语化的语言,使故事娓娓动听,仿佛主人公在同读者促膝谈心、交流思想。蒙罗一贯坚持现实主义的创作方法,从不趋附时尚、玩弄手法,使读者摸不着头脑。评论家认为,蒙罗对场景的描绘"犹如文献般具体,意像如照相般逼真"③。然而,蒙罗不是一个肤浅的作家,她努力捕捉的是"平凡中的神奇"④ 和日常生活中的不协调不寻常的地方。这种现实主义的手法,加上她细腻的笔触、真挚感人的故事,使她的作品雅俗共赏,受到广大读者的欢迎。

蒙罗从不认为自己是女权主义者,但她的作品一直以女性为创作重心,以女性特有的细腻委婉的感情和敏锐深刻的目光不断发掘女性意识和女性世界的种种问题,塑造了形形色色的个性鲜明而又真实可信的女性形象.她向读者展开了一个绚丽多彩的妇女画廊,每一幅画像都是一面镜子,反映生活中到处可见的种种女性。任何人都可以从中找到自己。这也是为什么广大读者,不管男女老少都喜爱蒙罗的一个重要原因。本文将以蒙罗的一些小说为基础,分析她笔下各种类型的女性。

---

① 乔治·汉考克:《艾丽丝·蒙罗访问记》,见《加拿大小说》杂志第 43 期,第 95 页。
② 贝弗来·拉斯坡里奇:《性别之舞》,阿尔伯达大学出版社,1990 年,第 23 页。
③ 乔治·伍德科克:《生活的情节》,见《北方的春天》,道格拉斯与麦克英泰出版社,1987 年,第 132 页。
④ 约翰·美特卡夫:《艾丽丝·蒙罗访问记》,见《加拿大小说》1972 年第 4 期,第 58 页。

一

蒙罗经常描写的女性大体上可以分为四类:老一代传统的女性;有强烈女性意识但摆脱不了传统束缚的中年女性;一心寻找自我,坚决与传统决裂的年轻一代知识女性;以及接受传统但又敢于争取自己幸福的年轻女性。

蒙罗的故事多半以乡下小镇为背景,但她笔下的乡村已经不是19世纪殖民开拓时代的农村,而是30或40年代经济萧条时期处于闭塞落后的地方。然而,这里还生活着一些十分传统的女性,她们仍然接受过去的传统和习俗,努力做完美的贤妻良母式的女性,心甘情愿地以男人为生活的中心,牺牲自我为男人服务。《冬天的风》里的梅琪姑婆称赞一个姑娘在结婚以后为了家庭便放弃自己的绘画才能。她本人也是一样,以无才为美德,一切惟丈夫是听,尽管丈夫开车不行她也不学开车,免得使丈夫感到羞愧。她为此大受亲友和邻居的赞颂,她的婚姻被认为是最美满不过的。《姑娘们和女人们的生活》中,主人公玳儿的姑婆艾尔丝佩斯和格蕾丝也是这样的女人。她们认为,"男人的工作和女人的工作之间有一条十分明确的界限"[1]。她们反对发展个性,认为知识是"怪异,跟毒瘤一样"[2],"不干事实际上表现了更多的智慧"[3]。对于这类女性,蒙罗一针见血地指出她们躲在自我封闭的小圈子里,过着与世隔绝的极其不自然的虚假生活,只能被社会所淘汰。她借玳儿之口点出:"她们的屋子变得像一个微小的封闭的国家,有着自己繁复的习惯和高雅得可笑的语言。在那里,外部世界真正的新闻并未遭到禁止,但却越来越不能发表了……她们重复着同样的故事,开着同样的玩笑。但这些故事和玩笑显得干巴巴的,因使用过多而变旧发脆。渐渐地,她们的每一句

---

[1] 艾丽丝·蒙罗:《姑娘们和女人们的生活》,麦克格劳-赫尔·利厄苏出版社,1971年,第27页。
[2] 同上书,第22页。
[3] 同上书,第31页。

话,每一个表情,她们的一举手一投足都似乎是很久以前学会的,完整无缺地记了下来。她们仿佛是非常小心翼翼地构造出来的物件。她们越老,这物体就越显得脆弱,越令人钦佩,但也越没人情味儿。"① 这类女人迟早会成为旧习俗旧观念的殉葬品。

然而,蒙罗笔下的人物从来不是公式化概念化的单薄的类型人物。即使是这类女性,有时也有她们可爱可怜的地方。玳儿的老师,生活在浪漫主义的梦幻世界里的法里斯小姐对每年圣诞节演出所表现的热情和真诚让人感动,她对不切实际的梦想的追求令人可怜,她投河自尽的下场叫人悲哀。《冬天的风》里的叙述者也觉得奶奶的家里有着自己的家所没有的温馨、舒适和秩序。玳儿也曾愿意抛弃自己的家以"换取她们(姑婆们——作者注)的工作和欢乐、舒适和秩序、错综复杂的仪式和礼节"②,虽然她俩最后还是选择了自己父母的家。这样的女性有时还有些歹毒,在《有件事我一直想对你说》里,艾特表面上对姐姐和姐夫都尽心照料,是个典型的好妹子。实际上,她妒忌姐姐的美貌,制造谣言,使姐姐误以为心爱的人又再度背叛她而服毒身死。这些女性还都很坚强,有着坚忍不拔的吃苦精神,这种顽强的性格在一定情况下能使她们摆脱困境,走上独立自主的道路。《年轻时候的朋友》里的弗劳萝生活里受过挫折,她爱上年轻人罗伯特并且订了婚。就在他们要结婚时,她发现罗伯特跟她妹妹艾莉有私情,使艾莉怀孕了。弗劳萝心平气和地给他们办喜事。婚后,她妹妹身体不好,她精心伺候。妹妹死后,小镇的人以为她终于能同心爱的人结婚了。没想到,这个男人同照料病人的护士成了亲。弗劳萝的朋友对此都十分气愤,弗劳萝本人却泰然自若。她同他们友好相处,后来离开农场到小镇找了个工作,过起自食其力的生活。读者,包括故事的叙述者很难理解弗劳萝的行动,但不能不对她的忍耐精神表示钦佩。即使是玳儿的姑婆们也不是愚昧无知的傻瓜。她们善于从生活中,从家务劳动中寻找乐趣,连挤牛奶都可以成为兴趣盎然

---

① 艾丽丝·蒙罗:《姑娘们和女人们的生活》,麦克格劳-赫尔·利厄苏出版社,1971年,第50页。

② 同上书,第37页。

的游戏。她们还知道男人的工作"不重要,很无聊"①。蒙罗描写她们自得其乐的情景,仿佛告诉读者不用对她们有过高要求,应该允许她们按照自己的愿望过日子。

跟这些中产阶级女性形成对比的是一些乡下姑娘或小镇里普通人家的女儿。她们有浪漫幻想的一面,更多的却是务实的精神。《我是怎样结识我丈夫的》一文中的主人公从乡下出来到镇上一家人家帮工,爱上了一个飞行员。她每天跑到门口的信箱去取飞行员给她的信但每次都落空。过了一阵子,她忽然醒悟到她上当受骗了。她没有伤心失望,她想到有些女人太痴情,日复一日、年复一年地在对心爱的人的等待中熬白了头发。她不想步这种女人的后尘,为一个不值得爱的男人浪费青春。因此,当送信的小伙子误以为她去等信是有意于他而找她交朋友时,她将错就错,跟他来往,最后同他结婚成家,过上了幸福的生活。《假发时刻》里的玛戈也是这样的女人。她发现丈夫有了外遇以后,不是消极悲观,而是使用心计,迫使丈夫就范,给她买了一所她一直想要而得不到的房子。总之,这类女人懂得如何争取幸福和保护自己。《我是怎样结识我丈夫的》里的叙述者从不告诉丈夫她等在信箱旁的真实原因,因为她"愿意让人们想那些使他们高兴和快乐的事情"②,而真相是会毁坏她的婚姻的。《假发时刻》中的玛戈敢于跟丈夫摊牌,也是由于她知道"到了一定的时候,男子不愿意撕破脸皮大吵大闹。他们宁可含含糊糊地躲过去"③。她不知道这种婚姻是否幸福,但为了维护自己,她敢于跟丈夫讨价还价,争取一切可能得到的东西。这种务实精神在玳儿的好朋友娜奥米身上表现得也很明显。娜奥米当了秘书以后便接受了女人总要嫁人的思想,她攒钱买锅碗瓢盆和银质器皿。后来,她交友不慎怀了孕,又无法堕胎,便决定结婚嫁人。玳儿见她心情不佳便劝她别结

---

① 艾丽丝·蒙罗:《姑娘们和女人们的生活》,麦克格劳-赫尔·利厄苏出版社,1971年,第 27 页。

② 艾丽丝·蒙罗:《有件事我一直想告诉你》,麦克格蒙-赫尔·利厄苏出版社,1974年,第 53 页。

③ 艾丽丝·蒙罗:《年轻时候的朋友》,麦克科莱伦与斯图亚特出版社,1990 年,第 241 页。

婚,去大城市想想办法。没想到,娜奥米却说:"谁说我不想结婚? 我已经把这么一大堆东西都准备齐全了。我还不如就此结婚了事。"①对此,玳儿的反应是,"我能想像她结了婚,成了一个挺霸道的、忙得晕头转向而又心满意足的年轻妈妈"②。蒙罗在此暗示,即使这些看来胸无大志平庸无为的女人也未必一定都是不幸的。

　　蒙罗一再强调,她不愿意通过作品教训人。她的小说常常提出问题却不给解决的办法。她喜欢从正反两方面来反映生活,主张平凡的生活中有闪光点,而不平凡的事物里也会有荒唐之处。但这不等于她对妇女问题没有自己的观点。她怀着极大的同情刻画了闭塞落后的小乡镇里一些有理想、渴望独立自主而又无法摆脱传统习俗束缚的女性。这类女性常常处在上面提到的两代人的中间,往往以故事的叙述者或女主人公母亲的身分出现。《姑娘们和女人们的生活》中玳儿的母亲、《冬天的风》和《年轻时候的朋友》里第一人称叙述者的母亲都是这样的人物。玳儿的母亲有强烈的女性意识,追求妇女解放,她很反对宗教,拒绝上教堂。她相信知识的力量,开着汽车到处兜售百科全书,她还主动向报刊投稿,阐述教育和计划生育的重要性。《冬天的风》里的母亲不爱干家务却喜欢亲自动手粉刷房子。这些人在老一代女性的眼光里是怪物,因为她们不守女道,不是贤妻良母,由于她们的言行不符合小镇的习俗和观念,她们常常是人们讽刺挖苦的对象。但是,这些走在时代前面的女性又往往得不到下一代的同情和理解。女儿们有时因为她们不能把家收拾得像个样子而感到不满,为她们的言行与众不同而感到羞愧。另一方面,年轻的一代又往往嫌母亲的思想不够进步而对她们不以为然,反抗甚至嫌弃她们。《年轻时候的朋友》的叙述者反对母亲想告诉她的一切有关性问题的劝告。《冬天的风》里的叙述者总对母亲恶声恶气,总跟她争吵。玳儿认为母亲的建议"同其他一切对女人的忠告没有什么不同。

---

① ② 艾丽丝·蒙罗:《姑娘们和女人们的生活》,麦克格劳-赫尔·利厄苏出版社,1971年,第195页。

出发点都是女人容易受伤害,需要小心谨慎、认真的照料和自我保护"①。然而,这些母亲们的可敬之处在于她们能忍受老一代和同辈人的嘲笑和怀疑以及女儿们的不理解,顽强地坚持自己的信念,并且最终赢得女儿的尊敬。玳儿的母亲满怀信心地说,"我认为姑娘们和女人们的生活里就要发生变化。真的,但这要靠我们来实现"②。蒙罗用母亲的话作为全书的书名,可见她是完全同意这种观点的。

蒙罗塑造最多的是情窦初开的少女形象。她的两部作品——《姑娘们和女人们的生活》和《你以为你是什么人》——都是描写少女成长的启蒙小说。前者的主人公玳儿从小生活在乡村的农场里;后者的萝丝在乡间小镇的一个小店里长大。她们在长成过程中寻找自我,研究性别差异,探索爱情、死亡、宗教信仰等重大问题,并且观察审视父母和周围的人以寻觅人生的榜样。像所有的青少年一样,她们对小镇的闭塞落后和人们的陈规陋习很反感,对父母等成年人很不满意。她们决心离开家乡去大城市,进大学求知识以便过比父辈们更好的日子。有意思的是,玳儿和萝丝很早就知道做女孩子的不利却决心同男人平起平坐。玳儿发现连她颇有见解的母亲都认为女孩子需要保护,"而男人却可以离家外出,过各种各样的生活,然后抛弃他们所不想要的,骄傲地归来"。于是,她"不假思索地决定,我也要这样"。③ 萝丝也早就感到男女之间的不平等,她弟弟可以随心所欲,而她却不行,她继母如果认为她表现不好就会叫父亲揍她一顿。她还发现,"她认识的男孩,不管看上去多么不中用,却会变成男人,可以做你以为需要比他们拥有的更多的才智和权威才能完成的事情。"④ 于是,她用功读书,努力显示自己的聪明才智,终于拿到奖学金,进城去上大学,以便跟男人争个高低。

---

① 艾丽丝·蒙罗:《姑娘们和女人们的生活》,麦克格劳-赫尔·利厄苏出版社,1971年,第 147 页。
② 同上书,第 146 页。
③ 同上书,第 147 页。
④ 艾丽丝·蒙罗:《你以为你是什么人》,麦克米伦出版社,1978 年,第 27 页。

二

蒙罗称她描写少女成长的两部小说——《姑娘们和女人们的生活》以及《你以为你是什么人》——为"插曲式"小说。这不是一般的长篇小说,而是由一系列有着同一个主人公、同一个背景的、彼此互相关联的短篇小说所组成的作品。这种形式并不是蒙罗发明的,早在1949年,美国作家安德森就用这一形式写了《小城畸人》。此后,海明威、福克纳等人都采用过并有所创新。蒙罗不过是借用男性作家爱用的形式来写女人的故事。不仅如此,插曲式小说还是教育小说的一个变种,常常用来描绘少年的成长和在成长过程中所经历的幻想破灭等苦难以及少年如何找到自我、做出对人生的抉择。这也是男性作家喜欢探讨的主题,一般来说,男作家的教育小说不外乎两种结局:一是主人公幻想破灭,拒绝跟社会认同,或是像《少年维特之烦恼》中的维特一样以自杀表示抗议;或是像《哈克贝利·费恩历险记》中的哈克一样远离社会到大自然里去寻找自己的天地。另外一种结局是顺应时势,与社会认同,接受社会的习俗和观念,这样的人物形象有狄更斯笔下苦尽甘来、梦想得以实现的大卫·科波菲尔,当然更有像巴特勒的《众生之路》的主人公埃内斯特那样的人,他们在批判家庭的伪善、反抗丑恶的社会之后,又无可奈何地与之同流合污,也成为庸俗的利己主义者。

然而,蒙罗虽然借用了男作家喜爱的形式与主题,却有自己的创新和超越。她笔下的少女有着同男作家创造的男少年不甚相同的特点,尽管两部启蒙教育小说的主人公玳儿和萝丝跟一切男性少年一样,也对社会习俗和传统观念表示不满和反抗,但她们并不走极端,并不排斥一切。她们比较冷静清醒,能够看到平凡生活的闪光点。萝丝在一座简陋落后的乡村小学上过学,别人以为她的童年一定很悲惨。她却认为"学会生存,不管是怀着多么强烈的渴望与谨慎,多么巨大的震惊和恐惧,都跟悲惨不是一回事。那实在是太有意思了"①。正因为如此,她们并不完全割裂跟家庭和家乡的联系。玳儿

---

① 艾丽丝·蒙罗:《你以为你是什么人》,麦克米伦出版社,1978年,第28页。

曾十分嫌弃她的家乡,但她在离开以后却又承认:"我没想到有一天我会如此强烈地想念居碧里。"① 萝丝也曾看不起她的继母,认为她愚昧无知,但萝丝后来发现,继母有着自己所没有的勇气和坚毅,她的批评与建议也是来自生活,也是不应该随便嫌弃的。可以说,蒙罗小说里的少女往往以十分冷峻超脱的态度审视人生和世界,清醒地看到一切事物都有两重性。因此,她们既不抱太大的希望,也决不过于伤心失望。

蒙罗笔下的少女还有一个共同之处:她们都喜欢幻想,常常在幻想世界里寻觅现实生活中所没有的东西。萝丝发现颓败不堪的教室墙上几张鸟类的图画可以代表"另外一个世界,某一个有着勇敢的纯真、丰富的信息和难得的轻松的世界"②。玳儿早在父亲雇工班尼叔叔家的小报里就发现一个与现实生活完全不同的光怪陆离的荒诞世界。她对上帝、对爱情、甚至对性问题都有过十分浪漫的想法。她曾想像过跟男朋友初欢时的诗情画意,"应该在事先有某种特别的停顿,某种礼节性的开始,就像大幕升起要演最后一场戏那样"③。然而,实际情况却是十分别扭,充满痛苦,毫无乐趣可言。她们俩都知道,现实世界未必有幻想世界那么完善,但也未必那么可憎。玳儿的结论是:"人们的生活,无论在居碧里还是在别的地方,都很沉闷、简单、叫人吃惊,难以捉摸,它们都是铺着厨房地板革的洞穴。"④换句话说,平凡的生活里有不平凡的东西,而且还可能有难以洞察的深刻含义。

最有意思的是,蒙罗塑造的少女都想通过艺术来反映生活。玳儿决心当作家,通过小说来反映她对家乡的感情。她要为家乡写历史,她想把她要描绘的东西开列清单,可她发现"任何清单都不能完全包含我所想要的一切,因为我要的是每一样东西,每一层思想和话语,照在墙上或树上的每一道光线,每一种气味、痛苦、裂痕、幻想……"⑤ 萝丝当了演员,开始是因为她觉得改名换姓、冒充别人并且不被发现,从而有机会过一段冒险生活是极大的快乐。但在她回

---

① 艾丽丝·蒙罗:《姑娘们和女人们的生活》,麦克格劳-赫尔·利尼苏出版社,1971年,第188页。

② 艾丽丝·蒙罗:《你以为你是什么人》,第31页。

③④⑤ 艾丽丝·蒙罗:《姑娘们和女人们的生活》,第210页。

到家乡见到老同学以后,她终于明白,"有些感情最好通过翻译来谈论,也许它们只能通过翻译来表演"①。她们两人都认识到,艺术并不能脱离生活。她们要通过艺术创作来表现生活,但她们的艺术又必须深深地植根于现实生活。当然,她们的主要目的是要把自己的人生经历告诉后人。这恐怕是女作家的特点,因为女性的群体意识要比男性强得多,她们有互相倾吐心声的习惯。

三

蒙罗虽然撰写了不少关于少女成长的小说,但她们的故事往往没有结局,她们的探索似乎都没有答案。读者只知道《姑娘们和女人们的生活》中的玳儿"最后没有幻想也没有自我欺骗,隔断了一切过去的错误和迷惑,严肃而又单纯地……开始了真正的生活"②。我们还知道她要当作家,但我们无法知道她究竟会走什么样的人生道路,对于她是否找到了自我,是否树立了正确的女性意识等问题,我们都没有太大的把握。我们也从萝丝的经历里发现她认识到她过于强调自己的力量因而失去了生活中的一些重要的东西。她承认:"只有同帕特里克在一起的时候,她才是一个自由的人,她才有力量。跟他离婚以后,一切都不同了。"③ 然而,我们并不知道她会有什么样的转变。这正是蒙罗的目的。生活是复杂的,似是而非、似非而是的现象无处不在,她的职责是表现生活的各个层次、各个方面,让读者自己去做结论。

其实,蒙罗在《你以为你是什么人》及其他一些短篇小说里确实探讨了争取自立的女性所面临的问题。蒙罗在塑造寻找自我的女性时,并不企图把她们都描绘成受迫害的牺牲品。另一方面,女权运动的风风雨雨使她清醒地看到,强调妇女权利不等于鼓励妇女离开家庭或与男人为敌。《你以为你是什么人》是在70年代末出版的,此时正是西方女权运动的顶峰时期,各种激进的女权思想和行动风起云

---

① 艾丽丝·蒙罗:《你以为你是什么人》,麦克米伦出版社,1978年,第114页。
② 艾丽丝·蒙罗:《姑娘们和女人们的生活》,第211页。
③ 艾丽丝·蒙罗:《你以为你是什么人》,第173页。

涌,声势日益高涨。几乎所有的女权主义者都对传统的家庭模式和女性角色进行挑战,否定传统核心家庭的性别分工,提出了一系列所谓"革新"的方案,鼓励女人争取私生活中的解放,即不做妻子、不做母亲、不做男人的性奴隶。还有许多人标新立异,采取种种反传统的行为。《你以为你是什么人》便是蒙罗对女权运动及形形色色的主义和观点进行反思的产物。

跟《姑娘们和女人们的生活》相比,蒙罗在这本书里把女人受歧视的现象挖掘得更深刻,批判得更尖锐,而且明确地同社会联系在一起。她通过萝丝的回忆,用类似黑色幽默的手法描写弱智女孩弗兰妮受凌辱遭摧残的情景,并和小说电影中的圣洁的妓女相提并论,"写书拍电影时男人似乎特别喜欢这样的女人,虽然萝丝发现他们总把她弄得干干净净,他们骗人,她想道"①。

《你以为你是什么人》的主人公萝丝比玳儿具有更强烈的独立意识和反抗精神。她在很大程度上可以说是实现了自己的愿望。她上了大学,嫁了一个有钱的丈夫,后来又成了小有名气的演员和节目主持人,一个不必依靠男人的经济独立而又有一定社会地位的女强人。然而,蒙罗无意创造灰姑娘苦尽甘来遇到白马王子过上幸福生活的现代神话。她着意刻画的是实现自我解放、取得社会独立的新女性的新问题。萝丝像所有70年代追求女性解放的女权主义者一样,经历了结婚、离婚、婚外恋、性解放等阶段。为了证明自己的力量,她利用过别人也伤害过别人。与此同时,她也上过当、受过骗、被人伤害过。出于虚荣心,为了检验自己的能力,她在跟帕特里克解除婚约以后,在明明知道自己不爱他的情况下又去找他,求他原谅,跟他结婚。婚后,为了"耍点花招,有点熠熠发光的秘密,寻找温柔的情欲,有一场正常的炽热的通奸"②,她跟朋友的丈夫发生了婚外恋,并故意主动夸大其词地把一切告诉丈夫。于是,这段婚姻以离婚告终,她自己毁坏了自己的幸福。最后,萝丝发现,她虽然事业上有所成就,生活上却并不幸福。她取得了社会的承认,却在情场上一再失意。她有女儿,也爱女儿,却做不了一个好母亲。她实在不能说是一个完整的

---

① 艾丽丝·蒙罗:《你以为你是什么人》,麦克米伦出版社,1978年,第204页。
② 同上书,第210页。

女性。面对生活的打击萝丝只好采取逃避的办法,她甚至对自己的事业也开始失去信心,只是在她回家乡看望继母时才发现,完整的女性应兼有强大和谦逊两个方面。可以说,蒙罗在《你以为你是什么人》中描写了妇女的两次觉醒和觉醒后的痛苦。萝丝在少年时代就有所觉醒,认识到自己是人,是和男人具有同样社会地位的人,因而拒绝做"规范"的女人,拒绝做男人的附属物。可惜,她走过了头,过于追求成功,一心想成为比男人更强大的人,结果破坏了自己作为女人应有的权利和应该享受的幸福。在她失去应有的幸福以后,萝丝经历了第二次觉醒,又认识到自己是女人,是与男人性别不同、角色互补、共同创造生活的人。然而,觉醒是女人的福音但又不完全是福音。蒙罗比其他女作家更胜一筹的地方在于她一心通过她的故事告诉读者,沉睡固然有沉睡的悲哀,但醒悟也有醒悟的困惑。沉睡是麻木状态,感觉不到痛苦;清醒后,则不仅能品尝欢乐,同时还要品尝痛苦,有时甚至痛苦多于欢乐。

萝丝成功后的失落感,在《西班牙女士》和《不同地》等小说中都有所表现。《西班牙女士》的叙述者一直以为她跟丈夫心心相通,她有能力控制他。她以为他们都是新潮人物,彼此平等,她甚至可以把跟别的男人的私情一五一十地告诉他。她还以为他们的女朋友玛格丽特是真正的知心朋友。他们一起嘲笑别人,游戏人生。没想到,女朋友趁她回乡探亲时跟她丈夫好上了。那两人并不对此感到歉疚,因为这是社会风尚。这个女主人公只是在婚姻破裂以后才想到过去没有珍惜幸福。她不知道失去了丈夫应该怎么办,只能用人终究要死来安慰自己。另一篇小说《不同地》描绘了三对夫妻。他们都信奉性自由,人人寻找外遇,终于,有一天,女主人公乔治亚发现好朋友玛雅夺走了她的男朋友,她一怒之下跟玛雅绝交,不仅如此,她还跟自己的丈夫离了婚。"她内心积累起这么强烈的冷酷的力量,她必须把自己的家摧毁悼"[1]。多年后,玛雅死了,另外一对夫妻也离婚了。乔治亚出于怀旧,去看玛雅的丈夫。他们谈起往事,乔治亚说:"我们

---

[1] 艾丽丝·蒙罗:《年轻时候的朋友》,麦克科莱伦与斯图亚特出版社,1990年,第242页。

当年表现得好像我们从不相信我们是会死掉的。"① 然而,对于玛雅丈夫的问题:"那我们应该怎么生活?"乔治亚并无良策,只能回答:"不同地。"② 因为,女人要进步,要发展,要有自己的生活,要成为真正的人,但女人的世界不是孤立的世界,社会毕竟是男女两性共同构成的。女性品质提高了,而男性没有在精神和理解方面的同步提高和丰富,还会出现新的难题。

蒙罗在作品中描绘了女人的各种需要和追求,也描写了生活中的各种缺憾。女人的很多要求并不过分,但生活往往不给她自由选择的权利,于是她只好不择手段,甚至进行以名誉、良心、道德为牺牲的赌博。许多女人懂得如何去生活,可懂得了并不一定能实现,实现过程里也可能出现偏差,于是日子更加难熬,生活的负担更为沉重。蒙罗以一篇又一篇的故事诉说了生活里难以言明的苦恼和惆怅,但她从来不给读者以明确的答案。这实际上是蒙罗的人生观。她说,"有人还是认为女人会找到生活的出路的。从前,结婚就是出路。近年来,离开丈夫成了出路……我没有这样的出路。在我看来,这样的出路很可笑。我有的只是人们在过日子,在活下去。就好像每天都有它自己的失误和发现。女主人公最后是结婚了还是独自一人呆在一间屋子里,这关系不大。她的结局到底怎样,关系也不大。因为我们到头来都得死。……我喜欢这个观点,我们过日子,活下去,我们不知道发生了什么,也不知道会发生什么。我们以为我们把一切事情都琢磨透了,可它们偏跟我们想的不一样。没有一种想法是永恒的……只有细节才有意思。"③ 蒙罗创作的宗旨便是表现日常生活的细节及其中蕴藏的深刻的含义。她的没有结论的故事给我们以启示,也促使我们深思。

---

① 艾丽丝·蒙罗:《年轻时候的朋友》,麦克科莱伦与斯图亚特出版社,1990年,第242页。
② 同上书,第270页。
③ 乔治·汉考克:《艾丽丝·蒙罗访问记》,见《加拿大小说》杂志,第43期,第102页。

讲故事的希尔兹

1995年,加拿大作家卡罗·希尔兹的《石头日记》获得了美国的普利策奖,一时名声大噪。实际上她在加拿大早就是个著名作家,她的作品曾多次获奖,1993年《石头日记》刚一出版就获得加拿大的最高文学奖——总督奖,并被提名为英国布克奖的候选作品。普利策奖只能说是个迟到的荣誉,尽管它大大提高了卡罗·希尔兹的国际声誉。

希尔兹是个多面手。她在70年代初以诗歌开始了创作生涯,后来写小说,既写短篇又写长篇,同时又问津戏剧,除了博士论文外还跟人合作写过评论文章。她的作品大多得过奖,受到读者和评论家的好评。

希尔兹的作品受欢迎的一个重要原因是它们贴近生活,反映普通人,尤其是一般妇女的沉浮起落与喜怒哀乐。她匠心别具,常常写别的作家不注意或不屑于采用的题材或人物。她说她开始写小说的时候就决定要写图书馆的书架上找不到的书。她发现图书市场上为妇女写的书几乎都是些描写男欢女爱的艳情小说,所有的故事都是以人人称心如意的大团圆为结局。这些沉湎于幻想的、不符合现实的荒唐作品对妇女起了很坏的误导和腐蚀作用。她决心描写她所"熟悉的妇女,有自己的内心生活和道德体系的妇女,有可以辨认的家庭生活的、对家庭很忠诚的、热爱孩子的妇女"。① 1990年她在剧本《十三把牌》的前言里很明确地说,她的剧本就是"要歌颂过去没有被人刻画过的、受忽视的、喜欢打桥牌的家庭妇女",因为"桥牌桌旁有重要的事情在发生,桥牌桌是许多妇女觉得自己最富有生命力的

---

① 哈维·德·儒:《有点儿像飞翔:卡罗·希尔兹访谈录》,《西海岸评论》第23卷,1988年第3期,第39页。

地方"。① 她在剧本中确实通过几代家庭妇女表现了她们的沉浮衰荣和她们坚忍不拔的精神。希尔兹发现,现代人不看重爱情而艺术家又不愿意写爱情,连"爱情"这个词都变成俗套,失去了它应有的意义。于是她创作了《爱的共和国》来证明在一个充满混乱与危险的世界里,爱情可能是惟一的避难所,它可以使平庸的日子有了新的含义。在作家们喜欢用调侃的笔调描绘生活之无意义、无希望的后现代时代里,希尔兹别具一格的人生观和世界观确实使她的作品像一股清风,给人带来新鲜的气息。

这种以其他作家所忽视的平凡人的平凡生活作为写作切入点的做法往往表现在她作品的标题上,《出发与抵达》、《来到加拿大》、《各种各样的奇迹》和《小小的庆祝仪式》可以说完全是简单的日常生活的词语。但她并不囿于琐碎而是着力于挖掘表面看来是琐碎小事的深刻内涵。她的幽默和同情使她总是看到生活的积极一面,她热爱笔下的普通人,能够在极其平凡的表面下发现令人惊讶的、十分不平常的但又真实可信的方面。短篇小说《特纳太太在割草》是一个极好的例子。特纳太太是个老年家庭妇女,不懂穿着打扮、不懂如何保护环境、不知道流行歌曲和歌星的名字,更没有审美观点,在参观日本圣庙时喋喋不休地谈论一些庸俗无聊的琐事。因此她受到年轻女孩、邻居和教授、大学生的嘲笑。但他们中间没有一个人知道特纳太太的生活也曾有过不寻常的时候,她有过痛苦和不幸,也得到过幸福和爱情。他们也不知道特纳太太对生活感到很满足很快乐。希尔兹以平淡的口气:"噢,特纳太太在炎热的六月下午割草,可是个奇观呀!"作为故事的开始,又用几乎同样的语言结束这个故事:"噢,特纳太太割草是多么壮观呀,她像一件装饰品,又是多么熠熠生辉呀。"但经过希尔兹的似乎漫不经心的描述,小说结束时的特纳太太跟故事开始时的形象已经大不一样。希尔兹让读者终于明白特纳太太的生活有它的价值,我们看到的表面现象与现实可能很不一致,我们想了解他者的愿望并不一定能够实现。这种从平淡中发现深意是希尔兹

---

① 卡罗·希尔兹:《十三把牌:二幕剧》,《剧作家笔记》,布利泽德出版公司,温尼伯,1993年。

作品的一大特色。

希尔兹对生活抱积极的态度并不等于她看不到问题。她在一首描写人们寄圣诞卡的诗歌《节日的祝贺》里就批评社会使人机械化，贺卡上的贺词表现的"不是/知识、鼓励或爱心"而是"含糊的/乱划上去的签了名的贺词"。短篇小说《橘色的鱼》也是用幽默与讽刺表现了社会与婚姻、家庭中的各种问题，尤其揭露了现代社会把一切东西，包括艺术，都变成商品的恶劣后果。她在那本多次获奖的《石头日记》里揭露了父权社会中女人的压抑、悲哀与痛苦。女主人公戴茜一辈子过着极其平凡的日子，做女儿、做妻子、做母亲。她永远扮演着社会和家庭要求她承担的女人的各种角色，永远为他人而生存，从来没有自我，甚至只能在死后回忆自己的一生。另一部小说《斯旺》也涉及妇女问题。小说中不出场的中心人物玛丽·斯旺是一个命运比戴茜更悲惨的女人，她在一个边远落后的小农场过着艰难困苦的日子。环境使她与世隔绝，生活折磨得她少言寡语，她惟一的乐趣是忙里偷闲去图书馆借些书看和偷偷地写一点诗歌。但就在她鼓足勇气把手稿送给一个诗歌杂志编辑的那一天，她遭到她丈夫的残酷杀害。不仅如此，她死后还继续受到他人的"迫害"。女性主义教授萨拉·马洛尼无意中发现了玛丽的诗歌并大力进行宣传，她的论著不仅"创造"了一个新斯旺，也为自己赢得了名望和终身制的教职；传记作家莫顿·吉姆罗伊在寂寞失意中发现斯旺的诗歌，决定为她写传以引起社会对自己的再度重视，于是不顾事实地按照自己的想像构建了斯旺的一生；出版家弗雷德里克·克鲁兹发现斯旺的诗歌才能，但他为她出版诗集主要因为妻子弄坏了斯旺的手稿，他并不意识到诗集的出版其实引发了人们对斯旺的第二次"谋杀"，反而坦然接受人们对他的夸奖，觉得自己是个真正的伯乐；就连那小镇上的图书馆员、老处女露丝都利用跟斯旺见过一面来进行编造，以引起大家对自己的注意和提高自己的声望。事实上，没有人对真正的受苦受难的玛丽·斯旺感兴趣，她即使在死后也还是没有自我。

希尔兹同情女性但也同样关心男性。她说，"我从来不认为女人的生活是微不足道的，(但)我一直明白男人跟女人一样，也有很少见诸小说的家庭生活。"① 她在 1997 年发表的长篇小说《莱里的宴会》就是从 50 年代出生的男主人公莱里的角度出发,通过他的家庭、事业与婚姻表现 70 年代以来加拿大社会的变迁。莱里是个普通人,年轻时似乎并没有明确的崇高的生活目的。中学毕业后母亲要他读火炉修理,学门手艺混饭吃。但阴错阳差,学校给他寄来了花卉艺术的报名表,他就读了这个专业,后来在花店里工作。他生活里连结婚成家这样的大事都有点偶然性。他并不刻意追求成名成家或发财致富,对花店的工作无所谓喜欢但也并不嫌弃。他在蜜月旅行时对用树木栽种成的迷径发生了兴趣,做了些研究又在自己的房子周围做试验,没想到后来因此竟出了名并成了专家,在美国和加拿大开公司,名利双收。莱里有不少料想不到的机遇,但他也有许多困惑。他结过两次婚,但都以离婚告终。他没有想到第一任妻子会用推土机破坏他好不容易种成功的迷径,更想不到当大学教授的第二个妻子跟他离婚并不是因为感情破裂,而是因为她要去英国一所大学做妇女研究中心主任,两地分居的麻烦太多。莱里虽然伤心但随着阅历的增长倒也跟上了社会的变化,懂得了两性关系等等为人处世的新观点和新方法,一场大病后他更看重家庭的温馨和人间的真情。他举行了一次宴会把两任妻子、女朋友、姐姐和好朋友都请了来。他发现岁月也改变了他们,他很有可能跟第一个妻子破镜重圆。希尔兹用《莱里·惠勒生活中的十五分钟,1977》、《莱里的爱情,1978》、《莱里的工作,1981》、《莱里的孩子,1991》等 15 个标题介绍了莱里从 1977到 1997 年各个不同阶段的生活。莱里所热爱的用植物栽成的迷径是小说的最重要的象征,人生犹如迷径,人在一生中经常会迷失自己但也总能找到出路。《莱里的宴会》不仅总结了一个普通男人 20 多年的生活,它还是加拿大社会近 30 年来的缩影。看来,希尔兹虽然写凡人小事,但她关心的却是社会大事。

希尔兹不仅写作,还教书,教一些想当作家的人如何写作。为了教学她必须学习当前流行的批评理论。她说她在写作时绝对不去想理论,绝对不允许理论来影响束缚自己。这是很明智的做法,使她的

---

① 哈维·德·儒:《有点儿像飞翔:卡罗·希尔兹访谈录》,第 47 页。

作品自然真诚,没有装腔作势故弄玄虚的味道。但实际上,她在有意无意之间还是受到新理论的影响。她的小说从内容来说很贴近现实,但在手法技巧方面却充满了后现代的特色。从 70 年代后期开始,她就注意突破小说以情节为主的模式。用她自己的话来说,她在写短篇小说集《各种各样的奇迹》中的故事时,有意识地放弃传统的提出问题、解决问题的故事模式,注意使结局偏向奇怪的方向,使结局突然跃入未来或过去从而产生完全不同的效果。她喜欢"从多种角度,包括隐含的角度,从儿童的眼光、从某个物件,甚至从偶然出现的一个诸如'文蒂回来了'这样的句子来处理故事",她最喜欢"用传统的手法构建一个故事,然后把它完全颠倒过来或使之转向另外一种现实"。① 1987 年发表的《斯旺》是她试验手法的一个新高度。这是用通俗小说的手法来表现严肃的有关女人命运的作品,采用的是侦探小说的格局,一个叫玛丽的女人被杀,留下了一系列的谜案。然而《斯旺》的实际写法却完全违背了侦探小说的格局和一贯传统。通常侦探小说中的凶手总是在小说结尾处才被揭露,但希尔兹却在小说开始不久就告诉我们,玛丽·斯旺是被她丈夫杀死的,但他为什么要杀害她却始终没有予以交代。一般来说,侦探小说中最重要的人物总是那个智勇双全的大侦探,希尔兹却创造了四个努力想揭破谜案的人物——女性主义教授萨拉·马洛尼、传记作家莫顿·吉姆罗伊、出版家弗雷德里克·克鲁兹和小镇图书馆员露丝。他们从各自的角度进行叙述,每个人都有自己的目的,每个人都按照自己的需要去挖掘玛丽的故事,因此很难谈得上谁是英雄。有意思的是他们在一定程度上都有点像坏蛋。希尔兹详细揭示这四个人的个性和心理,但对被杀害者玛丽却只提供她写的诗歌,对她的内心活动并没有任何描述,甚至让她的诗集、日记和照片等等都莫名其妙地失踪,使她始终是个解不开的谜。这种手法使小说超越了侦探小说的框架,具有后者所不可能有的深度与内涵。希尔兹在《斯旺》中采用的另一个试验手法是多视角。全书分为五个部分,前四部分以马洛尼等四个人为中心人物,但每一部分的视角、框架和文体又各不相同。马洛尼那

---

① 哈维·德·儒:《有点儿像飞翔:卡罗·希尔兹访谈录》,第 49 页。

一部分用的是第一人称现在时的叙述方式,20个小节都是她的没有严格时序的思绪;关于吉姆罗伊的那部分却是第三人称过去时的叙述方式,一切事件严格按时序先后排列;到了露丝的第三部分,虽然还是第三人称叙述方式,但时态却是现在时,而且整章分成许多插曲式的短文;至于弗雷德里克·克鲁兹,他的一生是通过对他的朋友、他做的梦、他写的信、甚至他住的房子的描述来展现的。他是个出版家,对词语有特殊的爱好,因此他那部分虽然也分成好几个短文,但每一篇却又模拟某种话语形式,如报告、对话、自传、书信等等。希尔兹还别出心裁地在小说的第五部分《斯旺研讨会》里采用电影脚本的形式,附有导演的话、音响效果、近景远景、镜头的淡入与化出等一系列有关电影手法的描写,所有的人物都一起出场说话,他们走出小说的字面变成读者在看电影时可以看得见听得到的具体而实在的形象。不仅如此,希尔兹还在这一部分开篇的《导演的话》中告诉我们,这不过是个电影,所有的人物包括玛丽都是虚构的。就这样,希尔兹在用了五分之四的篇幅和大量的细节使读者相信故事的真实性,却又在最后一部分自动对故事进行颠覆和解构。她在小说中真正要表现的是"表象与现实"的问题,所有的人津津乐道的斯旺未必是生活中那个真实的女人。另一方面,马洛尼构建斯旺的过程又向我们揭示了小说的虚构性,说明"虚构的、创造的东西的全部本质"。[①]

希尔兹的这种后现代手法在《石头日记》里表现得更为娴熟。小说一开始是长达两页的家谱,中间又有八页之多的黑白照片,这是传统的传记手法,目的是为了援引历史来证明故事的真实性。然而,它似乎又是一本自传而不是写别人的传记,因为相当一部分的故事是由主人公戴茜亲自叙述的。奇怪的是希尔兹把自传这一点又解构了,因为插入的照片里偏偏没有戴茜,戴茜是否确有其人都值得怀疑。更有意思的是,希尔兹让戴茜做完全不可能的事情:如让还是母亲体内胎儿的她来叙述她自己出生的前后过程。她还让戴茜一再说明她的叙述是虚构的,是有"欺骗性"的。这样,希尔兹模糊了小说、传记和自传的界限,在虚实真假之间给读者留下了想像的空间。她

[①] 哈维·德·儒:《有点儿像飞翔:卡罗·希尔兹访谈录》,第52页。

称这种技巧为"后现代的盒子里有盒子,盒子里还有盒子"的手法。希尔兹还说,"我在写小说,我在写她的一生,我在写她对生活的了解——因此这是一个方面。但这也是她在看她的生活,所以我认为她有时应该用第一人称从外部进行评论,但真正巧妙的部分是我写了一个女人在回忆她的实际上简直没有生活过的自传。"①《石头日记》的叙述者不断变换,有以戴茜为"我"的第一人称叙述,也有以作者为"我"的第一人称叙述,当然还有全知全能的作者进行的第三人称叙述。这种多视角的手法迫使读者参与其中,对戴茜的一生从各种不同的角度进行观察。但人们的观察是否正确,是希尔兹给读者出的又一道难题。《悲哀,1965年》一章描写戴茜突然心情压抑,情绪低落。她周围的人都提出理论来解释她的精神状态。大女儿说这是因为她失去了她为报纸写了十年的专栏工作;儿子认为这是由于她感到她的价值和才能没有得到充分的发挥;但小女儿却觉得她喜欢折磨自己;侄女又有另外的看法:她为儿女操心过度;戴茜的女朋友认为这是性压抑的表现;她的男朋友却觉得是自己疏远她的结果。甚至那个曾经看到她出生的犹太商人都提出了她一辈子都是孤独的悲哀的理论。在列举十来个理论以后,就在读者觉得每一个都有一定的道理时,希尔兹在《弗莱特太太的理论》一节里却明确地说她没有理论,甚至强调这一切悲哀很快就会过去了。希尔兹就是用这样的手法说明:我们的观察也可能是虚构的,真正的现实可能是无法了解到的。

　　这些手法其实是70年代以后试验小说家所喜爱的表现技巧。但试验小说常常给人一种装腔作势的感觉,它们不断自我解构或不断枝节蔓生的手法常常让读者无所适从因而感到沉闷乏味。希尔兹的成功之处在于她超越了一般试验小说的局限,在使用试验手法的同时又提供了真实可信的生动活泼的故事,并且以真诚宽容的态度探索了世纪末人们关注的许多实际问题,她总是从十分具体的东西——一个现象、一个说法、一个意象、一个有意思的人物、甚至一句

---

① 琼·托马斯:《金色的书:卡罗·希尔兹访谈录》,《草原之火》第14卷,1993—1994年冬季,第4期,第58页。

无意中听来的话——出发开始写作。《橘色的鱼》就是受了家里一幅也叫《橘色的鱼》的画的启发。但她并不局限在具体的现实,而是在写作过程中不断进行挖掘,从不同的侧面用不同的方法使故事有所升华,把浓厚的现实主义成分跟出色的技巧十分巧妙地结合了起来。她从不满足于已有的成绩,不断探索新的技巧和新的手法。近年来,她的小说仍然从现实出发,仍然提供完整的可信的故事情节,但在技巧上博采众家之长,现实主义、现代主义、后现代主义……只要能够表现她的主题思想的手法,她都愿意采用。这种用新颖的手法表现实实在在的、贴近生活的凡人常事也许给几十年来脱离群众的后现代文学指出了一条新的通路。

正因为如此,希尔兹的不懈努力和创作成就得到了多方面的关注和承认。1998年6月,她的《莱里的宴会》又获得了伦敦一个由女人做评委、专门授予女作家的橘色奖。可以相信,她的创作必定会对加拿大乃至英语文学界产生更大的影响。

加拿大华人文学

1996年夏天我有机会去加拿大研究那里的妇女学和妇女作家的情况。五年前,我曾在那里做过同样的访问研究,现在故地重游,大有今非昔比的感觉。

我在多伦多时打电话给温哥华的一位朋友——《胡蝶回忆录》的作者刘慧琴女士。她说:"你为什么不了解一下加拿大的华裔作家?温哥华有一个加拿大华裔作家协会,还有一个亚裔加拿大作家协会,主席也是个华人。这几年,加拿大的华裔作家在社会上开始有影响了。你如果想了解的话,我可以帮你联系。"我听了欣然同意,因为这正是我在访问过程中发现的新文化现象。我第一次访加时,所到之处,教加拿大文学的教授都要我给他们介绍一位华裔作家。他们以为我是中国人,一定了解情况。说来惭愧,我其实跟他们一样知之不多。当时,我只知道有个叫丝凯·李的女作家写了本《残月楼》,在温哥华地区颇受好评,得过温哥华市书奖,还差一点获得加拿大总督文学奖。为了应付差事,我便推荐了她。没想到,如今再去加拿大,这些教授居然纷纷感谢我介绍了一本深受学生欢迎的好书。不仅如此,他们还反过来告诉我,丝凯·李又出了本短篇小说集,还如数家珍地向我推荐了好几个华裔作家和他们的作品:威苏·蔡的《玉牡丹》、德妮丝·钟的《小老婆的儿女们》、安妮·朱的剧本,尤其是一个1970年才出生的年轻女作家伊夫琳·劳和她的自传《出逃者:街头的孩子》,等等。即使在加拿大中西部的小城萨斯喀通,人们见到我都要问我知不知道他们那里有个挺有名气的、名叫弗莱德·伍的华裔诗人。五年前,向我打听华裔作家的人多半是在大学里教妇女文学或少数民族作家的教授,而今年向我推荐华裔作家的人则更多地是普通老百姓。教授们读华裔作家的书是为了讲课,老百姓看书的目的则并不很明确。有些人是为了了解中国文化,最典型的例子是有个加拿大白人嫁了个中国人，没想到丈夫一家不接受她。她听说《小老婆的儿女们》是写中国人的，就买了一本，想借此找到跟公婆沟通的办法。不过大部分人是由于报刊的书评引起他们对华裔作家的兴趣。评论家介绍华裔作家，媒体注意他们的动向，这说明华裔作家在加拿大文学界有了一定的地位和影响。五年之内，变化如此之大，出乎我的意料。

我到了温哥华才知道加拿大华裔作家协会的成员用汉语写作，而亚裔加拿大作家协会的华人多半是第二三代移民，已经不会或不大会说中国话了，因此是用英语写作的。正是他们，近年来在加拿大文坛声誉日增。我拜访了协会主席、诗人吉姆·王－朱和女作家丝凯·李。我们刚一见面，吉姆·王－朱就送我一本他跟人合编的当代加拿大华裔作家作品选，并自豪地告诉我，这本书对华裔文学在加拿大文坛的崛起有很大的作用。原来，加拿大人向我推荐的华裔作家都出现在这个集子里。其中有些作家是吉姆·王－朱发现的，还有的人，如丝凯·李，走上文学的道路跟他的扶植和鼓励有密切关系。《玉牡丹》和《小老婆的儿女们》本来都是集子里的短篇小说，是吉姆·王－朱独具慧眼，认为它们可以扩展为长篇小说。在他的鼓励下，经过作者的努力，两部作品都一炮打响，引起了评论家的重视。更有意思的是，这个集子题名为《多嘴鸟》。主编在前言里指出，在汉语里，多嘴不是好事，但这些作家"多嘴多舌"，是为了"突破长期的、往往是自我强加的沉默"，为了倾诉发自心灵的歌曲，使加拿大主流社会听到华人的心声，因此是件大好事。吉姆·王－朱还告诉我，要想在加拿大文坛占据一席之地，必须用英语写作，因为懂汉语的人毕竟是少数。只有用英语才能走出封闭的华人圈子，跟加拿大社会所有种族的人民进行交流，从而扩大自己的影响。吉姆·王－朱认为现在有可能用英语写作，因为第二三代华裔移民是在加拿大长大受教育的，接受的是加拿大文化，英语已成了他们的母语。丝凯·李坦率地向我承认，她把自己看做是加拿大人，她对中华文化并不了解，但她在写作中又必须反思她所了解的唐人街文化，使之成为加拿大主流文化的一部分。她认为，90年代最了不起的事情是多元文化的崛起。她现在不必为自己是华人社区的发言人而有所顾忌，可以自由自在地做一个艺术家了。

我提起我注意到的一个现象,即华裔作家在题材内容和主题方面有些雷同和重复,他们两人都承认这是事实。丝凯·李说,作家必须超越自己;创新和变革是摆在华裔作家面前的新问题;他们需要突破已有的框框和格局。吉姆·王-朱却有不同的看法,他认为这种情况可能还会维持一段时间,一来任何人在初登文坛时都必须考虑读者的需求,只有在站稳脚跟以后才能建立自己的风格和题材。加拿大人对华人社会和历史,尤其是华人家庭关系感兴趣,作家恐怕就得多写这方面的东西。二来现在更重要的是要使华人作家形成一股力量,引起主流社会的重视。如果大家都不写华人文化,恐怕成不了气候。何况,实际情况并不是所有的华裔作家都只写唐人街或华人的家庭生活,有人已经创出自己的风格了。他的话颇有道理。比如说,伊芙琳·劳的两篇经常被收进各种选集的短篇小说《玻璃》与《婚姻》,无论在手法和主题方面都看不出华裔作家的痕迹,涉及的是任何一个种族的女人都会遇到的感情上的纠葛。难怪有位加拿大教授对她备加称赞,预言她今后可能达到甚至超越现在在世界上都大名鼎鼎的加拿大白人女作家玛格丽特·阿特伍德。当然,这也可能引起另外一个问题,华人文学的特点是什么?从字面上看不出是写华人的作品算不算华人文学?不管怎样,在华人进入加拿大社会将近150年后的今天,华裔作家能够扬名加拿大文坛,华人的心声能为加拿大社会认同并赞赏,这是一件了不起的好事情。

我在温哥华还见到了加拿大华裔作家协会的一部分会员。这个协会是在1987年成立的,会员来自香港、台湾及大陆等地区,有的是移民来加拿大20多年的"老华侨",有的是初来乍到的"新移民"。协会宗旨是"团结爱好文学的朋友,发扬中华文化"。成立以来组织过征文比赛,举办过介绍中华文化的音乐晚会和书法绘画的义卖活动,接待过刘恒、陆星儿等中国作家,平时,几乎每个月都轮流在会员家中举行集会,谈文说艺,有时是会员介绍或朗诵自己的作品,有时就共同关心的文学现象或作品展开讨论。这个协会没有经济来源,全靠会员的热情和热心,能坚持到今天实在很不容易。

我在跟他们交谈中发现,他们中间几乎没有人是我们观念中的专门从事创作的作家。为了生活,他们人人都必须另外有一份职业,有些人是大学里研究比较文学的教授,有的人在公司里负责会计工作,有些人自己做房地产。我还意外地发现有几位原来是北京或上海一些出版社的编辑,他们曾向许多现在很活跃的作家组过稿子,自己也写过书,对国内文艺界的情况相当熟悉。这些会员的共同特点是爱好文学,都想"为世界华文文学的茁壮做贡献"。他们对大陆文坛十分关注,而且为邀请刘恒、陆星儿特别举办筹款晚会,在两位作家到达以后又为他们组织招待会和演讲活动,并跟他们讨论与交流写作心得。他们还曾就贾平凹的《废都》和一些以海外生活为题材的作品如《曼哈顿的中国女人》、《北京人在纽约》等开过专题讨论会。这次见到我,谈起妇女文学,他们也很关心,对国内有些男作家的落后妇女观和有些女作家缺乏积极的女性意识表示遗憾,还出谋划策建议大陆多介绍一些西方女性主义文艺理论,以便提高女作家为女性写作的自觉性。

我问他们写过什么作品,在什么地方发表。他们告诉我,在加拿大发表中文文章的地方很少,因此重要的作品还是在香港、台湾和大陆出版。协会副主席陈浩泉先生的诗歌、小说和散文不仅在香港出版,福州、广州、北京、厦门好几家出版社都出过。几位研究比较文学的教授的专著和文章在国内比较文学界也口碑极好。

我向他们提起打入加拿大主流社会的问题。他们承认,用中文写作,在加拿大读者群是比较小的,但这些不懂英语的读者也是一个不可忽视的群体。他们认为最好的办法是一部作品同时出英汉两个版本。不过,这牵涉到财力问题,一时恐怕不能实现。

应该说,他们在加拿大的影响没有在中国大,也远不如他们用英语写作的同行,但他们在传播中华文化方面却做了十分有益的工作。我结识了一位简颖湘女士,她是温哥华中华文化中心的行政总监,还是加拿大第一位华人女法官。她那个中心的任务主要是帮助新移民学英语,帮助他们在加拿大立足生存,以及在加拿大人中间宣传介绍中华文化。她告诉我,在温哥华的唐人街里有座华人的社区大楼,她的中心就设在那里。他们在唐人街还盖了个华人博物馆,造了个中山公园,里面有苏州园林,是专门从苏州请工匠来建造的。我问她做这些事的经费是从哪里来的。她说加拿大政府强调多元文化,有一个多元文化部,有特别的款项扶植少数民族发展他们的民族文化。不过,政府拨款总是有限,大部分资金是靠向华人募捐。为了宣传中华文化,为了让子孙不忘记自己的根,华人们在赞助时都很慷慨。她的中心现在有很多工作可做。由于加拿大政府的多元文化政策,中小学生常常来唐人街参观了解华人的历史。她的中心就负责接待与讲解,领学生到博物馆介绍华人在加拿大的历史、所受的歧视与迫害、对加拿大社会发展的贡献,以及华人的传统与习俗等等。那个中山公园已成为温哥华的一个旅游景点,是宣传中华文化、进行直观教育的一个极其生动的地方。我听了很感动、很惭愧、也很佩服。在我心目里,唐人街不过是个买中国蔬菜和食品的地方,简女士把这样的地方变成宣传中华文化的出发点,并且通过她的努力改变人们对唐人街和华人的看法,这一点真是功不可没。

我离开温哥华已经很久了,身在北京却常常想念那里的华人作家。我为他们已经取得的成就感到高兴,也关注他们在促使华人文学进一步发展时所面临的问题:用英语写作的作家如何表现华裔的特色,用汉语写作的人又如何扩大在加拿大的影响。解决这些难题不是一朝一夕的事。但我相信,有这么一批亚裔作家协会和华裔作家协会的热心人,中华文化是能够在加拿大扎根并发扬光大的。我们应该关心这些身处异国心系中华文化的华人,支持他们,并向他们表示深深的敬意。

后　记

　　《灯下西窗》就要出版了。此时此刻,我特别怀念两个人。一个是我的老师,英语界泰斗李赋宁先生。1979年,李先生是北京大学英语系的系主任。他预见到中美关系的改善可能会改变解放后我国大学不重视美国文学的状况,送我到美国进修,要求我重点学习美国文学,为回国开设美国文学方面的课程做准备。李先生的决定改变了我的后半生,使我从一个普通的教基础英语的教员进入了美国文学的研究领域。追根溯源,这本书是当年李先生远见卓识的结果。

　　我想念的另一个人是我的丈夫倪诚恩。多年来他一直是我最好的伴侣和精神支柱。上世纪60年代,他没有计较我的出身和家庭背景跟我结婚。在后来连绵不断的政治运动中,他没有嫌我连累了他。改革开放以后,他一直鼓励和支持我做学问,甚至放弃自己出国的机会,在家负担家务,以便让我能赴美深造。他身体不好,也要教书做科研,但他总是抽出时间为我看稿子,提出很中肯的修改意见。这本书里的许多篇章都有他的心血,可以说,没有他的帮助和鼓励,甚至自我牺牲,就没有这本书。

　　他们两人对我的学术生涯都起了非常重要的作用。我真心希望这本书的出版能告慰他们的在天之灵。

　　我还要感谢我的许多朋友,无论是北京大学英语系的同事还是美国文学界和出版界的同行。他们都曾经给过我鼓励和帮助。由于人数众多,我不一一列举了。但我要特别感谢原人民文学出版社的孙绳武和胡其鼎先生,上海译文出版社的叶麟鎏先生和杨心慈女士,还有原湖南文艺出版社的杨德豫先生。他们给了我很多机会,使我能够从课堂走向翻译、研究的园地。

我还必须感谢这本书的责任编辑张冰女士。没有她一再的劝说、鼓励和十分具体的帮助,这本书是不可能问世的。

陶　洁
2004 年 7 月于北京大学承泽园